TANJA FREI | Das Wispern der Angst

Die Autorin im Gespräch

In Das Wispern der Angst *werden die alleinerziehende Jenna und ihre Tochter Kim jäh aus ihrem Alltag gerissen. Seltsame Dinge passieren, die schnell klarmachen: Es wird gefährlich für die beiden. Wie reagieren sie darauf?*
Es beginnt mit Albträumen. Beide haben das unbestimmte Gefühl, dass jemand oder etwas sie verfolgt, in eine Falle locken möchte. Plötzlich treten die typischen Mutter-Tochter-Konflikte in den Hintergrund, und Jenna und Kim müssen lernen zusammenzuhalten, einander zu vertrauen – denn es geht um Leben oder Tod …

Der Roman beginnt in München. Die turbulenten Ereignisse, die Jenna und Kim widerfahren, führen sie über London bis auf die schottische Insel Islay. Was inspirierte Sie zu diesen Schauplätzen?
Wir alle haben ganz bestimmte Bilder von Orten vor Augen: Mit München verbindet man oft die fröhliche Biergartenkultur im Sommer. Im Februar kann die Stadt dagegen grässlich trostlos sein. Gleiches gilt für magische Momente in Afrika, Nebel und Grauen in London, Seemannsgarn spinnende Schotten auf Islay … Es macht mir Spaß, einiges von dem, was wir glauben zu kennen, auf den Kopf zu stellen und zu schütteln.

Was hat Sie an Jennas und Kims Geschichte am meisten gereizt?
Wie weit gehst du, wenn die, die du liebst, in Gefahr sind? Diese Frage hat mich beim Schreiben immer wieder beschäftigt. In meinem Roman finden zwei Menschen heraus, wozu sie wirklich fähig sind, angesichts vermeintlich unlösbarer Situationen, die sie an ihre Grenzen bringen. Die beiden entdecken bei dieser Reise Unglaubliches – und sich selbst. Im Gepäck dabei haben sie den Mut der Verzweiflung und eine gute Portion Galgenhumor.

Über die Autorin

Tanja Frei wurde 1971 in Boston geboren und wuchs am Bodensee auf. Nach dem Studium der Amerikanistik und Wirtschaftsgeschichte entschied sie sich fürs Büchermachen und arbeitet inzwischen seit über zehn Jahren als Lektorin. Die Autorin lebt mit Mann und Zwillingen bei München. *Das Wispern der Angst* ist ihr erster Roman. *www.tanjafrei.com*

TANJA FREI

Das Wispern der Angst

Thriller

Diana Verlag

MIX
Papier aus verantwortungsvollen Quellen
FSC® C014496
FSC
www.fsc.org

Verlagsgruppe Random House FSC® N001967
Das für dieses Buch verwendete
FSC®-zertifizierte Papier *Holmen Book Cream*
liefert Holmen Paper, Hallstavik, Schweden.

Originalausgabe 01/2014

Redaktion | Lisa Scheiber
Umschlaggestaltung | t.mutzenbach design, München
unter Verwendung eines Motivs
von © Roy Bishop/Arcangel Images
Satz | Leingärtner, Nabburg
Druck und Bindung | GGP Media GmbH, Pößneck

Printed in Germany
ISBN 978-3-453-35757-0

www.diana-verlag.de

Für Sebastian

Prolog

Augsburg, 1575

Seit einer Woche brannten die Scheiterhaufen ununterbrochen.

Die Nächte, sonst nur vom Sternenlicht und einem matten Mondschein erhellt, waren durch die meterhohen Flammen taghell erleuchtet. Es schien, als brenne ganz Süddeutschland, eine Woge des Entsetzens lähmte die Bevölkerung.

Doch das war nur der Anfang des unsäglichen Schreckens.

Die Flammen leckten gierig an denen, die ihnen nicht hatten entrinnen können. Schwarzer, fauliger Rauch kroch durch alle Ritzen, waberte durch die Straßen und machte das Atmen zur Qual. Nur mit gesenkten Köpfen hasteten die Menschen durch die Gassen, blickten nicht rechts, nicht links. Heim, nur heim, denn mit jeder Abenddämmerung begann erneut die Stunde des Todes.

Dem groß gewachsenen, hageren Mann, der am späten Abend langsam und bedächtig die Feuer abschritt, schienen die heiseren Schreie der Gemarterten nichts auszumachen. Sein dunkelroter, warm gewalkter Umhang bauschte sich im Wind, als er stehen blieb und regungslos zusah, wie ein Körper nach dem anderen von den Flammen verzehrt wurde.

Anders als seine Gehilfen presste er kein Tuch auf sein Gesicht, ganz im Gegenteil, er atmete den stinkenden Qualm tief ein. Das verkohlte Etwas, das vor ihm in sich zusammensank, entlockte ihm nur ein Lächeln der Befriedigung. Der flackernde Feuerschein erhellte für einen Moment sein Gesicht.

Der Mann mit der langen Narbe auf einer Wange mochte um die vierzig Jahre alt sein. Sein Antlitz wurde von einer schmalen Hakennase dominiert. Das halblange blonde Haar ließ sich unter der Kapuze nur erahnen, die er sich über den Kopf gezogen hatte, um sich vor der Asche zu schützen, die der Wind mit sich trug.

Es war nicht so, dass er die Asche hasste. Sie war der Beweis seines rastlosen Strebens nach Vernichtung.

Neben den Feuern, am Rande des Richtplatzes, stand ein Karren, auf dem ein roher, hölzerner Käfig befestigt war. Normalerweise für den Transport von Vieh oder Geflügel gedacht, befand sich nun ein halbes Dutzend Menschen darin.

Es war der Transport der Verdammten.

Wenn die Feuer Atem holten und niemand mehr schrie, war leises Schluchzen zu vernehmen, manchmal hörte man ein Gebet, doch ansonsten war es still. Die Gefangenen wussten, dass sie nicht mehr viel Zeit hatten.

Sie waren nach Augsburg gebracht worden, um zu sterben und ihr Wissen mit ins Grab zu nehmen. Viele hatten gekämpft, verzweifelt und vergebens, andere hatten rasch resigniert und stumm verloren.

Der hagere Mann traf seine Wahl, ohne genau hinzusehen. Was machte es für einen Unterschied, wer gleich drankam und wer morgen?

Die Büttel zerrten drei abgerissene Gestalten aus dem Käfig. Es gab keinen Aufschrei und keine Gegenwehr, nur ein verstohlener Händedruck, ein letztes Lebewohl. Zwei der Gefangenen wurden nachgeschleift, eine junge Frau schlurfte aus eigener Kraft zum Richtplatz. Immer wieder stolperte sie über die Lederfesseln, die um ihre Fußgelenke geschlungen waren.

Die Büttel banden die Gefangenen an vorbereitete Pfähle, schichteten Reisig und Holz um sie herum. Die junge Frau war als Letzte an der Reihe. Ihr hüftlanges schwarzes Haar war verdreckt, ein Teil davon war verkohlt, als die Folterknechte es kurzerhand angezündet hatten. Die junge Frau hatte keinen Laut von sich gegeben. Nur ihre grünen Augen, die nun so verächtlich blitzten, hatten sich mit Tränen gefüllt. Nicht nur ihr Haar, einst ihr ganzer Stolz, war Vergangenheit. Ihre Kleidung bestand nur noch aus Lumpen. Doch das alles hatte sie nicht brechen können, und selbst jetzt, im Angesicht des Todes, blitzte ihre wilde Schönheit durch ihren Schrecken und Schmerz.

»Ihr seid der Hexerei für schuldig befunden worden! Dafür werdet ihr brennen!« Die hasserfüllte Stimme des Hageren hallte über den Richtplatz. Damit ergriff er eine brennende Fackel, die im weichen Grasboden steckte, und hob den Arm, um seine letzte Aufgabe für diese Nacht zu erfüllen. Die Nächte wurden kürzer, und es galt, sie zu nutzen.

Die trockenen Reisigbündel fingen sofort Feuer, in Sekunden hüllte schwarzer Rauch die Verurteilten ein. Schreie gellten zum Himmel, doch niemand hörte zu.

Als sich der Hagere zufrieden abwandte, hörte er plötzlich eine klare, helle Stimme, die das Prasseln der Flammen übertönte. Es waren Worte, die ihn erstarren ließen und die sein Schicksal für alle Zeit besiegeln sollten:

»Jonathan von Keysern, ich verfluche dich über die Stunde deines Todes hinaus! Du wirst schreien, lauter als alle deine Opfer, und dafür beten, dass der Teufel dich holt. Denn er wird der Einzige sein, der dir bleibt.«

Teil I

Der Ruf

1

MONTAG, 30. JANUAR

»Das kann doch nicht wahr sein!« Jenna Winters saß am Küchentisch und starrte ungläubig ihre Tochter an.

Kim, siebzehn Jahre alt und der personifizierte Widerspruch auf zwei Beinen, stand mit trotzigem Gesichtsausdruck vor ihrer Mutter und hielt ein paar zusammengeheftete Blätter in der Hand. Auf dem Deckblatt schimmerte eine rote Drei. »Ich hab die Klausur verhauen, na und? Du sollst auch nur unterschreiben, dass du sie gesehen hast. Die Berger will das so.« Bei der Erwähnung ihrer Lehrerin verzog Kim verächtlich den Mund.

»Unterschreiben?«, wiederholte ihre Mutter wütend. »*Nur* unterschreiben? Mademoiselle, ich glaube, mir geht gleich der Rest meiner Geduld flöten. Nächste Woche haben wir beide einen Termin bei dir in der Schule, das schwöre ich dir. So geht's nicht weiter.«

»Kannst du jetzt unterschreiben?«

»Kann ich, will ich aber eigentlich nicht.«

Kim zuckte die Achseln. »Dann halt nicht …«

Jenna zog ihr das Blatt aus der Hand und kritzelte ein paar Buchstaben darauf. Dann reichte sie es wortlos an Kim zurück.

»Kann ich jetzt gehen?«

»Nein, das kannst du nicht. Setz dich.« Jenna wies auf den Platz neben sich.

Kim gehorchte widerwillig. Sie ließ sich auf die Eckbank sinken, verschränkte die Arme vor der Brust und sah an ihrer

Mutter vorbei aus dem Fenster. Die Linde draußen im Hof streckte ihre kahlen Äste in den grauen Himmel, zwei Spatzen hüpften aufgeregt auf einem der Zweige hin und her. Sie pickten an den Meisenknödeln, die Jenna vor einigen Wochen aufgehängt hatte, indem sie sich todesmutig über das Balkongeländer gelehnt hatte. Der Hausmeister hatte von unten ungläubig zum vierten Stock hochgeschaut und den Kopf geschüttelt. Aber wer die Miete hier im Münchner Westend zahlte, der durfte mit seinem Leben machen, was er wollte.

Der Winter war nach Neujahr eingefallen, es war eiskalt geworden, und die Vögel waren dankbar für alles Essbare, was sie noch erreichen konnten.

In der Küche duftete es nach Zwiebeln und überbackenem Käse. Montags gab es bei Winters seit September traditionell Pizza zum Mittagessen. Kim hatte nach der vierten Stunde frei und musste erst wieder um zwei in der Schule sein, und Jennas Arbeit begann ebenfalls erst nach dem Mittagessen. Jenna stand auf, schnitt die Pizza in Stücke und reichte Kim einen Teller.

»Wir essen erst mal was. Und dann reden wir weiter.«

»Hab keinen Hunger.«

Das reichte, um Jenna endgültig explodieren zu lassen. Die mühsam unterdrückte Wut über die Haltung ihrer Tochter und ihre Noten – von denen sich diese mageren drei Punkte an ein paar vorhergehende anschlossen – brodelte in ihr hoch. »Dann schaust du mir eben zu, meine Liebe. Ich habe nämlich Hunger. Vom Arbeiten. Um das Geld zu verdienen, damit Miss Kim sich das nächste Smartphone leisten kann.«

Sie ballte die Fäuste um das Besteck und funkelte Kim an. »Während meine Tochter in der Schule auf cool macht. Verdammt, Kim, was ist los mit dir? Das ist die dritte verhauene

Klausur in Folge. Herzlichen Glückwunsch! Wenn du so weitermachst, kannst du dein Abi vergessen. Legst du es darauf an?«

Kim schwieg und schaute weiter aus dem Fenster. Es schien, als habe sie ihr Gehör auf Durchzug geschaltet, was sie immer tat, wenn ihre Mutter sich über irgendetwas beklagte oder die Vorwurfstirade abfeuerte. Und das geschah in letzter Zeit häufig.

Jenna wiederum hatte das Gefühl, als lebte sie in einem immerwährenden Streit mit ihrer Tochter, nur unterbrochen von kurzen gefechtsfreien Phasen mitten in der Nacht.

Sie atmete tief durch und nahm einen Bissen von ihrer Pizza. Plötzlich stutzte sie. Das Stück, das sie in der Hand hielt, war mit Schinken und Zwiebeln belegt. Sie schnupperte prüfend – tatsächlich, von der Pizza stieg ein seltsamer Geruch auf, süßlich zuerst, dann stechend, irgendwie faulig. Sie würgte und ließ das Stück auf den Teller fallen. »Was ist das denn?«, fragte sie angeekelt – der Appetit war ihr vergangen. »Ist der Schinken schon hinüber? Riechst du mal?« Sie hielt Kim den Teller hin.

Die nahm ihn entgegen, schnupperte an der Pizza und zuckte mit den Schultern. »Riecht okay«, sagte sie ungerührt.

Jenna schüttelte den Kopf. »Das war's. Ich werfe sie in den Müll. Das Letzte, was ich jetzt noch brauche, ist ein verdorbener Magen.« In einem Zug leerte sie das Glas Wasser, das vor ihr stand. Dann erhob sie sich, nahm die Teller vom Tisch und räumte alles in die Spülmaschine. Langsam drehte sie sich um und lehnte sich gegen die Küchenzeile, fixierte Kim.

Kim blieb sitzen, funkelte ihre Mutter an, sagte keinen Ton und bot das Bild eines Teenagers in pubertärer Protesthaltung. Jenna rollte mit den Augen. Aber sie konnte ihre Tochter verstehen. Kim war ihr so ähnlich. Rein äußerlich sowieso, beide waren groß und schlank, hatten blaue Augen und langes, dunkles Haar, wobei sich bei Kim widerspenstige Locken zeigten. Doch auch in ihrem Charakter glichen sie sich. Jennas Durchsetzungsvermögen, ihr unbedingter Wille, etwas zu erreichen, hatten ihr geholfen, die Zeit, in der sie sich allein um Kim kümmerte, zu überstehen. Kim war stur wie ein Esel, wenn sie sich für etwas entschieden hatte. Leider bündelte sie ihre Dickköpfigkeit auf Dinge, die man hätte diplomatisch lösen oder mit etwas Lerneifer einfach hätte umgehen können.

Das war zumindest Jennas Meinung.

Sie trank ein zweites Glas Wasser, um Zeit zu gewinnen. »Ich muss nachher zurück ins Büro, und du musst Hausaufgaben machen«, sagte sie dann in ruhigem Ton. »Aber wir können uns vielleicht heute Abend unterhalten?«, machte sie ein Verhandlungsangebot. »Was deine Noten betrifft, müssen wir eine Lösung finden.«

Kim zog die Brauen hoch. »Ich treffe mich heute Abend aber mit Simone. Wir wollen noch ins Extreme.«

»Ich habe mich wohl verhört«, fauchte Jenna, das Kinn kampfeslustig vorgestreckt. »Das kannst du vergessen. Bis wir einen Weg gefunden haben, deine Noten zu verbessern, wirst du abends nicht mehr weggehen. Klar so weit?«

»Das kannst du nicht machen«, fuhr Kim wütend auf.

»Ich kann«, gab Jenna ungerührt zurück. »Und ich werde. Verlass dich drauf.«

»Aber wir haben …«

»Vergiss es«, unterbrach Jenna sie. »Du gehst nirgendwohin. Wenn du Simone sehen willst, kann sie gerne hierherkommen. Ende der Diskussion!«

Kim sah aus, als wolle sie noch etwas sagen, doch ein Blick in Jennas Gesicht belehrte sie eines Besseren. Sie presste die

Lippen zusammen, zog ihre langen Beine, die in verblichenen Jeans steckten, unter dem Küchentisch hervor, stand auf und verließ ohne einen weiteren Kommentar die Küche. Eine Tür knallte, dann eine zweite, und Sekunden später tönte Musik aus ihrem Zimmer.

Jenna blieb in der Küche und spülte ihr Glas aus. Sie hatte noch ein bisschen Zeit, montags begann das Leben in ihrer Agentur erst gegen Mittag. Also machte sie sich einen Cappuccino, und während sie zusah, wie der Zucker langsam in der weißen Schaumschicht versank, hörte sie den Spatzen zu, die immer noch lautstark damit beschäftigt waren, den Meisen ihr Mittagessen streitig zu machen.

Kim … Ein wandelndes Problem mit wirren Haaren und schlechten Noten. Jenna schüttelte den Kopf. Dabei waren sie letztes Jahr noch fast Freundinnen gewesen. Sie waren schließlich nur zwanzig Jahre auseinander, da konnte man sich oft noch über die gleichen Dinge vor Lachen ausschütten, die gleichen Filme sehen und über die gleichen Szenen weinen. Wann hatte sich das geändert? Was war passiert? Irgendetwas musste doch vorgefallen sein, doch Jenna konnte sich einfach nicht daran erinnern. Innerlich spürte sie Verzweiflung und Traurigkeit. Aber so viel sie sich auch ihren Kopf zerbrach, sie wusste es einfach nicht. Und solange Kim nichts sagte, würde das so bleiben. Verdammt!

Eine halbe Stunde später war sie auf dem Weg ins Büro. Normalerweise fuhr sie mit dem Fahrrad, doch seitdem sie vergangenen Winter auf den vereisten Radwegen zweimal kurz hintereinander gestürzt war und sich ihr Knie ramponiert hatte, nahm sie derzeit zähneknirschend die U-Bahn. Dabei hasste Jenna voll besetzte U-Bahnen wie die Pest, ja, genau genommen konnte sie Menschenansammlungen jeglicher Art nicht ausstehen.

Der Zug fuhr ein, und die Türen öffneten sich zischend. Jenna betrat den Waggon, sah sich kurz um und erspähte einen Platz in einer leeren Reihe. Die U4 in die Münchner Innenstadt war nur mäßig besetzt, sah Jenna erleichtert. Es roch nach nassen Anoraks und stickiger Heizungsluft, und Jenna rümpfte die Nase. Sie stöpselte ihre Kopfhörer in die Ohren, und Coldplay blendete gnädig die Welt und ihre Mitreisenden um sie herum aus. Den Kopf ans Fenster gelehnt, rasten die Tunnel an ihr vorbei.

Am Hauptbahnhof stieg Jenna um. Der lange Verbindungsgang zwischen den U-Bahnlinien wurde von Geschäften gesäumt, bei denen sie sich immer fragte, wer eigentlich dort einkaufte. Und ob die Verkäufer sich nicht nach der Sonne sehnten, wenn sie tagaus, tagein unter Tage arbeiteten?

Ihr Büro befand sich im Glockenbachviertel, einem ehemaligen alternativen Münchner Stadtteil, der sich zum In-Viertel gewandelt hatte und nun von Künstlern, Kreativen, Szenewirten und kinderlosen Paaren mit doppeltem Einkommen bevölkert wurde. Jenna verließ die U-Bahn an der Fraunhoferstraße, drängte sich auf der Rolltreppe an den Stehenden vorbei und ging die wenigen Meter bis zu dem schmiedeeisernen Tor in der Corneliusstraße. Nummer 15 war ein fünfstöckiges Wohnhaus mit Erkern und kleinen Balkonen, die gerade zwei Stühlen Platz boten.

Ein Auto fuhr vorbei, ließ den Schneematsch einen halben Meter weit aufspritzen, und der letzte Rest landete auf Jennas Stiefeln. Fluchend flüchtete sie in den kleinen Vorgarten, der dick mit Schnee bedeckt war. Dann rannte sie im Takt der Musik die Stufen zur Eingangstür hinauf. Die Agentur, in der sie arbeitete, wurde von zwei Chefs geführt – Klaus und Rainer, beide Mitte fünfzig, Büro und Bett teilend und glücklicherweise mit einem ausgeprägten Sinn für Humor gesegnet. Weitere fest angestellte Mitarbeiter gab es nicht. Offiziell hieß es, Jenna sei Grafikerin, doch eigentlich war sie Mädchen für alles. Sie zeichnete, erledigte Botengänge, erstellte Konzepte und entwickelte Layouts für Werbebroschüren.

Und sie kochte Tee.

Schwarztee war nicht gleich Schwarztee, das hatte sie gleich in der ersten Woche gelernt. Golden Flowery Orange Pekoe musste es sein, und auf keinen Fall Teebeutel. »Teebeutel bedeuten das Ende der zivilisierten Welt«, hatte Rainer verkündet und dabei die Augenbrauen hochgezogen, um zu unterstreichen, wie ernst es ihm damit war. Kurz davor hatte er sich seine grauen Locken gerauft und die Augen verdreht, als Jenna ihm die erste Tasse Tee gebracht hatte. Nach einer Pantomime der Verzweiflung hatte er das Gebräu wortlos in die Spüle gekippt und Jenna in die hohe Kunst des Teekochens eingeweiht.

Es hatte eine ganze Woche gedauert, ehe er sie den Tee allein zubereiten ließ, ohne ihr über die Schulter zu sehen oder ihr kopfschüttelnd auf die Finger zu klopfen.

Jenna brauchte diese Arbeit und fand diese Spleens im Übrigen eher amüsant denn lästig. Klaus und Rainer hatten davon noch einige andere kultiviert, die allerdings die Arbeit in der Agentur farbenprächtiger und unterhaltsamer machten. Außerdem ließ sich Jenna von ihren beiden schwulen Chefs gerne bemuttern. Sie hatten beim Vorstellungsgespräch Jenna zu ihrem englisch klingenden Vornamen befragt und herzlich gelacht, als Jenna erklärt hatte, dass sie mit drei Vornamen gesegnet worden war, von denen »Jenna« die einzig erträgliche Variante sei. Was übrigens dazu geführt habe, dass sie ihre

Tochter mit einem, nur einem, und zudem kurzen Namen bedacht hatte, den niemand verballhornen konnte.

Abgesehen von den kleinen Marotten der beiden war es die beste Arbeitsstelle, die Jenna sich vorstellen konnte. Sie war zeitlich flexibel, konnte notfalls auch zu Hause arbeiten und mit dem, was ihre Chefs von ihren abendlichen Runden durchs Viertel erzählten, hätte man zwei Romane und ein paar Ratgeber füllen können.

»Guten Morgen!«, rief sie, auch wenn es schon nach zwei Uhr war, und stieß die Tür auf. Klaus und Rainer erschienen normalerweise erst gegen ein Uhr mittags, »kurz nach dem Frühstück«, wie Klaus einmal präzisiert hatte und damit jedem Klischee recht gegeben hatte, das über Kreativ-Duos wie ihn und Rainer verbreitet wurde.

»Morgen«, tönte es zweistimmig über den Gang. Vergangenes Wochenende hatte ein Putztrupp das Parkett bearbeitet, und so roch es immer noch durchdringend nach Orangenöl. Jenna musste niesen.

Gleichzeitig vibrierte ihr Handy in der Manteltasche. Jenna runzelte die Stirn, als sie die Nachricht las. *Muss mit dir reden. Komme kurz im Büro vorbei. Bis gleich, Alex.*

Alex … ach Gott, Alex, dachte sie seufzend. Der auch noch …

Sie betrat ihr Büro, ein gut fünfzehn Quadratmeter großer Raum mit einer hohen Decke, knipste die Stehlampe in der Ecke an, öffnete das Fenster und ließ die eiskalte Luft herein. Alex war ihr Ehemann, genauer, ihr Immer-noch-Ehemann, von dem sie nun seit fast drei Jahren getrennt lebte. Sie hatten fünfzehn gemeinsame Jahre gehabt, dann hatte Jenna all ihren Mut zusammengenommen und war mit Kim ausgezogen. An langen Abenden, wenn wieder einmal die Winterdepression von der Frühjahrsmüdigkeit abgelöst wurde, war sie oft nicht mehr so sicher, ob es die richtige Entscheidung gewesen war. Sie hatte Luft zum Atmen gebraucht, mehr Luft, als er ihr ließ. Die Leidenschaft war irgendwann verloren gegangen, das Interesse am anderen erloschen. Doch nach der Trennung war die Vertrautheit geblieben, und keiner von ihnen war eine neue Beziehung eingegangen. Auf eine seltsam distanzierte Art waren sie zwar keine Geliebten mehr, aber immer noch Freunde. Vielleicht bessere als früher …

Jenna ließ sich in den Schreibtischsessel fallen und fuhr in Gedanken versunken ihren Computer hoch. Wäre Kim auch mit einem Vater im Haus so widerspenstig, dachte sie, während sie kurz die Aufgaben durchging, die Rainer, zuständig für die Planung in der Agentur, in ihrem Outlook-Kalender gespeichert hatte. Für die nächsten Tage war sie voll ausgelastet, das war absehbar. Keine Abende mit den Mädels. Im Gegenteil. Heute Nachmittag würde sie sich an die dritte Version ihrer Präsentation machen müssen. Seit Tagen bastelte sie daran, doch der Kunde entschied sich regelmäßig einmal pro Woche anders. Sein »Könnten wir nicht vielleicht hier …?« oder »Glauben Sie nicht, dass …« raubten ihr inzwischen den letzten Nerv. Aber da er bezahlte, tat sie ihm zähneknirschend den Gefallen und warf wieder einmal alles um.

Das Parkett im Flur quietschte, und Schritte waren zu hören. Dann klopfte es an ihre halb offene Tür.

»Jenna?«

Jenna sah hoch und lächelte verhalten, als sie Alex erkannte. Er stand unschlüssig an der Tür, das braune Haar fiel ihm in die Stirn, und er wickelte den dunkelgrün gemusterten Fleece-Schal ab, den er im Winter immer trug.

»Alex! Du bist schon da? Komm rein!« Jenna räumte rasch ein paar Bücher von ihrem Gästestuhl und schloss das Fenster.

»Setz dich.« Sie sah ihn abwartend an. »Was ist so dringend, dass du bei mir im Büro vorbeikommst?«

»Kim«, erwiderte Alex, zog die Tür hinter sich zu und ließ seine lange Gestalt auf der Stuhlkante nieder.

»Kim«, nickte Jenna und drehte einen Stift zwischen den Fingern. »Sag mir nicht, sie hätte sich bei dir über mich beklagt.«

Alex räusperte sich. »Nicht direkt«, murmelte er.

Jenna zog die rechte Augenbraue hoch. Sie wusste, dass diese Geste Alex schon immer irritiert hatte. Er konnte es nicht.

»Ähhh …«, fuhr Alex nun ziemlich sinnlos fort, bevor er sich gesammelt hatte. »Hast du ihre letzten Noten gesehen?«

»Was glaubst du denn, wer dieses Fiasko regelmäßig abzeichnet?«, seufzte Jenna. »Natürlich. Und sie hat sich den ersten Teil ihrer Predigt bei mir auch schon abgeholt.«

»Deine Predigten laufen aber ins Leere. Oder lernt sie jetzt?« Alex wickelte nervös seinen Schal immer wieder um seine Hände und wieder ab.

»Pff«, machte Jenna und fuhr sich mit beiden Händen durch die Haare. »Ich habe ihr Ausgehverbot erteilt, bis sie weiß, wie es ihrer Meinung nach weitergehen soll. Heute Abend müssen wir ein ernstes Gespräch führen, und ich werde es ihr nicht leicht machen, versprochen.«

Alex nickte. »Sie hat mir eine SMS geschickt.« Nach einer kurzen Pause fügte er hinzu: »Was werden wir tun?«

»Was *wir* tun werden? Habe ich dich richtig verstanden? *Wir?* Die Frage ist doch, was werde *ich* tun? Danke für die Hilfe, meine Lieber. Na, *ich* werde einen Termin in der Schule vereinbaren. *Ich* werde dort hingehen und fragen, ob sie wissen, woran es liegt, dass *unsere* Tochter nicht lernt. *Ich* weiß es nämlich nicht.« Jenna funkelte ihren Mann an.

Alex schaute verdutzt. »Aber so habe ich das doch gar nicht gemeint.«

»So? Wie dann? Willst *du* zu dem Gespräch in der Schule gehen?«

»Ich kann in den nächsten Tagen nicht«, erklärte er verlegen, »wir haben eine Konferenz.«

»Tja, und das ist genau das, was Kim braucht. Nicht wahr? Einen Vater, der im entscheidenden Moment eine Konferenz hat …«

»Du bist unfair, Jenna! Ich mache mir Sorgen um Kim, und wir sollten darüber reden können, ohne uns zu streiten.«

»Ja, zu deinen Bedingungen!« Jenna kam in Fahrt. »Verdammt, Alex, du reagierst immer erst, wenn das Dach schon brennt. Du kennst doch nur deine Arbeit! Aber ich habe den Alltag mit Kim!«

Es war wie in alten Zeiten: Sie saßen sich gegenüber und stritten sich. In der Vergangenheit hatte Alex oft nachgegeben. Er hasste Diskussionen und fühlte sich von Jennas Emotionen, die hochkochten wie in einem Drucktopf, schlichtweg überfordert. Jennas Willenskraft, ihre überbordende Gefühlswelt brachten ihn durcheinander. Alex war Chirurg. Das bedeutete, er brauchte normalerweise eine ruhige Hand und einen klaren Kopf. Bei seiner Frau gelang ihm weder das eine noch das andere.

»Wenn du bei Kim auch immer so an die Decke gehst, ist es kein Wunder, dass sie nicht mit dir redet!«, warf er ihr jetzt vor und schlug in einer Art überraschender Aufwallung mit der Handfläche auf sein Knie.

Jenna starrte ihn einen Moment sprachlos an, dann fing sie unvermittelt an zu lachen. »Wow, was für ein Gefühlsausbruch!«, neckte sie ihn. »Aber ich schätze, das hab' ich verdient.

Ich kümmere mich darum, Alex. Okay? Ich kriege das schon hin. Nur manchmal ist sie wie eine weiße Wand.«

Ihr Mann blickte zu Boden, und Jenna malte seufzend ein paar tanzende Strichmännchen auf ihre Schreibtischunterlage.

»Ich hätte nie gedacht, dass ich das mal sagen würde: Kim benimmt sich seit Wochen wie du. Sie zieht sich zurück in ihr Schneckenhaus und wartet, bis der Winter vorbei ist. Nur dass dieser Winter nie vorübergeht …«

»Das weiß ich doch schon längst«, sagte Alex. »Aber irgendwas bedrückt sie in letzter Zeit. Vielleicht ist sie unglücklich verliebt? Oder sie hat Ärger mit einem Lehrer?«

Jenna zuckte mit den Schultern. »Wenn, dann hat sie es mir zumindest nicht erzählt. Vielleicht gehst du mal mit ihr Abendessen? Ich hätte übermorgen Abend, also am Mittwoch, was vor – wär das was? Bis dahin hab ich vielleicht auch schon mit Frau Berger gesprochen. Und das Ausgehverbot betrifft ja nicht dich.«

Nun schaute Alex verwirrt. »Wer ist Frau Berger?«

»Schon wieder vergessen? Ihre Mathelehrerin. Und Stufenbeauftragte. Mit der werde ich zuerst reden.«

»Klingt nach einer guten Idee«, lenkte Alex versöhnlich ein und schaute seine Frau forschend an. In den drei Jahren seit ihrer Trennung hatte sich Jenna kaum verändert. Ihr Haar fiel ihr immer noch wie eine schwarze Flut über den Rücken, dazu die bestechend blauen Augen und ein blasser, aber sehr reiner Teint. Kim war ihr Wunschkind gewesen, obwohl sie beide sehr jung gewesen waren. Doch dann hatten sie sich auf dem gemeinsamen Weg irgendwo verloren. Wo, wusste keiner der beiden genau. Nun begannen sich die ersten kleinen Fältchen um ihre Augenwinkel einzunisten, und Alex musste daran denken, dass auch er in die besten Jahre kam …

Jenna schaute auf. Ihr Blick verriet ihm, dass sie seine Gedanken lesen konnte.

»Viel zu tun?«, wechselte er also hastig das Thema und zeigte auf ihren Bildschirm. »Du schaust müde aus.«

»Danke, nett von dir«, sagte sie trocken. »Und ja, zur Zeit ist hier viel los. Ich habe einen Kunden, der mich in den Wahnsinn treibt.«

Er wickelte seinen Schal erneut um die Hände und wieder ab. Jenna musste lächeln. Es war eine durch und durch vertraute Geste. So lange sie Alex kannte, er hatte immer irgendetwas auf- oder abgewickelt. Zuletzt ihre Beziehung …

Nun stand ihr Mann auf und blickte auf sie hinunter.

»Wenn es um Kim geht, lass uns nicht streiten, Jenna. Bitte. Sie hat es nicht leicht mit uns. Ich lade sie für Mittwoch ein, wenn dir das recht ist. Meine Konferenz endet gegen sieben, danach hole ich sie ab. Was hast du denn vor? Ein Date?«

Doch es interessierte ihn nicht wirklich. Ohne eine Antwort abzuwarten, griff er nach seinem Mantel, warf ihn sich über seine Schulter und ging zur Tür. »Pass auf dich auf«, sagte er noch, dann war er verschwunden. Gleich darauf hörte Jenna die Eingangstür zufallen.

Sie stützte die Ellenbogen auf den Schreibtisch und legte den Kopf in die Hände. Alex hatte recht – Kim hatte es nicht leicht. Auch und gerade nicht mit ihr. Im Geiste erstellte sie eine Liste: Sie würde einen Termin mit der Schule ausmachen, noch einmal mit Kim reden, danach Alex Bescheid geben. Dann erst dachte sie über die letzte Frage ihres Mannes nach. Ein Date?

Jenna zog erneut eine Augenbraue hoch. Ein Date war, gelinde gesagt, lächerlich. Jennas Liebesleben köchelte auf Sparflamme. Nein, eher auf Restwärme. Sie war eine getrennt lebende Mutter mit einem rebellischen Teenager, deren Leben sich zwischen Teilzeitjob, Haushalt, etwas Sport und gelegentlichen Spieleabenden mit ein paar Freunden abspielte: Kartenspielen, der übliche Tratsch, ein paar Cocktails. Keine Männer, keine Abenteuer. Und das war gut so. Danke, mehr Aufregung als die um Kim brauche ich wirklich nicht, dachte Jenna.

In diesem Moment klingelte ihr Telefon. Es war ihr derzeitiger »Lieblingskunde«, der wieder einmal eine neue Fassung der Präsentation andachte. Mit einem »Ich könnte mir vorstellen, dass …« sollte sie bis morgen früh eine weitere Version erarbeiten.

Jenna legte seufzend auf und machte sich an die Arbeit. Sie liebte ihren Job, aber sie begann diesen Kunden zu hassen. Sie war Grafikerin mit Herz und Seele, doch glücklich, wirklich glücklich war sie dann, wenn sie zeichnen durfte, mit Stiften oder Kreide. Buchumschläge, Illustrationen, Comics – das war ihr wahres Leben, darin verlor sie sich vollkommen. Allerdings verdiente man damit nur Anerkennung, aber kein Geld. Schon gar nicht genug, um sich und eine Tochter in München zu ernähren, hier zu logieren und sich ab und zu einzukleiden.

Immer, wenn es einen kreativen Auftrag gab, dann schrie die Cartoonistin in ihr laut »Hurra!«, wie die tanzenden Strichmännchen auf der Schreibtischunterlage, die bereits wegen Überfüllung geschlossen werden sollte. Ihr derzeitiger Kunde konnte allerdings mit ihrer künstlerischen Ader nichts anfangen.

Er brauchte eine Anzeigenstrecke für Titanschrauben.

Jenna machte sich an die Arbeit und schickte die Cartoonistin zähneknirschend in einen Kurzurlaub, in den sie am liebsten mitgefahren wäre.

Frankreich, Versailles, November 1626

»Lagardère, Ihr seid völlig verrückt!« Marie de Bourbon saß an ihrem reich intarsierten Schreibtisch im Westflügel des Versailler Palastes, eine Schreibfeder in der Hand, und funkelte ihren jungen Sekretär an. »Was denkt Ihr Euch nur?«

Antoine Lagardère blickte schuldbewusst zu Boden, versuchte es dann aber erneut. »Eure Majestät, ich liebe sie nun einmal …«

»Lieben, papperlapapp«, winkte die Prinzessin zornig ab. »Was wisst Ihr schon von Liebe? Aber auch das wäre ja nicht das Schlimmste, bei Gott, das wäre es nicht … Aber da ist noch etwas, Lagardère! Sie ist meine Hofdame, meine! Und Ihr wurdet gesehen!« Marie schlug mit der Hand auf den Tisch und brachte den Stapel Papier vor ihr, den sie gerade durchsah, gefährlich ins Wanken. »Ihr könnt und werdet sie nicht haben. Sie wird in sechs Wochen Guy de l'Arronge heiraten, und dies wird eine äußerst erfreuliche, um nicht zu sagen, einträgliche und erfolgreiche Verbindung werden. Punktum! Schlagt sie Euch aus dem Kopf.« Marie wedelte mit der Hand, als würde sie eine lästige Fliege verjagen. Außerdem klang sie nicht danach, als würde sie einen Widerspruch akzeptieren. »Es tut mir leid, Lagardère, aber ich denke nicht daran, diese Heirat abzusagen.«

Der junge Mann senkte den Kopf. Da war einiges, was er der Prinzessin nicht gesagt hatte. Er liebte Sophie, und seine Gefühle wurden erwidert. Hinzu kam, dass er und Sophie bereits weit über das Stadium der scheuen Blicke hinaus waren, und Guy de l'Arronge in der Hochzeitsnacht eine böse Überraschung erwartete … Sophie Solanger war eine der Hofdamen von Marie de Bourbon, neunzehn Jahre alt, kein Kind von Traurigkeit, fröhlich, mit einer Flut rotblonder Locken und anderen sehr weiblichen Attributen gesegnet und außerdem bis über beide Ohren in den Sekretär ihrer Prinzessin verliebt.

Und keine Jungfrau mehr …

Lagardère, nur wenige Jahre älter als seine Angebetete, stand seit sechs Monaten im Dienst der Bourbonenprinzessin. Der aufgeweckte junge Mann hatte vor geraumer Zeit mit diplomatischem Scharfsinn und unkonventionellen Vorschlägen ihre Aufmerksamkeit auf sich gezogen, und es hatte nicht lange gedauert, bis die kluge Strategin nicht mehr auf die Dienste Lagardères verzichten wollte. Dessen Fähigkeit, blitzschnell zu kombinieren und selbst in den unvorteilhaften Situationen die beste Verhandlungsposition zu erkennen, machte ihn für die mögliche zukünftige Königin Frankreichs zu einem unentbehrlichen Mitarbeiter. Versonnen musterte sie den jungen Mann. Lagardère war groß und schlank, mit ebenmäßigen Zügen, die dunklen Haare fielen ihm in die Stirn, und seine grünen Augen blitzten meist ironisch. Dass die Damen des Hofes sich reihenweise Luft zufächelten, wenn er an ihnen vorbeiging, kam Marie insgeheim durchaus entgegen. Es ging nichts über Hofklatsch, aus dem man die wichtigsten Informationen herausfilterte.

Marie de Bourbon seufzte. In der letzten Zeit schien Lagardère seine Unbestechlichkeit abhandengekommen zu sein: Mademoiselle Solanger hatte ihm den Kopf verdreht. Oder er ihr, wie auch immer. Sophie war eine adelige Waise, nur mit knapper Not dem Schwarzen Tod, der vor einigen Jahren ganze Landstriche entvölkert und ihre Familie ausgelöscht hatte, entkommen. Vielleicht kam ihre unbändige Lebenslust daher.

Marie senkte den Kopf und blickte sinnend auf die Nachricht vor ihr. Lagardère wartete niedergeschlagen und sah sich, wie schon so oft, in dem großen, sparsam, aber erlesen möblierten Raum um. Marie de Bourbon legte Wert auf ganz bestimmte, ausgesucht feine Dinge. Das galt für Informationen, Schmuck und Männer.

In dieser Reihenfolge.

Die Novembersonne leuchtete mit letzter Kraft schräg in die großen Fenster im ersten Stock des königlichen Palastes. Ein vorwitziger Sonnenstrahl fiel einen Augenblick lang auf die Perücke der Prinzessin, die sie trotz ihrer jungen Jahre – sie war gerade dreißig geworden – trug. Lagardère ließ sich von dem friedlichen Bild nicht täuschen. Mochte auch König Ludwig XIII. die Krone tragen, die wirkliche Macht in Frankreich saß auf der anderen Seite des Palastes – das Gottesgnadentum war nur so lange gnädig, wie es dem Ersten Königlichen Minister, Kardinal Richelieu, gefiel. Jeder wusste das. Richelieu war der gefährlichste Mann im Reich, und sein Wirken ging weit über die Grenzen Frankreichs hinaus. Dass er seit Jahren auf verschiedenen Todeslisten stand, kümmerte ihn wenig. Zahlreiche ehemalige Beamte, die er mit einem Federstrich ihrer Macht und ihres Einflusses auf den König beraubt und in den Ruhestand oder die Verbannung geschickt hatte, wünschten nichts mehr als seinen plötzlichen Tod.

Marie und er lieferten sich seit Monaten ein Duell, aus dem bisher noch keiner als Sieger hervorgegangen war. Sie wusste, wenn sie verlor, würde sie das ihren Kopf kosten. Also hatte sie sich mit dem Comte de Chalais zusammengetan, dem Königlichen Gewandmeister – und Lagardère in ihren tollkühnen Plan eingeweiht.

Marie beendete den Brief, an dem sie geschrieben hatte, rollte ihn zusammen und versiegelte ihn mit ihrem Wachsabdruck. »Für Chalais«, sagte sie dann kurz angebunden und überreichte das Schriftstück ihrem Sekretär.

Lagardère nahm den Brief mit einer knappen Verbeugung entgegen und verließ wortlos den Raum.

Als sich die Tür hinter dem jungen Mann schloss, stand die Prinzessin auf, trat ans Fenster und schaute auf den Park hinab. Unter den Bäumen erkannte sie mehrere Hofdamen, die damit beschäftigt waren, die Reste eines Picknicks mit den Kindern der königlichen Familie zusammenzupacken. Sie kniff die Augen zusammen. Tatsächlich, da hinten war auch Sophie. Sie würde als kluges Mädchen einsehen, dass die Heirat mit Guy de l'Arronge das Beste war, was ihr passieren konnte. Eine Ehe war kein Vergnügen, sondern dazu da, Positionen zu festigen.

Allerdings nicht unbedingt die der Eheleute.

Marie würde, wenn alles gut ging, Gaston d'Orléans, den Bruder des Königs, heiraten, und gemeinsam würden sie Frankreich in eine neue Zeit führen. Doch noch stand ihr der Kardinal im Weg, der mit Ludwig seine eigenen Pläne verfolgte. Und man munkelte, er habe sieben Leben und noch keines davon aufgebraucht …

Marie de Bourbon stützte sich auf das Fenstersims und lehnte die Stirn an die Scheibe. Sie hatte noch einen Trumpf in der Hand. Er hatte nur einen Haken: Es war ihr letzter.

Kurz vor Mitternacht klopfte es an Lagardères Tür. Er bewohnte derzeit ein Zimmer im hinteren Teil des Schlosses, sodass er Marie sofort zur Verfügung stand. Er richtete sich auf und gähnte. »Herein«, sagte er halblaut.

Ein Lakai verbeugte sich. »Monsieur, Ihre Majestät erwartet Sie in ihrem Gemach.«

Lagardère nickte. So etwas kam immer wieder vor. Er zog sich an und folgte dem Diener, der einen Kerzenleuchter vor sich hertrug, durch die dunklen Gänge.

Marie war trotz der späten Stunde untadelig zurechtgemacht, sie war geschminkt, trug einen aufwendig bestickten Morgenmantel aus Seide, nur ihr Haar floss offen den Rücken hinab. Der Sekretär hatte allerdings nur Augen für die junge Hofdame, die am Fenster saß und scheinbar unbeteiligt hinaussah. Selbst in einer Position wie der Maries konnte man es sich nicht leisten, ins Gerede zu kommen. Bei privaten Gesprächen war grundsätzlich eine Anstandsdame anwesend. Marie hatte allerdings darauf geachtet, dass die Spioninnen des Kardinals meist nur die uninteressanten Details zu berichten wussten. Zu den wichtigen Gesprächen engagierte sie grundsätzlich Sophie Solanger, die jetzt ihren Kopf wandte und Lagardère unbefangen mit einem Nicken begrüßte.

Marie saß hochzufrieden in ihrem Sessel, wedelte mit einem Schriftstück und nickte ihrem Sekretär zu. »Mein Lieber, Ihr seid genial. Diesen Code wird niemand entschlüsseln! Und mit Hilfe dieses gelehrten Herrn werden wir diesmal den richtigen Zeitpunkt vorab bestimmen können, nicht wahr?«

Ein kleines Männchen, das in einem hohen Lehnsessel kaum zu sehen war, sprang auf und verbeugte sich. Die Kleider schlotterten um seinen mageren Körper, die Haare standen ihm wirr um den Kopf, doch seine Augen blitzten hellwach.

»Ich kenne Euch«, sagte Lagardère verblüfft. »Ihr arbeitet für Meister Morin, den Astronomen des Herzogs von Luxemburg.«

»So ist es«, sagte das Männchen mit hoher Stimme. »Aber unter uns gesagt, weiß Morin wenig über die Bewegung der Gestirne. Ganz im Gegenteil, er glaubt es immer noch nicht. Ihre Majestät hingegen«, er deutete einen Diener in Richtung Marie an, »weiß meine Dienste und mein Wissen zu schätzen.«

»Und was könnt Ihr für uns tun?« Lagardère klang skeptisch, doch die Prinzessin lächelte.

Das Männchen kicherte stolz. »Ich werde Euch sagen können, wann die Zeit für die Hüterin wieder gekommen ist.«

Lagardère war das erste Mal seit Langem sprachlos.

Gegen drei Uhr morgens warf sich der junge Sekretär unruhig auf seinem Lager hin und her, stöhnte leise. So sehr er sich auch bemühte, er fand keinen Ausweg. Sein Leben war ein einziges Durcheinander. Geboren und aufgewachsen in einem kleinen Dorf im Languedoc, wo sein Vater den Posten eines Notars bekleidete, hatte er eine unbeschwerte Kindheit verbracht. Sein älterer Bruder Olivier und er waren talentierte Schüler in der Klosterschule gewesen, Olivier hatte nach einigen Jahren tatsächlich seine Gelübde abgelegt. Ihre kleine Schwester lebte noch im Haushalt der Eltern. Doch Antoine hatte es früh fortgezogen, weg aus der Provinz, die ihm so eng und beschränkt erschien. Der Zufall wollte es, dass er der Gehilfe eines nach Paris reisenden Geistlichen wurde.

Dass er sich drei Jahre später im Auge des Sturms wiederfinden würde, hatte er sich in seinen kühnsten Träumen nicht ausgemalt. Lagardère fehlten die Skrupellosigkeit und der Machthunger, die die Prinzessin auszeichneten. Sie war unerbittlich und grausam, doch gleichzeitig besaß sie Ehrgefühl, das musste er anerkennen. Manchmal mochte er sie sogar, und das erschreckte ihn.

Sophies Gesicht schob sich vor seine Gedanken. Nur zu bald würde sie die Frau eines anderen sein. Um mit Sophie durchzubrennen, hatte er schlicht und einfach weder Geld noch genügend Mut. Marie würde sie nie gehen lassen. Doch dass Guy de l'Arronge sie sehen sollte, wie Antoine sie gesehen hatte … Bei diesem Gedanken wurde ihm fast schlecht. L'Arronge war dreißig Jahre älter als sie, in betrunkenem Zustand oft gewalttätig und zudem hässlich wie die Nacht – mit anderen Worten: Der Letzte, den er sich für seine Geliebte wünschte.

Aber wahrscheinlich waren seine Gedanken müßig. Entweder ihr neuester Plan würde funktionieren, oder er würde sie alle aufs Schafott bringen. Vielleicht nicht den Bruder des Königs, aber alle anderen.

Antoine Lagardère inklusive.

Eine Woche später fiel der Herbst mit aller Macht in Paris ein. Tagelang stürmte es ununterbrochen, Wind und Regen fegten über das Land, das Vieh drängte sich auf den Weiden zusammen, um sich vor dem schneidenden Westwind zu schützen.

Marie de Bourbon hatte ein vorzügliches Abendessen genossen, sich angeregt mit ihren Hofdamen unterhalten und dann die Tafel aufgehoben. Dennoch kamen ihre Gedanken heute Abend nicht zur Ruhe, sie ging in ihrem Salon auf und ab und dachte nach. Der Wind heulte um das Schloss, und die großen Fensterläden klapperten gegen die Fassade. Sophie saß auf einem Sofa, stickte im Kerzenlicht und war ebenfalls in Gedanken versunken, als es plötzlich klopfte.

Ein offensichtlich aufgebrachter Antoine Lagardère stürmte ins Zimmer. Sein wehender Umhang fegte zwei Gläser vom Tisch und stieß eine Karaffe Wein um, deren Inhalt mit leisem Glucksen im Teppich versickerte.

Der Sekretär würdigte die zerbrochenen Gläser keines Blickes. »Verzeiht, Prinzessin«, keuchte er und baute sich vor Marie auf, die ihn stirnrunzelnd ansah. »Ich komme, um Euch zu warnen. Chalais und seine Gesellen sind auf dem Weg in die Rue St. Roche. Sie planen, den Kardinal zu töten!«

»Was redest du da, Antoine?«, fragte Sophie verblüfft und ließ das Stickzeug sinken.

Marie sah den alarmierten Blick, den Lagardère seiner Geliebten zuwarf. »Unser kleiner Freund, der Astronom, wurde gestern in der Seine treibend gefunden … Und wir wissen alle, wenn Seine Eminenz nicht mehr unter uns weilt, gibt es niemanden mehr, der den König schützt. Doch Prinzessin, die Hinweise werden in Eure Richtung deuten. Ihr müsst Chalais aufhalten!«

Marie hatte dem Ausbruch ungerührt zugehört. »Setzt Euch«, sagte sie kühl. »Ich werde nichts dergleichen tun. Der verdammte Kardinal hat meinen Astronomen umbringen lassen – dafür wird er zahlen!«

»Aber Majestät!«, protestierte Lagardère.

»Nein.« Marie klang schroff. »Es reicht. Heute Abend werden sich die Sterne in meine Richtung neigen. Und jetzt geht. Diese Entscheidung ist allein meine.« Sie funkelte ihren Sekretär an. »Habe ich mich klar ausgedrückt?«

Lagardère nickte ergeben. Er ergriff Sophies Hand, zog sie hoch und verließ gemeinsam mit ihr den Salon. Hand in Hand gingen sie durch die Gänge zu Sophies Zimmer, das sie sich mit zwei anderen Hofdamen teilte. Der Gang wurde durch ein Fenster erhellt, durch das der Mond hereinschien. Wolkenfetzen jagten über den Himmel, für Sekunden legte der Mond immer wieder einen silbernen Glanz auf Sophies Gesicht. Lagardère nahm sie in seine Arme und küsste sie, leidenschaftlich und mit dem Beigeschmack der Verzweiflung. Er vergrub sein Gesicht in ihrem Haar und wünschte sich weit, weit fort.

Sophie strich ihm übers Gesicht. »Was wirst du tun, Antoine?«, fragte sie leise.

Lagardère schüttelte den Kopf und küsste sie erneut. »Frag nicht. Wir sehen uns morgen, Sophie.«

Er verschwand mit wehendem Mantel um die Ecke.

Sophie schluckte. Es hatte wie ein Abschied geklungen.

Sie hatte den Gedanken kaum gedacht, da presste ihr jemand von hinten eine Hand auf den Mund, zischte ein drohendes »Kein Laut, Mademoiselle!«, und zog sie mit sich fort.

Die Kutsche raste durch die Nacht, der Kutscher holte alles aus den Pferden heraus. Lagardère wurde von einer Seite auf die andere geschleudert. Ihm war schwindlig. Was er im Begriff war zu tun, fiel unter Hochverrat. Doch er konnte diesem feigen Mordversuch nicht schweigend zusehen. Ja, er wünschte sich Marie auf dem Thron, doch seitdem er wusste, dass er Sophie nie bekommen würde, war etwas in ihm gestorben. Seine Begeisterung, sein Feuer für das geniale Komplott waren erloschen.

Hinzu kam, dass er den Kardinal kannte. Dieser war ein machthungriger Stratege, der über Leichen ging, und Lagardère hätte keine Skrupel gehabt, ihn bei einem ehrenvollen Duell zu töten. Doch zuzusehen, wie bei Nacht und Nebel ein Mann in seinem Haus ermordet wurde, das konnte er vor seinem Gewissen nicht verantworten.

Als er vor dem Haus des Kardinals ankam, war alles still. Kein Gefechtslärm war zu hören, keine Schreie.

Vielleicht war er noch rechtzeitig gekommen, um das Schlimmste zu verhindern?

Lagardère klopfte, gab sich dem Lakai zu erkennen und trat gleich darauf in ein großes Wohnzimmer. Kardinal Richelieu saß an einem Tisch, ein großes Buch und ein Glas Wein vor sich, und sah interessiert auf, als sein Gast das Zimmer betrat.

»Eminenz«, grüßte Lagardère heiser.

»Welch Überraschung! Antoine Lagardère, nicht wahr? Was führt Euch zu mir?« Er nahm einen Schluck Wein und musterte den jungen Mann.

Dieser ließ sich seine Überraschung darüber, dass der Kardinal seinen Namen kannte, nicht anmerken. »Ich komme, um Euch zu warnen, Eminenz. Chalais und seine Männer sind unterwegs hierher, um Euch zu töten.«

Der Kardinal lächelte dünn. »Das wäre ja nicht das erste Mal. Allerdings ist es das erste Mal, dass Ihr hier aufkreuzt.«

»Wir stehen auf verschiedenen Seiten, Eminenz«, gab Lagardère zurück und war stolz darauf, dass seine Stimme nicht zitterte. »Aber einen feigen Mord kann und werde ich nicht zulassen.«

Richelieu zog die Brauen hoch. Blitzschnell fasste er einen Entschluss – innerhalb weniger Sekunden wurde aus dem nachdenklichen Minister ein zu allem entschlossener Kämpfer. Er rief seine Leibwachen – an diesem Abend waren sie zu dritt – und instruierte sie leise. Dann wandte er sich an den Sekretär, der unschlüssig vor dem Tisch stehen geblieben war. »Lagardère, ich bin Euch zu Dank verpflichtet. Und nun geht besser, bevor Euch jemand sieht.«

Doch es war bereits zu spät.

In diesem Moment pochte es an der Tür, und eine befehlsgewohnte Stimme erscholl. »Öffnet die Tür! Sofort! Wir wollen mit dem Ersten Minister reden.«

Der Diener sah erst Richelieu an, dann antwortete er kühl, ohne der Anweisung Folge zu leisten: »Seine Eminenz sind nicht zugegen.«

»Wo ist er denn hin?«

»Ich weiß es nicht.«

Man hörte leise, zornige Rufe vor der Tür, dann einen Schrei.

»Lügner!«, erklang eine andere, spöttische Stimme. »Sag deinem Herrn, dass er eine hübsche Hofdame auf dem Gewissen hat, wenn du nicht öffnest!«

Lagardère sah den Kardinal entsetzt an, doch Richelieu schien unbeeindruckt. Er gab dem Diener ein Zeichen, die Tür zu öffnen. Vier Männer drängten ins Zimmer, die Gesichter mit schwarzen Masken verhüllt, die Degen in der Hand.

Richelieu trat ihnen entgegen. »Halt!«, sagte er gelassen und hob die Hand. »Lasst das Mädchen gehen, wer immer sie auch ist, sie hat Euch nichts getan. Dann sagt, was Ihr wollt.«

»Wisst Ihr das nicht?«, erkundigte sich die spöttische Stimme.

»Seid wenigstens nicht so feige und zeigt Eure Gesichter!«, rief Lagardère wütend und hob den Degen.

»Oh, der Schreiberling ist auch da. Wie schön, wie schön!« Die spöttische Stimme nahm einen drohenden Unterton an. »Ich habe immer vermutet, dass man Euch nicht trauen kann, Lagardère!«

Dieser wollte etwas erwidern, doch Richelieu war schneller. »Was wollt Ihr?« Er wurde mittlerweile von seinen beiden Leibwächtern flankiert, die zu allem entschlossen schienen und nur noch auf einen Fingerzeig des Kardinals warteten.

Einer der Männer zog seine Maske vom Gesicht. »Wir wollen Euch davon überzeugen, dass es der Gesundheit abträglich ist, wenn man sich uns zum Feind macht.«

Lagardère trat einen Schritt vor, seine Wut war ihm deutlich anzusehen, doch der Kardinal bremste ihn mit einer fast unmerklichen Handbewegung.

Richelieu lächelte dünn. »Ich habe mehr Feinde, als ich zählen kann. D'Ornano, nicht wahr? Ein Höfling, wie er im Buche steht. Immer bereit, jemandem in den Rücken zu fallen«, erklärte er Lagardère wie nebenbei. »Nun, Monsieur, Ihr müsst Euch schon etwas anderes einfallen lassen, um mich zu erschrecken.«

Falls d'Ornano überrascht war, dass der Kardinal ihn erkannt hatte, ließ er es sich nicht anmerken. »Das mag schon sein.

Aber ich denke, Ihr habt Euch noch etwas Sinn für Schönheit bewahrt, nicht wahr? Bringt sie herein!«, rief er hinter sich.

Zwei seiner Männer zogen die sich heftig wehrende Sophie hinter sich her und stellten sich neben d'Ornano. Sie hatten ihr die Hände auf dem Rücken gefesselt und hielten ihr den Mund zu. Sophie hatte die Augen weit aufgerissen, Angst und Wut flackerten darin.

Lagardère starrte sie entsetzt an. Was sollte das bedeuten?

»Wer ist denn die junge Dame?«, fragte der Kardinal gelassen.

»Sie gehört zu ihm«, gab d'Ornano höhnisch zurück und wies auf den schreckensbleichen Lagardère.

»Hm«, machte der Kardinal. »Das verkompliziert die Sache. Dennoch, findet Ihr es ehrenhaft, einen Sekretär und seine …« Er warf einen Seitenblick auf Lagardère. »… seine Geliebte hier hineinzuziehen?«

Lagardère schluckte trocken. Er war bis eben der Meinung gewesen, seine Beziehung zu Sophie sei über die Gemächer von Marie de Bourbon hinaus nicht bekannt.

»Im Gegensatz zu ihm und Euch *bin* ich ein Ehrenmann. Aber Ihr … Ihr seid das Schlimmste, was Frankreich passieren konnte!« Verächtlich spuckte d'Ornano dem Kardinal ins Gesicht.

Dieser wischte sich seelenruhig die Wange ab und nickte kurz. Mit einer blitzschnellen, fast unsichtbaren Bewegung beschrieb der Degen eines der Leibwächter einen eleganten Bogen und schnitt d'Ornano die rechte Wange von der Schläfe bis zum Mundwinkel auf. D'Ornanos Schrei war wie ein Signal. Einen Moment später waren Lagardère und die zwei Wachen in einen heftigen Kampf mit den drei maskierten Männern verwickelt. Richelieu griff an seinen Gürtel und zog einen langen Dolch.

»Seid Ihr es, Chalais?«, fragte er, sprang elegant über einen Stuhl und griff einen der Männer an.

»Das werdet ihr nie erfahren!«, ertönte eine heisere Stimme unter der Maske. Doch Lagardère, der gerade Rücken an Rücken mit einer der Wachen focht, griff zu und riss ihm die Maske vom Gesicht.

Der Comte de Chalais heulte vor Überraschung auf und setzte zum Stoß an. Antoine parierte den Schlag und wich zwei Schritte zurück. Er warf einen Blick zur Tür, wo einer der Angreifer immer noch Sophie in Schach hielt. Das Mädchen versuchte verzweifelt, seine Hände zu befreien. Wild um sich tretend wehrte es sich gegen seinen Aufpasser, der ihm daraufhin genüsslich eine Locke absäbelte. »Halt still, du Dirne«, knurrte er. »Sonst ist es dein Hals.«

Lagardère, der feststellen musste, dass Chalais ein wendiger und gefährlicher Gegner war, versuchte eine Finte nach links oben. Gleichzeitig und ohne genau hinzusehen, griff er hinter sich nach einem Schürhaken und warf ihn Sophies Bewacher an den Kopf. Lautlos brach dieser zusammen, und Sophie rannte los, in die stürmische Nacht hinaus.

Lagardère atmete erleichtert auf, bis er ihren verzweifelten Schrei hörte. Er stand für einen Moment wie erstarrt, dann stürmte er zur Tür. Als er Sophie draußen bewegungslos auf dem Boden liegen sah, stieg der Zorn in ihm hoch. »Verräter«, schrie er den Verschwörern entgegen, »das überlebt Ihr nicht!«, und stürzte sich mit einem Satz wieder ins Gefecht.

Auch der Kardinal, der einem der verwundeten Männer den Degen entrissen hatte, focht um sein Leben. Aus dem Augenwinkel sah er eine Bewegung und schrie: »Passt auf!«

Lagardère wirbelte herum, erwartete einen Degenstoß des Comte und schaute einen Lidschlag später fassungslos an sich herunter. Ein langes Messer steckte in seiner Brust. Chalais hatte es in einer fließenden Bewegung aus dem Stiefel gezogen und geworfen. Bei dieser geringen Entfernung hatte er Lagardère nicht verfehlen können.

Lagardères letzter Blick galt dem Kardinal. »Ich habe versagt, Eminenz«, hauchte er verzweifelt, dann übermannte ihn die Nacht, und seine Augen brachen. Als er zu Boden sank, war er bereits tot.

»Im Namen des Königs, ergebt Euch!«, rief eine befehlsgewohnte Stimme von draußen. Die Verschwörer verdoppelten ihre Anstrengung, doch es war umsonst. Gegen ein Dutzend Musketiere des Königs hatten sie keine Chance.

»Seid Ihr verletzt, Exzellenz?«, fragte der Anführer, als die Angreifer allesamt gefesselt nach draußen gebracht worden waren.

»Nein«, winkte Richelieu ab, »nur ein Kratzer. Was zum Teufel hat Euch so lange aufgehalten, Henri?«

»Ähm …« Henri hustete verlegen. »Wir hatten … Verpflichtungen …«

Richelieu sah ihn scharf an und zog die Augenbrauen hoch.

»Es wird nicht wieder vorkommen, Exzellenz«, sagte Henri, legte die rechte Hand auf sein Herz und verneigte sich kurz.

Der Kardinal schüttelte den Kopf. »Diesmal seid Ihr zu spät gekommen. Ihr wisst, was das heißt, nicht wahr?«

Henri wurde blass und wollte etwas sagen, doch Richelieu brachte ihn mit einer Handbewegung zum Schweigen.

Dann kniete er neben Lagardère nieder und schlug ein Kreuz.

»Es tut mir leid, mein Freund«, sagte er leise. »Um Euch beide. Doch wer einmal versagt, lebt in diesen Zeiten nicht lange genug, um es wiedergutzumachen. Es gibt keine zweite Chance im Leben. Nicht bei Gott – und nicht bei Kardinal Richelieu.«

Einige Tage später wurden Antoine Lagardère und Sophie Solanger auf dem Friedhof von Versailles bestattet. Die ersten Schneeflocken rieselten herab und kündigten den nahen Winter an. Sie überzogen die Gräber mit einer dünnen Schicht weißer Kristalle, die im Licht einer Fackel glitzerten. Marie de Bourbon und der Kardinal setzten ihre Fehde für einen Tag aus – sie waren die einzigen Trauergäste.

Morgen würden sie wieder Feinde sein, heute waren sie vereint im Bedauern über den sinnlosen Tod zweier Liebender.

Marie de Bourbon blickte auf die frischen Gräber und seufzte leise. Der erste Teil ihres Plans war aufgegangen: Die Saat war gesät, die Ihren vorbereitet. Dennoch hätte sie ihrem jungen, impulsiven Sekretär gerne gesagt, dass es unter Umständen eine zweite Chance gab.

Nur war diese verteufelt unsicher.

Sie waren nur noch lautlose Schatten in einer grauen und grausamen Welt. Wo sie existierten, gab es keine Vergangenheit und keine Zukunft. Zeit war unwichtig in diesem Reich.

Sie waren unzählige, und täglich, ja stündlich, wurden es mehr. Draußen, außerhalb der Grenzen dieses Reiches, verrann die Zeit. Doch wer einmal zum Schatten wurde, der war verdammt.

Für die Ewigkeit.

Denn was machte Zeit noch für einen Unterschied, wenn es nichts gab, worauf man hoffen konnte?

Wer lange genug blieb, der vergaß. Wer er einmal gewesen war, worüber er gelacht, worüber er geweint hatte. Der Nebel sog alles auf, und am Ende war nichts mehr wichtig. Alles blieb, wie es war.

Jonathan von Keysern hatte seine Lektion gelernt. Er war zum Schatten geworden, ein Gefangener in diesem Reich ohne Grenzen. Denn er hatte versagt, bitter versagt, und mit seinem Leben dafür bezahlt. Doch er vergaß nicht, konnte nicht vergessen. Hass und Wut quälten und nährten ihn, verhinderten, dass er sich dem Vergessen überließ, in den Nebel eintauchte, sich auflöste und wartete, bis die Ewigkeit vorüber war.

Nein, er vergaß nicht.

Von Keysern hörte zu. Die Schatten im Nebel wisperten und raunten, und während draußen die Jahrhunderte vergingen, die Welt mehrfach aufblühte und in den Flammen versank, wusste er, dass seine Zeit noch einmal kommen würde. Sein Körper war gebrochen, längst zu Staub zerfallen, doch er wartete geduldig. Wenn es einmal so weit war, würde er vollenden, was er einst begonnen hatte.

MITTWOCH, 1. FEBRUAR

Die Natur schien sich gegen alles Leben verschworen zu haben. Es war noch einmal kälter geworden, das Thermometer war in die zweistelligen Minusgrade gefallen. Der Schneematsch fror auf den Straßen und Gehwegen Münchens zu einer eisigen Masse, und die Luft stach in den Lungen. Es war, als hätte ein grausamer Winter noch einmal beschlossen, allen zu beweisen, wozu er fähig war.

Jenna betrat das Rupprecht-Gymnasium in der Albrechtstraße und suchte nach dem richtigen Zimmer. Raum 14 hatte auf dem Infoblatt der Schule gestanden, das zu Beginn des Schuljahres verteilt worden war. Gabriele Berger, die bestgehasste Lehrerin der Schule, war Ansprechpartnerin für alle Eltern der Zwölftklässler, und damit auch für Jenna.

Nach einem Blick auf den etwas verblassten Wegweiser stand fest, dass der Besprechungsraum sich im zweiten Stock befand. Jenna hängte sich den Mantel über den Arm und stieg langsam die Stufen hoch. Während sie einer hektisch telefonierenden Frau mit Fendi-Handtasche auswich, schnupperte sie und lächelte. Es roch, wie es auch in ihrer Schule immer gerochen hatte. Nach Bohnerwachs und jenem ominösen Reiniger, den jede Schule in offenbar jeder deutschen Stadt für die Fußbodenreinigung zu verwenden schien. Der Geruch war von Garmisch bis Flensburg der gleiche.

Aus einigen Räumen drang leises Gemurmel, der Nachmittagsunterricht war im Gange. Kims Stundenplan für heute sah zwei Stunden Kunst und zwei Stunden Englisch vor.

Zumindest ist es hier drin wärmer als draußen, dachte Jenna, blickte auf ihre Uhr und setzte sich vor der Tür auf einen Stuhl, in dessen hölzerne Rückenlehne jemand ein Herz und die Buchstaben E und D geschnitzt hatte. Sie hatte noch ein paar Minuten Zeit und ging im Geist das Gespräch mit Kim von vorgestern Abend noch einmal durch. Ihre Tochter, die sich zähneknirschend an das Ausgehverbot gehalten hatte, war keineswegs erfreut darüber gewesen, über Lerndefizite und das kommende Abitur zu philosophieren. Nach einigen renitenten Anläufen, die Jenna entschieden abgeschmettert hatte, war man übereingekommen, dass Kim die nächsten Monate wieder mehr und regelmäßig lernen würde.

»Ja, ist gut, ich verspreche es«, hatte Kim gemurmelt, in die Augen gesehen hatte sie ihrer Mutter jedoch nicht.

Jenna seufzte verärgert. Irgendetwas hatte ihre Tochter verändert, machte ihr vielleicht sogar Angst und verschreckte sie. Kim und sie waren Freundinnen gewesen, stets mehr als Mutter und Tochter. Jetzt hasste sie es, die elterliche Autorität herauskehren zu müssen. Sie dachte an ihre eigenen Eltern, die ihr nie viel Freiraum gelassen hatten. Genau das hatte sie von Anfang an versucht, bei Kim anders zu machen. Das Resultat entsprach allerdings keineswegs ihren Vorstellungen, im Gegenteil. Dass ihre Mutter ihr möglichst viel Freiraum ließ, schien Kim momentan in keiner Weise zu honorieren. Der Plan »antiautoritäre Erziehung mit Samthandschuhen« flog Jenna gerade um die Ohren.

Sie sah erneut auf die Uhr, stand auf und klopfte an die Tür. Vielleicht wusste Dr. Berger Rat? Das war momentan ihre einzige Hoffnung.

»Herein«, erklang eine kühle Stimme.

Jenna öffnete die Tür und sah eine Frau mit kurzem blondem Haar und einer randlosen Brille am Pult sitzen und in einer Mappe blättern.

»Dr. Berger?«

»Ja, das bin ich. Kommen Sie doch herein.« Die Frau erhob sich und streckte Jenna die Hand entgegen. Dr. Berger trug ein enges, lachsfarbenes Kostüm, das ihre stämmige Figur unterstrich. Ihre Augen waren so kalt wie die Eisblumen auf dem Fenster.

»Jenna Winters. Ich bin Kims Mutter«, stellte sich Jenna vor und schüttelte die dargebotene Hand.

»Setzen Sie sich«, bat Dr. Berger und wies auf die zahlreichen Stühle der Klasse.

Jenna setzte sich in die erste Reihe, legte ihre Tasche neben sich und kam sich vor wie eine früh pensionierte Musterschülerin. Sie sah vor zum Pult und lächelte nervös. »Danke. Fehlt nur noch, dass Sie mir Fragen stellen, die ich nicht beantworten kann.«

»Aber nicht doch«, erwiderte Dr. Berger und lächelte dünn. Sie vertiefte sich wieder in eine Akte, dann sah sie Jenna über ihre Brille hinweg an. »Kims Noten waren bis vor drei Monaten durchaus akzeptabel.«

Jenna nickte. »Ja, deswegen bin ich bei Ihnen. Ich weiß nicht, was mit ihr los ist. Sie lernt nicht mehr. Sie redet nicht mit mir. Ehrlich gesagt, bin ich ziemlich verzweifelt. Es muss doch einen Weg geben, aber ich sehe ihn einfach nicht.« Sie schaute einen Moment aus dem Fenster und betrachtete den gläsernen Steg, der über die Albrechtstraße führte, dann fuhr sie fort: »Und wenn sie so weitermacht, hat sie ein richtiges Problem, denke ich. Haben Sie vielleicht irgendeine Idee?« Sie lehnte sich zurück und sah ihre Gesprächspartnerin erwartungsvoll an.

»Das Problem hat sie jetzt schon«, antwortete Dr. Berger kurz und machte sich eine Notiz, bevor sie wieder aufsah. Auf Jennas fragenden Blick hin fuhr sie fort: »Kim ist aufsässig und frech, abgesehen von ihren miserablen Zensuren.«

»Inwiefern denn?«

»Sie hält sich nicht an die Regeln und Vorschriften der Schule, kommt immer wieder zu spät und stachelt dadurch andere Mitschüler zum Nichtstun an.«

»Sie kommt zu spät?«, wunderte sich Jenna. »Das kann ich mir kaum vorstellen, schließlich fährt sie morgens gemeinsam mit ihren Freundinnen. Kommen die denn alle zu spät? Und sie stachelt sie an? Wie soll das gehen?«

»Nun, sie stellt Fragen, die rein gar nichts mit dem Unterrichtsthema zu tun haben. Fordert andere auf, den Unterricht zu stören. Sie widerspricht. Sie stellt den Lehrplan infrage …« Dr. Berger blätterte wieder.

»Das klingt doch nach einem typischen Teenager«, wandte Jenna ein. »Das erleben Sie bestimmt jeden Tag, und ich nehme an, es ist nichts Außergewöhnliches. Und Kim ist auch sicher nicht die Einzige, die aufbegehrt. Ein Recht der Jugend und wenn ich mich zurückerinnere …«

Ein einziger Blick von Dr. Berger machte ihr klar, dass dies vielleicht nicht der richtige Zeitpunkt für persönliche Reminiszenzen war. Jenna erhob sich und trat an das Pult, auf dem sich die Akten von Schülern stapelten. »Ich bin aber heute hier, weil ich einen Rat von Ihnen brauche.«

»Das kann ich mir vorstellen«, gab Dr. Berger ungerührt zurück. »Aber wenn Eltern ihre Erziehungspflichten wahrnehmen würden, dann hätten wir hier weniger Probleme. Mit Rat ist es auch nicht mehr getan. Wenn Kim ihr Verhalten nicht sofort und grundlegend ändert, werde ich sie eine Woche vom Unterricht ausschließen müssen.«

»Was?« Jenna runzelte die Stirn und sah die Lehrerin empört an. »Finden Sie das nicht ein bisschen übertrieben? Ich komme zu Ihnen, damit wir gemeinsam über meine Tochter sprechen, und das Erste, was Sie vorschlagen, ist, sie zu suspendieren?« Beim letzten Satz wurde sie laut.

»Vielleicht schauen Sie einmal, ob Kims Verhalten in ihrem Zuhause begründet ist«, sagte die Lehrerin kühl und betrachtete Jenna wie eine Spezies besonders unfähiger Mütter, die ihr das Leben schwer machten.

»Das kann schon sein«, gab Jenna zu. »Wir haben so unsere Probleme miteinander. Aber ich denke, da steckt mehr dahinter. Hier in der Schule, meine ich. Wird sie vielleicht gemobbt?«

»So etwas gibt es hier nicht«, beschied ihr Dr. Berger brüsk.

»Woher wollen Sie denn das wissen?« Jenna beschlich das ungute Gefühl, mit der falschen Person zu reden. »Mobbing gibt es überall, sicher auch hier.«

Dr. Berger erhob sich, umrundete das Pult und baute sich vor Jenna auf. »Meine liebe Frau Winters, ich denke, Kim leidet unter der Zerrüttung ihres Zuhauses, und dafür sind Sie verantwortlich, niemand sonst. Vielleicht noch der Vater Ihrer Tochter. Außerdem hat Ihre Tochter Probleme mit Autorität. Das muss sich ändern. Und wenn sie einen kleinen Anstoß braucht, sprich ein paar freie Tage, um darüber nachzudenken, dann werde ich das veranlassen. Wie alt ist sie? Siebzehn? Dann besteht ja offiziell keine Schulpflicht mehr, nicht wahr?«

Jenna schoss das Blut ins Gesicht. Sie lehnte sich vor, sodass sie nur mehr Zentimeter von Dr. Bergers Gesicht entfernt war. »Wenn das die einzige Hilfe ist, die Sie anbieten, dann wundere ich mich nicht, dass meine Tochter ein Problem mit Ihnen hat«, zischte sie wütend. »Ich habe es auch. Und wissen Sie was: Ich kann Kim verstehen. Sie sollen die Autorität sein, nach der sie sich richten sollte? Das ist ja lächerlich. Sie wollen mir nicht helfen? Schön. Ich werde allein herausfinden, was mit meiner Tochter los ist. Und wenn es irgendetwas mit dieser Schule zu tun hat, dann sind Sie Ihren Job los. Dafür sorge ich.«

Damit drehte sich Jenna auf dem Absatz um, riss Tasche und Mantel an sich, marschierte aus dem Zimmer und warf die Tür so heftig hinter sich zu, dass der Knall durch die Gänge hallte. Immer noch außer sich vor Wut eilte sie die große Treppe hinunter. Was für eine eingebildete Tusnelda!

Als sie wieder in der kalten Winterluft stand, atmete sie tief durch. Was war nur in sie gefahren? Sie merkte, dass ihre Knie zitterten, und ließ sich auf dem Weg zur U-Bahn auf die nächste Bank sinken. Was bildete sich diese Dr. Berger eigentlich ein?

Jenna schnaufte verächtlich und kramte dann in der Handtasche nach ihrem Handy. Alex würde heute Abend mit Kim essen, und sie konnte ihn genauso gut jetzt auf den neuesten Stand bringen. Bevor sie die Nummer wählte, zögerte sie kurz. Ehrlicherweise musste sie sich eingestehen, dass Kim nicht der Grund für ihre Ausbrüche war. Sie selbst war es. Sie war unkonzentriert, unzufrieden, unleidlich. Und das immer öfter. Warum, war ihr selbst ein Rätsel.

»… bitte hinterlassen Sie eine Nachricht.« Natürlich, die Konferenz. Alex hatte sein Handy ausgeschaltet.

»Alex, Jenna hier. Bitte ruf mich an, bevor du Kim abholst. Ich muss mit dir reden, ja? Bis später. Und … Alex? Danke.«

Gegen zehn Uhr abends, im dritten Stock eines der Häuser in der Waltherstraße, waren die Gäste und das Gastgeberpaar satt, zufrieden und nicht mehr ganz nüchtern. Die vier hatten einen großen Topf Pasta verdrückt, begleitet von zwei Flaschen Merlot. Die Spaghetti hätte man sich, wie Anne befand, »zu dieser Stunde gleich auf die Hüften klatschen können«, und was den Wein betraf, so wurde die dritte Flasche geköpft, bevor das erste Spiel begonnen hatte. Die Spieleabende waren seit langen Jahren eine viel geliebte Tradition im Hause der Wrights. Sie machten stets furchtbar hungrig. Und noch durstiger. Der Kater kam regelmäßig am nächsten Tag.

Anne, die Gastgeberin, war Jennas älteste Freundin. Sie kannten sich aus der Schule, hatten die unmöglichsten Streiche ausgeheckt, dieselben Jungs geküsst und waren gleichermaßen an den anderen gescheitert. Aber das war lange her. Annes Mann Nicholas, der gut fünfzehn Jahre älter war als sie, kam aus England, was den Vorteil hatte, dass man ihn über bestimmte Teile des pubertären Vorlebens im Unklaren lassen konnte. Nun bewohnte das Ehepaar ein großes Appartement in der Nähe des Goetheplatzes – vier Meter hoher Altbau mit Stuckdecken – ein Traum für jeden Edelarchitekten.

Doch wer die Wohnung zum ersten Mal betrat, der wurde überrascht. Anne und Nicholas Wright waren beide leidenschaftliche Büchersammler. Jede, wirklich jede Wand war gesäumt von deckenhohen Regalen. Es mussten Tausende Bände sein, Jahrhunderte voller Wissen, Millionen Seiten voller Geschichten, die oft immer noch darauf warteten, entdeckt zu werden.

Im Laufe der letzten zehn Jahre hatten sich die Wrights in Sammlerkreisen einen Namen erworben. Eines ihrer Spezialgebiete war Reise- und Entdeckerliteratur. Tagebücher, Forschungsberichte, botanische und militärische Exkursionen auf allen Kontinenten. Nicholas, der früher viel gereist war, ließ sich von allem faszinieren, was sein Weltbild zu sprengen drohte, und so las er sich abende- und nächtelang durch die Fach- und Sachliteratur und würde wohl bis an sein Lebensende damit zu tun haben. Anne fand nichts dabei. So war ihr Mann wenigstens zu Hause und kam nicht auf dumme Gedanken.

Sie dagegen war hauptberuflich Architektin und hatte daher mehrere Regalmeter mit Bildbänden und Fachbüchern über Städtearchitektur gefüllt.

Ihr Wohnzimmer bestand aus einer gemütlichen Sitzgruppe, dem Kamin zugewandt, ein paar einzelnen Sesseln und den obligatorischen Bücherwänden.

Lisa und Jenna hatten es sich nach dem Essen auf einem der

einladenden Sofas bequem gemacht, hielten sich an einem Glas Wein fest und unterhielten sich. Das Feuer knisterte und verbreitete eine angenehme Wärme.

»Wir sind gleich wieder bei euch!«, rief Anne aus der Küche. »Mag jemand einen Kaffee?«

Lisa und Jenna sahen sich an und schüttelten gleichzeitig die Köpfe. »Nein, danke, Ännchen«, rief Lisa zurück, »uns geht's gut so weit. Wir warten.«

Die große Standuhr in der Ecke schlug halb elf. Jenna drehte nachdenklich ihr Glas Wein in den Händen und starrte in die Flammen. Ein dickes Scheit war von Flammen umhüllt und glühte nun von innen rot. Immer wieder flackerte es an einer anderen Stelle auf, das Feuer fraß sich durch das Holz, und machte daraus ein Kunstwerk, das sich jeden Augenblick änderte. Funken stoben durch die Brennkammer, als ein Luftzug von unten in den Kamin fuhr.

»… Jenna? … Jenna? Erde an Jenna, hörst du mich?«

Jenna zuckte zusammen. »Was? Oh … entschuldige, ich war in Gedanken.«

»Woran denkst du? Dass du vorhin haushoch verloren hast?« Lisa klang amüsiert.

Jenna grinste schwach. »Nein. Aber Gott sei Dank haben wir heute nicht *Therapy* gespielt. Wenn ihr mich heute analysiert hättet, wäre ich morgen wahrscheinlich zum Psychiater gegangen. Ein simples *Siedler von Catan* war genau richtig.«

»Aber du warst den ganzen Abend woanders, Jenna. Nicht bei der Sache. Was ist denn los? Hast du Ärger mit Alex?«

»Mit Kim, eigentlich«, seufzte Jenna. »Aber seit heute Nachmittag bin ich mir da nicht mehr so sicher.«

Anne und Nicholas kamen ins Wohnzimmer zurück, setzten sich auf die andere Seite der Couch und hörten zu.

»Ich war heute bei ihrer Lehrerin«, begann Jenna. Sie berichtete von dem Gespräch und erntete am Schluss mitleidige Blicke. »Ich hätte der Kuh fast eine geknallt. Wie kann man mit einer solchen Einstellung auf Kinder losgelassen werden? Na, wenigstens hatte ich heute eine Erkenntnis: Kim ist an unseren Streitereien nicht alleine schuld. Ich bin zurzeit nicht ganz ich selbst.« Sie schaute versonnen in ihr Glas. »Irgendwie habe ich mich vor einiger Zeit auf der Strecke verloren, fürchte ich. Aber ich weiß nicht, was ich tun soll, um mich wiederzufinden.« Unglücklich sah sie ihre Freunde der Reihe nach an.

Anne stand auf, setzte sich neben ihre Freundin und legte ihr den Arm um die Schulter. »Du musst mit Kim darüber reden. Nicht, dass diese Dr. Berger ihre Wut über dich an Kim auslässt. Das würde niemandem nutzen.« Sie lächelte mitfühlend. »Aber ich kann mir vorstellen, dass sie dich zur Weißglut getrieben hat. Rede mit Kim. Das ist das Wichtigste, glaube ich. Kim ist nicht dumm. Sie weiß, dass du sie liebst und was sie an dir hat. Aber sie ist erst siebzehn. Ein schwieriges Alter, das weißt du …« Sie drückte Jenna an sich.

Nicholas war aufgestanden, zum Regal geschlendert und drehte sich nun um, ein Päckchen Karten in der Hand. »Noch eine letzte kurze Runde?«, fragte er lächelnd.

»Muss ich dazu aufstehen?«, gab Lisa zurück und schaute in ihr Rotweinglas wie in eine Kristallkugel.

Der Engländer schüttelte den Kopf. »Wenn du unbedingt verlieren willst, dann bleib sitzen. Was ist mit euch zwei Süßen?«

»Gute Idee«, antwortete Jenna und balancierte ihr Weinglas zu einem kleinen runden Tisch, der vor dem Fenster stand, »das bringt mich auf andere Gedanken.« Sie spähte hinaus. »Himmel, es schneit schon wieder.« Dicke weiße Flocken tanzten im Schein der Straßenlaterne vor dem Fenster. »Erst kommt er nicht in die Gänge, dann hört dieser Winter überhaupt nicht mehr auf.«

Nicholas hatte mittlerweile die Karten verteilt. »Hör du lieber auf, da hinauszustarren und setz dich hin«, forderte er sie auf. »Hier findet das Spiel statt.«

Anne, Lisa und Jenna nahmen ihre Plätze an dem kleinen Tisch ein. Lisa rutschte kichernd auf ihrem Sessel herum und bekam einen Schluckauf.

»Du musst einfach mehr trinken«, riet ihr Anne grinsend.

Gehorsam nahm Lisa einen großen Schluck Wein, der Schluckauf allerdings ließ sich davon nicht beeindrucken.

Jenna griff nach ihren Karten und sah ihre Freundin von der Seite an. Lisa war auf dem Weg zu einem ordentlichen Schwips. Das würde nachher eine unterhaltsame Heimfahrt werden. Sie warf einen Blick in ihre Karten und unterdrückte ein Grinsen. Das war das erste Mal seit Langem, dass sie mit einem vernünftigen Blatt in der Hand startete.

Nicholas starrte mit gerunzelter Stirn auf den Fächer vor sich. Seine Hand schwebte über einer der Karten, dann entschied er sich doch anders. Schließlich zögerte er erneut.

»Jetzt spiel schon aus!«, forderte ihn Anne theatralisch seufzend auf.

Jenna betrachtete ihren Kartenfächer. Sie war bekanntermaßen eine grausige Kartenspielerin, spielte, wie Nicholas es einmal genannt hatte, hemmungslos »Kamikaze-Poker« und lachte mit den anderen mit, wenn sie verlor.

Doch jetzt: Zwei Damen und ein Bube – na, damit ließ sich vielleicht etwas anfangen. Jenna versuchte, unbeteiligt in die Runde zu schauen.

Dann blinzelte sie ungläubig. Starrte auf ihre Karten. Die Kreuzdame war mitsamt den Buchstaben und Symbolen verschwunden, stattdessen sah sie das Gesicht einer Frau, umrahmt von dunklem Haar. Ein Paar brauner Augen blickte Jenna forschend an. Im nächsten Augenblick waren die Augen von nackter Angst erfüllt, Jenna meinte, den Terror, den die Frau empfand, fast körperlich zu spüren. Sie begann zu zittern, versuchte sich unauffällig zusammenzureißen. Zu viel Wein, dachte Jenna ergeben, schüttelte kurz den Kopf. Die Karte war wieder, wie sie sein sollte.

Nicholas warf seine Karte auf den Tisch.

»Dazu brauchst du so lange? Was willst du denn damit?«, rief Anne mitleidig. »Schau mal, was ich drauflege!« Sie griff entschieden zu einer Karte, legte sie mit einem Lächeln auf die Pik-Sieben von Nicholas.

Der stöhnte leise.

Nun war Jenna an der Reihe. Ihre Hand schwebte schon über dem Kartenfächer, da geschah es erneut. Die Symbole verschwammen, und sie sah statt der Kreuzdame das Gesicht ihrer Freundin Anne. Verzerrt, wie durch einen Vexierspiegel, doch die Ähnlichkeit war unübersehbar. Und was das Schlimmste war: Sie war blutüberströmt … Jenna keuchte unwillkürlich auf, und die anderen starrten sie überrascht an. »Hast du was?«, fragte Anne.

Jenna schluckte, zog mit zitternden Fingern die Karte aus dem Fächer. Sie konnte ihren Blick nicht von ihr lösen. Innerhalb von Sekunden verblasste das Bild wieder zu einer ganz normalen Kreuzdame. »Es ist nichts«, sagte sie heiser. Sie legte sie auf den Stapel und lächelte entschuldigend.

Was war nur mit ihr los?

Lisa warf die nächste Karte auf den Tisch, und Minuten später war Jenna erneut an der Reihe. Kurzentschlossen griff sie erst nach ihrem Glas, trank einen Schluck, dann zog sie den

Joker aus dem Kartenfächer – und erlitt vor Schreck einen Hustenanfall. Der Joker blickte sie an, hasserfüllt, gleichzeitig mit einem Verlangen, das ihr den Atem abschnürte. Kaum bekam sie wieder Luft, schien ihr der bösartige Joker höhnisch zuzulächeln, und mit einem Mal wurde die Karte glühend heiß. Jenna fühlte die Hitze in ihren Fingerspitzen und ließ sie mit einem leisen Aufschrei fallen.

»Bisschen schreckhaft heute?«, kommentierte Nicholas süffisant und legte ihre Karte zu den anderen auf den Stapel.

Niemand sah, dass die Karte sich verändert hatte.

Niemand bemerkte den Brandgeruch, der von ihr ausging.

Jenna sah die anderen ungläubig an. War sie die Einzige, die hier wahrnahm, dass etwas Seltsames vor sich ging? Oder bildete sie sich das alles nur ein? »Mir reicht's«, sagte sie unvermittelt und stand auf. »Ihr habt recht, ich sehe schon Gespenster. Macht ohne mich weiter, ja? Ich bin nicht mehr nüchtern genug.« Sie kippte den Rest Rotwein hinunter und ließ sich auf die Couch fallen, drehte sich zum Fenster und sah hinaus.

Doch die tanzenden Schneeflocken hatten auch keine Antwort auf die Frage, was das gerade gewesen war.

Jenna merkte, dass Anne sie verstohlen von der Seite musterte. Anne wusste aus langjähriger Erfahrung, dass es keinen Sinn hatte, in Jenna zu dringen, wenn diese sich mit etwas herumschlug. Jenna versuchte Probleme grundsätzlich allein zu lösen – erst wenn es gar nicht mehr anders ging, holte sie sich zähneknirschend Hilfe.

Die anderen spielten noch zwei kurze Runden durch, ließen Jenna ihren Gedanken nachhängen. Dann stand Lisa auf und gähnte. »Tut mir leid, aber ich muss ins Bett. Jenna, kommst du mit zur U-Bahn?«

»Klar. Ich bin auch todmüde.«

Im Flur band ihr Nicholas den Schal um den Hals und sah ihr nachdenklich in die Augen. »Viel Glück mit Kim. Ihr beide schafft das schon. Gute Nacht, Lisa.« Er umarmte beide herzlich und legte für einen Moment seine Stirn an Jennas. »Mach dir nicht zu viele Gedanken. Kommt gut nach Hause«, sagte er noch, dann nickte er beiden zu.

Jenna und Lisa hörten, wie hinter ihnen die schwere Tür ins Schloss fiel. Schweigend gingen sie nacheinander langsam die schmale, knarrende Holztreppe hinunter. Als sie die schwere Haustür aufzogen und auf die Straße traten, traf sie die kalte Luft wie ein Schlag. Jenna atmete tief ein. Die Luft brannte in ihren Lungen, aber sie war frisch und klar und vertrieb die merkwürdige Stimmung, in die sie die letzte Stunde versetzt hatte. Tief in Gedanken versunken, gingen die zwei Freundinnen nebeneinander durch die weiß verschneiten Straßen zum Goetheplatz.

»Ich fahre mit dir noch bis zum Odeonsplatz, dann nehme ich die U4«, erklärte Jenna, als sie nebeneinander auf der Rolltreppe standen. »O Mann, schon halb eins! Ich werde morgen als nachtwandelndes Gespenst in der Agentur erscheinen.«

Am Bahnsteig angekommen, fuhr auch schon mit lautem Zischen eine U-Bahn Richtung Norden ein. Außer ihnen stiegen noch zwei Leute zu, ansonsten war das Abteil leer. Jenna lehnte sich mit dem Rücken gegen eine Glastrennwand und schloss die Augen. Der Zug fuhr mit einem Ruck an.

Sie ließ ihr Haar wie eine Wand vors Gesicht fallen und schwieg. Am Odeonsplatz angekommen, umarmte sie rasch ihre Freundin und stieg aus. Sie wandte sich nach links zu dem unterirdischen Tunnel, der die zwei U-Bahn-Stränge miteinander verband. Um diese Zeit waren nur mehr wenige Leute unterwegs, das Klackern ihrer Stiefelabsätze hallte laut in dem von grellem Neonlicht erleuchteten Gang. Auf dem anderen Bahnsteig angekommen, setzte sie sich auf eine Bank. Es roch nach Erbrochenem und Bier. Noch sieben Minuten, dachte Jenna müde. Sie lehnte den Kopf an die Wand.

Eine Viertelstunde später schloss sie leise die Wohnungstür auf. Alles war dunkel. Leise zog sie Stiefel und Mantel aus, warf alles über einen Sessel im Flur und ging in Strümpfen in die Küche. Ein Glas Wasser stürzte sie noch im Stehen hinunter, mit einem weiteren in der Hand tappte sie ins Wohnzimmer. Ich sollte es besser wissen, dachte sie, während sie die kleine Lampe auf dem Couchtisch einschaltete und sich aufs Sofa sinken ließ.

Doch die innere Ruhe wollte sich nicht einstellen. Schließlich stand sie seufzend auf, ging ins Bad, putzte sich methodisch wie immer die Zähne und schminkte sich ab. Ein müdes Gesicht blickte ihr aus dem Spiegel entgegen. Sie hatte dunkle Ringe unter den Augen, ihre Lippen waren rissig von der Kälte.

Schon im Schlafanzug sah sie kurz zu Kim ins Zimmer: Sie hatte sich halb unter der Decke vergraben und rührte sich nicht. Unter dem Bett lugte ihr Teddy hervor. Jenna schlich auf Zehenspitzen durch das Zimmer, hob den Teddy auf, legte ihn unter die Decke und strich Kim sanft über den Kopf. Auf ihrer Wange glitzerte eine Tränenspur: Kim hatte sich wieder einmal in den Schlaf geweint.

Jenna fühlte die Verzweiflung erneut in sich aufsteigen. Sie schlief in dieser Nacht miserabel.

Die Schatten flüsterten, wie in jeder Nacht.

Das Grau des Nebels beugte sich dem Dunkel der Schatten.

Das Wispern erfüllte das Reich mit verlorenen Hoffnungen, Sehnsüchten und Träumen.

Er hatte gehört, dass es einen Weg gab, dem Vergessen zu entgehen. Es gelang nur ganz wenigen.

Also wartete er.

Und lauschte.

Und plante.

2

DONNERSTAG, 2. FEBRUAR

»Das ist einfach hoffnungslos!«

Wütend versetzte Jenna ihrem Bildschirm einen Schlag mit der flachen Hand und sah den Flatscreen, der bedenklich wackelte, zornig an.

»Was ist hoffnungslos?«

Ein attraktiver Mittfünfziger mit kurz geschorenen grauen Haaren, in weißem Hemd und Jeans streckte den Kopf zur Tür herein.

»Rainer? Was machst du denn hier? Es ist doch erst zehn.«

»Nicht fragen, meine Hübsche«, winkte Rainer Henrich ab. »Und jetzt sag mir, was so hoffnungslos ist.«

»Ach, Rainer …« Jenna ließ sich in ihrem Stuhl zurückfallen und legte die Füße auf den Tisch. »Diese Titanschrauben treiben mich noch in den Wahnsinn. Was soll einem dazu bitteschön einfallen? Und er will es auch noch erotisch! Was glaubt der gute Herr Kleinert eigentlich? Mutter und Schraube? Pin-up mit Schraube?«

»Willst du wissen, was man mit Schrauben so alles anfangen kann?«, fragte Rainer zurück und grinste lausbübisch.

»Gott bewahre! Da weißt du sicher mehr als ich.« Jenna hob die Hände. »Aber wenn er so weitermacht, besorge ich ihm ein Nacktmodell, auf dem ich die Schrauben platziere.«

»Na also, geht doch«, feixte Rainer und wandte sich ab.

»Das ist nicht dein Ernst!«

»Warum nicht? Schlag es ihm vor. Ich glaube, die Idee gefällt Herrn Kleinert durchaus.«

»Raus!«, rief Jenna und lachte.

Kurz darauf stand sie in Rainers Büro. »Ich geh mal rüber zu dem Eisenwarenladen in der Müllerstraße. Ich brauche ein Päckchen Schrauben. Hab' da eine Idee.«

Rainer saß über Papiere gebeugt und strich immer wieder einzelne Stellen rot an. Er nickte stumm und machte eine einladende Geste mit der Hand.

Jenna hüpfte die Stufen hinunter, trat aus dem Haus und schlug den Mantelkragen hoch. Der Winter leistete ganze Arbeit in diesen Tagen, die Räumfahrzeuge konnten die Schneemassen kaum bewältigen. Die Straßen waren zwar frei, doch immer größere Schneeberge türmten sich an den Kreuzungen und auf den Gehwegen und machten das Durchkommen für Fußgänger zum eisigen Hürdenlauf.

Jenna umrundete den Gärtnerplatz und lief die Corneliusstraße nach Norden. Ein kalter Wind wehte ihr die Haare vors Gesicht. Mit einer Hand suchte sie in ihrer Manteltasche nach einem Zopfgummi, als plötzlich, etwa zwei Meter vor ihr, ein blauer Lieferwagen aus einer Einfahrt rauschte. Jenna blieb abrupt stehen, fuchtelte mit den Armen und schrie: »Geht's vielleicht noch schneller? Das ist ein Gehweg!« Sie blickte nach vorn, die Straße hinunter, um der Mutter mit dem Kinderwagen, die gleich auftauchen und über die Straße gehen würde, eine Warnung zuzurufen. Da öffnete sich auch schon die grün gestrichene Haustür, eine junge Frau wuchtete einen Kinderwagen rückwärts auf den Gehweg, was aufgrund einer Stufe und des festgetretenen Schnees auf dem Gehweg nicht ganz einfach war.

»He! Passen Sie auf!«, rief Jenna ihr zu und wies mit ausgestrecktem Arm auf den Lieferwagen, der nun langsam in die Corneliusstraße einbog und dennoch bedrohlich über den matschigen Belag schlitterte.

Die junge Frau drehte sich aufgeschreckt um und stellte sich schützend vor den Buggy. Ihr kleiner Sohn richtete sich auf und versuchte trotz Anschnallgurt um sie herumzuschauen.

Wo war Timmy?

Jenna blickte sich suchend um. Tatsächlich, da kam der Golden Retriever schon angesprungen, rieb seinen Kopf am Knie der jungen Frau und bellte fröhlich. »Sitz, Timmy«, kommandierte diese und hielt ihn am Halsband fest, bevor er auf die Straße hinausjagen konnte.

Jenna atmete vor Erleichterung durch. Sie hatte vor ihrem inneren Auge schon Frau, Kind und Hund unter dem Lieferwagen verschwinden sehen. Doch kaum hatte sie diesen Gedanken zu Ende gedacht, wurden ihr die Knie weich. Sie lehnte sich gegen die nächste Hauswand und rang nach Luft.

Das gibt's doch nicht, dachte sie beklommen. Sie kannte die Frau ja nicht einmal. Woher wusste sie, dass die Frau einen Hund besaß – und auch noch, wie er hieß? Jenna hob ihre Hände vors Gesicht und sah, dass sie zitterten. Schnell versteckte sie sie in den Manteltaschen. Ihr Herz hämmerte, und kleine Punkte tanzten vor ihren Augen.

»Erst die Sache mit den Karten, jetzt das. Als Nächstes starre ich noch in eine Kristallkugel und sage meinen Klienten ihren Todestag voraus«, murmelte sie und versuchte, die aufkommende Panik zu unterdrücken.

Der Lieferwagen rutschte mehr als er fuhr, die durchdrehenden Reifen spritzten den Schneematsch hoch. Die Frau hielt ihren Hund immer noch fest gepackt. Sie rief zu Jenna hinüber: »Danke! Den Irren habe ich hier schon öfter gesehen. Es ist ein Wunder, dass er noch nie jemanden umgefahren hat.« Dann drehte sie sich um, schaute mehrfach links und rechts und betrat mit Kinderwagen und Hund die Straße.

Jenna riss sich mühsam aus ihrer Erstarrung. Die Kälte drang durch ihre Kleidung, lähmte sie. Verstohlen blickte sie sich um. Alles war wie sonst auch. Zwei alte Frauen kamen schwer bepackt aus dem benachbarten Drogeriemarkt, der Fahrer eines großen Passats versuchte zwischen zwei Schneehaufen einzuparken, die junge Frau erreichte unbehelligt die andere Straßenseite.

Langsam stieß sich Jenna von der Hauswand ab und setzte vorsichtig einen Fuß vor den anderen. Erst als sie vor der Tür stand, stellte sie fest, dass sie zurück zur Agentur gelaufen war, statt weiter in Richtung Eisenwarenhandlung. Sie nahm den Aufzug, den sie normalerweise mied, und ging unsicher in ihr Büro. Dort ließ sie sich auf das kleine Ledersofa sinken, das an der linken Wand stand, und starrte aus dem Fenster.

Die Wolkendecke, die seit Tagen über der Stadt schwebte und für Unmengen Schnee gesorgt hatte, schien in diesem Moment tiefer zu sinken, als wolle sie die Häuser einhüllen wie ein undurchdringliches Tuch.

»Was hältst du von ihm?«, stand auf dem Zettel, den Simone unauffällig ihrer Banknachbarin hinüberschob und dabei unschuldig in Richtung Lehrerin lächelte.

Kim lächelte gequält. Sie war nicht in der Stimmung für nette Zettelchen, malte lediglich ein Fragezeichen und schob das Papier zu Simone zurück. Es war kurz vor elf und die vierte erbärmlich langweilige Stunde – Mathe bei Dr. Berger. Rund zwanzig Jungen und Mädchen saßen in vier Reihen vor dem Lehrerpult, mindestens die Hälfte von ihnen schaute leicht verzweifelt. Das trübe Februarlicht, das die große Fensterfront hereinließ, erhellte kaum den Raum, die Neonröhren an der Decke verliehen allen Gesichtern einen fahlgelben, ungesunden Glanz. Kims Gesicht war hingegen totenblass, ihre Augen glänzten fiebrig, und sie hatte sich einen zweiten Pulli um die Schultern gelegt, als würde sie frieren.

Dr. Berger hatte Kim gegenüber mit keinem Wort das Gespräch mit Jenna erwähnt, ihre Blicke folgten ihr aber unablässig, und selbst in den Pausen hatte Kim den Eindruck, dass ihre Lehrerin immer wieder an ihr vorbeiging und sie von der Seite heimlich musterte. Obwohl Kim mit Jennas Erziehungstaktik derzeit weniger als gar nicht einverstanden war, hatte sie gelacht, als Alex ihr den Ablauf des Gesprächs mit Dr. Berger geschildert hatte. Es war einer dieser Momente gewesen, in denen Kim ihre Mutter bewunderte, und es hatte sich angefühlt wie früher – ein Komplott zwischen zwei Freundinnen, eine Verschwörung gegen den Rest der Welt.

Das Abendessen mit ihrem Vater hatte Kim auf andere Gedanken gebracht. Sie war für ein paar Stunden ihrem Alltag entronnen, und das tat gut. Dazu kam, dass Alex für vieles Verständnis zeigte, das Jenna an die Decke gehen ließ. Ihr Vater liebte sie über alles, daran gab es keinen Zweifel. Und doch … Kim seufzte innerlich. Auch er hatte nicht erkannt, dass sie mehr auf dem Herzen hatte als schlechte Noten. Dass es ihr nicht gut ging.

Sie waren sich an einem der gemütlichen Tische mit den rotweiß-karierten Leinendecken gegenübergesessen. Das kleine Restaurant war überraschend schwach besucht gewesen, damit hatten Alex und Kim fast den gesamten Raum für sich gehabt. Sie hatte mehrere Anläufe genommen, Andeutungen gemacht – doch es laut auszusprechen, nein, das ging beim besten

Willen nicht. Es war einfach zu verrückt. Und so hatte Alex den ganzen Abend lang eine lustige Chirurgen-Anekdote nach der anderen erzählt und beim Dessert darüber spekuliert, was Kim studieren würde, wenn sie endlich ihr Abitur in der Tasche hätte. Seine Worte waren an ihr vorbeigerauscht wie ein Wasserfall im Hochgebirge.

Irgendwann hatte Kim gemerkt, wie der Druck auf ihre Schläfen stärker wurde, war verstummt und in ein Schweigen versunken, das Alex, angenehm überrascht von seiner Tochter, als Zuhören interpretiert hatte.

Kim hatte abgeschaltet, an ihrem Glas Rotwein genippt und innerlich verzweifelt den Kopf geschüttelt. Es war zum Heulen. Ihre Eltern warfen ihr abwechselnd vor, nicht zuzuhören – doch genau genommen verhielt es sich gerade umgekehrt.

Niemand hörte *Kim* zu. Sie war allein.

Das Kratzen der Kreide auf der Tafel holte Kim in die Gegenwart zurück. Sie schob die Gedanken an den gestrigen Abend beiseite und warf einen weiteren Blick auf Simones Zettel, den inzwischen ein kleines Herzchen zierte. Sie drehte sich leicht nach links und musterte unauffällig den männlichen Neuzugang, Matthew, der das zweite Schulhalbjahr in ihrer Klasse verbringen würde. Heute war sein dritter Tag. Schon in der Früh war Simone beim ersten Blickkontakt mit ihm rot geworden und hatte sich prompt darüber geärgert. Der amerikanische Austauschschüler der Sorte groß, dunkelblond und durchtrainiert war genau das, wovon die kleine Simone mit ihren kurzen roten Haaren träumte …

In diesem Moment wandte Matthew den Kopf und sah Kim direkt an. Er hatte die halblangen Haare am Hinterkopf lässig mit einem Gummi zusammengebunden, mit seiner leicht gebräunten Haut stach er unter all den blassen Schülern hervor.

Er zwinkerte ihr zu. Kim blinzelte ertappt, dann fuhr sie zusammen, als sie ihren Namen hörte.

»Kim, kommen Sie doch bitte nach vorne an die Tafel und erklären Sie die erste und zweite Ableitung dieser e-Funktion«, forderte Dr. Berger sie maliziös auf.

Mochte Kim auch derzeit ausgesprochen ungern lernen und eine Bioklausur nach der anderen verhauen – in Mathematik war sie nicht so leicht zu schlagen. Hatte man das Prinzip der Ableitung einmal verstanden, war es nur eine Frage des Rechenwegs. Sie ging zur Tafel, begann mit der Aufgabe, füllte auf der Tafel jeden verfügbaren Platz und kehrte zu ihrem Platz zurück. Matthew grinste, als Kim zu ihrem Tisch zurückging. Er hob die Hand an die Schläfe und deutete respektvoll einen Salut an.

Kim drehte ihren Stuhl um, setzte sich rittlings darauf, legte die Arme auf die Lehne und fixierte ihre Lehrerin. »Gut so?«, fragte sie der Form halber. Frau Berger warf einen irritierten Blick in ihre Richtung und deutete lediglich ein Nicken an, doch niemand in der Klasse schien die unterschwellige Spannung zwischen den beiden zu bemerken. Lediglich Simone schaute ihre Freundin stirnrunzelnd an, als wollte sie sagen: »Was bitte läuft da zwischen euch ab?«

Dr. Berger rief den nächsten Schüler an die Tafel, und Kim schaute unauffällig auf ihr Handy. Genial, dachte sie, bis zur Pause waren es nur noch ein paar Minuten, und danach winkte eine Freistunde. Neben der Schule befand sich ein kleines Café, das fast ausschließlich von der Cappuccino-Sucht der Oberstufe lebte.

Dr. Berger schickte ihr letztes Opfer mit einem bösen Kommentar zurück an seinen Platz und drohte am Schluss noch mit einem Test in der kommenden Woche. Kollektives Seufzen war die Antwort, die Berger-Tests waren quer durch alle Jahrgangsstufen gefürchtet.

»Kommst du mit ins Café?«, fragte Simone sofort, als es klingelte. Die meisten Schüler stürmten hinaus, froh, dem ungeliebten Fach entronnen zu sein.

»Klar!« Kim packte ihre Sachen zusammen und riskierte einen weiteren Blick Richtung Matthew, der sitzen blieb und interessiert das Treiben um sich herum betrachtete.

Er fing ihren Blick auf und zog die Augenbrauen hoch. »Was machst du jetzt?«, fragte er höflich, sein Akzent war kaum hörbar. »Freistunde, nicht?«

»Café«, erwiderte Kim kurz angebunden. Vielleicht tat sie ihm unrecht, aber sie war wirklich nicht in der Stimmung für höfliche Konversation. Nicht einmal mit einem attraktiven amerikanischen Austauschschüler.

Simone sprang in die Bresche. »Komm doch mit, einen Kaffee trinken, Matthew. Wir haben eine Stunde frei, das müssen wir ausnützen. Du hast nachher gemeinsam mit uns Deutsch, glaube ich.« Sie errötete erneut, und Kim verdrehte die Augen. Völlig uncool.

Matthew lächelte und stand auf, schlang sich den Riemen seiner Tasche über die Schulter. »Dann los. Ich könnte einen Kaffee gebrauchen.«

Ganz im Gegensatz zu den diversen angesagten Schicki-Micki-Coffeeshops in München hatte das Café Albrecht allen Design-Attacken tapfer widerstanden. Es war eingerichtet wie zu Großmutters Zeiten, mit gemütlichen Sitzecken, bestickten Tischdecken, Nippes und Blumenvasen auf den Fensterbänken. Es duftete nach Kaffee und frischem Kuchen – mit anderen Worten, es war unglaublich gemütlich. Inhaberin Maria war bekannt für ihre gigantischen Windbeutel, die einmal jemand als Orkanbeutel bezeichnet hatte. Je nach Laune der Konditorin waren sie mit Sahne oder Obst gefüllt, und lockten nicht nur die Schüler, sondern auch Eltern und Lehrer in das Café. Einer inoffiziellen Studie von Simone zufolge verbrachte abwechselnd die eine Hälfte von Kims Mitschülerinnen dort ihre Freizeit, während sich die andere Hälfte konstant auf Diät befand.

Um diese Zeit war das Albrecht noch fast leer und lag in einer Art Dämmerschlaf. Die drei entschieden sich für einen kleinen runden Tisch ganz hinten am Fenster, der von großen Sesseln umringt war.

»Wieso bist du so gut in Mathe? Und was hat die Berger gegen dich?« Matthews Fragen rissen Kim aus ihren Träumereien. Sie hatte gedankenverloren fünf Stück Kandiszucker in ihrem Tee versenkt und ihnen nachgestarrt, wie sie sich in ihrer Tasse langsam auflösten.

»Hm?« Kim schaute auf. »Weiß nicht. Mathe ist eine Frage der Technik. Wenn man's einmal begriffen hat, ist es leicht. Und die Berger spinnt eben. Irgendwen hat sie immer auf dem Kieker. Dieses Jahr bin ich es. Wieso, war das so offensichtlich?«

Matthew nickte. »Sie hätte dich am liebsten zum Lunch gegessen.«

»Iih«, kicherte Simone und legte Matthew beiläufig die Hand auf den Arm. »Du hast vielleicht Fantasien …«

Kim zuckte mit den Schultern. »Die Berger ist momentan nicht mein Problem.« Sie holte Luft, als wollte sie noch etwas sagen, zögerte kurz und verfiel wieder in Schweigen.

»Woher kommst du genau?«, ignorierte Simone geflissentlich ihre Freundin und steuerte konkret auf ihr Ziel zu, das

Intensivierung des angewandten Kulturaustausches mit einem attraktiven Teil der amerikanischen Bevölkerung lautete.

»Kalifornien«, erklärte Matthew. »Aber meiner Großmutter war Deutsche und hier aus München, also dachte ich, das ist eine gute Platz für mich.«

»Aber hier kannst du nicht surfen, höchstens am Eisbach«, grinste Simone.

Matthew zuckte mit den Schultern und winkte Maria, um einen zweiten Espresso zu bestellen. »Macht nicht. Ich bin im Sommer wieder zurück«, antwortete er geduldig auf Simones Fragen, doch sein Blick blieb an Kim haften.

»Sie hat in letzter Zeit Stress mit ihrer Mutter«, erklärte Simone ihm leise, als sie es bemerkte. »Eigentlich ist es mit ihr sonst ganz lustig.«

»Simone, halt die Klappe«, fuhr Kim sie an. »Lass meine Mutter aus dem Spiel. Das interessiert Matthew bestimmt nicht. Und überhaupt, wieso erklärst du ihm, was mit mir los ist?« Sie biss in ihren Windbeutel und funkelte Simone an. »Redest du jetzt schon statt mir?«

»Sag mal, spinnst du? Ich bin nur höflich, im Gegensatz zu dir!«

»Ach, hör auf. Lass mich einfach in Ruhe, ja?«

Jetzt war Simone unübersehbar sauer. Sie schüttete ihren Latte macchiato in einem Zug hinunter, warf drei Euro auf den Tisch und stand auf. Während sie mit einem Ruck den Reißverschluss ihrer Jacke hochzog, sagte sie wütend: »Komm mal wieder runter, ja? Du bist nicht die Einzige, die Probleme hat. Ich geh zurück. Mein Buch meckert mich wenigstens nicht an. Matthew?« Sie richtete einen fragenden Blick auf den Amerikaner, doch dieser schüttelte den Kopf. »Ich bleibe noch ein bisschen hier. Habe mir gerade noch einen Kaffee bestellt.«

»Na schön. Bis später.« Damit stürmte Simone förmlich hinaus und ließ beim Hinausgehen einen eiskalten Schwall Winterluft ins Café.

Kim hatte sich in ihrem Sessel zurückgelehnt und die Augen geschlossen.

»Schlechter Tag?«, hörte sie Matthews Stimme wie aus weiter Ferne.

»Schlechte Zeit«, antwortete Kim nach einer Pause. Sie legte ihre Hände auf die Augen und sah bunte Punkte tanzen. Die bohrenden Kopfschmerzen, die sie plagten, machten keine Anstalten zu verschwinden.

Seit Wochen hatte sie das Gefühl, in Treibsand zu stecken und langsam zu versinken.

Seit Wochen quälten sie unbeschreibliche Kopfschmerzen. Und das war noch nicht alles.

Sie war nicht mehr in der Lage, sich zu konzentrieren, geschweige denn zu lernen, und langsam nahm das alles bedrohliche Ausmaße an. Ich muss mit jemandem darüber reden, dachte sie zum hundertsten Mal, doch wer um alles in der Welt wird mir glauben? Ich glaube es ja selber nicht … Die weisen mich glatt ein, schicken mich in die Klapse … Ohne dass sie es verhindern konnte, traten ihr Tränen der Verzweiflung in die Augen.

Plötzlich spürte sie zwei kühle Hände an ihren Schläfen. Mit leichtem Druck strichen sie über ihre Stirn, an den Schläfen entlang bis zu ihren Wangenknochen, dann wieder zurück und bis zum Scheitel. Kim wollte auffahren – was Matthew da tat, überschritt ganz eindeutig die Grenzen –, doch sie hatte heute keine Kraft mehr. Ganz im Gegenteil, sie seufzte leise auf, als er die Massage fortsetzte. Der Druck auf ihren Schläfen ließ nach, und sie merkte, wie sich der eiserne Ring um ihren Kopf lockerte.

Nach einigen Minuten zog Matthew langsam seine Hände zurück und setzte sich wieder in seinen Sessel. »Besser?«, fragte er leise.

Kim schlug die Augen auf. Die Farben, die sie wahrnahm, erschienen ihr wieder leuchtender, die Konturen um sie herum klarer. »Ja. Danke.«

»No Problem.«

»Wieso tust du das? Du kennst mich doch gar nicht.«

»Ist das wichtig?«

Kim sah ihn stirnrunzelnd an, doch Matthews Lächeln war ohne Hintergedanken. Unwillkürlich musste sie zurücklächeln. »Wahrscheinlich nicht.« Versuchsweise drehte sie ihren Kopf nach links und rechts, legte ihn dann in den Nacken und schaute zur Decke. »Mir geht's wirklich besser«, stellte sie überrascht fest.

Matthew beugte sich vor, stützte die Ellenbogen auf die Knie und schaute Kim interessiert an. »Du bist nett, wenn es dir gut geht«, sagte er unvermittelt.

Kim sah leicht verlegen an ihm vorbei aus dem Fenster, verspeiste ihren Windbeutel und war grenzenlos erleichtert, zumindest für den Moment von den Kopfschmerzen befreit zu sein. Ein paar Minuten verharrten sie in Schweigen, dann kam Maria an den Tisch und unterbrach ihre Gedanken.

»Ihr habt gleich wieder Schule, Kim.«

»Danke, Maria«, sagte Kim und fügte hinzu: »Ich habe heute nur noch Deutsch, das schenke ich mir. Aber ich muss trotzdem gehen.« Sie zog ihren Geldbeutel aus der Tasche und legte ein paar Münzen auf den Tisch. Dann schlüpfte sie in ihren roten Parka, wickelte sich einen zwei Meter langen Schal um den Hals und zog Fäustlinge über.

»Warte, ich komme mit«, sagte Matthew und zahlte ebenfalls. Gemeinsam gingen sie zur Tür.

»Zur Schule geht's da lang«, sagte Kim draußen und deutete nach links.

»Und wo gehst du hin?«

»Ich habe doch gesagt, dass ich mir Deutsch schenke. Soll heißen, ich schwänze. Wenn du Simone siehst, sag ihr doch, dass ich nach Hause gegangen bin, ja?« Kim fröstelte. »Bis morgen. Und danke noch mal. Vielleicht können wir mal wieder einen Kaffee trinken? Ich war nicht sehr höflich heute, sorry.«

Sie wartete Matthews Antwort nicht ab, sondern zog sich die Kapuze tief in die Stirn und marschierte Richtung U-Bahn. Es war kälter geworden, der schneidende Wind schien direkt vom Nordpol zu kommen.

Matthew starrte Kim nachdenklich hinterher, dann folgte er ihr langsam.

Wie schon in der ganzen letzten Woche.

Als Jenna nach Hause kam, dämmerte es bereits. Im Flur war es dunkel, auch sonst brannte in der ganzen Wohnung kein Licht.

»Kim? Kim? Bist du da?«, rief sie halblaut, während sie den Mantel auszog und die Stiefel von den Füßen streifte. Sie tappte durch die Wohnung auf der Suche nach ihren Hausschuhen und klopfte nebenbei an Kims Zimmertür.

»Ich bin hier, Mam«, kam es leise aus dem Wohnzimmer.

»Kim? Du lieber Himmel, warum sitzt du hier im Dunkeln?« Jenna knipste die Stehlampe an und entdeckte ihre Tochter, die auf dem Sofa saß, eine Decke über sich gezogen hatte und ins Leere starrte.

»Nur so. Bisschen Kopfweh«, erklärte Kim und kniff die Augen zusammen, als würde sie durch die Lampe geblendet.

»Hast du deine Tage?«, fragte Jenna mitfühlend. Sie wusste, dass Kim einmal im Monat von grässlichen Krämpfen geplagt wurde.

Kim winkte ab. »Nein. Ich weiß auch nicht. Vielleicht …«

Jenna hätte sie fast nicht gehört, so leise fing Kim wieder an zu sprechen. »Mam – hast du schon mal was erlebt, was du nicht erklären konntest?«

»Was meinst du?«, fragte Jenna verdutzt.

»Hast du schon mal etwas erlebt, wofür es keine vernünftige Erklärung gibt?«

»Hmm …« Jenna zögerte mit der Antwort, während in ihrem Hinterkopf ganz leise eine Alarmglocke zu schrillen begann. »Ich habe gelegentlich ein Déjà-vu. Aber es heißt ja, dass in diesem Moment das Gehirn einfach nicht richtig schaltet. Meinst du so was?« Sie überlegte kurz und kam zu dem Entschluss, Kim nichts von ihren letzten Erlebnissen zu erzählen. Sie glaubte es ja selbst kaum. »Wieso fragst du?«

»Och, nur so. Wir haben in der Schule darüber geredet. In Ethik«, präzisierte Kim und griff nach ihrem Glas mit Cola, das auf dem Couchtisch stand.

Jenna zog eine Augenbraue hoch. »Ethik, soso«, wiederholte sie, und der Zweifel in ihrer Stimme war unüberhörbar. Dann sah sie in Kims Gesicht. Es spiegelte für eine Sekunde absolute Verzweiflung wider. Im nächsten Augenblick hatte sich ihre Tochter wieder im Griff und schaute so unbeteiligt wie immer.

Jenna erstarrte und merkte, wie ihre Hände zu zittern begannen. Kim hatte ihr in diesem einzigen unmaskierten Moment mehr verraten als in all den letzten Monaten: Ihre Tochter hatte Angst.

Furchtbare Angst.

Jenna versuchte krampfhaft, sich nichts anmerken zu lassen. Was war das gerade gewesen? Ein Blick in den Abgrund? Was verbarg Kim vor ihr? Sie war so bleich, nur ihre Augen glänzten, schienen das einzig Lebendige in ihrem Gesicht zu sein.

Kurz darauf putzte Kim sich die Zähne und starrte nachdenklich in den Badspiegel. Ihre Locken standen wirr vom Kopf ab und sie hatte dunkle Ringe unter den Augen, an denen morgen selbst der teure Concealer, den sie sich vor einigen Wochen geleistet hatte, scheitern würde. Ihre Mutter hatte sie vorhin so seltsam angesehen, dabei war sie sicher, eine gute Vorstellung geliefert zu haben. Über der Heizung hing ihr Flanellpyjama. Sie fror bis auf die Knochen und genoss jetzt die Wärme, die der Stoff auf ihrer nackten Haut verbreitete. In der Küche räumte Jenna noch auf.

»Mam? Ich geh ins Bett.«

»Jetzt schon? Wir könnten doch noch einen Film anschauen …« Jenna stellte zwei Gläser in den Schrank, dann drehte sie sich um und schloss ihre Tochter in die Arme. »Gibt es etwas, das du mir erzählen willst?«

Kim legte den Kopf auf ihre Schulter. Jennas Haar duftete nach ihrem Rosenshampoo. »Nein«, sagte sie leise.

Jenna nahm Kim bei den Schultern und hielt sie ein Stück von sich weg. »Unerklärliche Erlebnisse, hm?« Sie ließ die Frage in der Luft hängen und strich Kim kurz über die Wange. »Ich kann dich nicht zwingen, mir zu erzählen, was dich bedrückt. Aber vielleicht kannst du mit Alex reden? Bitte …«

Kim nickte. »Gute Nacht, Mam.«

Jenna gab ihr einen flüchtigen Kuss auf die Wange. »Gute Nacht, Kleine.« Ihre Stimme klang rau.

Für einen kurzen Moment war Kim versucht, ihr alles zu erzählen. Aber sie bremste sich im letzten Augenblick ein. Sie hatte Jenna schon genügend Probleme mit ihren Klausuren beschert – dieses musste sie allein lösen. Solche Ausrutscher wie gerade eben durfte es nicht mehr geben.

Langsam schlenderte sie hinüber in ihr Zimmer. Die Lampe auf der anderen Straßenseite beleuchtete ihre Bücherwand. Kim hatte die Hand schon am Vorhang, um ihn zuzuziehen, als sie stutzte. Da unten, im Hauseingang gegenüber, bewegte sich ein Schatten. Sie wartete, doch nichts rührte sich mehr. Nach ein paar Atemzügen gab sie es auf und zog den Vorhang mit einem Ruck vor ihr Fenster. Mit einem tiefen Seufzer ließ sie sich auf ihr Bett sinken. Die Kopfschmerzen, die sie seit Matthews Massage verschont hatten, klopften leise, aber hartnäckig wieder an ihre Schläfen.

Dass sich der Schatten in diesem Moment wieder bewegte und gleich darauf endgültig mit der Dunkelheit verschmolz, sah Kim nicht mehr.

Kaum war sie ins Bett gesunken, schlief sie tief und fest.

SAMSTAG, 4. FEBRUAR

»O Mann, du Penner, fahr doch auf die rechte Spur«, maulte Jenna und schlug mit einer Hand aufs Lenkrad.

Rainer, der neben ihr saß, grinste. »Lass es raus, Jenna. Das ist gut für die Seele. Nur bitte nicht zu brutal. Toyotas sind nicht für die Ewigkeit gebaut.«

Jenna schüttelte genervt den Kopf. »Schau dir das an: E-Klasse, Umland-Kennzeichen und mit sechzig auf der linken Spur unterwegs. Fehlt nur noch der Fahrer mit Hut.«

»Du denkst zu sehr in Klischees, meine Liebe«, stichelte Rainer. »Wir haben es doch nicht eilig.«

»Du vielleicht nicht, aber ich«, gab Jenna zurück. »Es ist Samstag, du hast was von einem kurzen Treffen mit Meier-Westphal gemurmelt, und jetzt? Es ist schon drei, und ich habe Kim versprochen, für sie und ihre Freunde zu kochen.«

»Redet Kim denn wieder mit dir?«, fragte Rainer neugierig, der das momentan schwierige Verhältnis seiner Grafikerin zu ihrer Tochter zumindest in Grundzügen kannte.

Jenna seufzte. »Was heißt schon reden? Ich hab ihr Ausgehverbot erteilt und zwinge sie zum Lernen. Heute will sie mit Simone und diesem neuen Austauschschüler Vokabeln pauken. Bei uns. Und weil ich diese Anflüge von Lerneifer unterstütze, habe ich angeboten zu kochen.«

»Redet sie wieder mit dir, wollte ich wissen.«

»Sie schaut mich wieder an«, gab Jenna nachdenklich zurück. »Aber sie hat irgendwas. Ein Problem. Ich habe Alex gestern schon deswegen angerufen. Vielleicht kriegt er es aus ihr heraus.«

Auf dem Mittleren Ring war wie immer um diese Zeit die Hölle los, und sie musste sich auf den Verkehr konzentrieren. Nach der Donnersbergerbrücke bog Jenna auf die Landsberger Straße in Richtung Innenstadt. Großartig – jetzt ging es nur noch im Schritttempo voran! Jenna fluchte still. Der ganz normale Samstag-Nachmittag-Wahnsinn. Und das Trommeln auf dem Lenkrad half auch nicht wirklich, die Kolonnen aufzulösen …

Das Treffen im Hotel am Olympiapark war lang und anstrengend gewesen. Rainer, immer auf der Suche nach neuen Kunden, hatte einen Filmproduzenten aus Berlin an Land gezogen. Genauer gesagt, einen Trickfilmproduzenten. Und da er die heimliche Leidenschaft seiner Grafikerin kannte, hatte er ihr angeboten, bei dem Gespräch dabei zu sein. Jenna hatte die Diskussion mit guten Ideen bereichert, konstruktive Vorschläge eingebracht und würde ihren Teil zum Gelingen des Projekts beitragen, das musste sich Rainer neidlos eingestehen.

»Wo fährst du denn hin?«, fragte er einige Minuten später irritiert, als Jenna unvermittelt an einer Ampel abbog.

»Ich nehm die kleinen Straßen. Ich habe es satt, nur im Stau zu stehen!« Jenna beschleunigte haarscharf an einer Reihe parkender Autos vorbei. »Hier ist es zwar enger, aber man fährt immerhin.«

»Von mir aus. Aber denk bitte dran, das ist mein Auto, ja?«

Als sein Handy klingelte, tastete Rainer ergebnislos in seinem Jackett herum, bevor er nach unten zu seiner Aktentasche griff, die er im Fußraum vor sich abgestellt hatte. »Jetzt hab ich es einmal nicht in Reichweite und dann breche ich mir die Rippen, um da runterzukommen«, ächzte er.

»Du bist doch fit«, kommentierte Jenna amüsiert und steuerte entschlossen auf eine Kreuzung zu. Vor ihr fuhr ein blauer Golf und überholte gerade einen Fahrradfahrer mit neongelbem Helm, der zwischen Gehsteig und Fahrbahn wechselte und versuchte, nur keine Lücke zu verpassen.

Jenna blinzelte. »Das gibt's doch nicht!«, entfuhr es ihr unvermittelt.

Rainer schaute irritiert zu ihr hinüber. Das Handy klingelte immer noch. »Hm?«, meinte er und kramte weiter in seiner Tasche.

Jenna zwinkerte erneut. Ihr war, als wäre sie diese Strecke erst vor Kurzem gefahren, mit genau dem gleichen Golf vor ihr und genau dem gleichen Radfahrer daneben. Und etwas an dieser Vorstellung ließ sie schaudern. Gleichzeitig wusste sie, dass dies völlig unmöglich war! Sie war schon seit Ewigkeiten hier nicht mehr mit dem Auto unterwegs gewesen …

Sie ignorierte das Kribbeln im Nacken, das sie immer dann befiel, wenn sie auf eine mittlere Katastrophe zusteuerte, und fuhr entschlossen weiter. Das Déjà-vu erwies sich jedoch als hartnäckig. Wie in Zeitlupe sprang die Ampel vor ihr wie erwartet auf Grün. Der Golffahrer, der nur kurz abgebremst hatte, gab heftig Gas. Jenna beschleunigte ebenfalls. Und der Radfahrer? Der schwenkte ohne Vorwarnung vor dem blauen Golf plötzlich auf die Mitte der Straße.

Jenna schrie auf. »Was macht der Idiot denn da? Der sieht doch, dass das nicht gut geht!«

Vor ihr leuchteten die Bremslichter des Golfs auf – »Rainer, pass auf!« –, der Radfahrer wurde durch die Luft geschleudert, Metall schrammte ohrenbetäubend auf Metall, ein fürchterlicher Stoß, dann Stille.

Als Jenna wieder zu sich kam, hörte sie ein leises, keuchendes Schluchzen. Seltsam, es kam aus ihrer Kehle. Sie kniff die Augen fest zusammen. Was war passiert? Sie wusste, wenn sie nach rechts sah, würde sie Rainer sehen, bewegungslos, das Gesicht blutüberströmt. Sie versuchte sich zu erinnern, aber es gelang ihr nicht, einen Gedanken festzuhalten.

Jemand öffnete mit Gewalt die Fahrertür und beugte sich über sie. »Sind Sie verletzt? Haben Sie Schmerzen?«

»Weiß nicht«, murmelte Jenna. Sie hob die Hand zum Gesicht, doch jemand hielt behutsam ihren Arm fest.

»Nicht bewegen! Hilfe ist unterwegs«, sagte die Stimme beruhigend.

Jenna tat wie ihr befohlen. Sie blieb sitzen, den Kopf an die Stütze gelehnt und wartete. Der Geruch nach Qualm und

Benzin wurde stärker, von draußen hörte sie einen lauten Wortwechsel. Ihr Kopf und ihre Rippen schmerzten, das Atemholen bereitete ihr Mühe. Jetzt erst fühlte Jenna Angst in sich hochsteigen.

»Rainer?« Ihre Stimme war mehr ein Krächzen.

Niemand antwortete.

Sie zwang sich, die Augen zu öffnen und vorsichtig den Kopf zu drehen.

»Oh, bitte, bitte nicht ...« Rainer sah genauso aus, wie sie es vor ihrem inneren Auge bereits gesehen hatte: bewusstlos, sein Kopf hing auf die Brust, Blut tropfte von einer großen Platzwunde an der Stirn auf sein weißes Hemd und die hellgraue Anzughose.

Das geht nie wieder raus, dachte Jenna. Rainer wird toben.

In diesem Moment hörte sie das Martinshorn, sah die flackernden Reflexionen des Blaulichts. Ihre Windschutzscheibe war gesplittert, das Heck des Golfs vor ihr nur noch in Grundzügen erkennbar. Wo war der Radfahrer? Der war schließlich an allem schuld. Sie sträubte sich vergeblich gegen den Schwindel, der sie erfasste, wie ein warmer Kokon umhüllte und sie lockte, sich fallen zu lassen.

Ich muss doch nach Hause ... ich muss wach bleiben ...

»Kim ...«, flüsterte Jenna.

Keine Antwort.

Dann wurde sie unter Wasser gezogen und versank in der Dunkelheit.

England, Cambridge, 28. November 1894

Es schneite in großen, dichten Flocken seit den Mittagsstunden. Das hatte es um diese Zeit seit Jahren nicht mehr gegeben. Nebel war man in Cambridge gewöhnt – aber Schnee?

Das Personal fluchte, die Herrschaften stöhnten, nur die Kinder hatten mit leuchtenden Augen gestrickte Mützen und Fäustlinge übergestreift und waren ins Freie gestürmt, wo sie nun mit großem Geschrei den Hügel vor dem Anwesen der Kingsleys hinunterpurzelten. Das alte, ehrwürdige Haus aus den großen grauen Steinen, die nach und nach vom Efeu überwuchert wurden, sah mit seiner weißen Mütze aus Schnee irgendwie festlich aus. Das Licht, das da und dort durch die farbigen Butzenscheiben drang, verstärkte den Eindruck noch.

Doch bei den abendlichen Gesprächen im örtlichen Pub, das den bezeichnenden Namen »The drunken beggar« trug, munkelte man hinter vorgehaltener Hand über das Anwesen und das Schicksal seiner Bewohner. Das Ehepaar Kingsley war vor zwei Jahren gestorben und hatte den Besitz seiner einzigen Tochter hinterlassen. Mary Kingsley bewohnte nun das Haus – ohne Mann. War das allein schon nicht gerade standesgemäß, so kam es noch besser. Die junge Kingsley dachte nicht daran, sich einen Mann zu suchen und in ihrer Rolle als Ehefrau aufzugehen! Ganz im Gegenteil: Mary Kingsley war Entdeckerin. Ganz allein hatte sie sich im vergangenen Jahr durch Afrika geschlagen, an Löwenjagden teilgenommen, Wasserbüffel geschossen und versucht, die Tänze der Eingeborenen zu entschlüsseln. Das war ihre erste große Reise gewesen, und sie hatte jede Minute davon genossen. Die junge Forscherin war groß und schlank, sie hatte ihr helles Haar zu einem praktischen

Zopf geflochten, und in ihren warmen braunen Augen brannten Wissbegier und die grenzenlose Freude am Unbekannten. Das war es, was sie antrieb.

Ihren Geburtstag hatte sie in einem Zelt gefeiert, irgendwo in einer Savanne, deren Namen ihr entfallen war. Gerade einmal zweiunddreißig Jahre alt, bereitete sie sich nun in diesen Tagen auf ihre zweite große Reise vor: An Weihnachten würde sie im Auftrag der Britischen Museumsbehörde in Liverpool in See stechen.

Sie trat ans große Fenster der väterlichen Bibliothek und sah hinaus. Die spielenden Kinder dort auf dem Hügel ließen sie schmunzeln, doch sie verspürte keinerlei Bedürfnis, an der Schneeballschlacht teilzunehmen. Sie liebte die schwere feuchte Luft, das Flirren in der sengenden Hitze Afrikas. Dort fühlte sie sich zu Hause. War sie bei ihrer ersten Reise vom Kongo bis nach Nigeria gelangt, häufig durch Gebiete, in die noch nie eine weiße Frau ihren Fuß gesetzt hatte, würde sie ihre nächste Reise nach Gabun führen. Sie wandte sich ab und ging zurück zu dem großen, rechteckigen Schreibtisch, der bis auf den letzten Quadratzentimeter gefüllt war. Sorgsam geordnet, lagen zahlreiche Listen mit Gegenständen, die sie und ihre Reisegenossen benötigen würden, neben Landkarten, Stapeln mit Büchern und Zeitschriften. Mary nahm einen Bleistift und ließ ihren Blick über die Listen gleiten. Botanische Ausrüstung, Kleidung, Waffen, haltbare Lebensmittel, Medikamente, Fotoapparate – die Liste schien kein Ende zu nehmen.

Es klopfte leise an die Tür, und Hilda, die alte Magd, die schon im Dienst ihrer Eltern gestanden hatte und Mary schon ihr ganzes Leben lang begleitete, streckte ihren Kopf herein.

»Mary? Lord Covington wünscht dich zu sprechen.«

»Aber natürlich«, antwortete Mary, »bitte ihn herein. Und bring uns etwas Tee und ein paar deiner wunderbaren Scones.«

Hilda zwinkerte verschwörerisch. »Ich werde sehen, ob noch welche übrig sind. Der alte Paul ist vorhin schon durch die Küche gestrichen …«

Mary lachte. »Du musst die guten Sachen eben besser verstecken, Hilda. Du weißt doch, wie Paul ist.«

»Wer ist Paul?«

Lord George Covington III., seines Zeichens zweiter Vorsitzender der Britischen Museumsbehörde, war in die Bibliothek getreten und schaute die beiden Frauen interessiert an.

»Unser alter Mäusefänger, Mylord«, erklärte Mary. »Er liebt Hildas Scones. Letzte Woche hat er ein ganzes Tablett davon verputzt, das wir unvorsichtigerweise in der Küche stehen ließen.«

»Von Ihren Scones, Miss Hilda, spricht ganz Cambridge. Wenn Sie jetzt keine mehr für mich haben, bin ich zu allem fähig.« Lord Covington schaute die Haushälterin mit hochgezogenen Augenbrauen an.

Hilda kicherte und deutete einen Knicks an. »Aber natürlich, Mylord. Ich werde sehen, was ich tun kann.« Damit schloss sie die Tür.

»Bitte, Mylord. Setzt Euch.« Mary dirigierte den Lord zu einem Sessel nahe dem Kamin und nahm ihm gegenüber Platz. »Was verschafft mir die Ehre Eures Besuches?«

Lord Covington musterte sie einen Moment schweigend. »Sie haben viel von Ihrem Vater«, stellte er fest. »Die gleiche Entschlossenheit, das gleiche Feuer, wenn es darum geht, Neuland zu betreten. Ich kannte ihn gut, sein Tod hat uns alle sehr erschüttert. Doch Sie sind eine würdige Nachfolgerin, das muss ich sagen.«

»Danke, Mylord.«

»Sie werden das Buch vollenden, das Ihr Vater begonnen hat?«

»Über religiöse Fetische in Afrika? Selbstverständlich. Es gibt in dieser Hinsicht noch so viel zu entdecken, ich weiß nicht, ob ein Menschenleben dafür überhaupt ausreicht.« Mary machte eine Geste, die die gesamte Bibliothek umfasste. »Allein in diesem Raum steht so viel Wissen, gesammelt aus der ganzen Welt – doch Afrika ist ein Kontinent, der nichts so einfach preisgibt. Man muss seinem Zauber erliegen, dann lüftet er die Schleier.«

Sie unterbrach sich, plötzlich verlegen. »Bitte verzeiht, Mylord. Ich weiß, dass eine Forscherin mehr Distanz zeigen sollte. Doch allein der Gedanke, dass ich in einigen Wochen wieder den Boden Afrikas unter meinen Füßen spüren werde, lässt mich vor Freude erzittern.«

Lord Covington lächelte. »Das ist es, was Sie auszeichnet, meine Liebe. Wir kennen Ihre Begeisterung und schätzen sie auch.« Er machte eine Pause. »Das ist allerdings nicht der Grund meines Besuches. Ich komme heute zu Ihnen …«

In diesem Moment erschien eine lächelnde Hilda mit einem Tablett voller Scones und einer Kanne Tee. »Bitte sehr, Mylord«, strahlte sie und zwinkerte Mary noch einmal zu, bevor sie wieder verschwand.

Der Lord verspeiste mit seligem Gesichtsausdruck einen ersten Scone, bevor er erneut zu sprechen begann. »Ich komme heute aus einem anderen Grund zu Ihnen, Miss Kingsley. Als Erstes bitte ich Sie um absolutes Stillschweigen, denn dieses Treffen heute findet offiziell gar nicht statt.«

Mary schaute ihn mit großen Augen an, nickte jedoch. »Selbstverständlich, Mylord, Ihr könnt Euch meines Stillschweigens sicher sein.«

»Gut.« Lord Covington biss zufrieden in seinen nächsten Scone. »Ich habe nämlich einen Auftrag für Sie. Doch bevor ich weiterspreche, lesen Sie bitte dies.« Damit zog er aus seiner Brusttasche einen Umschlag, der ein zusammengefaltetes Blatt enthielt. Covington reichte es Mary. Das Papier, eng mit blauer Tinte beschrieben, war alt und brüchig und knisterte in ihren Fingern.

Mary entfaltete es und warf einen neugierigen Blick darauf. Es waren höchstens zwanzig Zeilen Text, von gezeichneten Symbolen umrahmt. Zwei fünfzackige Sterne, zwei stilisierte Hände, die eine Schale darstellten. Darunter etwas, das wie eine Welle aussah.

Beim Lesen wechselte ihre Miene von höflichem Interesse zu offener Verblüffung. Nach einer Minute hob sie den Kopf und fragte: »Woher kommt das?«

»Das kann ich Ihnen zu diesem Zeitpunkt nicht sagen.«

»Aber Ihr glaubt daran?«

Covington nickte. »Ja, das tue ich – und nicht nur ich.«

»Warum kommt Ihr damit zu mir, Mylord?«

»Wir sind auf der Suche nach *ihr*. Dieses Papier ist ein Hinweis, dem wir nachgehen müssen.«

»Warum ich, Mylord?«, wiederholte Mary ihre Frage und reichte ihm das Papier zurück.

Covington hüstelte und nahm einen Schluck Tee. »Nun, es besteht die Möglichkeit, sie in Afrika zu finden. Wir wissen es zwar nicht genau, aber wir müssen jede Möglichkeit in Betracht ziehen. Sie reisen an die richtigen Orte, und deshalb möchte ich, dass Sie die Augen offen halten und nach ihr suchen.«

»Aber warum?« Mary griff nach ihrem langen blonden Zopf, der ihr über den Rücken hing, und zog ihn nach vorn. Eine Geste, die höchste Konzentration ausdrückte. »Ihr seid Wissenschaftler, Mylord, und die Suche nach … solchen Dingen … Ich wage gar nicht, es auszusprechen, nach … Geistern … gehört sicher nicht in Euer Aufgabengebiet. Ich wusste jedenfalls nicht, dass sich die Museumsbehörde damit beschäftigt.«

»Sie haben recht, Miss Kingley, das tut die Behörde auch nicht. Dies hier ist mein ganz persönlicher Auftrag an Sie. Hier geht es um mehr als um Wissenschaft. Es geht auch nicht um Geister. Es geht um die Menschheit. Um unser aller Seelenheil.«

Mary sagte nichts und sah ihren Auftraggeber verblüfft an.

»Und im Übrigen«, fuhr Covington fort und griff nach seiner Teetasse, »bin ich sicher, dass Ihr Vater Ihnen Hamlet zu lesen gab. Wissen Sie noch? ›Es gibt mehr Dinge zwischen Himmel und Erde, als Eure Schulweisheit sich erträumen lässt.‹ Das hier ist kein Humbug. Es ist bitterer Ernst.«

Mary drehte ihren Zopf in den Händen und schwieg eine Zeit lang. Eine Geistersuche? Noch vor Kurzem hätte sie diese Idee verächtlich ins Reich der Kindermärchen verwiesen. Doch ihre Begegnung mit dem schwarzen Kontinent hatte sie verändert, stellte sie verblüfft fest. Wissenschaft hin, Glaube her … Zudem konnte sie keinem Rätsel widerstehen. Entschlossen warf sie ihren Zopf nach hinten. »Schön. Wenn Ihr glaubt, Mylord, dass ich Euch helfen kann, dann werde ich das tun. Aber Afrika ist groß, sehr groß. Die Chancen, ausgerechnet diese – Hüterin zu finden, die Ihr sucht, sind verschwindend gering.«

»Ich weiß. Ich bitte Sie nur darum, es zu versuchen.« Es entstand eine Pause, dann fragte Covington wie nebenbei: »Hat Ihr Vater Ihnen je von den Schatten erzählt?«

»Den Schatten?«, wiederholte Mary leise. »Nein. Was meint Ihr genau? Welche Schatten?«

»Eine Theorie«, winkte er ab und blickte sie forschend an.

»Wusste mein Vater mehr darüber?«

»Nein«, gab Lord Covington nachdenklich zurück. »Ihr Vater war ein begnadeter Reisender und Entdecker – doch dies war nichts, was ihn wirklich interessierte. Wir haben nur einmal darüber gesprochen.« Er sah die junge Frau eindringlich an. »Nein, Ihr Vater war nicht Teil unseres Kreises. Sie hingegen – vielleicht liegt es daran, dass Sie eine Forscherin sind – und eine Frau. Ich vertraue Ihnen.«

Mary stand auf und wanderte unruhig durch den Raum. Hunderte Fragen gingen ihr durch den Kopf, während sie mit den Fingern über die Bücherrücken strich. Draußen war die Dämmerung hereingebrochen, schemenhaft sah man die Schneeflocken vor den großen Fenstern tanzen.

»Gibt es zu dieser Frau irgendwelche Aufzeichnungen? Briefe? Botschaften? Irgendeinen *Beweis?*«, fragte sie unvermittelt.

»Nein«, antwortete Covington aufrichtig und trank einen weiteren Schluck Tee. »Was ich Ihnen gerade gezeigt habe, ist das einzige schriftliche Dokument, das es gibt. Es gibt noch den einen oder anderen Brief, Beobachtungen … Aber das meiste beruht auf Hörensagen. Oder ist sehr persönlicher Natur und für die Wissenschaft nicht geeignet.« Er stellte die Teetasse zurück und erhob sich. »Mary, verstehen Sie mich bitte richtig«, sagte er leise, aber entschieden, »wenn es möglich ist, ja, wenn wir überhaupt in Betracht ziehen, dass es möglich ist, dann müssen wir sie suchen.«

Mary war bei der *Encyclopaedia Britannica* angekommen und tippte mit ihrem Zeigefinger auf einen der goldgeprägten Ledereinbände. Sie seufzte, dann gewann die Wissenschaftlerin in ihr die Oberhand. »Woher habt Ihr überhaupt dieses Papier, Mylord?«

»Das ist eine lange Geschichte, zu kompliziert für einen kurzen Besuch«, stellte Covington fest. »Kehren Sie gesund zurück, Mary, dann verspreche ich Ihnen einen langen, abenteuerlichen Abend.« Er stockte und suchte nach Worten. Schließlich murmelte er: »Diese Geschichte muss man sich verdienen, wissen Sie?«

Mary hörte genau hin, aber es war keine Spur von Ironie in seiner Stimme zu hören. »Ich werde nicht meine ganze Zeit dort mit der Suche verbringen. Es wird schon schwierig genug sein, lebend wieder nach Hause zu kommen«, gab sie zu bedenken.

»Aber Sie werden suchen?« Covington klang drängend, zugleich mit einem Mal unsicher.

Mary schaute ihrem Besucher ins Gesicht. Lord Covington war trotz seiner Jahre ein attraktiver Mann geblieben. Blaue Augen unter buschigen Brauen dominierten sein Gesicht, die Zeit hatte die Lachfalten um seinen Mund herum vertieft, und man sah ihm an, dass er gelegentlich der Versuchung der Scones erlag.

»Ich weiß nicht warum, aber ja, ich werde es tun. Ohne Garantie.« Mary lächelte. »Ich konnte noch nie einer Herausforderung widerstehen. Und ich denke, das wisst Ihr.«

Aufatmend ergriff der Lord ihre Hand und drückte einen Kuss darauf. »Passen Sie gut auf sich auf, meine Liebe. Viel Glück – Sie werden es brauchen …«

Vier Wochen später, am stürmischen Nachmittag des 23. Dezember 1894, verließ der Dreimaster Batanga den Hafen von Liverpool. Mary Kingsley stand auf dem Achterdeck und hielt sich an der Reling fest, trotzte dem Wind und der Gischt. Einzelne Strähnen lösten sich aus ihrem Zopf und wehten ihr ins Gesicht. Endlich! Sie war wieder unterwegs! Die schreienden Möwen begleiteten sie noch ein Stück des Wegs mit ihren waghalsigen Manövern und lauten Schreien. Fast senkrecht stürzten sie sich aus großer Höhe immer wieder in Richtung Deck, in der Hoffnung auf Essbares.

Es war klar und kalt, der Wind schwellte die Segel, und die Batanga nahm Kurs Richtung Süden. Die Expedition hatte begonnen.

Gegen zehn Uhr abends, sie hatte mit dem Kapitän und ihren Reisegefährten zu Abend gegessen, stieg Mary erneut hinauf auf das Achterdeck. Der Sternenhimmel wölbte sich über ihr, die Wellen klatschten sanft an den Schiffsrumpf, und der Wind war schwächer geworden. Die Segel knatterten über ihrem Kopf, ansonsten war es still.

Mary legte den Kopf in den Nacken. Dort oben, weit über ihr, erstreckte sich das leuchtende Band der Milchstraße. Der Wächter des Winterhimmels, Orion, stand im Süden. »Auf Wiedersehen, Orion«, rief sie übermütig und lachte über sich selbst.

Bald, schon sehr bald, würde das Kreuz des Südens wieder über ihr flimmern. Die letzten Wochen waren nervenaufreibend und anstrengend gewesen. Bis all die Kisten gepackt und auf das Schiff geladen waren, bis alle Mitreisenden eingetroffen waren, hatte sie hin und wieder ernsthaft daran gezweifelt, dass sie wirklich mit der Flut zwei Tage vor Weihnachten auslaufen würden. Gefährlich knapp, dachte Mary.

Der Steuermann eilte vorbei, nickte ihr einen Gruß zu. Seine Schicht dauerte noch bis Mitternacht, dann würde er abgelöst.

Mary gab den Gruß freundlich zurück, wandte sich um und blickte nach achtern, zurück nach Liverpool, dessen Lichter schon lang nicht mehr zu sehen waren. Der Wind spielte mit ihrem Haar. Sie legte die Hände auf die hintere Reling, fühlte das Holz vibrieren und lauschte dem Gesang der Nacht.

Von einem Moment auf den anderen war sie nicht mehr allein. Jemand – oder besser etwas – verdunkelte den Sternenhimmel. Mary blickte verwirrt nach rechts und links, doch niemand war zu sehen, nicht einmal der Steuermann. Sie schaute nach unten und war fast überrascht, unter ihren Stiefeln das Holz der Planken zu sehen.

Mary fröstelte. Eine eisige Kälte senkte sich über sie, nahm ihr den Atem.

Sie schüttelte den Kopf, versuchte, die Schwärze abzuschütteln. Da ertönte ein zischendes Flüstern, und es schien Mary, als würden die Worte direkt hinter ihrer Stirn entstehen. Leise, gefährlich leise.

»Niemand entkommt mir. Sie nicht – und du nicht.«

Mary stöhnte auf, umklammerte ihren Kopf, doch die Stimme blieb, flüsterte das Gleiche immer und immer wieder: »Du bist mein. Für immer.«

Als eine Möwe aus der Rah der oberen Takelage krächzend auf sie hinabstieß, war die Stimme mit einem Schlag verschwunden. Die Dunkelheit löste sich auf, der Mantel aus Eis, der sich um sie gelegt hatte, schmolz in einem einzigen Augenblick. Die junge Frau atmete tief durch und sah sich um. Der Sternenhimmel erstrahlte über ihr, die Wellen schlugen platschend gegen das Schiff, der Steuermann gähnte.

Mary hielt mit beiden Händen die Reling umklammert und zitterte am ganzen Körper. Ihr war, als hätte eine Tür sich einen winzigen Spalt weit geöffnet.

Eine Tür, die seit jeher niemals geöffnet werden durfte.

In einen unsagbaren Abgrund, den kein Mensch jemals sehen sollte.

In ein Reich ohne Wiederkehr.

3

IMMER NOCH SAMSTAG, 4. FEBRUAR

Jenna trieb orientierungslos in der Dunkelheit. Irgendwo in der Ferne hörte sie jemanden ihren Namen rufen, spürte eine Hand an ihrer Wange, dann versank sie wieder im Nichts. Sie wusste nicht, wo oben und unten war, verlor jedes Zeitgefühl. Nichts war wirklich wichtig …

Dann rief erneut jemand nach ihr. Nicht mit ihrem Namen, doch Jenna wusste, dass sie gemeint war.

Dass er *sie* rief. Nur sie.

Die Dunkelheit wich, es schien zu dämmern. Doch seltsam, die Sonne wollte nicht aufgehen. Es blieb alles diffus, wie Herbstnebel über den Feldern.

Jenna ließ sich treiben, folgte dem leisen Wispern, das sie rief. Da sah sie plötzlich Umrisse, eine Hand streckte sich ihr entgegen. Sie griff dankbar danach – doch dann begann sie vor Entsetzen zu schreien.

Sie umfasste eine Knochenhand.

Der Geruch nach Moder und Verwesung war plötzlich unerträglich.

»Wachen Sie auf, Frau Winters. Sie sind im Krankenhaus. In Sicherheit.«

Vielleicht war »Sicherheit« das entscheidende Wort, denn Jenna kam ins Hier und Jetzt zurück, riss die Augen auf und hörte auf zu schreien. Panisch hob sie ihre linke Hand vors Gesicht und sah verständnislos auf die Schläuche und Pflaster.

Ein Albtraum, aber was für einer! Mein Gott, dachte sie, Nebelschwaden und Knochenhände, daran werde ich mich noch Jahre erinnern … Und der Gestank … Es würgte sie immer noch. Verwirrt sah sie um sich, bis ihr Blick auf Kim und die Ärztin im blauen Kittel fiel. »Was ist passiert?«

Auf Kims Gesicht zeichnete sich die Erleichterung ab. Sie umarmte Jenna vorsichtig. »Gott sei Dank, Mam, da bist du ja wieder.«

»Was …?«

»Du hattest einen Autounfall«, erklärte Kim. »Mit Rainer.«

Rainer! Herrje! Blitzartig fiel Jenna alles wieder ein. Das Treffen mit Meier-Westphal, die Rückfahrt mit Rainer, der verdammte Fahrradfahrer vor ihr …

»Wie geht's Rainer?«, erkundigte sie sich zögernd.

Kim blickte hinüber zu der Ärztin, die jetzt Jennas Hand nahm, pro forma ihren Puls maß und sie gelassen anblickte. »Ich bin Dr. Endel. Herrn Henrich geht es so weit gut, wir konnten ihn stabilisieren. Er hat einen feinen Riss in der Lunge. Nichts, was wir nicht behandeln können, aber er muss ein paar Tage dableiben.« Sie lächelte. »Sie hatten Glück, Frau Winters. Bei Ihnen konnten wir nur eine Gehirnerschütterung und eine angeknackste Rippe feststellen. Wir behalten Sie sicherheitshalber über Nacht da, morgen sehen wir dann weiter. Ihre Tochter kann hier schlafen, wenn Sie möchten.«

Jenna ließ den Kopf erleichtert in das Kissen zurücksinken. Rainer war am Leben. »Gott sei Dank«, flüsterte sie. Die letzten tiefschwarzen Traumfetzen lösten sich auf.

Kim ließ sich auf einen Stuhl fallen und betrachtete sie forschend. »Himmel, Mam, ich bin fast ausgeflippt, als die Klinik mich angerufen hat. Was ist eigentlich passiert?«

Jenna winkte erschöpft ab und rieb sich müde die Augen.

Um sie herum piepste es leise, man hörte, wie eine automatische Tür zischend auf- oder zuging, gedämpfte Konversation drang vom Gang ins Zimmer. Sie sah sich um. Das zweite Bett neben ihrem war nicht belegt.

»Da darf ich heute Nacht schlafen«, sagte Kim, die Jennas Blick gefolgt war. »Oder möchtest du, dass Alex …?«

»Nein, bleib bei mir«, bat Jenna und krallte ihre Finger in Kims Ärmel. »Ich bin noch gar nicht richtig da.« Sie kniff die Augen zusammen, versuchte sich zu erinnern. »Wir waren irgendwo kurz vor dem Büro, als dieser idiotische Fahrradfahrer einschwenkte und alle eine Notbremsung machten. Was ist mit dem Golffahrer, der vor mir war? Weißt du das?«

Kim schüttelte den Kopf. »Nee. Aber ich kann mal fragen, wenn du willst.«

»Bitte. Und gehst du nachher kurz bei Rainer vorbei und sagst ihm, dass ich noch ganz bin? Und – ach du liebes bisschen – rufst du deinen Vater an?«

»Hab ich schon gemacht. Alex kommt heute Abend noch schnell vorbei, hat er gesagt.«

Jenna schloss die Augen. Irgendetwas versuchte noch immer, sie wieder zurück in den Traum zu ziehen. Die Versuchung, sich fallen zu lassen und nachzugeben, war überwältigend. Doch Jenna hatte Angst vor dem, was womöglich im Schlaf auf sie wartete. Sie musste wach bleiben, koste es was es wolle, wenigstens für eine Weile.

Der Nebel war tödlich. Er sog alles in sich hinein.

»Tut mir leid, dass ich nicht zum Kochen gekommen bin«, sagte sie mit einem halbherzigen Lächeln.

»Schon gut«, gab Kim zurück. »Wir hatten uns ohnehin eine Pizza bestellt. Matthew und Simone haben mich mit dem Taxi hergebracht, als der Anruf kam.«

»Erzähl mir von Matthew. Ist er nett?«

»Mam!«, protestierte Kim, grinste aber ebenfalls, als sie Jenna lächeln sah. Sie drehte sich ihre dunklen Locken zu einem Knoten, während sie erzählte.

»Ja, er ist nett. Er kommt aus Kalifornien, und sein Deutsch ist wirklich gut. Sein Französisch dafür grauenhaft.«

»Und Simone?«, fragte Jenna nach, die bemerkt hatte, dass Kim ihre Freundin nicht weiter erwähnte.

»Simone ist in ihn verknallt. Aber er schaut sie kaum an. Jedenfalls nicht so, wie sie's gerne hätte.« Das klang bissig.

»Streitet ihr zwei euch vielleicht?« Jenna wunderte sich über sich selbst. Sie war höllisch müde, ihr ganzer Körper tat ihr weh, doch gleichzeitig schienen ihre Sinne geschärft, sie nahm Zwischentöne wahr, die sie sonst eher überhörte.

Kim winkte ab. »Nein, wir sind nur nicht immer einer Meinung. Und wie sie sich an Matthew ranschmeißt, finde ich grenzwertig. Aber das kann er ihr auch selbst sagen.« Sie wies auf eine Tasche, die auf dem Boden stand: »Ich hab dir übrigens ein Nachthemd, Unterwäsche und deinen Kosmetikbeutel mitgebracht. Ich wusste ja nicht, wie lange die dich hierbehalten.«

»Danke, meine Süße«, erwiderte Jenna und unterließ es, den offensichtlichen Themenwechsel zu kommentieren. »Kim, wenn du eine Pause machen willst, geh ruhig mal raus. Ich bin so müde. Haben die mir irgendwas in die Infusion getan?«

»Nur ein leichtes Schmerzmittel, Frau Winters«, ertönte es da von der Tür, als die Ärztin genau in diesem Moment wieder zur Tür hereinkam. »Ihr Mann ist da und wartet draußen, kann er zu Ihnen?«

Kim sprang auf. »Alex! Ich hole ihn, und dann geh ich einen Kaffee trinken und schau nach Rainer. Ruh dich nur aus, Mam.«

Wie der Blitz stürmte sie zur Tür hinaus, und keine Minute später trat Alex in den Raum. Besorgt stand er neben Jennas Bett und sah auf sie hinunter. »Himmel, Jenna, was machst du für Sachen?«

»Ich war's nicht«, antwortete Jenna patzig. »Der Radfahrer war's. Und der Typ vor mir. Ich bin quasi ein – Kollateralschaden.« Das Déjà-vu erwähnte sie lieber nicht, das hätte Alex sowieso nicht verstanden.

Alex grinste, doch die Sorgenfalten verschwanden nicht von seiner Stirn. »Ich weiß. Ich habe mit Dr. Endel gesprochen, ich kenne sie noch von der Uni. Du und Rainer, ihr habt wirklich Glück gehabt, weißt du das? Von einem Radfahrer war übrigens nicht die Rede. Nur von dem Fahrer in dem Auto vor euch. Der hat ein sich ein paar Knochen gebrochen, aber nichts, was man nicht mit einem guten Gips wieder hinbekommt.«

Er warf Mantel und Schal auf den Stuhl und setzte sich vorsichtig auf die Bettkante. »Jenna«, sagte er leise und strich ihr leicht über das Haar. Ihre schwarzen Strähnen hoben sich drastisch von der weißen Bettwäsche ab. »Ich habe mir nach Kims Anruf schreckliche Sorgen gemacht.« Seine Frau sah blass und schmal aus in dem großen Bett, er entdeckte dunkle Ringe unter ihren Augen, die sie vor einer Woche bei seinem Besuch in ihrem Büro noch nicht gehabt hatte. »Brauchst du irgendwas?«

»Nein, danke«, antwortete Jenna matt, keine Spur von Trotz mehr in der Stimme, »Kim hat mir schon eine Tasche gepackt. Und sie darf heute Nacht hier bei mir bleiben.«

»Das ist gut.« Er griff nach ihrer Hand und hielt sie leicht in der seinen.

Jenna kannte den Blick gut, mit dem er sie jetzt betrachtete. Sie wünschte sich für einen Moment weit weg. Alex und sie waren noch lange nicht miteinander fertig, zu viel Unausgesprochenes stand zwischen ihnen. Und solange Kim sie beide brauchte, waren sie in gewisser Weise ein Team.

Wenn sie wieder gesund war, würden sie reden. Über sich und Kim und wie es weitergehen würde. Vorausgesetzt, diese merkwürdige Kette von Ereignissen, die ihr in letzter Zeit passiert war, endete mit diesem Unfall. Jenna ließ ihre Hand, wo sie war, und merkte gerade noch, wie ihr die Augen zufielen. »Bleibst du?«, murmelte sie undeutlich, dann war sie eingeschlafen.

Kim steckte ihr Handy in die Tasche, als Alex ihr von hinten eine Hand auf die Schulter legte.

»Ich wusste, dass ich dich hier im Café finde«, lächelte er. »Deine Mutter ist schon wieder im Traumland. Für ihre Heilung wahrscheinlich das Beste.« Er bestellte sich eine Cola, sah auf die Uhr und seufzte. »Ich muss gleich zurück in die Klinik. Kommst du klar, Kim? Ach, und soll ich dir für morgen eine Entschuldigung schreiben?«

Kim sah ihn kopfschüttelnd an. »Morgen ist Sonntag.«

»Dann eben für Montag«, gab Alex zurück. Er erbat sich vom Kellner ein Blatt Papier und kritzelte ein paar Zeilen darauf. Das hielt er Kim hin, die es nachlässig zusammenfaltete und in die Tasche steckte.

»Mach dir keine Sorgen, Kleine. Jenna ist bald wieder auf den Beinen. Und dann schlaf dich richtig aus, du siehst auch ganz schön fertig aus.«

»Alex!«

»Ich darf dir das ja wohl noch sagen, oder?« Alex trank sein Glas in einem Zug aus, stand auf und zog seine Tochter in die Arme. »Ich meine es ernst. Schlaf dich mal aus. Und dann sollten wir beide uns mal länger unterhalten.«

Kim entwand sich seinen Armen. »Wieso?«

»Weil es nötig ist. Okay?«

»Mir geht's gut«, wehrte Kim ab.

»Schon klar. Wir reden morgen darüber.« Alex küsste sie auf die Wange und lief mit wehendem Mantel davon, seinen Schal hinter sich herziehend wie eine Fahne. »Hab dich lieb, Kleines«, rief er über die Schulter zurück.

»Dito«, rief Kim zurück, dann war er um die Ecke verschwunden. Sie stand auf, kaufte sich zwei Zeitschriften, ging zurück zur Station und ließ sich auf das freie Bett fallen.

»Gute Nacht, Mam«, flüsterte sie und schaltete das Licht aus. Jenna war nicht mehr aufgewacht, sie atmete gleichmäßig und schien friedlich zu schlafen.

Nur noch die Nachtbeleuchtung im Gang drang durch das große Glasfenster. Der Vorhang filterte das schwache Licht noch zusätzlich, doch die Umrisse im Zimmer waren noch klar erkennbar. Leises Piepsen ertönte immer wieder, die Schritte auf dem Flur wurden weniger. Selbst in einem großen Krankenhaus wie diesem hielt die Nacht Einzug.

Irgendwann wurde es still.

Die Schatten schliefen nicht.

Sie wisperten und raunten jede Nacht und jeden Tag. Sie warteten, bis die Ewigkeit vorüber war.

Irgendwann.

Dann würde ihre Zeit kommen.

Manche der Schatten allerdings wussten, dass es einen Weg gab.

Einen Weg hinaus, zurück ins Licht, wo die Farben wieder

leuchteten und die Nebel sich hoben. Es war ein Tor für manche von ihnen. Einige hatten ihre Aufgabe noch nicht erfüllt. Sie gingen nicht weiter, sondern warteten.

Auf eine Gelegenheit, die sich vielleicht ergab.

Einer von ihnen war einmal Antoine Lagardère gewesen. Auch er wartete darauf, dass in diesem unablässigen Grau etwas geschah.

Irgendetwas.

Wenn sich das Tor öffnete, würde er bereit sein.

Doch er kannte den Zeitpunkt nicht. Er wusste, dass es nur ein Lebender öffnen konnte. Jemand ganz Besonderes. Und Angst war der Schlüssel, so viel wusste er.

Der Preis dafür würde hoch sein.

Nur wenige waren bereit, ihn zu zahlen.

SONNTAG, 5. FEBRUAR

Kim stieg langsam die Stufen hoch. Vierter Stock, kein Aufzug. Ihre Mutter sagte immer, das mache die Miete bezahlbar und außerdem ersetze es das Fitnessstudio. Sie hörte die Glocken der nahen Paul-Gerhardt-Kirche neun Uhr schlagen. Es war Sonntag. Was sollte sie den ganzen Tag mit sich anstellen?

Jenna hatte die Nacht über friedlich geschlafen. Nach dem Frühstück hatte sie erholt gewirkt und Kim heimgeschickt.

»Geh nach Hause, mein Schatz. Ich komm hier schon klar.«

»Wirklich? Soll ich nicht noch bleiben?«

Jenna hatte den Kopf geschüttelt. »Siehst du? Keine Gehirnerschütterung. Und wegen einer gebrochenen Rippe behalten die mich nicht lange hier. Das heilt von allein. Also Abmarsch. Wir sehen uns spätestens morgen zu Hause.«

Kim hatte eingewilligt, und so stand sie nun vor ihrem Kleiderschrank, holte ziemlich wahllos eine Jeans, ein T-Shirt und einen grauen Kapuzenpulli heraus und zog sich an. Bevor Jenna wieder nach Hause kam, musste sie zumindest die Reste der gestrigen Pizza-Session entsorgen. So räumte sie rasch die Küche auf, machte sich noch einen Espresso und wanderte mit der Tasse in der Hand ziellos in der Wohnung herum.

Die Türklingel riss sie mit einem Mal aus ihren Gedanken.

Kim öffnete die Wohnungstür und zog bei dem Anblick, der sich ihr bot, die Augenbrauen hoch. »Carolin? Was machst denn du hier?«

Carolin Gruber, die in Französisch und Kunst neben Kim saß, lehnte am Türrahmen. Ihre blonden Locken waren unter einer roten Rentiermütze mit passendem Schal verborgen. Sie blickte Kim mit undurchdringlicher Miene an. »Kann ich kurz mit dir reden?«

»Klar, komm rein. Warum hast du nicht vorher angerufen?«

»Du bist doch da«, gab Carolin zurück und trat in den Flur.

Kim schloss die Tür hinter ihr. »Magst du auch noch einen Kaffee?« Sie kannte Carolin kaum, hatte noch nie mehr als drei Worte mit ihr gewechselt, die sich nicht auf den Unterricht bezogen hatten.

Carolin schüttelte den Kopf, marschierte aber zielstrebig in die Küche. »Kalt hier«, kommentierte sie.

»Ich lüfte gerade«, erklärte Kim und deutete auf die offene Tür, die von der Küche aus auf den kleinen Balkon führte.

»Also, was ist?«, fragte Kim.

»Ich habe eine Botschaft für dich.« Carolin schien noch

immer in den Anblick der Linde versunken, und Kim verstand sie kaum.

So schüttelte sie verständnislos den Kopf. »Botschaft? Von wem denn? Jetzt mach es doch nicht so spannend. Hat dich etwa die Berger geschickt?«

Carolin wandte sich für einen Moment um und sah Kim mit einem traurigen Lächeln an. »Es wird noch viel schlimmer für dich werden. Du wirst dir wünschen, nie wieder zu träumen. Wenn ich gehe, bleibt dir nur noch die Angst«, sagte sie.

Dann rannte sie hinaus auf den Balkon, schwang sich übers Geländer und sprang in die Tiefe.

»Carolin, nein! Nein!« Kims Schrei hallte in dem Innenhof wider. Sie stürzte zur Brüstung und sah fassungslos hinunter. Um sie drehte sich alles wie in einem Strudel, und sie musste sich an dem eiskalten Metall festhalten.

Carolin lag mit dem Gesicht nach unten auf dem Pflaster, neben der großen Linde. Eine dunkle Blutlache breitete sich um sie herum aus, wie ein Loch in der Erde. Auf einem der Äste über ihr tanzte eine kleine Kohlmeise hin und her und sah neugierig hinab.

Kim stöhnte auf und rannte nach unten. Sie musste sich am Treppengeländer festhalten, ihre Knie zitterten. Im Hof angekommen, sank sie neben Carolin auf den Asphalt. »Hörst du mich?«, schrie sie immer wieder, »Carolin? Carolin!«

Die Kälte kroch ihr in die Knochen, breitete sich aus, lähmte sie. Die nächsten Minuten erlebte Kim wie in Trance.

Der entsetzte Hausmeister, die hektischen Männer der Ambulanz in ihren knallroten Jacken, die Polizeibeamten, methodisch und hilfsbereit.

Carolin, die immer noch ihre Rentiermütze aufhatte und sich nicht mehr rührte.

Die dunkel glänzende Blutlache auf dem Asphalt, die immer größer wurde.

Das Hämmern in Kims Kopf, das nicht mehr nachließ.

Die Sanitäter hatten Kim eine Decke umgelegt und sie zurück in die Wohnung begleitet. »Ihr Vater ist schon auf dem Weg«, sagte einer von ihnen beruhigend und drückte Kim eine Tasse Tee in die Hand. Sie griff danach, doch ihre Hände zitterten so sehr, dass der heiße Tee überschwappte und auf ihre Knie tropfte. »Aua«, fluchte sie leise, während Tränen über ihre Wangen strömten. Sie machte keine Anstalten, sie zu unterdrücken.

Ein Kriminalbeamter in Jeans und aufgekrempeltem Holzfällerhemd, der sich bereits unten im Hof als Kommissar Sandberg vorgestellt hatte, betrat das Wohnzimmer, blickte sich kurz suchend um und setzte sich schließlich neben Kim. Behutsam nahm er ihr die Tasse aus der Hand und sah sie forschend an. Kim war totenblass, sie zitterte trotz der Decke, und ihre Augen hatten einen gehetzten Ausdruck.

»Können wir kurz reden?«, fragte er. »Schaffen Sie das, Kim? Ich darf Sie doch so nennen?«

»Ja«, gab Kim zurück und schniefte. »Entschuldigung, wer sind Sie noch mal?«

»Tristan Sandberg. Kriminalpolizei.«

»Komischer Name«, murmelte Kim.

»Gar nicht komisch. Und nein, meine Eltern waren keine Opernfans«, erklärte Sandberg wie nebenbei und reichte ihr ein Taschentuch.

»Hm …« Kim schnäuzte sich, zog die Decke enger um die Schultern und starrte vor sich hin.

»Erzählen Sie einfach. Von Anfang an.« Sandberg hatte einen

Notizblock in der Hand, aber er schrieb nichts auf, sondern hörte nur zu, ohne Kim zu unterbrechen.

»… und dann ist sie gesprungen. Einfach so.« Kims Stimme zitterte.

»Ohne etwas zu sagen? Wirklich?«, vergewisserte sich Sandberg. Er schaute Kim zweifelnd an.

»Einfach so«, bestätigte Kim. Auch wenn der Kommissar durchaus vertrauenerweckend aussah – von Carolins letzten Worten sagte sie nichts. Wie sollte er das auch verstehen? Sie selbst verstand es ja nicht. Ich habe verdammt noch mal keine Ahnung, was hier vorgeht, dachte sie verängstigt. Alles war aus den Fugen geraten, das normale Leben zu einem Horrorfilm mutiert, der unaufhaltsam einem Höhepunkt zusteuerte, ob Kim das wollte oder nicht. Es war wie verhext. Und es war erschreckend real.

»Kim!« Alex' Stimme ließ sie hochschrecken. Ihr Vater stand an der Tür. »Bist du okay? Du Arme. Das gibt's doch nicht. Erst Jenna, dann das!« Er zog sie vom Sofa hoch und umarmte sie fest, drückte ihr Gesicht an seine Schulter.

»Wer ist Jenna?«, fragte Sandberg, der die Szene interessiert beobachtet hatte. »Und wer sind Sie?«

Alex löste sich von seiner Tochter und schaute den Kommissar irritiert an. »Ich bin Kims Vater, Dr. Alexander Winters. Jenna ist meine Frau. Sie hatte gestern einen Autounfall und liegt derzeit in Großhadern.«

Sandberg sah Kim nachdenklich an. »Das haben Sie vergessen zu erwähnen, Kim.«

»Was hat denn meine Mutter damit zu tun? Hier geht es doch um Carolin!« Kim griff nach ihrer Tasse, die auf dem kleinen Beistelltisch neben dem Sofa stand. Sie trank ein paar Schlucke lauwarmen Tee und verzog das Gesicht.

»Auf den ersten Blick hat das nichts miteinander zu tun«, gab der Kommissar zu. »Aber manchmal sind Zusammenhänge erst mit der Zeit klar zu erkennen. Daher finde ich es seltsam, dass Sie den Unfall Ihrer Mutter vorhin nicht erwähnt haben. Das ist alles.«

»Können Sie Kim nicht später verhören?«, fuhr Alex jetzt dazwischen. »Sie sehen doch, dass sie unter Schock steht.«

»Natürlich.« Sandberg gab nach. »Würden Sie Kim heute Nachmittag aufs Präsidium begleiten, Dr. Winters? Sie muss das Protokoll noch unterschreiben.«

»Meine Tochter ist erst siebzehn.« Alex stellte sich beschützend vor Kim und funkelte den Kommissar an. »Sie hat gerade zusehen müssen, wie sich jemand von diesem Balkon gestürzt hat. Kann da das Protokoll nicht warten?«

Sandberg hob die Hände. »Sie sind Arzt, Herr Winters? Dann wissen Sie doch, dass man sich an Vorschriften halten muss. Kommen Sie heute Nachmittag, auch wenn Sonntag ist, zu mir. Sie können unterschreiben. Und … Kim – es tut mir sehr leid.«

»Arroganter Arsch«, brummte Alex, als die Tür hinter dem Kommissar zufiel.

Kim lächelte unter Tränen. »Danke, dass du hier bist, Alex.«

»Ist doch klar. Komm, wir gehen ein paar Schritte. Ein bisschen frische Luft wird dir guttun. Und danach gehst du ins Bett.«

»Nein!« Kim klammerte sich an seinem Arm fest. »Ich … ich will da jetzt nicht runter.« Sie bedeckte ihr Gesicht mit den Händen, ihre Schultern bebten. »Ich will hierbleiben. Auf dem Sofa. Bitte.«

Alex nahm seine schluchzende Tochter in den Arm und führte sie zurück zum Sofa. Behutsam deckte er sie zu und nahm ihre eiskalten Hände in seine. »In Ordnung. Ganz ruhig.« Er zog sein Handy aus der Tasche. »Warte hier. Ich muss ein paar Anrufe erledigen.« Dann stellte er ihr eine frische Tasse Tee hin und ging in die Küche. Die Balkontür stand noch offen, nachdem einer der Kriminalbeamten sich die Szene von oben betrachtet hatte.

Alex trat hinaus und sah ebenfalls hinunter. Der Leichnam Carolins war bereits abtransportiert, nur ein großer, dunkler Fleck auf dem Asphalt zeugte noch von dem Drama, das sich hier abgespielt hatte. Ein paar Nachbarn standen an der Toreinfahrt, die Straße und Hof miteinander verband, und unterhielten sich leise.

Er hatte von der Tür aus gehört, wie Kim dem Kommissar den Ablauf beschrieben hatte. Irgendetwas stimmte hier nicht. Alex wurde das Gefühl nicht los, dass seine Tochter etwas verschwiegen hatte. Er dachte daran, was Jenna ihm erzählt hatte.

Wenn Kim tatsächlich Angst vor irgendetwas hatte, dann müsste sie jetzt panisch sein.

Denn das war nicht nur eine Botschaft gewesen.

Es war eine Drohung.

Im Londoner Stadtteil Notting Hill läutete zur gleichen Zeit ein Telefon. Nur wenige kannten die Nummer, niemand wusste, dass es eine abhörsichere Leitung war.

»Das Mädchen hat genau das getan, was wir von ihr erwartet haben. Die kleine Winters wird langsam panisch«, sagte der Anrufer, ohne sich mit langen Vorreden aufzuhalten.

»Sehr gut. Sie haben nur noch eine Woche, um den Rest zu erledigen, vergessen Sie das nicht.«

»Keinesfalls, Sir, betrachten Sie es als erledigt.« Die Stimme des Anrufers drückte Selbstgefälligkeit und Sicherheit aus.

Es klickte. Der Mann in London hatte aufgelegt.

Der Anrufer lächelte. Es war Zeit für Phase zwei.

Afrika, Nordöstliches Gabun, Mai 1895

Mary Kingsley fluchte hingebungsvoll.

Sie saß fest, wieder einmal.

Vor ihr ragte ein verdammter Felsen in die Höhe, der ihr die Sicht nahm. Sie hatte fast vergessen, dass in Afrika andere Gesetze galten. Nichts ging hier schnell oder unkompliziert.

Vor vier Monaten waren die zehn Expeditionsteilnehmer nach einer ereignislosen Seereise in der kleinen Hafenstadt Port Gentil gelandet, einer Ansammlung von windschiefen Häusern und abenteuerlichen Gestalten. Erst ein Jahr zuvor hatte man hier einen Zollposten eingerichtet, der das einzige gemauerte Bauwerk weit und breit war. Gummi und Elfenbein, Holz und Sklaven wurden ausgeschifft, und die Gewinne, die sich vor allem die ausländischen Handelsleute davon versprachen, lockten immer mehr Ausländer an.

Mary und ihre Begleiter waren am europäischen Festland vorbei nach Süden gesegelt, die stürmische Biskaya backbords liegen lassend, bis sich die Sterne veränderten und die Nähe des Äquators verkündeten.

Die seltsame Begebenheit der ersten Nacht hatte sich nicht wiederholt, wenngleich Mary hin und wieder das Gefühl hatte, es sähe ihr jemand über die Schulter.

Die Stimme jedoch hatte beharrlich geschwiegen.

Von Port Gentil waren sie weitergezogen, auf den alten Karawanenrouten ins Innere des Landes. Die Zeit verging rasch. Seit vier Monaten war sie nun bereits wieder in Afrika, und wenn sie darüber nachdachte, dann hatte sie jeden Tag davon genossen. Das hätten viele nicht verstehen können, angesichts der Anstrengungen, die rund um die Uhr unternommen werden mussten, um die Expedition vor dem Scheitern zu bewahren.

Nichts ging auf Anhieb glatt.

Die Mitglieder der Expedition übernachteten, umringt von wilden Tieren, unter freiem Himmel, wanderten durch sengende Wüsten, kämpften sich über unüberwindbar scheinende Gebirgskämme und undurchdringliche Urwälder. Mary hatte gelernt, Spuren zu lesen, sich an den Sternen zu orientieren und auf bewegte Ziele zu schießen, um genügend Nahrung heranzuschaffen. Sie hatte sich den Respekt der männlichen Teilnehmer ertrotzt, obwohl immer noch einige der Meinung waren, eine unverheiratete Frau wäre zu Hause besser aufgehoben. Um der lieben Schicklichkeit willen hatte sie eingewilligt, eine Zofe mitzunehmen, was sich rasch als eine zusätzliche Belastung herausgestellt hatte. Fieber und Durchfall, Kraftlosigkeit und die brütende Hitze hatten die Zofe geschwächt und dazu geführt, dass sie noch langsamer vorankamen.

Den übrigen Expeditionsteilnehmern ging es derzeit, mit Ausnahme von Mary, nicht besser. Zähneknirschend hatte so die ganze Gruppe mitten in einer Steinwüste Zelte aufgeschlagen und die weiteren Reisepläne verschoben. Jetzt hieß es warten und hoffen, dass alle wieder gesund würden. Neben Mary waren es nur noch zwei Boys, die von den Fieberwellen verschont geblieben waren. Die drei kümmerten sich um die Kranken. Doch nach zwei durchwachten Nächten hatte die Forscherin das Gefühl gehabt, in einem Käfig eingesperrt zu sein. Keiner ihrer Expeditionsteilnehmer schwebte mehr in Lebensgefahr, und so beschloss sie, sich ein wenig umzusehen. Einer der einheimischen Führer versuchte sie aufzuhalten, er warnte vor allen möglichen Gefahren. Mary winkte ab. Sie hatte sich einen Rucksack geschnürt, das Gewehr umgehängt und ein Messer in den Gürtel gesteckt. Dann war sie losmarschiert, immer mit Blick auf die seltsame Felsformation im Norden.

Inmitten der Geröllwüste erhoben sich schwarze Berge aus Stein, karge, leblose Gipfel, die einer Sandwüste an Einsamkeit in nichts nachstanden. Eines dieser Gebilde hatte Marys Aufmerksamkeit gefesselt: Zwei benachbarte Gipfel bildeten eine Formation, wie sie in Lord Covingtons Brief skizziert gewesen war. Es sah aus, als habe jemand eine riesige schwarze Schale in die Landschaft gestellt.

Mary blickte auf die Felsen vor ihr und spürte ein Kribbeln im Magen. Dies würde die letzte Gelegenheit sein, ihrem Instinkt zu folgen, unbeeinflusst von den anderen. Sobald alle wieder gesund wären, würde sie sich wieder der Gruppe anschließen, wenn nicht sogar unterordnen müssen. Zwar war sie offiziell Expeditionsleiterin, doch die Männer hatten früh klargemacht, wem sie zu folgen gedachten: Auf keinen Fall einer Frau, mochte sie auch noch so gut ausgebildet sein.

Die Berge schienen immer weiter wegzurücken, je länger Mary unterwegs war. Sie mochte bereits drei oder vier Stunden gelaufen sein, als sich der leichte Wind, der ihr bisher das Gesicht gekühlt hatte, schlagartig veränderte. Binnen Minuten frischte er auf, es begann zu stürmen, und die Sicht verringerte sich bis auf wenige Meter. Böen trieben Sand und kleine Kiesel durch die Luft, die auf der Haut schmerzten. Dazu kam das ohrenbetäubende Heulen des Windes, der immer größere Wolken aus Sand aufpeitschte. Das Atmen wurde zur Qual. In letzter Minute erblickte Mary einige große Felsen, die sich vor ihr erhoben. Dort würde sie geschützter sein als in der Ebene. Sie rannte keuchend vorwärts, das Gewehr schlug auf ihre Hüfte und der Rucksack drückte schmerzhaft auf den Schultern.

Endlich erreichte sie die Felsen, die wie Häuser vor ihr aufragten. Sie umrundete einen großen schwarzen Block, der bestimmt dreißig mal dreißig Fuß maß, und kauerte sich in dessen Windschatten zusammen. Hinter dem Stein war es einigermaßen erträglich, obwohl der Sand auch hier die Luft erfüllte.

Blind tastete sie sich durch ihren Rucksack und fand den Lederbeutel mit Wasser, dann ein Stück Dörrfleisch. Der Wind ließ nicht nach, dafür wurde es kälter. Mary suchte ein halbwegs flaches Stück auf dem harten Steinboden und begann zu essen. Während sie an ihrem Fleisch kaute, erinnerte sie sich daran, was Sayid, der junge einheimische Führer der Karawane, vor einigen Tagen am Lagerfeuer erzählt hatte, nämlich dass diese Stürme tagelang anhalten konnten.

Mary schluckte und betete innerlich, dass Sayid sich auch einmal irren konnte. »Niemand ist aus solch einem Sturm je zurückgekommen«, hatte der groß gewachsene junge Führer sie gewarnt. »Außer die Geister hatten ihre Hand im Spiel und halfen. Doch ihr Weißen glaubt ja nicht an Geister, deswegen helfen sie euch nicht.« Sayid hatte klargemacht, dass die Geister sehr darauf achteten, wer sie um Hilfe bat und ob derjenige ihrer Hilfe überhaupt würdig sei.

Mary zog Bilanz. Sie hatte noch etwa zwei Liter Wasser, mehrere Streifen Dörrfleisch und einige getrocknete Datteln. Nicht viel, aber ausreichend, schließlich war sie davon ausgegangen, gegen Abend wieder im Lager zurück zu sein. Sie war nicht darauf eingerichtet, die Nacht hier draußen zu verbringen. Stiegen die Temperaturen tagsüber auf gut vierzig Grad, so sanken sie nachts bis auf den Gefrierpunkt. Doch bis auf einen Umhang hatte sie auf warme Kleidung verzichtet. Sie sah sich kurz um, obwohl der Sandsturm ihre Sichtweite auf ein paar Meter einschränkte. An Skorpione, Schlangen und andere Tiere wollte sie nun nicht denken.

»Verdammt, verdammt, verdammt«, fluchte sie laut. An eine Rückkehr ins Lager war nicht zu denken. Man sah schlicht und ergreifend nichts, die Ebene war in einem hellbraunen Dunst verschwunden, der sich zu bewegen schien. Also vorwärts. Weiter oben, in den Bergen, hatte sie vor dem Sturm etwas gesehen – möglicherweise Höhleneingänge? Wenn sie die erreichte, würde sie die Nacht überleben. Morgen könnte sie immer noch weitersehen.

Die junge Forscherin riss einen Teil ihres Unterkleids ab und band sich den dünnen Gazestoff vor das Gesicht. So konnte sie wenigstens atmen, ohne ständig husten zu müssen. Entschlossen schulterte sie ihren Rucksack, griff nach dem Gewehr und brach wieder auf. Kaum war sie aus dem Windschatten des Felsens herausgetreten, schien sich die Gewalt des Sturms zu verdoppeln.

Schritt für Schritt kämpfte sie sich weiter, den Anstieg hinauf, immer nach Norden. Von Zeit zu Zeit kontrollierte sie ihren Kompass und hoffte, dass es keine starken magnetischen Steinformationen in der Gegend gab. Sonst würde sie die Berge niemals erreichen.

Der Weg schien kein Ende zu nehmen. War sie noch in Richtung der Berge unterwegs oder hatte sie sich bereits verlaufen? Irgendwann wurde es dunkel, und ihr Mut sank. Wie in diesen Breiten üblich, fiel die Nacht wie ein schwarzer Vorhang herab, ohne sich durch die Dämmerung anzukündigen.

Mit der Dunkelheit kam die Kälte.

Mary fröstelte und zog das dünne Plaid, das sie um ihre Schultern geschlungen hatte, fester. Ihr Atem klang laut und rasselnd in ihren Ohren, der Gazestoff schirmte die Sinne ab. »Ich könnte genauso gut unter Wasser laufen«, murmelte sie und sah mit einem Mal eine Wand vor sich aufragen. Sollte ich doch auf dem richtigen Weg sein?, dachte sie hoffnungsvoll und zog sich an einem Felsvorsprung hoch, ließ sich dahinter auf den Boden fallen und versuchte zu Atem zu kommen. Was hatte sie geritten, ausgerechnet hierher zu laufen? War es Covingtons seltsame Bitte wert, dass man sich sehenden Auges ins Unglück stürzte? Mary schüttelte den Kopf. »Eine schöne Wissenschaftlerin bist du«, brummte sie.

Doch in ihrem Inneren arbeitete es, und immer öfter erwischte sie sich bei dem Gedanken, ob Covington nicht recht hatte. Würde sie es bereuen, nicht gesucht zu haben? Wieder zurück in England würde es womöglich keine weitere Gelegenheit mehr geben. Also suchte sie. Und sei es in dieser trostlosen Einöde, durch die der Sandsturm tobte.

Vor ihr wurde es seltsamerweise dunkler. Der Boden war leicht abfallend, und sie kroch auf allen vieren weiter, voller Angst, in eine Spalte oder ein Loch zu fallen. Das wäre ihr sicherer Tod. Nach einigen Augenblicken fiel ihr auf, dass es um sie herum stiller geworden war. Der Wind schien hinter ihr vorbeizubrausen, die Sicht wurde mit jedem Meter besser, den sie zurücklegte. Mary stöhnte vor Erleichterung und richtete sich auf, sobald sie besser sehen konnte.

Sie hatte die Höhlen tatsächlich erreicht.

In der Dunkelheit war es schwer zu erkennen, wie groß die Kaverne tatsächlich war. So bückte sie sich, ergriff einen Stein und warf ihn nach einigem Zögern vor sich ins Dunkel. Dann lauschte sie atemlos. Er traf auf harten Boden, sprang weiter, das Geräusch verlor sich nach und nach. Kein wütendes Brüllen eines wilden, vierbeinigen Höhlenbewohners. Mary atmete auf und ließ den Rucksack von den Schultern gleiten. Dann trank sie gierig ein paar Schlucke Wasser auf ihr Glück und breitete das braunweiß gewebte Plaid, die letzte Erinnerung an ihre Mutter, auf dem Boden aus, während der Rucksack als Kopfkissen dienen musste. Kein Bett im Grand Hotel, aber es würde gehen. Mit einem Seufzer streckte sie sich auf dem Boden aus und schloss die Augen. Ein Karussell von Gedanken drehte sich in ihrem Kopf. Wie es den anderen wohl ging? Ob der Sturm auch durch das Lager tobte und die Zelte mitgerissen hatte?

Endlich übermannte sie die Müdigkeit, und sie glitt erschöpft in einen unruhigen Dämmerschlaf.

Sie erwachte am nächsten Morgen, als ihr etwas übers Gesicht krabbelte. Noch im Halbschlaf schüttelte sie heftig den Kopf, wischte sich übers Gesicht, richtete sich dann auf und sah im Dämmerlicht der Höhle eine handtellergroße Spinne eilig ins Dunkel verschwinden.

»Ihh«, machte Mary und verzog angeekelt das Gesicht. Sie hatte sich im Laufe der letzten Monate an die achtbeinigen Wüstenbewohner gewöhnt, aber dennoch hasste sie Spinnen und Skorpione wie die Pest. Sie mochte sie weder als Vorspeise noch als Reisebegleiter – und auch nicht als Wecker am Morgen.

Verwirrt sah sie sich einen Moment lang um, vermisste die morgendliche Geräuschkulisse der Karawane, den fröhlichen Gesang des Kochs, das Flattern des Zelttuchs über ihr. Dann fiel es ihr wieder ein: der Sandsturm, die Felsen, die Berge mit den Höhlen. Durstig griff sie nach dem Lederbeutel. Das Wasser schmeckte abgestanden, aber es erfrischte sie und vertrieb die letzten Reste eines Albtraumes, in dem sie immer wieder im Kreis durch einen Sandsturm marschiert war. Immer und immer wieder …

Sie stand auf und streckte sich. Die Knochen taten ihr weh, aber sie lebte noch. Langsam trat sie vor die Höhle und blickte ungläubig auf das Bild, das sich ihr bot. Es musste gegen fünf Uhr morgens sein, die Sonne stand bereits zwei Handbreit über dem Horizont. Der Wind hatte sich gelegt, war weitergezogen. Ein feiner Tauschleier lag über allem und ließ Steine und Felsen glitzern. Die Ebene nach Süden erstreckte sich kilometerweit vor ihr, und sie meinte sogar, das Lager der Expedition ausmachen zu können.

Sie ließ die Szenerie mit einem unwirklichen Gefühl der Glückseligkeit auf sich wirken, atmete tief durch. Sie hatte die Nacht überlebt, ein neuer Tag lag vor ihr.

In diesem Moment tauchte etwas in ihrem Sichtfeld auf. Mary blieb fast das Herz stehen, sie riss reflexartig das Gewehr hoch, legte aber nicht an, als sie eine schmale Gestalt erblickte, die den Hang heraufstieg. Den grazilen Bewegungen nach musste es eine junge Frau sein. Neugierig wartete Mary, bis sie ihr Gesicht erkennen konnte. Sie mochte etwa in ihrem Alter sein, trug das für die Einheimischen übliche braune, knöchellange Gewand und war barfuß. Die spitzen Steine schienen ihr nichts auszumachen, leichtfüßig lief sie die letzten Meter auf die Höhle zu. Ein paar Schritte entfernt hielt sie inne und lächelte. Dann streckte sie ihre Hand aus und bedeutete Mary, ihr zu folgen.

Die junge Engländerin zog die Augenbrauen hoch. Was sollte sie tun? Die Frau schien nicht gefährlich, dennoch – ihr einfach nachzulaufen war vielleicht nicht die klügste Idee.

Doch nun legte die Frau die Hände zusammen in einer Geste, die Mary sofort wiedererkannte: Die Schale! Ihre Knie begannen zu zittern, ihr Herz raste. Sollte sie wirklich am Ende ihrer Suche angelangt sein? Wegen eines Sandsturms? Sollte es sein, dass sie, Mary Kingsley, diejenige fand, nach der so viele seit Jahrhunderten suchten?

Sie lächelte zaghaft, dann entschloss sie sich, der schwarzen Frau zu folgen.

Sie liefen zwei Tage und zwei Nächte.

Drei Tage später standen die restlichen Expeditionsteilnehmer wieder etwas wackelig auf den Beinen und mussten feststellen, dass ihre Leiterin nicht mehr aufgetaucht war. Die einheimischen Führer waren durchwegs der Meinung, die Geister hätten die weiße Frau geraubt. Es sei eben nicht gut, sie herauszufordern.

Die Suche nach Mary Kingsley, an der sich in den folgenden Jahren das Militär, andere Expeditionen und einige der bekanntesten Afrika-Forscher beteiligten, sollte erfolglos bleiben. Sie blieb spurlos verschwunden.

IMMER NOCH SONNTAG, 5. FEBRUAR

Im Münchner Westend war es mittlerweile dunkel geworden, nur die Straßenlaternen tauchten die Stadt in rötlichgelbes, warmes Licht. Ein frischer Wind hatte eingesetzt und vertrieb die tief hängenden Schneewolken, die seit Tagen über der Stadt gehangen und dem Himmel ein Einheitsgrau verpasst hatten. Nun segelten nur noch Wolkenfetzen über den Himmel, hie und da blinkte sogar ein Stern auf.

Kim saß regungslos im Schneidersitz auf dem Sofa, die bunte Wolldecke bis unters Kinn hinaufgezogen. Sie starrte in die Flamme der Kerze, die still auf dem Wohnzimmertisch vor sich hin brannte und nur ab und zu leicht im Luftzug flackerte. Als sie das letzte Mal in den Spiegel gesehen hatte, war sie erschrocken. Ihr Gesicht war gerötet, die Augen verweint, die dunklen Locken hingen ihr strähnig ins Gesicht. Die letzten zwei Tage hatten sichtlich ihre Spuren hinterlassen.

Sie wiegte sich hin und her, das beruhigte. Immer und immer wieder sah sie Carolin vor ihrem inneren Auge über das Balkongeländer steigen, sah sie fallen, hörte den Aufprall und sah sie schließlich unten auf dem Asphalt liegen, in einer Blutlache, die erschreckend rasch größer wurde. Es war wie ein Film, der immer wieder von Neuem begann, in Schleife blieb, bei dem sie die Stopptaste nicht fand. Nie mehr könnte Kim auf dem Balkon stehen, ohne an Carolin zu denken.

Doch da war noch etwas, das sich festgebrannt hatte. Carolins letzte Worte.

Es wird noch viel schlimmer für dich werden. Du wirst dir wünschen, nie wieder zu träumen. Wenn ich gehe, bleibt dir nur noch die Angst. Sie hörte die Worte wieder und wieder, bis sie in ihrem Kopf widerhallten, sich verstärkten wie ein Echo, jeden klaren Gedanken unmöglich machten.

Eine Botschaft, hatte Carolin gesagt. Wusste sie, was sie sagte? Sah so eine Botschaft aus? Und von wem, um Gottes willen? Was sollte die Botschaft bewirken, außer dass Kim vor lauter Schrecken nicht mehr ein noch aus wusste?

Und Carolin tot war …

Kim blickte auf ihre ineinander verkrampften Hände, als könnte sie dort die Antwort finden. Aber da war nichts außer verkrampften Fingern und abgekauten Nägeln. Ihre Welt bestand nur noch aus Angst, Verwirrung und Schmerz, und kein Weg führte hinaus.

Der Weg führte vielmehr in einen Abgrund.

Die Tränen rannen ihr erneut über die Wangen, lautlos schluchzte sie vor sich hin. Hieß es nicht, dass Tränen heilten, sie irgendwann versiegten und die Welt dann wieder heller aussah?

Irgendetwas lief hier ganz entsetzlich schief. Die Welt wurde immer dunkler und kälter.

Alex war den ganzen Tag bei ihr geblieben, hatte sie wie ein kleines Kind an der Hand genommen und durch das Verhör im Präsidium begleitet. Kommissar Sandberg hatte sie bereits erwartet und eine Frage nach der anderen auf sie abgefeuert.

Wie gut sie Carolin Gruber gekannt habe? Nicht gut.

Ob Carolin traurig und deprimiert gewirkt hatte? Nein.

Ob Carolin sich in letzter Zeit verändert hätte? Auch nein.

Ob Kim sich einen Grund vorstellen könne, warum Carolin in die Tiefe gesprungen war und dann noch ausgerechnet von ihrem Balkon? Keine Ahnung.

Kim hatte nur einsilbige Antworten gegeben und lediglich genickt, als Alex in ihrem Namen das Protokoll unterschreiben sollte. Sandberg war mit ihren Antworten mehr als unzufrieden gewesen. Er begleitete sie der Form halber aus dem Präsidium an der Ettstraße hinaus.

»Passen Sie auf sich auf, Kim«, sagte er nur. Einen Augenblick lang sah es so aus, als wolle Sandberg noch eine Bemerkung machen, doch er sah ihr und Alex nur schweigend nach. Er würde sie anrufen, hatte er gemeint, sollten noch Fragen auftauchen.

Aber Kim hatte keine Antworten mehr.

Jetzt stand Alex im Flur, presste sein Handy ans Ohr und versuchte, Jenna zur Vernunft zu bringen.

Obwohl ihre Rippen noch schmerzten und sie gelegentlich Sternchen sah, wenn sie sich zu schnell aufrichtete – als Alex ihr von dem grausigen Vorfall in ihrer Wohnung berichtete, hatte sie beschlossen, sich kurzerhand selbst zu entlassen.

»Jenna, bleib, wo du bist und erhol dich noch eine Nacht. Ich kümmere mich um Kim, das weißt du doch«, sagte Alex beruhigend.

»Alex!« Jenna schrie fast. »Sie braucht uns jetzt beide. Und die lassen mich hier frühestens morgen offiziell raus. Nach der dämlichen Visite. Also nehm ich jetzt meine Tasche und setz mich in ein Taxi. Meinst du, die Schwestern halten mich auf? Pah.«

Alex hörte ungeduldiges Schnaufen, dann das altbekannte panische Piepsen eines medizinischen Überwachungsmonitors, dem sein Überwachungsobjekt abhandengekommen war.

Schon sagte seine Frau mit zufriedenem Unterton: »Na bitte. Die Verkabelung habe ich schon mal abgezogen. Und stehen kann ich auch. Tut nicht mal richtig weh. Moment!« Das Piepsen verstummte.

»Du stehst schon wieder unter Schock, Jenna«, protestierte Alex. »Warte wenigstens bis morgen.«

»Vergiss es. Ich komme heim. Bis gleich!« Damit legte Jenna auf und ließ einen entnervten Ehemann am anderen Ende der Leitung zurück. Der warf sein Handy heftiger als nötig auf die Ablage im Flur.

»Jenna kommt nach Hause«, sagte er und verdrehte die Augen, als er wieder ins Wohnzimmer trat. Dann sah er, wie Kims Schultern zuckten. Er setzte sich neben seine Tochter und nahm sie samt Wolldecke in die Arme.

»Kim, Kleine, willst du darüber reden? Ich habe das Gefühl, dass du dem Kommissar nicht wirklich alles gesagt hast und etwas loswerden musst.« Er hob ihr Kinn an und sah ihr forschend ins Gesicht. »Hm? Stimmt's oder hab ich recht?«

Kim schüttelte, immer noch von Schluchzern unterbrochen,

den Kopf. »Nein … nicht reden. Ich kann einfach nicht …« Sie wandte sich ab, schwieg verzweifelt.

Alex griff hinter sich, knipste die Stehlampe an und drehte Kim mit sanfter Gewalt zu sich herum, zwang sie damit, ihn anzuschauen.

Kim schloss erschöpft die Augen und traf im Bruchteil einer Sekunde ihre Entscheidung: Sie würde Alex da heraushalten.

Es gab nichts zu erzählen.

Nicht jetzt, nicht hier. Also – ablenken …

»Es ist nur, dass ich … Wie Carolin da unten lag …« Sie zog die Nase hoch. »Wie soll ich das jemals vergessen?«

Alex nahm ihre Hände in seine. »Das kannst du nicht. Du wirst es nicht vergessen, Kim. Aber es wird verblassen und mit der Zeit weniger wehtun. Versprochen.«

Kim suchte in der Hosentasche nach einem Taschentuch, fand keines, wischte sich stattdessen mit dem Ärmel über das Gesicht und griff dann wieder nach Alex' Hand.

»Und außerdem«, fuhr Alex gedankenvoll fort, »ist Carolin nicht damit gedient, dass du sie vergisst. Wir wissen nicht, warum sie das getan hat. Vielleicht werden wir das auch nie erfahren. Aber jemand muss sich an sie erinnern. Dafür sorgen, dass man sie nicht vergisst. Und das ist deine Aufgabe. Nicht heute, nicht morgen. Aber in Zukunft. Wenn du dafür bereit bist.« Er verstummte und hielt Kims Hand.

Kims Schluchzen verebbte. Die Worte ihres Vaters klangen in ihr nach, berührten eine Saite in ihr, die sacht zu schwingen begann. Auch wenn sie noch nicht wusste, worum es eigentlich ging, warum Carolin hatte sterben müssen, wem sie selbst sich anvertrauen konnte – dass sie diejenige sein könnte, die den Gedanken an Carolin am Leben hielt, war wie ein Stück Treibholz, an das sie sich klammerte.

»Danke, Alex«, sagte sie leise und stand auf. Sie würde einen Weg finden.

Sie würde nicht untergehen.

Sie würde kämpfen.

Es hatte begonnen. Endlich.

Die Nachricht war überbracht, die Angst gesät.

Jonathan von Keysern frohlockte. Nicht mehr lang, und er wäre frei! Frei, das zu tun, was er in seinem letzten Leben versäumt hatte. Er würde die Hüterin wiederfinden und diesmal nicht versagen, das hatte er sich geschworen. Die Zeit war reif.

Nun war es an ihr, den nächsten Schritt zu tun, und er war sicher, sie würde ihn gehen. Er hatte dafür gesorgt. Und da er diesmal derjenige war, der alles in Gang setzte, würde auch er derjenige sein, der diese graue Welt als Erster verließ.

Er würde wieder atmen, er würde die Sonne auf- und untergehen sehen, er würde Menschen lachen und weinen hören und das Prasseln der Feuer … Das endlose Grau würde einer Farbenflut weichen, die gedämpften Stimmen sich zu einem vielstimmigen Crescendo wandeln. Endlich! Wie viele Hundert Jahre wartete er schon? Er hatte aufgehört zu zählen.

Doch jetzt zählte er die Tage wieder.

Er lächelte.

Das Beste war, dass niemand wusste, wer er war. Dass niemand seinen Plan kannte.

Jonathan von Keysern war sich seiner Sache sehr sicher.

Jenna gähnte vorsichtig und hielt sich dabei die Rippen. Sie stand am frühen Morgen barfuß und nur mit einer Jeans bekleidet vor dem großen Schrankspiegel in ihrem Schlafzimmer und betastete durch den elastischen Verband, der ihren Oberkörper umschloss, ihre Seite. Gestern Abend hatte sie, getrieben von Neugier, den Verband abgenommen und schaudernd das Farbenspiel auf ihrer Haut betrachtet – grün schillernd mit Tendenz zu lila. Es schmerzte immer noch heftig, vor allem wenn sie tief einatmete, verspürte sie ein Stechen.

»Trotzdem Glück gehabt«, sagte sie halblaut. Auch Rainer war auf dem Wege der Besserung. Er würde Ende der Woche entlassen werden, hatte Klaus ihr mitgeteilt.

Alex war seit heute Morgen wieder bei seiner Arbeit in der Klinik. Er hatte die letzten zwei Nächte auf Jennas Sofa verbracht und mehrere Anläufe gemacht, mit Kim ein weiteres Gespräch zu führen. Sie war ihm ausgewichen, was Jenna und Alex einerseits mit Sorge erfüllte, gleichzeitig schien sie ruhiger, gefestigter als noch vor ein paar Tagen.

Mit vorsichtigen Bewegungen zog Jenna sich an, nippte an ihrem ersten Kaffee und dachte nach. Sie hatte diesen seltsamen Traum noch einmal gehabt, in der ersten Nacht, die sie nach der Rückkehr aus der Klinik wieder zu Hause verbracht hatte. Irgendjemand rief nach ihr, wieder und wieder. Erneut hatte sie die kalten Knochen berührt und war von dem Verwesungsgeruch eingehüllt worden.

Allein die Erinnerung daran ließ sie würgen und zittern.

Freudianisch gedacht, wenn ich damit etwas verarbeite, möchte ich es eigentlich nicht wissen, dachte sie spöttisch. Doch in den Spott mischte sich Angst. Angst, dass mit ihr etwas nicht stimmte, dass sie sich die seltsamen Ereignisse der letzten Tage nicht nur einbildete. Angst, dass diese Dinge zusammen einen furchtbaren Sinn ergaben. Dazu kam die Angst um Kim. Dass ihre Tochter ausgerechnet zu dem Zeitpunkt, wo es ihr ohnehin nicht gut ging, einen Selbstmord mit ansehen musste, war eigentlich Grund genug, sie in Therapie zu schicken. Alex und sie hatten ernsthaft darüber diskutiert, doch am Ende beschlossen, Kim noch etwas Zeit zu geben.

Trotzdem. Die ganze Situation war im besten Falle absurd.

»Das kann doch kein Zufall sein, dass gerade jetzt so viele Dinge zusammenkommen«, sagte Jenna zu ihrem Spiegelbild und schnitt eine Grimasse. »Das kann ich mir nicht vorstellen. Aber dran glauben, dass es kein Zufall ist, will ich auch nicht.«

Sie bürstete ihre langen schwarzen Haare und band sie zu einem Zopf zusammen. Dann der nächste Blick in den Spiegel. Doch ihr Spiegelbild blieb stumm. Was hatte sie auch erwartet?

»Redest du jetzt schon mit dir selbst, Mam?« Kim lehnte im Türrahmen und sah ihre Mutter zweifelnd an.

Jenna fuhr zusammen. »Kim! Erschreck mich nicht so! Und nein, ich habe nur laut gedacht.« Sie legte einen Arm um ihre Tochter und bugsierte sie in die Küche, in der es verführerisch nach Croissants duftete – zwar nur aufgetaute, aber immerhin – und der Nachrichtensprecher im Radio die morgendlichen Staumeldungen verlas.

»Solltest du mich allerdings dabei erwischen, öfter mit mir selbst zu reden, dann gib mir Bescheid, ja?«, sagte Jenna, als sie vorsichtig das Blech aus dem Ofen zog.

Ein paar zögerliche Sonnenstrahlen tanzten durch die Küche. Es war wieder wärmer geworden, die Schneeberge auf den Straßen wurden merklich kleiner. Erfahrungsgemäß fiel damit auch der Startschuss für die ersten Cafés, den Aperol Sprizz draußen zu servieren. Es genügte, wenn an einem solchen Tag die Sonne schien und die Temperatur über den Gefrierpunkt kletterte. Bei Sonne gibt es keinen Grund dafür, drinnen zu sitzen, hieß die Münchner Devise, und die Kellner kramten Decken für die ersten mutigen Sonnensucher hervor.

Kim hatte nach Carolins Tod den Montag zu Hause verbracht und dann beschlossen, wieder in die Schule zu gehen. Gegen Mittag würden die Oberstufenschüler eine Gedenkfeier für Carolin abhalten, den Nachmittag bekamen sie frei. Sie hatte mit Jenna gefrühstückt, sie kurz umarmt und war mit langen Schritten die Treppe hinuntergelaufen, um die nächste U-Bahn zu erwischen.

Jenna hingegen war noch krankgeschrieben. »Du kurierst dich vernünftig aus«, hatte Klaus seiner Grafikerin gestern am Telefon in strengem Ton befohlen. »Nächste Woche kannst du wiederkommen. Rainer wird noch eine Weile zu Hause bleiben, da könnte ich dich gut gebrauchen. Vor allem müssen wir den Vertrag mit dem Berliner Filmfritzen festmachen. Das ist dann deine Aufgabe. Wenn du dich ablenken willst, kannst du ein paar lustige Cartoons für meinen Neffen zeichnen. Aber mehr nicht.«

»Ist gut«, hatte Jenna erwidert. »Grüß bitte Rainer von mir. Ich war kurz bei ihm, bevor ich mich selbst entlassen habe. Schließlich bin ich schuld …« Sie schluckte. Rainer hatte so blass und müde ausgesehen … In betont munterem Tonfall hatte sie hinzugefügt: »Und sag ihm, es tut mir leid um sein Auto.«

Klaus hatte leise gelacht. »Das Auto ist es nicht. Aber sein Anzug – um den weint er wirklich. Soll ich dir ein paar schöne DVDs aus unserer Sammlung vorbeibringen? *Notting Hill*, zum Beispiel? Der Film hat heilende Kräfte.«

»Nicht nötig«, hatte Jenna erleichtert zurückgegeben, die sich gerade vorgestellt hatte, wie die beiden Herren selig schluchzend Hugh Grant bis zum Happy End begleiteten. »Ich habe noch eine ganze Staffel *Grey's Anatomy*, zwei Tafeln Schokolade und ein Päckchen Schmerztabletten. Ich glaube, das reicht.«

Doch als sie auf dem Sofa saß und versuchte, sich in eine heile Welt zu versenken, musste sie feststellen, dass es keinen Sinn hatte. Ihre Gedanken kreisten unablässig um Kim und Carolin – zwei Mädchen, die jetzt durch einen schrecklichen Tod miteinander verbunden waren.

Rund fünfzig Oberstufenschüler hatten in der Aula Aufstellung genommen. Weiter vorn, auf einem mit einem dunkelblauen Tischtuch bedeckten Pult, war ein Bild von Carolin aufgestellt. Es war ein fröhliches Foto. Carolin hatte dem Fotografen übermütig zugelacht, ihre blonden Haare waren zerzaust, hinter ihr war ein blühender Forsythienbusch zu sehen. Nun trug es eine schwarze Schleife, und zwei große Kerzen brannten rechts und links davon. Im Hintergrund ertönte leise Klaviermusik.

Dr. Berger, heute in Hellblau, hielt eine kurze Rede, in der sie betonte, wie beliebt Carolin gewesen sei. »Doch Sie müssen bei aller Trauer wieder zum Alltag zurückkehren«, schloss sie. Obwohl sie mit leiser, betrübter Stimme sprach, waren ihre Blicke, die unablässig über die Schülerschar schweiften, wie immer kalt wie Eis.

Kim glaubte ihr kein Wort.

Sie hatte die Hände in die Hüften gestemmt und starrte ihre Lehrerin mit einer Mischung aus Trauer und Verachtung an. Sie trug schwarze Jeans, Stiefel und einen schwarzen engen Rollkragenpullover, ihre Haut war blass, fast durchscheinend –

die dunkelrot geschminkten Lippen waren das einzig Lebendige an ihr.

Nun trat sie vor. Hatte jetzt jemand erwartet, dass sie erzählte, was sie gesehen hatte, wurde er allerdings enttäuscht. Dass Carolin vom Balkon der Winters' gesprungen war, hatte sich nicht geheim halten lassen. Jeder wusste es, und so blickte jeder auf Kim, als könnte sie Antworten geben.

Kim wandte sich an die Carolin auf dem Foto. Sie dachte an das, was ihr Vater ihr gesagt hatte. Dass sie dafür verantwortlich war, die Erinnerung an Carolin zu bewahren. Sie holte tief Luft, dann klang ihre Stimme durch die Aula, fest und sicher. »Ich kannte dich nicht wirklich gut, Carolin. Wir waren nie Freundinnen. Und vielleicht werde ich nie erfahren, was dich dazu gebracht hat, dein Leben zu beenden. Aber ich werde dich nicht vergessen, Carolin. *Wir* werden dich nicht vergessen.« Damit legte sie eine dunkelrote Rose neben das Foto, drehte sich um und sah Dr. Berger an. Eine stumme Herausforderung lag in ihrem Blick, die diesmal niemandem entging.

Nun trat einer nach dem anderen vor und legte Blumen auf den Tisch. Manche weinten, hielten sich aneinander fest. Dann war es vorbei. Kim würdigte Dr. Berger keines Blickes mehr, griff nach ihrem roten Parka, ging an Simone vorbei, die flüchtig ihre Hand drückte, und verließ die Aula mit hoch erhobenem Kopf und undurchdringlichem Gesichtsausdruck, erst draußen auf dem Schulhof sackte sie gegen die Hausmauer und atmete tief durch.

Da spürte sie plötzlich eine kühle Hand in der ihren. Matthew stand neben ihr. »Komm mit«, sagte er leise, »wir gehen.« Sein Gesicht war blass unter der gebräunten Haut.

Kim sah ihn fragend an. »Bist du sauer?«

Er zog an ihrer Hand, lächelte mühsam. »Komm einfach.«

»Okay«, gab Kim nach. »Ich brauche auch frische Luft. Wenn ich die Berger heute noch mal sehe, garantiere ich für nichts. Dieser heuchlerische Besen!« Sie war froh, dass Matthew hier war. Er war der Einzige, den sie im Moment ertragen konnte.

Matthew hielt immer noch ihre Hand, als sie das Schulgelände verließen. Zwei Querstraßen weiter öffnete er mit der Fernbedienung einen kleinen grünen Ford Ka.

»Deiner?«, erkundigte sich Kim verblüfft

»Ja. Ich verkaufe ihn wieder, wenn ich nach Hause fahre.«

»Ich bin beeindruckt«, sagte sie und lächelte zum ersten Mal heute. »Wohin fahren wir?«

»Steig einfach ein.«

Das war nun zwar keine Antwort auf ihre Frage, aber Kim ließ sich dennoch auf den Beifahrersitz sinken. Es war ihr egal, wohin sie fuhren. Nur nicht nach Hause. Dort wartete Jenna, die bestimmt wieder darauf erpicht war, mit ihr zu reden. Genauso wie Alex in den letzten Tagen. Reden war wirklich das Letzte, was sie jetzt wollte. Sie kramte in ihrer Tasche und zog eine Sonnenbrille heraus. »Es kann losgehen.«

Eine knappe halbe Stunde später bugsierte Matthew seinen kleinen Ford in eine Parklücke nahe der Isar und stieg aus. Kim folgte seinem Beispiel. Und plötzlich war es, als wären sie in einer anderen Welt. Noch zeigten sich an den Bäumen keine neuen Blätter, kein Schneeglöckchen lugte keck hervor, doch ein warmer Föhnwind blies von den Alpen her, vertrieb die letzten Wolken und trug einen Hauch Frühling mit sich. Die Sonne hatte den Kampf gegen die Wolken heute gewonnen, es begann zu tauen.

»Gute Idee«, lobte Kim nach ein paar Schritten. »So weit draußen an der Isar war ich schon ewig nicht mehr.« Der Fluss vor ihnen schlängelte sich träge und wie ein glitzerndes grünes Band durch die Wiesen. Vor einigen Jahren hatte man die Isar und ihre Ufer renaturiert und dem Fluss das steinige, unbefestigte Bett zurückgegeben. Ein breiter Streifen, der mit Felsen und Kies bedeckt war, säumte seine Ufer, und große Steinquader schauten aus dem Wasser, das um sie herumfloss und kleine Strudel bildete. Vereinzelte Eisschollen trieben in Richtung Innenstadt. Hie und da hüpften Saatkrähen am Uferstreifen entlang, gaben aber keinen Ton von sich. Es war still, nur das Rauschen des Wassers war zu hören.

»So schön …« Kim konnte sich kaum sattsehen.

Matthew griff wieder nach ihrer Hand, sagte aber nichts.

Beide schauten einige Augenblicke schweigend auf das Wasser, dann bogen sie auf einen schmalen, geräumten Weg ein und folgten ihm flussaufwärts. Niemand war um diese Zeit unterwegs, nicht einmal einer der unvermeidlichen Spaziergänger mit Hund, die normalerweise das Ufer für sich reklamierten, war zu sehen.

Zum ersten Mal seit Tagen verspürte Kim so etwas wie Sicherheit. Ihre Hand in Matthews fühlte sich gut an. Er hatte sich beim Autofahren offensichtlich wieder beruhigt und sah entspannt, fast fröhlich aus. Heimlich beobachtete sie ihn durch die Sonnenbrille. Er war noch ein Stück größer als sie – das wollte etwas heißen – und bewegte sich mit der lässigen Eleganz eines Sportlers.

Als hätte er ihre verstohlenen Blicke bemerkt, wandte er den Kopf und lächelte sie an. Kim lächelte ertappt zurück.

»Geht's dir besser?«, fragte er nach einer Weile.

»Mhm«, machte Kim. »Scheint, als wäre das schon das zweite Mal, dass du mich kurierst.«

»Your're welcome«, sagte Matthew. Dann hielt er plötzlich

an und stellte sich vor sie hin, nahm ihr sanft die Sonnenbrille von der Nase und fragte: »Willst du nicht erzählen? Ich kann gut zuhören.«

Sein Gesicht war ganz nah, Kim konnte die goldenen Sprengsel in seiner Iris erkennen. Einen Moment lang vergaß sie zu atmen. Was mache ich bloß, wenn er mich jetzt küsst, schoss es ihr durch den Kopf. Überrascht stellte sie fest, dass sie in diesem Moment gar nichts dagegen hatte. Mehr noch, ein Kuss wäre genau das Richtige, um sich eine Weile von ihrer Welt zu verabschieden …

Doch Matthew tat nichts dergleichen. Er legte ihr locker die Hände auf die Schultern, sah ihr in die Augen. »Rede mit mir«, flüsterte er.

Kim schluckte trocken und starrte auf seine Lippen. Dann brach sie den Bann, indem sie einen Schritt zurückwich. »Wenn du so nah vor mir stehst, kann ich nicht denken«, protestierte sie verlegen.

»Ist das gut oder schlecht?«, fragte Matthew heiser.

»Weiß ich noch nicht. Komm, lass uns weitergehen.« Kim nahm ihm die Sonnenbrille aus der Hand, setzte sie wieder auf und ging energisch voran. Wortlos folgte ihr Matthew, und so liefen sie bis zur nächsten Flussbiegung schweigend hintereinander her.

Unter der Eisenbahnbrücke, kurz vor dem Tierpark, war es schattig und kalt. Kim blieb kurz stehen und beobachtete nachdenklich ein Entenpärchen, das sich flussabwärts treiben ließ und die zaghafte Sonnenwärme auf den Federn genoss.

Was würde Matthew von ihr denken, wenn sie ihm erzählte, was mit ihr los war? Die Antwort war einfach: Es war ihr egal. Sie musste mit jemandem reden, sonst platzte sie. Ihre Eltern kamen nicht infrage, nach Jennas Unfall konnte sie ihre Mutter nicht auch noch mit solchen Problemen belasten. Simone war ihr in den letzten Wochen eher fremd geworden, die Vertrauenslehrerin der Schule hieß Dr. Berger.

Blieb also nur Matthew. Der ohnehin nach sechs Monaten wieder aus ihrem Leben verschwinden würde. Die ungefährlichste Variante.

Das Rauschen des Wassers klang in ihren Ohren, ließ ihren jagenden Herzschlag langsamer werden, bis sie reden konnte, ohne das Gefühl zu haben zu ersticken.

»Ich habe seit Monaten Albträume«, begann sie so leise, dass Matthew sie kaum verstand. »Jemand ruft mich. Ein ganzer Chor von Stimmen ruft nach mir. Es ist so verdammt real. Und weil ich mich im Traum dagegen wehre, krieg ich diese scheußlichen Kopfschmerzen. Die bleiben dann den ganzen Tag über. Deswegen kann ich nicht mehr lernen. Und verhaue eine Klausur nach der andern.«

»Deshalb war deine Mutter bei der Berger?«

»Mhm.« Kim wurde feuerrot. »Das war ein Desaster. Meine Mutter macht sich Sorgen um mich. Sie glaubt, es liegt an den Hormonen. Oder an der Berger selbst.« Sie grinste schief und fuhr dann fort: »Das ist sicher ein Teil des Problems. Vertrauenslehrerin? Dass ich nicht lache. Aber wie kann ich meiner Mutter sagen, dass ich von Stimmen in meinen Träumen gejagt werde? Sie schickt mich zum Psychiater. Und hat damit wahrscheinlich auch noch recht.«

Mit diesen Worten ging sie ein paar Schritte weiter und ließ sich auf eine Holzbank sinken, die am Ufer stand. »Scheiße!«, fügte sie inbrünstig hinzu.

Matthew setzte sich neben sie und nahm erneut ihre Hand in seine. »Was wollen die Stimmen denn von dir?«, fragte er sachlich.

Kim zuckte mit den Schultern. »Ich weiß es nicht genau. Aber im Traum denke ich immer, dass es nicht gut ist. Dass ich nicht tun darf, was sie von mir wollen. Bescheuert, nicht?«

»Ganz und gar nicht«, sagte Matthew. »Du weißt doch auch im echten Leben, was richtig und falsch ist. Das weißt du also auch im Traum. Das ist gut.«

»Du glaubst nicht, dass ich spinne?«

Matthew schüttelte den Kopf. »Nein, das glaube ich nicht, Kim. Ob dich jemand wirklich ruft, weiß ich nicht. Aber …« Er beendete den Satz nicht.

Kim lehnte sich zurück, die Sonne wärmte ihr Gesicht. Am liebsten hätte sie geweint. »Ich fühle mich so verdammt hilflos«, sagte sie mit belegter Stimme. »Ehrlich gesagt, würde ich am liebsten irgendwelche Tabletten nehmen – nur damit ich mal wieder eine Nacht durchschlafen kann. Ich bin so müde, so entsetzlich müde, ich kann dir gar nicht sagen wie sehr.«

Ein Labrador kam vorbeigelaufen, sank mit allen vier Pfoten immer wieder in den Schnee ein, freute sich aber offensichtlich an der kalten Pracht. Er sprang auf den Weg, lief langsam bis zu ihrer Bank, stellte die Ohren auf und schaute Kim erwartungsvoll an. Diese lächelte, beugte sich nach vorn und strich dem Hund über den Kopf.

»Bist du allein unterwegs?«, fragte sie und schaute sich suchend um. Flussabwärts war jemand zu sehen, der eine Leine über dem Arm hängen hatte. »Den hast du aber abgehängt«, sagte Kim anerkennend. »Sorry, ich habe nicht mal einen Keks für dich.«

Der Hund schien das Kompliment zu verstehen und legte eine Pfote auf ihr Knie.

Matthew beugte sich ebenfalls vor, um den Hund zu streicheln, doch dieser wich bei der Geste ein Stück zurück und knurrte ihn an. »He, ganz ruhig, Kleiner«, beschwichtigte Kim. »Das ist Matthew. Der ist harmlos.«

Der Hund blickte Matthew weiterhin drohend an, knurrte erneut, drehte sich um und sprang in großen Sätzen zu seinem Herrchen zurück.

»Hast du eine Katze zu Hause?«, fragte Kim.

Matthew blickte sie verwirrt an. »Wieso?«

»Na, weil der Hund dich nicht mag.«

»Ach so. Nein.« Sie beobachteten den Hund, der jetzt mit sichtlicher Begeisterung und laut bellend einem Tennisball hinterherjagte, auch wenn er mehr durch den Schnee pflügte als über die weiße Pracht rannte.

»Träume sollten Träume bleiben, oder?«, fuhr Kim jetzt leise fort. »Besonders Albträume. Im wirklichen Leben brauche ich die nicht.«

Matthew saß schweigend da und sah sie nachdenklich an. Mit einem Mal war Kim das alles furchtbar peinlich, und sie war gar nicht mehr so sicher, ob es eine gute Idee gewesen war, Matthew so viel zu erzählen.

»Du könntest wenigstens sagen, dass es einen vernünftigen Grund für alles gibt«, machte sie einen halbherzigen Versuch, ihre Verlegenheit zu überspielen. »Außerdem wird mir kalt. Komm, wir gehen zurück.«

»Warte.« Matthew hielt sie am Ärmel fest. »Hast du deswegen heute Mittag gesagt, du würdest sie nicht vergessen? Soll das heißen, du willst deine Träume vergessen, aber Carolin nicht?«

Kim war verblüfft. Konnte er in sie hineinsehen? »Klingt ein bisschen pathetisch, ich weiß. Aber genau das habe ich gemeint.«

Unvermittelt stand Matthew auf und ging wenige Schritte auf und ab. Dann beugte er sich zu ihr hinunter, nahm ihre

Hände in seine und sah ihr in die Augen. »Kim, ich … ich habe vielleicht eine Idee.«

»Eine Idee wofür?«, fragte Kim verwundert.

»Wie du deine Albträume beenden kannst.«

»Ach ja? Hast du eine Packung Schlaftabletten daheim?«

Matthew schüttelte den Kopf. »Nein. Ja … Also ich meine, ich hätte schon, aber das ist es nicht … Nein, ich …«, senkte er seine Stimme und näherte sein Gesicht dem ihren, sodass sie seinen Atem auf ihrer Haut spürte, »ich weiß, wie du erkennen kannst, was deine Träume dir sagen wollen. Es klingt vielleicht verrückt, aber dass wir uns hier begegnet sind, ist kein Zufall, Kim.« Er machte eine Pause. »Ich hatte diese Träume auch schon.«

Kim stellte erneut fest, dass sie nicht denken konnte, wenn Matthew ihr so nahe kam. Dann drang das, was er gesagt hatte, langsam in ihr Bewusstsein.

Zuerst dachte Kim, sie hätte sich verhört.

Sie wollte spöttisch fragen, ob er ein Buch über Traumdeutung gelesen hatte.

Doch dann sah sie den Ausdruck in seinen Augen und verschluckte ihre Worte.

Es war ihm tatsächlich ernst.

Also tat sie nichts von alledem, schaute ihn nur auffordernd an.

»Komm heute Abend zu mir. Ich zeig dir, wie du die Stimmen loswirst. Glaub mir, es ist einfacher, als du denkst. So ähnlich wie Hypnose, aber ohne Nebenwirkungen. Mir hat damals ein Freund dabei geholfen.«

»Klingt ja sehr geheimnisvoll«, gab Kim zurück, konnte aber nicht umhin zu fragen: »Brauchen wir irgendwas Besonderes dazu? Kerzen, Klangschale, Weihwasser?«

»Nur dich und eine große weiße Kerze«, antwortete Matthew, seine Stimme war ohne jegliche Ironie. »Und stell dir vor, die Kerze habe ich.«

Kim schluckte leer. »Ernsthaft?«

»Ernsthaft. Keine Angst, wie gesagt, ich habe das schon mal gemacht.« Nach dieser Ansage stand er auf, zog sie mit sich hoch und strich ihr kurz über die Wange. »Vertrau mir«, sagte er leise.

Der Weg zurück zum Auto erschien Kim viel länger als der Hinweg. Ihr schwirrte der Kopf. Was hatte er vor? Eine Séance? Geisterbeschwörung? Hypnose? Und wann hatte er diese Träume gehabt? Sie versuchte noch ein paarmal, Einzelheiten zu erfahren, doch Matthew winkte jedes Mal ab. »Komm heute Abend zu mir. Ich erzähl dir alles«, wiederholte er und lächelte geheimnisvoll.

Die nächste halbe Stunde saßen sie schweigend nebeneinander in Matthews kleinem Auto, jeder in seine eigenen Gedanken versunken.

»Wir sind da.« Matthew stellte den Motor ab.

Kim blickte überrascht aus dem Fenster und erkannte die vertraute hellgraue Fassade und die dunkelrot gestrichene Eingangstür mit der 44 darüber. »Tatsächlich. Danke fürs Heimbringen, Matthew. Und danke für … du weißt schon.«

»Gern geschehen.« Nach einer Pause fragte er: »Also, nachher bei mir? Gegen neun?«

Kim, die Hand bereits am Türgriff, sah ihn forschend von der Seite an. »Du machst dich wirklich nicht über mich lustig?«

»Bestimmt nicht«, gab Matthew zurück und strich ihr noch einmal kurz über die Wange. Seine Finger waren warm auf ihrer Haut, und Kim spürte, wie ein Teil seiner Gelassenheit auf sie überging.

»Okay«, gab sie nach. »Um neun bei dir.« Kim stieg aus dem Wagen, warf die Tür mit Schwung zu, schloss die Haustüre auf und trat ins Treppenhaus.

Matthew ließ tatsächlich Hoffnung in ihr aufkeimen.

Sie wusste nicht, was sie von diesem Abend erwarten durfte. Küssen konnte er sie, sooft er wollte, hatte sie beschlossen. Oder mehr? Kim schüttelte gedankenvoll den Kopf. In ihr drehte sich alles. Aber ehrlich, schlimmer, als es jetzt war, konnte es ohnehin nicht werden.

Matthew Johnson blieb, wo er war und zog sein Handy hervor. Er wählte eine ausländische Nummer und trommelte mit der freien Hand ungeduldig auf das Lenkrad, bis die Verbindung zustande kam.

»Sie ist so weit«, sagte er ohne Vorrede. »Wir machen es heute Nacht.« Er hörte einen Moment seinem Gesprächspartner zu, dann antwortete er: »Nein, keine Sorge. Sie vertraut mir. Sie wird es tun.« Ein Hauch Verachtung lag in seiner Stimme.

Damit legte er auf, ließ den Motor an und fuhr rasch davon.

Jenna hatte den Tag wie angekündigt mit Schokolade und einer Staffel *Grey's Anatomy* verbracht. Ohne besonderen Erfolg versuchte sie mithilfe der so wunderbar lapidaren Probleme der hinreißend aussehenden Ärzte, die Ereignisse der letzten Tage zu verdrängen. Irgendwann mitten in der siebten Folge klingelte das Telefon, und Jenna drückte widerstrebend auf die Pausentaste des DVD-Players, bevor sie abhob. Die Realität ihres Wohnzimmers hatte sie wieder.

»Was macht die Kunst?«, klang eine sonore Männerstimme durchs Telefon.

»Rainer, bin ich froh, deine Stimme zu hören! Wie geht's dir?« Jenna jubelte förmlich und biss gleichzeitig ein großes Stück Schokolade ab.

»Mir geht's gut«, grummelte es zurück. »Aber der Service lässt zu wünschen übrig. Ich werde meine Versicherung verklagen. Wozu zahlt man eine Privatversicherung, wenn man nicht das essen darf, was man will?«

Jenna lachte und versuchte gleichzeitig zu schlucken. »Könnte dran liegen, dass du krank bist. Ruf die Versicherung an. Aber bitte erst, wenn du wieder senkrecht bist.«

Sie berichtete von ihrem Gespräch mit Klaus und versicherte, dass sie und Klaus die Agentur am Laufen halten würden, bis Rainer wieder zur Verfügung stand. »Was für mich gilt, gilt für dich erst recht. Kurier dich aus, ja? Mach keinen Unsinn.«

Rainer wusste, wenn seine Mitarbeiterin Ablenkungsmanöver durchführte. »Warte, Jenna, bevor du auflegst. Wie geht's dir wirklich? Und Kim? Klaus hat mir erzählt, was bei euch passiert ist – also versuch es erst gar nicht mit ›Ich weiß nicht, wovon du redest‹.« Seine Stimme war ernst geworden.

Jenna seufzte. »Dir kann man nichts vormachen, hm? Offen gesagt, es war schrecklich. Und Kim sieht aus wie der Leibhaftige. Ich habe sie noch nie so fertig gesehen. Sie war da und gleichzeitig meilenweit weg. Alex und ich haben lange miteinander gesprochen. Wir warten jetzt noch ein paar Tage, dann muss sie entweder mit einem von uns oder mit einem Therapeuten reden. Und dabei geht es nicht nur um den Selbstmord ihrer Freundin. Es geht um die letzten Monate.«

Jenna schwieg einen Moment und starrte auf ihren Fernseher. Das Standbild zeigte eine herbstliche Bilderbuchansicht von Boston. Wunderschön … und weit weg. Sie riss sich los und fuhr fort: »Sie hat vor irgendetwas Angst. Und es macht mich wahnsinnig, nicht zu wissen, wovor. Alex hat es auch schon versucht. Ihm hat sie ebenfalls nichts gesagt.«

»Wo ist sie denn jetzt?«, fragte Rainer.

»In der Schule. Heute war eine Gedenkfeier für Carolin.«

»Jenna!« Rainer klang unvermittelt scharf. »Ich habe keine Kinder, ich bin bestimmt kein Erziehungsexperte. Aber ich verstehe was von Beziehungen. Und eines sage ich dir: Ihr seid auf dem besten Wege, Kim zu verlieren. Lasst ihr nicht zu viel Zeit.«

»Wie kommst du denn darauf? Wir versuchen es ja«, gab Jenna verunsichert zurück.

»Versuchen reicht nicht«, gab Rainer entschlossen zurück. »Ich meine es ernst, Jenna. Vielleicht liegt es daran, dass ich – wir – gerade unverschämtes Glück gehabt haben. Ich habe das sprichwörtliche Licht am Ende des Tunnels leuchten sehen, Jenna. Und ich bin sicher, dass ihr mit Kim nicht so lange warten solltet. Bitte. Tu etwas!« Rainers Anspannung war fast mit Händen greifbar.

»Okay, okay. Vielleicht hast du recht. Ich … ich werde mir was einfallen lassen.«

»Ist gut. Viel Glück, Jenna.«

»Pass auf dich auf.«

Jenna legte auf und blieb frustriert auf dem Sofa sitzen. Rainer hatte gut reden. Sie sollte Kim nicht zu viel Zeit lassen. Ja, wie denn, zum Henker?

Die Lust auf weitere Serienromantik war ihr vergangen. Sie ging in die Küche, machte sich einen Tee und trat mit der Tasse an die Balkontür. Die zwei Spatzen saßen wieder auf der Linde und tschilpten vorwurfsvoll. Von den Meisenknödeln war fast nichts mehr übrig.

»Demnächst ist wieder Frühling, dann könnt ihr selber Körner suchen gehen«, winkte Jenna ab. »Und eines sag ich euch: Ich hänge mich nicht mehr von diesem Balkon raus. Nächsten Winter finden wir eine andere Lösung.«

In diesem Moment hörte sie die Wohnungstür zuschlagen. Kim kam herein, streifte achtlos die Stiefel von den Füßen und schälte sich aus ihrem Parka.

»Hallo, Mam«, sagte sie und warf einen Blick ins Wohnzimmer. Auf dem Sofa waren noch die Reste von Jennas Videosession zu erkennen. »Die ganze Staffel gesehen?«

»Knapp die Hälfte«, gab Jenna zu und nahm sie kurz in die Arme. »Eine ganze Staffel halte selbst ich nicht aus. Wie geht's dir? Wie war die Trauerfeier?«

Kim entzog sich der Umarmung. »Die Berger hat echt einen Knall. Aber sonst war es okay. Ich muss noch Hausaufgaben machen«, fügte sie hinzu. »Ach, und kann ich heute Abend zu Matthew? Er hilft mir in Bio und Chemie, dafür bring ich ihm Mathe bei.«

Jenna schaute ihre Tochter verblüfft an. »Nein, das kannst du nicht. Du hast immer noch Hausarrest. Wenn Matthew vorbeikommen möchte – gern. Aber du bleibst abends hier. Das war so vereinbart.«

»Komm schon, Mam, bitte. Nur diesen Abend.«

»Weißt du noch? Heißt nein heißt nein, hast du als kleines Kind immer gesagt. Das gilt immer noch.« Der Versuch, die Ablehnung in Watte zu verpacken, misslang kläglich.

Kims Augen begannen zu funkeln, ihre Lippen pressten sich zu einem schmalen roten Strich zusammen. »Schön. Dann eben nicht.« Sie marschierte in Socken zu ihrem Zimmer, gleich darauf knallte die Tür.

Jenna schaute ihr stirnrunzelnd nach. Auch wenn es ihr nicht gefiel, wenigstens hatte Kim wieder *irgendeine* Reaktion gezeigt. Zugegeben, sie hätte anders ausfallen dürfen. Sie schaute auf die Uhr, die im Flur an der Wand hing. Halb vier. Sie hatte das Gefühl, es würde mit ihrer Tochter kein gemütlicher Abend werden. Nun ja.

Jenna machte sich eine neue Tasse Tee und ging zurück ins Wohnzimmer, räumte Schokolade und DVD-Hüllen weg, knipste die Stehlampe an und machte es sich wieder auf dem Sofa bequem, diesmal mit einem Roman. Vielleicht kann ich nachher Kim mit einer Portion Sushi wieder aufheitern, dachte sie etwas später, bevor ihr das Buch aus den Händen glitt und sie einschlief.

Es war stockdunkel draußen, als sie wieder erwachte. Nur der Vollmond, umgeben von einem großen Hof, schien bleich durchs Fenster herein. Mit einem Ruck kam sie in die Gegenwart zurück, setzte sich auf und blickte verwirrt um sich. Die Stehlampe spendete ein wenig Licht, in der Wohnung über ihr hörte sie den Fernseher dröhnen.

Jenna schwang die Beine vom Sofa, versuchte aufzustehen und fiel fast über ihre eigenen Füße. Stirnrunzelnd sah sie an sich herab und entdeckte die Wolldecke, die sich wie eine Schlinge um ihre Beine gelegt hatte. Ich weiß schon, warum ich Mittagsschlaf nicht ausstehen kann, dachte sie verärgert, da brauche ich Stunden, um wieder wach zu werden.

Im Flur war es dunkel. »Kim!«, rief sie halblaut.

Keine Antwort.

»Kim!«, wiederholte sie etwas lauter, befreite sich aus der Decke und ging zum Zimmer ihrer Tochter. Nach einem kurzen Anklopfen öffnete sie die Tür.

Alles war dunkel, Kim nirgends zu sehen.

Das gibt's doch nicht, dachte Jenna ärgerlich und schlug auf den Lichtschalter. Wo war sie bloß? Die Flurbeleuchtung flammte auf, und sie warf im Vorbeigehen wieder einen Blick auf die Uhr. Halb neun? Das konnte doch nicht wahr sein! Sie hatte über vier Stunden geschlafen. Kein Wunder, dass sie so groggy war …

Wo zum Teufel war Kim? Hatte sie Jennas benebelten Zustand ausgenutzt und war einfach ausgebüchst? Trotz Verbot und Ermahnung?

»Okay, ganz langsam«, murmelte Jenna vor sich hin. Hatte Kim heute Nachmittag nicht jemanden erwähnt?

Matthew!

Das war es! Kim hatte Matthew erwähnt, sie wollte ihm Mathe beibringen …

Jenna griff zum Telefon und wählte die Handynummer ihrer Tochter, doch Kim nahm nicht ab.

Irgendwie verwunderte es Jenna nicht, dass Kim ihren Anruf ignorierte. Was war mit Matthew? Hatte dieser aus dem Nichts aufgetauchte amerikanische Freund einen Nachnamen und eine Telefonnummer?

Kurzentschlossen rief Jenna bei Simone an. Die würde ja wissen, wo Kim und im Zweifelsfall auch dieser Matthew steckten.

Kunigundenstraße, Nordschwabing. Das dritte Haus auf der rechten Seite.

Matthew hatte die Adresse seiner Gasteltern genau beschrieben. Kim lief die Treppe von der U-Bahn-Haltestelle Dietlindenstraße aufs Straßenniveau hinauf und wandte sich nach ein paar Metern nach links. Nummer 34 war ein altrosa gestrichener Wohnblock mit einer hölzernen Eingangstür. Gutbürgerlich, hätte Anne gesagt und dabei das Gesicht verzogen.

Es war kurz vor neun, als Kim den Klingelknopf neben dem etwas verwaschenen Namensschild »Familie Hofer« drückte. Der Türöffner summte, und sie trat ins Haus. Irgendwo kochte jemand mit Hingabe, intensiver Bratenduft durchzog das Treppenhaus.

Matthew erwartete sie im zweiten Stock an der Wohnungstür. »Schön, dass du da bist«, sagte er und nahm ihr den Parka ab. »Alles okay?«

Kim zuckte mit den Schultern, zog ihre Mütze vom Kopf und stellte ihre Stiefel auf eine Ablage. »Wie man's nimmt. Ich habe eigentlich Ausgehverbot. Aber wie du siehst, bin ich hier.«

»Und deine Mutter?«

»Die hat auf dem Sofa geschlafen, als ich gegangen bin.« Kim verzog das Gesicht, ihr Herz klopfte wild. »Sie wird mich schon nicht köpfen. Ich hab sie immerhin zugedeckt. Mit etwas Glück schläft sie bis morgen.«

Die Nachricht von Jenna auf ihrer Mobilbox – »Kim! Melde dich gefälligst! Ich sage dir, du kriegst Ärger, so was hast du in deinem Leben noch nicht gesehen!« – ließ sie unerwähnt.

Matthew lachte leise. »Na, dann komm. Meine Gasteltern sind heute Abend nicht da …« Er legte ihr die Hand auf die Schulter und steuerte sie durch den Flur, vorbei an der Küche und einem unbeleuchteten Wohnzimmer, zu einer Tür, an der ein überdimensioniertes »Achtung Baustelle«-Schild hing.

»Normalerweise wohnt hier Jonas. Derzeit ist es mein Zimmer«, erklärte ihr Matthew.

Kim trat neugierig ein. Sie kannte Jonas Hofer flüchtig. Er

ging in dieselbe Klassenstufe und verbrachte das zweite Halbjahr in St. Louis. Er hatte die Chance erhalten, seinen Abschluss an einer deutschen Schule in Amerika zu machen. Dass er Matthews Austauschpartner war, wurde ihr allerdings erst jetzt klar. Das hatte niemand von den Lehrern erwähnt. Auf den ersten Blick war der kleine Raum ein typisches Jungenzimmer. Bett, Schreibtisch, Laptop, ein Regal mit ein paar Büchern und einer Unmenge DVDs, eine Dartscheibe an der einen Wand und über dem Bett ein altes Bob-Marley-Poster. Auf dem Boden lagen ein paar Sitzpolster verstreut.

»Nett«, sagte Kim und ließ sich auf eines der Polster sinken.

»Magst du was trinken?«, fragte Matthew. »Ein Glas Wein vielleicht?«

»Wein klingt gut.«

Matthew verschwand und kam kurz darauf mit einer Flasche Rotwein und zwei Gläsern wieder. Er schenkte die Gläser voll, gab Kim eines davon, setzte sich neben sie und streckte seine langen Beine aus.

»Auf die Träume«, sagte er und stieß mit seinem Glas leicht an ihres.

»Auf dass sie verschwinden«, ergänzte Kim lakonisch und nahm einen großen Schluck.

Sie war plötzlich verlegen, wusste nicht, wohin sie schauen sollte, und nahm einen weiteren Schluck. Hin und wieder trank sie ein Glas zu besonderen Anlässen, aber dieser Wein war stärker, als sie es gewohnt war. Sie lehnte sich mit dem Rücken gegen das Bett, starrte in ihr Glas und hatte plötzlich Angst vor der eigenen Courage. Oder war es Dummheit? Was machte sie hier eigentlich? Vielleicht war das alles doch keine gute Idee …

In dem Moment, in dem Kim ihr Glas auf dem Boden

abstellte und sich erheben wollte, um mit einer schal klingenden Entschuldigung zu flüchten, ergriff Matthew ihre Hand.

»Ich weiß, dass du nervös bist«, sagte er leise. »Aber keine Sorge. Es tut nicht weh.«

»Bei dir ist sie nicht, Simone?«

»Nein. Ich habe sie auch nur kurz in der Schule gesehen. Keine Ahnung, wo sie sein könnte.«

»Hast du von diesem Matthew eine Adresse oder eine Telefonnummer?«

»Nein. Tut mir leid, Frau Winters. Er ist ja auch erst seit dieser Woche bei uns. Ich weiß nur, dass er Johnson mit Nachnamen heißt.«

»Okay. Schon gut, Simone. Danke dir. Lass dich bald mal wieder sehen.«

»Mach ich. Und Ihnen gute Besserung.«

»Danke, Simone. Bis bald.«

»Wiedersehen.«

Frustriert starrte Jenna auf das Handy in ihrer Hand. Na toll! So langsam wurde sie richtig wütend. Kim kann was erleben, wenn sie heimkommt, dachte sie. Das könnte ihr so passen, einfach so zu verschwinden. Sie erwog, eine zweite Nachricht auf der Mailbox zu hinterlassen, entschied sich aber dagegen. Sinnlos. Entweder Kim kam heute Nacht heim – oder nicht. Den Ärger bekam sie auf jeden Fall.

Jenna marschierte in die Küche, wollte den Wasserkocher anstellen, überlegte es sich anders und öffnete eine Flasche Wein. Sie schenkte sich ein großzügiges Glas ein, ging wieder zurück ins Wohnzimmer, löschte alle Lichter und wählte stattdessen – Ikea sei Dank – eine große Kerze aus. Jenna hatte dem Sonderangebot nicht widerstehen können und gleich sechs

Kerzen in verschiedenen Farbschattierungen erstanden. Nun nahm sie eine fast schwarze und zündete sie an.

Die Kerzenflamme flackerte und tanzte wie ein kleiner Derwisch, beruhigte sich schließlich und schuf um Jenna eine kleine Lichtinsel, die Geborgenheit versprach.

Von irgendwoher schien Gesang zu kommen. Er schwebte in der Luft wie ein feines Gespinst, sein Ursprung ließ sich nicht orten.

Mit einem dünnen Lächeln stellte Matthew die große weiße Kerze auf den Tisch, die nach dem Anzünden einen leichten Duft nach Vanille verströmte. Dann schenkte er noch etwas Wein nach und setzte sich erneut neben Kim.

»Bereit?«, fragte er.

»Keine Ahnung«, gab Kim zurück und schluckte. »Was muss ich jetzt tun?«

»Ganz ruhig. Entspann dich. Schau in die Kerze. Stell dir die Stimmen vor, die dich rufen.«

Kim schaute Matthew zweifelnd an. »Ich weiß nicht, ob ich das kann.« Sie strich sich eine Haarsträhne hinters Ohr.

Matthew lächelte. »Du kannst es.« Er drehte sich um, drückte die Playtaste am CD-Player im Regal, und leise gregorianische Gesänge erfüllten den kleinen Raum.

Gesungene, inbrünstige, vielstimmige Gebete.

Dann hielt er seine Hand kurz über die Kerze und leckte ein paar Sekunden später beiläufig über die Brandblase.

»Okay.« Kim, die ihn schweigend beobachtet hatte und ihr flaues Gefühl in der Magengegend ignorierte, atmete tief durch. »Ich versuch's.«

Sie konzentrierte sich auf die Flamme, dachte an die Träume, die Stimmen, die verwischten Gestalten. Doch so sehr sie es auch versuchte, es tat sich nichts. Kein Laut ertönte in ihrem Kopf. Es schien ihr, als hätten die Träume die Tür hinter sich zugeworfen.

Frustriert ließ sich Kim nach einigen Minuten nach hinten auf ein zweites Polster sinken und legte den Unterarm quer übers Gesicht. »Nichts. Gar nichts. Das funktioniert nicht.«

»Du musst dich entspannen, Kim«, drängte Matthew.

»Ja, das sagst du so leicht. Entspannen? Weißt du, eigentlich will ich diese Stimmen nie wieder hören. Nie wieder!«

Matthew zog ihren Arm vom Gesicht. »Ich kann verstehen, dass du Angst hast. Aber du musst dich der Angst stellen. Nur dadurch überwindest du sie.«

»Vielleicht war das bei dir so einfach! Aber ich kann es nicht!« Kim wollte sich wieder aufsetzen, doch Matthew kam ihr zuvor. Er beugte sich über sie, bis sein Gesicht dicht über ihrem schwebte. Dann kam es immer näher, und seine Lippen streiften die ihren. Ohne Hast, sanft, fast fragend war der Kuss.

Kim schloss die Augen, schlang ihre Arme um Matthews Nacken, zog ihn zu sich herunter. Doch bevor diese sanfte Berührung sich in etwas anderes, Ungestümeres verwandeln konnte, löste er sich wieder von ihr und grinste entwaffnend. »Geht doch. Komm schon, probier's noch mal.«

Leicht schummerig war ihr jetzt. Kim hätte in diesem Moment das Experiment gern gegen ein paar weitere Küsse eingetauscht. Doch sie erinnerte sich, warum sie hier war: keine Stimmen mehr, keine Kopfschmerzen. Sie setzte sich auf, griff nach ihrem Weinglas und trank es in einem Zug aus.

Kim atmete tief ein und aus, blickte erneut in die Kerze.

Sie rief die Stimmen.

Und dieses Mal erhielt sie eine Antwort.

Jonathan von Keysern fieberte vor Ungeduld.

Gleich würde es so weit sein. Er spürte es, fühlte die Veränderung kommen.

Es fehlte nur noch ein winziger Schritt.

Die weiße Kerze zwischen Kim und Matthew flackerte leicht, als ein kühler Luftzug durch das Zimmer strich. Plötzlich verzog Kim irritiert das Gesicht. »Riechst du das auch?«, fragte sie. Der Geruch nach altem Mauerwerk, kalt und feucht, begann das Vanillearoma zu überlagern. Es war, als hätte man eine Krypta oder einen unterirdischen Gang nach langer, langer Zeit geöffnet.

»Lass dich nicht ablenken! Hör nicht auf!«, drängte Matthew leise. »Ruf sie! Ruf!«

Matthews Stimme war wie ein hypnotisches Flüstern, dem sie folgen konnte. Folgen musste. Sie blickte in die Flamme, beschwor in ihrem Geist die Stimmen herauf.

Da verlöschte die Kerze mit leisem Zischen.

Jenna hatte sich gerade das zweite Glas Wein eingeschenkt und wurde immer wütender. Der Gesang war noch immer da, schwebte durch den Raum und wollte nicht weichen. Zu allem Überfluss roch nun auch die Kerze nach Moder und feuchten Steinen. Auf der Packung hatte Lavendel gestanden. Sie beugte sich vor und schnupperte. Kein bisschen Lavendel. Eher muffig. Glatter Etikettenschwindel …

Ohne Vorwarnung erlosch ihre Kerze, und sie saß im Dunkeln.

»Mist«, fluchte Jenna leise, »das kommt von diesen Billigkerzen.« Wo waren jetzt die Streichhölzer? Sie stand auf und tastete sich durch das dunkle, nur vom Mondlicht erhellte Wohnzimmer. Irgendwo in der Anrichte waren doch Streichhölzer …

In dem Spiegel, den sie von ihrer Großmutter geerbt hatte, bewunderte Jenna den Vollmond, der darin noch größer wirkte als in echt. Dann sah sie erneut hinein, und das Blut gefror ihr in den Adern.

Da war Kim, dahinter ein Mann, dessen Gesicht im Dunkeln lag. Dann begann er zu sprechen, und Jenna erstarrte. Es war seine Stimme, die sie seit Wochen verfolgte! Ihm gehörte die Knochenhand …

Mit einem Mal lachte er auf, triumphierend und zugleich voller Verachtung.

Jennas Herz begann wild zu schlagen. Kim! Was hatte Kim mit ihm zu tun?

Sie schloss die Augen, kniff sie ganz fest zu, bevor sie atemlos wieder in den Spiegel blickte. Nein, das Bild hatte sich nicht verändert. Jenna hob die Hand, doch bevor sie das Glas berühren konnte, flammte die Kerze hinter ihr wieder auf.

»Wie lange noch?«, flüsterte Kim. Sie war auf den Pfad, den Matthew ihr vorgab, getreten, tat einen Schritt nach dem anderen. Die Angst in ihr wurde nicht weniger, aber diesmal schritt sie durch die Angst hindurch. Irgendwann musste sie ja die andere Seite erreichen, und dann würden die verdammten Träume und die Kopfschmerzen endlich aufhören …

»Du wirst wissen, wann es so weit ist«, gab Matthew ebenso leise zurück.

Kim rief erneut.

Und wieder antworteten sie.

Jetzt!

Die Nebel hoben sich, nur für einen winzigen Moment. Doch es genügte.

Jonathan von Keysern straffte seine Gestalt, richtete sich auf und trat hinaus in die Welt, die beschienen war vom silbernen Licht des Vollmonds.

Er war frei.

Sein Plan war aufgegangen.

Im gleichen Augenblick flackerte die erloschene weiße Kerze in Matthews Zimmer wieder auf. Kim schwankte. Sie fühlte sich benommen, alles drehte sich um sie. Matthews Gesicht vor ihr verschwamm im matten gelben Licht, es zerrann, faserte aus, wie ein impressionistisches Gemälde in Großaufnahme. Dann erschien ein kaltes, hageres, raubvogelartiges Gesicht aus dem Farbenwirrwarr.

Kim blinzelte verzweifelt, doch das Bild blieb.

Mit einem Mal flammten die Kopfschmerzen wieder auf, so heftig, dass sie laut aufstöhnte, die Hände an die Schläfen presste und die Besinnung verlor.

Kim kippte zur Seite, Matthew fing sie auf und legte sie mit dem Kopf auf eines der Kissen. Dann erhob er sich und wartete.

Die Flamme der schwarzen Kerze war wieder da, war zurückgekommen wie ein lebendiges Wesen. Nun wuchs sie und dehnte sich aus, schickte flackernde Lichtblitze in alle Ecken. Jenna stand vor dem Spiegel, presste die Hand auf den Mund. Der nackte Terror griff nach ihr, eine niemals gekannte Angst stieg in ihr hoch.

Was ging hier vor?

»Kim! Kim!«, stöhnte sie und ihr Blick schwankte zwischen Spiegel und Kerze. Dann riss sie sich los, schlüpfte so schnell sie konnte in Jacke und Schuhe, griff nach dem Autoschlüssel und stürzte die vier Stockwerke hinunter. Wo hatte sie ihn geparkt? Ihr kleiner Fiat stand seit Wochen ungenutzt in einer Seitenstraße. Normalerweise ließ sie ihn im Winter einfach stehen und wartete, bis die Straßen wieder trocken waren.

Der kleine Wagen war von einer dicken Schneeschicht bedeckt. Jenna wischte mit dem Handschuh hastig ein Guckloch in die Scheiben, setzte sich hinter das Steuer und betete, dass der Fiat ansprang. Doch – dem Föhnwind sei Dank – der Motor begann zu schnurren.

Wie von einer unsichtbaren Schnur gezogen, fuhr Jenna durch die Stadt. Sie wusste nicht wohin, aber sie folgte dem Ruf. Da war jemand, der flüsterte und wisperte, sie leitete. Jenna fuhr und fuhr und betete, dass sie nicht zu spät kam.

In der Kundigundenstraße war alles still. Nur die schmale Gestalt, die zusammengesunken vor dem altrosa Haus lag, wollte nicht in die Idylle passen. Jenna hielt den Fiat an, zog die Handbremse und sprang bei laufendem Motor hinaus.

»Kim!«, rief sie und rannte wie von Sinnen zu ihrer Tochter, kniete sich hin und nahm sie vorsichtig in die Arme.

Kim rührte sich nicht. Sie war totenblass, der Lippenstift verwischt, Schweißperlen glitzerten auf ihrer Stirn. Ihr Atem kam flach und stoßweise.

Jenna schüttelte sie vorsichtig. »Komm schon, Kim, du musst aufwachen! Ich kann dich nicht tragen.« Ihre Stimme klang panisch. Verzweifelt gab sie Kim leichte Klapse auf die Wangen.

Das schien zu wirken, denn Kim schlug die Augen auf. »Mam?«, krächzte sie.

»Lieber Himmel, meine Kleine, was ist passiert?«, gab Jenna erleichtert zurück. »Kannst du aufstehen? Wir fahren nach

Hause.« Sie half Kim auf die Beine. »Wo ist deine Jacke? Hat Matthew dich verletzt?«

»Weiß nicht … Ein Hustenanfall schüttelte Kim. »Matthew hat nicht … er hat nicht …« Sie schwankte und musste sich an ihrer Mutter festhalten.

Jenna zuckte zusammen, als der Schmerz durch ihre Rippen schoss. »Schon gut, das kannst du mir später erzählen. Los, komm, wir müssen hier weg. Schnell!«

In diesem Moment erloschen die Straßenlampen, und eine bleierne Schwärze schien selbst den Mond zu verdecken. Gleichzeitig verstummte der Motor des Fiats. Hinter sämtlichen Fenstern wurde es schlagartig dunkel. Nur noch im zweiten Stock des Hauses brannte weiter ein einsames Licht.

Jenna sah sich um, suchte nach einem Ausweg, versuchte die Angst, die sich in ihre Eingeweide krallte, abzuschütteln.

Doch es war zu spät, um irgendwohin zu gehen.

Wie aus dem Nichts erschien ein hoch gewachsener Mann und überquerte die Straße. Er schien die beiden Frauen nicht zu beachten. Sein dunkelroter Mantel wehte im Nachtwind. Unter der Kapuze, die er tief ins Gesicht gezogen hatte, lugten ein paar blonde Haarsträhnen hervor. Jenna starrte ihn mit offenem Mund an. Ein leichter, kaum wahrnehmbarer Geruch von Moder und Rauch umhüllte ihn. Achtlos schritt er an Jenna und Kim vorbei und verschwand zielstrebig in dem altrosa gestrichenen Haus.

Doch Jenna hatte für einen Augenblick sein Gesicht gesehen.

Glitzernde Augen. Eine blutrote Narbe.

Sie hätte ihn unter Tausenden wiedererkannt.

Außer sich vor Angst riss sie Kim mit sich. Kaum hatten sie den Wagen erreicht, drückte Jenna Kim auf den Beifahrersitz und griff nach ihrem Handy. Alex! Sie brauchte Alex' Hilfe. Verzweifelt drückte sie auf die Tasten.

Doch das Display war dunkel und tot. So sehr es Jenna auch versuchte, das Handy gab keinen Pieps von sich.

Sie stürmte um die Motorhaube herum und ließ sich auf den Fahrersitz fallen. Warum war der Motor ausgegangen? Jenna drehte den Zündschlüssel, versuchte zu starten.

Nichts. Der Fiat blieb stumm.

Die Lampen der Straßenbeleuchtung waren alle ausgefallen. Nur der Vollmond stand über ihnen und schien milde zu lächeln.

»Das gibt's doch nicht«, murmelte Jenna. »Los, du verdammtes Auto, spring an. Spring an!«

Kim hatte den Kopf an die Stütze gelehnt, sah ihre Mutter mit weit aufgerissenen Augen an.

Jenna schüttelte den Kopf, hin und her gerissen zwischen Panik und Zorn. »Sag bloß nichts. Kein Wort. Was um Gottes willen hast du dir dabei gedacht? Was hast du eigentlich gemacht? Ich bin fast gestorben vor Angst. Du bekommst lebenslangen Hausarrest, verlass dich drauf. Wenn wir endlich von hier wegkommen!«

Zum zehnten Mal drehte sie den Schlüssel im Zündschloss, aber das Auto gab immer noch keinen Mucks von sich.

Schließlich gab sie auf. Erschöpft legte Jenna die Arme aufs Lenkrad und ließ sich mit der Stirn nach vorn sinken. Sie begann unkontrolliert zu zittern. Alles schien ihr zu entgleiten. Die Realität, ihr Leben, ihre Tochter, ihre Kraft. Das Gefühl der Verzweiflung war unermesslich. Es war, als verschlinge sie eine schwarze Welle.

Tief drinnen wusste sie, dass sie zu spät gekommen war.

Warum, das konnte sie nicht einmal erahnen.

Eines war ihr jedoch klar: Diese erste Schlacht hatte sie verloren, bevor sie richtig begonnen hatte. Nichts würde jemals wieder so sein, wie es war.

Das Unerhörte war geschehen.

Die Angst um sich und vor allem die um Kim, fraß sich in ihre Eingeweide und schüttelte sie wie in einem Krampf, der kein Ende nehmen wollte.

Viele Tausend Kilometer weiter südlich, in der felsigen Wüste Gabuns, wachten drei Frauen an einem unscheinbaren Steinhügel. Nur wenige Eingeweihte wussten, was unter der kleinen Pyramide aus Felsbrocken verborgen lag.

Der heiße Wind frischte auf und trug feinen Sand vor sich her. Eine Eidechse huschte zwischen zwei Felsen im letzten Tageslicht hin und her und verschwand wieder. Es herrschte Stille, nur das Rauschen des Windes war zu hören.

Wie auf ein unhörbares Zeichen hoben alle drei Frauen den Kopf und blickten in den violetten Himmel, in dem im Osten die Nacht heraufstieg.

Über den Bergen hing ein blutroter Vollmond.

Sie nahmen sich bei den Händen, als würden sie auf diese Art Kraft sammeln für das, was nun kommen würde. Man hatte ihnen von dem Zeichen erzählt.

Das Zeichen, von dem alle gehofft hatten, es nie sehen zu müssen.

Nun war es an ihnen, den nächsten Schritt zu tun.

Einen Tag später war die Nachricht nach England unterwegs.

Die Nebel hatten sich für einen Moment gehoben, eine Lücke freigegeben, einen Übergang.

Doch nicht für ihn. Antoine Lagardère wurde in das graue Zwielicht zurückgezogen. Er war nicht schnell genug gewesen.

Er hatte Zorn verspürt, doch nun fühlte er, wie die Gleichgültigkeit wieder von ihm Besitz ergriff. Wie sie ihn lähmte und zu einem Schatten unter Schatten machte. Einem der zahllosen, die unablässig wisperten und raunten, als hätte es keine Unterbrechung gegeben.

Teil des Nebels zu werden, sich treiben zu lassen, war verlockend einfach. Es gab kein Gestern und kein Morgen, es gab kein Du oder Ich. Man wusste bald nicht mehr, wie man eigentlich geheißen hatte, wer man einmal gewesen war.

Warum man hier war.

Dennoch gab es einen Grund, weshalb Antoine Lagardère sich nicht völlig dem Vergessen überließ. Warum er verzweifelt versuchte, einen winzigen Rest seines Ichs zu bewahren.

Er hatte einmal ein Ziel gehabt, einen Lebensinhalt. Er durfte ihn nur nicht vergessen.

Denn die Zeit wurde knapp.

Die Jagd hatte begonnen.

Und es würde nur eine Möglichkeit für ihn geben.

Nur mit einem Handtuch um die Hüften betrat Nicholas das Hotelzimmer. Seine Frau saß, lediglich mit Trägertop und einem Shorty bekleidet, im Schneidersitz auf dem Kingsize-Bett und starrte nachdenklich auf den Bildschirm ihres Laptops. Seit ein paar Tagen waren Nicholas und Anne in London. Anne nahm an einem Kongress der International European Architects teil und verfolgte mehr oder weniger gebannt die Vorträge ihrer Kollegen über neue, energiesparende Bauweisen von Regierungsgebäuden. Nicholas zog währenddessen durch die Antiquariate in Charing Cross und gab Geld aus. Wer sich dabei mehr amüsierte, war klar.

»Wie viel Zeit hast du noch?«, fragte Nicholas jetzt und grinste.

»Hmm …« Anne gab vor, auf die Uhr zu sehen. »Vielleicht noch zwanzig Minuten? Wofür?«, fragte sie scheinheilig.

»Das reicht«, entschied Nicholas, klappte energisch ihren Laptop zu und ließ gleichzeitig sein Handtuch zu Boden fallen. »Dafür.«

Anne lachte und ließ sich rücklings aufs Bett sinken. »Was man in zwanzig Minuten so alles anstellen kann«, murmelte sie und sah erwartungsvoll in Nicholas' Gesicht.

Der zögerte nicht lange und begann seine Frau zu küssen, bis diese sich atemlos an ihn presste. Jetzt strich er mit den Händen über ihre Schultern, streichelte zart ihre Brüste. Er streifte ihr das Top ab, wanderte mit seinen Lippen an ihrem Körper entlang südwärts und hörte, wie Anne leise aufstöhnte. Nicholas lächelte. Er liebte seine Frau, und er liebte die Töne, die sie von sich gab, wenn sie sich in seinen Liebkosungen verlor.

Eine halbe Stunde später schreckte Anne aus einem wohligen Dämmerschlaf auf und sah auf den Wecker, der auf dem Nachttisch stand. »Meine Güte, ich komme zu spät. Nicholas – wieso hast du mich nicht geweckt?«

Dieser saß, bereits angezogen, am Tisch, den Laptop aufgeklappt, und grinste. Zettel und Stift lagen neben ihm, seine Augen glänzten. »So gut können diese Vorträge gar nicht sein … Und überhaupt, wenn du dich so verausgabst, musst du auch wieder zu Kräften kommen, my dear.« Er reichte ihr ein Sektglas. »Du bist umwerfend«, fügte er hinzu, »and I love you.«

»Dein Leben war vor mir doch viel aufregender«, sagte Anne, trank einen Schluck und lächelte schief.

Er schüttelte den Kopf, stand auf und setzte sich neben seiner Frau aufs Bett. »Das Leben mit dir ist genau das, was ich will. Ich habe meine Entscheidung keine Sekunde lang bereut. Und du solltest jetzt aufstehen und dich anziehen, auch wenn dein Kongress nur fünf Minuten von hier entfernt stattfindet.«

Anne griff nach seiner Hand. »Danke. Manchmal weiß ich nicht, womit ich dich – uns verdient habe. Ich habe Angst, aus diesem wunderbaren Traum aufzuwachen, weißt du?«

Nicholas gab ihr einen Kuss auf die Nasenspitze. »Wir lieben uns, Anne. So einfach ist das. Treffen wir uns heute Nachmittag? Wie immer am Picadilly? Dann gehen wir essen.«

Anne nickte, erhob sich mit einem bedauernden Blick auf das zerwühlte Bett und verschwand unter der Dusche. Nicholas blieb am Tisch sitzen und sah ihr nach. Er wusste, dass Anne seit Tagen Magenschmerzen bekam, wenn sie über Jenna nachdachte. Dass ihre Freundin Probleme mit Kim hatte – das war nichts Neues. Doch Nicholas war sicher, dass Jenna noch etwas ganz anderes belastete. Nun, übermorgen würden sie zurückfliegen. Dann, das wusste er bereits, war es Zeit für eine traditionelle Ladies Night: Jenna, Anne, Lisa vor einer Batterie diverser Cocktails. Und viel Zeit zum Reden.

Die Abenddämmerung war bereits über London hereingebrochen, als ein schwer bepackter Nicholas Wright im Café Vergnano einen Cappuccino bestellte.

»Einen echten, Sir?«, fragte der Kellner, der gerade einer Kundin einen entkoffeinierten Espresso hatte bringen müssen, augenzwinkernd.

»Please!«, erwiderte Nicholas. »Machen Sie gleich einen großen – für Erwachsene.«

Das Vergnano lag direkt neben einem seiner Lieblingsantiquariate. Obwohl Any Amount Of Books eher einfache Secondhand-Ware in den Regalen stapelte, hatte Nicholas doch schon einige Kostbarkeiten dort gefunden, wofür er im Zweifel mehr Geld gezahlt hätte als verlangt. Er kannte Billy Miller, den Eigentümer, seit Jahren und wies ihn hin und wieder dezent darauf hin, wenn dieser seltene Sammlerstücke unter Wert verkaufte. Das wiederum sicherte ihm Millers ewige Ergebenheit. Außerdem rief ihn Miller immer wieder an, wenn wirkliche Raritäten in der englischen Hauptstadt kursierten. Miller hatte ein gut funktionierendes Netzwerk über seine Stadt gespannt.

Stimmengewirr umbrandete ihn, und einen Moment später hatte Nicholas einen großen, völlig unenglischen Cappuccino und das unvermeidliche kleine Sortiment Kekse vor sich. Wenn er mir jetzt noch einen Gin aufs Haus bringt, lässt es sich so aushalten, ging ihm durch den Kopf.

Nicholas hatte einen Tisch direkt an einem der großen Fenster belegt, den Bücherstapel vor sich geschoben und ließ das Treiben auf der voll belebten Londoner Geschäftsstraße in der Nähe des Picadilly Circus auf sich wirken.

Er nahm das oberste Buch vom Stapel, schlug es auf und bemerkte ein junges Paar, das sich gerade einen Tisch in seiner Nähe suchte. Der junge Mann riss sich entnervt eine Wollmütze vom Kopf und entblößte eine schauderhafte Frisur. Seinem lautstarken Wutanfall war zu entnehmen, dass er ausnahmsweise bei dem Friseur nebenan um einfaches Nachschneiden gebeten hatte – das Ergebnis aber bei Weitem nicht das gewünschte war. Seine Freundin sah jedenfalls drein, als würde sie ihn hier und jetzt verlassen, hätte sie nicht so lachen müssen. Nicholas fing ihren Blick auf und zog mit einem bedauernden Grinsen die Schultern hoch. Da war außer einer Glatze wirklich nichts mehr zu machen.

Der schwarze Audi Q7 mit den dunkel getönten Scheiben fuhr langsam an. Zwei Männer saßen auf den vorderen Sitzen, beide etwa Mitte dreißig, unauffällig gekleidet. Sie hatten seit den frühen Morgenstunden geduldig auf dem gleichen Parkplatz gewartet.

Keiner hatte geraucht. Ein genauer Beobachter hätte bemerkt, dass sie ihre Handschuhe nie ausgezogen hatten.

Die Bestätigung ihres Auftrags war per SMS um 16:03 Uhr eingegangen. Der Fahrer hatte zufrieden genickt, dann den Audi gestartet. Während der Wagen aus dem Parkplatz ausscherte, holte der Beifahrer aus dem Handschuhfach eine Pistole und mehrere Magazine mit Ersatzpatronen.

Sie waren ein eingespieltes Team. Normalerweise erledigten sie ihre Aufträge ohne Zeugen.

Dass es diesmal Zuschauer geben sollte, das war neu.

Der Auftraggeber hatte gut dafür bezahlt.

Nicholas liebte London und freute sich jedes Mal, wenn er »seine« Viertel unsicher machen und alte Freundschaften wiederbeleben konnte. Er war in Kingston-upon-Thames, einer Kleinstadt südwestlich von London, aufgewachsen und in seinem ersten Leben, wie er es scherzhaft nannte, in die Fußstapfen seines Vaters, einem höheren Beamten im britischen Außenministerium, getreten.

Er hatte Wirtschaftswissenschaften studiert, war danach in den Diplomatischen Dienst gegangen und rasch aufgestiegen. Im Gegensatz zu seinem alten Herrn, der von fremden Ländern träumte, aber am liebsten zu Hause blieb und sich in Bücher versenkte, zog es Nicholas in die Ferne. Fast acht Jahre lang, bis 1993, war er im Dienst des Britischen Diplomatenkorps in Nordafrika stationiert gewesen, zu Beginn in Casablanca, später in Algier, erst als Sekretär, dann als Militärattaché.

Sein zweites Leben hatte begonnen, als er eines Tages seine Eltern an Weihnachten besucht und auf der Rolltreppe bei Harrods eine junge Deutsche über den Haufen gerannt hatte. Beide waren gestolpert, hingefallen, und er hatte ihr schuldbewusst sämtliche Pakete aufgesammelt. Sie dankte ihm, sie sahen sich in die Augen – und in diesem Moment war es um ihn geschehen gewesen. Der Rest war unter Freunden Legende: Nicholas hatte ein halbes Jahr später den Dienst quittiert und war mit Anne nach München gezogen. Das britische Verteidigungsministerium hatte ihn allerdings nur unter einer Bedingung ziehen lassen: dass er bei sensiblen Fragen, Nordafrika betreffend, weiter zur Verfügung stand. Und davon hatte es in den letzten vierundzwanzig Monaten eine Menge gegeben. Eine neue Leidenschaft, abgesehen von der für seine Frau, sorgte dafür, dass es ihm nicht langweilig wurde: Die Jagd nach antiquarischen Büchern, dem gedruckten Gold, wie er es immer nannte. Dass er zehn Jahre später in einem Atemzug mit den bedeutendsten Sammlern Europas genannt wurde, erfüllte ihn mit Stolz und war ein würdiger Ersatz für das aufregende, gefährliche Leben unter der sengenden Sonne Afrikas.

Nicholas nahm einen Schluck Kaffee, lehnte sich in seinem Stuhl zurück und blickte gedankenverloren durch das große Fenster. Der Verkehrslärm war durch die Scheiben gedämpft, dafür war der Geräuschpegel im voll besetzen Café hoch. Gesprächsfetzen von den Nachbartischen, immer wieder überlagert von italienischer Musik, drangen an sein Ohr. Während er auf Anne wartete, ging er im Geiste die Liste seiner Lieblingsrestaurants durch. Heute verspürte er Lust auf ein mörderisch scharfes Curry. Die trockenen Kekse machten hungrig.

Unauffällig glitt der schwarze Geländewagen durch die Straßen der englischen Hauptstadt. Noch fünf Minuten, dann würden die beiden Männer ihr Ziel erreicht haben. Der Beifahrer griff hinter sich und nahm eine Sporttasche von der Rückbank. Er zog den Reißverschluss auf und nahm einen Schalldämpfer heraus. Der Mann schraubte ihn auf die Pistole, die er durchlud und entsicherte. Dann nickte er dem Fahrer zu.

Dieser wechselte die Spur und vergewisserte sich im Rückspiegel, dass ihnen niemand folgte. »Fünfzigtausend und so wenig Aufwand. Ich frage mich, warum die plötzlich so viel zahlen.«

Während der Winter den Kontinent immer noch fest in seinem eisigen Griff hatte, lag in England erwartungsgemäß kein Schnee. Es nieselte, ebenso erwartungsgemäß. Anne Wright, weithin erkennbar an einem roten Regenschirm mit dem Logo eines der Münchner Fußballvereine, lief zielstrebig die Charing Cross Road in Richtung Café Vergnano entlang. Nicholas erhob sich halb, tauchte hinter dem Bücherstapel auf und deutete begeistert auf den Kaffee. Anne winkte fröhlich zurück.

»Wir sind gleich da.«

»Geht klar.«

Als der schwarze Geländewagen langsam vorbeirollte, betrat Anne das Café.

Eine Welle von Lärm, warmer Luft und dem Duft von italienischem Espresso schlug ihr entgegen. Draußen war der Regen stärker geworden, und Anne schüttelte sich. »Hallo mein Schatz«, sagte sie, gab ihm einen flüchtigen Kuss und lächelte, als sie den Bücherstapel sah. »Sieht so aus, als wärst du heute fündig geworden.« Sie legte ihre Handtasche daneben, ließ sich auf den Stuhl fallen und gab gleichzeitig dem Kellner einen Wink. »Einen doppelten Espresso, bitte.« Und an ihren Mann gewandt: »Ich geb's auf. Diese Vorträge sind nichts für mich. Morgen nehme ich mir frei und gehe mit dir Bücher kaufen.«

Nicholas legte seine Hand auf ihre. »Gerne. Ich finde, Kongresse werden ohnehin überbewertet.«

»Außerdem habe ich schrecklichen Hunger. Wohin gedenkst du mich heute zu entführen? Was wollen wir essen?«

»Curry«, antwortete Nicholas bestimmt. »Sehr scharfes Curry. Ist gut für … egal. Jedenfalls sehr gesund.« Er nahm das oberste Buch vom Stapel und hielt es seiner Frau hin. »Schau mal, was ich entdeckt habe.«

Anne beugte sich nach vorn. »Das kann man ja kaum erkennen. Aus welchem Jahrhundert ist das denn?«, fragte sie und kniff die Augen zusammen, um die Schrift auf dem Buchrücken zu entziffern.

Nicholas griff unter seinen Stuhl, wo er seine Schultertasche deponiert hatte. »Warte mal, ich habe eine Lupe in der Tasche. Dann kannst du es lesen. Ich sage dir, das ist die Entdeckung des Jahres!«

»Okay. Wir sind am Ziel. Sag mir wann.« Der schwarze Audi glitt in eine freie Parklücke vor dem Vergnano. Die Scheibe der Beifahrertür surrte lautlos herunter. Zwei Männer, die Gesichter mit Strumpfmasken verdeckt, wurden sichtbar.

»Zielperson im Visier. Drei, zwei, eins, jetzt.«

Der Schuss war nicht zu hören. Doch die Kugel durchschlug mit unglaublicher Wucht die Fensterscheibe des Cafés, raste auf einer genau berechneten Bahn auf ihr Ziel zu. Sie traf – allerdings zuerst auf einen Buchrücken, der sie um einige Grad ablenkte.

Als die Scheibe mit lautem Klirren zerbarst und unzählige Splitter auf die Gäste niederregneten, brach Panik aus. Der Kellner sprang mit einem Satz hinter der Bar in Deckung und hielt sich schützend die Arme über den Kopf. Menschen schrien und weinten, rissen Umstehende mit sich zu Boden. Der Lärm war plötzlich unbeschreiblich, die italienischen Sänger wurden übertönt. Das Paar vom Nachbartisch kroch auf allen vieren zum Ausgang. Alle warteten auf die nächsten Schüsse, doch es blieb bei diesem einen.

»Alles klar?«, fragte der Fahrer.

»Klar«, erwiderte der Schütze.

»Sicher?«

»Natürlich«, gab der Schütze ungeduldig zurück. »Ich habe noch nie danebengeschossen.«

Lautlos beschleunigte der schwere Wagen und war nach wenigen Sekunden außer Sichtweite.

Plötzlich herrschte gespenstische Stille. Nicholas tauchte mit der Lupe in der Hand hinter dem Bücherstapel wieder auf. »Anne?«, keuchte er. Dann blickte er fassungslos auf seine Frau.

Wie in Zeitlupe glitt Anne vom Stuhl und blieb reglos auf dem Boden liegen. Die Kugel hatte sie im oberen Bereich der Stirn getroffen, an der Einschussstelle sickerte dunkles Blut heraus, das sich mit dem Espresso, der vom Tisch tropfte, vermischte und eine schmutzigbraune Spur über ihr Gesicht zog.

Die Stille im Café Vergnano dehnte sich aus, einen unendlichen Moment lang hörte Nicholas nichts außer seinem eigenen panischen Atem.

Er kniete sich neben seine Frau, beugte sich über sie und versuchte zu sehen, ob sie atmete. Tränen schossen ihm in die Augen. Dass auch ihn umherfliegende Glassplitter getroffen hatten und ihm das Blut am Hals hinabrann, spürte er nicht. »Anne«, flüsterte er erstickt.

Sie reagierte nicht.

»Einen Arzt, schnell! Einen Arzt!«, schrie jemand.

Mit zitternden Fingern tastete er nach ihrem Puls. An der Halsschlagader spürte er ein leises Flattern. Zaghaft, unregelmäßig.

Dann nichts mehr.

Aus der Ferne ertönte Sirenengeheul.

Bereits einige Querstraßen entfernt, griff der Schütze nach seinem Handy, wählte und sagte: »Zielperson ist tot. Auftrag erledigt.« Dann verstaute er die Waffe wieder im Handschuhfach, lehnte sich zurück und seufzte leise. »Schade. Sie war richtig hübsch.«

Teil II

Der Aufbruch

4

MITTWOCH, 8. FEBRUAR

Jenna erwachte mit einem Ruck. Im Schlafzimmer war es noch dunkel, nur ein kleines Nachtlicht, das sie neben der Tür in der Steckdose angebracht hatte, ließ schemenhafte Konturen erkennen. Die Leuchtziffern des Weckers zeigten 5:30 Uhr. Sie hörte leises Atmen neben sich – Kim lag, ihren Teddy im Arm, auf dem Bauch und schlief tief und fest.

Jenna blieb noch einen Moment liegen. Hier, in der Sicherheit ihrer Wohnung, kamen ihr die Ereignisse des Vorabends vor wie ein böser Traum.

Sie war sich nicht sicher, was das alles zu bedeuten hatte. Doch es war kein Traum gewesen. Es war bittere Wirklichkeit. Jemand hatte ihre Tochter – ja, was? Gedemütigt? Missbraucht? Sie war sich nicht sicher. Aber sie würde es herausfinden.

Irgendwann gestern Nacht – die Furcht einflößende Gestalt war längst im Haus verschwunden – war das Auto doch angesprungen, die Straßenlampen hatten wieder aufgeleuchtet, und Jenna war wie der Teufel nach Hause gefahren, ohne sich noch einmal umzublicken. Sie hatte Kim, die immer noch mit den Zähnen klapperte, nach oben gebracht und wortlos mitsamt Teddy und einer Wärmflasche in ihr Bett verfrachtet.

Äußerlich schien ihre Tochter nicht verletzt zu sein. Aber die Erschöpfung und die Benommenheit standen ihr ins Gesicht geschrieben.

Schließlich hatte sich Jenna einen großen Scotch eingeschenkt – ein Relikt von Alex –, das Glas auf einen Zug geleert und sich dann neben Kim gelegt. »Schlaf«, hatte sie leise gesagt und ihre Tochter in die Arme genommen. »Wir reden morgen.«

Diesmal würden sie wirklich miteinander reden müssen. Sie würde keine Ausflüchte mehr zulassen, der Sache auf den Grund gehen. Doch jetzt war Jenna erst einmal froh, dass Kim wieder bei ihr war. Ob wirklich heil, das würde sich noch herausstellen. Grimmige Entschlossenheit machte sich in ihr breit. Sie stieg vorsichtig aus dem Bett, zog Kim die Bettdecke über die Schultern, strich ihr sanft über die Wange und schlich auf Zehenspitzen aus dem Schlafzimmer.

Leise tapste sie in die Küche und machte sich einen ersten Kaffee. Die Jalousie des Küchenfensters filterte das Licht der Straßenlampe in helle Streifen. Jenna öffnete die Balkontür und schnupperte. Es roch anders, nicht mehr so eisig. Gestern hatte der Föhnwind eingesetzt, fegte von Italien kommend über die Alpen hinweg, ließ den Schnee schmelzen und trug eine Ahnung des kommenden Frühlings mit sich.

Die einfachen Dinge zuerst, beschloss sie, holte ihr Notebook vom Wohnzimmer in die Küche und startete das Betriebssystem. Den Kaffee in der Hand, setzte sie sich auf einen der Küchenstühle, den rechten bloßen Fuß auf die schmale Bank gestemmt, fuhr den Browser hoch und öffnete ihr E-Mail-Programm. Bis ihr Rechner das WLAN-Signal fand, dauerte es wie immer ein paar Sekunden. Jenna nippte am Kaffee und starrte auf die Wand. Die Raufasertapete sollte auch mal wieder gestrichen werden, dachte sie. Vielleicht diesmal farbig? Oder ein paar Comicfiguren? Vorzugsweise auf der Flucht? Krampfhaft versuchte sie jeden Gedanken an den gestrigen

Abend in einen kleinen Winkel ihres Gedächtnisses zu verbannen – zumindest für die nächste halbe Stunde. Dann würde sie nicht mehr darum herumkommen, es erneut zu durchleben.

Die erste E-Mail war von Anne. Ihre beste Freundin machte London unsicher:

... ich bin mit Nicholas seit drei Tagen hier in London, und wir amüsieren uns prächtig. Na ja, um ehrlich zu sein, er amüsiert sich, und ich langweile mich. Architekten sind ja noch schlimmer als Politiker, wenn sie Reden halten. Die fangen im Keller an und kommen nicht mal bis in den ersten Stock. Grausam.

Liebe Jenna, wir müssen uns sehen, wenn wir zurück sind. Ich mache mir Sorgen. Du bist meine beste und älteste Freundin – weißt du, dass wir uns jetzt über 30 Jahre kennen? Das sollten wir feiern! Und ich habe das Gefühl, dass du mehr mit dir herumträgst, als du uns wissen lässt. Was war denn neulich bei unserem Spieleabend mit dir los? Dir geht's nicht gut, hör bloß auf, mir was vorzumachen.

Ich ruf dich an, wenn wir zu Hause sind.

Dein Ännchen

Jenna las die Nachricht mit einem leichten Stirnrunzeln und tippte eine kurze Antwort. »Freue mich auf dich, Ännchen. Melde dich, wenn ihr wieder da seid.« Dann öffnete sie die nächste Nachricht.

Sie war mit den Gedanken nicht ganz bei der Sache, sonst hätte sie gleich gestutzt. So las sie mit wachsender Verwirrung den kurzen Text:

Sehr geehrte Jenna Winters,
wir senden Ihnen den Anhang zur Kenntnisnahme.«
Mit freundlichen Grüßen.
Ein Freund.

Der Anhang war ein Video. Jenna schüttelte verwundert den Kopf, ließ den Virenscanner darüberlaufen, der nichts Verdächtiges meldete. Also startete sie die Datei.

Anne! Jenna zog überrascht die Luft ein. Die Aufnahme war leicht verwackelt, wohl mit einem Handy aufgenommen. Sie sah ihre Freundin auf ein Café zulaufen, ihre dunkelbraunen Locken wippten, sie balancierte einen roten Schirm. Ohne Ton, wie in einem Stummfilm, allerdings in Farbe. Da war auch Nicholas, der sie begrüßte und mit ihr plauderte. Dann ging alles ganz schnell. Splitter regneten auf die Menschen herab, Anne brach blutüberströmt zusammen, rutschte vom Stuhl und blieb leblos liegen … Dann wischte das Bild weg.

Der Schirm war wieder dunkel geworden, und Jenna stöhnte vor Entsetzen auf. Sie setzte die Tasse gerade noch ab, bevor sie ihr aus der Hand fiel. Verzweifelt klammerte sie sich an den Tischrand, startete das Video erneut, beugte sich vor, bis ihre Nase fast den Bildschirm berührte – doch das schreckliche Bild am Ende blieb. Anne, reglos auf dem Boden, die Augen geschlossen. Eine dünne Blutspur rann von dem kleinen Loch in ihrer Stirn die Schläfe entlang und versickerte in ihrem dunklen Haar.

»O nein!«, flüsterte Jenna, »nein, bitte nicht …« Sie schüttelte den Kopf, als könne sie damit das Grauen vertreiben, das ihr nur eine kurze Atempause gegönnt hatte. Was geschah hier? Wer hatte ihr das Video geschickt? Und wieso ihr? Die Angst und der Terror von gestern Abend waren wieder zurück, holten sie mit einem Schlag wieder ein. Jenna zitterte unkontrolliert am ganzen Körper, klammerte sich an den Tisch wie an eine letzte Insel der Realität, des Fassbaren, angesichts des Unfassbaren, das sie einschloss und zu erdrücken begann.

In diesem Moment läutete das Telefon.

Jenna zuckte zusammen – verdammt, es lag auf ihrem Nachttisch! Sie erhob sich halb, doch dann hörte sie bereits Kims schlaftrunkene Stimme. »Ja? Hallo, Nick. Du bist aber früh dran. Mhm, warte, ich schau mal.«

Tapsende Schritte, dann erschien Kim in der Küchentür, die Haare noch zerzaust, und gähnte. »Hier, Telefon für dich. Es ist Nicholas.« Sie reichte Jenna den Hörer und deutete demonstrativ auf die Uhr an der Wand. »Bisschen früh, oder?«

Jenna schlug hastig den Laptop zu und nickte hektisch. Sie wusste nicht, was sie sagen sollte. Doch Kim hatte sich bereits wieder umgedreht und war auf dem Weg zurück ins Bett. Mit zitternden Händen presste Jenna das Telefon ans Ohr und schaute Kim nach. Dann schluckte sie schwer. »Nick?« Ihre Stimme klang irgendwie fremd.

»Jenna.« Die Stimme am anderen Ende verriet Angespanntheit. »Gott sei Dank, du bist schon wach.«

»Ja, ich …«, krächzte sie und räusperte sich. »Ich bin etwas früher aufgestanden …«

»Es ist etwas Furchtbares passiert«, begann Nicholas. Nach einer Pause fuhr er leise fort: »Ich habe eine schlechte Nachricht. Wir können nicht heimkommen. Anne ist im Krankenhaus.«

Jenna blinzelte, sah den Film ablaufen in einer Endlosschleife. »Was ist passiert?«, fragte sie rau und wusste es bereits. Doch solange sie nicht preisgab, was sie gesehen hatte, konnte sie glauben, dass sich jemand einen grausamen Scherz mit ihr erlaubte. Vielleicht war das alles ein furchtbarer Irrtum?

Nicholas holte sie jäh in die Realität zurück. »Sie wurde gestern angeschossen, in einem Café …« Er wurde immer leiser, und Jenna musste sich anstrengen, ihn zu verstehen.

»Aber sie lebt?«, fragte Jenna nach, als Nicholas keine Anstalten machte, weiterzureden. Auf dem Video hatte es anders ausgesehen …

»Ja … ja, sie lebt, aber es geht ihr sehr schlecht. Die Ärzte wissen nicht, ob sie durchkommt. Sie haben sie in ein Koma versetzt, um die Gehirnblutung zu stoppen. Keiner weiß, ob sie je wieder erwachen wird.« Nicholas unterdrückte ein Schluchzen.

Jenna stand auf und ging mit zitternden Knien in der Küche umher. Ziellos, planlos. Einfach nur bewegen, dann würde es besser werden, hoffte sie. »Hast du eine Ahnung, warum? Ist Anne das einzige Opfer?«

»Ja«, drang Nicholas' Stimme durch den Hörer. »Niemand anderer kam zu Schaden. Ich weiß, es klingt verrückt, aber es sah aus wie eine Exekution. Aber wer um Himmels willen würde Anne töten wollen?« Er schwieg einige Augenblicke, und Jenna spürte seine Verwirrung. »Die Polizei hat mich zwei Stunden lang ausgequetscht. Ich hab denen alles erzählt, was ich weiß. Mit anderen Worten: nichts. Anne hatte keine Feinde! Das ergibt doch alles überhaupt keinen Sinn«, setzte er verzweifelt hinzu.

Jenna schwieg. Das Video, der Anruf, Kim und Matthew. Es ergibt durchaus einen Sinn, dachte sie resigniert. Ich weiß noch nicht welchen, aber irgendjemand verfolgt hier einen teuflischen Plan. Und wir alle stecken mittendrin. Und jetzt auch noch Anne. Großer Gott, worum geht es hier?

»Jenna? Jenna?« Nicholas' Stimme riss sie aus ihren Gedanken.

»Entschuldige … Ich … verzeih, Nick«, stammelte Jenna hastig. »Ich weiß nicht, was ich sagen soll. Ich kann es einfach nicht fassen. Ich hoffe immer noch, dass das ein Albtraum ist und ich gleich aufwache.«

»Kannst du vergessen«, seufzte Nicholas und schluckte hörbar. »Jenna, ich habe eine Bitte. Annes Eltern kommen hierher, nach London, sie nehmen nachher den Flieger um elf ab München. Kannst du ihnen ein paar Sachen von Anne bringen? Du weißt schon. Ihre Eltern haben keinen Schlüssel zu unserer Wohnung. Du hast ihn doch noch?«

Jenna nickte, obwohl Nick das nicht sehen konnte. »Ja, natürlich. Oh, Nick, es tut mir so leid.« Sie setzte zu einer Erklärung an, wollte Nicholas von dem Video erzählen und tat es doch nicht. »Ich fahre nachher gleich rüber zu euch und dann zum Flughafen.«

»Danke«, sagte Nicholas erleichtert. »Das ist eine große Hilfe. Ich muss jetzt aufhören – aber ich halte dich auf dem Laufenden, okay?«

»Ist gut«, gab Jenna leise zurück. Dann fiel sie zurück auf den Stuhl und stützte ihren Kopf in die Hände. Verzweiflung machte sich in ihr breit. Was immer sie auch unternahm, es wurde nur noch schlimmer. Eine Spirale der Gewalt drehte sich und war nicht zu stoppen. Der Tod schien neben ihr zu gehen, sie zu begleiten. Sie und Kim und Anne.

Und immer wieder schlug er zu.

Jenna taumelte hoch, machte sich mit zitternden Fingern einen neuen Kaffee, tat einen Löffel Zucker hinzu, suchte einen Moment im Schrank, fand eine schmale, hohe Flasche und kippte entschlossen einen doppelten Grappa in den Kaffee.

Dann schüttete sie das Gebräu in einem Zug hinunter. Es brannte wie Feuer.

Es war kurz nach halb sieben, als Jenna aus der Dusche trat und sich erschreckt im Spiegel ansah. Sie sah aus wie nach einer verlorenen Schlacht. Tiefe Ringe unter den Augen, blau und grün geschundener Oberkörper. Das war der Moment, als sie beschloss, nicht aufzugeben, sondern zu kämpfen. Die Grundzüge eines Plans formten sich, zuerst noch verschwommen und skizzenhaft, dann immer deutlicher.

Jenna ging ins Schlafzimmer, knipste die Stehleuchte in der Ecke an und griff nach Jeans und Sweatshirt. Ihre langen Haare waren noch feucht und tropften auf Kims Wange, als sie sich über ihre Tochter beugte. Kim war tatsächlich noch einmal eingeschlafen.

»Kim, wach auf.«

»Mhm …«, brummte Kim. »Will noch schlafen.« Sie drehte sich vom Licht weg.

»Komm schon!« Jenna rüttelte sie leicht an der Schulter. »Wie geht's dir?«

Kim öffnete blinzelnd die Augen, wischte sich übers Gesicht und richtete sich verschlafen auf. »Iih, du machst mich ganz nass, Mam«, meinte sie und schob Jenna weg. Dann schlang sie die Arme um die Knie und sah ihre Mutter an. »Es tut mir leid. Wegen gestern Abend. Ich weiß ehrlich nicht, was eigentlich passiert ist.«

»Was auch immer es war, es betrifft nicht nur dich. So viel ist sicher«, gab Jenna zurück und setzte sich neben sie. Sie griff nach Kims Hand. »Aber bevor wir darüber reden, muss ich dir was erzählen.« Sie berichtete von Nicholas' Anruf. Das Video ließ sie erneut unerwähnt. Kim würde durchdrehen, wenn sie das sah. Jenna würde es später Nicholas zeigen. Aber Kim – das konnte sie ihr nicht antun. Es war so schon schlimm genug.

Kim lauschte ihr mit wachsendem Entsetzen. »O Gott«, flüsterte sie dann. »Das ist ja grauenhaft. Arme Anne!«

»Ja, das ist es. Und ich glaube, Anne kann überhaupt nichts dafür. Aber …«, und jetzt sah Jenna ihre Tochter eindringlich an, »es hat etwas mit uns beiden zu tun, da bin ich mir sicher. Die Sache gestern und der Anschlag auf Anne, der Tod von Carolin und mein Unfall – das alles gehört zusammen. Ich weiß nicht warum, aber hier geht es um dich. Und um mich. Um uns zwei, Kim! All diese Ereignisse können keine Zufälle sein. Das ist mir vorhin unter der Dusche klar geworden.«

»Wieso? Und was hat Anne mit uns zu tun?«

»Ich weiß es noch nicht genau, aber ich habe das Gefühl, jemand will uns – mich – damit treffen. Anne ist meine beste Freundin. Aber du und ich sind es, um die es geht.«

Kim zog mit verängstigtem Gesichtsausdruck die Decke fester um sich. »Wieso ausgerechnet ich? Ich will das alles gar nicht!«

»Was genau willst du nicht?«, hakte Jenna nach. »Komm, spuck's aus. Jetzt!«

Diesmal duldete ihr Ton keinen Widerspruch, sie würde nicht einen Millimeter nachgeben. Kim antwortete zu ihrer und Jennas Überraschung ohne Zögern. »Ich krieg Botschaften. Ich hör Stimmen. Aus dem Jenseits. So, jetzt hab ich's gesagt. Jetzt kannst du die Klapse anrufen.« Trotzig sah sie ihre Mutter an.

Jennas Reaktion war das Gegenteil von dem, was Kim offensichtlich erwartet hatte. Sie sagte gar nichts, saß nur da, abwartend, was Kim noch sagen würde.

»Irgendjemand will was von mir«, fuhr Kim flüsternd fort, und ihre Ratlosigkeit wurde greifbar. »Vielleicht ein Geist? Ich weiß, das klingt bescheuert. Und gestern Abend wollte ich …

also Matthew und ich haben …« Beim Gedanken an Matthew schossen ihr die Tränen in die Augen. »Ich war so blöd, Mam. Ich hab ihm geglaubt, dass er mir helfen will.«

Jenna nahm ihre Tochter in die Arme. Kim weinte ihre Wut heraus, das Einzige, was Jenna verstand, war ein wiederholtes, inbrünstiges »Scheißkerl«. Nach ein paar Minuten ebbte das Schluchzen ab, und Kim fuhr sich mit dem Ärmel über die Augen. Dann räusperte sie sich.

Jenna gab ihr einen Kuss auf die Stirn. »Arme Süße. Pass auf, folgender Plan: Du gehst jetzt ins Bad, ziehst dich an, und dann fährst du mit mir zum Goetheplatz. Währenddessen kannst du mir erzählen, was gestern genau passiert ist. Und lass nichts aus, ich will alle Details, selbst die kleinsten. Dann überlegen wir gemeinsam, was wir tun.«

Sie erzählte Kim von Nicholas' Bitte. »Du kommst mit in die Wohnung. Ich lasse dich erst mal nicht mehr aus den Augen.«

»Du glaubst nicht, dass ich spinne?« Kim wartete immer noch auf das mütterliche Donnerwetter.

Jenna umarmte ihre Tochter. Dann schüttelte sie den Kopf. »Nein, ich dachte nur, ich verlier dich«, flüsterte sie heiser. »Ich wäre fast zu spät gekommen.« Einen Moment hielt sie Kim ganz fest an sich gedrückt, dann schob sie sie von sich weg und sah sie kritisch an. »Gestern Abend hast du gesagt, dass Matthew dir nicht wehgetan hat. Stimmt das noch? Bist du sicher?«

Kim wurde rot. »Er hat mich nur geküsst«, sagte sie abwehrend, »und sonst ist nichts passiert. Er hat mich irgendwie hypnotisiert, ich bin wohl ohnmächtig geworden und erst unten im Hauseingang wieder aufgewacht. Da warst du schon da. Matthew muss mich runtergetragen haben. Wenigstens das.«

Jenna zog eine Augenbraue hoch. »Hm …«

Kim schwang sich ächzend aus dem Bett und marschierte in Richtung Bad. An der Tür drehte sie sich noch einmal um. »Woher wusstest du eigentlich, wo ich bin?«, fragte sie.

Jenna musterte sie nachdenklich. »Das ist eine der Fragen, die wir klären müssen. Ich weiß es nämlich nicht. Ich könnte dir jetzt im Nachhinein nicht mal die Adresse nennen. Komisch, nicht? Aber ich wusste irgendwie, wo ich dich finde.« Sie ging zum Fenster und zog den Rollladen hoch. »Ich habe darüber nachgedacht, Kim: Irgendjemand spielt mit uns ein tödliches Spiel. Wir kennen die Mitspieler nicht, wir kennen die Regeln nicht. Vor allem wissen wir nicht, worum es überhaupt geht, aber ich werde es rausfinden. Für uns, für Anne.«

»Und für Carolin«, fügte Kim hinzu, bevor sie die Tür des Badezimmers hinter sich zuzog.

Das klang wie ein Schwur.

Eine Stunde später drehte Jenna leise fluchend die dritte Runde um den Goetheplatz. Kein Parkplatz weit und breit.

»Lass mich kurz zusammenfassen«, sagte sie und blickte zu Kim, die auf dem Beifahrersitz saß und auf ihre Hände starrte. Während der Fahrt hatte sie Jenna erzählt, womit sie sich seit Monaten herumschlug.

»Seit Monaten hast du Albträume, in denen dich jemand ruft. Du hast das Gefühl, ein Geist will etwas von dir.«

Kim nickte. »Das ist so peinlich …«, murmelte sie.

»Nein, das ist es nicht«, widersprach Jenna.

Kim blickte ihre Mutter überrascht an.

Die zuckte mit den Schultern. »Klar, es klingt verrückt, aber nach dem, was passiert ist – uns beiden, meine ich. Das klingt, als wären wir Figuren in einem Spiel. Jemand benutzt dich. Und mich. Und ein paar andere.«

»Das klingt ja noch verrückter«, sagte Kim düster. »Da war meine Version ja noch normaler.«

»Stimmt«, gab Jenna zu. »Was mich aber wirklich irritiert, ist etwas anderes. Warum bist du damit nicht zu mir gekommen? Oder zu Alex? Wir haben uns solche Sorgen um dich gemacht. Bei Gelegenheit erzähl ich dir mal Details von meinem Gespräch mit eurer Dr. Berger vor ein paar Tagen. Wir sind deine Eltern, verdammt. Wieso kommst du mit solchen Problemen nicht zu uns?«

Kim sah ihre Mutter nicht an. »Eben deswegen! Ihr seid meine Eltern!«

»Ja, und?«

»Mit euch rede ich nicht über so was. Über mich. Das, das geht einfach nicht. Keiner tut das. Und überhaupt – hättet ihr mir geglaubt?«

Jenna verschlug es für einen Moment die Sprache. Dann sagte sie kopfschüttelnd: »Das ist wirklich die dämlichste Erklärung, die ich seit Langem gehört habe.« Sie bugsierte den Fiat in eine gerade frei gewordene Parklücke und stellte den Motor ab.

»Ach ja? Mam, du hättest mich eingewiesen. Und überhaupt, was sollte das vorher heißen, dass es dich auch betrifft? Woher wusstest du also, wie du mich findest? Was hast du eigentlich damit zu tun?« Kim wurde laut. Sie löste ihren Gurt und ließ ihn wütend in die Halterung zurückschnellen.

»Punkt für dich«, sagte Jenna und griff nach Kims Hand, doch diese zog ihre mit einem Ruck wieder weg. »Ich erzähl's dir. Und glaub mir, es ist mindestens so verrückt wie deine Geschichte.« Dann berichtete Jenna von dem Abend bei Anne und Nicholas, ihrem Unfall, von den wiederkehrenden Albträumen. Und sie durchlebte den gestrigen Abend erneut, roch den modrigen Geruch und sah den Mann mit der Hakennase und dem dunklen Umhang wieder vor sich.

»Ich hab diesen Mann in meinen Träumen gesehen«, meinte sie leise. »Er war irgendwo gefangen und wollte, dass ich ihn befreie. Anscheinend hast aber du die sprichwörtliche Hand vor mir ausgestreckt, Kim. So habe ich gestern deine Angst gespürt, und das hat mich zu dir geführt.«

Sie fröstelte und ließ die Worte in der Luft nachklingen.

Kim war immer blasser geworden. »Was ist dieser Typ eigentlich?«, fragte sie, und Jenna bemerkte sehr wohl, dass ihre Frage *was* und nicht *wer* gelautet hatte. »Und wo ist er jetzt?«

Jenna zuckte mit den Schultern. »Keine Ahnung, ehrlich. Ich bin froh, wenn er uns nie wieder über den Weg läuft. Lass uns lieber herausfinden, was das alles bedeutet, Kim. Sonst drehen wir beide durch, und es sterben noch mehr Menschen. Solange ich noch nicht weiß, warum das hier alles passiert, redest du mit niemandem darüber, okay? Ich will nicht, dass wir noch jemanden in Gefahr bringen. Und dich lasse ich ohnehin nicht mehr aus den Augen.« Sie griff erneut nach Kims Hand. »Jetzt lass uns hochgehen, wir müssen Annes Sachen aus der Wohnung holen.«

Auf einmal begann das furchtbare Video wieder vor ihrem inneren Auge abzulaufen, ohne dass sie es verhindern konnte, und ein Schauer überkam sie.

Langsam stiegen Jenna und Kim die Stufen zur Wohnung der Wrights hinauf. Im Flur war es still, von irgendwo klang das Ticken einer Uhr, und der Duft von Leder lag in der Luft. Es war kalt, Anne und Nicholas hatten wohl die Heizung abgedreht, bevor sie abgereist waren. Das Parkett knarrte laut.

Kim sah sich staunend um. »Kaum zu glauben, aber es

sind noch mehr Bücher hier als beim letzten Mal«, stellte sie fest.

»Kann gut sein«, sagte Jenna und lächelte unwillkürlich. »Ännchen sagt immer, Nick kauft alles, was ihm in die Finger kommt. Ein echter Freak.« Sie ging ins Schlafzimmer und packte Wäsche und Kosmetika in eine kleine Reisetasche, die sie unten im Kleiderschrank gefunden hatte. Dann kehrte sie in den Flur zurück und blieb vor einem großen Regal stehen, in dem sich Bücher stapelten. »Geister, die dich rufen. Knochenhände, die sich mir entgegenstrecken. Ob wir hier was dazu finden? Es gibt doch Bücher zu quasi jedem Thema.« Sie wies auf die Titel.

Kim war neben sie getreten und las mit schräg gelegtem Kopf. »Das hier hilft uns nicht weiter. Alles Reiseliteratur. Entdecker und so was.«

»Hm.« Jenna blickte nachdenklich auf das Regal. »Ein wenig Hilfe wäre jetzt wirklich nicht schlecht«, murmelte sie und starrte die Bücherrücken an. »Eine Eingebung, ein kleiner Hinweis. Wie wär's? Wer von euch kann uns weiterhelfen?«

Ein leises Wispern erfüllte erst den Flur, dann die anderen Räume. Es war, als würden die Bücher miteinander flüstern.

Jenna hob die Augenbrauen und legte den Kopf schräg. »Jetzt hör ich auch schon Stimmen«, stellte sie betont gelassen fest.

Kim sah sie entsetzt an. »Ich hör's auch«, flüsterte sie dann mit großen Augen und versuchte, den Ursprung des Raunens auszumachen.

Das Wispern nahm nicht ab.

Je mehr Jenna versuchte, das Geräusch zu ignorieren, desto lauter wurde es. Sie presste die Hände auf die Ohren. Doch das Wispern blieb, schwebte in der Luft oder in ihrem Kopf, umhüllte sie wie ein Kokon. Dennoch – es hörte sich nicht bedrohlich an, im Gegenteil. Die wispernden Stimmen klangen freundlich, aufmunternd.

Kim trat ein paar Schritte zurück, um etwas Abstand zum Regal zu gewinnen. Das Wispern wurde nicht leiser. Wurden sie beobachtet? Von den … Büchern? Wer war außer ihnen noch hier? Sie blickte hektisch von links nach rechts, stieß gegen einen hohen Bücherstapel, der sich neigte und langsam umstürzte. Bücher schlitterten über das Parkett, eines kam direkt vor Jennas Füßen zu liegen. Diese bückte sich und nahm das Werk zögernd in die Hand.

Das Wispern verklang.

Jenna blickte sich rasch um, doch außer ihr und Kim war tatsächlich niemand zu sehen. Verwirrt schlug sie den Band auf. L. C Davidson, *Hints to Lady Travellers*. Erschienen in London 1889, dritte Auflage 1905, las sie auf der Titelseite. Das Buch war in Leder gebunden, der Titel auf dem Rücken in goldenen kleinen Buchstaben geprägt. Sie schnupperte daran. Es roch staubig, irgendwie erdig. Behutsam blätterte sie Seite für Seite um. Das Papier knisterte und wies ein paar Stockflecken auf, doch die Schrift war immer noch gestochen scharf.

»Nicht schlecht, mein Lieber«, murmelte Jenna. »Doch diesmal keine Originalausgabe? Das passt gar nicht zu dem Nicholas, den ich kenne …« Sie setzte sich im Schneidersitz auf den Parkettboden und blätterte das Buch vorsichtig durch. »Wieso bist ausgerechnet du vor meinen Füßen gelandet?«, murmelte sie. Jenna lauschte angestrengt, doch es war kein Geräusch mehr zu hören. Schließlich stemmte sie sich hoch. »Komm, Kim, wir gehen.«

Kim wies auf das Buch. »Du willst das mitnehmen?«

»Ja, ich nehme es mit. Ich weiß, es klingt komisch.« Jenna zuckte mit den Schultern. »Hör mal, seltsamer als unsere

Träume ist es auch nicht. Und vielleicht liefert es uns ja wirklich einen Hinweis. Es hat sich mir quasi vor die Füße geworfen. Welches Buch tut das schon? Also schadet es doch nichts, wenn wir einen längeren Blick reinwerfen, oder? Und jetzt fahren wir zum Flughafen und geben Annes Tasche ab.« Jenna schob das Buch entschlossen in ihre Manteltasche.

Als sie die Tür hinter sich abgeschlossen hatten und die Treppen hinunterliefen, fragte Kim: »Sollten wir nicht mit Alex reden? Oder …« hier zögerte sie einen Moment, »mit der Polizei?«

»Die Idee hatte ich auch schon«, gab Jenna zurück. »Aber im Ernst, was sollen wir denen erzählen? Erst der Selbstmord auf unserem Balkon, dann die Geister, die uns rufen. Vergiss es! Die halten uns für völlig durchgeknallt. Aber keine Sorge, ich rufe Alex nachher an.«

Kim schien nicht beruhigt. Was ihre Mutter ihr nicht sagte, war etwas ganz anderes. Jenna wusste beim besten Willen nicht, was sie ihrem Mann erzählen sollte. Alex würde ihr kein Wort glauben. Er war Arzt – und hielt von übernatürlichen Phänomenen genauso viel wie davon, bei Ferienbeginn auf einer deutschen Autobahn im Stau zu stehen.

Weniger als gar nichts.

Also verschob Jenna das Problem auf später. Jetzt musste sie erst einmal Annes Eltern gegenübertreten.

Das Licht eines neuen Tages dämmerte herauf, erst zaghaft, dann immer schneller. Irgendwo da oben, über der dichten Wolkendecke, stieg die Sonne empor und es wurde hell.

Hell!

Davon hatte er die letzten Jahrhunderte grauer Dämmerung nur träumen können.

Er streckte sich, genoss das Gefühl, seine Sehnen und Muskeln zu dehnen, das Blut durch seine Blutbahnen rasen zu spüren. Dann öffnete er die Augen ganz, sah sich staunend um. Er war wieder zurück, der wichtigste Schritt war getan. Und er war gekommen, um zu bleiben, um sich zu rächen und sein Werk zu vollenden.

Wenn er sich so umblickte, dann hatte sich die Welt wahrlich ohne ihn weitergedreht, sie war kaum wiederzuerkennen … Die seltsamsten Dinge umgaben ihn, und mit den meisten wusste er nichts anzufangen. Doch das verunsicherte ihn nicht.

Jonathan von Keysern war wieder unter den Lebenden, und das war es, was zählte. Mit heilen Knochen im Leib und mit einer unstillbaren Rache im Herzen.

Und er brachte das Grauen mit aus dem Dunkel der Zeit.

Hunderte Jahre lang hatte er nachgedacht und Pläne geschmiedet. Jetzt wusste er, was er tun würde.

Sie hatte nicht den Hauch einer Chance …

Diesmal war der Tod sein Verbündeter und der Teufel sein Vertrauter.

»Passen Sie auf sich auf«, verabschiedete sich Jenna mit zitternder Stimme, während eine Lautsprecherstimme Reisende mit Informationen beschallte. »Und bitte grüßen Sie beide von uns. Richten Sie Anne aus, dass wir auf sie warten.«

Das Ehepaar Hallmayer nickte dankbar und hatte Tränen in den Augen. »Das machen wir«, versicherte Annes Mutter, während sie sich fahrig mit dem Ärmel über das Gesicht wischte. »Danke, Jenna. Ich bin sicher, Anne wird es merken. Ihr wart immer wie Schwestern, die ganzen Jahre hindurch …« Ihr Mann umarmte Jenna ebenfalls kurz, dann nahm er seine Frau am Arm und zog sie in Richtung Passkontrolle.

Jenna sah den beiden nach und hielt Kims Hand fest in der ihren. Als Annes Eltern hinter den Schaltern vor den Flugsteigen verschwunden waren, drehte sie sich um und zog ihre Tochter energisch mit sich. »Komm mit.« Sie überquerten die überdachte Freifläche vor den Terminals, doch anstatt zum Parkplatz zu gehen, steuerte Jenna das erste Restaurant in Terminal 1 an. »Das Airbräu hat schon offen, und wir beide müssen uns unterhalten.« Sie lotste Kim zu einem Tisch und ließ sich auf einen Stuhl fallen, dabei behielt sie den Eingang im Auge. Dieser Morgen hatte Jenna alle Kraft gekostet. Mit Mühe hielt sie sich aufrecht, wahrte das letzte Quäntchen Fassung und orderte ein doppeltes Frühstück.

»Mam«, sagte Kim nach einem Blick in Jennas Gesicht und griff über den Tisch nach ihrer Hand. »Du bist ganz bleich. Ist dir schlecht?«

Jenna traute ihrer Stimme nicht, sie legte nur ihre Hand auf Kims. Unauffällig sah sie sich nach allen Seiten um, doch um diese Zeit war die Gaststätte kaum besucht. Niemand war in Hörweite, außer dem Kellner, der bereits wieder zu ihnen unterwegs war, zwei volle Tabletts auf dem Tisch abstellte und erneut zwischen den glänzenden Braukesseln verschwand.

Kim fühlte, wie der Schrecken, der sie seit Monaten begleitete und sich durch Matthews Ritual kurzfristig zurückgezogen hatte, sich wieder an sie herantastete. Sie griff zum Orangensaft, doch ihre Hände zitterten so, dass sie das Glas lieber wieder absetzte. »Gestern Abend … das blöde Ritual …«, begann sie, doch Jenna schnitt ihr das Wort ab.

»Ich habe plötzlich Visionen, und du hörst Geister. Von mir aus bilden wir uns das alles ein.« Sie nahm sich ein Brötchen und zerkrümelte es, ohne es zu bemerken. »Aber einer dieser Geister ist mit deiner Hilfe gestern hier aufgetaucht. Es fühlt sich so an, als stünde der Tod direkt neben uns: Erst Carolins Selbstmord, dann der Mordversuch an Anne. Nicht zu vergessen den Unfall, den Rainer und ich hatten! Dass wir noch leben, ist reines Glück!«

»Aber Anne hat doch gar nichts damit zu tun«, wandte Kim ein und biss nervös in ein Croissant.

»Leider doch.« Jenna lächelte bitter und erzählte Kim in wenigen Worten von dem Video. Als der Film erneut vor ihrem inneren Auge ablief, kamen ihr die Tränen. »Wir werden verfolgt, Kim! Irgendjemand hat uns im Visier, und ich weiß nicht, ob wir nächste Woche noch leben. Ist das jetzt in deinem Hirn angekommen?« Rote Flecken erschienen auf Jennas Wangen, ihr Herz klopfte wie wild und sie kämpfte gegen das Gefühl zu ersticken.

Kim wurde bleich, sie ließ das Hörnchen auf den Teller zurückfallen und sah sich hektisch nach allen Seiten um. »Du meinst, jemand will uns auch umbringen? O Gott … Was machen wir denn jetzt?«, flüsterte sie. »Sollen wir doch zur Polizei gehen?«

Jenna schüttelte den Kopf. »Die glauben uns nicht«, sagte sie verzweifelt. »Ich glaube es ja selbst kaum. Nein, wir müssen uns etwas anderes einfallen lassen.« Sie schichtete die Brotkrümel zu einem Häufchen auf der weißen Tischdecke und hätte am liebsten hinzugefügt: »Aber ich habe keine Ahnung, was wir tun sollen.«

Kim starrte ihre Mutter forschend an. »Hast du eine Idee? Einen Plan? Können wir nicht einfach abhauen? Untertauchen?«

»Du hast wohl zu viele Filme gesehen. Wohin denn?«, fragte Jenna zurück und überlegte im gleichen Augenblick, wie schwierig es hier wohl sein mochte, ein Flugticket auf einen falschen Namen zu buchen. Sinnlos, sagte sie sich im nächsten Moment.

Sie überlegte krampfhaft. Zwei Männer in Anzügen betraten das Restaurant, und Jenna erstarrte. Doch die beiden würdigten sie keines Blickes, setzten sich an die gegenüberliegende Wand und begannen, Zeitung zu lesen.

Jenna atmete langsam ein und aus, bemühte sich, die Angst zu bannen, trank ihren Orangensaft in einem Zug aus. Was Kim vorgeschlagen hatte, war eigentlich Blödsinn. Doch je länger sie darüber nachdachte, desto besser erschien ihr die Idee.

»Wir könnten …«, begann sie zögernd, »wir könnten vielleicht tatsächlich abhauen.« Ein Bild von Anne im Krankenhaus stieg vor ihrem inneren Auge auf, und Jenna zuckte zusammen.

»Wir könnten«, wiederholte sie, »nach London. Dort sucht uns bestimmt niemand. Wenn der Anschlag auf Anne mit uns zu tun hat, rechnet bestimmt niemand damit, dass wir ausgerechnet dahin gehen. Und dann möchte ich versuchen, Anne zu sehen. Wenn sie wegen mir stirbt, verzeihe ich mir das nie.« Die letzten Worte flüsterte sie.

»Du willst mich schwänzen lassen? Nachdem du und die Berger mir Hausarrest verpasst haben?« Kim konnte nicht glauben, was sie hörte.

»Schule ist momentan dein geringstes Problem!«, antwortete Jenna scharf. »Wir müssen zusehen, dass wir beide am Leben bleiben. Deine Dr. Berger wird uns dabei sicher nicht helfen können, oder? Nein, je mehr ich darüber nachdenke, glaube ich, dass London nicht die schlechteste Idee ist.« Jenna wischte sich unauffällig mit einer Serviette über die Augen. Dem Himmel sei Dank für wasserfeste Wimperntusche, dachte sie, winkte dem Kellner und zahlte. In bar.

Hand in Hand gingen die beiden zum Auto zurück. Plötzlich klammerte sich Kim an ihrer Mutter fest. »Ich hab Angst, Mam. Aber so richtig.«

»Ich auch, Kim«, gab Jenna leise zurück. Die Angst sog jegliche Wärme aus ihren Knochen, sie fror bis ins Mark und schaffte es kaum, einen Schritt vor den anderen zu setzen.

Doch sie riss sich mit letzter Kraft zusammen. Hier ging es um Kim. Ihr durfte nichts passieren, dafür musste sie sorgen.

Vor dem Terminal bezahlte sie das Parkticket, und nach wenigen Schritten waren sie beim Auto. Endlich, dachte Jenna, ich kann keinen Schritt mehr laufen. »Wir fahren heim und packen«, sagte sie, als sie von der Parkschleife auf die Hauptstraße rund um das Flughafengelände einbog. »Ich rufe Alex an und erkläre es ihm. Und vorher gehen wir bei Dr. Lohner vorbei. Der soll dich kurz durchchecken.«

Kim versuchte zu protestieren. »Ich bin okay.«

»Keine Widerrede.«

Die dreiviertelstündige Fahrt zurück ins Westend verlief schweigend. Beide Frauen hingen ihren Gedanken nach, kamen immer wieder auf die gleiche Frage zurück: Warum? Doch darauf gab es keine Antwort.

Entlang der Autobahn war das Schneeweiß der Felder schon wieder leicht gesprenkelt. Braungrüne Fleckchen leuchteten in der Wintersonne, die schüchtern hinter der Wolkendecke aufschien und offensichtlich noch nicht genau wusste, was sie wollte.

»Was machen eigentlich deine Kopfschmerzen?«, fragte Jenna unvermittelt, als sie bei der Ausfahrt Ludwigsfeld die Autobahn verließ und der Beschilderung in Richtung Mittlerer Ring folgte.

Kim horchte einen Moment in sich hinein. »Verschwunden«, sagte sie überrascht. »Komisch. Ist mir gar nicht aufgefallen.

Aber jetzt, wo du fragst … Sie sind weg. So gesehen geht's mir gut. Nur …« Mit einem schiefen Lächeln setzte sie hinzu: »Nur meine Stiefel hätte ich gerne wieder. Aber bevor ich Matthew noch einmal anrufe, friert die Hölle zu!«

Jenna lächelte unwillkürlich. Da waren sie beide, rannten um ihr Leben, und das Einzige, was ihrer Tochter einfiel, waren ihre Stiefel.

»Du bist unbezahlbar, Kim.« Nach einer Pause setzte sie hinzu: »Was weißt du eigentlich über diesen Matthew? Erzähl mir nicht, der sei ein normaler Austauschschüler. Wie konntest du ihm so sehr vertrauen?«

Kim starrte aus dem Fenster, hob dann hilflos die Schultern »Ich weiß es nicht«, antwortete sie. »So im Nachhinein kann ich echt nicht erklären, warum ich das Spiel mitgemacht habe. Es war so was wie Hypnose …«

Jenna konnte in Kims Gesicht erkennen, dass ihrer Tochter bei diesem Gedanken auch noch im Nachhinein fast schlecht wurde. »Du hast anscheinend getan, was er wollte«, antwortete sie in beruhigendem Ton. »Vielleicht sind wir ihn damit los.«

Zu Hause suchte Jenna nach ihren zwei kleinen blauen Rollkoffern, stellte Kim einen davon in ihr Zimmer und bat sie zu packen. »Mach es nicht zu kompliziert. Nur das Wichtigste, ja?«

Sie überließ Kim sich selbst und griff nach ihrem Handy. Alex meldete sich erstaunlicherweise nach dem ersten Klingeln.

»Hey, Jenna. Alles okay bei euch?«

»Komisch, dass du fragst«, gab Jenna zurück und sprang gleich ins kalte Wasser: »Alex, ich würde Kim gerne ein paar Tage aus der Schule nehmen.« Stockend erzählte sie von Anne und sagte dann: »Ich dachte, ich fliege nach London mit ihr. Ich könnte für Nicholas da sein, ihm helfen, mit der Situation zurechtzukommen, und Kim kommt auf andere Gedanken. Annes Eltern sind auch da ...« Sie erwartete heftigen Widerspruch, schließlich kannte sie Alex' besonnene Art. Eine Flucht hielt er bestimmt nicht für sinnvoll.

»Das ist vielleicht keine so schlechte Idee«, sagte er überraschend, und Jenna glaubte, sich verhört zu haben.

»Du hast nichts dagegen?«, fragte sie etwas perplex nach.

Alex schnaufte hörbar. »Auf eine Woche mehr oder weniger Schule kommt es bei Kim jetzt wahrscheinlich auch nicht mehr an. Ein Tapetenwechsel nach all der Aufregung tut euch möglicherweise gut. Habt ihr beide gültige Pässe? Wann wollt ihr los?«

»Wir brauchen doch nur die Personalausweise, Alex. Und sobald wir einen bezahlbaren Flug kriegen«, erklärte Jenna und durchwühlte nebenher sämtliche Schubladen nach einem London-Stadtplan, von dem sie wusste, dass sie ihn irgendwo hatte. »Keine Sorge, ich passe schon auf unser Mädchen auf.«

»Das weiß ich«, sagte Alex, und Jenna wusste, dass er es aufrichtig meinte. »Kommt heil an und melde dich von London aus.«

Jenna versprach es. Ihr war flau im Magen, und sie hatte ein schlechtes Gewissen, weil sie Alex nur die halbe Wahrheit erzählt hatte. Aber was war schon in diesem Fall die Wahrheit? Kim hatte irgendwie recht, nicht mit vielen Eltern konnte man über so etwas reden.

Besser mit keinen.

Die Uhr der Ludwigskirche schlug elf, und die melodiösen Glockentöne hallten durch die Nacht. Nur noch vereinzelt rollten Autos langsam durch die Straße, die die Alte von der Neuen Pinakothek trennte. Bis auf den Wind, der fast lautlos den letzten Schnee von den Bäumen schüttelte, war es still.

Die Gänge der Alten Pinakothek lagen im Dunkeln, nur die grünen Lichter der Notbeleuchtung mit dem »Ausgang« – Zeichen schimmerten beruhigend. Ein einsamer Wachmann drehte zu jeder vollen Stunde seine übliche Runde. Seine Schritte hallten durch die Säle und Gänge, während er gähnend auf seine Uhr schaute. Die Eintragung am Ende der letzten Rundgänge hatten gelautet: »Keine besonderen Vorkommnisse«.

Alles war wie immer. Jedoch nur auf den ersten Blick.

In der Alten Pinakothek war der Tod zu Besuch. Er war lautlos gekommen, und er würde genauso lautlos wieder verschwinden. Ungesehen, unbemerkt.

Unerklärlich.

Zwei Männer spazierten langsam durch die oberen Räume, wie Flaneure auf der Suche nach kulturellen Leckerbissen. Der jüngere trug Jeans und eine schwarze Lederjacke, seine Sportschuhe quietschten leise auf dem Parkett. Er hielt ein Smartphone in der Hand, seine Augen irrten etwas unsicher zwischen den Gemälden und seinem Begleiter hin und her.

Der zweite Mann war älter, etwas größer, um die vierzig Jahre, trug einen eleganten Anzug mit Weste und Clubkrawatte, darüber einen schwarzen Mantel. Unentwegt klopfte er mit einem Paar Nappaleder-Handschuhen auf die Handfläche der linken Hand, während er interessiert die Bilder betrachtete. Und doch … Der Schein des weltgewandten Gentlemans trog. Er war jemand, den man nach dem ersten Anblick nicht so leicht wieder vergaß.

Der Mann im Anzug bewegte sich mit der lautlosen Eleganz eines Jägers. Als er unter einer der Notbeleuchtungen hindurchging, konnte sein junger Begleiter die Narbe erkennen, die sich über eine gesamte Gesichtshälfte zog, ihn jedoch nicht wirklich entstellte. Und dann waren da noch seine Augen – blaugrün schimmernd, wie ein Bergsee.

Eiskalt, abgrundtief und tödlich.

Ein oberflächlicher Beobachter hätte in den beiden Männern vielleicht einen Lehrer und seinen Schüler vermutet, doch wer genau hinsah, erkannte, dass es sich genau andersherum verhielt: Der jüngere Mann dozierte, der ältere hörte zu. Dabei schlenderten sie durch die Gänge der geschlossenen Alten Pinakothek, als sei es die natürlichste Sache der Welt.

Der elegante Mann nickte hin und wieder, manchmal schüttelte er verwundert den Kopf. Der Hexenjäger von Augsburg musste sich daran gewöhnen, dass er in eine vollkommen neue Welt zurückgekehrt war.

Begonnen hatten sie im Westteil des Museums, bei Dürer und Cranach, vor zwei Stunden. »Ach, der Meister Dürer …«, hatte von Keysern gemurmelt. »Kennt man ihn noch? Wer hätte das gedacht …«

Während sein Begleiter versuchte, so viel nützliche Information wie möglich so kompakt wie möglich zu vermitteln, war von Keysern an den meisten italienischen Meistern achtlos vorbeigegangen. Doch mit einem Mal blieb er vor dem Porträt einer brünetten Schönheit von Tizian stehen. Die bloßen Schultern der Frau schimmerten alabasterweiß, sie blickte dem Betrachter gleichmütig entgegen. Von Keysern sog scharf die Luft ein und beugte sich so weit vor, dass seine Nase fast das Bild berührte.

Er hob die Hand. Ohne Vorwarnung flammte die Beleuchtung auf.

Matthew trat instinktiv einen Schritt zurück und warf einen alarmierten Blick in den nächsten Raum. Doch alles blieb ruhig: Kein Wachmann war zu sehen, kein Alarm schrillte. Im

Schein des Halogenspots über dem Bild verzog von Keysern verächtlich die Mundwinkel. »Angst?«, fragte er leise. Es klang höhnisch. »So sieht man besser …«

Matthew Johnson schüttelte den Kopf und schluckte schwer. »Nur vorsichtig«, gab er etwas unsicher zurück.

Der Jäger wandte sich wieder dem Gemälde vor ihm zu. »Ich habe Frauen wie dich brennen lassen, nicht wahr?«, flüsterte er leise, und der Hass in seiner Stimme war unüberhörbar. Er streckte langsam die Hand aus.

»Nicht!«, entfuhr es Matthew, aber von Keysern winkte ab. Dann strich er mit zwei Fingern langsam über die Kehle der Frau, fühlte die Farbe unter seinen Fingerspitzen, als wäre sie lebendige, junge, samtene Haut. In diesem Moment hörte er die Feuer prasseln, vernahm wieder die gellenden Schreie der Unglücklichen, als sei es gestern gewesen. Er zog eine Grimasse, während seine Nägel über die Farbschichten kratzten.

»*Die Vergänglichkeit der Welt?* Wenn das kein passender Name für dich ist …« Seine Stimme kam stoßweise, klang leicht heiser, und die süddeutsche Färbung war plötzlich deutlich zu hören.

Matthew fuhr zurück. Die Finger fuhren noch immer über das Meisterwerk, ziellos, wirr. Die Narbe in von Keyserns Gesicht zuckte. Der Junge beobachtete ihn mit einer Mischung aus Entsetzen und Faszination. Er hatte zwar seinen Teil dazu beigetragen, den Jäger in diese Welt zurückzuholen, doch erst nach und nach wurde ihm klar, wem er hier die Tür geöffnet hatte.

Was er geholt hatte.

»Wer sind Sie?«, stieß er hervor und versuchte, das Zittern in seiner Stimme zu unterdrücken. »Woher kommen Sie?«

Der Jäger schien aus einer Trance zu erwachen und straffte

sich. Dann wandte er sich um. »Ich habe sie alle erlöst, ihre Seelen im Feuer gereinigt«, wisperte er. Matthew bildete sich ein, plötzlich den Gestank von verbranntem Fleisch zu riechen, und begann zu würgen.

»Nur einmal …«, murmelte von Keysern, »nur ein einziges Mal traf ich die falsche Entscheidung.« Das Bild einer schwarzhaarigen Frau mit grünen Augen tauchte aus seiner Erinnerung auf.

»Wer hat Ihnen gesagt, wer brennen muss?« Matthew erkannte seine Stimme kaum und konnte es nicht fassen, dass er diese Frage wirklich gestellt hatte.

Der Mann aus Augsburg trat gelassen einen Schritt zurück, und die Beleuchtung über dem Bild erlosch unvermittelt. Er ging weiter, ohne darauf zu achten, ob Matthew ihm folgte. Im Halbdunkel der Räume schienen ihnen die Blicke der Porträtierten hinterherzustarren.

»Wer bestimmt, wer brennt?«, wiederholte er wie nebenbei. »Ja, wer?« Bei jedem Bild, das von Keysern näher betrachtete, ging das Licht an und wie von Geisterhand wieder aus.

Als er vor dem *Jüngsten großen Gericht* von Rubens stehen blieb, sprach er weiter. »Wir waren es, wir wussten, was richtig oder falsch ist, wir waren das Gewissen des Abendlandes. Nur – was weiß die Welt noch von uns? Wo ist der Dank, die Anerkennung, wo sind die Auszeichnungen?« Dabei beugte sich von Keysern vor und betrachtete ein Detail des Meisterwerks.

Matthew wusste nicht recht, was er sagen sollte. »Wie meinen Sie das?«, fragte er schließlich.

Ein dünnes Lächeln umspielte von Keyserns Lippen, während er mit fast klinischem Interesse die geschundenen Gestalten am unteren Bildrand betrachtete. Sie schritten von Bild zu

Bild, ließen Halogenstrahler aufleuchten und wieder verlöschen. Eine scheinbar endlose Serie von Meisterwerken wurde für Sekunden aus dem Dunkel gerissen, die Bilder erklärten dem Jäger auf ihre eigene Weise die Welt neu. Eines hatte er bereits verstanden: Es war eine Welt, die sich rasend schnell drehte – eine Welt, in der sich niemand mehr wirklich verstecken konnte.

Nicht einmal sie …

Das würde seine Aufgabe diesmal erheblich erleichtern.

Als die beiden Männer am anderen Ende des Obergeschosses angekommen waren, blieb von Keysern vor einem weiteren Gemälde stehen.

»Murillo. Trauben- und Melonenesser«, las Matthew halblaut von der kleinen Tafel neben dem Bild der zwei Knaben ab.

Von Keysern zog die Augenbrauen hoch und blickte mit kaum verhüllter Gier auf das Bild. »Sie sehen so unschuldig aus, nicht wahr? Rein und weiß und voller Vorfreude auf ihr kümmerliches Leben.«

Matthew rann es bei diesen Worten eiskalt den Rücken hinunter.

»Ich habe sie aus diesem kleinen, wertlosen Schicksal befreit«, flüsterte von Keysern und ballte die Hand zur Faust. Seine Augen ließen die Körper der beiden Knaben nicht los. »Weißt du nicht, dass Kinder und Frauen am besten brennen?«, lächelte der Jäger und weidete sich an dem Entsetzen seines Begleiters. Plötzlich fuhr er herum, und seine Hand legte sich um Matthews Kehle. Er sah den Jungen prüfend an. »Du wirst mir helfen, nicht wahr?«

Matthew nickte mit großen Augen und versuchte Luft zu holen. Es gelang ihm nicht, und ein Röcheln entfuhr ihm.

»Wenn nicht, mein junger Freund«, raunte von Keysern ihm

ins Ohr, »rufe ich meinen alten Freund, den Tod. Er kommt immer, wenn ich ihn nenne. Es gibt keinen Gott, glaub mir. Aber es gibt den Teufel.« Von Keysern lockerte den Griff und zog die Hand zurück. Er fixierte sein Gegenüber. »Ich bin ihm begegnet.«

Matthew wagte es nicht, sich zu rühren, und sah voller Grauen zu, wie der Jäger sich die Handschuhe überstreifte. »In deiner Welt mag es Moral und Gesetz geben, aber glaub besser nicht daran. Tote zählen nur dann, wenn sich jemand für sie interessiert. Es gibt Dinge, die haben sich in tausend Jahren nicht geändert.« Plötzlich lag ein Feuerzeug in der Hand von Keyserns, und der Funke sprang hoch. »Ich habe schon Feuer entfacht, da hat noch niemand an dich oder deine Vorfahren gedacht.« Er fuhr mit der Handfläche über die Flamme, und sie erlosch. »Jedes Leben ist eine Flamme. Eine sehr flüchtige …«

Matthew stand starr vor Entsetzen.

Der Holzboden knarrte in einiger Entfernung, und der Jäger wandte den Kopf. Am Ende des nächsten Saales irrte der Strahl einer Taschenlampe durch den Raum. Der Wachmann kam näher, unbeirrbar, auf seiner nächsten Runde.

Matthew wollte etwas sagen, aber seine Kehle war wie zugeschnürt.

Die Schritte kamen unaufhörlich näher.

Alles zu spät, schoss es Matthew durch den Kopf. Scheiße!

Von Keysern zuckte mit keiner Wimper, als ihn der Lichtkegel erfasste. Matthew wartete darauf, dass der Wachmann etwas sagte oder zum Schlagstock griff – doch nichts geschah. Der Uniformierte sah Matthew etwas gelangweilt direkt ins Gesicht, ohne ihn jedoch wahrzunehmen. Dann wandte er sich wieder um, ging langsam zurück, vorbei an den flämischen Meistern zur Treppe und stieg hinauf.

Matthew starrte seinen Begleiter fassungslos an. Das grenzte an Zauberei. Sie waren beide geradezu unsichtbar gewesen. Von Keysern besaß anscheinend mehr Kräfte, als er erwartet hatte.

Als alle erwartet hatten.

»Der passt hier wohl auf«, bemerkte von Keysern halblaut und sah ihm nach. »Interessant. Und zugleich sehr schade, denn seine Zeit ist noch nicht gekommen. Obwohl – diesem Bild hier zum Beispiel würde ein bisschen rote Farbe guttun …« Die Vorstellung schien ihn zu erheitern.

Matthew erwachte aus seiner Erstarrung und keuchte: »Er hat uns doch gar nicht gesehen!«

»Eben«, gab von Keysern enigmatisch zurück. Dann schlenderte er weiter, nahm denselben Weg wie der Wachmann, wandte sich dann aber zur Treppe nach unten. Matthew stolperte hinter ihm her und war sich plötzlich sicher, dass hier irgendetwas entsetzlich falsch lief.

»Morgen ist es so weit. Du wirst mich zu ihr führen.«

Der Satz ließ Matthew gegen eine unsichtbare Wand laufen. »Keine … keine Sorge, sie … sie entkommt uns nicht.« Er dachte an die kleine Schülerin, die er tatsächlich dazu gebracht hatte, das Tor für Jonathan von Keysern zu öffnen. Es war leichter gewesen, als er gedacht hatte, Kim hatte sich willig von ihm führen lassen, ihm vertraut. Zugegeben, der Kuss war nicht geplant gewesen. Was sie wohl gerade machte? Doch kaum stieg der Gedanke in ihm hoch, wischte er ihn auch schon wieder weg. Wie es dem Mädchen ging, war unbedeutend. Ein Detail.

Er musste sich jetzt auf den zweiten Teil seiner Aufgabe konzentrieren, auch wenn das Grauen von jetzt an sein Begleiter war.

Am Ende würden er und seine Familie endlich frei sein.

Der Hexenjäger lächelte dünn, als er mit seinem Begleiter im Schlepptau ungesehen die Pinakothek verließ.

Diesmal würde er seine Mission vollenden, mit oder ohne den jungen Toren.

Diesmal würde er nicht wieder versagen, das hatte er sich geschworen.

Diesmal war sein letztes Mal. Von Keysern wusste, dass die Schatten nur eine einzige Chance vergaben. Scheitern war keine Option.

5

DONNERSTAG, 9. FEBRUAR

Die 737 der British Airways hob mit lautem Dröhnen ab, und Jenna wurde in den Sitz gedrückt. Die Stadt lag unter ihnen in der Nachmittagssonne, und während der Pilot noch eine große Schleife flog, bevor er seinen Kurs in Richtung Nordwesten beginnen konnte, sah man weit hinten noch schemenhaft die Alpen. Wie im Bilderbuch, dachte Jenna. Von hier oben sieht alles so harmlos aus, so weit entfernt, wie auf einem anderen Planeten. Am besten wir kommen gar nicht mehr herunter. Wir warten einfach, bis alles vorbei ist und wir aufwachen und unser Leben wieder normal weiterleben können …

Erneut kamen die Tränen hoch, die sie gewaltsam hinunterschluckte.

Gestern hatte sie mit Rainer und Klaus gesprochen, um ein paar Tage Urlaub gebeten. Trotz der prekären Lage, in der sich die Agentur wegen Rainers Zustand befand, hatte sie eine Zusage bekommen. Rainer war nach seiner Rückkehr aus dem Spital zumindest geistig einsatzfähig, und eine Woche ohne Jenna würden die beiden Chefs gerade so überstehen. »Muss ich mir meinen Tee eben wieder selbst kochen«, hatte sich Rainer pro forma beschwert und ihr für die Mutter-Tochter-Auszeit, wie er es nannte, gute Nerven gewünscht. Wenn der wüsste, dachte Jenna jetzt, fuhr sich mit dem Ärmel unauffällig übers Gesicht und blickte sorgenvoll hinüber zu Kim.

Die schaute mit großen Augen um sich und ließ – das konnten wohl nur Teenager – Angst und Aufregung der vergangenen Stunden erst einmal hinter sich. Sie, die in ihrem Leben bisher nur einmal geflogen war, genoss nun sichtlich den Flug. Die Stirn gegen die Scheibe gepresst, versuchte sie zu erkennen, was sich unter ihnen befand.

Die letzten vierundzwanzig Stunden waren wie im Zeitraffer vergangen. Jenna hatte Kim wie angedroht zum Arzt geschleppt, und der hatte Kim glücklicherweise bescheinigt, bei bester Gesundheit zu sein. Beide, Mutter und Tochter, waren erleichtert. Kim war sich schließlich nicht sicher, wie lange sie ohnmächtig gewesen war und welche Folgen das Ritual, obwohl sie es mit keinem Wort erwähnte, möglicherweise auf ihren Organismus gehabt hatte.

Im Laufe des heutigen Tages hatte Kim zwei Rückrufbitten von Matthew erhalten und sie ignoriert. Jenna war neben ihr gestanden, die Hand auf ihrer Schulter, und hatte gewartet, bis die Nachrichten gelöscht waren. Sie verstand noch nicht, welche Rolle er in diesem tödlichen Spiel spielte. Steckte er womöglich hinter allem? Oder war er nur ein Handlanger, ein Spielball, genau wie sie? Irgendwann würde sie mit ihm reden müssen. Nur jetzt noch nicht. Dafür dachte sie umso mehr über ihre Mutter nach. Sie wurde aus Jenna derzeit nicht klug. Diese, sichtlich gezeichnet vom Terror der letzten Tage, kreischte nicht herum, drohte nicht mit Hausarrest, sondern nahm Kim ernst. Sie war halbwegs gefasst, agierte pragmatisch und schien die wahnwitzige Möglichkeit, dass sie beide aus dem Jenseits kontaktiert worden waren, tatsächlich in Erwägung zu ziehen. Dass sich Kim noch nicht schreiend in die Isar gestürzt hatte, war genau dieser Haltung von Jenna zu verdanken. Kim wusste zwar nicht genau, was ihre Mutter vorhatte, doch in solchen Momenten wuchs ihre Bewunderung.

Gemeinsam würden sie überleben. Irgendwie.

Unter ihnen war jetzt nichts mehr zu erkennen, das Flugzeug hatte die Wolkendecke durchstoßen und glitt ins hellblaue Nichts. Kim löste ihre Stirn von der Scheibe, lehnte sich zurück und griff nach der Security-Karte, die vor ihr in der Sitztasche steckte.

Jenna blätterte neugierig in dem Buch, das ihr in Nicholas und Annes Wohnung quasi vor die Füße gefallen war. Hier und da überflog sie einen Absatz, las ein paar Sätze, versuchte Zusammenhänge herzustellen. Es handelte sich um einen kleinen Ratgeber für Frauen, die es damals, um die Jahrhundertwende, wagten, alleine zu reisen. Doch da war nichts, kein Gefühl, einen Hinweis zu erhalten. Hatte sie sich doch getäuscht? Die Stewardess kam, brachte mit einem unverbindlichen Lächeln ein paar Nüsse. Jenna überraschte sich dabei, sie zu beneiden. Dann blätterte sie weiter. Auf Seite 76 stutzte sie. Ein Gesicht blickte sie an, graue, kluge Augen, feine Züge, langes Haar, in einen Zopf geflochten. Selbst diese alte Schwarz-Weiß-Aufnahme strahlte eine unglaubliche Kraft aus. Jenna betrachtete das Bild genauer. Ihr Blick rührte sie an, brachte etwas in ihr zum Schwingen. Der Spieleabend bei Anne und Nick, dachte sie plötzlich. Die Spielkarte … Es waren die gleichen braunen Augen … das gleiche Gefühl …

Mary Kingsley, lautete die Bildunterschrift, *englische Forscherin im Dienste des British Museum.*

Jenna las den Aufsatz genauer. Kingsley hatte ein ungewöhnliches Leben geführt, die Feldforschungen ihres Vaters in Afrika fortgesetzt und war dann, während einer Expedition 1895, in der Wildnis Gabuns spurlos verschwunden. Einige Jahre später, so hieß es, habe man sie in Südafrika gesehen, während der Burenkämpfe, doch die Autorin legte das unter »bloße Spekulation«

ab. Sicher war sie sich nicht, verbürgt war ihr Tod ebenfalls nicht. Niemand aus der Alten Welt hatte je wieder mit ihr gesprochen. Es war, als hätte der Erdboden sie verschluckt. Afrika war groß, überall lauerten unzählige Gefahren. Und es war alles so lange her …

Jenna seufzte. Sie blätterte weiter, aber der Blick aus diesen grauen Augen ließ sie nicht los, vermittelte ihr ein Gefühl der Vertrautheit, das den ganzen Flug über blieb. Eine junge Frau, die im Herzen Afrikas verschwunden war. Hatte ihr Mut sie das Leben gekostet, rätselte Jenna. Was ging sie diese Frau an? Jenna legte den Kopf nach hinten und schloss die Augen. Mit der Wucht einer Atombombe hatte plötzlich etwas Schreckliches, Übernatürliches die Kontrolle über ihr Leben übernommen. Das Buch hatte sich ihr mehr oder weniger angeboten, so kam es ihr zumindest vor, und obwohl alles in ihr Alarm schlug, konnte sie sich der seltsamen Stimmung, die sie angesichts des Bildes ergriff, nicht entziehen. Im Gegensatz zu ihren Träumen machte der Blick der jungen Forscherin ihr keine Angst.

Gabun, 1895

Ob Lord Covington das wohl gemeint hatte, als er sagte, einen Teil der Geschichte müsse sie sich verdienen? Mary war sich nicht sicher.

Seit einer Ewigkeit lief sie nun hinter der schwarzen Frau her, immer nach Norden, erst über spitzes, rutschiges Geröll, einen Grat nach dem anderen bezwingend. Dann durch den Urwald, wo das Vorankommen noch schwieriger war. Doch die Eingeborene ließ sich nicht beirren. Wie mit einem inneren

Kompass versehen, ging die Frau vor ihr ihren Weg, nicht ein Mal zögerte sie, kein einziges Mal musste sie sich orientieren.

Der Durst war das Schlimmste. Alle paar Stunden gab es zwar einen Schluck Wasser, aber das war nur ein Tropfen auf dem heißen Stein, der buchstäblich in Marys Kehle steckte.

Als sie dachte, sie könnte keinen Schritt mehr laufen, hielt die Frau plötzlich an. Sie standen auf einer kleinen Lichtung, und die Führerin legte die Hände zusammen, hielt sie neben ihre Wange und deutete damit ein Kissen an.

Schlafen, interpretierte Mary hoffnungsvoll! Sie nickte müde und ließ sich auf den Boden sinken.

Ihre Begleiterin – sie hieß Sinya, so viel hatte Mary herausgefunden – entfachte ein kleines Feuer, zog aus ihrer Tasche ein paar Teigfladen und briet sie auf heißen Steinen. Mary beobachtete sie neugierig. Sie hatte während der Wanderung mehrfach versucht, mit der geheimnisvollen Frau zu sprechen, doch ohne Erfolg. Auch jetzt schwieg sie, hielt Mary nur auffordernd einen Fladen und einen Lederbeutel mit Wasser, das mittlerweile leicht brackig schmeckte, hin. Mary dankte ihr mit einem Kopfnicken und biss in den heißen Fladen, der zu ihrem Erstaunen wunderbar nach Kümmel und anderen fremdartigen Gewürzen schmeckte. Nach dem Essen ließ sie sich auf den Rücken sinken, zog ihr Plaid über sich und schaute in den Himmel.

Die Nacht war hereingebrochen, und das afrikanische Firmament erstreckte sich in seiner ganzen Pracht über ihr. Kein Dunst, kein Licht störte das Funkeln der Sterne. Seit Tausenden von Jahren leuchteten sie über den Menschen, leiteten sie, wiesen einen Blick in die Zukunft und waren neben den Heiligen die Götter des Himmels. Die Sterne wussten so viel, konnten sie nicht ein kleines bisschen ihrer Weisheit abgeben? Mit diesem Gedanken schlief Mary ein.

Mitten in der Nacht erwachte sie mit einem Ruck, setzte sich auf und rieb sich die Augen. Irgendetwas hatte ihren Traum gestört. Ein Laut, ein Misston? Auch Sinya hatte sich aufgerichtet und sah sich wachsam nach allen Seiten um. Dann, mit einem Mal, verschwanden alle Sterne, und wie schon einige Wochen zuvor auf der Batanga umhüllte sie plötzlich undurchdringliche Schwärze.

»Niemand entkommt mir. Sie nicht – und du nicht. Vergiss das nie!«

In Marys Kopf hallten die Worte wider, laut und schmerzhaft, sie presste die Hände auf die Ohren, doch vergeblich. Panisch sah sie sich um – doch nichts. Niemand war zu sehen, bis auf Sinya, die sie angsterfüllt anstarrte. Ihr keuchender Atem war weithin in der Nacht zu vernehmen, die Stimme hallte in ihrem Kopf. Dann legte Sinya ihr die Hände auf die Schultern, und Mary fand wieder ins Hier und Jetzt zurück. Ihr Atem beruhigte sich, und sie starrte herausfordernd in die Dunkelheit.

Genauso schnell, wie die Schwärze sie umgeben hatte, verschwand sie auch wieder, wie ein schlechter Traum. Einen Augenblick später war alles so wie zuvor. Wäre Sinya nicht gewesen, die zumindest einen Teil der Erscheinung miterlebt hatte, dann hätte Mary geglaubt, sie verliere durch Hitze oder Anstrengung den Verstand.

Doch tief in ihrem Inneren wusste sie, dass dem nicht so war. Jemand versuchte sie zu warnen, sie von ihrer Suche abzuhalten.

Mary und Sinya legten sich dicht nebeneinander auf den Boden.

»Wir müssen versuchen zu schlafen«, murmelte Mary und griff instinktiv nach Sinyas Hand. Sie hätte es nicht für möglich gehalten, doch sie schlief tatsächlich wieder ein.

Am Nachmittag des nächsten Tages hatten die zwei Frauen die Bergformation erreicht, die Mary schon vom Lager aus so fasziniert hatte. Zwei Berge, deren Ausläufer sich am Fuße so trafen, dass sich die Form einer Schale ergab. Mary rann der Schweiß über den Rücken, die Träger ihres Rucksacks schnitten ihr tief in die Haut. Sie hob den Kopf, den sie mit ihrem Gazeschal vor der stechenden Sonne geschützt hatte, blickte ihre Begleiterin an. Die Berge ragten schwarz vor ihr auf. Noch ein Grat? Sie seufzte innerlich und warf einen kritischen Blick auf ihre Schnürschuhe, die einen bemitleidenswerten Eindruck machten. Noch ein paar Tage, und sie würden in Fetzen an ihren Füßen hängen.

Was tat sie hier eigentlich? Was suchten sie hier? Mary begann, an ihrer Entscheidung, Covington zu glauben und der Frau zu folgen, endgültig zu zweifeln. Doch was war die Alternative? Auf eigene Faust umzudrehen wäre glatter Selbstmord gewesen.

Ihre Begleiterin wählte diesmal nicht den Weg auf den Gipfel. Zielstrebig ging sie voran, folgte dem Tal, das sich zu einer tiefen Schlucht verengte. Zwei Geier kreisten hoch am gleißenden Himmel, stießen heisere Schreie aus und beruhigten Mary keineswegs.

Was nach einer kurzen Wegstrecke durch die Schlucht ausgesehen hatte, entpuppte sich bald als Wanderung, die bis tief in die nächste Nacht dauerte. Sie kamen immer langsamer voran, Mary konnte vor Müdigkeit die Augen kaum mehr offen halten. Schlurfend versuchte sie, ihrer Führerin zu folgen, stolperte mehrfach und beschloss schließlich, der Qual für diesmal ein Ende zu machen. Gegen Mitternacht zupfte sie an Sinyas Ärmel und wiederholte bittend die Geste mit den gefalteten Händen.

Sinya jedoch schüttelte energisch den Kopf. »Soon«, sagte sie. »Soon.« Bald.

Dann drehte sie sich um und ging weiter in die Nacht hinein.

Die Morgendämmerung des dritten Tages ließ sich schon im Osten erahnen, als sie endlich stehen blieb, Mary den Wasserbeutel hinhielt und ihr bedeutete, sie möge sich setzen. Sie hatten das Ende der Schlucht erreicht, vor ihnen erstreckte sich eine unendliche Ebene, auf der sich hohes grünbraunes Steppengras im Wind wiegte. In der Ferne schimmerte ein Fluss. Die schwarzen Berge lagen endlich hinter, fruchtbares Land vor ihnen.

Erschöpft, wie Mary war, hätte sie beinahe den kleinen Weg übersehen, der hinter ihr zurück in die schwarzen Berge führte, ein kleiner, schmaler Pfad, etwas höher gelegen als die soeben durchquerte Schlucht. Ihr graute vor dem Aufstieg, und sie hoffte, die Ebene würde ihr Ziel sein.

Sinya jedoch nickte, als Mary mit dem ausgestreckten Arm auf den unwegsamen steinigen Pfad wies. »Yes«, sagte sie. »Soon.« Dann förderte sie aus ihrer Tasche erneut Essbares zutage, fachte aber diesmal kein Feuer an. Yamswurzeln und Dörrfleisch bildeten ein karges Mahl, und Mary aß, obwohl sie kaum Hunger verspürte. Sie rasteten eine Weile schweigend, bis die Sonne aufging.

Dann begann der Aufstieg.

Am späten Vormittag erreichten sie endlich eine Anhöhe. Große Felsblöcke spendeten hin und wieder Schatten, und Mary ließ sich schwer atmend gegen einen großen Stein sinken. Ihre Führerin steckte zwei Finger in den Mund und stieß einen gellenden Pfiff aus. Es dauerte keine zwei Minuten, und zwei hochgewachsene Gestalten erschienen über ihnen auf einem Felsgrat. Behände stiegen sie über den steinigen Abhang. Als sie näher kamen, erkannte Mary eine Frau und einen Mann, in Braun gekleidet und möglicherweise aus demselben Volk wie Sinya. Sie lächelten Mary an, verneigten sich kurz und winkten ihr dann, ihnen zu folgen.

Mary war zu müde, um Fragen zu stellen. Sie raffte sich auf und merkte, dass es keinen Muskel in ihrem Körper gab, der nicht schmerzte. Diesmal allerdings war der Weg nicht weit. Bereits nach wenigen Minuten hatten sie ihr Ziel erreicht. Etwa ein Dutzend Frauen saßen auf Bastmatten im Kreis im Schatten eines Felsüberhangs. Mary hörte ein leises Raunen, als sie die Fremde sahen.

Sinya nahm Mary an der Hand, zog sie hinter sich her und wies auf eine große, schlanke Frau, vor der sie sich verbeugte. Dann legte sie Marys Hand in die Hand der Frau, zwinkerte ihr kurz zu und kehrte zum Rest der Gruppe zurück.

Mary schwankte. Ihr war schwindlig, sie war durstig und zu Tode erschöpft.

»Wasser?«, fragte sie deshalb heiser und sah die schlanke Frau hoffnungsvoll an.

Ihr Gegenüber nickte. »Natürlich«, sagte sie wie selbstverständlich und reichte Mary einen Lederbeutel. »Willkommen zu Hause, Schwester. Ich bin Neela. Wir sind froh, dass du den Weg zu uns gefunden hast.«

Die hochgewachsene Fremde sprach ein reines, einwandfreies Englisch, nur ein leichter Akzent ließ erkennen, dass es nicht ihre Muttersprache war. Die Frau, deren schwarzes langes Haar in unzählige kleine Zöpfe geflochten war, mochte um die fünfzig Jahre alt sein. Ihre Haut schimmerte mehr bronzen als braun. Sie war ganz eindeutig nicht von hier. Mary tippte auf Nordafrika. Sie besaß die majestätische Haltung, die sie auf Bildern von den Tuareg gesehen hatte.

Mary setzte den Wasserbeutel ab und riss erstaunt die Augen auf. »Sie verstehen mich?«, fragte sie und war sich zugleich bewusst, wie dumm ihre Frage gewesen war.

Neela nickte gelassen. »Einige von uns sprechen Englisch, nur Sinya nicht. Sie jedoch war die Einzige, der wir zutrauen konnten, dich zu finden und hierher zu bringen.« Mit einer einladenden Geste wies sie auf den Boden. »Bitte setz dich. Wir werden gerne alle deine Fragen beantworten, doch alles zu seiner Zeit. Zuallererst ruh dich aus. Du hast einen langen Weg hinter und einen noch längeren vor dir.«

Mary ließ sich ermattet auf ihren zugewiesenen Platz sinken und schaute mit großen Augen um sich. Sie hätte der Erschöpfung am liebsten nachgegeben, die Müdigkeit klopfte beharrlich an ihre Schläfen, doch die Forscherin in ihr gewann die Oberhand.

»Weshalb bin ich hier?«

»Die schwierigste Frage zuerst«, lächelte Neela und ließ sich neben ihr nieder. Die anderen Frauen im Kreis schauten Mary neugierig, aber mit warmen Blicken an. Sie war hier ehrlich willkommen, das spürte sie.

Eine der Frauen brachte einen Korb mit Früchten und eine volle Schale mit Speisen, die sie vor Mary auf den Boden stellte. Der kühle Wind und der Schatten der Felsen kamen der Forscherin wie das Paradies vor. Sie stürzte sich auf die Früchte, kostete von den gefüllten Fladen und spülte alles mit kaltem Quellwasser hinunter. Befriedigt spürte sie, wie ihre Lebensgeister rasch wieder zurückkehrten. Schließlich schluckte sie den letzten Bissen herunter, blickte in die Runde und wandte sich an Neela. »Kommen wir jetzt zu den Antworten?«, fragte sie hoffnungsvoll und zog ihren verfilzten Zopf nach vorn.

In Neelas Lächeln lag Bewunderung. »Wir haben dich gerufen, weil du bereit warst«, begann sie ohne weitere Vorrede. »Wir sind viele – und doch wenige.« Sie wies auf die anderen Frauen. »Sieh dich um. Wir sind einer der Zirkel, um die Eine zu schützen. Um Ihr zu helfen und Sie vor dem Bösen zu bewahren.«

»Die Eine?«, fragte Mary verwirrt. »Diesen Begriff hat Lord Covington auch verwendet. Wer ist die Eine? *Was* ist sie?«

»Die Eine hat die Macht, das Tor zu öffnen. Oder es zu schließen. Wir nennen sie die Hüterin. Denn die Schatten ruhen nicht. Sie sind immer auf dem Sprung, wie ein Leopard auf der Jagd.« Neela klang, als hätte sie diese Worte schon oft gesprochen, und doch trafen sie Mary direkt ins Herz.

»Die Schatten …«, wiederholte sie nachdenklich. »Ich glaube, ich habe auf dieser Reise schon einen kleinen Vorgeschmack von ihnen erhalten.« Sie blickte sich um, sah über die weite Ebene, die sich unter ihr erstreckte. Weit hinten am Horizont konnte sie den Fluss sehen, ein silbernes, gewundenes Band. Gleichzeitig war sie wieder auf dem Schiff, fühlte die namenlose Angst und starrte in den Abgrund unter ihren Füßen.

»Ich bin Wissenschaftlerin«, sagte sie leise, aber bestimmt. »Ich habe stets nur an das geglaubt, was ich sehe. Und doch … Hier, unter dieser Sonne, unter diesem Himmel, kann ich die andere Seite, von der du sprichst, fast spüren.« Sie fröstelte. »Es ist grauenhaft. Ich habe sie gehört … die Schatten. Sie haben zu mir gesprochen.«

Neela schaute sie besorgt an. »Du hast sie gehört?«

Mary nickte langsam. »Ich denke, es war eine Warnung«, gab sie zögernd zurück und ignorierte die erschrockenen Blicke einiger Frauen aus der Gruppe. »Aber ich habe mich noch nie an Regeln gehalten. Noch weniger an Anweisungen von jemandem, den ich nicht mal kenne.« Das klang trotziger, als sie sich fühlte. Wenn sie in sich hineinhorchte, fühlte sie eine lähmende Angst in sich hochkriechen. Doch etwas hinderte sie daran aufzuspringen und sofort die Flucht zu ergreifen.

Vielleicht war es das, diese Eigenschaft, die Lord Covington auch in ihr erkannt hatte? Mary drehte ihren Zopf zwischen den Händen, während sie versuchte, ihre wirren Gedanken zu ordnen.

Neela ergriff ihre Hand. »Ruhe dich aus, Schwester. Heute Nacht, wenn du etwas geschlafen hast, werden wir dir mehr erzählen. Doch bedenke eins: Wenn du dich für uns entscheidest, wirst du deine Welt für lange Zeit nicht mehr betreten. Du wirst dein Leben, deine Ziele hinter dir lassen müssen. Wenn du bereit bist, werden wir dich mit Freuden aufnehmen. Ansonsten wird dich Sinya morgen wieder zu deiner Expedition zurückbringen. Hier ist kein Ort der Gefangenschaft, nur wir, die wir uns der Hüterin verschworen haben.«

Mary ließ sich auf die Matte zurücksinken, bettete ihren Kopf auf den angewinkelten Arm und dachte nach. Was war ihr wichtig? Ihre Forschung, ihre Aufgaben in England? Zu wem konnte sie zurückkehren? Sie hatte niemanden, kein Mensch wartete auf sie, die alte Hilda und Kater Paul ausgenommen. Wer würde sie vermissen? Lord Covington, ja, der ganz sicher. Doch er würde wissen, warum sie verschwunden war. Die anderen Reisegefährten? Ihr Stellvertreter, der bigotte irische Reverend, der kaum wusste, wie herum man ein Mikroskop hielt? Kaum. Er würde sich ohne mit der Wimper zu zucken die Position des Expeditionsleiters unter den Nagel reißen, ihr Verschwinden unter »vorhersehbare Gefahren einer Expedition« abhaken und predigend weiterziehen.

Der Hüterin verschworen? Neelas Worte klangen in Marys Ohren fast pathetisch. Bei allen Heiligen – in was war sie hier hineingeraten? Ein geheimer Zirkel mitten in der Wüste, Mittler zwischen den Menschen und einer Schattenwelt? Das hielt keine Sekunde wissenschaftlicher Betrachtung stand. Wenn nur Covington nicht so überzeugend gewesen wäre … Der alte Fuchs war einer der unbestechlichsten Männer, die Mary kannte. Sollte sie ihr Bündel packen und sich auf den Rückweg machen? Oder würde sie es bis an ihr Lebensende bereuen, nicht dageblieben zu sein?

Oder war hier etwas ganz anderes am Werk? Eine jahrtausendealte Naturreligion in Verbindung mit – ja, womit? Einer Vision? Einer Gefahr? Oder hatten alle hier in der Hitze Afrikas den Verstand verloren? Sie blickte sich um. Eigentlich sah hier niemand wirklich verrückt aus. Keine grimmigen, fanatischen Blicke, keine brutale Entschlossenheit. Nein, eher das Gegenteil war der Fall. Wie hatte Neela gesagt? Sie waren Bewahrer, keine Kämpfer. Und dass sie gegen etwas kämpften, was größer war als sie alle.

Mary musste lächeln. Sie hatte noch nie einer Herausforderung widerstehen können.

Ihre Gefühle schienen sich in ihrem Gesicht zu spiegeln, denn Neela betrachtete sie aufmerksam, und als sie feststellte, dass Mary zu einem Entschluss gekommen war, breitete sich ein Lächeln auf ihren Zügen aus. »Willkommen in unserem Kreis, Schwester«, sagte sie und hielt Mary erneut den Wasserbeutel hin. »Heute Abend gibt es etwas Stärkeres.«

Mary setzte sich mit letzter Kraft noch einmal auf, griff nach dem Beutel und lachte. »Das will ich hoffen«, sagte sie trocken. Dann fiel sie wieder zurück und ließ den Schlaf herein.

Ende des Jahres 1895 verließ eine Gruppe Forscher den afrikanischen Kontinent.

Nach einer strapaziösen Reise durch Berge und Urwälder hatten sie, zu Tode erschöpft, die kleine Hafenstadt Port Gentil glücklich erreicht. Sie waren mehr als einmal dem Tod gerade noch von der Schippe gesprungen, hatten im Herzen des Schwarzen Kontinents Unglaubliches und Neues entdeckt und ihre Expeditionsleiterin verloren.

Als das Schiff am späten Nachmittag aus dem Hafen segelte, blickte Reverend James Shaughnessy, seit einem halben Jahr der Leiter dieser Expedition für das Britische Museum, auf Port Gentil zurück. Die weiß gekalkten Häuser glänzten rosa im letzten Licht der untergehenden Sonne. In Gedanken formulierte der Reverend bereits seinen Bericht an Lord Covington. Darin würde er diplomatisch darlegen müssen, dass Miss Kingsley der Wildnis zum Opfer gefallen war, was in seinen Augen kein sonderlicher Verlust war. Ihr unerklärliches Verschwinden bestätigte lediglich, was er ohnehin immer vermutet hatte: Frauen waren für Abenteuer und Expeditionen einfach nicht geschaffen.

Eine einzige Gestalt war am Kai zurückgeblieben und starrte noch lange dem imposanten Segelschiff mit der englischen Flagge am Heck hinterher. Der junge Führer Sayid ließ die Brigg nicht aus den Augen, bis sie nur noch ein kleiner Punkt am Horizont war. Die Nacht kam von Osten herein, während im Westen der Horizont aus Feuer zu bestehen schien. Sayid seufzte leise und wandte sich zum Gehen. Wie erwartet, war die schöne weiße Frau nicht wiedergekommen. Sie war in die schwarzen Berge gegangen und dort den Geistern in die Fänge geraten.

Wie bereits seine Cousine Sinya ein paar Jahre zuvor …

Seltsam. Er verspürte keine Trauer, wenn er an Sinya dachte. Als sei sie stets in seiner Nähe, nur kurz zur Wasserstelle fortgegangen.

Doch was wusste Sayid schon über die Geister?

So bemerkte er auch nicht den kleinen Windhauch, der hinter ihm in einem fast lautlosen Wirbel Papierfetzen und Staub vom Kai hoch in die Luft wehte. Einige der kleinen Papierstückchen fielen aufs Wasser und trieben noch lange in der sanften Dünung. Sie sahen aus wie Teile einer zerrissenen, vergilbten Fotografie.

Das Bild einer Frau mit einem langen Zopf.

DONNERSTAG, 9. FEBRUAR

Die Zollformalitäten waren schnell erledigt. Jenna sah sich immer wieder um, während sie durch den Flughafen Heathrow liefen, doch niemand interessierte sich für sie, keiner hielt sie auf.

»Warte, ich kaufe uns vorsichtshalber gleich ein Wochenticket«, sagte sie und nutzte die Gelegenheit, dass am Schalter der U-Bahn im Terminal 5 gerade niemand stand. Zwei Minuten später kam sie mit einem Stadtplan und zwei Karten in der Hand zu Kim zurück, die mit den Koffern gewartet hatte. Jenna zog ihre Tochter zur Rolltreppe. »Am besten, wir fahren erst mal ins Hotel, stellen unsere Sachen ab und machen uns frisch. Danach steht die Klinik auf dem Programm, und dann sehen wir weiter.« Sie tippte eine kurze SMS an Nicholas, dann fuhr auch schon der Zug der Picadilly-Line Richtung Londoner Innenstadt ein.

»Was stand denn eigentlich in dem alten Buch?«, fragte Kim, während die Bahn unter dem Flughafen ihre kilometerlange Schleife zog. Der Waggon, in dem sie saßen, war fast leer. »Hast du was gefunden?«

»Ich bin mir nicht sicher«, Jenna zuckte die Schultern. »Das ist ein Ratgeber aus der Jahrhundertwende. Die einzige Geschichte, die mich darin irgendwie angesprochen hat, ist die von einer englischen Forscherin«, meinte sie nachdenklich. »Die ist während einer Afrika-Expedition, die sie leitete, spurlos verschwunden. In dem Buch ist auch ein Foto von ihr … und …« Jenna brach ab und fuhr sich mit der Hand über die Augen. Sie war müde und ausgelaugt. Jedes Mal, wenn sie über ihre Schulter schaute, erwartete sie, die nächste Katastrophe hereinbrechen zu sehen. »Klingt es verrückt, wenn ich sage, dass ich den Eindruck habe, sie will mir etwas mitteilen?«

Ihre Tochter schaute sie verständnislos an, und irgendwie konnte sie es Kim nicht verdenken. »Aber das ist leider auch schon alles«, winkte sie ab. »Du kannst ja heute Abend mal reinlesen. Vielleicht fällt dir noch etwas anderes auf.«

Kim schaute ratlos und wenig begeistert drein. »Bettlektüre?« Ihr Enthusiasmus hielt sich in Grenzen. Kim besaß zwar eine Menge Bücher, aber eine Leseratte konnte man sie beim besten Willen nicht nennen. Und Einschlaflektüre war so gar nicht ihr Ding …

»Immer noch besser als Fernsehen«, konterte Jenna entschieden. »Zumal englisches Fernsehen …«

»Oh«, machte Kim entzückt und vergaß für einen Moment völlig, warum sie eigentlich hier waren. »Englische Serien – awesome!« Letzteres war ihr derzeitiges englisches Lieblingswort.

Jenna beließ es dabei, eine Augenbraue hochzuziehen.

Eine knappe Stunde später standen sie vor der Rezeption des King George Hotel in Earl's Court. Der Regen, der London die letzten Tage in eine mit Pfützen übersäte Kraterlandschaft verwandelt hatte, hatte nachgelassen. Es nieselte nur noch ein wenig, und die Wolkendecke zeigte erste Lücken. Ein frischer Wind blies vom Ärmelkanal her und würde im Laufe der Nacht die letzten Regenwolken vertreiben. Zumindest versicherte ihnen das der Mann an der Rezeption, als er den beiden Frauen mit dem Wunsch »Enjoy your stay in London« ihre Zimmerschlüssel aushändigte.

Das Zweibettzimmer war groß, aber überheizt und schlecht gelüftet. »Nicholas holt uns gegen sechs ab«, erklärte Jenna, riss das Fenster auf und sah auf die Uhr. »Das gibt uns noch gerade eine halbe Stunde. Willst du duschen?«

Kim ließ sich stöhnend aufs Bett fallen und blickte stirnrunzelnd auf ihr Handy. »Nein, danke. Zu viel Sauberkeit schadet der Haut. Schau mal, schon wieder eine Nachricht von Matthew. Vielleicht sollte ich ihn doch mal zurückrufen.«

Mit zwei Schritten war Jenna bei ihr und riss ihr das Mobiltelefon aus der Hand. »Nein!«, widersprach sie vehement. »Ich fliege nicht nach London und versuche uns in Sicherheit zu bringen, um es dann in alle Welt hinauszuposaunen. Schon gar nicht in Matthews Richtung!«

»Weißt du, wie du mir vorkommst, Mam? Wie Indiana Jones in einem seiner unglaublichen Abenteuer. Fehlt nur noch die Peitsche … Ich hab zwar eine Scheißangst, aber mit dir zusammen ist es cool.« Mit diesem mysteriösen Kompliment entwand Kim Jenna das Handy, löschte entschlossen Matthews Nachricht und trank einen großen Schluck aus der Wasserflasche, die das Hotel für die Besucher bereitgestellt hatte.

Jenna fehlten ausnahmsweise die Worte.

Pünktlich wartete Nicholas in der Eingangshalle und erhob sich, als Jenna und Kim aus dem Aufzug traten. Er sah erschöpft aus, Falten hatten sich tief in sein Gesicht gegraben, seine grauen Augen blickten müde auf die beiden Frauen. Jenna nahm ihren Freund wortlos in die Arme, und Nicholas ließ dankbar seinen Kopf auf ihre Schulter sinken.

»Es ist schön, dass du gekommen bist«, sagte er rau. »Du auch, Kim. Ich kann euch gar nicht sagen, wie froh ich bin, euch zu sehen.«

»Wie geht's Anne?«, fragte Kim schüchtern.

Nicholas lächelte mühsam. »Sie ist am Leben. Und das, sagen die Ärzte, ist schon ein mittleres Wunder. Sie hat eine Kugel im Kopf. Eigentlich müsste sie tot sein.« Er schluckte und senkte den Kopf, dann machte er eine fahrige Handbewegung zum Ausgang. »Ich parke ein paar Meter weiter«, sagte er. »Lasst uns fahren. Ich will Anne nicht so lange allein lassen.«

»Sind ihre Eltern gut angekommen?«, erkundigte sich Jenna fürsorglich.

»Ja«, nickte Nicholas und drückte die Glastür auf. »Sie waren den ganzen Tag bei Anne, erst vorhin sind sie in unser Hotel zurückgefahren. Danke noch mal für Annes Sachen, Jenna.«

Sie liefen gemeinsam die wenigen Stufen vor dem Hotel hinunter, und Nicholas wandte sich an Kim: »Du musst nicht mit in die Klinik kommen, wenn du nicht willst. Wie wär's mit Kino?«

»Nein«, entschied Jenna bestimmt, »Kim kommt mit uns.« Sie legte ihrer Tochter den Arm um die Schulter und schob sie zum Auto. Nicholas' Mini stand ein paar Meter die Straße hinunter. »Ich erkläre es dir später, Nick.«

Als der Kleinwagen ausparkte und sich in den Verkehrsfluss einreihte, sah sich Jenna nochmals misstrauisch um. Doch sie erblickte niemanden, der am Straßenrand stand und ihnen nachsah, keinen Wagen, der ihnen folgte. Beruhigt drehte sie sich um und schnallte sich an.

In diesem Moment scherte ein dunkler 5er BMW aus einer Parklücke vor dem Hotel aus und reihte sich in sicherem Abstand hinter dem Mini ein.

Anne lag blass und regungslos in ihrem Bett auf der Intensivstation, etliche Monitore um sie herum überwachten alle lebenswichtigen Funktionen, piepsten in unregelmäßigem Rhythmus, während dunkelgrüne Sinuskurven auf den Displays aufleuchteten und wieder verschwanden. Zwei verwaiste Stühle standen neben dem Bett, und eine gelesene Zeitung lag auf dem ansonsten leeren Nachtkästchen.

»Nichts Neues, Mr. Wright«, erklärte eine der Schwestern und sah Jenna und Kim stirnrunzelnd an. »Das ist kein offizieller Besuchstrakt«, rügte sie dann energisch. »Und abgesehen davon ist die Besuchszeit auch schon vorbei.«

»Sie ist Annes beste Freundin«, protestierte Nicholas und wies auf Jenna. »Bitte!«

Die Schwester sah ihn streng an und gab schließlich doch nach. »In Ordnung, aber nur eine Viertelstunde. Dann sind Sie hier für heute alle entlassen.«

Jenna sank neben Anne auf einen Stuhl und nahm vorsichtig eine ihrer Hände in ihre. »Oh, Ännchen«, flüsterte sie. »Es tut mir so leid. Komm wieder zurück zu uns, bitte.«

Von Annes Gesicht hatte man bei ihrer Einlieferung das geronnene Blut gewaschen. Jetzt lag sie bleich und bewegungslos in den Kissen, ein breiter weißer Verband wand sich um Stirn und Kopf. Das Piepsen der Kontrollgeräte erfüllte den Raum.

Jenna schluckte krampfhaft, streichelte immer wieder Annes Hand und konnte die Tränen nicht mehr zurückhalten.

Haltlos strömten sie ihr über die Wangen. Kim stellte sich dicht hinter ihre Mutter, legte ihr die Hände auf die Schultern, und Jenna war unendlich froh über ihre Anwesenheit. Sie hatte Trost bitter nötig.

So verharrten sie minutenlang, schweigend, bis Jenna schließlich in ihrer Tasche nach einem Taschentuch kramte und sich die Nase putzte. Die Tür öffnete sich, und die Krankenschwester tippte stumm mit dem Zeigefinger auf ihre Armbanduhr. Jenna nickte stumm und erhob sich. Sie wagte nicht, die Schwester nach Annes Chancen zu fragen. Zu groß war ihre Angst vor einer ehrlichen Antwort.

Zum Abschied küsste Jenna die bewusstlose Anne leicht auf die Stirn und winkte Nicholas auf den Gang hinaus. Kim war an der Türe des Krankenzimmers stehen geblieben und starrte wie gebannt auf den Monitor, der Annes Herzschlag anzeigte.

Jenna und Nicholas lehnten sich auf dem Korridor an die hellgrüne Wand.

»Oh, Nick«, flüsterte Jenna und wusste nicht, was sie weiter sagen sollte.

»Wir müssen einfach abwarten, sagen die Ärzte«, meinte Nicholas niedergeschlagen. »Aber gerade das Warten ist das Schlimmste.«

Jenna schloss die Augen und dachte nach. »Folgender Vorschlag«, begann sie dann langsam, »wir bringen Kim ins Hotel zurück, und sie kann meinetwegen englische Soaps anschauen und sich beim Zimmerservice was zu essen bestellen. Dann haben wir Zeit …« Sie stieß sich von der Wand ab und sah Nicholas in die Augen. »Wir beide, Nick, wir müssen dringend miteinander reden.«

»Wir könnten noch einen Spaziergang machen«, schlug

Nicholas vor. »Es hat aufgehört zu regnen, und ein wenig frische Luft wird uns beiden nicht schaden. Was meinst du?«

Jenna nickte und steckte den Kopf durch die Tür. »Kommst du?«, rief sie Kim leise zu. Die riss sich von den blinkenden Monitoren los und folgte Jenna zum Aufzug, während Nicholas der Krankenschwester eine gute Nacht wünschte.

Kim hielt ihre Mutter am Ärmel zurück. »Warte mal, Mam. Wirst du ihm von …« Sie zögerte. »Von uns erzählen? Von den …«

»Geistererfahrungen?«, ergänzte Jenna trocken. »Ich weiß es noch nicht. Kommt drauf an.« Jenna sah ihre Tochter scharf an. »Und du rührst dich heute Abend nicht mehr vom Fleck, versprochen? Ich will mir keine Sorgen um dich machen müssen. Ist ohnehin alles schon schlimm genug. Und keine heimlichen Telefonate mit deinem Austauschschüler. Indianerehrenwort?«

»Versprochen, Mam.« Kim klang, als meinte sie es ernst. In diesem Moment klingelte ihr Handy. Kim griff in ihre Jackentasche, zog das Handy heraus, zog angesichts der unterdrückten Nummer eine Grimasse und meldete sich mit einem kurzen »Ja?«

Sie hörte einen Moment zu, dann sagte sie heftig: »Fahr zur Hölle!«, und legte auf.

Jenna sah sie gespannt an.

»Ich übe schon mal«, erklärte Kim und ihre Augen blitzten. »Matthew …«

»Gratuliere, gut gemacht. Und glaub mir, mit jedem Mal wird es leichter.«

Jenna glaubte zwar selbst nicht, was sie da sagte, aber sie hoffte inbrünstig, dass Kim ein weiteres Erlebnis mit Matthew erspart blieb. Am besten für den Rest ihres Lebens.

Die Frage war nur, wie lange der Rest ihres Lebens noch dauerte.

Matthew stand in der Friedenheimer Straße, schaute wütend zum vierten Stock hinauf und hatte große Lust, sein Handy an die Hauswand zu werfen. Was bildete sich Kim eigentlich ein? Er hatte ihr das Ganze so leicht wie möglich gemacht, sie war nicht zu Schaden gekommen, ihre Albträume waren verschwunden. Zugegeben, er hatte sie dazu gebracht, das Tor zu öffnen … Und er selbst war sich nicht mehr so sicher, dass er das Spiel auf Augenhöhe mit von Keysern spielen konnte. Er durfte nicht versagen, musste das tödliche Spiel bis zum Ende mitmachen, das war er seiner Familie schuldig. Es war seine Aufgabe, die Schuld zu begleichen. Auch wenn es ein Pakt mit dem Teufel war. Seine Familie stand seit Jahrzehnten im Dienste des Jägers, irgendwann musste es doch möglich sein, diese Verbindung zu kappen. Sie … freizukaufen. Er hatte ihnen versichert, er würde es schaffen. Und jetzt durfte er nicht versagen. Wütend stieß er mit seinem Fuß gegen einen Eisbrocken und schickte ihn über die Fahrbahn. Er hatte minutenlang geläutet, seinen Daumen auf dem Klingelknopf geparkt, doch niemand hatte die Tür geöffnet. Er sah hoch zu den dunklen Fenstern. Es sah aus, als sei niemand zu Hause.

»Dammit!«, fluchte er laut vor sich hin. Zwei Passanten sahen ihn im Vorübergehen verwundert an. Matthew wandte sich ab und rannte zur U-Bahn zurück. Nun hatte er ein Problem, ein ernstes Problem. Zu leichtfertig hatte er von Keysern versprochen, dass er wusste, wo Kim und Jenna waren.

Bis vor fünf Minuten war er der Meinung gewesen, dem sei auch so.

Doch nun entglitt ihm die gesamte Aktion. Erst dieser unberechenbare Hexenjäger, der vor nichts und niemandem Angst zu haben schien, dann eine verlassene Wohnung, und Kim, die nicht mehr auf seine Anrufe oder SMS reagierte. Gerade eben war sie zwar drangegangen, hatte aber mehr als wütend geklungen, und das war überhaupt kein gutes Zeichen.

Matthew stürmte die Stufen zum Bahnsteig hinunter. Der Zug war abgefahren, nicht nur metaphorisch. Von Keysern mochte aus einem anderen Jahrhundert sein, aber das machte ihn nur noch Furcht einflößender. Der Abend im Museum hatte Matthew klargemacht, dass der Jäger skrupellos, eiskalt und zu allem entschlossen war. Ein Mörder, dem es völlig egal war, wen er noch umbringen musste, um sein Ziel zu erreichen. Menschenleben zählten für von Keysern nichts. Wenn Matthew seinen Teil der Abmachung nicht einhielt, dann war er so gut wie tot. Nur ein Name mehr auf einer Liste, die bereits Hunderte von Jahren alt war.

Auf dem U-Bahnsteig wanderte er rastlos hin und her, suchte verzweifelt nach einem Ausweg. Menschen hasteten an ihm vorbei, Kinder riefen, und als der nächste Zug einfuhr, stand seine Entscheidung fest: Er musste noch einmal in London anrufen.

Dabei hatte Matthew sich geschworen, diese Nummer nie wieder zu wählen …

Jenna genoss die Luft, die noch nach Regen duftete. Zum ersten Mal seit Tagen fiel ein kleiner Teil der Anspannung von ihr ab, löste sich der Knoten in ihrem Magen. Sie hatten Kim auf ihr Zimmer verfrachtet, und die beiden Freunde waren noch einmal aufgebrochen.

Nach einer kurzen Fahrt mit dem Auto in Richtung Chelsea trat Jenna nun neben Nicholas unter dem schmiedeeisernen Torbogen hindurch auf den kleinen, alten Friedhof. Ein paar kleine Lampen brannten an markanten Kreuzungen zwischen den Wegen, und ihr gelbes Licht verbreitete ein wenig Trost und Behaglichkeit, selbst auf dieser letzten Ruhestätte.

»Gehst du zum Spazierengehen immer auf den Friedhof?«, erkundigte sich Jenna leichthin. »Normalerweise nicht«, antwortete Nicholas leise. »Aber ich hatte bisher keine Zeit, das Grab meiner Eltern zu besuchen, und so dachte ich …« Er verstummte. »Heute schien es mir irgendwie passend«, setzte er dann mit einem schiefen Lächeln an Jennas Adresse hinzu. »Wieso? Die hier liegen, die tun niemandem mehr etwas. Oder hast du etwa Angst vor Geistern?«

Jenna schluckte. Das war die falsche Frage. Wenn du wüsstest, wie nah du dran bist, dachte sie. »Wieso liegen deine Eltern eigentlich hier – und nicht in Kingston?«, wich sie aus.

»Mein Vater war Diplomat«, erklärte Nicholas und schloss das Gittertor hinter ihnen. »Es gibt schon seit ewigen Zeiten eine Stiftung für Bedienstete der Krone. Die sorgen dafür, dass diese bei ihrem Ableben ein Grab in der Hauptstadt erhalten. Mir kann es nur recht sein, ich bin ja kaum noch in Kingston. Selbst unser altes Haus ist schon lange verkauft.«

Während Nicholas erzählte, schlenderten sie langsam weiter, an Grabreihen entlang, gesäumt von hohen Bäumen und Hecken, die man in der Dunkelheit oft nur erahnen konnte. Protzige Grüfte aus Granit und manchmal sogar aus Marmor reihten sich aneinander. Ein Parcours der Vergänglichkeit, ein stiller Laufsteg der Eitelkeiten selbst nach dem Tod. Schließlich blieb Nicholas vor einem schlichten weißen Grabstein stehen, und Jenna beugte sich vor. *Richard Wright, Myrtle Wright* stand in schmalen goldenen Lettern auf dem glänzenden Mahnmal, darunter die Lebensdaten. Nicholas hob mit einer hilflosen Geste einen kleinen Stein vom Weg auf und legte ihn auf den Grabstein. »Ich habe heute keine Blumen dabei«, sagte er und lächelte entschuldigend. »Nächstes Mal wieder. Versprochen …«

Jenna nahm stumm seine Hand, einige Augenblicke standen sie schweigend nebeneinander, jeder in seiner eigenen Gedankenwelt versunken.

»Ich habe solche Angst um Anne«, flüsterte Nicholas nach einer Weile. »Ich weiß nicht, was ich tun soll, wenn sie mich allein lässt.«

»Sie wird es schaffen, Nick, glaub daran. Sie muss!« Jenna drückte seine Hand.

»Ich hoffe, du hast recht.« Es klang wie ein inbrünstiges Gebet.

Nicholas verharrte noch einen Moment mit gesenktem Kopf, dann legte er den Arm um Jennas Schultern und zog sie mit sich. »Komm, lass uns noch ein bisschen gehen, ja? Ich möchte etwas mit dir besprechen.«

So seltsam es ihr schien, Jenna begann sich zwischen den steinernen Visitenkarten der Toten wohlzufühlen. Eine Besinnlichkeit kehrte ein, die sie in den letzten Tagen so schmerzlich vermisst hatte. Das spärliche Licht der kleinen Laternen, die Kerzen, die hie und da auf einem der Grabmale brannten, all das strahlte eine unerschütterliche Ruhe aus. So wanderten sie eine Zeit lang nebeneinander her, über die gekiesten Wege, an verwaisten Bänken vorbei und unter alten Weiden hindurch, deren Zweige fast den Boden berührten.

Keiner von beiden bemerkte die dunkle Gestalt, die völlig lautlos hinter ihnen her schlich, immer darauf bedacht, den richtigen Abstand zu wahren. Sie blieb stets im Schatten, lehnte sich an die Rückwände der Grüfte, huschte von Baum zu Baum und ließ doch die beiden Freunde nie aus den Augen.

Nicholas hatte die Hände in den Jackentaschen vergraben und blieb schließlich vor dem flachen, runden Bassin eines Springbrunnens stehen. Zurückgestutzte Rosenbüsche in geometrischen Mustern erstreckten sich zwischen Kies und Brunnen im matten Licht der Dämmerung. »Wollen wir uns setzen?«, fragte er und wies auf eine der vier Bänke, die aneinandergereiht wie im Halbrund eines kleinen Amphitheaters standen.

»Gern«, meinte Jenna leise, »es ist so friedlich. Eine gute Idee hierherzukommen …«

Die nächste Frage von Nicholas traf sie unvorbereitet. »Jenna, was ist, wenn die *mich* treffen wollten? Wenn es ein Anschlag auf mich war und nicht auf Anne?«

»Wie kommst du denn darauf?« Jenna sah ihn verblüfft an.

»Ich war nicht immer Antiquar und Sammler alter Bücher«, erklärte Nicholas ruhig. »Bevor ich Anne traf, war ich … Diplomat, wie mein Vater auch und sein Vater vor ihm.«

»Ich weiß, das hast du einmal kurz erwähnt«, erinnerte sich Jenna. »Aber was hat das mit den Schüssen im Café zu tun?«

»Während meiner Zeit in Afrika bin ich einigen Leuten auf die Füße getreten«, gab Nicholas nachdenklich zurück. »Gefährlichen Leuten. Dieser Kontinent ist kein Spielplatz für Amateure. Es gibt zu viele Despoten, machthungrige Emporkömmlinge und wahnsinnige Politiker, die nichts unversucht lassen, um an den Futtertrog der Entwicklungshilfen, Bestechungsgelder und Zuschüsse zu kommen. Ich war lange dort, Jenna, vielleicht zu lange. Mein Name stand damals mit Sicherheit auf mehreren Todeslisten. Ich war vorsichtig, bin schließlich rechtzeitig ausgestiegen. Aber es gibt Rechnungen, die werden erst nach Jahren beglichen. Wer weiß?«

Jenna sah ihn mit aufgerissenen Augen an. »Das gibt's doch nicht. Ich kenne dich schon so lange, und das sagst du mir erst jetzt?« Sie holte Luft. »Weiß Anne davon?«

»In Grundzügen«, gab Nicholas zu. »Das ist lange her. Aber vielleicht holt mich meine Vergangenheit jetzt ein …«

Jenna schürzte die Lippen und sah ihren Freund nachdenklich an. Diese Variante war verlockend, aber sie rief sich sofort zur Ordnung. Dann hätte sie das Video nicht erhalten. Schlagartig war der Knoten in ihrem Magen wieder da. Sollte sie es sagen? Sie gab sich innerlich einen Ruck. »Ehrlich gesagt …«, begann sie, »also … ich meine … ich vermute, dass dieser Anschlag wahrscheinlich eher mit mir als mit dir zusammenhängt.«

In diesem Augenblick erklang ein leises Wispern, und Jenna blickte sich irritiert um. Es klang wie Blätterrauschen, doch die Bäume streckten ihre Äste kahl in den Himmel, der gerade begann, sich dunkel zu verfärben. Sie schüttelte den Kopf, um das Geräusch zu vertreiben, doch das Wispern blieb.

»Mit dir? Ein Mordanschlag? Wie meinst du das?«, fragte Nicholas ungläubig zurück.

»Ich weiß wirklich nicht, wo ich anfangen soll«, zögerte Jenna. »Es klingt alles so völlig … verrückt.«

»Bist du in Gefahr?« Nicholas ließ Jenna nicht aus den Augen. Dann wandte er sich um und blickte instinktiv sichernd nach allen Seiten. Als er nichts Beunruhigendes entdecken konnte, legte er seine Hand auf Jennas Schulter. »Komm schon, rede!«

Jenna schüttelte seine Hand ab, stand auf und lief ein paar Schritte über den Kies. Sie sah nach oben. Zwei Flugzeuge zogen ihre Bahnen durch die Abenddämmerung, und Jenna beneidete für einen Moment alle Passagiere, die darin saßen und irgendwohin flogen. Weit, weit weg von ihrer Realität.

Das Wispern um sie herum war verstummt.

Im Reich der Schatten veränderte sich das Zwielicht. Die Nebel wurden heller. Manche der Schatten spürten es plötzlich: Es gab eine neue Chance. Vielleicht die letzte? Die, die noch wussten, wer sie waren, strebten dem Tor zu.

Zwischen den Grabreihen um sie herum veränderte sich das Licht, es wurde dunkler, schwärzer. Bewegte sich da nicht etwas? Mit einem Mal wusste Jenna, dass sie nicht mehr allein waren, und zog fröstelnd den Mantel enger um sich. Seltsam, warum hatte sie die Kälte vorher nicht gespürt? Sie hielt den Atem an und starrte angestrengt in die Dunkelheit.

Dann schlug sie entsetzt die Hand vor den Mund. Es mussten Dutzende sein, die plötzlich zwischen den Gräbern standen und sie anblickten. Mit leeren Augen und ausdruckslosen Mienen. Es waren Menschen, und doch keine, es waren nur Schatten, Schatten derer, die sie einmal gewesen waren.

Jenna holte tief Atem, wollte etwas sagen, scheiterte kläglich. Nicht einmal ein Krächzen brachte sie hervor.

Die Schatten wogten hin und her wie Schilf im Wind, blieben jedoch auf Distanz, als hindere sie eine unsichtbare Mauer daran, den nächsten Schritt zu tun. Mit jeder Sekunde wurden es mehr, die sie umringten, ihr die Luft nahmen.

Jenna schloss kurz die Augen, öffnete sie wieder – doch das Bild blieb. War der Mann im dunklen Umhang in München von hier gekommen? Himmel … Was hatte Kim getan? Sie fühlte die Panik wieder hochsteigen, ihre Hände begannen zu zittern.

Nicholas' Stimme hinter ihr riss sie aus der Erstarrung. »Bitte, Jenna. Sag etwas. Erklär es mir!«

»Siehst du sie?« Jenna erkannte ihre Stimme nicht mehr wieder.

Nicholas blickte sich um. »Die Grabsteine?«, sagte er, »Oder wen meinst du?«

»Neben den Grabsteinen?«

»Da ist nichts, Jenna.« Nicholas' Stimme klang etwas ungeduldig, und er sah sie misstrauisch an. »Sag mal, was ist eigentlich los mit dir?«

Manche wollten einfach nur wieder zurück. Doch die anderen wussten, was sie tun würden, wenn sie wieder im Reich der Lebenden wären. Nicht immer waren es die Aufrechten, die Guten, die das Tor passieren konnten. Der Wille des Bösen war meistens stärker. Der Wunsch nach Vergeltung verblasste im Reich der Schatten zuletzt.

Jenna starrte dorthin, wo die Nebel wie lebendige Wesen aus dem Gras schwebten, und wünschte sich in diesem Augenblick nichts sehnlicher, als diesem Anblick entfliehen zu können.

Langsam, als würden sie einsehen, dass sie heute vielleicht nichts mehr erreichen würden, verblassten die Schatten wieder. Doch das Gefühl der Verzweiflung, das sie umgab, blieb in der Luft hängen wie klebriger Honig, der bitter schmeckte. Jenna stolperte zwei Schritte zurück, stieß gegen die Buchsbaumhecke und sank auf die Knie. Dann übergab sie sich, würgte und spuckte Galle, bis nichts mehr übrig war.

»Verdammt, Jenna!«, hörte sie noch, dann hielt Nicholas sie

an den Schultern fest, wartete, bis der Anfall vorüber war und drückte ihr wortlos ein Taschentuch in die Hand.

Minuten vergingen, bis Jenna die Kraft fand, sich wieder aufzurichten. Es war, als hätten die Verzweiflung und die Hoffnungslosigkeit, die sie umgab, alle Kraft aus ihr gesaugt.

»Ich kann nicht mehr«, flüsterte sie und versuchte, nicht das Gleichgewicht zu verlieren. Schwankend hielt sie sich an Nicholas fest. Der Friedhof drehte sich mit beängstigender Geschwindigkeit um sie. Nicholas zog Jenna entschlossen mit sich auf die nächste Bank. Sie ließ sich schwer auf die Sitzfläche fallen, starrte auf den Boden, versuchte ruhiger zu atmen und so das Grauen zu bannen. Endlich begann sie zu erzählen, es brach förmlich aus ihr heraus: von ihren Träumen, Carolins Tod, ihrem Unfall, Kim und Matthews seltsamem Ritual – und ganz zum Schluss berichtete sie Nicholas von dem Video, das sie in ihrem E-Mail-Posteingang gefunden hatte.

»Dieser Film … Ich hab noch nie so etwas Grauenhaftes gesehen!«, stammelte sie. »Mein Gott, Ännchen … Ich hatte keine Ahnung. Wirklich nicht. Das musst du mir glauben, Nick! Und gerade eben … das war fast genauso schlimm. Jetzt sehe ich die verdammten Geister wirklich.« Sie fing an zu weinen.

Nicholas hatte ihr schweigend zugehört, sie festgehalten, ab und zu den Kopf gewiegt. Nun überlegte er laut. »Wenn du recht hast und das alles wirklich so passiert ist, dann ist das Video eine Warnung. Und zwar eine ganz klassische.« Plötzlich wütend fügte er hinzu: »Wem zum Teufel bist *du* auf die Füße getreten?«

Jenna legte den Kopf in den Nacken und sah in den nächtlichen Himmel hinauf. »Ich kann mich nur wiederholen: keine Ahnung. Ich weiß nicht, was das alles soll. Aber Nick – ich verspreche dir, ich werde es rausfinden. Für Anne.« Erneut begann sich alles um sie zu drehen, doch sie presste eine Hand auf den Magen und hielt sich krampfhaft aufrecht.

Nicht alle Schatten waren ins Zwielicht zurückgedriftet. Einer war dageblieben, widerstand dem Drang, mit den anderen zu gehen. Kaum sichtbar stand er neben dem Stamm einer Linde.

Beobachtete. Wartete auf seine Chance.

»*Wir* werden es herausfinden«, korrigierte Nicholas nach einer Pause.

Jenna, die nach seiner Reaktion eher damit gerechnet hatte, dass er sie mit Vorwürfen überhäufte, war verwirrt und dankbar zugleich. Dennoch wehrte sie zunächst ab. »Nick … Ich habe das Gefühl, das ist alles gefährlicher, als wir glauben. Ich will dich da nicht mit hineinziehen. Du musst für Anne da sein. Es reicht, wenn ich … Ach, verdammt, ich weiß überhaupt nicht, wo ich anfangen soll.«

Nick hielt eine Hand hoch. »Jetzt sei mal still, Jenna.« Er stand auf, verschränkte die Hände auf dem Rücken, ging hin und her und dachte laut nach. »Ich kann dir nicht sagen, was es mit dieser Geistergeschichte auf sich hat. Ich kann das nicht so recht glauben. So etwas gibt es zwar in der Literatur häufig – aber Papier ist geduldig, das weißt du selbst. Doch wenn ich alles zusammenrechne, was du und Kim in letzter Zeit erlebt habt … Ich war lange genug für die Regierung tätig, und ich erkenne eine teuflische Strategie, wenn ich sie sehe. Wenn du mich fragst, werdet ihr beide gerade systematisch in die Panik getrieben – um dann vermutlich irgendetwas zu tun. Wer und was? Das müssen wir herausbekommen.«

Jenna sah Nicholas überrascht an. Diese Seite an ihm kannte sie nicht. Er war über Anne ein guter Freund geworden, und sie hatte ihn für einen umgänglichen, manchmal spleenigen Engländer gehalten, der sich Hals über Kopf in ihre beste Freundin verliebt hatte, und der, dessen war sich Jenna sicher gewesen, den perfekten Ehemann nicht nur spielte. Der Nicholas, der hier vor ihr stand, war ihr fremd. War für ihn die ganze Geistergeschichte vielleicht eine willkommene Ablenkung von den Sorgen um Anne? Stürzte er sich nur deshalb so grimmig auf die neue Aufgabe, weil er nicht im Krankenhaus herumsitzen und auf seine totenblasse Frau starren wollte? Und was würde er tun, wenn sich herausstellte, dass Anne tatsächlich wegen Jenna im Koma lag? Gleichzeitig war Jenna dankbar, dass er ihr Glauben schenkte. Kim und sie konnten jeden Verbündeten gebrauchen.

»Als Erstes sollten wir zurück ins Hotel gehen«, meinte Nicholas schließlich. »Wenn jemand diesen Mordversuch gefilmt hat, heißt das, dass sie wissen, wo ich bin. Und wo du jetzt bist.«

In diesem Moment ertönte ein Rascheln nicht weit entfernt. Beide fuhren erschrocken herum. Eine schemenhafte Gestalt, diesmal eindeutig sehr lebendig, trat aus dem Schatten der Hecke und rannte durch die Grabreihen in Richtung Ausgang.

»He! Stehen bleiben!«, schrie Nicholas, zog mit einer fließenden Bewegung einen Revolver aus seinem Hosenbund und zielte auf den Unbekannten, doch der stürmte in diesem Moment um die Ecke und verschwand im Dunkeln. Mit einer unwilligen Bewegung ließ Nicholas die Waffe sinken. »Verdammt …«, murmelte er, »der ist weg.«

»Seit wann, um Gottes willen, hast du eine Pistole?«, stammelte Jenna fassungslos.

Nicholas zuckte mit den Schultern und starrte in die Dunkelheit. »Du glaubst doch nicht, dass mir so etwas noch einmal passiert? Ein Anschlag reicht mir.« Seine Augen glitzerten. »Und was die Waffe betrifft, so ist es vielleicht besser, dass du nicht alles aus meiner Vergangenheit weißt.« Als er Jennas große fragende Augen sah, winkte er ab. »Sagen wir, ich war in einer speziellen diplomatischen Abteilung. Das muss für den Moment genügen. Dass der Typ abhauen konnte, ist wirklich Pech. Schade, ich hätte ihm gern ein paar Fragen gestellt.« Das klang in Jennas Ohren fast wie eine Drohung, und sie war sich mit einem Mal nicht mehr so sicher, ob London eine gute Idee gewesen war.

»Wenn ich gewusst hätte, was du mir erzählen würdest, eure Erlebnisse und Erscheinungen«, fuhr Nicholas fort, »dann hätte ich vielleicht einen anderen Platz für unsere Unterhaltung gewählt. Der Unbekannte hat wahrscheinlich alles mitgehört – von der Friedhofsverwaltung war der jedenfalls nicht.«

Jenna versuchte die Panik, die in ihr aufstieg, und die Verwirrung über Nicholas' Verwandlung vom fürsorglichen Ehemann zum Geheimagenten zu unterdrücken. »Der spricht bestimmt kein Deutsch«, gab sie nervös zurück. »Was machen wir denn jetzt?«

Nicholas klappte die Trommel seines Revolvers aus und warf einen Blick auf die vollen Kammern. Dann richtete er den Lauf auf den Boden und beobachtete konzentriert die Umgebung, die dunklen Tore der Grüfte und die Büsche hinter den Grabsteinen. Jenna bemerkte die Routine seiner Handgriffe, das jahrelang erprobte und immer wieder durchexerzierte Verhalten.

»Verschwinden wir von hier!«, stieß er dann hervor und nahm Jennas Hand. »Wer weiß, wie viele von denen noch hier sind!«

»Warte noch«, Jenna sah sich suchend um. Der Lauscher war verschwunden, aber es war immer noch jemand außer ihnen hier. Der Mann im Umhang? Jenna sah wieder das Gesicht mit der blutroten Narbe vor sich, und die Angst schüttelte sie erneut. Sie fühlte sich so klein, so verdammt hilflos, und Nicholas machte es in diesem Moment nicht wirklich besser. Die Angst hatte sich in ihr eingenistet und ließ sie nicht mehr los, egal, was sie tat.

Würde sie ihn wahrnehmen? Ihn sehen? Er kämpfte sich weiter, stieß gegen die unsichtbare Wand, bündelte all seinen restlichen Willen, versuchte noch einen einzigen Schritt.

Und diesmal reichte es.

Jenna nahm aus dem Augenwinkel einen Mann wahr, der aus dem Schatten einer Linde hervortrat. Er war selbst kaum mehr als ein schemenhafter Umriss, doch Jenna konnte fühlen, dass ein winziger Funke in ihm glomm.

Der Schatten hob die Hand wie zum Gruß. Noch kämpfte er gegen das Nichts, dagegen, sich der Leere zu überlassen. Noch wusste er, wer er war.

Oh, bitte, bitte nein, dachte Jenna, nicht noch einer! Augenblicklich waren die Panik wieder da, der Terror und die grenzenlose Angst. Gegen ihren Willen wandte sie sich ihm zu, sah ihm in die Augen – und verspürte zu ihrer eigenen Überraschung, wie die Angst von ihr abfiel und der Terror verschwand. Da waren nur mehr Verwunderung und Neugier.

Und eine wortlose Frage.

Jenna nickte, eine ebenso wortlose Antwort.

Antoine Lagardère war noch nicht ganz verloren.

Nicholas wollte etwas sagen, Jenna weiterziehen, doch sie stand einfach da und zeigte mit dem Finger auf den einzelnen Schatten: »Schau! Da! Siehst du ihn jetzt?«

Nicholas wirbelte herum, die Waffe sofort wieder im Anschlag, doch so sehr er sich auch anstrengte, er sah niemanden.

»Da ist nichts, Jenna«, sagte er, griff nach ihrer Hand und zog sie ungeduldig hinter sich her zum Auto. Immer wieder blickte er lauernd über seine Schulter in den Friedhof zurück.

Kaum war Jenna auf den Beifahrersitz gefallen und hatte ihr Handy hervorgezogen, um sich zu vergewissern, dass mit Kim alles in Ordnung war, gab Nicholas auch schon Gas. Er raste die wenigen Kilometer zurück nach Kensington, ohne an eine Geschwindigkeitsbeschränkung zu denken, hielt vorschriftswidrig direkt vor dem Hotel und drückte einem verdutzten Angestellten in der Lobby fünf Pfund und seinen Autoschlüssel in die Hand.

»Parken Sie den Mini bitte irgendwo sicher, ich hole ihn nachher wieder ab.« Dann schob er Jenna zum Aufzug. »Und jetzt zu Kim!«

Seinen Revolver hatte er wieder im Bund seiner Jeans verstaut. Das Gefühl des Metalls auf nackter Haut rief Erinnerungen in ihm wach. Dunkle Erinnerungen.

Überrascht stellte er fest, dass es ganz leicht war, fünfzehn

Jahre zu überspringen und wieder dort zu beginnen, wo das Schicksal ihm damals einen Strich durch eine sorgfältig aufgestellte Rechnung gemacht hatte.

Jenna hämmerte ungeduldig an die Zimmertür. »Kim, mach auf. Wir sind's.«

Kim öffnete sofort. »Nachdem du angerufen hast, habe ich praktisch neben der Tür gewartet«, erklärte sie verlegen.

»Mit gutem Grund«, meinte Nicholas und betrat das Zimmer, sah sich wachsam um. »Bei dir alles okay? Keine Anrufe? Wollte jemand etwas von dir?«

»Nein. Nicht mal Matthew.« Kim schlurfte zurück zum Bett und ließ sich darauffallen. »Was war denn los? Ihr seht ziemlich fertig aus.«

»Wir haben allen Grund dazu.« Jenna ließ sich mit zitternden Knien an der Wand hinabgleiten, blieb auf dem Boden sitzen. »Kim, ich glaube, wir sind vom Regen in die Traufe geraten. Ich wollte uns hier in Sicherheit bringen, dachte, wenn wir uns quasi in der Höhle des Löwen verstecken, ist das clever, aber das war die falsche Entscheidung. Die wissen, dass wir hier sind.«

»Die? Wer die?«, fragte Kim erschrocken.

Jenna sah Nicholas nachdenklich an. Er schien wieder ganz der Alte, verbindlich lächelnd und charmant, doch sie konnte den Anblick von vorhin nicht vergessen – schussbereit mit der Waffe im Anschlag, einen wild entschlossenen Ausdruck in den Augen, den sie vorher noch nie gesehen hatte. Dieser Nicholas jagte ihr Schauer über den Rücken.

Ohne sich ihr Unbehagen anmerken zu lassen, antwortete Jenna auf Kims Frage: »Die Typen, die auf Anne geschossen haben … Was weiß ich?« Frustriert hob sie ihre Hände und ließ sie wieder in den Schoß fallen. »Jemand ist uns gefolgt. Und das Schlimmste ist: Ich habe schon wieder Geister gesehen. Ich hatte wirklich gehofft, die wären in München geblieben. Gott, mir ist jetzt noch schlecht.«

Sie deutete auf die Flasche auf dem Tisch. »Gib mir mal bitte einen Schluck Wasser. Ich schmecke sie immer noch. Ich kann es kaum beschreiben, dieser Nebel schmeckt – lähmend. Ekelhaft.« Sie schüttelte sich.

»Ich glaube nicht an Zufälle«, warf Nicholas düster ein. »Nicht in eurem Fall. Da steckt ein Plan dahinter. Das ist so gut wie sicher. Geister oder nicht. Und noch etwas: Wer auch immer Anne angeschossen hat, ist ein Meisterschütze. Den findest du nicht in den Gelben Seiten.«

»Und was sollen wir jetzt machen?«, fragte Kim unsicher.

»Dringend einen Ausweg finden oder zum Angriff übergehen«, erklärte Nicholas bestimmt.

»Zum Angriff? Ich höre wohl nicht recht«, funkelte Jenna ihren Freund an.

»Vielleicht hab ich da was …« Kim wechselte vom Bett zu dem kleinen Tisch, auf dem der Laptop stand und wedelte mit dem alten Buch. »Keine Sorge, ich habe nicht nur ferngesehen. Du wolltest doch, dass ich die Seiten über Mary Kingsley lese. Hab ich auch gemacht. Und gleich von hier aus ein bisschen im Internet gestöbert. Die hatte vielleicht ein wildes Leben. Echt spannend. Und dann gibt es noch eine total abgefahrene Geschichte über ihren Auftraggeber, Lord Covington …«

Nicholas, der in Gedanken versunken in der Minibar rumorte, um für sich und Jenna ein Bier zu finden, hob alarmiert den Kopf. »Halt, halt! Was hat *der* denn damit zu tun? Jenna, welchen Teil der Geschichte hast du unterschlagen?«

»Du kennst Lord Covington? Ich dachte, du bist jünger«, grinste Kim frech.

»Sehr witzig.« Nicholas verzog das Gesicht, aber der Versuch eines Lächelns erreichte seine Augen nicht. »Ja, ich kenne die Covingtons. Jeder in England kennt sie. Alter, ganz und gar nicht verarmter Landadel. Ein paar von ihnen saßen auch mal im Oberhaus. George ist der Jüngste, glaube ich. Er hat noch eine Schwester, aber die ist mit einem Bürgerlichen verheiratet.« Nicholas stand auf und reichte Jenna eine Flasche Stella Artois. »Wie kommt ihr denn jetzt auf den? Und diese, wie heißt sie noch mal, Mary Kingston?«

»Kingsley«, verbesserte Jenna und nahm dankbar einen Schluck. »Du wirst es nicht glauben, aber das Buch ist mir in deiner Wohnung quasi vor die Füße gesprungen. Nachdem ich um Hilfe gebeten hatte.«

»Wen um Hilfe gebeten? In unserer Wohnung?«, fragte Nicholas alarmiert.

Jenna betrachtete die Bierflasche, als wäre auf dem Etikett die Antwort zu finden. »Ich weiß es nicht, Nick«, antwortete sie müde. »Deine Bücher? Die Geister?«

»Geister? So wie vorhin auf dem Friedhof?«

Kim schaute wie bei einem Tennismatch zwischen den beiden hin und her. »Was für ein Friedhof? Ihr habt doch gesagt, ihr wolltet spazieren gehen.«

»Wir waren auf einem Friedhof spazieren«, erklärte Jenna, und Kim verdrehte die Augen, als wollte sie sagen »Ihr spinnt doch völlig!«. Aber sie schwieg und machte eine auffordernde Geste.

Jenna holte tief Luft. »Erkläre ich dir später. Ich sage doch, ich habe Geister gesehen, eine ganze Menge.« Sie nahm hastig den nächsten Schluck, um ihren Magen daran zu hindern, sich in die falsche Richtung zu drehen. »Jedenfalls kommt mir diese Frau aus dem Buch irgendwie bekannt vor«, fuhr sie an Nicholas gewandt fort. »Nein, nicht nur das. Je länger ich darüber nachdenke, desto sicherer bin ich: Sie kann uns etwas mitteilen. Und damit ist sie die erste Spur, die wir haben.«

»Das klingt bestenfalls esoterisch und nicht gerade seriös«, kommentierte Nicholas. »Mir wäre es lieber, wir hätten bessere Hinweise, auch auf diese Attentäter. Was ist mit dieser E-Mail, die du bekommen hast? Wer war der Absender?«

Jenna zuckte ratlos mit den Schultern. »Das konnte ich nicht herausfinden. Vielleicht kann ein Profi die Mail zurückverfolgen – ich kann es nicht. Ich bin Grafikerin, kein Hacker.«

Nicholas ließ sich schwer auf den einzigen Sessel fallen und streckte seine langen Beine aus. »Da könnte ich dir vielleicht helfen«, sagte er langsam. »Schick mir die Mail doch mal weiter. Ich kenne da jemanden.«

»Jetzt gleich?«, fragte Jenna verdutzt.

Nicholas nickte.

Jenna erhob sich seufzend und schob Kim am Computer beiseite. »Lass mich mal da hin.« Sie öffnete den Browser, loggte sich in ihre E-Mails ein und leitete Nicholas die Nachricht weiter.

Der griff in seine Hosentasche. »Mist. Ich schätze, ich habe mein Handy im Auto liegen lassen. Wartet kurz, ich gehe schnell hinunter und hole es. Dann kann ich die E-Mail gleich von dort weiterleiten. Lauft nicht weg.«

Mit diesen Worten war er bereits an der Tür, warf sie mit Schwung hinter sich zu, fuhr mit dem Aufzug die fünf Stockwerke nach unten und eilte zur Rezeption. »Wo haben Sie meinen Mini geparkt?«, erkundigte er sich.

Das junge Mädchen am Empfang griff in eine Lade und

reichte ihm seine Autoschlüssel. »Ungefähr fünfzig Meter links die Straße hinunter, Sir«, erklärte sie. »Nicht zu verfehlen.«

Nicholas trat durch die Glastür auf die Straße, lief die Stufen hinunter und wandte sich nach links. Trotz der schwachen Straßenbeleuchtung sah er seinen Wagen schon von der Hoteltreppe aus. Ein scharfer Wind pfiff durch die schmale Straße, es war noch ein paar Grad kälter geworden.

Nicholas war etwa fünf Autos von seinem Mini entfernt, als er den Jungen entdeckte. Sein Gesicht war nicht deutlich zu erkennen, er hatte eine Mütze tief in die Stirn gezogen. Gegen den kalten Wind? Der große, schlaksige Kerl stand auf der anderen Straßenseite, beobachtete die geparkten Autos und hielt sein Handy hoch, als würde er fotografieren. Misstrauisch blieb Nicholas stehen, überlegte, hielt dann den Schlüssel hoch und öffnete mit der Fernbedienung die Zentralverriegelung.

Die Stichflamme schoss bis zum zweiten Stock eines hellen Wohnhauses mit großen französischen Fenstern. Der Mini wurde von der Wucht der Explosion geradezu aus der Parklücke gehoben und in die Mitte der Straße geschleudert. Zahlreiche Fenster im Umkreis zersplitterten, und ein vorbeifahrender Mercedes wurde durch den Druck zur Seite geschoben und fuhr ungebremst an die nächste Hauswand. Die brennenden Reste des Mini, ein Haufen verbogenes Metall, über dem eine Flammensäule loderte, blockierten die Straße. Ein Regen von Glassplittern ging auf die Gehwege nieder wie ein Hagelschauer aus spitzen Schrapnellen. Nicholas war durch die Druckwelle zu Boden geschleudert worden. Benommen versuchte er sich aufzurichten und zog sich am Außenspiegel eines geparkten Autos hoch.

Er versuchte, durch den stinkenden Qualm, der sich rasch ausbreitete, irgendetwas zu erkennen. In der Ferne waren die ersten Sirenen zu hören. Der Junge mit dem Handy war verschwunden …

Nicholas lehnte sich mit schmerzverzerrtem Gesicht an einen Wagen und fluchte laut. »Dammit, das darf doch nicht wahr sein!« Die Blaulichter schienen von allen Seiten zu kommen, die Sirenen kündigten Feuerwehr und Polizei an. Hastig zog er den Revolver aus dem Hosenbund und warf ihn durch das zerbrochene Seitenfenster eines VWs in den Fußraum, wo er in der Dunkelheit verschwand. Zwei Anschläge innerhalb von einer Woche – wie er das der Polizei erklären wollte, war ihm schleierhaft. Und eine Waffe würde die Erklärungsversuche nicht überzeugender machen.

Die Explosion war so stark, dass Jenna, die noch immer vor dem Computer saß und sich durch ihre neuen E-Mails klickte, instinktiv den Kopf einzog. Die geschlossenen Doppelfenster mit den Isolierglasscheiben klirrten und klapperten und zerrten an ihren Rahmen. Doch sie hielten.

In demselben Moment, als Jenna aufspringen und auf die Straße schauen wollte, erschien mit leisem »Ping« eine neue Nachricht in der In-Box. Jenna sah nervös hin und her, vom Fenster zum Schirm und wieder zurück und beugte sich schließlich vor zum Bildschirm. Dann schrie sie auf: »O nein! Nicht noch eine!«

Kim, die vom Bett aufgesprungen war, stand mit der Stirn an die Scheiben gepresst und blickte fasziniert auf die Flammen, deren Schein Muster auf die Häuserwände zeichnete. »Was ist los?«, fragte sie ihre Mutter, ohne den Blick von der Straße zu wenden.

»Eine weitere E-Mail mit Video-Anhang«, stieß Jenna mit zitternder Stimme hervor.

Draußen waren immer mehr Sirenen zu hören, die Blaulichter rotierten um die Wette. »Da unten ist etwas explodiert«, stellte Kim sachlich fest, »ein Auto, glaube ich. Haben die am Flughafen nicht gesagt, es gibt in London keine Anschläge mehr?«

Jenna wusste nicht, was sie zuerst tun sollte – die Mail samt Anhang anschauen oder zu Kim ans Fenster stürzen. Also klickte sie mit dem Mut der Verzweiflung erst die Mail und dann das Video an – und musste im nächsten Moment zusehen, wie Nicholas' Mini in die Luft gesprengt wurde.

»Das … das kann einfach nicht wahr sein«, flüsterte sie immer wieder und saß starr vor Entsetzen vor dem Bildschirm. Nun war ihr klar, was da unten auf der Straße brannte. Kim riss nach einem Blick auf den Laptop das Fenster auf und schrie hinaus: »Nick! Nick!«

Nicholas sah hoch, entdeckte Kim und schrie zurück: »Ich bin okay! Bleibt oben!«

Die Turmuhr von St. John's schlug neun. In dem unauffälligen Reihenhaus im Londoner Stadtteil Notting Hill war es still. Im Salon, einem großzügigen Raum im ersten Stock, saßen fünf Männer in dunklen Anzügen um einen runden, fast schwarz glänzenden Tisch. Dunkelrote Samtvorhänge verdeckten die Fenster, auf dem Tisch brannte eine einzelne große Kerze und warf flackernde Schatten auf die Gesichter. Keiner sagte ein Wort, sie schienen auf etwas zu warten. Endlich wurde die Stille durch das Summen eines Handys unterbrochen. Einer von ihnen zog das Gerät aus der Sakkotasche, blickte ein paar Sekunden auf das Display und nickte dann. »Die Botschaft ist angekommen«, sagte er und betrachtete zufrieden das Inferno vor dem King George Hotel. Er klopfte mit den Fingerknöcheln auf die Tischplatte. »Es gibt zwei Dinge zu besprechen«, eröffnete er. »Erstens: Der Jäger wurde wie erwartet zu uns zurückgebracht.«

Es war, als hätte die Luft sich mit einem Mal elektrisiert. Spannung dehnte sich in dem Salon aus.

»Wo ist er?«, fragte einer.

»Noch in Deutschland, aber er wird bald hier sein«, gab der Anführer zurück und konnte ein triumphierendes Lächeln nicht verbergen. »Und zweitens: Unsere Botschaften sind angekommen. Die Frau ist so weit. Sie wird unser …«, er zögerte einen Moment, »nun, unser – Angebot nicht ausschlagen können.«

»Sicher?«, fragte einer. »Wo ist sie? Wir hatten schon mehrfach die Falsche im Visier.«

»Sie ist bereits hier«, verkündete der Anführer. »In London. Mit ihrer Tochter.« Er betrachtete versonnen seine linke Hand, über die sich ein fast unsichtbares Netz von Brandnarben zog. »Unsere Männer beobachten sie und den Büchersammler.« Verächtlich setzte er hinzu. »Der wird ihr allerdings nicht viel helfen können. Noch weiß sie nicht, was sie ist. Das werden wir ausnützen.« Er lächelte kalt, und seine Stimme sank zu einem Zischen herab.

»Meine Herren, in vierundzwanzig Stunden werden wir all das erreicht haben, wofür unsere Bruderschaft seit Jahrhunderten kämpft.«

Das Pentagramm, das in die dunkle Kirschholzplatte eingelassen worden war, begann plötzlich zu glühen.

6

FREITAG, 10. FEBRUAR

Die Sonne kämpfte sich durch den Hochnebel, der über der Themsestadt hing, als Jenna, Kim und Nicholas – letzterer hatte in dem großen Sessel genächtigt – am nächsten Morgen wie gerädert erwachten. Wer immer die Mär vom erholsamen Schlaf in die Welt gesetzt hatte, er hatte keine Ahnung.

Nachdem drei eifrige Polizisten, die anscheinend nie müde wurden, immer dieselben Dinge zu fragen, Nicholas noch in der Nacht am Tatort ausführlich vernommen hatten, war irgendwann nach Mitternacht der Zeitpunkt gekommen, wo sie ihn hatten gehen lassen. Allerdings nicht ohne darauf hinzuweisen, dass er die Stadt tunlichst vorerst nicht verlassen sollte.

»Erst Ihre Frau, dann Ihr Auto«, hatte ein Polizist nachdenklich kommentiert, der Nicholas' Personalien aufgenommen hatte und von seinen Kollegen in der Zentrale innerhalb weniger Minuten mit den relevanten Informationen über den Autobesitzer und seine Vergangenheit versorgt worden war. »Kann es sein, dass jemand etwas gegen Sie hat, Mr. Wright?«

Nicholas hatte zugesehen, wie die Reste des Minis auf einen Polizei-Lkw aufgeladen worden waren, den Kopf geschüttelt und geschwiegen.

»Bad, Frühstück, Kaffee«, schlug Jenna gähnend vor, die sich noch nicht zu vollständigen Sätzen durchringen konnte, und gab Kim einen Klaps. »Du zuerst.«

Nicholas schälte sich aus dem Sessel und streckte sich ächzend, bevor er vorsichtig die großflächige Prellung auf seinem Rücken betastete.

»Jenna, ich sage dir, ich habe schon einige Albträume durchlebt, aber das hier schlägt alles.« Er schüttelte frustriert den Kopf. »Und langsam fange ich an, es persönlich zu nehmen.«

Die Angestellten des Hotels waren bereits damit beschäftigt, das Frühstücksbuffet abzuräumen und den Speisesaal für mittags aufzudecken, doch Nicholas überredete die Restaurantchefin, ihnen die Reste des Frühstücks zu überlassen. Sie würden sich an einen Tisch in der kleinen Bar setzen.

»Ist schon in Ordnung«, erklärte diese hilfsbereit und musterte Nicholas, dessen Jeans einen großen Riss am Knie aufwies. »Brauchen Sie sonst noch etwas, Sir?«

Ja, bitte, ein Wunder, dachte Nicholas, aber er sagte es nicht. Nach einer großen Tasse Kaffee und dann nach noch einer fühlte er sich in der Lage, Pläne zu schmieden. »Also …« Er blickte die zwei Frauen forschend an, »was wissen wir bisher? Wo stehen wir?«

Jenna, die gerade mit Alex telefoniert und dabei kaum ein einziges Mal die Wahrheit gesagt hatte – »Annes-Zustand-ist-unverändert-und-uns-geht-es-gut-und-wir-genießen-London« –, steckte ihr Handy wieder in die Tasche und zuckte mit den Schultern. »Ich weiß nicht, wo ich anfangen soll«, sagte sie leise.

»Ein Selbstmord, ein Unfall, ein Mordversuch, eine Autobombe und Geister aus dem Jenseits«, zählte Kim dafür auf und wurde noch blasser. Ihr Gesicht war schmäler geworden in den letzten Tagen, die Wangenknochen traten deutlich hervor, und sie hatte tiefe Ringe unter den Augen. Die große Portion Rührei auf ihrem Teller war unberührt.

Nicholas zog verärgert eine Grimasse. »Eigentlich sollte ich Scotland Yard bitten, euch in Schutzhaft zu nehmen, bis das alles vorbei ist.« Jenna hielt sich an ihrer Tasse Tee fest und malte mit ihrer Gabel nervös Muster auf die Tischdecke. »Gute Idee, nur leider völlig sinnlos. Ich habe ja schon versucht zu flüchten, und es hat nicht funktioniert. Ganz im Gegenteil, wir haben dich und Anne auch noch in Gefahr gebracht.«

»Du kannst nichts dafür«, gab Nicholas zurück. »Ich habe dir schon gesagt, das ist alles kein Zufall, da zieht jemand die Fäden. Die filmen uns, beobachten uns, verüben Anschläge und schauen, wie wir darauf reagieren. Außerdem schrecken sie vor nichts zurück. Also, wenn wir überhaupt eine Chance haben wollen, dann müssen wir so unauffällig wie möglich vorgehen. Von der Bildfläche verschwinden, aber ohne Aufsehen.« Er sah auf seine Armbanduhr. »Jetzt ist es kurz nach zehn. Die einfachen Dinge zuerst: Ich muss in mein Hotel, mich umziehen und mir ein neues Handy besorgen. Außerdem will ich die Videos an einen Freund bei der Polizei weiterleiten. Der soll sehen, was er herausbekommen kann.« Nicholas klang nun völlig gelassen, und Jenna beobachtete fasziniert, wie der Agent wieder zum Vorschein kam. »Und jetzt zu dir, Jenna. Du glaubst, die Familie Covington hat etwas damit zu tun?«

»Nein, ich sagte, ein Lord Covington war der Auftraggeber dieser englischen Forscherin. Und die könnte was damit zu tun haben«, korrigierte Jenna. »Ja, ich weiß, dass das verrückt klingt, aber ...«

Nicholas schnitt ihr das Wort ab: »Hör auf, dich zu entschuldigen. Das bringt nichts.«

»Hast du nicht gesagt, du kennst einen von denen?«, fragte Kim dazwischen, die noch immer mit leichtem Widerwillen auf ihr Rührei blickte. »Wo wohnt er denn?«

Nicholas lehnte sich zurück und verschränkte die Arme. »Die Covingtons haben ein großes Anwesen in Cambridge. Aber finden wirst du ihn unter der Woche meistens hier in London. Im Porter's Club.«

»In einem Herrenclub? Du meinst, wie bei *In 80 Tagen um die Welt?* Die Art von Club?« Jenna konnte trotz der dramatischen Situation ein kleines Lächeln nicht unterdrücken.

»Genau da. Er ist in der glücklichen Lage, keiner geregelten Arbeit nachgehen zu müssen. Mit einem Wort – er hat viel Zeit ...«

»Woher kennst du ihn?«, fragte Kim, deren Augen beim Wort Herrenclub interessiert aufgeblitzt hatten.

»Ich habe früher einmal für das Außenministerium gearbeitet«, antwortete Nicholas ausweichend. »Damals hat er den einen oder anderen Auftrag für mich erledigt. George besaß manchmal die besseren Kontakte ...« Bilder blitzten in rascher Folge vor seinem inneren Auge auf: Algerien, Anfang der Neunzigerjahre ... zwei junge Engländer, die sich für unverwundbar hielten ... Die Flucht ... Und immer wieder ein Gesicht, das Gesicht seines ehemaligen besten Freundes George Covington.

Nachdem sich bei den Parlamentswahlen 1992 in Algerien ein Sieg der fundamentalistischen Islamischen Heilsfront abzeichnete, hatte das Militär geputscht und damit einen Abbruch der Wahlen erreicht. Die Heilsfront hatte danach zum bewaffneten Aufstand aufgerufen. Bei den Vorverhandlungen war Nicholas als Regierungsberater dabei gewesen, stand wenig später auf der Todesliste der Aufständischen und konnte es nur Georges inoffiziellen Verbindungen zur Familie des bisherigen Präsidenten Bendjedid verdanken, dass George und er eines Nachts, buchstäblich in letzter Sekunde, das Land verlassen konnten. Der britische Pilot, John Finch, der damals bereits seit Langem in Afrika lebte und für alle flog, die genug zahlten, hatte alle Warnungen und Todesdrohungen ignoriert und sie unversehrt nach England gebracht.

Danach war George nie wieder derselbe gewesen. Und er, Nicholas? Er hatte diese Episode zum Anlass genommen, den Dienst im Außenministerium zu quittieren, sein altes gefahrvolles Leben hinter sich zu lassen und sich in Deutschland mit Anne ein neues, friedliches und unaufgeregtes Dasein aufzubauen. Die Abenteuer, die Einsätze an zwielichtigen Plätzen und die Aufträge, die manchmal eine Spur der Verwüstung hinter sich herzogen, waren vorbei. Sein altes Leben war passé.

Zumindest hatte er das bis gestern Abend gedacht …

»Dann treffen wir uns doch mit ihm«, schlug Kim vor und holte Nicholas mit einem Ruck in die Gegenwart zurück. »Kommt schon! Irgendwo müssen wir anfangen. Was kann es schon schaden, wenn wir ihn fragen?« Kims Augen leuchteten auf. »Findet man den im Telefonbuch?«

Jenna schaute ihre Tochter mit zusammengekniffenen Augen an. »Indiana Jones, hm?«, murmelte sie vor sich hin. Sie hatte kaum einen Bissen von ihrem Frühstück heruntergebracht.

Nicholas legte sein Besteck zur Seite. »Im Telefonbuch steht er sicher nicht, aber ich weiß, wie wir George finden können. Wenn ihr meint, das hilft uns weiter, dann versuche ich etwas zu arrangieren. Aber macht euch nicht zu viele Hoffnungen, ich habe seit Jahren nicht mehr mit ihm gesprochen. Ich weiß nicht einmal, ob er mich sehen will.« Damit erhob er sich und griff nach seiner Jacke. »Ihr bleibt hier und rührt euch besser nicht von der Stelle.«

»Nein, wir fahren zu Anne«, widersprach Jenna vehement.

»Wir können ja ein Taxi nehmen und nicht mit der U-Bahn fahren, wenn dir das lieber ist.«

Nicholas stützte sich mit den Händen auf die Stuhllehne und sah seine Freundin forschend an. Er sah nicht gerade überzeugt aus, doch er gab nach. »Ist gut, dann macht das und passt auf euch auf! Ich rufe an, wenn ich etwas Neues weiß.«

Jenna nickte.

Wenigstens in der Klinik würden sie und Kim für eine Weile sicher sein.

Dr. Alexander Winters griff nach Geldbeutel und Handy, schob beides in die Manteltasche und wickelte sich in seinen Schal. Er hatte heute Frühdienst, und in einer halben Stunde erwarteten sie ihn auf der Station. Drei Operationen standen an, eine komplizierter als die andere.

Alex hatte nicht gut geschlafen. Die Sorge um Kim hatte ihn immer wieder hochschrecken lassen. Seine Frau war vorhin am Telefon ganz ruhig gewesen, doch er hatte gespürt, dass sie ihm etwas verschwieg. Anne ginge es den Umständen entsprechend, hatte sie erklärt, aber keiner wisse, ob und wann sie wieder aufwache.

Als er sich gerade die Schuhe zuband, klopfte es an seine Wohnungstür. Seit der Trennung von Jenna wohnte Alex in einer kleinen Zweizimmerwohnung in einem der großen Wohnblocks nahe des Klinikums rechts der Isar.

»Ich komme gleich«, rief er, griff nach seinen Schlüsseln und öffnete Augenblicke später die Tür. Draußen standen zwei Männer, ein junger in Jeans und Parka, er sah aus wie ein Student, und ein zweiter, der etwa in Alex' Alter sein mochte. »Kripo München«, sagte er und lächelte höflich. »Dürfen wir Ihnen ein paar Fragen stellen?«

Alex hob bedauernd die Schultern. »Ich muss dringend zur Arbeit.«

»Es dauert nicht lange«, sagte der Ältere und blockierte mit einem Fuß unauffällig die Tür. »Eigentlich haben wir nur eine einzige Frage. Wo sind Ihre Frau und Ihre Tochter?«

Alex blickte ihn verblüfft an. »Wieso? Ist etwas passiert?«

»Wir müssten mit beiden sprechen«, lautete die ruhige Antwort. Etwas im Lächeln des älteren Polizisten ließ die Haut in Alex' Nacken kribbeln. Er wirkte geschäftsmäßig und verbindlich, aber dennoch beschlich Alex ein ungutes Gefühl. Sein junger Kollege im Hintergrund ließ Alex nicht aus den Augen.

»Das war keine Antwort auf meine Frage. Kim und meine Frau machen eine Woche Urlaub. In London«, fügte er hinzu. »Worum geht es eigentlich? Und könnte ich bitte Ihre Ausweise sehen?«

Sein Herz klopfte laut, und ihm schoss durch den Kopf: Ich lege mich gerade mit einem Polizisten an. Er dachte daran, was Jenna ihm erzählt hatte – und daran, dass sie etwas ausgelassen hatte. Jenna und er hatten einige Täler in ihrem Eheleben durchschritten, aber sie waren immer ehrlich zueinander gewesen. Die Zwischentöne bei ihrem letzten Telefonat ließen die Alarmglocken in ihm schrillen. Und aus irgendeinem Grund war Alex sich plötzlich sicher: Wenn der Mann ihm gegenüber ein echter Polizist war, dann war er Kreuzfahrtkapitän.

»Weiß Kommissar Sandberg, dass Sie hier sind?«, fragte er und war froh, dass ihm der Name des Ermittlungsbeamten in diesem Moment wieder einfiel.

»Sandberg?«, fragte sein Gegenüber jetzt, und ein süffisantes Lächeln spielte um seine Mundwinkel. »Ja, Sandberg … Der ist gerade mit etwas anderem beschäftigt. Selbstmord, nicht wahr? Sehr unschön.« Mit einer nachlässigen Handbewegung schob er sich eine blonde Strähne aus der Stirn und fixierte den Arzt, wich keinen Millimeter von der Tür zurück. Er machte keine Anstalten, einen Ausweis zu präsentieren.

Alex hob den Blick und starrte in zwei blaue, eiskalte Augen.

Er versuchte, sich seine Angst nicht anmerken zu lassen, schob den Mann rüde zur Seite, trat auf den Gang hinaus und zog zugleich die Wohnungstür energisch hinter sich zu. Alex wusste, dass keiner seiner Nachbarn zu Hause war und er von daher keine Hilfe zu erwarten hatte.

Mit einem »Ich kann Ihnen leider nicht weiterhelfen, schönen Tag noch!« drängte er sich auch an dem zweiten vermeintlichen Beamten vorbei und rannte mehr, als er lief, die Treppe hinunter. Sekunden später fiel lautstark die Haustür ins Schloss.

Der Jäger drehte sich um und blickte seinen Gehilfen an. »Ich glaube, du hast ein ernstes Problem, kleiner Matthias«, sagte er gefährlich leise. »Wo sind sie?«

Matthew hob beruhigend beide Hände. »Ich finde sie, ganz bestimmt, sie können nicht weit sein, glauben Sie mir …«

»Ich gebe dir zwei Stunden. Danach übernehme ich«, stellte ihm von Keysern ein einfaches Ultimatum. »Und dann wirst du dir wünschen, nie gelebt zu haben. Denn dann …« Er machte eine Pause und trat ganz nahe an Matthew heran. »Dann wirst du meinen Platz bei den Schatten einnehmen.« Die Kälte und der Geruch nach Rauch waren plötzlich wieder da, schwebten im Treppenhaus. Abrupt drehte sich der Jäger um und stieg die Treppen hinunter. Zurück blieb der Gestank nach verbranntem Fleisch.

Matthew lehnte mit zitternden Knien an der Wand und musste sich fast übergeben.

O Gott, dachte er, während er krampfhaft würgte, jetzt bin ich so gut wie tot.

Das schaffe ich niemals.

Der Porter's Club war in London eine Legende, eine der letzten Inseln britischer Ehrwürdigkeit und Tradition. Angesiedelt neben einer Reihe weiterer Gentlemen-Clubs, die inzwischen bereits Mobiltelefone und Laptops in ihren heiligen Hallen duldeten, lag der Porter's zwischen Piccadilly Circus und dem Regierungsviertel. Clubs und London, das gehörte seit Jahrhunderten zusammen. Die Geschichte Englands wurde hier geschrieben, jeder Londoner, der etwas auf sich hielt und der es sich leisten konnte, verbrachte mindestens die Hälfte seines Lebens in einem Club – zumindest bis zum Beginn des letzten Jahrhunderts. Man tätigte beim Abendessen Regierungsgeschäfte, entließ oder engagierte Mitarbeiter in der Rauchpause in der Bibliothek, diskutierte über Gesetze beim Schachspielen und ließ den Tag im Kreise Gleichgesinnter Revue passieren. Mit einem Wort – man betrieb in den englischen Clubs seit Anbeginn der zivilisierten Zeiten Networking …

Der Legende nach hatte ein James Porter vor etwa hundert Jahren wutentbrannt den ehrwürdigen Travellers Club in der Pall Mall verlassen, nachdem er von einigen adligen Mitgliedern aufgrund seiner bürgerlichen Herkunft beleidigt worden war. Um es ihnen heimzuzahlen, gründete er mit einem befreundeten Aristokraten den alternativen Porter's Club und bezog pikanterweise gleich die Räumlichkeiten nebenan. Durch ganz London ging ein Aufschrei der Empörung. Inzwischen hatten sich die Wogen längst geglättet, und der Porter's war ein fester Bestandteil des Londoner Upper-Class-Lebens. Allerdings ein wenig traditionalistischer als der Rest.

Eines der ältesten Mitglieder war die Familie Covington, und so war es nicht verwunderlich, dass auch George Covington VII., inoffizieller Berater der britischen Krone, Alleinerbe und begnadeter Backgammon-Spieler, den Großteil seiner müßigen Tage im Porter's verbrachte. Die Bezeichnung Stammgast traf es nicht ganz. Covington lebte im Club. Er nahm in der Regel mindestens zwei Mahlzeiten dort ein, wahlweise im großen Speisesaal oder in einem der kleineren Räume im ersten Stock, las Zeitungen und blieb meist für sich. George Covington war ein reicher Erbe, ein oftmals mürrischer Einzelgänger, und es gab keinen besseren Platz, an dem beides respektiert wurde als den Porter's. Niemandem wäre es eingefallen, ihn darauf anzusprechen, dass er keiner geregelten Arbeit nachging, seine Zeit weder Frauen noch dem Wetten widmete, sondern einfach nur in den Tag hineinlebte. Die Diskretion in den Clubs war ebenso legendär wie ihre Mitgliederlisten, und der Porter's war noch um einen Deut besser.

An diesem Freitagmittag saß George Covington mit einer Tasse Earl Grey und seinem iPad in der Hand in einem der bequemen Sessel im Foyer. Das kam einer Revolution gleich, und nur angesichts der Tatsache, dass die Covingtons sozusagen zu den Gründungsmitgliedern des Clubs gehörten, verkniff sich die Leitung einen Verweis. iPads? Neumodisches Zeug.

Doch Covington kümmerte das nicht. Im Ernstfall hätte er den Club gekauft und die Regeln geändert. Während ein großes Feuer im Kamin angenehme Wärme verbreitete und die Standuhr jede Viertelstunde ihren Westminster-Gong durch die fast verlassenen Räume schickte, vertiefte sich George in die elektronische Ausgabe der *Times*. Er war der einzige Gast in der Bar, und lediglich ein gedämpftes Murmeln war zu vernehmen. Chef Barkeeper Raffaele – der beste Mixer erlesener

Cocktails zwischen London und Mailand, so sagte man zumindest – unterwies einen neuen Kollegen und sah dabei britischer aus als John Cleese in seinen besten Tagen.

Als die Tür aufging und ein Schwall kalter Luft in den Raum strömte, blickten Raffaele und George gleichermaßen irritiert hoch. Doch Covington lächelte, als er den Neuankömmling erkannte, und rief quer durch den Raum: »Nick Wright, *old boy!* Als du mich vorhin angerufen hast, dachte ich, du machst Witze! Seit wann zieht es dich in den Porter's, nachdem du dich hier jahrelang nicht hast blicken lassen?«

Nicholas ging mit langen Schritten auf ihn zu, sah sich kurz um und hängte seine Jacke an einen Garderobenständer. Dann schüttelte er George die Hand.

»Wenn es um den Porter's geht, dann mach ich keine Witze«, lächelte er. »Wobei ich nie gedacht hätte, dass du immer noch die gleiche Handynummer hast.«

»Auch ein Teil der britischen Tradition, nehme ich an«, grinste George und fuhr sich mit einer Hand durch die wirren dunkelbraunen Locken. »Hat manchmal seine Vorteile.«

Nicholas ließ sich in einen der tiefen Lederfauteuils sinken und sah sich um. »Du hast recht, es ist ewig her, seit ich das letzte Mal hier war. Lass mal überlegen, fünfzehn Jahre?« Er musterte George kritisch. »Eines hast du mit den ehrwürdigen Mauern hier gemein – du hast dich kaum verändert.«

George war groß und schlank, etwa Anfang vierzig, und seine braunen Augen blitzten, als er antwortete: »Das macht das ruhige Aristokratenleben. Wenn ich es meinen Vorfahren nachmache, dann werde ich hundert, und man sieht es mir nicht an.« Er winkte Raffaele herbei und sah Nicholas neugierig an. »Was möchtest du trinken? Tee? Gin? Champagner?«

»Tee«, entschied Nicholas und ließ sich neben George in

einen Sessel fallen. »Für Champagner sind die Zeiten nicht gut genug, und für Gin ist es zu früh.«

»Wie geht's dir?«, fragte George und betrachtete seinen alten Freund neugierig. »Ich habe gehört, du hast den Verein endgültig verlassen und bist nach Deutschland ausgewandert? Was macht das Eheleben?«

Nicholas lächelte etwas gequält. »Ganz gut«, sagte er ausweichend und beobachtete Raffaele, der hinter der Bar hantierte. Im Porter's hatte sich nichts verändert, nur George und er waren älter geworden. Damals, in den alten Tagen, hatte er ihm blind vertraut. Konnte er das immer noch?

»Ich kann mir nicht vorstellen, dass du mit mir über alte Zeiten oder das Geheimnis der ewigen Jugend meiner Familie plaudern möchtest«, setzte George nach. Er sah seinem ehemaligen Partner forschend ins Gesicht. »Was ist passiert, mein Lieber? Du siehst nicht nach einem Urlaub in der Karibik aus, eher nach einem Arbeitslagereinsatz in Sibirien. Ist die Ehe so anstrengend?«

Nicholas schüttelte den Kopf, zögerte kurz und überlegte, wie er am besten beginnen sollte. »Du hast einen Urahn, soweit ich mich erinnere, der Ende des neunzehnten Jahrhunderts Leiter der Britischen Museumsbehörde war.«

George grinste. »Also doch Familie … Ich weiß, wen du meinst, das war der alte George. So nennen wir ihn. Der ist aber wirklich schon sehr lange tot und begraben. Genauer gesagt, kräht kein Hahn mehr nach ihm.«

»Das weiß ich«, winkte Nicholas ab. »Aber mich interessiert er.«

Georges Augen verengten sich, und er sah sein Gegenüber interessiert an. »Warum willst du etwas über den alten George wissen?«

»Ich bin im Zuge einer Recherche auf ihn gestoßen«, erklärte Nicholas. »Du weißt doch, dass ich unter die Büchersammler gegangen bin. Natürlich könnte ich mich jetzt durch die Archive wühlen, Zeitschriftenbände wälzen und Biografien durchforsten. Aber dann dachte ich an dich und damit an die einzige noch lebende Quelle der Familie Covington. Außerdem war es eine gute Entschuldigung, mal wieder in den Porter's zu kommen.«

»Was ist das für eine Recherche? Und für wen?«

Nicholas hob die Schultern. »Das ist vertraulich. Ich habe eine reiche Kundin, die gerne inkognito bleiben will. Aber ich habe für sie ein altes Buch entdeckt, und sie möchte unbedingt mehr über deinen Vorfahren wissen. Ich habe versprochen, ihr zu helfen.« Diese Erklärung kam für seinen Geschmack nahe genug an die Wahrheit heran.

George schüttelte bedauernd den Kopf. »Über den alten George ist viel geschrieben worden. Wurde am Ende seines Lebens etwas wunderlich. Mein Vater hätte dir vielleicht noch das eine oder andere erzählen können, ich bin die falsche Adresse dafür. Ich befürchte, du musst dich doch in deinen lichtlosen Archiven versenken, anstatt mit mir Tee zu trinken und alles so nebenbei zu erfahren.«

Vielleicht war es das Aufblitzen in Georges Augen, vielleicht nur das Zucken eines Mundwinkels – Nicholas war in diesem Augenblick fest davon überzeugt, dass George log. Was hatte sein alter Freund zu verbergen? »Schade«, sagte er leichthin, ließ sich nichts anmerken und trank seinen Tee aus. Dann erhob er sich und streckte George die Hand hin. »Aber es hat mich gefreut, dich nach all der Zeit wieder einmal getroffen zu haben. Vor allem hier, in den ehrwürdigen Hallen des Clubs. Es tut gut zu wissen, dass es Dinge gibt, die sich nicht verändern, in dieser Stadt und in diesem Land.«

Sein Freund nickte, ein wenig überrascht, dass das Treffen bereits zu Ende war, und schüttelte Nicholas die Hand. »Grüße deine Frau von mir«, rief er ihm nach.

Nicholas hob noch einmal grüßend die Hand, verließ den Club, wandte sich nach links und fand nach wenigen Metern, was er suchte: Einen tiefen Hauseingang, der Schutz vor neugierigen Blicken versprach. Mit einem raschen Schritt verbarg sich Nicholas darin, drückte sich gegen die geschlossene Haustür und wartete.

Sein Gefühl hatte ihn nicht getrogen. Kurze Zeit später kam George Covington aus der Tür des Porter's, tippte beim Gehen etwas in sein Handy und sah höchst besorgt aus. Er hatte sich nicht einmal die Mühe gemacht, im Club seinen Tweedmantel anzuziehen, sondern hatte ihn nur achtlos über den Arm geworfen.

Mit zwei großen Schritten war Nicholas bei ihm, packte den Mantel, zog kräftig und schleuderte George mit Schwung an eine Hauswand. Sein Freund schrie überrascht auf und versuchte sich loszureißen, doch Nicholas presste seinen linken Unterarm quer über Georges Kehle und hielt ihn eisern fest.

»Den Griff konntest du immer besser als ich«, keuchte George, während seine Augen in Nicholas' Gesicht nach dem Grund für den Angriff suchten. »Was soll das? Lass mich sofort los, Nick, sonst bereust du es.«

Nicholas gab keinen Zentimeter nach und verstärkte den Druck. Georges Atem kam pfeifend aus dessen Kehle, aber das beeindruckte den ehemaligen Agenten nicht.

»Was weißt du, George?«, zischte er ungeduldig. »Und du erzählst mir besser rasch die Wahrheit, sonst kenne ich noch ein paar Plätze, an denen wir uns ungestört und lange unterhalten können.« Er riss ihm das Handy aus der Hand und blickte auf die Nachricht, die George verfasst, aber noch nicht gesendet hatte: »*Es geht los. Sie sind hier! Was tun?*«

»Tja, was tun?«, echote Nicholas ein wenig spöttisch. »Hattest du sonst nicht immer eine Lösung griffbereit, ein verstecktes Ass im Ärmel?«

George röchelte, schwieg aber standhaft.

Nicholas verstärkte den Druck gnadenlos. »George, für wen ist diese Nachricht?«

Das Gesicht Georges begann, tiefrot zu werden. Zwei Jugendliche gingen vorbei, stießen sich an und blieben neugierig stehen. »Geht lieber weiter, das ist eine Privatvorstellung«, sagte Nicholas, und die Teenager liefen mit gesenkten Köpfen davon.

»Zurück zu uns beiden«, brummte Nicholas. »Für wen?«

Er lockerte den Griff ein wenig, und George holte rasselnd Luft. »Vergiss es! Hast du eine Ahnung, in was du dich gerade hineinreitest? Das hier ist eine Nummer zu groß für dich.«

»Überlass das lieber mir und spiel nicht den besorgten Samariter«, gab Nicholas ungerührt zurück, »außerdem stecke ich schon mittendrin.«

Ohne Vorwarnung ließ George sich fallen, boxte gleichzeitig Nicholas in den Bauch und befreite sich so aus der Umklammerung. Dann setzte er blitzschnell nach, stieß sich von der Hauswand ab und atmete durch. Einen Moment später standen sich beide Männer schwer atmend gegenüber. Nicholas hielt sich mit schmerzverzerrtem Gesicht den Unterleib.

»Du bist langsam geworden, alter Mann«, stellte George fest und massierte seinen Hals. »Besser, du befolgst meinen Rat. Halte dich da raus und was immer du glaubst tun zu müssen, tu es nicht. Lass meinen Vorfahren in Frieden ruhen, der kann dir nicht mehr helfen, selbst wenn er es wollte.«

»Selber alter Mann«, erwiderte Nicholas bitter. »Aber danke für den Hinweis: Ich war mir zuerst nicht sicher, ob ich auf der richtigen Spur bin. Jetzt bin ich überzeugt.«

George funkelte seinen alten Partner an, zog mit ungeduldigen Bewegungen seinen Mantel an, zuckte dann mit den Schultern und wandte sich zum Gehen. Unvermittelt drehte er sich jedoch nach ein paar Schritten wieder um, fixierte Nicholas und schob ungeduldig einen Fußgänger beiseite, der sich zwischen sie schieben wollte. »Auf welcher Seite stehst du?«, fragte er scharf.

»Was meinst du damit?«, gab Nicholas verständnislos zurück.

»Eine Kundin? Der alte Covington? Ausgerechnet jetzt? Dass ich nicht lache. Also, auf welcher Seite stehst du?« George kam langsam auf seinen Freund zu und zog sich die Handschuhe an.

»Ich weiß nicht, wovon du redest«, zischte Nicholas. »Welche Seite, verdammt noch mal? Ich will einfach nur überleben, und ich möchte, dass meine Frau und meine Freunde ebenfalls nicht ins Gras beißen. Reicht dir das?«

George sah ihn verwirrt an. »Vielleicht sagst du mir jetzt endlich, was für eine Art Recherche du eigentlich betreibst? Wir waren einmal Freunde, Nick. Wir haben uns vertraut, darf ich dich daran erinnern?«

Statt einer Antwort zog Nicholas sein neues Handy aus der Hosentasche, klickte wortlos auf das erste Video im Ordner und drückte das Telefon George in die Hand. »Das ist meine Frau«, erklärte er heiser. Eine Minute später startete er das zweite Video, ohne auf Georges Reaktion zu warten. »Das war mein Auto.«

George sah die Aufzeichnungen an und reichte ihm dann

mit betroffenem Gesichtsausdruck das Handy zurück. »Sind die echt?«

»Nein, Hollywood lässt grüßen, du Blödmann.« Nicholas schnaubte. »Was denkst du denn? Ich war beide Male dabei.«

»Und wie kommst du dabei auf den alten Covington?«, wollte George wissen.

»Das ist eine lange Geschichte …«, begann Nicholas und wirkte zum ersten Mal etwas hilflos.

»Dann fang besser gleich an.« George blieb mit verschränkten Armen vor ihm stehen.

»In Ordnung«, gab Nicholas widerstrebend nach, »aber nicht hier. Wo steht dein Wagen?«

»Auf dem Parkplatz des Porter's. Tommy, mein Fahrer, wartet dort auf mich.«

»Gut«, nickte Nicholas. »Dann fahren wir ins Charing Cross Hospital zu Anne, und unterwegs erzähle ich dir eine Geschichte. Eine Geschichte, die verrückter ist als alles, was wir beide zusammen je erlebt haben. Vielleicht kannst du mir dann erklären, wie ich mich in Gottes Namen da heraushalten soll.«

George drehte sich wortlos um und bedeutete Nicholas, ihm zu folgen.

Auf welcher Seite stehe ich, fragte sich Nicholas, während er hinter seinem alten Freund herging.

Das war die Frage, die wahrscheinlich über Leben und Tod entschied. *Sein* Leben und *seinen* Tod.

Wenn man sie nur richtig beantwortete …

Als Alex Winters die ersten zwei anberaumten Operationen hinter sich hatte, war er erschöpft. Er warf seine blutverschmierte blaue OP-Kleidung in den Müll und ging unter die Dusche. Das ungute Gefühl über den Besuch der Polizisten, das er während seiner Arbeit erfolgreich verdrängt hatte, traf ihn wieder mit voller Wucht. Ein bisschen frische Luft würde ihm guttun, und so nahm er die Tram in die Innenstadt, stieg an der Oper aus und wanderte in Richtung Rathaus. Ohne wirklich etwas zu sehen, spazierte er an den Schaufenstern der Kaufingerstraße entlang. Rechts von ihm ragten die Türme der Frauenkirche in die Höhe, wie immer strömten Touristen in die Kirche, auf dem Domplatz wurden Fotos geschossen. Um der Menschenmenge zu entgehen, lief er langsam um den Dom herum und prallte mit einem Mann zusammen, der ebenfalls in Gedanken versunken die Straße hinunterging und eine Tüte mit gerösteten Maroni fallen ließ. »Das war mein Mittagessen!« schimpfte dieser.

»Kommissar Sandberg«, sagte Alex erstaunt nach einem Blick ins Gesicht seines Gegenübers.

»Dr. Winters, nicht wahr? Wie geht es Ihrer Tochter?« Sandberg schüttelte ihm die Hand, bückte sich seufzend nach den Maroni, begann eine zu schälen und kaute vorsichtig.

»Komisch, dass Sie fragen. Haben Sie deswegen heute zwei Kollegen zu mir geschickt?«

Sandberg sah ihn verwirrt an. »Nein, warum sollte ich?«

In diesem Moment klingelte Sandbergs Handy. Er bedeutete Alex mit einer Geste zu warten, drückte ihm kurzerhand die Maronitüte in die Hand und nahm das Gespräch an.

»Tristan? Hannes Seltmann hier. Ich fahre momentan Streife auf der A 92, Ausfahrt Hallbergmoos, kurz vor dem Münchner Flughafen. Wir haben hier einen schwer verletzten jungen Mann von der Böschung aufgeklaubt. Er sagt, er sei aus einem fahrenden Auto gestoßen worden. Die Flugrettung ist alarmiert, wir lassen ihn nach Großhadern fliegen.«

»Ja, und?«, warf Sandberg unwirsch ein. »Vielleicht war das mit dem Autostopp doch keine so gute Idee in seinem Fall.«

»Witzbold«, brummte Seltmann. »Der Junge hat den Namen Winters gemurmelt, bevor er ohnmächtig geworden ist. Ist das nicht der Name von der Schülerin, du weißt schon, mit dem Selbstmord auf dem Balkon? Du solltest also vielleicht besser nach Großhadern kommen, solange er sich noch an den Lebensfaden klammert. Ich weiß nicht, ob er lange durchhält, es hat ihn nämlich ziemlich schwer erwischt.« Damit klickte es in der Leitung.

Sandberg starrte sein Handy einige Sekunden mit offenem Mund an. »Es scheint kein Zufall zu sein, dass wir uns heute über den Weg laufen, Herr Winters«, sagte er dann. »Kennt Ihre Tochter vielleicht einen gewissen Matthew? Müsste im gleichen Alter sein.«

Alex zuckte zusammen. »In der Tat«, antwortete er langsam. »Matthew Johnson. Austauschschüler. Er geht in Kims Klasse. Wieso, was ist mit ihm?«

»Er liegt in Großhadern und ringt um sein Leben«, erklärte Sandberg. »Ich fahre jetzt zu ihm in die Klinik, aber vielleicht könnten wir im Laufe des Nachmittags noch einmal reden? Möglicherweise hat es auch gar nichts zu bedeuten, aber er hat Ihren Namen gesagt …«

Alex blickte ihn verwirrt an. »Gegen fünf?«, schlug er dann vor.

Der Kommissar nickte, nahm ihm die Maroni wieder aus der Hand und verschwand mit langen Schritten in Richtung Präsidium.

Die Tür zum Zimmer 534 im Charing Cross Hospital öffnete sich mit leisem Zischen.

Kim, die in einem der Besucherstühle lümmelte, die Stöpsel ihres MP3-Players in den Ohren, und in einer Zeitschrift blätterte, hörte sie nicht. Jenna saß neben Anne auf dem Bett, hatte sich zu ihr hinuntergebeugt und strich ihr leicht übers Haar. Die Monitore am Kopfende des Bettes zeigten die schon vertrauten Kurven an, piepsten leise und unregelmäßig.

Nicholas betrat das Zimmer und stand mit wenigen Schritten neben dem Krankenbett. »Und? Wie geht's ihr?«

Jenna richtete sich auf. Sie hob die Schultern und sah Nicholas an. Ihre Augen waren voller Tränen. »Sie schläft«, gab sie dann leise zurück und wischte sich mit dem Handrücken das Gesicht trocken. »Ich habe ihr gesagt, sie muss aufwachen. Es gibt für sie noch so viel zu tun. Aber noch hört sie uns nicht.«

Nicholas umarmte sie kurz, aber fest. »Danke, Jenna«, sagte er und beugte sich dann zu seiner Frau, strich Anne sanft über die Hand und hob sie kurz an seine Wange. Dann drehte er sich um und zog Jenna in eine Ecke des Zimmers. »Wollte jemand etwas von dir?«, fragte er, »hast du etwas Auffälliges bemerkt?«

»Nein, hier war alles ruhig«, berichtete Jenna leise. »Nur Annes Eltern haben vorbeigeschaut, sie kommen am Abend wieder. Mach dir keine Sorgen, hier kommt keiner rein.«

In diesem Moment blickte sie auf und entdeckte einen hoch gewachsenen Mann an der Tür. Erschrocken krallte sie sich an Nicholas' Arm fest. »Wer ist das denn?«

»Darf ich vorstellen: Lord George Covington der Siebte«, stellte Nicholas seinen Freund vor, der langsam das Zimmer betrat.

George blickte sich um, sah das Krankenbett und die noch immer in ihre Musik vertiefte Kim, taxierte Jenna mit unverhohlener Bewunderung und trat zu ihr. Mit einer eleganten Handbewegung zog er ihre Finger kurz an seine Lippen: »It's a real pleasure to meet you«, meinte er und lächelte kurz. Da sah auch Kim auf, nahm die Kopfhörer aus den Ohren und erhob sich. George begrüßte sie ebenso charmant.

»Du hast ihn also gefunden!«, meinte Kim zu Nicholas und betrachtete George Covington wie ein seltenes Insekt, über das sie nächste Woche in der Schule eine Arbeit schreiben müsste.

»Ja, in der Tat«, nickte Nicholas, »aber es war ziemlich mühsam, ihn zum Mitkommen zu überreden.« Er warf George einen schiefen Blick zu.

»Nick hat mir im Auto berichtet, was Sie in letzter Zeit erlebt haben«, sagte George und blickte etwas betroffen zu Anne. »Sie haben einiges durchgemacht.« Das Mitgefühl in seiner Stimme hielt sich allerdings in Grenzen.

Jenna nickte langsam. »Die letzten Wochen waren nicht gerade erfreulich«, bestätigte sie. »Und dann noch der Anschlag auf Anne …«

Es war eine mehr als seltsame Runde, die wenig später in Anne Wrights Krankenzimmer Kriegsrat hielt. Nicholas saß neben Anne auf dem Bett und hielt ihre Hand, Jenna hatte sich rittlings auf einen Stuhl gesetzt, George lehnte an der Wand, und Kim kauerte im Schneidersitz auf dem Boden und nippte an einer Cola.

George konnte den Blick kaum von Jenna abwenden. Nicholas' Freundin sah müde aus, mit dunklen Ringen unter den Augen, die langen dunklen Haare achtlos mit einem Gummi am Hinterkopf zusammengebunden. Doch das Leuchten … Es war das Leuchten in ihren Augen, das ihn vom ersten Moment an gefangennahm.

Seltsam – er hätte nie gedacht, dass er eine von ihnen tatsächlich jemals finden würde. Andererseits, wer hätte damit rechnen können? Und wusste Jenna überhaupt, wer sie war?

Jetzt musterte er die Anwesenden der Reihe nach, bevor er versuchte, etwas Klarheit in die ganze Geschichte zu bringen. »Warum genau interessiert Sie mein Vorfahr? Der alte Covington hat im Auftrag des British Museum diverse Expeditionen gefördert und finanziert, aber darüber ist schon hinlänglich berichtet worden. Sie finden das alles in den Archiven des Museums. Dazu brauchen Sie mich nicht.«

Jenna blickte Nicholas an. »Du hast ihm doch erzählt, was uns passiert ist?«

»Mhm«, machte Covington, »er hat es zumindest versucht.«

»Kim und ich werden verfolgt«, begann Jenna. »Ich kann Ihnen noch nicht sagen, warum, aber ich glaube, dass Mary Kingsley der Schlüssel ist. Oder vielleicht ist sie einfach nur ein Teil dieses Puzzles, ich weiß es nicht. Ihr Vorfahr, Lord Covington, war Kingsleys Auftraggeber. Die Forscherin ist bei einer Expedition in Gabun verschwunden, und er … er hat wohl die Suche nach ihr organisiert … und … Ich weiß, dass sich das alles völlig verrückt anhört. Aber wenn ich jemanden finde, der ihre Geschichte kennt, vielleicht verstehen wir dann, worum es hier eigentlich geht …« In Jennas Zopf hatte sich eine Strähne gelöst, und sie strich sie sich mit einer ungeduldigen Geste hinters Ohr.

George sah sie forschend an. »Was sind Sie genau?«, fragte er leise und verwünschte sich zugleich für die Formulierung. Doch niemand hatte den Ausrutscher bemerkt.

»Verängstigt, auf der Flucht und kurz vor dem Ende«, stellte Jenna ehrlich fest.

»Das meine ich nicht«, wehrte George ab. »Anders ausgedrückt – warum ausgerechnet Sie? Wissen Sie eigentlich, womit sich der alte Lord zeit seines Lebens beschäftigt hat?«

»Nein«, gab Jenna zu, »keine Ahnung. Meine Tochter hat sein Leben im Internet nachrecherchiert, aber es gibt da ganz erhebliche Lücken. Ich habe in Nicks Bibliothek ein Buch gefunden, in dem Mary Kingsley und Covington erwähnt werden.«

George schüttelte etwas unwirsch den Kopf. »Habt ihr schon mal drüber nachgedacht, das Ganze einfach zu vergessen und nach Hause zu fahren?«

»Wenn es nur so einfach wäre«, flüsterte Jenna. »Aber das geht nicht, ich muss meine Tochter schützen.«

Kim hob den Kopf, wollte etwas sagen, doch dann überlegte sie es sich anders und schwieg.

Tränen rollten plötzlich über Jennas Wangen, und sie blinzelte heftig. »Und wenn nicht mit Ihrer Hilfe, dann gehen wir den Weg eben ohne Sie!«, meinte sie kämpferisch. »Diese furchtbaren Schatten werden uns nicht kriegen.«

George stutzte. Die Schatten?

Sie wusste von den Schatten?

Die Sache war komplizierter, als er dachte. Alarmiert sah er Jenna an, die verzweifelt versuchte, Fassung zu bewahren und die Lippen zu einem Strich zusammengepresst hatte. Weinenden Frauen hatte er noch nie widerstehen können. Seufzend zog George ein Taschentuch aus seinem Jackett und drückte es Jenna in die Hand.

»Wenn Anne hier nicht liegen würde, dann wäre ich der Meinung, dass wir alle uns etwas einbilden und langsam überschnappen. Aber die Bombe gestern Abend, das Attentat auf meinen Wagen, ist der beste Beweis, dass wir uns das nicht alles einbilden, dass hier jemand ein Spiel mit uns treibt …« Nicholas sah George eindringlich an. »Die beiden werden verfolgt, und ich will endlich wissen, warum und von wem. Und wie Jenna schon sagte, da sind noch diese ominösen Schatten …«

George versuchte das eben Gehörte zu verarbeiten. »Die X-Akten sind nichts gegen eure Geschichte, weißt du das?«

»Wenn ich Witze machen wollte, hätte ich Ihnen einen erzählt«, fauchte Jenna und blickte zu Anne, als hätte sie Angst, deren Schlaf zu stören. »Mir jedenfalls wird nur schlecht, wenn ich daran denke.«

Nicholas ließ Annes Hand los und verschränkte die Arme. »George, hör mir zu. Du weißt etwas, und wir wissen etwas. Wenn wir uns gegenseitig vertrauen, dann schaffen wir vielleicht so etwas wie einen Informationspool. Wenn wir es nicht tun, dann können wir endgültig einpacken.«

George schien noch nicht wirklich überzeugt und wiegte den Kopf.

Nicholas ließ nicht locker. »Ach, und noch etwas, Kleiner … Wenn die mich verfolgen, dann haben sie dich jetzt auch gesehen, das ist dir doch klar?« Er sah George forschend ins Gesicht. »Was ist? Hilfst du uns?«

Stille legte sich über das Krankenzimmer, nur unterbrochen vom Piepsen der Geräte. Alle sahen George erwartungsvoll an.

Plötzlich platzte Jenna der Kragen. »Ach was, dann eben nicht! Gehen Sie zum Teufel, George Covington. Ich habe bisher ohne Sie gelebt, und ich werde es auch weiterhin können. Schlurfen Sie zurück in Ihren Club und vergessen Sie das Ganze. Hilfe sieht ganz klar anders aus!«

George stieß sich von der Wand ab und ließ Jenna nicht aus den Augen. »Ich gebe es ungern zu, aber ich glaube euch. Oder anders formuliert, ich komme immer mehr zu der Überzeugung, dass etwas an der Geschichte dran ist.« Er beugte sich zu Kim und half ihr auf. »Was nun mein Wissen betrifft, so lautet die Frage, ob ihr *mir* glauben werdet. Lasst uns zurück in den Club fahren. Ich werde euch etwas zeigen.«

George schob Kim nach einem letzten Blick auf Anne aus dem Krankenzimmer. Seine Gedanken rasten. Er wusste in der Tat viel mehr, als alle ahnten. Angesichts der Entwicklung der letzten Stunden war George sich indes nicht sicher, ob ihn das freuen sollte.

Denn Mitwisser lebten in der Regel nicht lange genug, um ihr Wissen mit dem Richtigen zu teilen.

Sie hatte ihn gesehen!

Antoine Lagardère war ins Zwielicht zurückgeglitten, doch seit langer Zeit fühlte er zum ersten Mal keine Verzweiflung mehr. Ganz im Gegenteil, er schöpfte Hoffnung. Die Frau hatte ihn tatsächlich gesehen. Er hatte in ihren Augen das Versprechen gelesen, ihm zu helfen. Um ihn herum wurde der Nebel wieder dichter, die Schatten drängten sich zusammen, doch Antoine Lagardère nährte den Funken, der in ihm glomm.

Er würde es schaffen. Die Leere konnte ihm nichts mehr anhaben.

Es würde nicht mehr lange dauern.

Raffaele hatte sie in einen der Räume im ersten Stock des Porter's komplimentiert und seinem Ruf alle Ehre gemacht. Nun saßen Jenna, Kim, Nicholas und George in großen Ledersesseln vor dem Kamin. Auf dem kleinen Tisch vor ihnen standen Tee und Sandwichs, und der Spiegel über dem Kamin reflektierte das

Licht von gut einem halben Dutzend Kerzen, die in einem Leuchter auf einer Mahagoni-Anrichte brannten.

George hatte am Boden eine große Nordafrika-Karte ausgebreitet, während Jenna in dem Buch aus Nicholas' Bibliothek blätterte. Kim klappte einen kleinen Laptop auf, starrte einige Sekunden lang auf den Bildschirm und sagte dann zufrieden: »Okay. Wir sind online. Es kann losgehen.«

»Ich fange wohl am besten an.« George lehnte sich vor, wies auf die Karte und stützte sich mit den Ellbogen auf seine Knie. »Das ist wirklich eine völlig verrückte Geschichte, und ich muss euch warnen, ich weiß auch nicht alles. Aber ich denke, ein paar Hinweise kann ich liefern.« Er holte tief Luft und sah die anderen der Reihe nach an. »Der alte Lord Covington war Teil eines Zirkels oder eines Geheimbundes. Diese Gemeinschaft trug keinen Namen, soweit ich weiß, aber sie existierte bereits seit Jahrhunderten, als mein Vorfahr eintrat.«

»Noch so ein Club?«, warf Kim ironisch ein.

»Nicht im gewöhnlichen Sinne«, widersprach George, »eher eine geheime Loge – wie die Freimaurer. Die Mitglieder waren überzeugt, dass es eine Welt nach dem Tod gab – aber noch vor dem himmlischen Jenseits, wenn man so will. Sie nannten sie die Schattenwelt. In dieser Welt kann eine Seele verharren, wenn der Mensch seine Mission zu Lebzeiten nicht vollendet hat.« Er schwieg einen Moment und schien nachzudenken.

Nicholas runzelte ungläubig die Stirn. »Schattenwelt? Das klingt nach dem schlimmsten esoterischen Quatsch, den ich je gehört habe. Gleich gefolgt von gut aussehenden Vampiren, die unbedingt ihren Highschool-Abschluss machen wollen.«

George zuckte mit den Schultern. »Ich kann euch nur erzählen, was ich weiß. Ob ihr es glaubt, liegt ganz bei euch.«

»Weiter!«, drängte Jenna. »Was ist das für eine … Zwischenwelt?«

»Nun, Covington und seine Mitstreiter nahmen weiter an, dass die Seelen im Schattenreich die Möglichkeit haben, zu den Lebenden zurückzukehren und gegebenenfalls ihre Mission zu beenden. Und – jetzt kommt es noch besser – er ging davon aus, dass es Menschen gibt, die in der Lage sind, die Grenzen zwischen diesen Welten aufzuheben und bestimmte Seelen zurückzuholen.«

»Und was hatte der Zirkel dabei für eine Funktion?«, fragte Kim. »Haben die Tischchen gerückt und dabei seltsame Formeln gemurmelt?«

»Nun, soweit ich weiß, war das Ziel des Bundes, einer bestimmten Person zu helfen. Es ging ihnen darum, diese Person, diese Hüterin des Tores, zu schützen oder sie davor zu bewahren, die Falschen zurückzuholen.«

»Ach komm, George, das ist ja lächerlich!« Nicholas sprang auf, stellte sich neben den Kamin und starrte in die Flammen. »Wenn dir das jemand glaubt, bitte schön. Aber ehrlich, weißt du, wie du dich anhörst? Esoterische Loge? Schattenwelt? Der alte Covington und seine Freunde haben zu oft die Ginflasche kreisen lassen …«

»Darf ich dich daran erinnern, dass ihr zu mir gekommen seid, mein Lieber? Ihr habt mich gefunden, nicht umgekehrt. Und wieso? Weil deine Freundin in einem Buch geblättert hat, das ihr vor die Füße gefallen ist.« George klang angespannt. »Denk doch mal darüber nach. Ein Zufall?«

»Diese Streiterei bringt nichts«, fuhr Jenna dazwischen. »Ich weiß, wie das alles klingt«, wandte sie sich an Nicholas, der immer noch ins Feuer starrte. »Vor zwei Wochen noch hätte ich dir recht gegeben. Aber jetzt … Nick, ich habe es selbst erlebt. Ich habe die Schatten gesehen, erst gestern.« Sie nickte George zu. »Ich glaube Ihnen.«

Stille dehnte sich aus.

George sah Jenna prüfend an, verspürte plötzlich den Drang, ihre Hand zu nehmen, sie zu schützen vor dem, was kommen würde. Er erhob sich halb aus seinem Sessel, da ließ ihn eine leise Stimme innehalten.

»Ich habe schon einen von ihnen geholt …« Kim war bleich wie die Wand, sie presste die Worte förmlich hervor, und ihre Blicke zuckten zwischen Jenna und George hin und her.

»Du hast was?« George hoffte, er habe sich verhört.

»Kim«, sagte Jenna sanft und beugte sich zu ihrer Tochter herüber. »Soll ich nicht lieber …?«

»Nein«, wehrte Kim ab. Sie stellte das Notebook zur Seite und sah die beiden Männer an. »Mein Schulfreund Matthew und ich, wir haben ein … ein … Ritual durchgeführt. Ich hatte seit Monaten Albträume, Stimmen, die mich riefen. Er versprach, mich davon zu befreien. Stattdessen hat er mich benutzt, um einen dieser Schatten zurückzuholen.« Sie schauderte bei der Erinnerung. »Es war schrecklich. Wenn der Typ, der aufgetaucht ist, nur halb so schlimm ist wie die Ausstrahlung, die er hat, dann möchte ich ihm nie wieder begegnen. Nie wieder!«

Nun sah George Kim fassungslos an.

»Meine Mam hat mich gerettet«, fügte Kim hinzu, verstummte dann und starrte ins Leere, fühlte erneut die Kälte, wie eine Welle, die über ihr zusammenschlug.

»Plötzlich tauchte dieser … Mann wie aus dem Nichts in der Straße auf, und das Einzige, was ich von ihm sehen konnte, war eine rote Narbe auf seinem Gesicht«, fuhr Jenna fort. »Frag mich nicht, wie wir nach Hause gekommen sind. Wir waren beide panisch.«

»Der Jäger«, murmelte George entgeistert, er konnte seinen Blick nicht von Kim lösen.

Nicholas schlug mit der flachen Hand wütend an die Wand. »Ihr müsstet euch einmal zuhören! Anne wird angeschossen, mein Auto fliegt neben mir in die Luft, und ihr unterhaltet euch über Schatten, die in einem Wartesaal sitzen und hoffen, dass jemand die Tür aufmacht? Über einen Zirkel von englischen Spinnern, dessen Mitglieder in Clubs seltsamen Theorien nachhängen, weil sie sonst nichts mehr zu tun haben? Seid ihr alle völlig verrückt geworden?«

»Ich habe die Schatten gestern Abend gesehen«, erinnerte ihn Jenna trotzig, »auf dem Friedhof. Und du warst dabei, weißt du noch? Hast du nicht gesagt, dass du mir glaubst? Dein Buch hat uns zu George geführt. Wenn ich diese Grenze hätte öffnen können, wären sie alle zurückgekommen. Zumindest der Mann am Schluss – er hat sogar versucht, mir etwas mitzuteilen. Herrgott, Nicholas«, fuhr sie ihren Freund an, der mit versteinerter Miene am Kamin stand, »ich kann es ja selbst kaum fassen. Aber erkläre du mir doch bitte die Zusammenhänge. Und wenn ich mir alles nur einbilde – den Anschlag auf Anne und dein Auto und Carolins Sprung vom Balkon habe ich nicht geträumt!«

Schwer atmend stand sie vor ihm, die Angst begann sich bei ihren eigenen Worten wieder in ihrem Magen festzusetzen. Ein Holzscheit knackte, und Funken stoben durch die Brennkammer des Kamins.

Plötzlich fühlte sie eine Hand in der ihren. Kim war aufgestanden und hatte nach ihrer Hand gegriffen. »Sie hat recht«, sagte Kim leise. »Und wir müssen herausfinden, was das alles soll.« Fast schüchtern wandte sie sich an George: »Was wissen Sie noch?«

George räusperte sich und sah Nicholas an, der nur den Kopf schüttelte. »Nicht viel. Covington und der Zirkel waren auf der Suche nach der Person, die das Tor öffnen konnte. Denn der Legende nach gibt es sowohl die Person als auch einen Jäger, der hinter ihr her ist.« Er grinste schief. »Ich weiß, das klingt mehr als verwirrend. Aber es handelte sich um einen Geheimbund, die lassen keine Handlungsanweisung oder Mitgliederlisten herumliegen.«

»Wenn das alles aber so geheim war, warum weißt du davon?«, schaltete sich Nicholas wieder in das Gespräch ein. Er klang müde. »Bist du Teil dieses Zirkels?«

»Noch nicht lange, und das ist fast so seltsam wie die Geschichte selbst«, erklärte George. »Vor ein paar Jahren klingelte eines Abends ein Fahrradkurier bei mir zu Hause, drückte mir einen Brief in die Hand und verschwand wieder. Es handelte sich um einen Brief des alten Lords an seinen Nachfahren.«

»Ja, natürlich, aufgegeben vor einhundert Jahren, nur etwas verspätet zugestellt«, ätzte Nicholas. »Die nächste plausible Geschichte.«

»Ich habe ihn noch zu Hause!«, verteidigte sich George, »ich kann ihn dir zeigen. In dem Schreiben erklärt er genau das, was ich euch jetzt erzählt habe und bittet mich – oder jedenfalls den Empfänger des Briefes – gewappnet zu sein, wenn diese Person auftaucht. Die andere Seite nennt sich im Übrigen das Konsortium. Wenn ich recht habe, dann ist es das Konsortium, das für den Anschlag auf Nicks Frau und die anderen Vorfälle verantwortlich ist.« Er verschränkte die Arme und fixierte Jenna und Kim. »Ich habe nicht damit gerechnet, dass das je passieren könnte.«

Jonathan von Keysern blieben noch fünf Minuten bis zur Landung seines Linienflugs in Heathrow. Er fühlte sich in der neuen Zeit bereits heimisch, sie war so viel interessanter als sein eigenes Jahrhundert. Das Reisen war um ein Vielfaches angenehmer, man kam unglaublich schnell voran und, was das Beste war, man konnte jeden finden, wenn man nur intensiv genug suchte.

Niemand würde sich vor ihm verstecken können.

Schon gar nicht die beiden Frauen.

Er lächelte in Erwartung der Jagd, die begonnen hatte. Diesmal legte er die Bedingungen fest. Dazu brauchte er keinen Gehilfen.

Der Jäger war wieder allein unterwegs. Wie er es immer gewesen war.

Kim lehnte sich hinüber zu dem kleinen Tisch, griff nach einem Sandwich und biss ein großes Stück davon ab. Ihr schwirrte der Kopf, und dass alles um sie herum auf Englisch ablief, machte es nicht einfacher. Sie konnte besser denken, wenn sie etwas zu essen hatte. »Was wir aber immer noch nicht wissen, ist das Warum«, wandte sie ein. »Warum sollte es nach dem Tod so einen Wartesaal geben? Warum wandern die Seelen nicht einfach ins Jenseits, in den Himmel oder so, wie es sich gehört? Wozu hatte ich zwölf Jahre bayerischen Religionsunterricht?«

»Die Vorstellung ist mehr als gruselig«, gab ihr Jenna recht. »Habe ich schon erwähnt, dass mir jedes Mal schlecht wird?« Sie lief hin und her, versuchte die Gedanken, die in ihrem Kopf umherwirbelten, in eine Ordnung zu zwingen. »Nick hat gestern gesagt, dahinter steht eine Strategie, jemand versucht uns verrückt zu machen. Nur – wer? Und was sollen wir tun?

Was wollen die von uns? Und immer wieder dieselbe Frage: Warum wir?«

»Ich weiß es auch nicht«, gab George zu. »Aber wenn dieser Jäger tatsächlich hinter euch her ist, sollten wir all das schnellstens herausfinden. Sonst seid ihr tot, bevor ihr auch nur im Ansatz begriffen habt, worum es geht.«

Kim war blass geworden. »Das wird mir Simone niemals glauben«, murmelte sie und griff nach dem Laptop. »Kennen Sie jemanden von Ihrem Zirkel persönlich? Ich meine, wer weiß denn, wer da alles dazugehört?«, fragte sie George.

»Ich weiß es nicht.«

»Kann man sie vielleicht googeln?«, fragte Kim und fing schon an zu tippen.

»Mit welchem Suchwort denn?«, fragte Nicholas skeptisch, doch Kim schnaufte nur. »Was weiß ich? Schattenreich, Jäger, Loge … Verdammt, da gibt es Millionen von Einträgen. So kommen wir nicht weiter.« Sie klopfte frustriert mit den Fingerknöcheln neben das Touchpad. »Also sollten wir vielleicht in Afrika suchen? Vielleicht ging es bei Mary Kingsley oder diesem alten Lord um Voodoo?« In diesem Moment klopfte es an der Tür, ein junger Mann mit langer Kellnerschürze kam herein und schloss leise die Tür hinter sich. »Bitte um Verzeihung, Sir, Raffaele schickt mich. Unten in der Halle stehen zwei Männer und fragen nach den beiden Ladies.«

Mit einem Mal wurde es in dem Raum eisig kalt. Jenna und Kim schauten sich gehetzt um, während Nicholas und George unwillkürlich ein paar Schritte vortraten und sich schützend vor sie stellten.

George fasste sich als Erster. »Kennen Sie die beiden Männer?«

»Nein, Sir, ich habe sie noch nie gesehen«, antwortete der

Kellner. »Aber Raffaele hat ihnen gesagt, dass er nicht wüsste, von wem sie sprächen. Er schickt mich, um Sie zu warnen.«

George atmete hörbar aus. »Das war brillant mitgedacht von Raffaele, danke. Er soll ihnen was zu trinken anbieten, vielleicht verschwinden sie wieder von allein?« Doch er glaubte selbst nicht daran.

»Wir werden unser Möglichstes tun, Sir. Ich soll Ihnen noch etwas von Raffaele ausrichten: Was Ihr letztes Gespräch über den Travellers Club betrifft, so hätten Sie recht gehabt«, setzte er hinzu.

Georges Augen leuchteten auf. »Es gibt hier drin eine Tür? Wo?«

Der junge Kellner schüttelte bedauernd den Kopf. »Ich habe leider keine Ahnung, worum es dabei geht, Sir. Mehr hat Raffaele mir nicht gesagt.« Damit wandte er sich wieder um und verließ auf leisen Sohlen den Raum.

»Können das die zwei sein, die Anne angeschossen haben?« Kims Stimme klang panisch. Sie blickte sich um wie ein in die Enge getriebenes Tier.

Jenna schluckte mühsam den bitteren Geschmack herunter, der in ihr hochstieg, ergriff Kims Hand und zog sie Richtung Tür. »Wir müssen hier weg«, sagte sie leise. »Kommen wir aus dem Haus hinaus, ohne durch die Halle zu gehen?«

George nickte. »Es gibt einen Weg, ich muss ihn nur finden …« Hektisch sah er sich in dem Raum um. Irgendwo hinter einer Wand, hinter einem Bücherregal musste es eine verborgene Tür geben. Raffaele und er hatten sich vor Kurzem noch darüber unterhalten. Die Baupläne von damals wiesen zwar nichts Besonderes auf, doch die geheimen Verbindungsgänge zwischen dem Travellers Club und dem Porter's Club waren Legende. In den Jahren nach der Eröffnung hatten sich die jeweiligen Mitglieder immer wieder einen Spaß daraus gemacht, dem gegnerischen Club unbemerkt eine Trophäe abzujagen. Mal war es ein antiker Degen, mal eine wertvolle Erstausgabe gewesen, und oft waren die Verschwörer nachts durch die sprichwörtliche Hintertür gekommen.

George begann die Wände abzuklopfen. »Los, hilf mir«, forderte er Nicholas auf. »Wir haben nicht viel Zeit. Hier im Raum muss eine Geheimtür sein, und vielleicht klingt es ja irgendwo hohl.«

Bis vor ein paar Augenblicken hatte Jenna gedacht, die Angst wenigstens ein wenig im Griff zu haben. Das Gefühl, etwas tun zu können, Informationen zu erhalten, hatten ihr Sicherheit vermittelt – auch wenn sich das Wahnwitzige an ihrer Situation nur mühsam zurückdrängen ließ. Doch nun sah sie vor ihrem inneren Auge erneut das schreckliche Video ablaufen. Nur lag diesmal nicht Anne blutüberströmt am Boden, sondern Kim.

Der Terror griff wieder nach Jennas Kehle, kleine schwarze Punkte tanzten vor ihren Augen. Die vermeintliche Sicherheit zerplatzte lautlos und doch mit der Gewalt einer Bombe.

Kim spürte die Panik ihrer Mutter, klammerte sich an deren Hand und blickte hilfesuchend zu George, der neben dem Kamin stand und hektisch die Vertäfelung daneben abklopfte. Der Spiegel über dem Kamin reflektierte immer noch die Kerzen, doch gleichzeitig verdunkelte sich das Glas, bis die Flammen nur noch als kleine Lichtpünktchen erkennbar waren.

»Da!«, schrie Kim auf und zeigte auf den Spiegel.

Jenna drehte sich um und schnappte erschrocken nach Luft. Ein Gesicht trat aus dem Dunkel hervor, langsam wurden die Züge deutlicher, plastischer.

»Das ist der Mann von gestern, vom Friedhof«, krächzte Jenna und machte einen Schritt auf den Spiegel zu.

»Nicht!«, rief George und trat ihr in den Weg.

Doch Jenna hatte nur Augen für den Mann im Spiegel. Er mochte vielleicht Anfang zwanzig sein, hatte dunkles Haar und grüne Augen. Er sagte etwas, doch sie konnte ihn nicht hören. Jetzt hob er die Hand und legte sie gegen das Glas, als wollte er den Spiegel nach innen drücken.

Jenna trat wie in Trance vor den Kamin und legte ebenfalls ihre rechte Hand auf das Glas. Wie ein Stromschlag durchfuhr sie die plötzliche Verbindung. Das Wispern, das sie bereits kannte, erhob sich und wurde immer lauter, füllte ihren Kopf, ihre Gedanken aus, doch wie schon auf dem Friedhof gestern klang es nicht bedrohlich, eher neugierig, ja, hoffnungsvoll.

Sie merkte, dass Kim ganz dicht hinter sie getreten war, hörte ihren fliegenden Atem laut an ihrem Ohr.

George hatte Nicholas am Arm gepackt, beide starrten fassungslos auf die Szene, die sich ihnen bot.

Der junge Mann und Jenna sahen sich an, Sekunden dehnten sich zu Minuten, Jenna spürte die Verzweiflung, die Leere auf der anderen Seite des Spiegels, fühlte sich gleichzeitig mitgerissen von der Willensstärke, die von dem Mann ausging. Ihre Handfläche wurde heiß, ein elektrischer Strom – oder zumindest etwas, das sich so anfühlte – floss durch sie hindurch, sprang über auf Kim, und in dem Moment, in dem der Spiegel mit lautem Klirren zerbrach, schrie Jenna auf und sank gemeinsam mit ihrer Tochter besinnungslos zu Boden.

Jonathan von Keysern lächelte. Er war in der gleichen Stadt wie … sie. Der Jäger konnte seine Beute förmlich riechen. Er passierte den Zoll ohne Probleme und saß kurz darauf in einer geräumigen Limousine in Richtung Notting Hill.

Dort gab es jemanden, der auf ihn wartete.

Heftiges Keuchen erfüllte den Raum im Porter's.

Quer durch das Zimmer lagen Scherben verstreut und glitzerten im Licht der Kerzen, die leicht flackerten. Jenna war von einem der Splitter getroffen worden und blutete aus einer kleinen Schnittwunde an der Schläfe.

George und Nicholas jedoch hatten nur Augen für den Neuankömmling und starrten ihn mit offenem Mund an. Der junge Mann trug eine dunkelblaue Jacke, Kniebundhosen und schwarze Schuhe mit Schnallen, sah sich erleichtert um und wischte sich mit einer schmutzigen Hand eine widerspenstige Haarsträhne aus der Stirn.

Er straffte seine Gestalt und sah erst die auf dem Boden liegenden Frauen, dann die beiden Männer an. In seiner Stimme schwang kaum verhüllter Triumph mit, als er sagte:

»Antoine Lagardère, Messieurs. Ehemals Sekretär im Dienste ihrer Hoheit Marie de Bourbon. Zu Ihren Diensten.«

George fasste sich als Erster. Er stieß Nicholas an, der wie vom Donner gerührt dastand, streckte die Hand aus und versuchte ein Lächeln: »Willkommen in London.«

»Und im, äh, einundzwanzigsten Jahrhundert«, ergänzte Nicholas stockend.

Lagardère ergriff die ihm dargebotene Hand, schüttelte sie leicht und verzog gleichzeitig das Gesicht. »So lange? Die Zeit vergeht hier draußen doch schneller …«

Nicholas nickte Lagardère kurz zu, kniete sich neben Jenna und nahm sie in die Arme. »Jenna? Jenna? Wach auf, komm schon. Es ist vorbei.«

Gleichzeitig stöhnte Kim leise auf und öffnete langsam die Augen. Mithilfe von George setzte sie sich auf.

»Ich war noch nie in meinem Leben ohnmächtig, und jetzt

schon das zweite Mal in dieser Woche«, beschwerte sie sich bei niemand Bestimmtem und trank in einem Zug die Tasse Tee leer, die George ihr fürsorglich hinhielt. Jetzt fiel ihr Blick auf den Franzosen, ihre Augen weiteten sich, und sie lächelte ihn zaghaft an. Angesichts der reglosen Jenna verflog das Lächeln sofort wieder. Sie beugte sich über ihre Mutter. »Mam? Hörst du mich?« Vorsichtig tupfte sie Jenna mit einem Taschentuch das Blut von der Stirn.

»Oh …«, stöhnte Jenna und blinzelte. Ihre Benommenheit wich, und sie kam wieder in die Realität zurück. Mit Kims Hilfe kam sie taumelnd wieder auf die Beine, dann entdeckte sie Lagardère. Sie ging unsicher auf ihn zu und nahm seine Hände in ihre.

»Sie haben es also geschafft«, flüsterte sie ungläubig, »ich war mir nicht sicher, ob es funktionieren würde.«

Lagardère lächelte dankbar. »Ich bin hier, Madame«, stellte er fest, löste seine Hände aus den ihren und verneigte sich kurz. »Mit wem habe ich die Ehre?«

»Ich bin Jenna Winters«, stellte sich Jenna stockend vor, »das ist meine Tochter Kim.« Anders als bei dem Mann, der in der dunklen Straße an ihnen vorbeigegangen war und den Tod buchstäblich mit sich brachte, jagte ihr der junge Mann keine Angst ein. Mehr noch, sie war sicher, ihm vertrauen zu können.

Der Franzose lächelte die Frauen an, und seine Augen blitzten. »Enchanté, Mesdames. Ich muss mich bei Ihnen bedanken. Sie haben mich zurückgebracht.« In seiner Stimme klang Bewunderung mit. »Wir sind in London, sagten Sie?« Seine Blicke irrten durch den Raum, glitten über den Laptop, der geöffnet auf dem Tisch stand, und blieben an dem Tablett mit den Sandwichs hängen.

Kim folgte seinem Blick. »Haben Sie Hunger?«, fragte sie scheu.

»Und wie, Mademoiselle«, gab Lagardère zu. »Sie glauben nicht, wie sehr ich gutes Essen vermisst habe.«

»Nun, wir sind in England, also hoffe ich, Sie werden nicht allzu enttäuscht sein«, grinste Nicholas und reichte ihm den Teller.

In diesem Moment brach vor der Tür die Hölle los.

Teil III

Die Jagd

7

FREITAG, 10. FEBRUAR

Der junge Mann, der im Klinikum Großhadern von zwei Sanitätern sanft von der Trage in ein Krankenhausbett gehoben wurde, kam langsam wieder zu sich. Auf dem kurzen Flug im Notfallhubschrauber von der Autobahn zum Klinikum hatte er trotz der Bemühungen der Ärzte mehrfach das Bewusstsein verloren. »Massive Knochenbrüche an den Beinen, wahrscheinlich innere Verletzungen«, hatte einer der beiden Notärzte bei der Einlieferung nach Großhadern angegeben. »Am besten, ihr schickt ihn durch den Scanner.«

Matthew Johnson stöhnte leise. Erinnerungsfetzen tanzten durch sein Gehirn, doch keinen bekam er zu fassen.

»Lasst ihn nicht aufwachen, wir übernehmen ihn sofort«, sagte eine strenge Stimme. »Kommissar – Sie können nach der OP mit ihm reden. Jetzt sind wir dran.«

»Sagen Sie mir wenigstens, wie er heißt«, sagte eine zweite, drängende Stimme.

»Dem Ausweis nach ist er ein gewisser Matthew Johnson. US-Bürger.«

»Kann ich ihm wenigstens eine Frage stellen?«

»Nein, keine Frage!« Die Stimme der Ärztin klang endgültig. »Er kann kaum atmen, geschweige denn reden. Sie können hier warten, Kommissar, oder noch besser, wir rufen Sie an. Der Junge hat ganz schön was abbekommen. Aus einem Auto geworfen, sagten Sie? Wer tut so was?«

»Das versuche ich gerade herauszufinden«, gab die zweite Stimme trotzig zurück. »Und deswegen muss ich mit ihm reden.«

Matthew stöhnte. Noch ein kleines bisschen, ein wenig näher an die Oberfläche, dann würde er die Augen öffnen können. »Kim«, flüsterte er heiser.

»Was?« Kommissar Sandberg beugte sich über ihn, legte ihm leicht die Hand an die zerschrammte Wange. »Was haben Sie gesagt?«

Ganz leise krächzte er: »Er ist wieder da …«

»Wer? Was haben Sie mit Kim Winters zu tun?«

»Sie ist… Der Jäger …« Er hustete schwach, dann begann die Narkose zu wirken, und er versank in der Benommenheit.

Kommissar Sandberg schnaufte frustriert, doch er erkannte eine aussichtslose Situation, wenn er direkt davorstand. In diesem Fall bestand sie aus einer vehementen Ärztin im grünen OP-Kittel, die ihm die Tür vor der Nase zuzog und ihren Patienten auf schnellstem Wege in den Operationssaal schob.

Der Junge war schrecklich zugerichtet. Nicht nur, dass er aus einem fahrenden Auto gestoßen worden war – das hatte er den Sanitätern in einem kurzen Moment der Klarheit berichtet –, sondern er musste bei seinem Sturz zusätzlich an die Leitplanke und dann an einen Baum geprallt sein.

Was hatte der Junge mit Kim Winters zu tun? Seit dem Sonntagmittag, als er bei ihr in der Wohnung gestanden hatte, ließ ihn das merkwürdige Gefühl in der Magengrube nicht mehr los. Er hatte den Vorfall unter »Teenager-Selbstmord, erledigt« abhaken wollen, aber ganz so einfach schien es nicht zu sein.

Er holte sich am Automaten eine Tasse Kaffee und lief damit zum Parkplatz. Warten konnte er auch in seinem Büro.

Tristan Sandberg hielt sich trotz seines Alters – er war gerade einmal Mitte dreißig – für einen abgeklärten Kriminalbeamten, den keine Untiefe des menschlichen Seins überraschen konnte. Von Massenmördern bis zu hysterischen Ehefrauen, die drohten, sich vor den Zug zu werfen, von Stalkern bis zu Vätern, die mit ihren Töchtern auf einen anderen Kontinent flüchteten, Sandberg nahm an, er hätte in seinem Leben schon fast alles gesehen.

Doch er wusste nicht, wie sehr er sich irrte.

Die große Mercedes-Limousine hatte Heathrow hinter sich gelassen, schnurrte über die M4 und nahm Kurs auf den ehemaligen Bohème-Stadtteil Londons, Notting Hill. Jonathan von Keysern saß im Fond, den Kopf an das Polster gelehnt, und ließ die Szenerie vermeintlich ungerührt an sich vorüberziehen. Seine Reisen hatten ihn seinerzeit auch nach Frankreich geführt, damals, in seinem ersten Leben, vor über vierhundert Jahren. Er war stets allen Spuren unerbittlich gefolgt, hatte die Feuer lächelnd brennen lassen. Grenzen hatten ihn nie interessiert, sie waren da, um überschritten zu werden. So hatte er eine Spur des Feuers und des Todes durch Frankreich gezogen, bis er eines Tages am windigen Ufer des Ärmelkanals gestanden hatte. Der Westwind hatte die Wellen aufgepeitscht, die schmutzig grün gewesen waren. Dunstschleier und tief ziehende Wolken, vom Sturm getrieben, hatten ihm die Sicht übers Wasser verwehrt. Für ihn war damals die Bretagne sein »finis terrae« gewesen, das Ende seiner Welt. So kam es, dass er die britische Insel heute tatsächlich zum ersten Mal sah.

»Wir sind gleich da, Sir«, sagte der Chauffeur und warf seinem Fahrgast im Rückspiegel einen kurzen Blick zu. Wenn ihm der Mann mit den eisblauen Augen und dem schwarzen

Umhang seltsam vorkam, so ließ er es sich jedenfalls nicht anmerken. Seine Auftraggeber bezahlten für Fahrdienste, für Diskretion und manchmal auch für das Wegsehen. Und sie bezahlten gut.

Von Keysern nickte lediglich. Zu seiner Zeit hatte man sich mit Kutschern auch nicht unterhalten. Gesinde.

Der junge arrogante Gehilfe aus der Neuen Welt, Matthew Johnson, hatte seine Aufgaben prompt erfüllt und ihm die ersten Stunden in seinem neuen Leben durchaus erleichtert, doch dass er die zwei Frauen hatte entkommen lassen, war ein unverzeihlicher Fehler gewesen.

Der Wagen glitt eine Rampe hinab, und eine Batterie von Neonröhren flammte auf. Die Tiefgarage unter dem Gebäude bot etwa zwanzig Autos Platz, fünf Parkplätze waren durch schwarze Limousinen und zwei Geländewagen belegt. Das Konsortium besaß einen eigenen kleinen Fuhrpark und war, zumindest was die Motorisierung betraf, auf alle Eventualitäten eingestellt.

Mit unbewegter Miene öffnete der Chauffeur von Keysern den Schlag, hob grüßend zwei Finger an die Mütze und ließ seinen Fahrgast aussteigen.

»Da drüben ist der Aufzug, Sir«, verkündete er, wandte sich um und zeigte mit der Hand auf die matt schimmernde Metalltür. »Fahren Sie bitte in den zweiten Stock. Sie werden bereits erwartet.«

Als er sich wieder umdrehte, war der Mann in Schwarz plötzlich verschwunden, wie ein flüchtiger Schatten. Der Chauffeur sah sich suchend um, aber sein Fahrgast war nirgendwo zu sehen. Zugleich war es kälter geworden in der Garage, und mit einem Mal begannen die Neonröhren hektisch zu flackern.

Drei Minuten später stand Jonathan von Keysern im Salon des Hauptquartiers und blickte sich forschend um. Es kostete ihn zwar viel Kraft, doch das, was er in der Pinakothek ausprobiert hatte, funktionierte erneut: Niemand konnte ihn sehen, wenn er es nicht wollte. Das war schon in seinem früheren Leben so gewesen und hatte ihm einige Male das Leben gerettet.

Er war der Mann ohne Namen und ohne Gesicht gewesen.

Der Jäger mit dem Flammenschwert.

Unnahbar, unsichtbar, unbesiegbar.

Die fünf Männer, die rund um den Tisch im Salon Platz genommen hatten und warteten, spürten, wie sich plötzlich ein kalter dunkler Nebel im Raum ausbreitete. Wie eine gespenstische Erscheinung stand der Jäger mit einem Mal mitten im Raum.

»Meine Herren«, sagte er, nickte der Runde zu, und seine Stimme klang rau.

Die Männer saßen einen Moment wie erstarrt. Dann erhob sich der Anführer und deutete eine Verbeugung an. »Guter Auftritt«, sagte er anerkennend und äußerlich ungerührt. Nur wer genau hinsah, konnte erkennen, dass er die Hände um die Tischkante klammerte. »Willkommen in London, Sire. Seit über fünfhundert Jahren besteht dieses Konsortium – mit nur einem Ziel: dem Jäger die Jagd zu ermöglichen. Wir haben sehr lange auf diesen Tag gewartet. Nun seid Ihr tatsächlich wieder unter uns. Nehmt Platz.«

Er wies auf ein leeren Sessel neben sich, und von Keysern trat auf ihn zu und ließ sich mit unbewegter Miene hineinsinken. Er schlug die Beine übereinander und sah die Männer der Reihe nach an.

Die Kälte umgab den Jäger wie einen Mantel. Keiner der Anwesenden hatte ihn je zuvor gesehen, doch jeder spürte die Gefahr, die von ihm ausging. Wer auch immer von Keysern einmal gewesen sein mochte, wer auch immer er jetzt war, eines stand außer Zweifel: Der Tod war sein Freund, sein Vertrauter, und der Tod wusste, dass sein getreuester Anhänger sich wieder auf den Weg gemacht hatte.

»Werdet Ihr sie finden?« Der Anführer kam sofort zur Sache.

Von Keysern sah ihn überrascht an. »Natürlich, zweifelt Ihr daran?« Seine Frage klang wie eine Drohung. »Die Hüterin des Tores ist hier in London. Was habt Ihr bisher unternommen?«

»Ihr Angst gemacht, ihre beste Freundin erledigt, ihren Freund bedroht. Das Gleiche mit ihrer Tochter. Psychoterror, Bedrohung, Anschlag. Wie es vereinbart war. Eine von ihnen hat Euch geholt. Nur …« Der Anführer brach ab.

»Nur was?« Von Keysern klang leicht ungeduldig.

»Wir wissen nicht genau, welche von beiden nun die Hüterin ist.«

»Was im Grunde nichts ändert.« Der Jäger zuckte mit den Schultern. »Der Tod kommt zu allen. Zu Frauen, zu Männern …« Er fixierte den Mann am Tisch. »Und auch zu Euch.«

»Äh, ja, natürlich«, stammelte der Anführer. »Würdet Ihr … Ich meine, würdet Ihr unsere erfolgreichen Vorbereitungen gerne sehen?«

Von Keysern runzelte die Stirn. »Sehen?«

Der Mann am Tisch nickte eifrig und nahm eine kleine Fernbedienung zur Hand, drückte auf einen der Knöpfe und wartete kurz. Wie von Geisterhand erschien in der Mitte über der Mahagoniplatte ein Hologramm. Ein Klicken, und der Film über den Anschlag auf Anne Wright lief ab. Ein weiteres Klicken, und der Wagen von Nicholas flog in die Luft.

Von Keysern erhob sich, trat an den Tisch und streckte die Hand aus, wie um das Hologramm zu fassen. Dann zog er die Brauen hoch. »Beeindruckend«, sagte er schließlich. »Dennoch habt ihr die Frauen bisher nicht in die Hände bekommen.

Vielleicht waren eure Daumenschrauben nicht fest genug, die Schmerzen noch nicht ausreichend. Folter muss erfolgreich sein, sonst dient sie lediglich der Unterhaltung. Andererseits war ihre Angst groß genug, um mich zurückkehren zu lassen.«

Der Jäger nickte stumm, wie um seinen letzten Satz zu bestätigen, und blickte einen nach dem anderen ins Gesicht, las den Terror, die Furcht und das Unbehagen in ihren Mienen. Keiner der Männer wagte es, ihm in die Augen zu sehen. Er war nicht das, was sie erwartet hatten.

»Nun, wir wissen immerhin, wo sie sind«, gab der Anführer zurück und verbarg seinen Ärger über von Keyserns Kommentar. »Der Büchersammler ist uns in die Quere gekommen, das war nicht geplant. Außerdem, vergessen Sie nicht den Zirkel. Sobald diese ahnungslosen selbst ernannten Wächter wissen, dass Jenna Winters erwacht ist, werden sie versuchen, ihr zu helfen.«

»Kleinigkeiten«, meinte von Keysern abfällig. »Sie scheitern bereits an Kleinigkeiten.«

»Eure Aufgabe, Sire, lautet, wie Ihr wisst, sie uns zu bringen, zusammen mit ihrer Tochter«, setzte der Mann fort. »Und zwar lebend. Bisher wissen wir allerdings noch nicht, wie viel Macht sie hat und was sie gemeinsam mit ihrer Tochter bewirken kann. Dazu müssen wir sie erst einmal haben.«

Von Keysern lehnte sich vor und stützte sich mit beiden Händen auf der Tischplatte auf. »Meine Aufgabe? Ihr wollt mir sagen, was meine Aufgabe ist?«, zischte er. »Ihr seid hier, um meine Arbeit zu erleichtern, und wenn ich Euch nicht mehr brauche, dann dankt Gott auf Knien, dass ich Euch leben lasse.« Er richtete sich auf und zog die Hände weg. Auf der Mahagoniplatte blieben zwei schwarze Abdrücke seiner Hände, die nach Asche und verbranntem Holz stanken.

Die Männer fuhren erschrocken zurück.

»Dieses Konsortium gibt es, so lange es mir passt und so lange es seine Arbeit erfüllt«, fuhr von Keysern gefährlich leise fort. »Ihr seid nicht unersetzlich, meine Herren. Ich bin es. Und jetzt zeigt mir die Bilder der Frauen. Das sollte kein Problem sein, an technischen Spielereien ist Euer Jahrhundert ja offenbar reich.«

Ein weiteres Klicken, und ein Bild von Jenna und Kim erschien. Sie schauten in die Ferne, hatten den Fotografen offensichtlich nicht wahrgenommen. Es war im Winter aufgenommen worden, im Hintergrund standen kahle Bäume. Beide hatten gerötete Wangen und windzerzaustes Haar.

Niemandem fiel auf, dass einer der Männer am Tisch schlagartig blass wurde.

Von Keysern stutzte ebenfalls angesichts des Bildes. Diese beiden Frauen hatte er doch bereits gesehen ... In der Nacht seiner Rückkehr. Verdammt! Er hatte sie nicht als die erkannt, die sie tatsächlich waren. Zorn stieg in ihm hoch – er war ihnen so nahe gewesen und doch an ihnen vorbeigegangen? Hatten ihn die Nebel so blind gemacht, dass er sie nicht gesehen hatte?

Der Jäger ließ sich nichts von dem Aufruhr anmerken, der in ihm tobte, und lächelte kalt. »Ich werde Euch die Frauen bringen. Doch vorher sollten wir über das reden, was Ihr nun für mich tun werdet.«

Die Männer rund um den Tisch starrten den Unbekannten verblüfft an. Noch nie hatte es jemand gewagt, Forderungen an das Konsortium zu richten.

Allerdings waren sie bisher auch noch nie dem echten Jäger begegnet ...

»Und nur damit wir eines klarstellen, meine Herren. Mein Auftrag lautet, Euch die Hüterin zu bringen. Euer Auftrag lautet, mir jegliche Unterstützung angedeihen zu lassen. Und ich meine jegliche. Wenn dieses Konsortium, wie Ihr Euch zu nennen beliebt, nicht in meinem Sinne handelt, dann werdet Ihr nicht lange genug leben, um es zu bereuen«, sagte von Keysern, und seine Stimme sank zu einem bösartigen Flüstern herab. »Dann werde ich zu Eurem schlimmsten Albtraum.«

Kaum eine halbe Stunde später war Jonathan von Keysern wieder unterwegs. Er lächelte, als er die Tiefgarage betrat. Diesmal würden seine Auftraggeber zufrieden sein. Und danach – nun, er hatte schon eine recht genaue Vorstellung davon, was er dann tun würde. Welche von beiden auch immer die Hüterin war – niemand hatte davon gesprochen, dass er beide Frauen lebend übergeben musste. Er trug seine Rache weiterhin in seinem schwarzen Herzen.

Als der Tumult vor der Tür im Porter's losbrach, reagierte Nicholas zuerst. Der Agent in ihm übernahm die Führung, verdrängte die Überraschung über das plötzliche Auftauchen des jungen Franzosen.

»Los, helft mir«, rief er den beiden anderen Männern zu, und gemeinsam schoben sie eine schwere Anrichte vor die Tür. »Das wird uns aber nicht vor Kugeln retten«, keuchte Nicholas grimmig. »Hast du nicht etwas von einem geheimen Ausgang gesagt, George? Jetzt wäre ein guter Augenblick, um ihn zu finden.«

Jenna hatte Kim in den Arm genommen und sah sich hektisch um. »Aus dem Fenster?«, schlug sie vor.

Lagardère, noch die Ruhe in Person, biss von einem Sandwich ab, trat die drei Schritte zum Fenster und schaute hinaus. »Zu hoch«, stellte er fest. »Wir würden uns sämtliche Knochen brechen. Sie werden verfolgt?«

»Ja. Wenn das die Gleichen sind … Sie haben Nicholas' Frau fast umgebracht – und sie sind hinter mir und Kim her«, erklärte Jenna und griff nach ihrem Handy. »Ich rufe die Polizei.«

»Vergiss es, Jenna, bis die hier ankommen, und vor allem, bis sie in den Privatclub hineinkommen, sind wir erledigt. George, nun mach schon!« Nicholas' Stimme verriet seine Anspannung.

George tastete die Wände ab. »Schon gut, schon gut. Das Dumme ist, ich habe keine Ahnung, wie oder wo die Geheimtür versteckt ist. Ich habe schließlich noch nie eine gesehen.« Er klopfte aufs Geratewohl mehrfach an die Wand neben dem Kamin, doch das Geräusch blieb gleich, nirgendwo klang es nach einem Hohlraum.

»Wo sind sie?«, brüllte jetzt jemand draußen auf dem Gang.

»Sie suchen eine Geheimtür?« Lagardère sah sich prüfend in dem großen Raum um. Sein Blick fiel auf die vier Mauervorsprünge an der Innenwand, die etwa einen Meter breit und einen knappen halben Meter tief waren. Dazwischen waren Regale eingepasst, sodass die Vorsprünge als solche kaum zu erkennen waren. Während George immer noch an der anderen Wand beschäftigt war, fuhr er mit beiden Händen den ersten Vorsprung ab, tastete an den Regalen entlang, schüttelte den Kopf. »Hier nicht.« Er wiederholte die Bewegung beim zweiten und dritten Vorsprung, kniete sich hin, um unter ein Regalbrett zu greifen, da ertönte ein Krachen. Jemand warf sich von draußen mit Gewalt gegen die Tür.

»Jenna, Kim, stemmt euch beide gegen die Anrichte. Noch wissen sie nicht, dass wir hier drin sind«, zischte George.

»Brich die Tür auf!«, forderte jemand von außen.

Lagardère tastete in aller Ruhe weiter die Wand ab, da fuhr seine Hand plötzlich über einen kleinen Vorsprung. Er zog und drückte, schob und presste, da klickte es mit einem Mal leise, und wie von Zauberhand erschien ein kleiner Spalt im Mauerwerk.

»Voilà!«, sagte er mit unterdrücktem Triumph in der Stimme. Er lehnte sich gegen die Geheimtür und spähte in den entstandenen Spalt. Ein schmaler Gang verlor sich in der Dunkelheit.

»Genial«, raunte Nicholas, schlug dem Franzosen anerkennend auf die Schulter und winkte den anderen. »Los, kommt schnell.«

»Wartet!« Kim rannte zum Tisch, schnappte den Laptop, rutschte fast auf den Splittern aus, fing sich wieder, riss das Fenster weit auf und quetschte sich dann durch die schmale Öffnung in den Geheimgang. George bildete die Nachhut und schob die Tür wieder zu, die mit einem leisen Klicken einrastete. Keinen Moment zu früh, denn nun gab die provisorische Barriere nach, und jemand stürmte mit einem lauten Fluch in den Salon.

Die fünf Flüchtigen standen nebeneinander im Dunkel und wagten kaum zu atmen.

»Shit! Wo sind die hin verschwunden, verdammt noch mal?«, war eine Stimme zu vernehmen.

»Wahrscheinlich aus dem Fenster gesprungen«, antwortete eine weitere Stimme.

»Glaube ich nicht. Das ist doch viel zu hoch. Aber sie können sich doch nicht in Luft aufgelöst haben. Los! Die werden nicht weit sein. Hinunter und den Ausgang sichern!.«

Die Stimmen wurden leiser, und Jenna stieß vorsichtig die Luft aus. Sie zog ihr Handy aus der Tasche und hielt es hoch, die Bildschirmbeleuchtung warf ein geisterhaftes Licht auf die rohe Ziegelmauer und die blassen Gesichter. Nicholas und George machten es ihr nach. »Es geht doch nichts über eine

Taschenlampen-App«, sagte George leise, und der Lichtschein der Displays drängte die Dunkelheit um zwei Meter weiter zurück.

Der Gang war etwa einen Meter breit und zwei Meter hoch. Die Luft roch abgestanden, nach Mörtel und Staub, so, als sei schon lange niemand mehr hier entlanggegangen.

»Los, verschwinden wir!« Nicholas ging voran, gefolgt von Jenna und Lagardère, den Schluss bildeten Kim und George. Der Franzose hatte angesichts des künstlichen Lichts die Brauen gehoben und fasziniert die Hand ausgestreckt. Kim reichte ihm ihr Handy, und Lagardère drehte und wendete es, versuchte die Lichtquelle zu entdecken und begnügte sich schließlich mit einem verwunderten: »Kein Feuer? C'est magnifique, non?« Vorsichtig reichte er es an Kim zurück.

»Da vorne sind Stufen«, flüsterte Nicholas. »Passt auf!« Vorsichtig stieg er eine steile Wendeltreppe hinab, blieb ab und zu stehen, um zu horchen. Vierzig Stufen zählte Jenna lautlos, bis sie wieder ebenen Boden unter den Füßen spürte. Ein weiterer Gang ersteckte sich vor ihnen, der zweimal im rechten Winkel abbog, bevor der Weg endgültig zu Ende war. Sie standen vor einer Mauer.

»Und jetzt? George, hast du eine Ahnung, wo wir jetzt sind?«

George zuckte mit den Schultern. »Nicht genau. Ich schätze, wir sind mittlerweile wieder auf Straßenniveau.« Er versuchte sich den Grundriss des Gebäudes vorzustellen. »Das ist sicher der Geheimgang zwischen dem Porter's und dem Travellers Club, von dem Raffaele mir erzählt hat. Ich hätte allerdings nie gedacht, dass ich da tatsächlich einmal drinstecken würde. Stellt euch mal vor, wie viele Leute hier schon …«

»Kannst du deine Abhandlung für später aufheben, George?«, unterbrach ihn Nicholas ungeduldig und stemmte sich mit beiden Händen gegen die Mauer. »Wie kommen wir hier wieder raus? Und wo?«

»Darf ich?« Lagardère trat neben ihn und tastete die Mauer ab. Er klopfte leise dagegen. »Das ist keine Ziegelmauer, es sieht nur so aus. Hören Sie das?« Er klopfte erneut leicht dagegen. Es klang dumpf.

»Holz«, sagte Jenna überrascht.

»Genau. Die Frage ist, versuchen wir es mit Gewalt, oder finden wir den Riegel?« Der Franzose tastete weiter, versuchte seine Finger zwischen Mauer und Tunnelwand zu zwängen. Dann fuhr er mit den Fingern unten an der Barriere entlang.

Nichts.

Kim lehnte sich gegen die Wand. Seit sie von Albträumen geplagt worden war, hasste sie dunkle Räume. Noch schlimmer waren dunkle und enge Räume. Sie versuchte ihren Atem unter Kontrolle zu bekommen, doch sie spürte, wie die Panik in ihr hochstieg. Sie schloss die Augen und stellte sich vor, sie stünde draußen in der Sonne, aber es half nichts. Die Angst breitete sich in ihrem Magen aus und schnürte ihr die Luft ab.

»Da muss doch ein Riegel sein«, murmelte Lagardère verärgert. Er richtete sich auf und sah sich um. »Kann ich bitte Ihr Licht haben?«, wandte er sich an Jenna.

Diese reichte ihm wortlos ihr Handy.

Der Franzose ging ein paar Schritte zurück, leuchtete diesmal nicht die Mauer, sondern den Gang aus. »Sehen Sie sich um. Vielleicht gibt es ein Stück Wand, das anders aussieht oder sich anders anfühlt?« Alle taten wie geheißen, nur Kim blieb unbeweglich stehen, gegen die Wand gelehnt, Schweißtropfen glänzten auf ihrer Stirn.

Lagardère leuchtete ihr ins Gesicht. »Alles in Ordnung mit Ihnen, Mademoiselle?«, fragte er leise.

Kim schüttelte den Kopf. »Ich krieg keine Luft«, flüsterte sie gepresst. »Ich will hier raus!«

Lagardère musterte sie kurz, ergriff dann ihre Hand. »Wir sind bis hierhergekommen, also schaffen wir es auch hier heraus«, sagte er beruhigend.

Kim klammerte sich an seine Hand wie an eine Rettungsleine. Lagardère ließ ihr Zeit, lehnte sich mit dem Rücken an die Tunnelwand und wartete. »Ça va?«, fragte er einige Augenblicke später.

»Es geht so, danke.« Kim klang immer noch zittrig, doch sie öffnete die Augen wieder und fühlte, wie die Panik nachließ. Seine Hand ließ sie allerdings noch nicht los. Sie wandte Lagardère ihr Gesicht zu. »Was ist das denn?«, fragte sie verblüfft.

Lagardère folgte ihrem Blick. Nur dann erkennbar, wenn man den Kopf seitlich an die Wand lehnte, sah man eine etwa handtellergroße Platte. Von vorn betrachtet schien sie Teil der Wand zu sein. Kim hob eine Hand und drückte versuchsweise dagegen.

Ein leises Knarren ertönte, dann begann sich die Holzwand vor ihnen zu bewegen.

»Huch«, machte George, der direkt davorstand, und trat einen Schritt zurück. Die Wand schwang um die mittlere Längsachse auf und gab den Blick in einen kleinen, fensterlosen Raum frei. George lehnte sich vor, hielt sein Handy hoch und schüttelte verwundert den Kopf. »Eine Besenkammer«, sagte er leise. »Kommt mir vor, als hätte ich das in einem Film auch schon mal gesehen …«

Jenna drängte sich an beiden Männern vorbei und trat vorsichtig in den Raum. Sie tastete sich vor, erreichte eine Tür und knipste den Lichtschalter daneben an. Eine Neonröhre über ihnen flammte auf und summte leise. Die fensterlose Kammer mochte zwei mal zwei Meter messen, eine Wand wurde von einem Metallregal gesäumt, auf dem jede Menge Putzzeug stand. An der gegenüberliegenden Wand hingen Besen und Schrubber.

Als alle in der Besenkammer waren, drückte George die Geheimtür wieder zu. Sie fügte sich auch von dieser Seite nahtlos in die Wand ein. Unscheinbar und für den Nichteingeweihten völlig unsichtbar.

»Okay, alle raus hier jetzt«, sagte Jenna leise und drückte vorsichtig die Klinke herunter. Ohne Widerstand ließ sich die Tür nach draußen öffnen.

Nicholas legte ihr die Hand auf die Schulter. »Lass mich zuerst«, flüsterte er, schob sie hinter sich und streckte vorsichtig den Kopf aus der Tür. »Niemand zu sehen. Kommt!« Hintereinander liefen die fünf leise den Flur hinunter, von dem rechts und links Türen abgingen. Von irgendwoher drang leises Stimmengewirr. Schließlich standen sie vor einer Metalltür, die mit einem schweren Querriegel gesichert war.

»Geht die nach draußen?«, fragte Kim hoffnungsvoll. Ihr Gesicht hatte wieder Farbe bekommen.

»Das ist eine Brandschutztür«, erklärte George. »Wenn ich mich nicht irre, geht die auf die Straße hinaus. Ich versuch's mal.«

»Stopp!«, zischte Jenna. »Warte!« Sie schloss die Augen und konzentrierte sich. »Da draußen ist jemand«, flüsterte sie. »Sie warten auf uns. Ich kann sie spüren. Wenn ich die Augen schließe, sehe ich sie förmlich«, erklärte sie verlegen und öffnete die Augen wieder. »Sie stehen keine drei Meter von uns entfernt. Nur weil die Tür aus Metall ist, haben sie uns bisher nicht gehört.«

Nicholas wandte sich um. »Kim? Spürst du sie auch?«

Kim blickte ratlos drein. »Nein, aber wenn Jenna sagt, dass sie da sind …«

George nickte. »Ich schätze, Jenna hat recht. Wenn mich nicht alles täuscht, sind das Handlanger des Konsortiums. Sie werden euch zwar lebend in die Hände bekommen wollen – aber es ist ihnen sicher egal, wer noch dabei draufgeht. Ich glaube, sie warten draußen auf uns, weil sie unsere Spur im Gebäude verloren haben. Und eines ist sicher: Die werden nicht mit uns reden wollen …«

»Gibt es einen Hinterausgang?«, erkundigte sich Lagardère. Er wirkte immer noch ruhig und gefasst. Nur manchmal ging sein Blick nach innen, als würde er auf etwas lauschen, das nur er hören konnte.

George zuckte mit den Schultern. »Keine Ahnung, ich nehme an, dass es einen Hinterhof gibt. Vielleicht suchen wir den und schauen, ob wir Tommy, meinen Fahrer, erreichen können. Der soll uns dann irgendwo in der Nähe des Clubs aufsammeln.«

»Das klingt nach einem guten Plan«, lobte Nicholas, und er klang ausnahmsweise nicht sarkastisch. Er wandte sich um und lief leise den Flur entlang. Plötzlich stutzte er, blieb stehen und zog vorsichtig eine Tür auf. »Die Küche«, erklärte er flüsternd und winkte den anderen, ihm zu folgen. »Von dort aus muss es einen Ausgang geben. Zumindest zu den Mülltonnen.«

Die drei Köche des Traveller Clubs warfen der bunten Gesellschaft, die da durch ihre Küche stürmte, irritierte Blicke zu. Doch keiner machte Anstalten, sie aufzuhalten.

Lagardère, der sich fasziniert umblickte, tippte im Vorbeigehen einem der Köche auf die Schulter. »Excusez-moi«, sagte er höflich, »darf ich?«

Der Koch, der sich plötzlich einem Mann in seltsamer Kleidung, mit einem Florett in der Hand, gegenübersah, nickte und wich erschrocken einen Schritt zurück.

Daraufhin griff sich Lagardère ein Blätterteighörnchen von einem Blech, das der Koch gerade aus dem Ofen genommen hatte. »Erinnert entfernt an Croissants«, bemerkte er kauend, »aber es fehlt ganz eindeutig Butter.« Damit lief er den anderen hinterher.

Der Koch starrte ihm mit offenem Mund nach.

»Da!«, rief Jenna halblaut. Sie war vor einer Tür angelangt, die ins Freie führte. Wie erwartet, in einen Hinterhof mit mehreren Mülltonnen, einer Holzbank und einigen vollen Aschenbechern. Die Nacht war hereingebrochen, und die Raucherbank leer. Wolkenfetzen zogen wie Wattebäusche, vom Wind getrieben, und die Stadt erhellte den Himmel von unten in geisterhafter Weise, wie es nur Großstädte können.

Jenna sah sich rasch um. Der Hinterhof hatte einen Zugang zur Straße, das Tor war allerdings verschlossen. »Wir sollten von einem der nächsten Höfe aus versuchen, auf die Straße zu kommen. Die Killer stehen hier direkt davor«, flüsterte sie.

Kim zeigte auf die Mülltonne. »Da rauf und über diese Mauer«, schlug sie vor und zog sich als Erste hoch.

Keine zwei Minuten später stand die Gruppe im nächsten Hof. »Noch einen weiter«, entschied Lagardère und kletterte mithilfe einer weiteren Mülltonne ohne erkennbare Mühe auf die Mauer. Auf der anderen Seite spähte er vorsichtig nach unten. »Hier gibt es ein offenes Tor«, raunte er, und Nicholas' Augen leuchteten auf: »Dann los.«

Als alle fünf im nächsten Hof standen, hielt George sie zurück. »Wartet! Jenna, können wir dort hinaus?«

Jenna sah ihn erst überrascht an, dann schloss sie die Augen und versuchte zu erspüren, was sich hinter der Mauer verbarg. »Da ist niemand«, sagte sie erleichtert.

»Dann los!«, flüsterte George. »Wir sind nicht mehr an der Pall Mall, sondern eine Querstraße dahinter und damit weit weg von den Typen. Aber wir sollten trotzdem vorsichtig sein.« Er holte sein Handy aus der Tasche, wählte und sagte dann leise: »Tommy? Folgendes: Wissen Sie, wo Pent House ist? Warten Sie dort auf mich, lassen Sie den Motor laufen. Ich bringe ein paar Freunde mit. Und wenn wir drin sind, geben Sie Gas. Alles klar?« George wartete die Antwort nicht ab, legte auf und behielt die Fahrbahn im Auge. Einige Minuten später fuhr ein dunkelgrünes Auto langsam die Straße hinunter.

»Jetzt!«, flüsterte George, sah sich ein letztes Mal um und sprintete los. Gemeinsam mit Nicholas riss er die Türen des geräumigen Rovers auf, schob die zwei Frauen und Lagardère hinein, dann stiegen die beiden Männer ebenfalls zu.

Niemand hielt sie auf, keine Schreie ertönten, keine Schüsse fielen.

Diese Runde ging an sie.

Jenna ließ sich aufatmend neben Kim in die Polster sinken und ergriff die Hand ihrer Tochter. »Alles okay mit dir, Süße?«

Kim nickte. »Zwischendurch in diesem Geheimgang hatte ich Panik. Jetzt geht's wieder. Aber ich habe immer noch das Gefühl, wir sind im falschen Film.«

»Film?«, erkundigte sich Lagardère verwirrt, der neben Jenna auf der Rückbank saß und nun mit kaum verhohlener Verwunderung um sich sah. »Mon Dieu!«, entfuhr es ihm, als Tommy Gas gab und elegant beschleunigte.

»Ich erkläre Ihnen das ein anderes Mal, das dauert jetzt zu lange«, winkte Kim ab und lächelte. »Ich wollte sagen, das hier kommt mir alles sehr unwirklich vor.«

Der Franzose nickte. »Das kann ich nachvollziehen, Mademoiselle. Ehrlich gesagt, hatte ich zwar gehofft, aus der Schattenwelt gerettet zu werden, aber ich hatte nicht damit gerechnet, gleich wieder hineinkatapultiert zu werden.«

Jenna und Kim schauten Lagardère schuldbewusst an. »Es tut mir leid«, sagte Jenna. »Wir sind in diese Geschichte hier eher zufällig hineingeraten. Bitte glauben Sie uns, wir hatten keine Ahnung, was hier geschieht.«

Lagardère betrachtete sie ernst. »Ich glaube Ihnen, Madame. Und seien Sie versichert – wo auch immer ich oder wir jetzt sind, ich bin Ihnen zutiefst dankbar. Sie haben mich gerettet. Alles Weitere wird sich ergeben, non?«

»Dafür haben Sie die Geheimtür gefunden. Respekt«, warf Nicholas jetzt ein. »Ohne Sie wären wir jetzt tot oder gefangen.«

»Es scheint, als wäre die Welt nicht mehr dieselbe, die ich verlassen habe«, antwortete Lagardère und vollzog eine ausladende Handbewegung. »Aber mit geheimen Türen und Gängen kenne ich mich aus.«

»Wo fahren wir hin?«, fragte Kim. »Wir haben doch unsere Sachen noch im Hotel!«

»Zu meinem Haus in Cambridge, das ist zumindest kurzfristig sicherer als euer Hotel«, erklärte George bestimmt. »Aber davor holen wir noch euer Gepäck. Ihr seid im King George Hotel, oder? Tommy – kurzer Zwischenstopp am Earl's Court. Und nachher überlegen wir uns, wie wir weiter vorgehen.« Er wies mit dem Kinn auf Lagardère und schüttelte nachdenklich den Kopf. »Jenna … du hast es wirklich geschafft, ist dir das klar? Eigentlich ihr beide, du und Kim. Wenn ihr Leute aus dem Jenseits zurückholen könnt – wisst ihr, was das für einen Aufruhr gibt, wenn das bekannt wird? Was glaubt ihr, was euer

Können wert ist? Kein Wunder, dass irgendwelche zwielichtigen Gestalten hinter euch her sind.«

Jenna starrte ihn zweifelnd an. »Ich weiß nicht, ob ich darauf stolz sein oder mich vor Angst erneut übergeben soll.« Sie legte ihren Arm um Kim, froh, deren Wärme zu spüren. Der Schock über die ungewöhnliche Flucht, die unheimlichen Verfolger und die Gefahr, in der sie schwebten, ließ erneut Übelkeit in ihr aufsteigen.

»Sie haben noch jemand anderen aus der Schattenwelt befreit?«, fragte Lagardère überrascht, der mit einem nachdenklichen Gesichtsausdruck aus dem Fenster gesehen hatte.

Kim wurde rot. »Ich glaube schon. Aber ich habe ihn nie gesehen, nur gespürt, und trotzdem hat er mir grässliche Angst eingejagt.« Sie schauderte. »Er hatte etwas Böses an sich.«

Jenna dachte an die imposante Gestalt mit dem dunkelroten Mantel, erinnerte sich an die grässliche Knochenhand und den Modergeruch in ihren Träumen. »Der Mann ist das personifizierte Böse, glauben Sie mir.«

»Der Jäger?« Lagerdère starrte Kim an.

»Sie wissen von ihm?« Jenna kniff die Augen zusammen.

Lagardère nickte langsam. »Ich habe von ihm gehört. Marie de Bourbon erwähnte ihn.«

»Wir wissen nicht viel über ihn. Aber er ist wieder da«, murmelte George grimmig. Als Tommy vor dem Hotel hielt, sprang Jenna eilig hinaus, dicht gefolgt von Nicholas. Sie rissen der Empfangsdame die Keycard aus der Hand, rannten nach oben ins Zimmer, rafften ihre Habseligkeiten zusammen, checkten aus und waren innerhalb von wenigen Minuten wieder am Auto.

Der Fahrer gab erneut Gas. Nicholas und George schauten sich immer wieder um, doch niemand schien ihnen zu folgen.

Auf der M 11, der schnellsten Verbindung zwischen London und Cambridge, waren wie immer viele Autos unterwegs. Tommy verließ zur Sicherheit einmal die Autobahn und fuhr zurück zur vorherigen Ausfahrt, um dann die Strecke erneut zu fahren.

»Scheint, als wäre uns niemand gefolgt«, sagte Nicholas irgendwann erleichtert. Es hatte wieder zu nieseln begonnen, und die Scheinwerfer der entgegenkommenden Autos spiegelten sich auf dem nassen Asphalt.

Der Rest der Fahrt verlief schweigend. Alle hingen ihren Gedanken nach – auch der junge Franzose, der sich mit großen Augen umsah und jede Einzelheit in sich aufzusaugen schien, war verstummt.

Nicholas rief in der Klinik an und erhielt die beruhigende Nachricht, dass Annes Zustand weiterhin unverändert war. Kein Unbekannter hatte versucht, ihr Zimmer zu betreten, nichts Ungewöhnliches war vorgefallen. Er schloss die Augen. Das Adrenalin, das seit dem Friedhofsbesuch mit Jenna durch seinen Körper raste, schien aufgebraucht, und er spürte plötzlich, wie erschöpft er war. Anne hätte lakonisch gesagt, du bist eben keine zwanzig mehr, und gelacht. Großer Gott, lass uns das irgendwie überleben, dachte er. Und dann fahre ich mit Anne in einen Urlaub ohne Rückflugticket. Auf irgendeine einsame Insel.

Gleichzeitig – und Nicholas wusste nicht, ob er sich deshalb ernsthaft Sorgen über seinen Geisteszustand machen sollte – fühlte er sich so lebendig und aufgekratzt wie schon lange nicht mehr. Der Agent Nicholas Wright war zurückgekehrt, und sein Körper wünschte sich erneut das überwältigende gloriose Gefühl herbei, das ihn immer durchströmt hatte, wenn er dem Tod wieder einmal von der Schippe gesprungen war.

Das Anwesen der Familie Covington war im viktorianischen Stil erbaut. Es stand inmitten eines großzügigen Parks, der mit seinem alten Baumbestand, den malerisch errichteten griechischen Ruinen und dem Weiher zum Spazierengehen einlud. Im Sommer quakten dort Frösche um die Wette, jetzt, Anfang Februar, war es still. Nur das Rauschen des Regens auf den Blättern war zu hören.

Hinter dem Haus befanden sich ein Hubschrauberlandeplatz und die große Garage, die gut drei Autos Platz bot. Tommy hatte den Rover neben dem schwarzen Bentley geparkt, den George von seinem Vater geerbt hatte.

Lord Covington führte seine Gäste ins Haus. Wie Nicholas zuvor schon Jenna gegenüber bemerkt hatte, war George selten zu Hause, doch überall standen frische Blumen und Obstschalen. Zwei Angestellte kümmerten sich ausschließlich um die mehr als dreißig Räume, zwei Gärtner um den Park und die Autos.

George verteilte in Windeseile die Schlafzimmer im ersten Stock und marschierte dann, mit Lagardère und Nicholas im Schlepptau, zurück in die Küche. Er öffnete einen Küchenschrank nach dem anderen, bis er fand, was er suchte. Eine Flasche Highland Single Malt.

»Nichts mehr zu essen da«, sagte er bedauernd nach einem Blick in den Kühlschrank. »Keiner wusste, dass ich heute kommen würde, und die Angestellten haben ihren freien Tag. Also – Obst oder wir bestellen Pizza.«

Nicholas nickte schweigend und nahm sein Glas entgegen. Lagardère nippte neugierig an seinem Whisky und verzog anerkennend das Gesicht. »Daran kann ich mich erinnern«, sagte er schließlich leise. »Was ist sonst noch aus den alten Zeiten geblieben?«

»Wahrscheinlich mehr, als Sie jetzt denken«, antwortete Nicholas. Die Männer ließen sich im sogenannten Blauen Salon in die Sessel sinken. Sie hatten mehr als genug zu besprechen, doch in diesem Moment wusste keiner, wo er beginnen sollte. So saßen sie schweigend da, bis Kim und Jenna eine Weile später die Treppe herunterkamen und sich mit großen Augen umschauten.

»Das ist ja ein Saal, kein Wohnzimmer«, kommentierte Jenna. »Diese Tapeten … wunderschön. Warum bist du nicht öfter hier?«

George lächelte. »Tja, so ändern sich die Zeiten. Ich bin meist in London, da habe ich eine kleine Wohnung. Hier, im Blauen Salon, wurden früher die kleineren Empfänge abgehalten. Wenn du etwas wirklich Prachtvolles und Großes sehen möchtest, dann solltest du dir mal den Ballsaal anschauen. Und was mich betrifft … In Cambridge gibt es einige hoffnungsvolle Kandidatinnen auf den Posten der Lady Covington. Davor flüchte ich, so weit und so gut ich kann. Ich mag mein Leben, so wie es ist. Ruhig und beschaulich und weitestgehend frauenlos.«

Jenna lächelte schwach. »Vielleicht im Moment eher weniger beschaulich, nicht wahr?«

George antwortete nicht und betrachtete Jenna nachdenklich. In ihren Augen glänzte wieder mehr Leben. Mit den Jeans, einem weiten Pullover und grauen Sportsocken sah sie aus wie eine Studentin und kaum älter als ihre Tochter. Nur die Fältchen um die Augenwinkel verrieten sie. Sie hatte ihre langen schwarzen Haare achtlos mit einer Klammer hochgesteckt und ließ sich jetzt neben Kim in ein Sofa fallen.

»Ich habe furchtbaren Hunger. Wie spät ist es eigentlich?«

»Fast elf«, antwortete Kim. Einige Minuten warteten sie schweigend, dann wandte sich Kim an Lagardère. »Ich glaube, wir können uns alle überhaupt nicht vorstellen, was in Ihnen vorgeht.«

Lagardère verzog die Mundwinkel. »Ich kann es auch nicht genau sagen, Mademoiselle Kim. Ich versuche das zu fassen, was ich sehe. Und, mon Dieu, es ist eine Menge. Es scheint, als sei ich vom Abenteuer meines ersten Lebens ins nächste gefallen.« Er sah sich staunend um. »Licht ohne Feuer, Kutschen ohne Pferde, Häuser, die höher sind als man schauen kann. Und doch ...« Er hob sein Glas in Richtung George und Nicholas, die ihn fasziniert betrachteten, »es scheint, dass sich eines nicht geändert hat: Wenn eine Frau in Gefahr ist, lässt man sie nicht allein.« Er lächelte Kim bei den letzten Worten fast unmerklich zu.

Sie errötete und hoffte inständig, dass es niemand bemerkte.

In diesem Moment läutete eine Glocke. George erhob sich seufzend und ging zur Tür. Der kleine Bildschirm am Hauseingang zeigte den Pizzaboten am Tor, der einen großen Isolierkarton trug und von dessen Schirmmütze wahre Bäche tropften. Der Regen war stärker geworden. George grinste, drückte den Toröffner und erwartete den Pizzaboten an der Tür. Der war ob des Weges eher brummig, doch ein sattes Trinkgeld ließ ihn freundlich in die Kamera winken, als er das Gelände wieder verließ.

»Wir müssen uns so schnell wie möglich einen Plan zurechtlegen«, kommentierte Nicholas, der George gefolgt war und nun mit einem Stapel Pizzakartons und ein paar Tellern im Arm wieder das Wohnzimmer betrat. »Ihr glaubt doch nicht, dass die Typen von vorhin aufgeben. Das sind die, die Anne auf dem Gewissen haben. Wir müssen euch von hier wegbringen. London ist nicht sicher. Es tut mir leid, Jenna.«

»Wie stellst du dir das denn vor?«, fragte Jenna skeptisch, die kurzerhand eine Schere von einem mit Dokumenten und Utensilien überquellenden Sekretär nahm, damit die Pizza in Stücke schnitt, alles auf Teller verteilte und sich hungrig über eine Schnitte hermachte. »Sollen wir wieder zurück nach München? Übrigens, was ist eigentlich mit deinem Auto?«

Nicholas zuckte mit den Schultern. »Das Auto ist mein geringstes Problem. Ein neues Handy habe ich schon, und meine Glock kann ich verschmerzen. Bis Scotland Yard sie findet, wird es noch eine Weile dauern. Ich bin sicher, man wird sie mir nicht zuordnen können. Allerdings muss ich mir jetzt eine neue Pistole besorgen. Irgendeine Idee, George?«

George, der gerade an einem großen Bissen Salamipizza kaute, nickte. »Keine Sorge, hier im Haus werden wir schon das eine oder andere finden«, antwortete er mit vollem Mund. »Meine Familie ist bekannt für ihre Jagdleidenschaft. Der Waffenschrank ist dort drüben.« Er wies auf die gegenüberliegende Seite des Raums. »Daran scheitert es nicht. Ich muss nur die Schlüssel finden.«

Nicholas nickte. »Gut, das beruhigt mich. Wir sollten auf alles vorbereitet sein.«

»Könnte mich einer von Ihnen aufklären, worum es hier eigentlich geht? Sie haben vorhin gesagt, der Jäger ist wieder unter uns. Das ist kein gutes Zeichen. Vielleicht kann ich helfen?« Lagardère, der die Pizza misstrauisch betrachtete und nach den Sandwiches im Porter's erst einmal beschloss, dass man auch von Rotwein allein satt werden konnte, sah in die Runde. »Ich glaube nicht, dass Madame Jenna mich ohne Grund von den Schatten befreien konnte. Mein Wunsch allein war es bestimmt nicht.«

Jenna nickte Lagardère zu. »Sie haben recht, wir schulden Ihnen eine Erklärung. Aber bitte, nennen Sie mich nicht Madame. Jenna reicht.« Sie nahm einen weiteren großen Bissen Pizza, trank einen Schluck Rotwein und erklärte in wenigen Worten, was sie bereits George in der Klinik erzählt hatte. War das wirklich erst wenige Stunden her? Jenna schien es, als wären Tage vergangen.

»Und jetzt sind diese, diese … Killer hinter uns her. George meint, die gehören zu dem sogenannten Jäger. Irgendwer will mich und Kim völlig wahnsinnig machen und dann in die Finger bekommen.«

»So könnte man es beschreiben«, kommentierte Nicholas. »Und wenn ich nicht gesehen hätte, wie Sie aufgetaucht sind, dann würde ich es immer noch nicht glauben.«

»Ich bin hier«, sagte Lagardère einfach. Er nahm entgegen seinem ursprünglichen Vorsatz ein Stück Pizza, kaute vorsichtig und verzog das Gesicht. »Englische Küche?«

»Importiert. Italienische«, gab George mit einem Achselzucken zu.

»Vive la France«, meinte Lagardère trocken und kaute mit Todesverachtung weiter.

»Vielleicht sollten wir das tun, was wir vorhin im Club vorhatten«, schlug Kim vor, die gegessen hatte und jetzt wieder unternehmungslustig dreinsah. »Wir legen all die Hinweise, die wir haben, auf den Tisch. Vielleicht ergibt sich dadurch eine Strategie. George, hast du hier einen Internetanschluss?«

»Willst du nicht lieber ins Bett gehen?« Jenna sah ihre Tochter mit gerunzelter Stirn an. »Ein paar Stunden Schlaf würden dir vielleicht guttun.«

Kim schnaufte. »Ich kann jetzt nicht schlafen, Mam. Echt nicht! Bitte – ich kann bestimmt helfen.«

»Lass sie ruhig, Jenna«, warf Nicholas ein. »Schlafen können wir immer noch.«

»Du hast gut reden«, sagte Jenna mit hörbarem Zweifel in der Stimme, aber sie gab nach. »Okay, Kim – du kümmerst dich darum, dass wir von hier ins Netz kommen. George, wie wäre es, wenn wir mit deinem Vorfahren anfangen?«

»Warum nicht? Wartet, ich suche den Brief, den ich von diesem geheimnisvollen Kurier bekommen habe. Bin gleich wieder da.« George stemmte sich aus seinem Sessel hoch und verschwand mit großen Schritten in der oberen Etage.

»Er scheint tatsächlich auf unserer Seite zu sein«, sagte Jenna plötzlich. »Vorhin, im Krankenhaus, war ich mir noch nicht so sicher.«

Nicholas musterte sie verblüfft. »George? Warum?«

»Zu viele Zufälle«, murmelte Jenna. »Zugegeben, wir haben ihn gefunden und nicht umgekehrt, aber ich weiß nicht ...« Sie schüttelte gedankenvoll den Kopf, sprach aber nicht weiter, da George bereits wieder den Blauen Salon betrat. In seiner Hand hielt er ein einzelnes Blatt Papier.

»Also, ich lese euch das Wichtigste vor:

Am Ende meines Lebens angekommen, und so weiter ... *Wenn dieser Brief Dich erreicht, wird es Deine Aufgabe sein, die Mission fortzuführen: Die Eine zu beschützen, die das Tor zwischen den Lebenden und den Toten öffnen kann. Gewähre ihr Hilfe, frage nicht nach dem Preis. Aber hüte Dich um Gottes willen vor dem Jäger, denn er ist der Tod. Seine Schergen nennen sich das Konsortium, und sei gewarnt, sie sind überall. Dein Lohn wird sein, dass die Welt weiterexistiert, wie Du sie kennst. Mein Grab wird der Schlüssel sein.*

Das war vor zwei Jahren. Seitdem habe ich das Gefühl, dass ich auf etwas warte. Dass es noch etwas in meinem Leben geben wird. Und dann kommst du plötzlich in den Porter's, Nicholas, und fragst mich nach dem alten Herrn. Ich dachte, ich werde verrückt.« George sah die anderen der Reihe nach an. »Versteht ihr? Bis jetzt hätte es auch sein können, dass diese Zeilen die Gedanken eines wirren alten Mannes am Ende seines Lebens sind – und jetzt steht ihr vor mir und erzählt mir, dass das alles wahr ist?« Er ließ sich wieder in den Sessel sinken und seufzte leise.

»Der Brief spricht nur von einer, die beschützt werden muss. Wir haben hier aber offensichtlich zwei, die diese Fähigkeit besitzen.« Lagardère schaute Jenna und Kim nacheinander forschend an. »Jahrhundertelang suchen die Eingeweihten nach der Hüterin, warten auf sie – und jetzt gibt es zwei davon?« Er schüttelte staunend den Kopf.

Jenna hob die Hand. »Warten Sie mal … Sie glauben, Kim und ich sind diese Eine, von der die Rede ist?«

»Mais, naturellement«, gab Lagardère zurück. »Sie beide haben das Tor geöffnet. War Ihnen das nicht klar?«

Jenna sah aus, als hätte man sie mit eiskaltem Wasser übergossen. »Äh …«, setzte sie an. »Ich habe es vielleicht gedacht, aber es so zu hören – lieber Himmel …«

Kim starrte ihre Mutter mit großen Augen an. »Ich weiß nicht genau, ob ich das cool finde oder noch mehr Angst kriegen soll.« Um ihre Verlegenheit zu überspielen, klappte sie den Laptop auf und beugte sich unter den Tisch, um eine Steckdose zu finden. »Wir müssen echt noch jemand von diesem Zirkel finden, den wir fragen können!«

Vier Augenpaare starrten sie verblüfft an.

Kim wurde rot und richtete sich wieder auf. »Schaut mal, das klingt doch ganz logisch, wenn wir davon ausgehen, dass der alte Covington diesen Brief ernst gemeint hat und auch noch von dem Zirkel wusste. Der Empfänger des Briefes soll der Hüterin helfen. Das sind in diesem Fall Jenna – und ich. Er soll sich vor dem Jäger hüten. Klar. Und er kann uns helfen, wenn er das Grab findet.«

»Ich gebe es ungern zu, aber ich glaube, du hast recht, Süße.« Jenna stand auf, ging zu ihrer Tochter hinüber, die jetzt im Begriff war, den Laptop hochzufahren, und umarmte sie. »So, wie du es gerade formuliert hast, klingt es tatsächlich logisch.«

»Danke, Mam.« Kim erwiderte die Umarmung. In diesem Moment fiel ihr Blick auf Lagardère. Der sah sie mit einem undurchdringlichen Gesichtsausdruck an. Kim erwiderte den Blick, bis er unvermittelt lächelte und fast unmerklich den Kopf schüttelte.

»Also müssen wir das Grab finden«, sagte Nicholas. »Warte mal, George. Wir übersehen etwas. Wem wolltest du eine SMS schicken, als ich dich heute Mittag vor dem Club abgepasst habe?«

George lächelte verlegen. »Die SMS war für meine Schwester.«

Nicholas legte den Kopf schräg. »Himmel, George. Du ziehst deine Schwester da mit hinein?«

»Delaney ist das, was mir von meiner Familie geblieben ist. Sie weiß von dem Brief. Aber sie glaubt nicht daran, dass er eine Botschaft enthält. Trotzdem, ich wollte sie warnen.«

»Weißt du was, Kleiner? Das *dolce far niente* hat dir die letzten Jahre überhaupt nicht gutgetan.«

»Jetzt hör schon auf, Nick. Ich sagte doch, ich wusste auch nicht, ob ich diesen Brief ernst nehmen sollte. Das war alles nur so ein Gefühl. Und du weißt so gut wie ich, dass mir harte Fakten lieber sind.«

»Darf ich den Brief Ihres Vorfahren einmal sehen?«, unterbrach Lagardère.

»Bitte.« George schob ihm das Blatt hinüber.

Lagardère schaute mit gerunzelter Stirn auf den Text. »Sind Ihnen die kleinen Buchstaben am unteren Rand aufgefallen, George?« Ganz klein geschrieben, sodass man sie fast nicht erkennen konnte, standen da vier Buchstabenreihen, die auf den ersten Blick überhaupt keinen Sinn ergaben:

RNE BVMTK ZN FFK
SZKULTIEB FFK TPT JKAUN
FFK NVC DONU XTC
WRIHQPKRVN XCMATT

»Ja, natürlich. Aber ich kann damit nichts anfangen«, wandte George ein.

»Das sieht aus wie ein Geheimcode, oder?«, sagte Kim, die aufstand und Lagardère neugierig über die Schulter sah. »Kann einer von euch das in eine verständliche Sprache übersetzen?«

Keiner antwortete.

Der junge Franzose drehte sich um und lächelte Kim plötzlich an. »Anscheinend ist mit den Jahrhunderten das Wissen um Verschlüsselungen verloren gegangen, *ma chère*. Schade. Zu meiner Zeit hätte das jeder am Hof entschlüsseln können. Nun ja, jeder, der lesen und schreiben konnte«, schränkte er ein.

Nicholas nahm ihm den Brief aus der Hand und ließ seine Augen über die vier Zeilen gleiten. »Völlig richtig, ein Geheimcode«, sagte er anerkennend. »George, du glaubst doch nicht, dass der alte Covington etwas ohne Grund auf so einen Brief schreibt.« Er blickte seinen alten Freund an und schüttelte den Kopf. »Was ist in den letzten Jahren nur mit dir geschehen? Es gab eine Zeit, da konntest du keinem Abenteuer widerstehen, und heute? Jetzt versuchst du nicht mal, ein Rätsel zu lösen, das dir quasi mitten ins Gesicht springt?«

»Du warst der Abenteurer, nicht ich«, entgegnete George leise. »Ich war stets nur die Feuerwehr.«

»Mag sein. Aber das entschuldigt keine mangelnde Absicherung. Du weißt von der Hüterin, du weißt von dem Zirkel, du weißt von dem Konsortium, du musst davon ausgehen, dass die über Leichen gehen … Wirklich, George, das ist nicht nur gedankenlos, das ist geradezu fahrlässig, vor allem, wenn auch noch deine Schwester mit im Spiel ist. Das konnten wir uns nie leisten, und wir können es heute noch immer nicht. Doch zurück zu unserem Rätsel – sind Sie in der Lage, das zu entschlüsseln, Antoine?«

Lagardère, dem man ein leichtes Befremden ob der plötzlichen formlosen Anrede ansah, schaute den hoch gewachsenen Engländer nachdenklich an. »Ich kann es versuchen. Dazu brauchen wir allerdings das Codewort, mit dem der Text verschlüsselt wurde.«

Jenna ging zu einem der raumhohen Fenster, lehnte sich mit der Stirn dagegen und spähte hinaus. Sie konnte die Mauer nicht erkennen, die das Anwesen umgab, dazu war es zu dunkel. Regentropfen rannen an den Glasscheiben herab und malten geheimnisvolle Muster. Sie spürte die Gegenwart ihrer Freunde, die Anwesenheit ihrer Tochter hinter sich und dachte, dass sie sich trotz der neuen, beängstigenden Erkenntnisse sicherer fühlen müsste als die letzten Tage zuvor. Doch genau diese Sicherheit wollte sich nicht einstellen. Ganz im Gegenteil: Die Übelkeit der letzten Tage stieg wieder in ihr hoch. Seit sie aus dem Club entflohen waren, sah Jenna immer wieder die gleiche Szene vor sich: Wie der widerliche, klebrige Nebel um

Kim herum hochstieg und sie einhüllte, sie verschlang – und sie nichts tun konnte. Jenna legte beide Hände auf die Scheibe, um zu sich zu kommen und etwas Ruhe zu finden. Doch sie zitterte am ganzen Körper.

Was sollte sie tun, wenn noch mehr Schatten von ihr verlangten, wieder geholt zu werden? Was würde Kim tun? Jenna schloss die Augen, atmete einmal durch und öffnete sie wieder. An den Rändern ihres Blickfelds flackerte es.

Kim, die sich umgewandt hatte, sah Jenna am Fenster stehen, die Hände an die Glasscheibe gepresst. »Was ist los, Mam?«, fragte sie beunruhigt.

Jenna drehte sich nicht um. Sie schluckte und starrte weiter nach draußen. »Gar nichts«, wich sie aus.

Kim spürte, dass ihre Mutter log, nahm die Angst wahr, die Jenna umgab. Sie stand auf und stellte sich neben Jenna, griff nach ihrer Hand. »Was ist?«, flüsterte sie.

»Später«, wehrte Jenna leise ab und wies auf die drei Männer, die sich mittlerweile um den Tisch herumgruppiert hatten und gemeinsam versuchten, der Entschlüsselung auf die Spur zu kommen.

»Es wäre einfacher, wenn wir noch mehr verschlüsselte Wörter hätten«, murmelte Nicholas frustriert. »Dieser Satz kann ja alles bedeuten, von einem Rezept bis zu einer Waffe.«

Lagardère konzentrierte sich erneut auf Covingtons Brief, als würden die Buchstaben ihm jetzt mehr sagen können als noch vor drei Minuten. Plötzlich begann er zu lachen. »Die Lösung liegt direkt vor uns, meine Herren. Der ehrenwerte Lord Covington sagt es uns doch: Sein Grab ist der Schlüssel.«

Nicholas und George sahen ihn entgeistert an. »Ja, natürlich«, rief George aus. »Meine Güte, offensichtlicher kann man es gar nicht machen.«

»Das Grab ist der Schlüssel«, wiederholte Lagardère nachdenklich. »Wo ist das Grab Ihres Vorfahren, George?«

»Ich würde sagen, er ist hier in unserer Familiengruft begraben. Aber ich weiß aus alten Aufzeichnungen, dass der alte Lord vor allem gegen Ende seines Lebens sehr an Afrika interessiert war. Es grenzte schon an Fanatismus, habe ich mir sagen lassen. Also, wer weiß …?«Eine Weile herrschte Stille.

»Arbeiten wir mit dem, was wir haben«, schlug Lagardère schließlich vor. »Wir versuchen es mit einer einfachen Verschlüsselung. Als Schlüsselwort nehmen wir *mygrave*. Wir werden sehen, wohin uns das führt.« Damit griff er nach Papier und Stift und begann zu schreiben.

Kim löste sich von Jenna, die aufgehört hatte zu zittern, und setzte sich wieder an den Computer. »Vielleicht kann ich dabei helfen«, bot sie an und begann zu tippen. Eine halbe Minute später wies sie triumphierend auf den Bildschirm. »Bitte sehr«, sagte sie. »Das schien damals eine gebräuchliche Verschlüsslung gewesen zu sein.« Auf dem Screen erschien ein großes Quadrat, angefüllt mit Buchstaben. »Damit sollte es leichter gehen.«

»Wie kommst du denn darauf?« Nicholas klang beeindruckt.

»Wikipedia macht's möglich.« Kim grinste. »Nur ohne Codewort ist auch der Rechner hilflos.«

Lagardère schaute auf den Bildschirm, und seine Augen weiteten sich vor Verblüffung. »Grandios, Mademoiselle Kim«, gab er zu. »Das macht es in der Tat wesentlich einfacher.«

Sein Blick huschte zwischen Bildschirm und Papier hin und her, er schrieb Buchstaben untereinander und nach einiger Zeit sagte er zufrieden. »In der oberen Zeile stehen die Klartextbuchstaben, in der ersten Spalte die Schlüsselbuchstaben. Wir beginnen mit RNE BVMTK ZN FFK.« Er tippte mit einem

Stift auf die Buchstaben. »Von R über M zu T, von N über Y zu H, von E über G zu E. Also THE. Der oder die. Das sieht schon ganz vielversprechend aus. Also weiter.«

Kim beugte sich mit glänzenden Augen neben ihm über das Blatt und fuhr mit den Fingern die Zeilen entlang. »Von B über R zu G, von V über A zu R, von M über V zu A, von T über E zu V und von K über M zu E. GRAVE«, buchstabierte sie.

»The grave … Ich würde sagen, wir haben es!« Ein paar Minuten später spielte ein Lächeln um Lagardères Lippen, und er verkündete: »Wenn ich mich nicht irre, steht am Ende des Briefes Folgendes:

Das Grab ist der Anfang.
Die Schale ist der Weg.
Finde das Vermächtnis des Reisenden.

Allerdings war das keine wirklich schwierige Verschlüsselung. Lord Covington wollte wohl nur verhindern, dass jemand beim ersten Lesen dahinterkommt.«

»Hervorragend«, rief Nicholas aus und schlug Lagardère zum zweiten Mal anerkennend auf die Schulter. »Nur …«, er schaute interessiert in die Runde, »kann jemand etwas mit dem Satz anfangen? Du, George?«

Der schaute ratlos drein und schwieg.

»Das Grab ist der Anfang«, wiederholte Jenna und verließ ihren Platz am Fenster, froh, sich ablenken zu können. »Das heißt, wir müssen sein Grab finden. Und dann irgendeine Schale. Und die wiederum führt uns zu Hinweisen von … wem auch immer.«

»Der Reisende … Und wenn es *die* Reisende ist? Vielleicht meint der Mary Kingsley? Könnte doch sein, oder nicht? Sie war doch eine Reisende. Das würde vielleicht auf Afrika hindeuten«, ergänzte Kim.

Jenna starrte auf den Brief, bis die Buchstaben vor ihren Augen verschwammen. War das Zufall? Was von alledem, was ihnen in den letzten Tagen passiert war, folgte einer Logik, einem Plan? Sollten sie ihrem Gefühl folgen – und damit den Hinweisen, die sie nach und nach erhielten, so unwahrscheinlich sie auch sein mochten?

Je mehr Jenna versuchte, die Situation rational zu analysieren, desto mehr lief sie gegen die sprichwörtliche Wand. Sie wusste, wenn sie überleben wollte, war der erste Schritt, die Angst zu bekämpfen und die Chancen zu nutzen, die sich ihr boten. Sie atmete tief durch. Ihr Gesicht, vor Minuten noch kreideweiß, nahm langsam wieder Farbe an, und sie hatte das Gefühl, wieder auf festem Boden zu stehen. »Wir brauchen mehr Informationen über Mary Kingsley. Ist sie wirklich in Afrika verschollen? Was wusste der alte Covington, als er starb?«

»Das ist eine interessante Frage«, kam eine helle Stimme von der Tür. Dort stand eine kleine Frau an den Türrahmen gelehnt und schaute amüsiert drein, als alle außer George nach Luft schnappten.

»Kein Grund zur Panik«, sagte sie freundlich, »ich bin Delaney. Georges Schwester.«

War George groß, schlank und dunkelhaarig, war Delaney das komplette Gegenteil. Knapp ein Meter fünfzig, rundlich, mit einer blonden Lockenmähne und den gleichen stahlblauen Augen wie ihr Bruder gesegnet, strahlte sie eine unterschwellige Dynamik aus, als sie den Salon betrat und ihren Bruder umarmte.

»Was tust du hier?«, fragte dieser verdutzt.

»Deine SMS. Ich dachte, ich schau mal, wie es dir geht. Und

jetzt, wenn ich euch so höre, denke ich, dass ich euch vielleicht bei der Recherche helfen könnte«, erklärte sie und setzte sich, nachdem sie alle der Reihe nach begrüßt hatte, in einen Sessel. »Außerdem kenne ich mich mit unserer Familiengeschichte wesentlich besser aus als du, Bruderherz. Also, hier bin ich. Wie weit seid ihr?«

»Meine Schwester wohnt zwar nicht mehr hier, seit sie verheiratet ist, aber sie ist unser inoffizielles Familienarchiv«, erklärte George. »Wer Fotos von der letzten Hochzeit oder einer Taufe möchte, wendet sich an Delaney. Sie wird wochenlang im Keller suchen – oder den Speicher durchstöbern, dafür ist sie bekannt. Nicht wahr, Schwesterherz?«

Delaney warf ihm nur einen vielsagenden Blick zu.

»Wir suchen das Grab von Lord Covington III.«, erklärte Jenna, die sich wieder gefasst hatte und mit heimlicher Freude beobachtete, dass George und Nicholas angesichts Delaneys Feldwebelton keine Einwände wagten.

»Mhm. Und ihr glaubt, es ist in Afrika?«

»Nein«, widersprach Lagardère. »Es gibt Hinweise, die darauf hindeuten, aber Seine Lordschaft sagte bereits, dass es keine Beweise gibt. Vielleicht wollte der alte Lord nur seine Gegner nach Afrika schicken?«

Delaney nickte. »George hat recht. Der alte Covington war seit der Expedition von Mary Kingsley überaus fasziniert von Afrika, das waren aber viele seiner Zeitgenossen ebenfalls. Wenn ihr mich fragt, klingt Afrika nicht sonderlich plausibel. Das sagt mir mein Bauchgefühl als Hobbyhistorikerin. Sein Tagebuch ist leider verschwunden, und ich bin fast der Meinung, dass man es mit ihm begraben hat.« Sie seufzte. »Das würde ich zu gerne in die Finger bekommen …« Sie nahm ein Stück Pizza und biss genüsslich hinein.

»Noch ein Grund mehr, das Grab zu finden«, dachte Jenna laut nach. »Also, wo könnte es sein, wenn nicht in Afrika?«

George schüttelte den Kopf, wie um seine Gedanken zu klären. »Wenn Afrika eine falsche Fährte ist, dann muss es hier sein. Schließlich will er doch, dass wir es finden.«

»Er hofft, dass die Richtigen sein Grab finden«, verbesserte Nicholas. »Und damit seid ihr wieder dran. Wenn ihr die Richtigen seid, du und Delaney, dann müsstet ihr wissen, wo man mit der Suche anfangen könnte.«

Die Geschwister sahen sich einige Augenblicke an.

»Die Familiengruft unter unserer Kapelle«, schlug George vor.

Delaney nickte. »Das würde ich auch vorschlagen. Aber nicht mitten in der Nacht.«

»Nein, das machen wir morgen früh. Und jetzt gehen wir ins Bett. Schaut mich nicht alle so entsetzt an. Wir müssen ein paar Stunden schlafen, Kim fällt schon fast vom Stuhl. Es ist schon weit nach Mitternacht«, sagte George eindringlich.

Nicholas sprang ihm bei: »Noch weiß das Konsortium nicht, wo wir sind. Wir könnten hier bis zum Morgengrauen weitermachen, aber wir müssen unsere Kräfte einteilen. Wenn wir das Grab finden wollen, können wir nicht zwischendurch vor Erschöpfung einschlafen.«

»Das klingt vernünftig«, kommentierte Delaney, die vor allem Kim besorgt ins Gesicht sah. »Und damit bin ich auch schon wieder weg. Ich habe es ja nicht weit.« Sie winkte allen einen Gruß zu, küsste George auf die Wange und marschierte nach draußen.

George sah Jenna auffordernd an. »Geht schlafen. Wir teilen die Wache unter uns auf.«

Nicholas warf ihm einen schrägen Blick zu. »Du hast also

wenigstens die Basics des Diplomatendaseins nicht vergessen, mein Freund. Du warst für mich nicht nur einmal die Feuerwehr.«

George schaute grimmig drein. »Ich habe nie gesagt, dass ich es vergessen habe. Ich sagte, dass ich es nicht mochte, und das ist ein gewaltiger Unterschied. Ich übernehme die erste Wache. Dann bist du dran.«

»Dann ich«, ergänzte Lagardère.

Die beiden Engländer sahen ihn überrascht an. »Das ist nicht nötig. Sie sind gerade erst zurückgekommen, Antoine«, gab Nicholas zu bedenken.

Lagardère erwiderte den Blick gelassen. »Ich bin wohl zurückgekommen, um meine Aufgabe dieses Mal zu erfüllen. Dass ich in meinem ersten Leben von der Hüterin erfahren habe, ist kein Zufall. Mein Leben und ihres – oder das der beiden – sind miteinander verbunden. Ich denke, damals hätte ich sicher versucht, sie zu finden, ihr Leben zu beschützen. Das hier ist meine zweite Chance. Also werde ich Wache halten. Unter einer Bedingung: Sie besorgen mir etwas Neues zum Anziehen.« Er sah an sich herab. »Ich fürchte, diese Sachen halten nicht mehr lange, und ich falle in der neuen Zeit ein wenig auf.« Sein Jackett war staubig und an der Schulter eingerissen, das ehemals weiße Hemd verschlissen, mit Blut befleckt und nicht mehr weiß zu nennen. Blaue Kniebundhosen und Schnallenschuhe vervollständigten den Eindruck, dass hier jemand aus einem anderen Jahrhundert vor ihnen stand.

George grinste, und Bewunderung mischte sich in seine Stimme. »Kein Problem, wir sind etwa gleich groß, und ich habe oben einen Schrank, dort finden wir sicher etwas Passendes für Sie. Los, was steht ihr hier noch herum?«, wandte er sich an Jenna und Kim, die Lagardères Erklärung sprachlos gelauscht hatten. Er legte beiden jeweils eine Hand auf die Schulter und schob sie aus dem Salon in Richtung Treppe.

Kim drehte sich noch einmal um. »Ich komme gleich, Mam«, rief sie George und Jenna nach, setzte sich an den Tisch und fuhr den Laptop herunter. Dabei blickte sie fasziniert auf das Blatt, das Lagardère bei dem Versuch, den Code zu entschlüsseln, vollgeschrieben hatte. »Wie haben Sie das bloß so einfach hinbekommen?«

Lagardère lächelte geschmeichelt. »Ich habe für die Prinzessin immer wieder Schriftstücke verschlüsselt. Zu meiner Zeit waren verschiedene Methoden üblich, aber das, was wir hier sehen, war die gängigste. Ich erkläre es Ihnen bei Gelegenheit, wenn Sie möchten.«

Kim erwiderte das Lächeln, sie legte den Kopf auf die Arme und sah den Franzosen von der Seite an. »Ich bin froh, dass Sie hier sind, Antoine. Das Jenna Sie befreien konnte.«

»Danke, Mademoiselle Kim.« Lagardère sah plötzlich Sophie vor seinem inneren Auge, lebendig und voller Lachen, jetzt zu Staub zerfallen, seit Jahrhunderten. »Wissen Sie, Sie erinnern mich an jemanden, den ich einmal kannte.« Sophie hatten die Nebel nicht umfangen, sie war weitergegangen auf ihrem Weg in die Ewigkeit. Er schloss die Augen, lehnte sich in seinem Sessel zurück und vergaß für einen Moment, wo er war. Es war so lange her. Und doch wünschte er sich mit verzweifelter Heftigkeit, dass er Sophie noch einmal sehen, noch einmal mit ihr sprechen konnte. Er wollte ihr sagen, dass es ihm leidtat, dass er sie nicht hatte schützen können. Dass er sie wahrhaftig geliebt hatte.

Doch andererseits war er sicher, dass sie es wusste.

»Ich bin todmüde«, gab Jenna zu und ging neben George die Treppe hinauf. Auf dem mittleren Treppenabsatz blieb sie stehen und legte George kurz eine Hand auf den Arm. »Danke.«

Er nickte. George hatte so lange versucht, sich vorzugaukeln, dass das Dolce Vita eines adligen Erben genau das war, was er wollte. Schließlich lagen die dunklen Zeiten noch nicht so weit hinter ihm. Jetzt stellte er fest, dass das Leben vielleicht doch noch ein paar Überraschungen für ihn bereithielt, und verwundert musste er vor sich selbst zugeben, dass er dem Schicksal nicht böse war, dass es ihn mit Jenna Winters zusammengeführt hatte.

Ganz im Gegenteil. Der Blick ihrer blauen Augen ließ sein Herz rasen.

Er wandte sich um und lief fast in Nicholas hinein, der ihnen gefolgt war und ihn nun mit amüsiertem Blick betrachtete.

»Was?«, fragte George ungehalten.

»Gar nichts.« Nicholas lächelte immer noch. »Aber ich habe diesen verträumten Blick an dir schon einmal gesehen. Das ist alles.« Er wurde übergangslos ernst. »Komm, Kleiner, lass uns noch ein paar Dinge für morgen festklopfen. Je mehr wir vorausplanen, desto besser.«

Sie setzten sich in zwei Sessel am Kamin, in dem das Feuer schon fast heruntergebrannt war. Zwei ehemalige Freunde, die das Leben auseinandergerissen und das Schicksal nun wieder zusammengeführt hatte. Sie hatten nie viel gemeinsam gehabt, doch sie waren ein gutes Team gewesen, hatten sich intuitiv ergänzt und sich gegenseitig vertraut. Nicholas schenkte sich einen weiteren Whisky ein, blickte versonnen in sein Glas und ließ die bernsteinfarbene Flüssigkeit kreisen. »Wir können vielleicht nicht mehr da anknüpfen, wo wir einmal waren,

Kleiner«, sagte er dann. »Aber wir müssen zusammenarbeiten, damit wir das hier alles überleben.«

George hob die Schultern. »Du wiederholst dich, old boy.«

»Ich weiß. Aber es ist wichtig, dass wir auf derselben Seite stehen. Kann ich auf dich zählen?«, fragte Nicholas und blickte George scharf an.

Der nickte. »Wir mögen nicht mehr dieselben sein wie damals, aber du kannst mir immer noch vertrauen«, bestätigte er, der leicht gekränkte Unterton in seiner Stimme war unüberhörbar.

»Dann müssen wir Folgendes tun. Wir suchen morgen erstmal in eurer Gruft, vielleicht haben wir dort Glück. Und ich hoffe, dass mein alter Kontakt bei Scotland Yard herausgefunden hat, wer die Typen sind und wer Jenna die Videos geschickt hat. Ich habe ihm die Dateien weitergeleitet.«

Zwei Gläser später hatten die Freunde einen Schlachtplan entwickelt. Es war fast wie in alten Zeiten.

Mit dem Unterschied, dass diesmal die Bedrohung ungleich größer war.

Als Lagardère eine Hand auf seiner Schulter spürte, fuhr er zusammen. »Gehen Sie auch ins Bett, Antoine«, raunte George.

»Wie … wie lange …?« Lagardère sah ihn schlaftrunken an.

»Alle anderen schlafen schon. Kim ist vorhin hoch ins Bett gegangen, Nick ebenfalls. Ich halte Wache. Gehen Sie ruhig, Antoine. Oben in Ihrem Zimmer habe ich Ihnen Kleidung herausgelegt. Brauchen Sie sonst noch etwas?«

Lagardère schüttelte den Kopf. »Gute Nacht, George. Und … merci beaucoup.«

»Nichts zu danken, my friend. Wir scheinen alle irgendwie ein Teil dieses Abenteuers zu sein, nicht wahr?«

George prostete ihm mit dem Whiskyglas zu, das er noch in der Hand hielt, und der junge Franzose ging langsam die Treppe hinauf. Vor dem Zimmer, das George ihm zugewiesen hatte, zögerte er kurz, dann drückte er die Klinke hinunter. Das Zimmer war nicht groß, aber ein Bett und eine Kommode fanden darin Platz. Ein stoffbezogenes Lämpchen auf dem Nachttisch erhellte den Raum schemenhaft. Lagardère drehte sich einmal um die eigene Achse, entdeckte eine weitere Tür, sie führte in ein kleines Badezimmer. Er fand den Lichtschalter, wusch sich mit kaltem Wasser das Gesicht und betrachtete sich dann verwundert im Spiegel. Alles um ihn herum war anders, aber er erkannte sein Gesicht wieder, er fühlte sein Herz klopfen, spürte das Blut durch seine Adern rauschen.

Mit einem leisen Lächeln streifte er die Sachen ab, griff nach dem Pyjama, der auf dem Bett lag und zog Minuten später die Decke über sich.

Jemand hatte das Fenster gekippt, und das konstante Prasseln des Regens war ein vertrautes Geräusch, das ihn beruhigte. Der Franzose seufzte müde. Die Eindrücke dieser neuen Welt waren schlichtweg überwältigend. Marie de Bourbon hatte ihn unter anderem deswegen so geschätzt, weil er sich in neuen Situationen blitzschnell zurechtfand. Diese Eigenschaft war ihm offensichtlich nicht verloren gegangen. Also nahm er die Chance wahr, die sich ihm bot. Er war immer noch derselbe wie damals, so glaubte er zumindest. Die Welt der Schatten hatte aus ihm keinen anderen Menschen gemacht.

Noch in dem Moment, in dem er dachte, dass er bestimmt nicht würde schlafen können, fielen ihm die Augen zu.

Er träumte von Sophie.

Und doch konnte er sich an ihr Gesicht nicht mehr klar erinnern.

Jenna träumte von dem Jäger, von schwarzen Felsen und einem blutroten Vollmond.

Sie hatte es schon seit einer Weile gewusst, und nun, in ihrem Traum, wurde es zur Gewissheit:

Der Jäger hatte den Ruf vernommen, die Fährte aufgenommen.

Die Hetzjagd hatte begonnen.

8

SAMSTAG, 11. FEBRUAR

Der Jäger verbrachte die Nacht in der Stadt. Er strich durch die regennassen Londoner Straßen und versuchte, die Witterung aufzunehmen, wusste, dass er früher oder später auf Jenna Winters' Fährte treffen würde. Er hatte noch immer alle gefunden, die versucht hatten, ihm zu entfliehen. Das war es, was ihn auszeichnete. Er ließ sich durch nichts und niemanden ablenken, Hindernisse waren lediglich dazu da, überwunden zu werden.

Auch der Tod war für manche schließlich nur vorübergehend …

Er würde von den zwei Dilettanten erfahren, wo sie Jenna Winters das letzte Mal gesehen hatten.

Am Themseufer, an das das Bankenviertel angrenzte, warteten sie. Der größere von beiden rauchte in nervösen Zügen. Der Anruf des Konsortiums hatte nicht eben aufmunternd geklungen. Ganz im Gegenteil. Dass sie Jenna Winters aus den Augen verloren hatten, hatte ihre Auftraggeber verärgert. Und man verärgerte das Konsortium nicht.

Lautlos tauchte von Keysern hinter ihnen auf, eine hoch gewachsene, schwarz gekleidete Gestalt, die sich kaum von ihrer Umgebung abhob.

Als sie ihn bemerkten, nickte er ihnen einen kaum merklichen Gruß zu und hob fragend eine Braue.

Der Größere trat die Zigarette aus und zeigte nach Westen.

»Dort, vor dem Porter's Club, haben wir sie das letzte Mal gesehen. Wir waren drin und haben sie gesucht – aber leider ohne Erfolg.«

Anfänger, dachte von Keysern verächtlich. »Das ist alles?«, setzte er nach.

Die beiden zuckten die Schultern und nickten stumm. Der Jäger musterte die zwei jungen Männer, die so alltäglich wirkten und doch ihre tödliche Arbeit wahrscheinlich mit einer gewissen Freude verrichteten. Zu anderen Zeiten hätte er das innere Feuer in ihnen geschürt und sie vielleicht verschont, aber heute Nacht hatte er andere Pläne.

Sorgsam lehnte er seinen Schirm an eine Bank. »Ich bin von weither gereist, um einen Auftrag zu erledigen. Aber anstatt mir zu helfen, habt ihr alles noch schwieriger gemacht.«

Die beiden Männer sahen ihn verständnislos an.

»Auch wenn ihr ihn nicht sehen könnt, wir sind zu zweit gekommen.«

Einer der Männer stieß mit dem Ellbogen seinen Kumpel an, sah sich ratlos um, bevor er eine charakteristische Bewegung mit dem ausgestreckten Zeigefinger an seiner Stirn machte.

»Komm, gehen wir, John«, raunte er, »der hat einen Sprung in der Schüssel.«

»Mein Freund, der Tod, steht hinter euch«, zischte von Keysern. »Er zieht mit mir, wo immer ich auch hingehe. Ihr seht ihn nicht? Nun, dann schaut genau her.«

Ein leises Wispern war zu hören, wie ein Blatt Papier im Wind, das raschelnd über das Pflaster glitt. Dann schnellte der Jäger auf die beiden Männer zu und brach ihnen nacheinander mit einer fließenden, fast unsichtbaren Handbewegung das Genick. Einen Lidschlag später lagen sie wie Gliederpuppen vor ihm auf dem Boden, die Gesichter zu einer Maske der Überraschung erstarrt.

Von Keysern musterte sie kurz, drehte sich um und nahm den Regenschirm auf.

Seltsam, dachte er. Die Befriedigung blieb aus. Früher hatte er bei jedem Tod, den er geschenkt hatte, den Funken gespürt, mit dem das Leben aus den Menschen wich. Dieser Funke nährte ihn, ließ ihn die Richtigen suchen, rastlos, begierig und ohne Pause.

Doch diesmal …

Vielleicht würde Jenna Winters' Funke ihm das bringen, was er ersehnte.

Nach einem letzten Blick auf die Leichen schlenderte er davon. Was mit den Toten geschah, war ihm gleichgültig. Jemand würde sie finden. Hauptsache, das Konsortium verstand die Warnung.

Einige Stunden später brach der Tag an. Der Regen hatte nachgelassen, und ein frischer Wind fegte über die südenglische Ebene. In London begann ein typischer Samstagmorgen. Die ersten Zulieferer parkten ihre Lieferwägen vor den Geschäften und begannen mit dem Entladen, auf den Marktplätzen wurden die Stände aufgebaut. An der Pall Mall war davon allerdings noch nichts zu spüren. Dort spielte sich das Leben wohlgehütet hinter den Fassaden ab.

Wer hier lebte, der legte Wert auf Diskretion.

Ein nicht mehr ganz junger, hoch gewachsener Gentleman in untadeligem Anzug, mit schwarzen Lederhandschuhen und einem eleganten Regenschirm, den er wie einen Spazierstock schwang, stand vor dem Porter's Club und sah sich nachdenklich um.

Als er gefunden hatte, was er suchte, lächelte er maliziös. Die Spur war kaum wahrnehmbar, dennoch konnte er die Angst, die in ihr mitschwang, förmlich riechen. Dass es diesmal zwei waren, machte die Sache sogar noch einfacher. Die Mutter hatte er in ihren Träumen heimgesucht, die Tochter hatte ihn befreit, er war mit beiden untrennbar verbunden, und je länger er sich in dieser neuen Welt befand, desto stärker wurde das Band zwischen ihnen, desto mehr zog es ihn in die Richtung, in die die beiden Frauen zu fliehen versuchten. Das Konsortium hatte berichtet, dass Jenna und Kim Helfer gefunden hatten, Freunde, die dumm genug sein würden, sich ihm in den Weg zu stellen.

Doch allein, das würde ihnen nichts nützen …

Er winkte dem Chauffeur, der ihm unauffällig mit der Limousine folgte. Dieser hatte den Auftrag, den Jäger zu fahren, wohin er auch wollte.

Von Keysern ließ sich in die Polster sinken und schloss die Augen, konzentrierte sich. »Nach Norden«, sagte er dann und spürte Minuten später, wie die Verbindung langsam an Kraft gewann.

Er hatte die Fährte gefunden, wie ein Bluthund, der nie aufgab. Am Ende würde ihm sein Opfer nicht entkommen.

Jenna fuhr hoch und wusste im ersten Moment nicht, wo sie war. Dann fiel ihr alles wieder ein, und mit einem Seufzer ließ sie sich in die Kissen zurücksinken. Ob sie hier das Richtige tat? Irgendwie hatte sie das Gefühl, in der Höhle des Löwen gelandet zu sein. Wem immer ich das auch mal erzählen werde, er wird mich für verrückt halten, dachte sie. Kim, die neben ihr geschlafen hatte, war bereits aufgestanden. Jenna hörte im Badezimmer nebenan das Wasser rauschen.

Verwirrt blickte sie sich um. Was hatte sie geweckt? Jenna

griff nach ihrem Handy. Kurz vor sieben. Im Zimmer war es dunkel, aber der Regen hatte aufgehört, und die Dämmerung stahl sich vorsichtig über den Horizont. Sie schloss kurz die Augen und spürte ein Kribbeln im Nacken. Das grausame Gesicht mit der Hakennase und der blutroten Narbe tauchte vor ihrem inneren Auge auf.

»O nein!« Mit einem Satz sprang Jenna aus dem Bett und rannte ins Bad. »Kim – wie weit bist du?«

Diese stand gerade in ein Handtuch gewickelt vor dem Spiegel und hatte den Inhalt ihres Kosmetikbeutels quer über den Waschbeckenrand verteilt. Sie prallte zurück, als Jenna die Tür aufriss. »Mam! Ich dachte, du schläfst noch …«

»Spürst du ihn auch?«, fragte Jenna aufgeregt.

Kim schüttelte den Kopf. »Nein. Wen?«

»Ich bin nicht ganz sicher. Aber ich konnte doch gestern die zwei Killer vor dem Tor spüren. Und jetzt habe ich das gleiche Gefühl wieder. Aber stärker.« Jenna packte Kim am Arm. »Der Mann, den du geholt hast. Der Jäger!«, flüsterte sie mit schreckgeweiteten Augen.

»Scheiße«, murmelte Kim voller Inbrunst. »Du kannst ihn wirklich orten?« Sie sah ihre Mutter einen Moment lang zweifelnd an. »Ich spüre nämlich gar nichts.«

Jenna dachte nach. »Nein, orten kann ich ihn nicht. Er ist noch zu weit weg. Aber irgendwie besteht eine Verbindung zwischen uns. Und er kommt näher. Zieh dich an, mach schnell! Wir müssen hier weg!«

Jenna zog sich in fliegender Hast an, verzichtete auf Make-up, band ihre Haare mit einem Band am Hinterkopf zusammen und stürmte die Treppe hinunter in den Blauen Salon. Niemand war zu sehen. »George? Nick?«, rief sie halblaut und drehte sich um sich selbst.

»Ich hatte die letzte Schicht, aber Nicholas ist auch bereits wach, Madame«, hörte sie eine Stimme von der Haustür. Lagardère kam Jenna mit einer Tasse Kaffee in der Hand entgegen.

Jenna blinzelte überrascht. Im Gegensatz zu gestern Abend trug der Franzose jetzt Jeans und ein weißes T-Shirt, darüber ein aufgeknöpftes blaukariertes Hemd. Die dunklen Locken hingen ihm noch feucht auf die Schultern.

»Wenn Sie sich noch die Haare schneiden lassen, ist Ihre Tarnung perfekt«, sagte sie bewundernd. Dann fiel ihr ein, weshalb sie nach unten gerannt war. »Sagen Sie, Antoine, können Sie die anderen Schatten noch spüren?«, fragte sie und folgte ihm in die Küche, wo ein Dienstmädchen bereits dabei war, das Frühstück zuzubereiten.

»Guten Morgen«, grüßte Jenna das junge Mädchen freundlich. »Ich hoffe, wir machen Ihnen nicht zu viele Umstände.«

Die Angestellte schüttelte scheu den Kopf. »Lord Covington hat mir gestern Abend bereits Bescheid gesagt, dass er mich heute braucht«, sagte sie und strich ihre Schürze glatt. Dann fuhr sie fort, Rührei und Schinken auf Platten zu häufen und schnitt Orangen und Melonen für einen Obstsalat klein. Lagardère betrachtete die exotischen Obstsorten mit hochgezogenen Brauen.

»Das kann man alles essen«, beruhigte ihn Jenna mit einem leichten Grinsen und holte sich ebenfalls eine Tasse Kaffee. »Noch mal zu den Schatten …«

In diesem Moment betrat Nicholas die Küche. »Aha, ich sehe, das Leben hat uns alle wieder«, sagte er und schob sich ein Stück Toast in den Mund.

»Nicht mehr lange, wenn ich recht habe«, gab Jenna trocken zurück, die Panik in ihrer Stimme war unüberhörbar. »Der Jäger ist hierher unterwegs. Ich kann ihn spüren.«

Nicholas und Lagardère starrten sie an. »Deswegen also haben Sie gerade gefragt«, stellte der Franzose fest.

»Mhm«, brummte Jenna und nahm einen Bissen Toast. »Es fing gestern mit den zwei Typen vor dem Club an, und seit vorhin habe ich das Gefühl, dass ich diesen grässlichen Menschen, den Kim von den Schatten befreit hat, hier in der Nähe spüre. Ich kann es nicht erklären, es ist einfach so.« Sie stellte ihre Tasse so heftig ab, dass der Kaffee überschwappte.

»Du musst dich nicht entschuldigen«, widersprach Nicholas. »Wir werden noch dankbar sein, wenn du die Anwesenheit dieses Jägers spüren kannst.«

»Aber dann weiß er vielleicht auch, wo Jenna ist«, warf Kim ein, die gerade in die Küche kam. Sie nahm sich im Vorbeigehen ein Glas Orangensaft, warf einen Seitenblick auf Lagardère und blieb dann mit offenem Mund stehen.

Lagardère entging ihre Reaktion nicht. Er grinste jungenhaft und erklärte: »Die Sachen sind von Seiner Lordschaft. Ich muss schon sagen, die Kleiderordnung hat sich mehr als gewandelt. Vor allem die Schuhe … Aber wenn ich jedes Mal so angestarrt werde wie von Ihnen, *ma chère,* habe ich vielleicht etwas falsch gemacht?«

Kim löste sich aus ihrer Erstarrung. »Äh … nein, Antoine, alles perfekt. Sie sehen jetzt nur aus wie jemand … von heute.«

»Das ist doch gut, oder nicht?«

»Ich war nur überrascht«, wich Kim aus, hoffte, dass niemand ihre roten Wangen bemerkte, und steuerte die Rühreiplatte an, um ihre Verlegenheit zu überspielen.

»Stimmt«, sagte Jenna nachdenklich, die dem Wortwechsel der beiden keine weitere Beachtung schenkte. »Vielleicht geht die Verbindung in beide Richtungen. Dann wird er mich spüren – und finden.«

»Mit anderen Worten, wir müssen hier weg, bevor der Jäger auftaucht«, fasste Nicholas zusammen.

»Wohin müssen wir denn nun eigentlich?«, warf Kim ein.

»Wir beginnen mit der Gruft«, verkündete Nicholas.

»Dann sollten wir so schnell wie möglich los«, sagte Jenna und griff sich im nächsten Moment an die Stirn.

»Und außerdem muss ich dringend deinen Vater anrufen. Ich habe ihm gestern nur noch kurz eine SMS geschickt, dass alles in Ordnung ist mit uns.«

»Du hast gelogen?«

»Kim, was soll ich denn tun? Wie kann ich Alex erklären, was wir hier machen?« Aber Jenna wusste in dem Moment, in dem sie es sagte, dass sie einem Gespräch mit ihrem Mann nur auswich. Sie hatte Angst vor seiner Reaktion, Angst davor, dass er ihr vorwarf, eine schlechte Mutter zu sein. Sie hatte Alex schließlich versprochen, auf Kim achtzugeben. Vorgestern erst waren sie nach London geflohen, doch Jenna kam es wie eine Ewigkeit vor. Und es schien, als würde die Flucht ohne Pause weitergehen. Jenna hielt es kaum aus stillzustehen, sie wanderte herum und war kurz davor, die anderen anzutreiben. Sie mussten hier weg!

»George, hast du schon etwas von Delaney gehört?«, überfiel Kim ihren Gastgeber, der gerade die Küche betrat.

»Guten Morgen, erst mal«, sagte dieser und schaute in die Runde, nickte dem Hausmädchen zu. »Danke, Lizzy, das Frühstück sieht großartig aus. Habt ihr alle gut geschlafen? Jenna, Kim? Die Nacht war ruhig, nicht wahr, Nick? Sie sehen fantastisch aus, mein lieber Antoine«, fügte er am Schluss hinzu. »Ich wusste, dass Ihnen die Sachen stehen würden.«

Lagardère verbeugte sich leicht. »Ich bin Ihnen zu Dank verpflichtet, Mylord.«

Kim schnaufte ungeduldig und klopfte auf die Küchenplatte. »George! Was ist jetzt mit Delaney?«

In diesem Moment klingelte Jennas Handy. Sie zog es aus der Jeans und blickte aufs Display. Mit einem leisen Seufzen ging sie aus der Küche und nahm das Gespräch an.

»Alex! Guten Morgen.«

»Hallo Jenna. Wie geht's euch? Und Anne?«

»Anne liegt immer noch im Koma. Aber sie lebt, das ist das Wichtigste. Und mit uns ist alles in Ordnung«, antwortete Jenna und trat in den Blauen Salon. Die Vorhänge waren noch zugezogen, sie tastete sich, das Handy am Ohr, durch den Raum, um sie zu öffnen.

»Das ist gut. Sag mal, kennst du Matthew Johnson? Muss in Kims Klasse sein.«

Jenna erstarrte. »Nicht persönlich. Warum?« Sie zog an einer Kordel. Dämmerlicht sickerte in den Raum. Vorsichtig spähte sie aus dem Fenster, doch niemand war draußen zu sehen.

»Er hatte einen schweren Unfall. Und rate mal, wer sich bei der Polizei darum kümmert?« Alex gab die Antwort gleich selbst. »Kommissar Sandberg, der letzte Woche bei uns war wegen Carolin Gruber.«

»Was?« Jenna ließ sich verblüfft auf ein Sofa sinken.

»Und weißt du, was noch komisch ist? Gestern haben mich zwei Polizisten nach dir gefragt. Sie wollten wissen, wo ihr seid. Sag mal, Jenna, was läuft hier eigentlich?«

»Was hast du denen gesagt?« Jenna wurde die Kehle eng.

»Dass ihr grade Urlaub in London macht. Was wollen die von euch? Hat Kim etwas angestellt, von dem ich nichts weiß?«

Jenna ließ den Kopf an die Rückenlehne sinken. »Gar nicht«, wehrte sie dann mühsam ab und suchte fieberhaft nach einer vernünftig klingenden Erklärung. »Wahrscheinlich wollten die mit mir wegen meinem Unfall reden. Es kamen ja in letzter Zeit ein paar Dinge zusammen …«

»Hm.« Alex klang nicht überzeugt. »Vielleicht kommt ihr besser zurück.«

Jenna schüttelte den Kopf, auch wenn Alex das nicht sehen konnte. »Nein, ich habe Nicholas versprochen, dass wir noch hierbleiben. Hör mal, ich muss jetzt los. Wir reden später, okay?«

Jenna legte auf, ohne Alex eine weitere Chance zu geben, etwas zu sagen. Der Vorsprung, den sie hatten, schmolz kontinuierlich dahin. Heftig warf sie das Telefon neben sich auf das Sofa und wischte sich mit dem Ärmel ein paar Tränen aus den Augen. Dann stützte sie die Ellenbogen auf die Knie und starrte ins Leere.

»Was wollte Alex denn?«, fragte Nicholas.

»Er hat irgendwelchen Polizisten erzählt, dass wir in London sind. Und dieser Matthew, der mit Kim das Ritual durchgeführt hat, liegt in der Klinik. Angeblich ein Unfall. Es hört einfach nicht auf …« Ihre Stimme klang erstickt.

Nicholas setzte sich neben sie auf die Sessellehne und drückte sie kurz an sich. »Jenna, mach dich nicht wahnsinnig. Dafür kannst du nichts. Und wir wissen seit vorgestern, dass eure Anwesenheit in London kein Geheimnis mehr ist. Umso schneller müssen wir den nächsten Hinweis finden.« Nicholas, der erkannte, dass er Jenna ablenken musste, wechselte das Thema. »Du hast vorhin gesagt, du könntest den Jäger spüren. Ist das wahr?«

»Nicht sehr deutlich, aber aus irgendeinem Grund habe ich das Gefühl, dass er in der Nähe ist.«

»Wie nah?«

»Keine Ahnung«, gab Jenna zurück und warf die Hände in

die Luft. »Ich habe ja keine Erfahrungswerte.« Sie stand auf, ging hin und her, warf immer wieder gehetzte Blicke aus dem Fenster. Der Rasen glänzte, und im Gegensatz zur vergangenen Nacht konnte sie einen geharkten Kiesweg erkennen, der vom Haus in den Park hinüberführte. »Ich glaube nicht, dass er hier auf dem Grundstück ist. Aber es ist wie ein leises Summen in meinem Hinterkopf. Es wird langsam intensiver. Aber vielleicht spürt er mich oder Kim genauso? Dann können wir uns eine Flucht sparen, egal wohin. Er findet uns sowieso.«

Nicholas lächelte plötzlich. »Das lass mal meine Sorge sein. Ich habe letzte Nacht mit George Pläne geschmiedet. Wir haben da eine Idee. So ganz hilflos sind wir nicht, Jenna. Wir werden dieses Geheimnis lüften, du wirst schon sehen. Ich weiß nicht, was dieser Jäger alles kann, aber er ist sicher nicht unbesiegbar.«

In der Küche war mittlerweile die Diskussion um das Grab in vollem Gange. »Delaney wird sich melden, sobald sie etwas weiß«, erklärte George gerade zum dritten Mal und blickte hilfesuchend zu Nicholas, der eben mit Jenna die Küche betrat und sich einen weiteren Kaffee holte.

»Bis dahin fasse ich mal zusammen, was wir wissen.« George hob die Hand und zählte auf: »Erstens, ihr habt den Jäger und einen weiteren Schatten, nämlich unseren Freund Antoine hier, befreit. Zweitens, es gibt Aufzeichnungen von dieser Mary Kingsley, die uns vielleicht helfen, den Jäger zu besiegen. Drittens gibt es das Grab meines Vorfahren, das uns Hinweise auf eben diese Aufzeichnungen geben könnte. Das Zeichen, das wir finden müssen, ist eine Schale. Stimmt das so weit?«

Jenna und Kim nickten, Lagardère lauschte fasziniert.

»Außerdem hat der alte Covington Mary Kingsley auf eine Expedition geschickt, und sie ist in Zentralafrika verschollen«, fuhr Nicholas an seiner Stelle fort. »Was an und für sich kein Hinweis wäre, wenn nicht Jenna eine Verbindung zu ihr gespürt hätte und wir so auf Covingtons Ururururenkel George getroffen wären. Der wiederum vom alten Covington darauf vorbereitet wurde, dass er möglicherweise die Hüterin schützen muss.« Nicholas schaute in die Runde. »Habe ich etwas vergessen?«

»Die Männer, die gestern hinter uns her waren«, warf Lagardère ein.

»Richtig. Das sind wahrscheinlich die, die Anne angeschossen haben, uns auf dem Friedhof verfolgt und mein Auto in die Luft gesprengt haben. All diese Aktionen haben vermutlich dazu gedient, Jenna und Kim gefügig zu machen – und sie dazu zu bringen, den Jäger in unsere Welt zurückzuholen.«

»Und der soll was tun?«, fragte Jenna beklommen.

»Tja – das ist die Frage.« Nicholas zuckte mit den Schultern. »Ich habe keine Ahnung. Aber ich schlage vor, dass wir zuerst einmal das Grab suchen und die Schale, von der in dem Brief die Rede war. Damit holen wir euch hier aus dem Kreuzfeuer und finden möglicherweise mehr Hinweise. Und dann sollten wir versuchen, diesen Zirkel zu kontaktieren.« Er sah George mit hochgezogenen Augenbrauen an. »Bist du jetzt von diesem Verein der Einzige, der weiß, dass die Hüterin und der Jäger wieder da sind – oder haben die ihre eigenen Quellen? Die Frage ist doch: Wer weiß was?«

George zuckte verunsichert mit den Schultern. »Ich hoffe, dass Delaney das herausbekommt.«

»Wieso kannst du den Jäger spüren, ich aber nicht?«, fragte Kim in die folgende Stille hinein. »Schließlich habe *ich* ihn geholt.« Sie hatte die Arme über der Brust gekreuzt und sah ihre Mutter mit einem seltsamen Gesichtsausdruck an.

Jenna ignorierte Kims Ton und überlegte. »Ich kann es dir nicht sagen, Kim. Vielleicht hängt es aber nicht damit zusammen, wer wen zurückholt, sondern was wir – du und ich – überhaupt können. Oder können sollen. Ich habe ja auch die Männer vor dem Club wahrgenommen, und das waren keine Schatten, nehme ich an. Glaube mir, auch ich hätte gerne einen Leitfaden. So etwas wie eine Betriebsanleitung«, seufzte sie und zog Kim leicht am Zopf. »Momentan spüre ich eine Präsenz, es ist wie ein leises Summen im Hinterkopf. Der Jäger kommt näher«, wiederholte sie und klang drängend.

Kim presste die Lippen zusammen und schwieg.

Jenna, die sich mit der Kaffeetasse in der Hand an den Herd gelehnt hatte, sah alle der Reihe nach an. »Danke«, sagte sie schließlich, und ihre Stimme bebte. »Ich weiß nicht, was wir ohne euch täten. Wir säßen wie die Kaninchen vor der Schlange und würden darauf warten, gefressen zu werden.«

»Das glaube ich nicht, Jenna«, antwortete George, und in seiner Stimme schwang Bewunderung mit. »Ihr zwei seid die furchtlosesten Frauen, die mir seit Langem untergekommen sind. Ihr schafft das, und wir – Nicholas, Antoine und ich – wir helfen euch.«

»Also machen wir jetzt alle das, was wir besprochen haben«, verkündete Nicholas und wandte sich an Lagardère. »Antoine, mit dem Florett kann man heute leider nichts mehr ausrichten.« Er zog den Franzosen zum Waffenschrank und drückte ihm eine Pistole in die Hand. »Nehmen Sie die. Eine Smith & Wesson, vermutlich etwas besser für die Jagd auf ehemalige Schatten geeignet. Aber Vorsicht, der Rückstoß ist nicht ohne. Jenna, was ist mit dir?«

Jenna schüttelte den Kopf. »Ich habe nie schießen gelernt,

Kim auch nicht.« Sie sah die anderen zweifelnd an. »Glaubt ihr, man kann den Jäger mit einer Pistole aufhalten?«

»Er ist jetzt wieder ein Mensch, Madame. Also auch genauso verwundbar. Und wenn ich das richtig einschätze, soll er Sie lebend fangen. Die Hüterin zu töten ergibt keinen Sinn – und das hätte das Konsortium früher haben können, nicht wahr?«

»Aber ist er wirklich ein Mensch? Und er war doch schon tot? Vielleicht ist er so was wie unsterblich?« Kim kamen unwillkürlich all die Vampirfilme in den Sinn, die sie in den letzten Monaten gesehen hatte.

Lagardère hielt die Waffe vorsichtig in der Hand, betrachtete sie neugierig und nickte dann entschlossen. »Geben Sie mir noch das Jagdmesser dort?«, bat er George und steckte es seitlich an seinen Gürtel. Dann wandte er sich an Kim. »In allem, was wir tun, in allem, was die Natur uns bietet, geht es um Gleichgewicht. Das Gute braucht das Böse, Hell braucht Dunkel … die Hüterin braucht den Jäger – so hat es mir einmal jemand erklärt. Es gibt immer einen Ausgleich. Das heißt, der Jäger hat irgendwo seine Achillesferse. Wir müssen sie nur finden.«

Nicholas griff nach einem Gewehr und hängte es sich über die Schulter. »Da hat Antoine recht. Wir müssen herausbekommen, wo der Jäger verwundbar ist. Und solange ich nichts anderes weiß, halte ich ihn nicht für kugelfest. Also – erst mal raus hier!« Damit lief er mit großen Schritten zur Haustür, öffnete sie, spähte vorsichtig hinaus und winkte den anderen. »Los, folgt mir. Ich erkläre Ihnen die Pistole unterwegs, Antoine.« Wenn er nur genau wüsste, was dieser Jäger vermochte! Einem Menschen aus Fleisch und Blut entgegenzutreten, war eine Sache. Aber einem mörderischen Schatten? Er knirschte mit den Zähnen. Das Nichtwissen hasste der ehemalige Agent am meisten.

»Warte, warte.« Jenna hielt ihn am Arm zurück. »Was ist mit unseren Sachen?«

»Willst du Koffer packen oder überleben?«, fragte Nicholas zurück. »Eure Sachen können wir später noch holen. Jetzt komm schon!«

Doch Jenna rannte in den ersten Stock, griff sich den kleinen Rucksack, in den sie die wichtigsten Dinge gepackt hatte, und rannte wieder hinunter. »Wer weiß, ob wir hier noch mal hereinkommen«, murmelte sie.

Dann traten alle hinaus in den grauen Morgen.

Langsam fuhr die Limousine durch das mittelalterliche Cambridge, vorbei an dem ehrwürdigen Universitätsareal und weiter in Richtung Carn, dem Fluss, der von Süden kommend den alten Stadtkern in einer großzügigen Rechtskurve umschloss. Nicht weit von der Universität entfernt, versteckt hinter hohen Hecken, hatte man schon vor zweihundert Jahren standesgemäß gewohnt und tat es – so man das nötige Kleingeld hatte – auch heute noch.

Von Keysern, der sich in München bereits ein Bild der vergangenen und modernen Architektur hatte machen können, fühlte sich angesichts der schmalen, gepflasterten Straßen, der mittelalterlichen Bauwerke der Universität und der weiten Grünanlagen an sein früheres Leben erinnert. Die Limousine rollte an hohen Mauern und schmiedeeisernen Toren vorbei, nur dezent angebrachte Kameras, die langsam der Limousine folgten, verrieten, dass die Menschen hinter den Mauern gerne wussten, wer sich ihnen näherte.

Die Verbindung zu Jenna war während der Fahrt abwechselnd stärker und schwächer geworden, doch sie war immer präsent. Wie an einem Ariadnefaden zog es ihn weiter, näher und näher zu ihr. In der Mitte einer breiten Allee, die durch einen Park führte, befahl er schließlich anzuhalten.

Von Keysern stieg aus und sah sich um. Die Straße endete abrupt vor einer Mauer, davor verlief eine mannshohe Ginsterhecke, von der jetzt, im Februar, nur die kahlen Zweige zu sehen waren. Die Enden der Mauer waren nicht zu erkennen, sie umlief ein Grundstück, dessen Größe sich nur schätzen ließ. Ein Tor aus kunstvoll ziselierten schwarzen Eisenstäben unterbrach sie auf Höhe der Straße: In einem Halbrund standen neun Buchstaben:

COVINGTON.

Der Jäger hatte sein Ziel erreicht.

Die Kamera am Tor hatte den ganzen Bereich im Visier. Doch auf dem leicht flimmernden Bildschirm des Monitors sah man nur den Chauffeur. Von Keysern hatte beschlossen, sich dem Haus unbemerkt zu nähern.

Sicher war sicher.

Nicholas rannte mit gezückter Waffe vorneweg durch den Park, der das Anwesen der Covingtons umschloss. Jenna und Kim folgten, dann Lagardère, der sich immer wieder sichernd umsah.

Ihr Ziel lag etwa dreihundert Meter westlich vom Haus. Sie verließen den Kiesweg so schnell es ging und schlichen sich von Baum zu Baum, jede Deckung ausnutzend. George war im Haus geblieben. »Ich kann mich immer noch im Keller verstecken«, hatte er gesagt, als Nicholas protestiert hatte. »Aber wenn Laney anruft, ist es besser, ich bin im Haus.«

Er zog eine Schublade am rechten Rand des Sekretärs auf.

Dort verwahrte er eine kleine finanzielle Reserve, wie er es nannte. Fünfzigtausend englische Pfund. Damit kämen sie eine Weile über die Runden. Wer wusste schon, was noch auf sie zukommen würde?

Er packte das Geld in einen Umschlag, steckte diesen in eine kleine Tasche und schlang sich den Riemen über die Schulter. Dann trat er ans Fenster: Vor ihm erstreckte sich der Park. Die Bäume streckten ihre kahlen Äste in den grauen Morgenhimmel. Ein leichter Wind ließ die Zweige erzittern. Er wusste, wo die Gruft lag, doch er konnte durch die Bäume nichts erkennen. Nur die Reste der griechischen Statuen, die der alte Covington aus dem Lager des Britischen Museums mehr oder weniger heimlich hierhergeschafft hatte – »Gestohlen? Im Museumskeller sieht sie ja niemand, und sie verstauben ohnehin nur«, so hieß es immer, habe er gesagt – schimmerten weiß und schemenhaft zwischen Bäumen und Sträuchern hindurch. Nichts rührte sich. Jenna und die anderen waren hoffentlich längst in der Gruft angelangt, und er hoffte immer noch, dass Jenna sich irrte, dass niemand wusste, wo sie war.

George erstarrte. Dort unten, zwischen den Bäumen, stand ein Mann und blickte zu ihm herauf. Eine unauffällige Erscheinung, doch selbst auf die Entfernung erkannte George die blutrote Narbe, die sich über sein Gesicht zog. Mit einem Mal war er wieder verschwunden.

George trat hastig einen Schritt zurück, unsicher, ob der Mann ihn gesehen hatte. Fahrig wählte er Nicholas' Nummer.

»Ich glaube, er ist hier«, sagte er ohne Einleitung.

»Verstanden«, kam Nicholas' ruhige Stimme zurück. »Bleib im Haus. Hast du mit Laney gesprochen?«

»Noch nicht.« George ging vorsichtig ans Fenster zurück. Doch der Mann war nicht mehr zu sehen. »Er geht in eure

Richtung. Anscheinend kann er Jenna ebenso spüren wie sie ihn.«

»Wir nehmen ihn in die Zange«, schlug Nicholas vor. »Er muss noch am Teich vorbei und über den Bach. Bleib hinter ihm und behalte ihn im Auge.«

»Ähm … das ist nicht so einfach. Er war einen Augenblick zu sehen, dann nicht mehr. Vielleicht kann er sich unsichtbar machen?«

Nicholas fluchte leise. »Was kann er noch?«

In diesem Moment rauschte und knackte es, dann brach die Verbindung ab.

George stand einen Moment unschlüssig da, dann rannte er die Treppen hinunter. »Tommy«, rief er seinem Fahrer zu, der mit den anderen Angestellten in der Küche frühstückte, »rufen Sie John Finch an. Es könnte sein, dass wir einen Kaltstart hinlegen müssen.«

»Ja, Mylord«, erwiderte Tommy, griff sich mit bedauerndem Blick noch ein Würstchen vom reichhaltigen Buffet und ging zum Telefon.

Die Gruft war eigentlich eine kleine Kapelle, in der mehrere Stufen in ein steinernes Gewölbe hinabführten. Dort, eingelassen in die dicken Mauern, ruhten die verstorbenen Mitglieder der Familie Covington seit Jahrhunderten. Marmorne Platten mit vergoldeter Schrift gaben die Lebensdaten an. Es gab keine Elektrizität, lediglich ein paar Fackeln an der Wand spendeten etwas Licht. Der Grundriss der Kapelle mochte vier auf sechs Meter betragen, an den Längswänden gab es jeweils zwei halbrunde Fenster, die schmale, doppelflügelige Holztür bildete den einzigen Zugang.

Jenna und Kim knieten auf der mittleren der drei Bänke,

hatten die Ellbogen auf die Lehnen gestützt und blickten gespannt zur Tür. Nicholas und Lagardère hatten dort Aufstellung genommen und warteten.

Da stöhnte Jenna auf, griff sich mit beiden Händen an die Schläfen und kniff die Augen zusammen. »Er ist hier«, flüsterte sie heiser und sah sich panisch um. »Fragt mich nicht, woher ich das weiß. Aber ich spüre ihn!«

»Kommt er näher, Madame?«

Jenna nickte. »Er ist hier. Sehr viel näher als heute Morgen …« Sie war wieder kreideweiß, und Lagardère bemerkte, dass sie Kims Hände in die ihren nahm.

»George hat ihn gesehen«, bestätigte Nicholas angespannt. »Er ist hier, im Park.«

»Er hat uns nicht im Haus gesucht?«, fragte Lagardère.

»Anscheinend nicht.« Nicholas entsicherte seine Waffe und vergewisserte sich, dass Lagardère ebenfalls schussbereit war. »Das spricht leider dafür, dass er weiß, wo er suchen muss.«

Plötzlich erstarrte Lagardère. »Sehen Sie, hier!« Er deutete auf eine Bodenfliese neben der Tür. Unter der Patina der letzten Jahre war es fast verschwunden, doch bei genauerem Hinsehen erkannte man ein eingraviertes Symbol.

Kim sprang aus der Kirchenbank, beugte sich hinab, spuckte auf die Fliese und rieb mit dem Ärmel darüber. Dann lächelte sie. »Eine Schale«, sagte sie leise. »Wir sind richtig. Vielleicht ist da drunter ein Geheimfach?«

»Mag sein«, sagte Lagardère. »Aber ich glaube es nicht. Das Symbol befindet sich direkt an der Tür. Ich glaube eher, es ist nur ein Erkennungszeichen für Eingeweihte. Niemand bei klarem Verstand würde hier etwas verstecken. Nein, wenn es hier ein Versteck gibt, dann ist es weiter hinten.«

»Oder unten«, warf Jenna ein und wies auf die Stufen, die in die Gruft führten.

Kim sprang auf, ging zum Eingang und nahm eine der Fackeln aus der Wandhalterung.

»Warte, ich komme mit«, sagte Nicholas. »Antoine, Jenna, ihr bleibt hier oben. Ich will keine Überraschungen.«

Kim und er stiegen vorsichtig die Stufen hinunter und gelangten in die eigentliche Gruft. Der Raum war niedrig, und Kim zog unwillkürlich den Kopf ein. Sie zählte an jeder Längsseite vier Grabplatten, neben ihnen war jedoch noch Platz für weitere Särge.

»Hier liegen Georges Vorfahren?«, fragte sie.

»Ja. Zumindest einige davon. Schau, hier liegen seine Eltern.« Nicholas zeigte auf eine Platte.

»Und er wird hier auch mal begraben werden?«

»Das weiß ich nicht, meine Liebe. Wahrscheinlich. Es gibt ja noch genug Platz hier unten. Aber ich glaube, George hat noch nie darüber nachgedacht.«

Kim schwenkte die Fackel, versuchte etwas in dem Dämmerlicht zu erkennen. Sie ging nahe an die Wand heran und entzifferte mit etwas Mühe die Beschriftung der einzelnen Grabkammern. »Wir haben doch gestern überlegt, wo der der alte Covington begraben liegt.«

»Hast du was gefunden?«

»Da ist seine Grabplatte.« Kims Stimme hallte geisterhaft durch den Raum. »Mit seinem Namen und den Lebensdaten.« Aufgeregt rieb sie mit den Händen auf der Metallplatte herum und stieß dann einen triumphierenden Schrei aus. »Und schau mal hier!«

Unter dem Namen erkannte man, ganz klein, eine stilisierte Schale.

»Du bist mehr darin verstrickt, als du ahnst«, sagte Nicholas leise.

Kim hörte es dennoch. Sie legte beide Hände links und rechts neben das Symbol.

Für einen kurzen Moment glühten die Konturen auf.

Jonathan von Keysern stand neben einer großen Trauerweide, die ihre kahlen Äste bis fast auf den Boden senkte, und blickte sich prüfend um. Er war jetzt mehrere Minuten durch den Park gelaufen, und die Verbindung zu Jenna Winters war immer noch zu spüren – nur der Sog war plötzlich verschwunden. Er konzentrierte sich, schloss die Augen, es half nichts. Er wusste nur, sie war in der Nähe.

Er überquerte eine schmale Holzbrücke, die über einen Bachlauf führte, und lief über eine Wiese weiter. Es war nicht der erste Bach gewesen. Das Grundstück wurde von kleinen, teilweise unterirdisch verlaufenden Wasserläufen durchzogen. Linker Hand entdeckte er einen Weiher, ein Teil des Ufers war mit braunem, vertrocknetem Schilfgras gesäumt. Ein Entenpaar flatterte auf, als es seine Schritte vernahm, doch ansonsten blieb es still.

Hinter dem Weiher leuchtete weiß eine kleine Kapelle.

Er versuchte, sich erneut zu verbergen, doch diesmal funktionierte es nicht. Er verschwamm nur kurz für seine Umgebung und tauchte wieder auf. Ärgerlich. Dann wird es eben anders gehen müssen, dachte er. Es würde nichts ändern. Vorsichtig schlich er sich an dem Weiher entlang, die Kapelle immer im Blick.

Das sieht ihr ähnlich, sich in einem Gotteshaus zu verstecken, dachte von Keysern höhnisch. Glaubte die Hüterin vielleicht, er würde vor einer Kirche haltmachen? Das hatte er noch nie getan. Damals nicht – und jetzt würde es ihn auch nicht aufhalten. Geweihter Boden? Nun, er entschied, was geweiht war und was nicht. Niemand sonst.

Erneut verhielt er den Schritt, lauschte nach der Verbindung, nahm Witterung auf.

Doch, die Angst war zu spüren, kaum merklich, aber vorhanden. Und nun erkannte er auch die Anwesenheit der Tochter. Wie ein helles Flirren von Libellenflügeln im Sonnenlicht. Angst – aber nicht nur das.

Langsam lief der Jäger weiter, setzte Schritt vor Schritt.

Dann begann er sie zu rufen. Seine Gedanken dehnten sich aus, lockten die, die der Versuchung nachgeben würde.

»Er ist direkt vor uns«, hauchte Jenna.

Lagardère horchte, doch er vernahm keinen Laut. In diesem Moment traten Kim und Nicholas wieder in den Raum, und Kim machte das Daumen-hoch-Zeichen. Da erschien plötzlich ein verwunderter Ausdruck in ihrem Gesicht, und sie ging zögernd in Richtung Tür.

»Kim«, zischte Jenna. »Bleib hier!«

Doch Kim reagierte nicht. Jetzt hatte sie die Tür erreicht und griff nach der Klinke.

Nicholas und Lagardère sahen sie überrascht an. »Wo willst du denn hin?«, fragte Nicholas.

»Er ist hier!«, gab Kim zurück. »Lass mich zu ihm gehen!«

»Spinnst du?« Jenna sprang aus der Bank, schob ihre Tochter hinter sich und blockierte die Tür. »Keinen Schritt weiter, Kim. Was ist denn los mit dir? Bist du lebensmüde?«

Lagardère, der Kim ins Gesicht sehen konnte und darin etwas erkannte, das ihn zutiefst erschreckte, zuckte zusammen. Er ergriff ihre Hand. »*Ma chère,* machen Sie keinen Unsinn«, warnte er.

Kim entzog ihm ihre Hand mit einem heftigen Ruck. »Geh zur Seite, Mam«, forderte sie kühl.

Jenna sah Lagardère hilfesuchend an. Der hob seine Waffe und stellte sich vor Kim, sah ihr in die Augen. »Sie gehen nicht weiter, Kim!«, sagte er kategorisch.

Kim lächelte verächtlich.

Im nächsten Moment begann sie zu schreien.

Der Jäger hob zufrieden den Kopf. Das war einfacher gewesen, als er erwartet hatte. Wenn nicht die Mutter, dann eben die Tochter.

Der Schrei verstummte abrupt.

Lagardère hielt Kim den Mund zu, Jenna hielt ihre Arme fest. Kim wehrte sich heftig, wie ein wildes Tier, biss den Franzosen in die Hand und trat um sich.

»Sei still, oder, bei Gott, ich ziehe dir mit der Pistole eins über«, zischte Nicholas, der Kim fassungslos ansah. »Wie kannst du nur?«

»Sie ist nicht sie selbst«, erklärte Lagardère. »Schaut!«

Er drehte sie herum, und Jenna keuchte auf. »Kim! O Gott.« Das Gesicht ihrer Tochter war verzerrt, doch ihre Augen waren leer. »Was macht er mit dir?« Jenna fühlte die Übelkeit wieder in sich hochsteigen, sie presste Kims Gesicht an ihre Schulter, hielt sie fest und versuchte ihre Angst zu unterdrücken.

Kim hörte auf sich zu wehren. Sie löste sich aus Jennas Umklammerung und lächelte. »Es ist schon okay, Mam«, sagte sie leise und wandte sich wieder Richtung Tür.

»Nein!«, kreischte Jenna, »du bleibst hier!« Sie sah das grausame Gesicht des Jägers förmlich vor sich, fühlte die Kälte, die von ihm ausging und nun die Kapelle durchdrang wie ein eisiger Windhauch des Todes. »Nein!«

Und nun war sie es, die schrie, die ihre Angst hinausschrie, die Angst um ihre Tochter, um sich, um all die anderen … bis sie nicht mehr schreien konnte.

Der Wind frischte auf, wurde zum Sturm und schließlich zum Orkan. Die Welle der Zerstörung breitete sich aus, raste von der Kapelle im Zentrum hinaus in den Park.

Tiefe Stille weckte sie aus der Erstarrung. Jenna merkte, dass sie auf die Knie gesunken war, und rappelte sich auf. Sie wusste nicht, wie viel Zeit vergangen war.

Augenblicke? Minuten? Stunden?

Neben ihr lag Kim auf dem kalten Steinboden, die Augen geschlossen, ihr Atem ging stoßweise.

Nicholas und Lagardère lagen ebenfalls bewusstlos auf dem Boden, wie Marionetten, deren Fäden man durchtrennt hatte. Jenna stieg mit zitternden Knien über die beiden Männer und öffnete die Tür der Gruft einen Spaltbreit.

Frische Luft! Sie brauchte Luft!

Jenna war klar, dass der Jäger hier war, aber seine Präsenz war nur mehr unterschwellig spürbar. Die Holztür öffnete sich mit leisem Knarren. Vor der Kapelle, etwa vier Meter entfernt, lag eine reglose schwarz gekleidete Gestalt. Um ihn herum hatte sich das Antlitz des Parks verändert. Was vorher Bäume und Sträucher im Winterkleid gewesen waren – jetzt war es nur mehr eine tote Mondlandschaft. Als wäre eine Feuerwalze hindurchgezogen und hätte nichts Lebendiges zurückgelassen.

Jenna schaute sich fassungslos um, blinzelte mehrfach, doch das Bild änderte sich nicht. Braune, verbrannte Erde, schwarze Baumstümpfe, verdorrte Äste, die auf dem Boden lagen wie geknickte Streichhölzer: Verwüstung, so weit sie sehen konnte. Nur die kleine Kapelle stand noch, unversehrt wie ein einzelnes

Blatt im vermeintlich friedlichen Auge des Orkans. Es herrschte gespenstische Stille, als hätte die Welt für einen Moment aufgehört zu atmen.

Jonathan von Keysern lag bewusstlos auf dem Rücken und atmete flach. Jenna kniete sich neben ihn und sah ihn nachdenklich an. Er war groß und schlank, nicht übermäßig muskulös. Jenna schüttelte innerlich den Kopf. Der Jäger machte keinen außergewöhnlichen Eindruck, bis auf die lange Narbe, die sein Gesicht verunstaltete. Ein paar blonde Strähnen hingen ihm in die Stirn, und aus einer Wunde am Hinterkopf sickerte Blut. Der grausame Zug, den sie in ihren Träumen gesehen hatte, war verschwunden, er hatte vielmehr einen überraschten Ausdruck im Gesicht, als könne er nicht recht glauben, was mit ihm geschah. Er sah aus wie ein Geschäftsmann, der zufällig ins Kreuzfeuer geraten war. Jenna streckte die Hand aus, wollte ihn am Ärmel berühren, doch sie zuckte zurück. Etwas ging von ihm aus – sie konnte es nicht benennen, aber es ließ sie erschauern.

Der Baum neben ihm brannte noch. Das Feuer hatte bereits alle trockenen Äste verzehrt und fraß sich nun langsam am Stamm entlang. Jenna starrte in die Flammen und fühlte sich krank.

Schließlich stolperte sie zurück in die Kapelle. Kim, die mehr oder weniger auf dem bewusstlosen Lagardère lag, richtete sich stöhnend auf und schluckte, als sie feststellte, dass ihr Gesicht nur Zentimeter von seinem entfernt war. Er hatte die Augen geschlossen, doch sie hatte sein Herz stetig schlagen hören. »Was ist bloß passiert?« Sie rüttelte Lagardère leicht. »War das der Jäger?«

»Ich glaube nicht«, sagte Jenna und hustete. Ein Windstoß fegte schwarzen Rauch in die Kapelle.

»Mist, es brennt«, rief Kim aus und sah mit aufgerissenen Augen erst zu dem Baum, dann zu dem reglosen von Keysern daneben. Ohne einen weiteren Ton von sich zu geben, betrachtete sie die Szenerie, die sich ihr bot. Schließlich blickte sie wieder auf Nicholas und Lagardère.

»Warst du das, Mam?«, fragte sie.

Jenna hob andeutungsweise die Schultern. »Es scheint so. Aber ich kann mich nicht daran erinnern. Ich habe so etwas wie einen Blackout. Gott, George wird mich umbringen. Sein Park …« Sie packte Kim an den Armen, sah sie mit gerunzelter Stirn an und wechselte abrupt das Thema. »Was war vorhin los mit dir?«

»Ich? Wieso ich? Das warst doch du!«

»Warum wolltest du hinaus? Zu ihm?«

»Äh …«, begann Kim und brach ab. »Ich weiß nicht genau. Es erschien mir in diesem Moment das Richtige.« Sie sah ihre Mutter hilflos an. »Ich hatte das Gefühl, dass ich da raus muss. Er hat mich gerufen …«

»Das war dieser verdammte Jäger«, sagte Jenna grimmig. »Wie in meinen Träumen. Komm, wir müssen Nick und Antoine wach bekommen, und zwar schnell. Ich weiß ja nicht, für wie lange ich den Jäger ausgeknockt habe.«

»Jenna? Nicholas?«, hörten sie jetzt beide eine besorgte Stimme rufen.

»George! Hier sind wir!«, rief Kim zurück.

George kam angerannt, machte einen Bogen um den brennenden Baum und stolperte in seiner Hast fast über von Keysern. »Ist er das?«

»Mhm.«

»Hier sieht es ja aus wie nach einem Meteoriteneinschlag. Was zum Teufel ist hier passiert?«

»Das war Mam«, erklärte Kim und zog George in die Kapelle.

»Gut, dass du hier bist, George.« Jenna ignorierte Georges indignierten Gesichtsausdruck und wies auf die ohnmächtigen Freunde. »Ich kriege sie nicht wach.«

»Das war auch Mam«, erklang Kims Stimme.

»Du warst das?« Georges Stimme hatte den gleichen anklagenden Unterton wie Kims zuvor. »Bei dem Mann hier draußen verstehe ich es ja noch, und Delaney wollte den Park schon mehr als einmal umgestalten, aber Jenna, deine eigenen Leute … Und der Park … Du weißt schon, dass sich hier uralter Baumbestand befindet? Die Stadtverwaltung, meine Familie, lieber Himmel …«

»Das war doch keine Absicht«, fuhr Jenna ihn an. »Ich hatte einfach nur Angst um Kim. Herrgott, ich mache das heute zum ersten Mal!« Ihr war hundeelend, und sie hatte wieder diesen süßlichen Geruch in der Nase, der sie würgen ließ.

»Dann solltest du lernen zu zielen«, sagte George trocken, gleichzeitig war ihm die Bewunderung deutlich anzuhören. »Wir sollten diesen Herrn vielleicht irgendwo festbinden, das gibt uns einen kleinen Vorsprung«, fuhr er fort. »Mann, so langsam bekomme ich eine Ahnung, warum du so gefragt bist … Wer braucht schon Handgranaten, wenn er eine Atombombe bekommt?«

»Danke, George. Das ist wirklich hilfreich.« Jenna stand neben ihnen und starrte wütend auf den immer noch reglosen Jäger.

»Entschuldige, Jenna, aber es ist so. Du hast Fähigkeiten, die weit über das normale Maß hinausgehen. Und darum sind irgendwelche Leute hinter dir her. So einfach ist das.«

Jenna wollte noch etwas erwidern, kam jedoch nicht mehr dazu.

»Kim …«, kam es leise von drinnen. Lagardère richtete sich auf und hustete.

Kim rannte zurück und kniete sich neben ihn. »Wie geht's Ihnen, Antoine?«, fragte sie und strich ihm mit schuldbewusstem Gesichtsausdruck über den Arm. »Es tut mir leid, dass ich Sie getreten habe.«

Der Franzose deutete ein Lächeln an. »Es geht schon wieder. Ich gewöhne mich an den Gedanken, dass Sie jedes Mal da sind, wenn ich aus der Bewusstlosigkeit erwache, *ma chère.*«

Er wusste nicht warum, aber er mochte Kim, ihre schroffe Art, ihre zynischen Bemerkungen, ihre schnelle Auffassungsgabe. Sie nahm ihn an, auch wenn er auf magische Weise in ihr Leben getreten war. Sie war so anders als all die Frauen, die er gekannt hatte. Dass eine Frau ein Kamerad sein konnte, war ihm neu.

Kim erwiderte sein Lächeln zaghaft. »Mam hat alle umgelegt, nicht nur Sie. Auch den Jäger und Nicholas. Und damit noch nicht genug. Sie hat den Park in die Luft gesprengt«, erklärte sie und deutete nach draußen.

Lagardère nahm die Entschuldigung mit einem Kopfnicken an und ergriff ihre Hand. Er richtete sich mit Kims Hilfe auf, blickte nach draußen und gab ein entsetztes »Mon Dieu!« von sich. »Madame, was haben Sie getan?«

Jenna, die draußen stand und seinen Ausruf hörte, hob nur die Hände. Sie wandte sich um und betrat die Kapelle, und angesichts der Kordel, die den Altarraum vom Rest abtrennte, zog sie eine Braue hoch. »Damit könnte es gehen«, verkündete sie.

In diesem Moment gab Nicholas ein Stöhnen von sich und schlug die Augen auf. »Jetzt reicht es«, sagte er undeutlich. »So kann ich nicht arbeiten.« Er stand langsam auf, hielt sich an einer der Bänke fest und versuchte die Lage zu erfassen. Als er begriff, was passiert war, sah er Jenna mit einem unergründlichen Blick an.

Diese zog die Kordel aus dem Haken an der Wand und drückte sie Nicholas in die Hand. »Hast du Erfahrung darin, jemanden zu fesseln, Nullnullsieben?«, fragte sie.

»Gleich, Jenna. Lass mich kurz mal durchatmen.« Nicholas ging unsicheren Schrittes aus der Tür und sank neben von Keysern auf ein Knie. Der Mann vor ihm war hilflos, zumindest im Moment. Es wäre ein Leichtes …

Doch Nicholas dachte den Gedanken nicht zu Ende. Er hatte noch nie einen Wehrlosen getötet und würde es nie tun können. Stattdessen sah er dem Jäger ins Gesicht und prägte es sich ein. Unter Tausenden würde er es wiedererkennen. »Jenna, komm mal kurz her«, rief er halblaut und wartete, bis sie neben ihm stand. »Spürst du es, wenn er wieder aufwacht?«

Jenna sah ihn zweifelnd an. »Ich bin nicht ganz sicher. Aber er gibt jetzt andere Signale von sich als vorher. Wie …« Sie suchte nach einem Vergleich. »Wie wenn er auf Standby laufen würde«, erklärte sie.

»Hm. Unser Franzose hier sagt, der Jäger ist wieder ein normaler Mensch. Aber er hat Kim irgendwie aus der Ferne hypnotisiert, oder? Also doch mehr als normal …« Nicholas überlegte.

George wartete, bis Jenna wieder in der Kapelle verschwunden war, dann legte er seinem Freund die Hand auf die Schulter. »Was war hier los?«, fragte er leise.

Nicholas schüttelte den Kopf. »Ich habe keine Ahnung. In einem Moment will Kim unbedingt hinaus zu diesem Mann, im nächsten fängt Jenna an zu schreien – und dann fielen wir anscheinend alle um. Wann dabei dein Park draufging, kann ich dir nicht sagen.«

»Jetzt kommt doch mal her!« Kim klang ungeduldig. Sie wies auf die Bodenfliese. »Da! Das muss die Schale sein, von der der alte Covington in seinem Brief schreibt.«

»Es scheint so«, sagte George nachdenklich und sah Nicholas zu, der zielstrebig den besinnungslosen von Keysern in die Kapelle schleifte, fachmännisch mit dem eigenen Gürtel fesselte und an eine Säule band. Zudem riss er von dessen Hemd einen Streifen ab und knebelte ihn.

»Wird er nicht ersticken?«, erkundigte sich Jenna, die ihm ebenfalls zugeschaut hatte.

»Nur, wenn er versucht, den Knebel zu schlucken«, erklärte Nicholas ungerührt. »Und ich und du, meine Liebe, wir müssen nachher reden.«

Er kannte die Wirkung des Adrenalins, das einem durch die Adern schoss, wenn man überlebt hatte, nur zu gut. Jenna würde noch viel lernen müssen. Nicht nur, wozu sie fähig war.

George, der von Kim sofort mit den neuen Erkenntnissen überfallen worden war, ging mit ihr und Lagardère nach unten und besah sich die Mauer genau. »Du hast recht mit der Grabplatte«, sagte er überrascht. »Diese Schale ist mir noch nie aufgefallen. Allerdings war ich schon eine Weile nicht mehr hier unten. Ich frage mich, was Laney herausgefunden hat.«

George zog sein Handy aus der Hosentasche und runzelte die Stirn. »Das gibt es doch nicht. Wir haben immer noch kein Netz. Das war vorhin schon so. Irgendwann brach es zusammen, und seitdem tut sich hier überhaupt nichts mehr.«

»Vielleicht hat Mam nicht nur den Park zerstört?«, mutmaßte Kim.

»Also wenn deine Mutter auch noch in der Lage ist, Handynetze lahmzulegen – wozu bist du denn dann fähig?«

Kim zuckte mit den Schultern und sah plötzlich wütend aus. »Zu gar nichts, schätze ich. Eigentlich weiß ich gar nicht, was das mit mir zu tun hat.«

»Das glaube ich nicht, *ma chère*. Sie haben den Jäger geholt, Kim. Wissen Sie nicht, dass Magie einer Struktur, einer Logik folgt? Auch wenn man das oft nicht glauben mag, es gibt Regeln. Ihre Mutter ist die Ältere, somit die Stärkere von Ihnen beiden.«

Kim und George starrten den Franzosen mit offenem Mund an. »Woher wissen Sie das?«, fragten sie gleichzeitig.

Lagardère lächelte entschuldigend. »In meiner Zeit war Magie sehr viel verbreiteter als heute, scheint mir. Möglicherweise wissen die Menschen heute über manche Dinge erheblich mehr – dafür über Magie sehr viel weniger.« Er legte eine Hand auf Kims Arm und sah ihr in die Augen. »Ihre Zeit ist einfach noch nicht gekommen.«

Kim schluckte beklommen, doch sie hielt seinem Blick stand. »Ich werde Parks sprengen?« Ihre Stimme zitterte.

Lagardère verzog belustigt den Mund. »Das weiß ich auch nicht. Aber wir werden es herausfinden.«

George wandte sich diskret um und schien plötzlich ungeheuer interessiert an den Namen und Daten seiner verstorbenen Vorfahren.

Dass der Franzose »wir« gesagt hatte, ließ Kims Herz schneller schlagen. Sie sah ihn an, suchte nach Worten und fand doch nichts, was sie sagen konnte. Für einen Moment trafen sich ihre Blicke, sie sahen sich in wortlosem Verständnis an und fanden im anderen das Versprechen, dieses Abenteuer gemeinsam zu bestehen.

George räusperte sich. »Hier finden wir wohl nichts Neues«, verkündete er und schlug mit der Hand gegen die Wand. Staub und Mörtel rieselten auf ihn herab, und er nieste.

Kim und Lagardère fuhren wie ertappt auseinander, blickten ihn beide mit dem gleichen schuldbewussten Gesichtsausdruck an, sodass George lächeln musste.

»I'll be damned«, sagte Nicholas bewundernd. »Wir sind wirklich auf dem richtigen Weg!«

Zu fünft standen sie in einem Halbkreis vor der Grabplatte George Covingtons »des Alten« und beobachteten, wie das Glühen des Schalensymbols allmählich nachließ.

»Was meint ihr, was bedeutet das?«, fragte Kim aufgeregt. Ihre Augen leuchteten, und ihre gute Laune war schlagartig zurückgekehrt. »Vielleicht ist dahinter was versteckt?«

Nicholas besah sich die Metallplatte, klopfte versuchsweise dagegen. Sie war mit vier starken Schrauben, die in den Stein getrieben worden waren, befestigt. »Könnte sein. Dazu bräuchten wir allerdings Werkzeug. Ein Schraubenschlüssel, ein Stemmeisen, irgendetwas. Ich will nicht unbedingt darauf schießen, wer weiß, was dahinter ist.«

Die anderen sahen sich um, doch die Gruft bot außer ein paar Steinen nichts, was als Werkzeug verwendbar war.

Der Franzose zog sein Messer aus dem Gürtel. »Wie wäre es damit?«

»Hm«, machte Nicholas. »Darf ich mal?« Er zog Jenna den Schal vom Hals, wickelte ihn um eine Schraube und bemühte sich erfolglos, sie zu drehen. Dann versuchte er, mit dem Messer in den Spalt zwischen Mauer und Platte zu gelangen, doch nichts rührte sich. »Ich breche nur noch die Klinge ab«, murmelte er nach einigen Minuten frustriert und gab das Messer zurück.

»Wieso glauben Sie eigentlich nicht an die Magie, die hier herrscht?«, fragte Lagardère stirnrunzelnd.

Vier Augenpaare starrten ihn an. »Wie meinen Sie das genau?« Jenna stützte die Hände in die Seiten und legte den Kopf schräg. Eine Strähne fiel ihr ins Gesicht.

»Nun, wir haben das Leuchten gesehen, als Kim die Platte berührt hat. Warum versuchen Sie beide nicht, sie zu öffnen?«

»Weil es völlig verrückt klingt?«, protestierte Kim, und Jenna ergänzte: »Weil es jeder Logik widerspricht?«

Lagardère musterte die beiden Frauen eine Spur belustigt. »Aber Sie beide sind doch der Grund, weshalb ich hier bin. Weshalb er«, Lagardère wies nach oben, »hier ist. Sie beide sind auf Ihre Weise mit der Schattenwelt verbunden. Sie haben Magie in sich.« Er stieß sich von der Wand ab, an der er lehnte. »Sie haben mir eine zweite Chance gegeben. Dafür bin ich dankbar – und dafür werde ich Ihnen helfen, so gut ich kann. Wieso versuchen Sie es also nicht?« Seine Worte hingen noch einen Moment in der Gruft, bevor sie verhallten.

»Wo er recht hat, hat er recht«, gab George zu. »Kommt, mehr als schiefgehen kann es nicht.«

Mutter und Tochter sahen sich unschlüssig an, dann zuckte Jenna mit den Schultern. »Wenn ich schon einen Park in Brand setzen kann, dann sollte das ja nicht so schwer sein, oder?« Sie schob Kim vor die Mauer und stellte sich neben sie. »Und nun?« Das war an Lagardère gerichtet.

Der hob die Brauen. »Ich weiß es auch nicht, Madame. Legen Sie die Hände auf die Platte, stellen Sie sich vor, wie sie sich öffnet. Das wäre ein Anfang.«

Jenna und Kim taten genau das. Sie legten ihre Hände gleichzeitig flach auf die Metallplatte. Jenna konzentrierte sich, erinnerte sich dunkel an eine Meditationsstunde mit Lisa, in der sie aufgefordert worden war, an nichts zu denken, was ihr unglaublich schwergefallen war. Nach ein paar Atemzügen schüttelte sie den Kopf. »Nichts. Ich spüre gar nichts. Du, Kim?«

»Doch! Schaut!«, unterbrach George. »Die Schale. Sie beginnt wieder zu leuchten.« Jenna legte ihre Hände wieder zurück auf die Platte, bemühte sich zu fokussieren.

Das Leuchten wurde intensiver, und es geschah, womit niemand außer Lagardère gerechnet hatte. Die Schrauben fielen klackernd zu Boden, als wären sie reine Zierde gewesen, und die Metallplatte löste sich mit einem heftigen Ruck von der Wand.

Der Stoß ließ beide Frauen ein paar Schritte nach hinten taumeln. Mit einem lauten Poltern fiel die Platte auf den Steinboden und gab einen Hohlraum frei. Ein kalter Luftzug wehte durch die Gruft, und Jenna vernahm einmal mehr ein leises Wispern, das direkt aus dem Loch zu kommen schien.

»Äh, warte«, sagte sie und hielt Kim warnend fest, die sich vorbeugte und neugierig in das Loch sah.

»Das gibt's doch nicht«, sagte George atemlos, schob Kim beiseite und spähte hinein. »Wir experimentieren hier mit Magie, und was finden wir? Ein Buch!«

Jenna sah neben ihm in den Hohlraum. In etwa dreißig Zentimetern Tiefe, direkt vor der Rückwand, lag ein kleines Buch. »Du hast recht. Und ich glaube, du bist derjenige, der es nehmen sollte, George«, sagte sie.

Der schaute plötzlich zweifelnd drein. Doch er griff zögernd in den Einlass und zog das Buch heraus.

»Das warst du, Kim«, lobte sie ihre Tochter und fuhr ihr kurz übers Haar.

»Meinst du?«

»Ohne dich hätten wir das Leuchten nicht gesehen, und wir wären daran vorbeigegangen.«

»Davidson, Hints to Lady Travellers«, las Nicholas halblaut vor, der George über die Schulter sah. »Das kenne ich doch«, murmelte er. »Ja, natürlich. Jenna, wo ist das Buch aus meinem Archiv?«

»Ich habe es hier im Rucksack.« Sie kramte es heraus und drückte es Nicholas in die Hand.

Der Antiquar nickte. »Das gleiche Buch? Das kann kein Zufall sein. Und seht mal: ein Sonderdruck, die Ausgabe ist nummeriert.« Er wies auf eine kleine Zahl auf dem Titelblatt. »Nr. 2 von 30. Das war auch für damals eine Kleinstauflage.« Nicholas' Stimme klang belegt, als würde er gerade aus einem Traum erwachen und sei sich nicht sicher, ob er wirklich schon wieder in die Realität zurückkehren wollte. Er gab sich einen sichtbaren Ruck. »Wenn ich nur wüsste, woher ich dieses Buch habe … Aber ich glaube, hier finden wir nichts mehr. Lasst uns gehen.« Er gab Jenna beide Bücher zurück und zeigte warnend nach oben. »Dieser Jäger mag derzeit bewusstlos sein, aber ich traue ihm nicht. Der kann mehr, als wir glauben. Wir müssen ihm nicht auf die Nase binden, was wir als Nächstes tun.«

Leise stiegen die fünf hinauf in den Altarraum, schlichen zur Tür, und nach einem letzten Blick auf den immer noch reglosen Jäger verließen sie die Kapelle.

Jenna sah sich um. Insgeheim hatte sie gehofft, dass sich der Park auf wundersame Weise wieder erholt hatte, doch sie wurde enttäuscht. Es sah immer noch aus wie nach einem Kometeneinschlag. Sie fasste ihre Tochter an der Hand und zog sie mit sich.

»Nicht schlecht, Kleiner«, sagte Nicholas, der ihnen gemeinsam mit George und Lagardère folgte. »Es war also doch kein Fehler, dich zu suchen.«

»Wenn du noch einmal Kleiner –«, begann George, dann sah er Nicholas grinsen und verzog ebenfalls die Mundwinkel. »Danke«, sagte er schlicht. Er zog sein Handy aus der Tasche und sah mit Genugtuung, dass es wieder funktionierte und dass seine Schwester bereits versucht hatte, ihn zu erreichen.

»Na bitte. Dann ist ja so weit alles in Ordnung. Der Park … nun ja. Darum kümmere ich mich später. Ich rufe Delaney zurück, vielleicht weiß sie jetzt mehr. Und jetzt bist du dran – wohin als Nächstes?«

Während George Delaneys Nummer wählte, grinste Nicholas. »Das Wie haben wir ja gestern Nacht schon besprochen. Das Wohin klären wir gleich.«

»Delaney? George hier … Ja, alles in Ordnung. Also … wir zumindest. Unser Park … hmm … hat sich etwas verändert … Nicht so wichtig. Hast du was herausbekommen?« Er lauschte schweigend dem Bericht seiner Schwester und legte dann mit nachdenklichem Gesichtsausdruck auf.

»Du musst etwas für mich tun, Kleiner«, sagte Nicholas leise und ging langsamer, sodass sie außer Hörweite der anderen waren. »Ich fahre zurück nach London.«

»Du kommst nicht mit?«, fragte George überrascht. »Ich dachte, das hier ist deine neue Mission.«

Nicholas schüttelte den Kopf. »Ich kann hier nicht weg, solange ich nicht weiß, was mit Anne wird. Hast du nicht gesagt, du warst für mich immer die Feuerwehr? Jetzt brennt es.«

George blieb stehen und sah seinem alten Freund ins Gesicht. »Das heißt, du vertraust mir?« Der Zweifel in seiner Stimme war unüberhörbar.

Nicholas legte ihm eine Hand auf den Arm. »Du bist Teil dieses Geheimnisses, George. Und ja, ich vertraue dir. Jenna ist meine Freundin. Pass auf sie und Kim auf, ja? Sie schaffen es nicht allein. Das ist eine Nummer zu groß für sie.«

»Alter Mann …« George wusste zunächst nicht, was er sagen sollte. »Wir kommen so schnell wie möglich wieder zurück. Ich verspreche dir, dass ich auf die Frauen und unseren seltsamen Zeitreisenden achtgeben werde. Kümmere du dich um Anne. Ich bin sicher, sie wird es schaffen.«

Minuten später erreichten sie das Haus. George führte sie auf die Rückseite, wo auf einer großen Terrasse ein paar Stühle standen. Bevor sie sich niederließ, sah Jenna sich noch einmal um. Die Magie, die sie wie ein Netz umgeben hatte, ebbte langsam ab. Jenna atmete unbewusst auf, es war, als führe ein frischer Luftzug durch sie hindurch.

Der Wind erreichte den Teich, ließ dessen Oberfläche kräuseln, raschelte in den Schilfhalmen und wirbelte Ascheflocken auf, die um den schwarzen Baumstumpf tanzten.

In der Kapelle schlug Jonathan von Keysern die Augen auf.

Der Jäger war wütend.

So wütend wie noch nie in seinem Leben, weder im alten noch im neuen. Er hatte sie fast gehabt, und sie war ihm erneut entkommen! Das war eines Jägers nicht würdig!

Von Keysern knirschte mit den Zähnen. Ohne große Mühe hatte er sich, sobald er wieder Herr seiner Sinne gewesen war, von den Fesseln befreit und sich ungläubig umgesehen. Die Hüterin hatte eine Schneise der Verwüstung hinterlassen und war geflohen, mitsamt ihrer Entourage. Was er sah, war zugegebenermaßen beeindruckend. Es würde nicht leicht sein, sie zu überwältigen.

Er ließ die Kordel, die er noch in der Hand hielt, achtlos zu Boden fallen und überlegte. Jenna Winters würde zwei Dinge tun müssen: Jemanden finden, der ihr ihre Magie erklärte, und jemanden finden, der ihr half, dem Jäger endgültig zu entkommen. Das Erste sollte sie ruhig tun, an der zweiten Aufgabe würde er sie genüsslich hindern.

Niemand verschwand in diesem Jahrhundert, ohne eine Spur zu hinterlassen. Niemand entkam dem Jäger. Dass die Frauen zu zweit waren, machte die Jagd für ihn umso reizvoller.

Langsam, noch nicht ganz wiederhergestellt, wanderte von Keysern durch den Park. Etwa zweihundert Meter von der Kapelle entfernt hatte der Park nach wie vor seine ursprüngliche Gestalt. Die Bäume waren zwar kahl, aber durchaus lebendig. In ein paar Wochen würde man hier durch einen hellgrünen Tunnel gehen können und das frische Gras unter den Füßen spüren. Die Natur um ihn herum pulsierte wieder, vibrierte, atmete. Dennoch stutzte er. Irgendetwas hinderte ihn erneut daran, sich unsichtbar zu machen. War es ihm in der Pinakothek und in Notting Hill so leichtgefallen, so versagten hier seine Kräfte. Mit der Hüterin konnte es nicht zusammenhängen, er spürte, wie das Band zwischen ihnen sich wieder dehnte.

Was zum Teufel war es dann?

Er nahm das Handy aus der Manteltasche, das ihm das Konsortium gegeben hatte. Für Fragen. Oder Notfälle … Die Nummer war eingespeichert, er musste sie sich nicht merken. Ohne Zögern wählte er, lauschte dem Freizeichen.

Er hatte sich in der Kapelle kurz umgesehen, und am Boden, neben dem Eingang, das Symbol entdeckt. Die Schale. Er hatte dieses Symbol in seinem früheren Leben schon einmal gesehen. Es war das Zeichen der Hüterin gewesen, und er hatte es ignoriert. Was ihn das Leben gekostet hatte. »Was wisst ihr über die Schale?«, sagte er, ohne sich am Telefon zu erkennen zu geben.

»Sire?« Der Mann am anderen Ende der Leitung klang verwirrt.

»Die Schale. Das Symbol. Wohin führt es? Was bedeutet es heute?«

Es schien, als habe das Konsortium davon noch nichts gehört. Sie würden recherchieren. Und ja, Sire, innerhalb der nächsten halben Stunde zurückrufen. Wo er sei? Unterwegs, natürlich. Man würde sich melden. Selbstverständlich. Die Erleichterung des Mannes, als er auflegen konnte, war fast mit Händen greifbar.

Von Keysern lächelte in sich hinein. Angst war ein großartiger Motivator, daran hatte sich in fünfhundert Jahren nichts geändert. Nun musste er sich entscheiden: Entweder er folgte Jenna Winters, oder er wartete, bis sie sich ihm von sich aus anbot. Und das würde sie, ohne Zweifel. Er würde dafür sorgen.

»George hat sich im Inneren nicht verändert. Er wird alles tun, um euch heil durch diesen Irrsinn zu bringen. Er hat es mir versprochen.«

Jenna und Nicholas standen an einem Ende der Terrasse, hinter einem Pfeiler.

»Ich habe ein gutes Gefühl bei ihm«, stimmte Jenna zögernd zu. »Aber das hatte Kim bei diesem Matthew auch …«

Nicholas nahm sie bei den Schultern und sah ihr in die Augen. »Ich vertraue ihm, Jenna.« Er gab ihr einen Kuss auf die Wange. »Ich muss zurück zu Anne. Ihr fliegt nach Islay. Wenn Delaney recht hat, findet ihr dort möglicherweise den nächsten Hinweis. Und trinkt einen Whisky auf uns.«

»Sag ihr, sie muss durchhalten, Nick. Und sag ihr, es tut mir leid …«

Knatterndes Dröhnen erfüllte die Luft, der Wind frischte auf und zerrte an den kahlen Ästen. Jenna trat hinter dem Pfeiler hervor und sah Kim und Lagardère mit offenem Mund auf den schwarzen Helikopter starren, der sekundenlang über dem Park stillzustehen schien und dann sanft auf dem dafür vorgesehenen Platz, etwa hundert Meter von der Terrasse entfernt, im nassen Gras aufsetzte.

Nicholas schrie über den Lärm hinweg: »Passt auf die Rotorblätter auf. Kopf runter! Und los, los, rein mit euch, ihr startet gleich wieder.« Dann umarmte er Jenna und Kim, winkte dem Piloten zu, der sich für einen Moment losschnallte und aus dem Cockpit sprang. Er war mittelgroß und schlank, sein Gesicht war durch den Helm kaum zu erkennen. Doch unter dem Helm lugten ein paar rötlich-blonde Strähnen hervor.

»John Finch lässt Ihnen schöne Grüße ausrichten, Mr. Wright. Er kann Sie leider nicht selbst fliegen, aber er hat den besten Piloten Südenglands für Sie.« Eine helle Frauenstimme, leicht heiser, mit dem typischen walisischen Singsang.

»Und der wäre?« Nicholas klang misstrauisch.

»Er steht vor Ihnen, Nora Miller mein Name.« Sie lächelte stolz. »Ausgebildet für zivile Verkehrsmaschinen und Helikopter. Mein Vater und John waren Freunde. Ich leite eine Flugschule nördlich von Cambridge – Sie hätten auch dorthin kommen können, aber dort ist dieses Wochenende Flugshow, und es sind eine Menge Leute da – ich denke, das würden Sie gerne vermeiden. In England haben wir den Vorteil, dass wir praktisch überall landen können. Sagen Sie mir also, wohin Sie möchten – und ich fliege Sie dorthin.«

»Wir müssen nach Islay«, verkündete George.

Die Pilotin zog die Brauen hoch. »Na, das ist ja kein Problem. Ich dachte schon, ich müsste Sie in die Wüste bringen.«

George schob Lagardère vor sich her, sie winkten Nicholas heftig zu – und in kürzester Zeit dröhnten die Rotoren erneut auf, die vier Passagiere schnallten sich an, und der Hubschrauber hob wieder ab, gewann rasch an Höhe, kippte nach vorn und stürmte wie ein Raubvogel in nordwestlicher Richtung davon.

Jonathan von Keysern duckte sich, als der Helikopter über ihn hinwegjagte. Er schüttelte innerlich den Kopf. Die Hüterin versuchte zu flüchten? Sinnlos. Doch schließlich hatte ihn nicht zuletzt die Aussicht auf eine reizvolle Jagd zurückkehren lassen. Es schien, als würde sein Wunsch erfüllt werden.

George teilte Kopfhörer aus, schob die Regler in die richtige Position, und der Fluglärm wurde auf ein erträgliches Maß reduziert.

Lagardère krampfte während dem Start die Hände um die Armlehnen und murmelte französische Flüche vor sich hin, die, soweit Jenna über die Kopfhörer verstand, mit seiner Großmutter, dem Teufel und einer Flasche Schnaps zu tun hatten.

Sie saß ihm gegenüber und grinste. Idiotisch, dachte sie, wie kann ich mich freuen? Aber ich tu's. Wir haben die erste Schlacht überstanden, Kim ist bei mir, wir haben Freunde, und demnächst sind wir auf den Hebriden und trinken mindestens einen Whisky.

Kim sah sie an und erwiderte das Grinsen. In diesem Moment wurden die Wolken weniger, dann lagen der südenglische Nebel und Regen endgültig hinter ihnen. Der blaue Himmel funkelte unwirklich um sie herum, Sonnenlicht blendete durch die Kanzel herein und malte Streifen auf ihre Gesichter.

Und wie auf ein Zeichen fingen sie alle an, zu lachen und durcheinanderzureden.

»Wir haben ihn tatsächlich ausgetrickst.«

»Gibt es hier oben keine Vögel, mit denen wir zusammenstoßen könnten?«

»Kim …«

»Mam …«

Der Helikopter rüttelte durch ein Luftloch. Genauso schnell, wie die Fröhlichkeit ausgebrochen war, herrschte wieder Stille. Die vier sahen sich an, plötzlich ernüchtert, blinzelten gegen die Helligkeit und senkten die Köpfe.

»Wohin fliegen wir noch mal genau?«, fragte Kim neugierig.

»Nach Islay«, erklärte George. »Gehört, wenn ich mich richtig erinnere, zu den Inneren Hebriden. Delaney meinte vorhin am Telefon, das sei die beste Spur, die wir haben. Und wenn sie uns ins Leere führt, nun ja, dann sind wir den Jäger zumindest für eine Weile los, ich gebe uns eine Runde aus, und wir finden einen anderen Weg, um euch zu retten.«

Der letzte Satz klang reichlich pathetisch, und George wich Jennas Blick aus. »Nein, im Ernst, ich bin sicher, dass dies eine gute Spur ist. Der alte Covington hat einen intensiven Briefwechsel mit dem damaligen Eigentümer der Bruichladdich-Brennerei auf Islay geführt. Und irgendwas lässt Delaney glauben, dass wir dort etwas finden. Wir reden mit ihr, wenn wir gelandet sind.«

»Zweieinhalb Stunden bis nach Islay«, gab Noras Stimme über die Kopfhörer bekannt. »Willkommen an Bord. Alles Weitere nach der Landung.«

Jenna kramte in ihrem Rucksack und zog die zwei Bücher hervor. »Ich möchte die zwei Exemplare gerne vergleichen. Vielleicht finde ich einen Hinweis. Der alte Covington versteckt doch dieses Buch nicht ohne Grund in seinem eigenen Grab. Auch wenn es de facto nicht sein Grab ist.«

George beugte sich interessiert vor. »Die gleiche Ausgabe?«

»Gleich«, bestätigte Jenna, die sich jetzt beide Bücher nacheinander vornahm und sie sorgfältig durchblätterte. Sie waren laut Impressum im selben Jahr gedruckt worden. »Ein Sonderdruck«, wiederholte sie Nicholas' Worte. Sie wies auf eine kleine Zahl auf dem Titelblatt. »Nr. 2 von 30. Das war auch für damals eine Kleinstauflage. Und außerdem: Das war ein Ratgeber für reisende Frauen. Was um Himmels willen hat der alte Mann damit gewollt?«

George nahm ihr das Buch aus der Hand. »Wenn du darin eine Botschaft verstecken würdest, wo würde sie sein?« Er nahm es am Einband, ließ die Seiten nach unten hängen und schüttelte es leicht. »Zumindest ist kein Zettel darin versteckt.«

»Bist du verrückt? Das ist kein Taschenbuch vom Ramschregal! Nick bringt dich um«, protestierte Jenna.

»Ich passe schon auf. Antoine, was meinen Sie? Wo hätten Sie eine Botschaft versteckt?«

»Das kommt ganz darauf an, was die Botschaft beinhaltet«, gab Lagardère nachdenklich zurück, der zwar der Konversation gefolgt war, aber immer wieder fasziniert aus dem Fenster nach unten sah. Es hatte aufgeklart, durch Wolkenfetzen sah man die Landschaft vorüberziehen. Braune Felder, teils noch schneebedeckt, Wälder, hier und da ein silbrig glänzender Fluss. Dazwischen kleine Städte und Dörfer. Schottland hatte, zumindest von oben, den Eindruck bäuerlicher Idylle durch die Jahrhunderte bewahrt.

»Mam, spürst du den Jäger wieder?«, fragte Kim unvermittelt.

Jenna, die gerade die Seiten über Mary Kingsley durchsah, blinzelte überrascht. »Gute Frage.« Sie horchte in sich hinein. »Ich kann es nicht genau sagen. Ich habe das Gefühl, ich spüre ihn, ganz leise, aber er kommt nicht näher. Es ist, als wenn er schlafen würde.«

»Hoffentlich tut er das«, sagte George trocken.

»Vielleicht kann er uns durch die Luft nicht folgen?« Kim klang hoffnungsvoll.

»Er war auch in London, vergiss das nicht. Aber wie gesagt, ich glaube nicht, dass er momentan weiß, wo wir sind. Fragt sich nur, wie lange.«

Beide Bücher gingen von Hand zu Hand, doch wenn es eine Botschaft darin gab, war sie gut versteckt. Schließlich packte Jenna seufzend beide Bände in ihren Rucksack zurück. »Vielleicht fällt uns später noch etwas auf. Momentan kann ich einfach nichts entdecken.«

Schweigen senkte sich über die Gruppe, und das Dröhnen der Rotoren erfüllte die Luft. Jeder hing seinen Gedanken nach. Jenna beugte sich nach vorn, stützte den Kopf in die Hände, und vor ihrem inneren Auge formte sich das Bild einer jungen Frau mit blondem langem Haar. Sie war erschreckend mager, das Haar verfilzt, die Kleidung schmutzig und an einigen Stellen zerrissen. Sie sah aus, als sei sie Monate durch die Wildnis gewandert.

Cambridge, Sommer 1898

Ein heißer Julitag neigte sich dem Ende zu. Der rosa Abendhimmel verfärbte sich violett, ein paar Schleierwolken zogen träge vorbei, und wenn man genau hinsah, konnte man im Osten den Abendstern blinken sehen. In den eleganten Anwesen in Cambridge gingen die Lichter an, und es kehrte langsam Ruhe ein. Überall genoss man die Kühle, die der Abendwind mit sich brachte, stand auf der Terrasse, ein Glas Port in der Hand oder öffnete zumindest die Fenster, um die stickige Luft des Tages hinauszulassen. In den Büschen begannen die Grillen zu zirpen.

Das eiserne Tor schwang mit leisem Quietschen auf. Zwei Gestalten huschten hindurch und liefen den geharkten Kiesweg entlang zum Haupteingang. Dann änderten sie abrupt ihre Richtung, schlichen um das Haus herum und spähten vorsichtig durch eines der großen Fenster im Erdgeschoss. Die Terrassentüren waren weit geöffnet, die ersten Mücken sirrten hinein und wieder heraus.

Die Bibliothek des Hauses war nur spärlich erhellt, zwei Kerzenleuchter spendeten ein fahles Licht. Lord Covington war es gleich. Er las ohnehin nicht. Mit einem Glas Sherry saß er gedankenverloren in einem Sessel, hin und wieder fuhr er sich mit der Hand über die Augen. War es falsch von ihm gewesen, sie loszuschicken? Drei Jahre war das nun her. Drei Jahre, in denen er sich jeden Abend fragte, ob das, was er tat, nicht umsonst war. Ob er nicht einfach aufgeben, um Mary Kingsley trauern und sein Leben weiterleben sollte, als hätte er nie von der Schattenwelt erfahren.

Die Schatten wurden blauer, die Nacht brach herein, und das Konzert der Frösche im nahe gelegenen Teich tönte über den makellos geschnittenen Rasen.

»Brauchen Sie noch etwas, Mylord?«

Der alte Mann schüttelte müde den Kopf und wies den Butler an, zu Bett zu gehen. Er hasste Abende wie diesen, wenn seine Gedanken sich wie ein ewiges Karussell im Kreise drehten und er nicht mehr wusste, was richtig oder falsch war.

Die Hitze, die dieses Jahr über England lag, machte alles nur noch schlimmer. Sie erinnerte ihn an schwüle Abende in den Tropen, versetzte ihn an jenen Ort, wo er in seinen Träumen lebte und den er doch nie erreichen würde.

Er war so in Gedanken versunken, dass er sie erst bemerkte, als sie direkt vor ihm stand.

»Guten Abend, Mylord«, sagte sie förmlich.

Lord George Covington war stolz darauf, dass ihn im Prinzip nichts aus der Fassung brachte. Doch in diesem Moment fiel ihm vor Überraschung das Glas aus der Hand. Es schlug mit einem dumpfen Plock auf den Teppich.

Mary Kingsley war zurückgekehrt.

Die Frau, die ihm gegenüberstand, war nicht mehr dieselbe, die am Weihnachtsabend 1895 nach Afrika aufgebrochen war. Sie war erschreckend dünn, die Wangenknochen dominierten ihr schmales Gesicht. Der ehemals blonde, gepflegte Zopf war einer wirren Mähne gewichen. Doch am meisten erschreckten ihn ihre grauen Augen, deren Blicke durch den Raum irrlichterten.

Sie hatten zu viel gesehen …

»Mary? Sie sind es wirklich?« Seine Stimme zitterte leicht, und er erhob sich, fasste sie an den Schultern. Mit grenzenloser Erleichterung drückte er sie an sich. Durch das Kleid und die dünne Jacke spürte er jeden einzelnen Knochen. »Mary«, flüsterte er leise und konnte es kaum fassen. »Verzeihung«, murmelte er dann und ließ sie los.

»Ich freue mich auch, Euch zu sehen, Mylord«, gab sie jetzt leise lächelnd zurück. Sie machte eine auffordernde Geste zur Tür. »Darf ich Euch Sayid vorstellen? Er begleitet mich schon seit einiger Zeit.«

Der junge Kamelführer trat schüchtern näher, deutete eine Verbeugung an, sagte jedoch nichts.

Zehn Minuten später saßen beide Besucher in großen Sesseln, hatten eine Tasse Tee vor sich und bissen gierig von den Sandwichs ab, die ihnen der Butler noch schnell zubereitet hatte.

Covington erholte sich nur langsam von seiner Überraschung. »Wie ist das möglich, meine Liebe? Wir haben Sie suchen lassen, wochenlang, ja monatelang, ohne Erfolg. Wir dachten, Sie seien tot.«

»Ich wollte nicht gefunden werden«, gab Mary zurück. »Doch die Dinge ändern sich. Was ich erfahren habe, wird Euch hoffentlich etwas wert sein.«

»Was meinen Sie damit?«

Mary Kingsley zog ihren Zopf nach vorn, eine vertraute Geste, die Covington schlucken ließ. Sie mochte schmutzig und abgerissen sein, aber ihre Entschlossenheit hatte auch Afrika nicht brechen können.

»Wisst Ihr noch?«, fragte sie leise. »Ihr habt damals gesagt, Ihr würdet mir die Herkunft dieses geheimnisvollen Briefes erläutern. Ihr habt gesagt, man müsse sich diese Geschichte verdienen. Nun, ich glaube, ich habe sie mir redlich verdient, Mylord. Ich schlage Euch einen Handel vor: Ich erzähle Euch, was ich herausgefunden habe. Ihr erzählt mir dafür Eure Geschichte – und dann werde ich endgültig verschwinden. Ach ja: und Ihr werdet mir dabei helfen.«

Covington starrte die junge Frau an wie einen Geist. »Wie

stellen Sie sich das vor, Mary? Sie sind hier, nichts anderes zählt. Sie werden nirgendwohin gehen.«

»O doch«, sagte Mary fest. »Aber bevor es so weit ist«, sie kaute genüsslich an einem Sandwich, »werden wir uns unterhalten. Ihr habt mich damals losgeschickt, und ich wette, Ihr hattet keine Ahnung, was mich erwarten würde.«

Der alte Mann antwortete nicht. Es entstand eine Pause, in der er die junge Frau eingehend musterte. »In Ordnung«, sagte er nach einer Weile. »Sie zuerst.«

Marys Bericht dauerte lange. Sie ließ nichts aus, weder das gruselige Erlebnis auf der Überfahrt noch die Wanderung mit Sinya, in der sie nur ihrem Instinkt gefolgt war. Sie erlebte die sengende Hitze noch einmal, den Durst, der sie gequält hatte, die Angst, in die Irre zu laufen und ein Phantom zu jagen.

»Sie brachte mich in die Steinwüste, dort, wo die Berge so aneinandergrenzen, dass man aus der Ferne meint, eine Schale zu sehen. In dieser Einöde versteckt sich der Weiße Zirkel.«

»Es gibt ihn also wirklich?«, unterbrach Covington, der bis jetzt schweigend zugehört hatte und sich nur von Zeit zu Zeit aus der Sherryflasche nachschenkte.

Mary nickte. »Es gibt die Schattenwelt, es gibt den Zirkel, und dieser wiederum wartet auf die Hüterin des Tores. Schon so lange …«

Die Forscherin machte eine gedankenvolle Pause. »Neela und die anderen wussten, dass ich unterwegs war. Sie sagten mir, ich sei das Bindeglied zwischen ihrer Welt und der neuen. Ihre Aufgabe sei es, ihren Ort, ihr Mysterium, zu wahren. Meine Aufgabe – besser gesagt, unsere, Mylord – wird es sein, die Hüterin zu schützen, ihr zu helfen, wenn sie auftaucht. Es war kein Zufall, dass Ihr ausgerechnet mich geschickt habt,

Mylord. Doch dort sind Kräfte am Werk, die alles übersteigen, wovon wir träumen. Und wir sollten sehr vorsichtig sein mit dem, was wir in Gang setzen.«

»Welche Rolle spielt Sayid dabei?« Covington klang misstrauisch.

Sayid hob den Kopf, als sein Name fiel. »Sinya ist meine Cousine, Mylord«, antwortete er in leicht gefärbtem, aber ansonsten perfektem Englisch und registrierte amüsiert das Erstaunen seines Gegenübers.

Mary fuhr mit ihrer Erzählung fort. »Die Frauen brachten mir bei, was wir wissen müssen. Ich muss gestehen, für mich fühlte es sich an wie ein paar Wochen. Danach durfte ich wieder gehen. Vier Tage wanderte ich zurück durch die Wildnis und traf in einem Dorf, ganz in der Nähe des Ortes, an dem unsere Expedition ihr Lager gehabt hatte, auf Sayid. Er erkannte mich wieder und bot an, mich zu begleiten.«

»Zu zweit ist man sicherer«, bestätigte dieser.

»Doch in Wahrheit waren zwei Jahre vergangen«, ergänzte Mary trocken und weidete sich an der Überraschung in Covingtons Gesicht.

»Wie soll ich das verstehen?«

Mary zuckte mit den Schultern. »Ich kann es nicht erklären, Mylord. Aber wenn Ihr mich suchen ließet, heißt das, dass ich nicht gefunden werden konnte. Meines Wissens nach gibt es für dieses Phänomen noch keine zufriedenstellende wissenschaftliche Erklärung. Vielleicht wusste mein Vater etwas darüber? In seinen Tagebüchern …? Nun, jedenfalls suchten wir uns ein Schiff, und ich überredete den Kapitän, uns mitzunehmen. Wir gaben uns als Überlebende einer Expedition aus, und er hatte Mitleid mit uns. Vor einer Woche kamen wir in Southampton an.«

»Das ist alles?«, fragte Covington, als Mary schwieg und sich in den Sessel zurücklehnte.

»Es ist genug für den Anfang. Jetzt würde ich mich gerne frisch machen und dann, wie gesagt, seid Ihr an der Reihe, Mylord. Ich möchte Euren Teil der Geschichte gerne hören.«

»Aber natürlich, meine Liebe. Ich kann Ihnen beiden eine Kutsche rufen, damit Sie nach Hause können. Ich hatte angeordnet, dass das Haus so bleibt, wie es ist. Noch hatten wir schließlich keinen Beweis für Ihren Tod.«

»Niemand weiß, dass wir da sind, Mylord, und das sollte vorerst auch so bleiben. Können wir Eure Gastfreundschaft noch über Nacht in Anspruch nehmen?«

»Selbstverständlich und nur zu gern.« Covington nickte, ließ die Bediensteten, auf deren Verschwiegenheit er zählen konnte, zwei Zimmer herrichten, und lauschte kurz darauf nachdenklich den leisen Schritten, mit denen seine Besucher ins Obergeschoss verschwanden. Langsam ging er durch die Bibliothek, setzte sich an den großen Sekretär, der im hinteren Teil des Raumes stand, und zog die Schublade unter der Tischplatte heraus. Darin geschickt verborgen war ein zweiter Boden, der sich durch einen simplen, aber fast unsichtbaren Mechanismus lösen ließ. In dem nun zum Vorschein gekommenen Fach lag ein einziges Blatt Papier. Er wusste, es war nur eine Abschrift, doch die wenigen Zeilen hatten ihn vor Jahren gefesselt und taten es immer noch.

Es bleibt mir keine Zeit mehr. Ich habe es versucht und bin gescheitert. Aber es ist möglich. Eine von uns wird zurückkehren und das Tor öffnen. Findet sie, bewahrt sie, lasst sie leben, so lange sie kann. Wer die Schatten befreit, wird die Schuld tragen am Ende der Welt. Aber wer aus der Vergangenheit lernt und weise handelt, wird eine neue Welt finden.

Die Hinweise, die er über Jahre hinweg unauffällig gesammelt hatte, hatten alle nach Afrika gedeutet. Er hatte seinem Instinkt vertraut und anscheinend recht behalten. Covington legte das Papier vorsichtig zurück in die Schublade, verschloss sie sorgfältig und überlegte. Jetzt stellte sich die Frage, wie viel er der jungen Forscherin erzählen würde. Seine Prioritäten waren möglicherweise nicht ganz identisch mit den ihren.

»Sayid bleibt oben und ruht sich aus. Aber ich würde doch zu gerne noch einiges von Euch erfahren, Mylord«, sagte Mary Kingsley, als sie die große Treppe hinunterschritt.

»Ein Bad und neue Kleidung wirken manchmal Wunder«, kommentierte Covington, der am Fuß der Treppe stand und sie erwartete.

Mary lachte. »Ihr habt recht. Die Zustände in Afrika sind sicher nicht vergleichbar mit denen auf unserer schönen Insel. Ich bin jedenfalls froh, wieder hier zu sein. Andererseits«, sie ergriff seine ausgestreckte Hand und ging an Covingtons Seite zurück in die Bibliothek, »wird es nie wieder so sein wie früher. Wissen kann einen Menschen verändern, zum Bösen wie zum Guten, nicht wahr?«

»Wie meinen Sie das?«

Mary ging zu einem der Regale, die den Raum vom Boden bis zur Decke säumten, las mit schräg gelegtem Kopf die Titel und zog ein kleines Bändchen heraus. »Eines von Morton Stanleys Tagebüchern. Eine Rarität. Er hat mehr von Afrika gesehen, als ich je sehen werde. Er ist weiter gereist, länger geblieben, hat sicher sehr viel interessantere wissenschaftliche Erkenntnisse mitgebracht. Doch das Wissen um die andere Welt blieb ihm verborgen, denke ich, wie so vielen anderen. Wisst Ihr, was mich beschäftigt, Mylord? Woher wusstet Ihr davon? Warum habt Ihr daran geglaubt? Und die dritte Frage: Was werdet Ihr mit dem Wissen anfangen, das ich Euch gebracht habe?«

Lord Covington trat durch eine der großen Glastüren hinaus auf die Terrasse. Er verschränkte die Hände auf dem Rücken und sah hinauf. Myriaden Sterne glitzerten über ihm, vereinzelt raste ein Sternenfunke quer über den Nachthimmel und verglühte lautlos auf der Hälfte des Weges.

»Sehen Sie? Es ist die Zeit der Sternschnuppen«, sagte er leise.

Mary war mit dem Buch in der Hand neben ihn getreten. »Es ist ein anderer Himmel als in Afrika«, meinte sie ebenso leise. »Man sollte meinen, unsere eigene Welt bietet Überraschungen genug.«

»Ich habe immer daran geglaubt, dass es mehr gibt, als wir meinen zu kennen. Oder anders: Ich habe es gehofft.« Er drehte sich abrupt um, verschwand im Inneren des Hauses. Mary hörte leises Gläserklingen, dann erschien Lord Covington wieder. Er hatte zwei Gläser in der Hand. »Der beste Whisky, den es derzeit gibt«, verkündete er. »Bruichladdich. Schmecken Sie den Torf? Wunderbares Aroma, nicht?«

Mary nahm das Glas entgegen und schnupperte an der bernsteinfarbenen Flüssigkeit, trank einen Schluck. »Mhm«, machte sie dann. »Köstlich. Aber wieso …?«

»Ich habe Ihnen die Geschichte versprochen, Mary. Sie beginnt mit diesem Whisky.«

»Ich bin ganz Ohr, Mylord.« Mary lehnte sich mit dem Rücken gegen eine der Säulen, die die Terrasse säumten, nippte an dem Whisky und wartete.

»Vor etwa zehn Jahren unternahm ich eine Reise auf die Hebriden«, begann Covington. »Das Museum interessierte sich für die Standing Stones aus der Steinzeit, und da diese Inseln, gemessen an dem, was wir sonst so erforschen, quasi vor unserer Haustüre liegen, beschloss ich, diesmal selbst mit einer kleinen Gruppe Archäologen zu fahren. Wir fanden zudem tatsächlich einige Hinweise auf frühsteinzeitliche Besiedlung, aber das war für mich schlussendlich nebensächlich. Der damalige Eigner einer Brennerei suchte neue Absatzmärkte, und da kam ich ihm gerade recht. Eines Abends lud er uns zum Essen ein und ließ uns seinen Whisky probieren.« Covington lächelte bei der Erinnerung. »Wir alle konnten am Ende dieses Abends nicht mehr stehen. Aber Harvey hatte daraufhin einen Kunden mehr, nämlich mich. Und damit halb Cambridge, wie Sie sich vorstellen können. Ein paar Tage später, wir waren in kürzester Zeit Freunde geworden, erzählte mir Harvey eine fantastische Geschichte. Ich tat sie als Märchen ab, doch er ließ nicht locker. Immer wieder im Laufe der nächsten Wochen – und ich gebe zu, ich verbrachte zahlreiche Abende bei ihm, das Essen war immer vorzüglich – kam er auf die sogenannten Schatten zu sprechen. Und auf die Hüterin. Nun sind die Schotten per se meisterhafte Geschichtenerzähler, vor allem, wenn die Abende lang sind und Stürme über die Inseln fegen. Dennoch – etwas ließ mich nicht mehr los. Es erinnerte mich daran, warum ich seinerzeit überhaupt Forscher werden wollte: um neue Welten zu entdecken, meinen Geist offenzuhalten und mich nicht von dem beeinflussen zu lassen, was angeblich entdeckt und entschlüsselt war. Harvey präsentierte mir ein Geheimnis, einen Mythos, dem ich nicht widerstehen konnte.«

Mit einem Zug leerte Covington sein Glas.

»Was ist mit dem Brief?«, fragte Mary nach einer Pause. »Das Papier, das Ihr mir gezeigt habt. War das von diesem Harvey?«

Der alte Mann nickte. »Einige Jahre später erhielt ich Nachricht, dass Harvey gestorben war – und dass sein Sohn die

Brennerei übernommen hatte. Der Sohn schrieb mir, sein Vater hätte darum gebeten, mir im Falle seines Todes diesen versiegelten Brief zu schicken. Das würde er hiermit tun, und er würde sich freuen, wenn ich der Brennerei weiterhin mit größeren Bestellungen gewogen bliebe. Das Siegel des Briefes war unversehrt. Darin lag dieses Papier. Es ist das letzte Mysterium, das ich in meinem Leben noch lüften möchte.«

Covington füllte die zwei Gläser erneut, und sie standen nebeneinander, jeder in seine Gedanken versunken.

»Sie haben gesagt, dass wir die Aufgabe des Zirkels hier übernehmen sollen«, fuhr er einige Zeit später fort. »Wann wird es eine neue Hüterin geben? Wer wird es sein?«

Mary wanderte langsam auf der Terrasse hin und her. Sie war sicher, dass der alte Fuchs ihr nicht alles erzählt hatte, dass er seine eigenen Pläne verfolgte, egal, was er heute Abend sagte.

Sie wusste nicht, ob sie lachen oder weinen sollte. Was an dieser Geschichte hatte sie sich verdienen müssen? Mary schüttelte innerlich den Kopf. Sie war nicht Expeditionsleiterin geworden, ohne etwas von dem zu verstehen, was die Menschen antrieb. Heute war sie um ein vielschichtiges Wissen reicher und kannte eine Menge Gründe, warum man dieses Wissen nur mit wenigen Menschen teilen sollte. Lord Covington mochte den Schleier von diesem Mysterium reißen wollen – aber warum, das behielt er für sich. Nun, sie würde ebenfalls entscheiden, was sie preisgeben würde und was nicht. Dass die Schattenwelt zu einem bestimmten Zweck entstanden, sie ursprünglich ein geschlossener Raum, ein Refugium gewesen war. Zu einer Zeit, da die Magie einen viel größeren Platz in den Herzen der Menschen eingenommen hatte. Heute drängten sich unzählige Seelen darin, und jemand würde darauf achten müssen, dass die gläserne Wand, die die Schattenwelt von der Welt der Lebenden trennte, keine Risse bekam – und dass irgendwann, eines Tages, die Richtige durch das Tor zurückkehren konnte. Dafür allerdings würde eine sehr machtvolle Hüterin benötigt, hatte Neela erklärt. Der Zirkel in Gabun hatte sich geschworen, diesen Ort zu bewachen, bis es so weit war. Mehr als einmal hatte sie nachts einen kalten Hauch verspürt, das Gefühl gehabt, von Schatten beobachtet zu werden. Es war ein magischer Ort, und Mary kannte bis heute nicht alle seine Geheimnisse.

»Wisst ihr, warum jemand zur Hüterin wird, Mylord?«, fragte Mary langsam. »Es ist vorherbestimmt, das schon. Wenn am Tage ihrer Geburt eine bestimmte Sternenkonstellation vorherrscht, ist sie gewissermaßen gezeichnet. Aber Bestimmung ist es nicht allein. Um zu einer Hüterin zu werden, muss sie jemanden aus der Schattenwelt befreien. Und deswegen können wir nicht vorhersagen, wann es die Nächste geben wird. Ich kann Euch nur sagen, wann die Letzten gelebt haben.«

Lord Covington starrte nach oben in den Nachthimmel. Mochte Mary Kingsley ihm schon in den letzten Stunden von ihren Abenteuern berichtet haben, das, was ihn wirklich interessierte, kam erst jetzt. »Diese Konstellation – tritt sie oft auf?«

Mary schüttelte den Kopf. »Nein, das Zusammentreffen der genannten Faktoren ist äußerst selten. Vielleicht einmal in mehreren Hundert Jahren ...«

»Was wissen Sie noch?«

Mary hätte fast gelacht. Sie wusste nicht nur sehr viel mehr, sie war eine andere geworden. Wissen veränderte den Menschen, hatte Neela sie zu Beginn gewarnt – was er damit anfing, stand allerdings auf einem anderen Blatt geschrieben. »Wir können der Hüterin helfen, ihre Kraft zu entwickeln und sie zu lenken«, sagte sie. »Magie hat ihre ganz eigenen, persönlichen Auswirkungen. Nicht jede Hüterin ist gleich, hat man mir gesagt. Ihre Kraft ist unterschiedlich ausgeprägt, manche sind von Anfang an sehr stark, manche weniger. Ich fürchte, wir werden abwarten müssen. Erzwingen lässt es sich nicht. Und dann gibt es noch den Jäger. Er wird versuchen, die Hüterin zu finden.«

Covington hob ruckartig den Kopf. »Den Jäger?«, wiederholte er. »Wer soll das sein?«

Mary hob die Schultern. »Es ist leider nur wenig über ihn bekannt. Er ist der Handlanger der anderen Seite, verfügt über eine besondere Gabe.«

»Die andere Seite?«

»Magische Kräfte wecken Begehrlichkeiten. Allerdings kann jeder selbst entscheiden, auf welcher Seite er stehen möchte. So wie Ihr – und ich.« Mary sah Covington unter halb geschlossenen Lidern an, dieser erwiderte den Blick nachdenklich, sagte jedoch nichts. »Nun, sobald die Hüterin erwacht und ihre Kräfte einsetzt, kann der Jäger sie aufspüren. Wir werden ihr helfen müssen, diese Verbindung zu brechen oder zumindest in Schach zu halten.« Sie lächelte plötzlich. »Fließendes Wasser, also ein Fluss oder manchmal auch ein Gebirgsbach, hilft dabei ungemein, wusstet Ihr das?«

»Ich weiß anscheinend immer noch nicht viel über Magie«, gab Covington zu, »trotz meiner umfassenden Bibliothek.«

»Das ist kein Wissen, das man in Büchern findet, Mylord. Eigentlich ist es oft schlimmer als jedes Klischee, wisst Ihr, und weit von unserem Begriff der Wissenschaft entfernt …« Mary sah einer weiteren Sternschnuppe zu, die vom Himmel stürzte und irgendwo kurz über dem Horizont verglühte.

Am nächsten Morgen verließen Mary Kingsley und Sayid das Anwesen der Covingtons unbemerkt. Mary hatte noch in der Nacht mit ihrem Auftraggeber ein Abkommen geschlossen.

Lord Covington sollte die junge Forscherin nie wiedersehen. Sayid hingegen blieb in Cambridge.

IMMER NOCH SAMSTAG, 11. FEBRUAR

Kim hüpfte zuerst aus dem Helikopter, gefolgt von Lagardère, der sich auf dem kleinen Flugplatz neugierig umsah. Von oben waren die Umrisse der Insel gut zu erkennen gewesen, sie maß an der längsten Stelle gerade einmal vierzig Kilometer. Am westlichen Rand der Insel, direkt vor den Klippen, befand sich ein kleiner Flugplatz. Auch wenn man in Großbritannien prinzipiell überall landen durfte, wo es genug Platz gab, zogen die meisten Piloten einen Flugplatz vor, schon allein, um die Maschine bei Bedarf auftanken zu können.

Man hörte das Wasser an die Felsen schlagen, Möwen segelten durch die Luft und grüßten die Ankömmlinge mit heiseren Schreien. Nachdem auch George sicher auf dem Asphalt gelandet war, drehte er sich um und reichte Jenna die Hand. Sie ergriff sie, sprang mit Schwung aus der Kabine, und einen Lidschlag später hielt er sie in seinen Armen. Beide taumelten ein paar Schritte nach hinten.

Jenna lachte. »Ups! Entschuldigung.« Ihr Zopf wehte ihm ins Gesicht. Die Luft roch salzig, der Wind hatte aufgefrischt. Von Nebel keine Spur.

»Nichts passiert.« George lachte ebenfalls und hielt sie einen Moment länger als nötig fest. Jenna trat einen Schritt zurück und warf ihm von unten einen verunsicherten Blick zu.

»Ich gehe hinüber in die Aviation, und dann fliege ich wieder zurück«, verkündete Nora Miller. »Rufen Sie mich an, wenn Sie wieder ein Flugtaxi brauchen. Aber generell können Sie von hier direkt nach Edinburgh fliegen, sogar mehrmals am Tag. Der Flugplatz der Insel ist ganz professionell.«

George nickte. »Danke, Nora. Sie waren uns eine große Hilfe. Grüßen Sie John von mir.«

Die Pilotin winkte ihnen zu und verschwand mit langen Schritten in der Tür mit der Aufschrift *General Aviation*.

»Also los«, sagte George. »Ich besorge uns ein Mietauto und ein Hotel. Und dann müssen wir etwas essen und uns überlegen, wie es weitergeht.«

Der freundliche Angestellte der Mietwagenfirma empfahl ihnen spontan das Port Charlotte Hotel. Es habe schöne Zimmer, gutes Essen und alle Marken Islay-Whisky, versicherte er.

»Einwände?«, fragte George. Einmütiges Kopfschütteln war die Antwort. »Dann zum Port Charlotte Hotel!«

Eine halbe Stunde später saßen sie im Hotelrestaurant und spürten erst jetzt, wie hungrig sie alle waren. Es bedurfte großer Mengen an Eintopf und einiger Shandys – der irischen und schottischen Variante des Radlers –, dann hatte die Stimmung sich merklich verbessert.

»Ich bin gleich wieder da«, verkündete Jenna jetzt und stand auf. Die hintere Tür des Restaurants führte auf einen schmalen Gang, in dem Halogenstrahler in einer abgehängten Decke für diffuses Licht sorgten. Jenna stemmte die Hände auf das Waschbecken, beugte sich vor und musterte sich kritisch im Spiegel.

»Wenn ich davon keine grauen Haare bekomme, muss es Zauberei sein«, murmelte sie, puderte sich flüchtig über Nase und Wangen und flocht die Haare locker zu einem halbwegs ordentlichen Zopf. Als sie die Tür öffnete und wieder in den Gang trat, war sie überrascht, George dort warten zu sehen. »Für dich gibt es eine zweite Tür«, sagte sie und wies hinter sich.

Doch George machte keine Anstalten, ihrem Hinweis zu folgen. Er hob unvermittelt eine Hand, umfasste ihr Kinn und strich mit dem Daumen über ihre Wange.

Jenna erstarrte. Das war nicht geplant. Überhaupt nicht. Einen klaren Kopf – das war es, was sie brauchte. Sein Gesicht näherte sich dem ihren, ihr Blick wanderte von seinen Augen zu seinen Lippen. »Nicht«, sagte sie heiser und stellte sich im selben Moment vor, wie es wäre, wenn er sie küsste. Ihr letzter Kuss war schon so lange her … Doch da schob sich Kims Gesicht vor ihre Gedanken, und sie dachte fahrig, das geht jetzt nicht, das ist völlig kontraproduktiv, ich kann einfach nicht … Mit leisem Bedauern im Blick schob sie George von sich weg und schüttelte den Kopf.

George unternahm keinen zweiten Versuch, er verzog einen Mundwinkel zur Andeutung eines Lächelns, dann ging er an ihr vorbei und verschwand in der Männertoilette.

Jenna lehnte sich mit dem Rücken an die Wand. Was war das eben gewesen? Komisch, so hatte sie sich schon lange nicht mehr gefühlt. Aufgewühlt, zittrig und auf eine wunderbare Weise frei und gelöst. Was auch immer sich zwischen ihnen beiden abspielte, Jenna stellte fest, dass es ihrem Seelenleben guttat. Noch eine Minute Ruhe, die hatte sie sich verdient. Danach würde sie zurückkehren in die Welt, in der sie Kräfte besaß, von denen sie vor einigen Wochen noch nicht einmal geträumt hatte.

Als sie in das Restaurant zurückkehrte, brandete ihr eine Welle aus Lärm und Essensdüften entgegen. In den wenigen

Minuten hatte sich das Restaurant merklich gefüllt. Da waren ein paar Urlauber hereingeschneit, einige Einheimische auf einen Schluck vorbeigekommen. Obwohl Tourismus um diese Zeit nicht gerade großgeschrieben wurde. Wer im Februar Urlaub hatte, würde ihn sicher nicht hier, auf einer sturmumtosten schottischen Insel verbringen.

Umso besser, dachte Jenna, dann können wir in Ruhe auf die Suche gehen. Wir fallen sowieso schon genug auf. Sie sah, dass viele neugierige Blicke sie streiften, der eine oder andere bewundernde Blick blieb auch an ihrer Tochter hängen, die sich leise mit Lagardère unterhielt. »Wo warst du so lange?«, fragte Kim jetzt.

»Nase pudern«, erklärte Jenna ausweichend.

»Wenn uns der alte Covington hierher schickt, könnte es ja auch sein, dass hier jemand aus dem Zirkel ist«, verkündete George, der auch wieder hereingekommen war. Er ließ sich nicht anmerken, was zwischen ihnen vorgefallen war, und Jenna war ihm dankbar dafür.

»Dann sollten wir auf die Suche gehen«, meinte Lagardère und blickte sich forschend um, als würde sich im nächsten Moment hier im Restaurant jemand zu erkennen geben.

»Sehr richtig. Deshalb brauchen wir einen Schlachtplan für die nächsten Stunden und Tage.«

Jenna versuchte, die antiquarischen Bücher aus dem Rucksack unter ihrem Stuhl zu angeln, ohne aufstehen zu müssen. »Gleich hab ich's«, ächzte sie und richtete sich mit Hilfe der Tischkante wieder auf. »Lacht nicht«, fuhr sie Kim und Lagardère an, die beide grinsten. »Kommt ihr mal in mein Alter.«

Aber sie musste selbst kichern, und immer wieder neue Lacher blubberten in ihr hoch, während sie die beiden Bände nebeneinanderlegte und kritisch betrachtete.

»Wir haben in keinem der Bücher eine offensichtliche Botschaft gefunden. Aber …«, sie machte eine dramatische Pause, »vielleicht liegt die Botschaft im feinen Unterschied zwischen den beiden vermeintlich identischen Büchern? Ich habe darüber nachgedacht. Meine Ausgabe – also die aus Nicks Archiv, ist von 1905. Die aus dem Grab ist ebenfalls von 1905, aber nummeriert. Nummer 2 von 30. Ich habe während meiner Ausbildung mal gelesen, dass der französische Geheimdienst seine Botschaften in besonderen Ausgaben von Dumas' *Graf von Monte Christo* versteckt hat. Also, wie wäre es mit folgender Theorie: Der alte Covington hinterlässt dem Zirkel, oder wem auch immer, eine verschlüsselte Botschaft. Und dafür lässt er dreißig Exemplare eines bestimmten Buches drucken. Das machst du doch nicht ohne Grund. Also …«, sie blätterte konzentriert eine Seite nach der anderen durch, »ist der Hinweis dort versteckt, wo sich die Sonderausgabe von der normalen unterscheidet. Logisch, oder?«

»Ich dachte, du bist Grafikerin«, stellte Kim überrascht fest.

»Was soll das denn jetzt heißen? Dass ich zwar zeichnen, aber nicht logisch denken kann?« Jenna trank einen Schluck Shandy und wischte sich mit dem Handrücken den Schaum vom Mund.

»Sei nicht so empfindlich, Mam. Das sollte nur heißen, dass ich es toll finde, wie du das kombinierst, okay?«

»Schon gut, Süße, ich wollte dich nicht anfahren.« Jenna blickte die anderen an. »Was meint ihr?«

Lagardère griff nach den Büchern und blätterte vorsichtig eine Seite nach der anderen um. »Auf den ersten Blick sehen die Bücher aber identisch aus. Sie haben von dieser englischen Forscherin erzählt, *ma chère* Jenna, ich denke, bei ihr sollten wir anfangen zu suchen. Und Sie haben in der Luft, in diesem – wie nennen Sie dieses fliegende Ungetüm – gefragt, warum wir hier einen Reisebegleiter für Frauen vorliegen haben. Nun, ich weiß nicht genau, wie es sich damit heute verhält«, er lächelte Kim flüchtig zu, »aber zu meiner Zeit sind die Damen nicht weit gereist, und schon gar nicht allein, ohne Begleitung. Dieses Buch ist an sich schon sehr ungewöhnlich. Nicht viele Menschen würden danach greifen.«

»Das Buch ist über zweihundert Jahre nach deiner Zeit gedruckt worden, Antoine, da hat sich einiges geändert«, warf Kim ein.

Lagardère war unbeeindruckt. »Das mag sein. Aber ich wollte damit sagen, dass sich der alte Lord nicht von ungefähr dieses Buch herausgesucht hat. Und Mary Kingsley ist die beste Spur, die wir haben. Bei ihr sollten wir anfangen zu suchen. Der Zirkel besteht, das hat die Prinzessin irgendwann einmal erwähnt, aus Frauen. Frauen wie du und Jenna, Frauen, die keine Grenzen kennen. Das hier ist ein Buch für Frauen, die ebenfalls die … wie sagt man?« Er suchte nach dem richtigen Ausdruck. »… die Grenzen überwinden.«

»Sie überraschen mich immer wieder, Antoine«, gab Jenna zu. »Sie könnten recht haben. Ein Buch, das im Schrank nicht auffällt, das aber nur bestimmte Personen überhaupt interessiert? Das klingt plausibel.«

»Und der alte Herr schickte eine Frau als Leiterin einer Expedition ins Ungewisse. Er muss das Buch gekannt haben. Vielleicht kannte er auch die Autorin?«, ergänzte George, und die Aufregung war ihm anzuhören. »Also, fangen wir an. Delaneys erster Hinweis war die Korrespondenz mit dieser Whisky-Brennerei.«

Während Jenna, Kim und der Franzose in den folgenden

Minuten erneut die Bücher durchblätterten, tippte George auf seinem Handy herum.

»Brauchen Sie noch etwas?« Eine charmante Kellnerin war neben ihrem Tisch erschienen und lächelte in die Runde. Sie war groß, mochte etwa fünfzig Jahre alt sein, und ein paar graue Strähnen bildeten einen reizvollen Kontrast zu den rötlichbraunen, kurz geschnittenen Haaren.

»Eine Internet-Verbindung«, murmelte George und hielt sein Handy versuchsweise über sich in die Luft.

»Je nach Luftdruck oder Sturm kommt es hier zu Störungen im Netz«, erklärte die Kellnerin. »Aber Sie können selbstverständlich vorne an unserem Terminal online gehen. Was suchen Sie denn?«

»Eine Brennerei.«

»Davon gibt es auf Islay einige. Geht es etwas genauer?«

Jetzt endlich sah George sie direkt an. »Bruichladdich – wenn ich es richtig ausspreche.«

»Gar nicht schlecht für einen Engländer, Sir«, gab die Kellnerin lächelnd zurück. »Bruichladdich liegt von hier aus in Richtung Bowmore. Sie können sie nicht verfehlen. Sie kamen doch vom Flughafen, oder? Da sind Sie mehr oder weniger schon dran vorbeigefahren. Sonntags sind allerdings keine Führungen. Die sind Montag bis Freitag, halb zwölf und halb drei, und Samstag nur vormittags. Die haben Sie gerade verpasst.«

»Respekt. Wissen Sie die Öffnungszeiten von allen Brennereien hier?« George klang beeindruckt.

»Fast. Whisky bestimmt den Tourismus, und von dem leben wir hier im Hotel.«

»Klingt logisch«, gab George zu. »Bitte schreiben Sie das Essen auf meine Zimmerrechnung.«

»Natürlich, Sir.« Sie wanderte zum nächsten Tisch, um eine Bestellung aufzunehmen.

»Findest du es clever, ihr zu erzählen, was wir suchen?« Jenna war der kurzen Unterhaltung stirnrunzelnd gefolgt.

George zuckte mit den Schultern. »Wenn der Jäger da ist, spürst du ihn, oder? Mit etwas Glück finden wir das, was der Alte versteckt hat, und sind wieder weg, bevor der Jäger hier überhaupt auftaucht.« Er legte seine Hand auf ihre. »Die Insel ist so klein – da fallen wir ohnehin auf. Es ergibt hier keinen Sinn, sich zu verstecken. Ich rufe den Eigner nachher einmal an. Der alte Lord war um die Jahrhundertwende einer der Hauptkunden von Bruichladdich. Vielleicht klingelt es bei denen, wenn ich meinen Namen nenne.«

»Trotzdem. Sei vorsichtig mit dem, was du sagst.« Jenna zog ihre Hand unauffällig unter seiner hervor und erntete einen scheelen Blick von Kim. »Wir wissen ja auch gar nicht genau, wonach wir suchen. Was genau hat Delaney denn nun gefunden?«

»Briefwechsel, Rechnungen, Lieferscheine. Eine komplette Korrespondenz über zehn Jahre, alles sorgfältig in Kisten archiviert. Sie hat die ganze Nacht damit verbracht, sagt sie. Immer ging es darum, Whiskyfässer nach England zu transportieren. Das Interessanteste aber ist die letzte Bestellung: ein großes Whiskyfass nach England – und ein Fass mit unbekanntem Inhalt zurück zur Brennerei.«

»Ja, und?« Kim stützte das Kinn auf die verschränkten Hände. »Was ist daran so besonders? Vielleicht hat der alte Lord sich mit irgendwas bei ihm revanchiert?«

»Genau eine Woche nach seinem Tod?«

Eine nachdenkliche Stille entstand, die nur durch das Besteckklappern der anderen Gäste gestört wurde.

»Nach seinem Tod?«, fragte Jenna ungläubig.

»Genau. Delaney sagte, es hätte sich um ein versiegeltes Fass gehandelt. Für heutige Begriffe quasi eine Priority-Sendung, ein Einschreiben mit persönlicher Übergabe, nur mit Ausweis – so in der Richtung.«

Lagardères Augen glänzten. »Wenn ich eine Theorie äußern müsste, würde ich sagen, Ihr Vorfahr, George, hat sich selbst nach Islay schicken lassen. In einem Whiskyfass – ich gebe zu, das hat Stil. Sein Grab könnte also hier sein. Und wenn es so geheim war, hat er zuvor möglicherweise etwas mitgenommen und es hier versteckt. Er scheint ja eine Vorliebe für Rätsel zu haben.«

»Genau das dachte meine Schwester auch. Und deswegen sitzen wir jetzt hier auf dieser schönen Insel«, nickte George und machte eine ausholende Armbewegung.

In diesem Moment begann es draußen zu prasseln, und ein Regenschauer klatschte gegen die Scheiben.

»Über das ›schön‹ reden wir noch«, meinte Jenna mit kritischem Blick zum Fenster. »Aber ansonsten klingt das wirklich nach einer guten Spur. Vielleicht müssen wir ja gar nicht zur Brennerei, sondern wir schauen hier mal auf den Friedhöfen? Solange wir da nicht nachts herumlaufen, habe ich kein Problem damit.« Sie blinzelte dem Franzosen zu, der nickte ihr leicht zu.

»Ich habe es nicht vergessen, Madame.«

»Was hast du nicht vergessen?« Kim kam nicht mehr mit.

»Den Friedhof. Dort habe ich deine Mutter das erste Mal gesehen. Und sie mich.«

»Ja, und um mich herum nur noch Schatten und dieser süßliche Geruch.« Jenna schauderte. »Das brauche ich nicht noch einmal.« Sie schob energisch ihren Stuhl zurück und stand auf.

»Der Regen wird schon wieder aufhören. Kommt, wir machen eine Friedhofsrunde über die Insel. Ist mal was anderes.«

»Ha – ich habe Empfang!«, sagte George triumphierend und wischte auf der Oberfläche seines Smartphones herum. »Wartet kurz. Ich verschiebe meinen Anruf bei der Brennerei, aber wir könnten dort in der Nähe anfangen. Da kommen die Friedhöfe in Bowmore, Killarow und ein kleiner an der Küste, Black Rock, infrage. Irgendwelche Präferenzen?«

»Gab es die alle damals schon?« Das war Kim.

»Gute Frage«, lobte George und konsultierte seinen Bildschirm. »Ja, leider. Aber sehr groß werden die alle nicht sein. Das schaffen wir heute leicht.«

»Eine Frage: Was machen wir, wenn wir das Grab finden sollten? Wir können ja schlecht einfach anfangen zu buddeln.« Jenna standen Zweifel ins Gesicht geschrieben.

»Du hast zu viele Krimis gesehen, Jenna. Jetzt warte erst einmal, ob wir überhaupt etwas finden – und was.« George musste grinsen. Jenna mit zerzausten Haaren, knietief in einem Grab und eine Schaufel in der Hand – er schob den Gedanken hastig beiseite und folgte den anderen hinaus in den grauen Nachmittag.

Die Kellnerin starrte ihnen nach. Der große Engländer hatte recht gehabt, dachte sie. Auf dieser Insel konnte man sich nicht verstecken.

Es sei denn, für immer.

Das Tor mit dem schmiedeeisernen Buchstaben fiel mit einem Knirschen hinter Jonathan von Keysern ins Schloss. Der Chauffeur hatte ihn bereits gesehen und wartete neben dem geöffneten Wagenschlag. Der Jäger schloss kurz die Augen, konzentrierte sich und suchte die Verbindung zu Jenna Winters, versuchte zu erkennen, wo sie war. Das Band war immer noch existent, aber es war nicht stark genug. Mit einem wütenden Zucken um die Augen ließ er sich in die Polster fallen. Er hatte die verdammte Hüterin erneut entkommen lassen. Dabei hatte er die Tochter fast gehabt. Nun konnte er sie entweder selbst suchen – oder er nützte die Errungenschaften dieses wunderbaren Jahrhunderts und ließ die Handlanger für sich arbeiten. Sie waren so erpicht darauf, ihm zu helfen – nun, mittlerweile sollten sie dem Geheimnis dieser Schale auf die Spur gekommen sein, da war es doch nur wünschenswert, wenn eine weitere Aufgabe auf sie wartete.

»Zum Hauptquartier«, wies er den Chauffeur an, der heimlich aufatmete. Er hatte sich bereits wieder Schleifen fahren sehen, weil sein Passagier nicht genau wusste, wohin er wollte. Hauptquartier war eine vernünftige Anweisung.

»In etwa einer Stunde sind wir dort«, gab er bekannt, startete den Motor und fuhr langsam die gepflasterte Allee in Richtung Universität hinunter. »Soll ich Bescheid geben, damit man Sie erwartet, Sire?«

»Sie erfahren es früh genug«, gab der Jäger kurz angebunden zurück.

Bowmore war es nicht.

Die kleine Kirche mit dem gedrungenen Kirchturm war umgeben von Grabsteinen, klassische christliche, aber auch Rundkreuze waren zu sehen. Jenna stand an einer kleinen Treppe und betrachtete den Friedhof. Hinter der Kirche schimmerte das Meer in grau und grün. Sie wanderten durch die grasbewachsene Anlage, lasen die Inschriften auf den Kreuzen, doch nirgendwo fand sich ein Hinweis auf George Covington.

Auch in Killarow hatten sie kein Glück.

Regen und Wind hatten den Grabsteinen sichtlich zugesetzt, bei einigen war der Name kaum mehr zu entziffern. Pech, aber nicht zu ändern.

Jetzt blieb noch Black Rock.

Es war bereits vier Uhr, die Dämmerung würde bald einsetzen. Jenna sah nachdenklich aus dem Autofenster. Der Regen hatte erwartungsgemäß schnell nachgelassen, und die Sonne blitzte wieder durch die dahinjagenden Wolken. Die Küstenstraße war holprig und schlängelte sich zwischen dem graugrünen Meer mit den Schaumkrönchen und der hügeligen Landschaft, bedeckt von Heidekraut, Gras und Ginstersträuchern, hindurch. Links und rechts von der Straße ragten immer wieder Felsen empor, die das Meer vor Urzeiten dort abgeladen haben musste.

George bremste auf einem sandigen Streifen neben der Straße. »Seht ihr diese drei Steine da drüben? Willkommen auf dem Black-Rock-Friedhof.«

Kim stieg, Lagardère im Schlepptau, aus dem Wagen und die paar Schritte zu den Steinen empor. »Die sehen ein bisschen aus wie Hinkelsteine«, sagte sie.

»Wie bitte?« Lagardère sah sie verwirrt an.

»Hinkelsteine. Asterix und Obelix … Du weißt ja gar nicht, was du an französischer Geschichte verpasst hast.« Sie lachte.

»Sie meint Menhire«, warf George ein.

»Ah oui«, machte Lagardère nun. »Jetzt verstehe ich.«

Jetzt war es an Kim, verblüfft zu schauen. »Meni-was?«

»Menhire. Anderes Wort für Hinkelsteine in der gelehrten Welt«, sagte George augenzwinkernd und gab ihr einen Klaps auf den Oberarm. »Hast du in Geschichte wieder Liebesbriefe geschrieben und nicht aufgepasst?«

»Haha«, gab sie zurück, musste aber ebenfalls grinsen.

Es waren nur drei Steine, die aus dem Boden ragten. Etwa zwei Meter hoch, mit eingravierten Namen. Rasch stellte sich heraus, dass Covington nicht dabei war. Jenna wanderte langsam um die Steine herum, strich mit der Hand vorsichtig über die raue Oberfläche, aber das änderte auch nichts.

Noch einmal um die Steine herum.

Und noch einmal.

Dann stieg sie durch die Wiese ein paar Schritte weiter nach oben und drehte sich um, um die Steine von oben zu betrachten. Kim folgte ihr langsam und blieb schließlich neben ihr stehen.

»Und was jetzt, Mam?«

Jenna zuckte mit den Schultern. »Ich finde nichts«, meinte sie frustriert. »Vielleicht müssen wir doch die Brennerei aufsuchen?«

»Sie geben zu schnell auf, Madame«, tadelte Lagardère, der zwischen den Grabsteinen stehen geblieben war. »Warum versuchen Sie es nicht mit etwas Magie?«

»Weil das Tourismusbüro vielleicht etwas dagegen hat, wenn sie alte Friedhöfe in Schutt und Asche legt?«, gab Kim zu bedenken.

Der Franzose lächelte. »Aber selbst ich spüre die Magie des Platzes. Nutzen Sie sie.«

Jenna sah aufs Meer hinaus. Lagardère hatte recht. Sie hatte zwar die Magie in sich gespürt, war aber bisher weit davon entfernt, sie als Teil von sich zu akzeptieren. Irgendetwas hielt sie immer noch davon ab, sich in diese Kraft fallen zu lassen, die sie umgab wie ein Netz. Andererseits – vielleicht fing dieses Netz sie nur auf, wenn sie sprang? Sie schloss für einen Moment die Augen, spürte den Wind, der an ihren Haaren zerrte, roch die salzige Seeluft und hörte das Schlagen der Wellen auf dem Strand. Sie atmete tief durch, dann öffnete sie die Augen wieder, drehte sich so, dass sie Kim gegenüberstand, und ergriff deren Hände.

»Wir machen es wie in der Gruft. Wir suchen die Verbindung zu dieser Schale.« Ihre Tochter nickte zögernd. Jenna stellte sich das Symbol vor, wie sie es in der Gruft bereits gesehen hatte. Dann begann sie lautlos zu rufen.

Und etwas antwortete.

Die beiden Männer waren ein paar Schritte zur Seite gegangen. Lagardère konnte seinen Blick kaum von Kim wenden. Er hatte den Eindruck, die Magie um die beiden herum förmlich knistern zu hören.

Plötzlich ertönte eine helle Stimme: »Was machen Sie denn da?«

George fuhr herum und sah die Kellnerin aus dem Hotel auf sie zukommen. Sie hatte ihr Fahrrad hinter seinem Auto abgestellt und kam nun mit langen Schritten zu ihnen hinauf.

»Bleiben Sie stehen!«, rief George warnend.

Um Jenna und Kim hatte sich etwas gebildet, was wie ein Nebel aussah. Es fing sie ein und ließ ihre Umrisse nur noch schemenhaft schimmern. Jenna hätte in diesem Moment ihre Hände nicht von Kims lösen können, selbst wenn sie es gewollte hätte. Der Nebel begann sich zu drehen, immer schneller und schneller, wurde zum Wirbelsturm, der an ihren Haaren zerrte. Das Heulen des Windes war ohrenbetäubend, George rief Lagardère etwas zu, doch der schüttelte nur verständnislos den Kopf. Dann grollte ein Donner über sie hinweg, beide Männer duckten sich unwillkürlich, der Wind legte sich wieder, und es roch durchdringend nach Ozon, wie nach einem Blitzeinschlag.

Jenna und Kim ließen ihre Hände sinken und sahen sich an. »Interessante Erfahrung«, keuchte Jenna. Diesmal war die

Natur nicht so in Mitleidenschaft gezogen worden wie in Covingtons Park, aber man konnte erkennen, dass der Wirbelsturm eine Schneise durch das Heidekraut geschlagen hatte.

Kim schob sich die vom Wind verfilzten Locken aus dem Gesicht. Sie blickte nach unten, und ein alarmierter Ausdruck trat auf ihr Gesicht. »Aber du hast schon wieder jemanden umgehauen, Mam.«

Die Kellnerin kniete auf dem Boden und hielt sich den Kopf mit beiden Händen. Jenna lief zu ihr hin und kniete sich neben sie. »Sind Sie verletzt?«

Die Antwort war ein heftiger Stoß gegen die Brust. Jenna fiel nach hinten und landete wie ein Maikäfer auf dem Rücken, die Frau rappelte sich auf, taumelte mehr als sie rannte, den Hang hinab und radelte so schnell sie konnte davon.

»He, bleiben Sie stehen!«, schrie Kim und rannte hinterher, doch die Kellnerin war bereits um die erste Kurve gebogen und verschwand außer Sicht. Kim stemmte die Hände in die Seiten und stampfte wütend mit dem Fuß auf.

»Das ist nicht gut«, sagte George finster. »Wenn uns jemand für Voodoo-Touristen hält, bitte schön. Aber die machte den Eindruck, als hätte sie genau das erwartet. Als hätte sie dich erwartet, Jenna.«

»Das ist mir auch aufgefallen«, erwiderte Jenna, stand auf und wischte sich mit einer nachlässigen Bewegung die schlammigen Hände an ihrer Jeans ab. »Dann lass uns lieber hoffen, dass wir etwas gefunden haben. Je schneller wir das Rätsel zusammenpuzzeln können, desto schneller sind wir von dieser Insel auch wieder weg. Ich habe das Gefühl, dass wir schon wieder auf der Flucht sind. Aber wenigstens ist mir diesmal nicht schlecht. Und Schatten sehe ich auch keine.«

Sie sah sich mit zusammengekniffenen Augen um und entdeckte etwa hundert Meter hangaufwärts eine dünne Rauchsäule, die wie ein dunkler Faden in der Luft hing. Fluchend, weil sie mit den Absätzen ihrer Stiefel immer wieder im Heidekraut hängen blieb, näherte Jenna sich der Stelle und starrte fasziniert auf einen unscheinbaren Stein, auf dessen Oberfläche das Symbol einer Schale glühte.

»Gefunden!«, rief Kim, die ihr hinterhergelaufen war.

»Schon – aber was?«, gab Jenna zurück.

»Die Erkenntnis, dass wir auf dem richtigen Weg sind«, sagte Lagardère und seine Augen funkelten. »Seht mal hier: ein paar Buchstaben und ein paar seltsame Dreiecke … Vielleicht hilft uns das bei der Decodierung des Buches?«

»Telefonieren kann ich schon wieder nicht, aber der Foto funktioniert«, murmelte George und machte mit seinem Handy ein paar Aufnahmen von dem Stein und den eingravierten Inschriften. »Was Nick wohl dazu sagt?«

»Ist darunter jetzt das Grab oder das Whiskyfass, oder ist der Stein ein Wegweiser?« Kim versuchte die Hände unter den Stein zu schieben, ihn irgendwie zu bewegen. Sie blickte in ratlose Gesichter.

»Der Alte hat uns da ein ganz schönes Puzzle hinterlassen«, kommentierte George kopfschüttelnd. »An und für sich würde mir diese Suche ja Spaß machen, wenn sie nicht so gefährlich wäre.«

»Ich nehme an, er wollte verhindern, dass die Informationen in die falschen Hände gelangen«, sagte Lagardère. »Niemand außer Kim und Jenna wäre so weit gekommen. Ohne Magie, meine ich.«

»Das denke ich auch.«

»Was ist jetzt? Brauchen wir eine Schaufel?« Kim versuchte immer noch, den Stein zu verrücken.

»Ich glaube nicht, Kim. Wenn er zusätzlich etwas in seinem Grab versteckt hätte, dann hätte er sich doch die Hinweise auf dem Stein sparen können.« Jenna fuhr mit den Händen über die Symbole und Buchstaben. »Indem wir diesen Stein finden, da hat Antoine recht, beweisen wir doch, dass wir die Richtigen sind. Also kann er sich so langsam die Rätsel sparen und uns konkrete Hinweise geben. Und das, was wir von ihm noch haben, ist das Buch. Ich bin sicher, dass Antoine recht hat und wir damit«, sie tippte auf den Stein, »erkennen können, was in dem Buch verborgen ist. Oder andersherum: dass uns das Buch dabei helfen kann, diese Symbole zu entschlüsseln.«

Kim stand auf. »Dann gehen wir zurück ins Hotel? Was ist mit der Frau, die uns gesehen hat?«

»Wir werden sie sicher wiedersehen. Sie arbeitet im Hotel, oder nicht? Irgendwie glaube ich nicht, dass sie zum Konsortium gehört. Dann wäre sie doch anders aufgetreten oder hätte sich besser versteckt. Nein, sie erinnerte mich an dich, George, als wir uns das erste Mal gesehen haben: vorsichtig, tastend, misstrauisch.«

George zog lediglich die Brauen hoch, und Jenna fiel auf, dass sie und George sich noch nicht einmal zwei Tage kannten. War das möglich? Die Welt hatte sich einmal um sich selbst gedreht, und Jennas Welt dabei in tausend Stücke zerrissen.

Als sie zum Auto hinunterliefen, war Lagardère tief in Gedanken versunken. Er hatte diese Dreiecke schon einmal gesehen. Genau in einer solchen Kombination. Marie de Bourbon? Nein. Der Kardinal? Auch nicht. Mon Dieu, wo waren ihm diese Dreiecke schon einmal begegnet? Seufzend stieg er ins Auto. Vielleicht konnte ihm Kim helfen. Mit der Maschine, die ihm auch beim ersten Code geholfen hatte.

Auch die anderen hingen ihren Gedanken nach. Jenna horchte in sich hinein, doch derzeit schien der Jäger auf Abstand zu bleiben. Adrenalin pulsierte durch ihre Adern. Lagardère hatte recht gehabt: Sie konnte der Magie um sich herum nicht entrinnen. Seitdem sie sich vorhin in das Netz hatte fallen lassen, spürte sie tatsächlich endlich einmal keine Angst, eher eine gewisse Vorfreude darauf, endlich ein weiteres Puzzlesteinchen gefunden zu haben, und der Erkenntnis, worum es hier ging, bald einen Schritt näher zu sein. Der Wind und die Seeluft ließen sie freier durchatmen.

Vor Port Charlotte bremste George. »Wollen wir noch zur Brennerei?«, fragte er.

»Es ist schon fast dunkel«, sagte Jenna zweifelnd. »Das machen wir morgen. Lass uns lieber heute noch versuchen, den Code zu knacken.«

»In Ordnung. Morgen ist Sonntag, das ist vielleicht wirklich besser.« Er gab Gas und bog einige Minuten später auf den Hotelparkplatz ein.

Kim gähnte. »Ich weiß nicht, wie es euch geht, aber ich bin todmüde.«

»Es ist gerade mal halb sechs, Kim. Ich dachte, ihr Teenager schlaft ohnehin nie.«

»Wir Teenager schlagen uns normalerweise auch nicht mit Jägern aus dem Jenseits und Superwoman herum.« Kim klang genervt.

»Ist schon gut«, schlichtete Jenna. »Wisst ihr was? Kim und ich gehen für eine Weile in unser Zimmer. Ihr Männer geht einen trinken oder versucht die Symbole zu entschlüsseln. Um sieben treffen wir uns zum Essen.«

Als Kim eine halbe Stunde später im Bademantel und mit deutlich entspannter Miene aus dem Bad kam, saß Jenna im Schneidersitz auf dem Bett. Sie hatte sich das hoteleigene Briefpapier genommen und die Symbole des Steins daraufgemalt:

△ 🜁 ▽ 🜃

Darunter standen die Zahlen 8 0 1 1 0

»Irgendeine Idee, Mam?«

»Noch nicht. Aber wir werden schon noch dahinterkommen. Setzt du dich zu mir?« Jenna klopfte auf das Bett.

Kim ließ sich neben sie sinken.

»Wie geht's dir, Kim?« Jenna sah ihre Tochter forschend an.

Diese überlegte. »Eigentlich ganz gut. Hab schon ewig nicht mehr an Matthew gedacht. Und irgendwie finde ich das ja cool, was wir können.«

Jenna holte Luft, doch Kim hob die Hand. »Warte mal. Ich weiß, was du sagen willst. Dass wir da zusammen durchmüssen, dass das alles gefährlich ist, blablabla. Kannst du dir sparen.« Sie verschränkte die Arme vor der Brust und sah Jenna herausfordernd an.

Die zog Kim liebevoll an den nassen Haaren. »Du hast ja recht, so etwas Ähnliches wollte ich gerade sagen. Aber mir geht es darum, dass wir verstehen, was mit uns passiert. Das heißt nicht, meine Liebe, dass ich vergessen habe, worüber wir uns in den letzten Wochen gestritten haben. Ich sage nur: Abitur …«

Kim verdrehte die Augen. »Du kannst doch jetzt nicht ernsthaft über die Schule nachdenken!«

»Ich kann. Aber im Gegensatz zu dir kann ich auch mal Prioritäten setzen. Die Schule muss warten. Mir ist wichtiger, dass du dein Abi überhaupt erlebst, ist dir das klar?«

Das traf Kim sichtlich. Sie zog am Gürtel ihres Bademantels herum und sah vor ihrem inneren Auge plötzlich Carolin, die in einer Blutlache unter ihrem Balkon lag.

»Weißt du, was ich zurzeit am meisten hasse?«

Kim schüttelte den Kopf, dankbar, dass Jenna sie aus ihren Gedanken riss.

»Dass ich hier keine Kontrolle habe. Dass jemand mit uns und unserem Leben und dem unserer Freunde spielt. Warum muss er da andere mit hineinziehen? Das macht mich unglaublich wütend.«

»Daher der Park«, sagte Kim.

»Genau. Wenn ich nicht so fühlen würde, dann würden die Bäume in dem Garten vielleicht noch stehen. George hat recht, ich muss lernen, diese Kraft in den Griff zu bekommen.«

Kim dachte nach. »Antoine hatte auch recht. Du weißt schon, was er gesagt hat über Magie und Struktur und so? Wir können verschiedene Dinge, aber manches nur zusammen. Und ich will auch wissen, was ich alleine kann.«

»Ich bin sicher, das werden wir herausbekommen. Antoine weiß mehr, als er ahnt. Man muss ihm nur die richtigen Fragen stellen.«

Jenna nahm das Blatt Papier in die Hand, dann warf sie es mit einem Seufzer zurück aufs Bett. »Ich gehe duschen. Willst du schon hinuntergehen?«

Doch Kim wollte warten. Sie zog sich langsam an, föhnte die Haare und betrachtete sich gedankenverloren im Spiegel, der im Zimmer über einer kleinen Kommode hing. Ihre Freundinnen würden ihn nicht mal die Hälfte von dem glauben, was hier passierte. Nein, schlimmer. Sie würde niemandem davon erzählen können. Sie waren ein kleines Team, das ein fantastisches Geheimnis teilte. Antoine … Was würde er tun, wenn das alles vorbei war? Sich einen Job suchen? Fechtunterricht erteilen? Kim schüttelte heftig den Kopf, um aus der Gedankenspirale auszusteigen, in der sie kreiste. Immerhin: Die Gegenwart des jungen Franzosen hatte das, was Matthew ihr angetan hatte, fast verdrängt. Obwohl das Ritual, zu dem er sie verführt hatte, noch keine Woche her war.

Die Bar des Port Charlotte Hotels füllte sich langsam. Ein paar Hotelgäste erschienen, ebenso Einheimische, die offensichtlich von der Arbeit kamen und noch einen Absacker tranken, bevor es nach Hause ging. George und Lagardère saßen nebeneinander an der Bar, jeder ein Bier vor sich, und unterhielten sich leise.

»Das Bier schmeckt anders als zu meiner Zeit«, kommentierte Lagardère. »Aber sonst …« Er blickte sich um. »Das Leben ist immer noch das Leben, nicht wahr?«

George sah ihn überrascht an. »Sind Sie nicht ein wenig zu jung, um solche philosophischen Gedanken zu hegen?«

»Genau genommen bin ich wesentlich älter als Sie, George.«

Dieser musterte Lagardère belustigt. »Aus dieser Warte habe ich das noch gar nicht betrachtet. Aber da Sie die Zeit dazwischen nicht wirklich erlebt haben, würde ich doch sagen, dass Sie der Jüngere von uns beiden sind. Cheers.« Er hob sein Glas und prostete Lagardère zu, der zurückhaltend lächelte und sich gleich darauf den Schaum von der Oberlippe wischte.

»Das Leben ist immer noch das Leben«, griff George nach einer Pause Lagardères Satz wieder auf. »Wir leben, arbeiten, sterben. Lieben und hassen. Treffen Entscheidungen, die wir gelegentlich bereuen. Suchen nach Antworten. Ist es das, was Sie meinten, Antoine?«

»Und manche dürfen das Leben zweimal leben«, ergänzte der Franzose nachdenklich.

»Das ist allerdings ein ganz neuer Aspekt«, gab George zu. »War Ihnen eigentlich klar, dass Sie eine zweite Chance bekommen würden?«

Lagardère schüttelte den Kopf. »Nicht von Anfang an. Wir – also die Prinzessin, und auch der kleine Astronom, der damals tot in der Seine gefunden wurde – wir wussten, dass es eine andere Welt gab. Die Prinzessin wusste um die Gerüchte über die Hüterin, über das, was sie vielleicht vermochte. Das war alles, mehr brachten wir nicht in Erfahrung. Sophie und ich starben zu früh ... Viele sind weitergegangen, doch mich, mich hält etwas in dieser Welt. Ich bin noch nicht fertig mit ihr. Ich denke, ich habe noch eine Aufgabe. Was habe ich getan, um hier zu sein? Oder anders: Was habe ich noch nicht getan? Wie erklären Sie meine Anwesenheit? Nicht zu vergessen die des Jägers?«

»Ich zerbreche mir andauernd den Kopf darüber. Meine Familie ist eine solide, reiche englische Adelsfamilie. Von Hexen hat nie jemand nur ein Wort gesagt. Dass der alte Lord in diese Geschichte involviert war, nein, mehr, sie vielleicht sogar mitgestaltet hat, das kann ich fast nicht glauben. Irgendetwas muss er erlebt, muss er gesehen haben, wenn er uns ein solches Rätsel hinterlässt. Nicholas meinte, meine Aufgabe sei es, Jenna und Kim heil durch dieses Abenteuer zu bringen. Und Sie, mein Lieber, spielen dabei eine zentrale Rolle. Sonst hätte Jenna Sie nicht zurückholen können, glaube ich.« Er griff nach den obligatorischen Salt-and-Vinegar-Chips, betrachtete sie einen

Moment misstrauisch und kaute nachdenklich. »Wenn ich mir das strategisch betrachte, ist der Jäger Jennas mythologischer Feind – und Sie sind sein Gegenspieler. Vielleicht haben auch Sie eine bestimmte Kraft, etwas, das uns weiterhilft?«

Lagardère sah ihn verblüfft an. »Sie meinen, dass Jenna mich holen *musste?*«

»Ich meine, sie braucht jemanden aus der Schattenwelt, der ihr hilft. Warum ausgerechnet Sie das sind, Antoine, weiß ich nicht. Und wenn wir dieses Abenteuer bestanden haben, können Sie sich gleich die nächste Frage stellen: Was wird sein, wenn Sie Ihre Aufgabe erfüllt haben, worin auch immer sie besteht?«

»Ich weiß es nicht. Aber ich hoffe, dass wir gemeinsam nicht nur die Antworten für Jenna und Kim finden, sondern auch für mich.« Der Franzose fuhr mit dem Finger an seinem Bierglas entlang, an dem einige Wassertropfen glitzerten. »Mir war es schon immer verhasst, wenn jemand an den Fäden zieht, an denen ich hänge.«

George konnte nicht umhin, den Franzosen für seinen Mut zu bewundern, für die Gelassenheit, mit der er nach außen hin mit der Situation umging. Hätte er nachgefragt, dann hätte er von Lagardère die Antwort bekommen, dass ihm seine alte Welt, seine Liebe für Sophie, langsam entglitt, dass sie Teil des Nebels zu werden schien. Was er jetzt erlebte, fühlte sich so real, so lebendig an, dass ihm sein erstes Leben vorkam wie ein Traum. Gleichzeitig lebte er ständig in der Angst, zu erwachen und sich erneut in der Schattenwelt wiederzufinden.

Keiner von beiden nahm die Kellnerin wahr, die hinter der Schwingtür zur Küche stand und sie durch das Bullauge beobachtete. Sie hatte die Hände in den Taschen ihrer Schürze vergraben, wippte auf den Zehen auf und ab, offenbar unschlüssig, ob sie hinausgehen und die seltsame kleine Reisegruppe ansprechen oder ob sie, wie versprochen, einfach nur die Augen offen halten sollte.

Die Schale sei ein Zeichen des Weißen Zirkels, bestätigte man schließlich den Verdacht des ungeduldigen Jägers. Man sei sich sicher, dass er zerschlagen worden war, aber die Symbole seien dennoch öfter zu finden. Es gäbe in England, oder möglicherweise in ganz Europa, vielleicht eine Handvoll Personen, die mit diesem Zeichen etwas anfangen könnten. Die Covingtons, eine der ältesten Familien Englands, hätte man schon länger in Verdacht gehabt, aber nie konkrete Hinweise erhalten. Man würde dort weiter nachforschen. Ob man noch mehr tun könne, Sire?

Jonathan von Keysern lehnte im Salon des Hauptquartiers lässig in einem breiten Sessel, ein Glas Barolo vor sich, und verneinte. Der junge Mann mit dem Notebook unter dem Arm, der ihm die Informationen überbracht hatte, war sichtlich erleichtert, den Raum wieder verlassen zu können. Die Aura, die den Jäger umgab, war auch für die unerfahrensten Mitarbeiter des Konsortiums spürbar. Der Jäger wusste es – der Tod war sein ständiger Begleiter, und wer aufmerksam genug war, konnte ihn sehen und spüren. Von Keysern ließ die blutrote Flüssigkeit im Glas kreisen. Die Hüterin war also dabei, Informationen zu sammeln, vielleicht bekam sie sogar Hilfe von irgendeinem wohlmeinenden Mitmenschen. Es würde ihr trotzdem nichts nützen. Der Tod verbündete sich schließlich nur mit einer Seite – und das war die seine.

Seit Jahrtausenden …

Von Keysern überlegte kurz, dann ließ er den Anführer rufen und stellte ein paar unauffällige Fragen. Kurz darauf war er sicher, dass das Konsortium nicht den Schimmer einer Ahnung hatte, worum es hier eigentlich ging. Die Männer waren effektiv und in mancherlei Hinsicht bewandert, hatten eine Menge Informationen zusammengetragen, besaßen weitreichende Befugnisse und kümmerten sich keinen Deut um Recht und Gesetz.

Doch sie *wussten* es nicht.

Ihnen blieb die Essenz des Geheimnisses verborgen. Das Konsortium strebte nach Kontrolle über politische Vorgänge, nach Einfluss. Macht. Noch mehr Macht? Von Keysern verzog verächtlich den Mund. Macht über wen – das war die entscheidende Frage. Er wusste noch genau, wer ihn damals getötet hatte, wer seinen Körper zerbrochen hatte, jedoch nicht seinen Willen. Zugegeben, er hatte einen gravierenden Fehler begangen. Er hatte eine Hüterin den Flammen überantwortet, hatte sich daran geweidet, sie brennen zu sehen – anstatt sie dem zu bringen, der auf sie wartete, schon seit Jahrhunderten. Der die Schattenwelt kannte, von Anfang an, der mehr wusste als sie alle zusammen.

Von Keysern hatte seinen Auftrag nicht erfüllt. Doch dass er mit diesen armseligen Seelen Jahrhunderte in den Nebeln hatte ausharren müssen, ließ den Zorn in ihm immer wieder auflodern. Wenn er in absehbarer Zeit die Karten neu mischen würde, dann wäre die Macht auf seiner Seite, und er würde entscheiden, was geschah. Wem er Zugang gewähren würde …

Sein Blick wanderte durch den sparsam möblierten Raum und blieb an einem Foto von Jenna und Kim hängen, das auf dem Tisch lag. Er nahm es, hielt es mit zwei Fingern über die große Wachskerze, die daneben flackerte, und sah mit glänzenden Augen zu, wie das Feuer erst das Gesicht der Hüterin und dann das ihrer Tochter verzehrte. Verkohlte Reste lösten sich, aber sie fielen nicht auf die Tischplatte. Sie stiegen empor zur Decke, wie durch eine geheimnisvolle Thermik. Von Keysern musste lächeln. Das gab den Ausschlag: Er würde der Frau nicht folgen. Nein, in ein paar Tagen würde sie freiwillig zu ihm kommen. Denn er würde ihr ein Angebot machen, das sie nicht ausschlagen konnte. Wenn er eines in der kurzen Zeit seines zweiten Lebens gelernt hatte, dann dies: dass Jenna Winters fast alles dafür geben würde, ihre Familie und ihre Freunde vor Schaden zu bewahren.

Nun, das ließ sich vielleicht einrichten. Allerdings nur, wenn er seinen Teil der Abmachung einhielt.

Wenn ihn das Jagdfieber nicht wieder übermannte …

»Linus, sie ist es. Ich habe es gesehen! Das war … echte Magie!«

»Sei still, Gwen. Halte dich da raus!«

»Aber Linus – erinnere dich. Granny hat uns damals erzählt, was passieren wird.«

»Ich habe nie daran geglaubt. Und jetzt lass mich in Ruhe. Ich habe hier noch einiges zu tun.«

»Ich weiß, was ich gesehen habe. Weißt du was? Ich werde sie fragen.«

»Gwen! Um Himmels willen, sei vorsichtig.«

»Warum bist du so misstrauisch?«

»Okay. Okay. Also gut. Aber bitte lege ihr als Erstes den Stein hin. Wenn sie die ist, für die du sie hältst, dann wird sie wissen, was sie damit tun muss. Erst dann redest du mit ihr.«

»In Ordnung. Und du wirst sehen, dass ich recht habe.«

Die geflüsterte Unterhaltung brach ab, und die Kellnerin steckte ihr Handy in die Schürzentasche. Ihre Hand streifte den Stein. Er war kühl, und ihre Finger ertasteten die kleinen Unebenheiten, die den Stein zu einem Unikat, aber nicht zu einer

Kostbarkeit machten. Sie band ihre Schürze ab, rief dem Küchenchef den üblichen Abschiedsgruß zu, zog ihre Jacke über und holte tief Luft, bevor sie zu Jenna trat, die nach dem Essen gerade wieder aufs Zimmer gehen wollte.

Jenna, die nur ein paar Bissen ihres Abendessens heruntergebracht hatte, lächelte gezwungen, als sie die Kellnerin auf sich zukommen sah. »Ja?«, fragte sie dennoch freundlich.

»Ich habe etwas für Sie, Madam. Wenn Sie wissen, was das ist, kommen Sie morgen zur Bruichladdich-Brennerei. Allein.« Mehr sagte sie nicht.

Angesichts des Lärmpegels im Lokal musste sich Jenna anstrengen, um die geflüsterten Worte zu verstehen. Sie spürte, wie ihr etwas in die Hand gedrückt wurde, und im nächsten Moment war die Frau aus der Tür und in der Dunkelheit verschwunden.

Jenna starrte ihr verwirrt hinterher. Sie ließ sich zurück auf den Stuhl sinken und öffnete vorsichtig die Finger. Ein Stein, nicht größer als eine Walnuss und weiß-bläulich schimmernd, lag auf ihrer Handfläche. Er war geschliffen, aber nur grob und unvollkommen.

»Das ist ein Mondstein«, sagte Lagardère leise. »Er repräsentiert das Wasser.« Dann schlug er sich mit der Hand an die Stirn. »Natürlich! Wie konnte ich nur so blind sein? Die Dreiecke auf dem Stein – das sind die Zeichen für die vier Elemente!«

»Elemente? Reden wir von Chemie?«, fragte Kim verwirrt.

»Alchemie, um genau zu sein«, erklärte Lagardère und erntete diesmal ein »Hä?« von Kim.

»Respekt, my friend«, sagte George bewundernd. »Und weiter?«

»Nicht hier.« Jenna stand auf, zog Kim hoch und wies nach

oben. »Wir reden im Zimmer weiter. Wenn uns die Kellnerin erkannt hat, dann sind hier vielleicht noch mehr Leute, die wissen, wonach wir suchen.«

Im Hotelzimmer angekommen, nahm Lagardère das Blatt, auf das Jenna die Dreiecke gezeichnet hatte, hielt es hoch und verkündete: »Es gibt die Lehre der vier Elemente. Zumindest gab es sie zu meiner Zeit. Diese Dreiecke symbolisieren die Elemente, also Wasser, Erde, Feuer und Luft. Und jedem dieser Elemente ist wiederum ein Stein zugeordnet. Mondstein gehört zu Wasser, Rubin zu Feuer. An die anderen kann ich mich nicht erinnern.« Er lächelte versonnen. »Sophie trug immer einen Mondstein um den Hals. Sie sagte immer, wenn der Mond nicht schiene, habe sie seinen Glanz dennoch immer bei sich.« Er räusperte sich verlegen und fuhr mit festerer Stimme fort: »Die Frau gibt Ihnen einen Mondstein, Jenna. Was sollen Sie damit tun?«

Jenna, die im Schneidersitz auf dem Bett saß, zuckte mit den Achseln. »Hm, die Frage ist doch erst einmal, warum sie mir den Stein gibt. Best case: Sie gehört zu deinem Zirkel, George, und erwartet, dass ich mich durch den Stein irgendwie zu erkennen gebe. Worst case: Der Stein kann uns oder mir schaden, wenn wir versuchen, unsere Kraft einzusetzen, und spielt dem Jäger in die Hände.«

»Vielleicht hilft es uns, wenn wir mehr über die Elemente und die Steine herausfinden.« Kim klappte ihr Notebook auf. »Wir schauen mal, was das Internet so hergibt.« Zwei Minuten später schlug sie enttäuscht mit der Hand auf den kleinen Tisch. »Ich bekomme keine WLAN-Verbindung. Wisst ihr was – unten gibt es doch noch ein Online-Terminal, im Eingangsbereich, vielleicht klappt es da. Antoine, kommst du mit?« Sie ging zur Tür und sah den Franzosen auffordernd an.

»Gerne, *ma chère*. Ich bin sehr gespannt.« Lagardère folgte ihr, und die Tür fiel hinter ihnen mit einem leisen Klicken ins Schloss.

Wie auf ein unsichtbares Kommando hoben Jenna und George die Köpfe und sahen einander schweigend an, doch Jenna brach den Blickkontakt nach ein paar Sekunden ab und senkte verlegen den Blick. Ein Teil von ihr wollte nicht darüber nachdenken, was hier zwischen ihr und George vorging. Sie war noch nicht so weit. Sie hatte Alex verlassen, weil er ihr die Luft nahm, nicht, um jemand anderen zu finden. Ein kurzer Flirt hier und da war ihr in den letzten Jahren begegnet, sicher, aber etwas Ernsthaftes war nie daraus geworden. Andererseits konnte sie nicht leugnen, dass zwischen ihr und George eine Verbindung bestand – und dabei kannten sie sich viel zu kurz. Nervös stand sie auf und ging ans Fenster. George blieb, wo er war. Er holte Luft, um etwas zu sagen, doch Jenna kam ihm zuvor: »Ich wollte dir danken. Für das, was du hier für uns tust. Aber wir müssen uns auch mal darüber unterhalten, wer was zahlt.«

George sah sie ungläubig an: »Du hängst hier zwischen Leben und Tod und möchtest mit mir über Geld reden?«

Jenna wurde rot. »So abwegig ist die Frage ja nicht, oder?«

George zog angesichts dieser kühlen Antwort die Augenbrauen hoch, doch er ließ sich nicht ablenken. Er erhob sich von der Sessellehne und machte ein paar Schritte zu ihr hinüber, bis er direkt vor ihr stand. So nah, dass Jenna zu ihm aufsehen musste. »Ich dachte weniger an reden«, sagte George leise.

Jenna wurden die Knie weich, sie spürte die kühle Wand in ihrem Rücken, presste sich dagegen, um nicht umzufallen, und wusste nicht mehr, was sie gerade hatte sagen wollen.

In diesem Augenblick begann Georges Handy zu klingeln. Er ließ die Hand sinken, die er gerade auf Jennas Arm hatte legen wollen, trat mit leisem Bedauern im Blick einen Schritt zurück und meldete sich mit einem kurzen »Ja?«. Er lauschte, wurde erst rot, dann blass.«Warten Sie!«, unterbrach er den Anrufer, und es klang mit einem Mal flehend. Doch die Verbindung war bereits unterbrochen.

Jenna sah ihn fragend an. »Was ist los?«

Mit einer wütenden Handbewegung schleuderte er das Telefon auf den Sessel und schlug mit der Hand an den Fensterrahmen. Das Ganze hatte kaum eine Minute gedauert, doch George stand noch ein paar heftige Atemzüge lang am Fenster, bis er sich wieder beruhigt hatte.

Er wandte sich um, musterte Jenna kurz und sagte in gepresstem Ton: »Wenn du dich an den Kosten beteiligen willst, können wir morgen darüber reden. Gute Nacht.« Damit griff er nach seinem Handy, verließ mit großen Schritten das Zimmer und ließ eine sprachlose Jenna zurück.

Was war das gerade gewesen, dachte sie und schüttelte den Kopf. George unter Stress? Zugegeben, in den letzten Stunden hatte sich die Spannung zwischen ihnen erhöht, Jenna hätte blind sein müssen, um nicht zu bemerken, dass sich da etwas aufbaute. Doch sie würde es nicht analysieren. Noch nicht. Sie seufzte und beschloss, es für heute gut sein zu lassen. Bereits im Bett schickte sie eine kurze SMS an Alex: *»Alles ok. Uns geht's gut. Melde mich morgen. Gute Nacht. xoxo Jenna«*. Als Kim und Lagardère randvoll mit Informationen ins Zimmer traten, war sie schon fest eingeschlafen, den Mondstein in der Hand.

Der Jäger hob den Kopf. Das Band, das ihn an Jenna Winters knüpfte, war plötzlich einem dünnen, brüchigen Faden gewichen. Kaum wahrnehmbar, kaum zu orten. Er lächelte erwartungsvoll. Die nächsten Tage versprachen interessant zu werden.

9

SONNTAG, 12. FEBRUAR

Die Bruichladdich-Brennerei, bestehend aus mehreren lang gestreckten Gebäuden, war um einen asphaltierten Innenhof herumgebaut, auf dem nun mehrere Autos parkten. An einer Mauer hing ein riesiges Plakat mit dem Bruichladdich-Schriftzug. Jenna stieg aus, lehnte sich ans Auto und sah sich neugierig um.

Ihr schwirrte noch der Kopf. Bereits vor dem Frühstück hatten Lagardère und Kim mit Computerausdrucken gewedelt und ein zehnminütiges Referat über Elemente, Steine und magische Gegenstände gehalten. Das war ja alles gut und schön und interessant, doch auch wenn der Mondstein mit dem Element Wasser zusammenhing, und kluge oder esoterische Köpfe – Jenna war sich nicht ganz sicher – diesem Element auch noch einen Kelch, die Schafgarbe und die westliche Himmelsrichtung zuordneten – letzten Endes half es ihnen nicht weiter. Das theoretische Wissen war das eine, die Erkenntnis, wie sie das Wissen anwenden konnte, das andere. Doch jetzt hoffte Jenna darauf, dass irgendjemand in der Brennerei mit genau diesen Informationen aufwarten konnte.

George stieg ebenfalls aus. Er hatte mit Jenna heute Morgen kaum fünf Worte gewechselt. Selbst Kim, die vollauf mit ihrer Recherche beschäftigt gewesen war, hatte das bemerkt. Ihre Blicke wanderten zwischen ihm und ihrer Mutter hin und her und Jenna wusste, über kurz oder lang würde die Neugier überwiegen.

»Schau, das Fahrrad von gestern«, sagte Kim halblaut und wies auf das blaue Rad, das an einer Mauer lehnte.

George nahm einen großen Schluck aus dem Pappbecher, den er aus dem Hotel mitgenommen hatte, doch der Kaffee war nur noch lauwarm. Er verzog das Gesicht. Dieser Tag stand definitiv unter einem schlechten Stern.

»Ich hatte Ihnen doch gesagt, Sie sollen allein kommen.« Die Stimme der Kellnerin hallte über den Hof. Langsam ging sie ihnen entgegen.

»Ich bin nur vorsichtig«, erwiderte Jenna trocken.

»Das wäre ich an Ihrer Stelle wahrscheinlich auch.« Jetzt hatte sie Jenna erreicht und streckte ihr die Hand hin. »Ich bin Gwen Martin.«

»Was wollen Sie von mir?« Jenna beschloss, das Ganze abzukürzen.

»Kommen Sie, wir gehen ein Stück. Dabei lässt es sich besser reden.« Gwen, die heute nicht die lange Kellnerschürze, sondern Wollkleid, Parka und Stiefel trug, drehte sich um, vergewisserte sich, dass Jenna ihr folgte, und umrundete das Gebäude. Die Brennerei lag malerisch direkt am Meer. Nur ein Stück felsiger Strand trennte sie von den Wellen. Jenna sah Gwen kurz nach und gab dann den anderen ein Zeichen, ihr mit Abstand zu folgen.

Gwen wanderte am Strand entlang, bis sie einen Felsen fand, auf dem man sitzen konnte. Trotz der kühlen Witterung ließ sie sich auf dem Stein nieder, während Jenna neben ihr stehen blieb und auf die schaumgekrönten Wellen sah, die sich vor ihr brachen. »Vielleicht mache ich einen Fehler«, begann sie nachdenklich. »Aber nachdem ich Sie in Black Rock gesehen habe …«

»Was haben Sie denn gesehen?«

»Magie«, sagte Gwen einfach. »An einem ganz besonderen Ort.«

Auch wenn sie etwas Ähnliches erwartet hatte, erstarrte Jenna für einen Moment. Was mit ihr geschah – war das für Außenstehende sichtbar? Klar, beantwortete sie ihre eigene Frage – wer würde den kahlen Park oder den Nebel oder aus dem Nichts auftauchende Wirbelstürme nicht bemerken? Gewöhn dich dran, Jenna, ermahnte sie sich selbst.

»Magie«, wiederholte sie jetzt langsam. Sie zog den Stein aus der Jeanstasche und betrachtete ihn nachdenklich.

Gwen lächelte. »Was ist der Stein für Sie? Was tut er?«

»Es ist ein Mondstein«, gab Jenna zurück.

»Stimmt. Aber das ist er für alle. Was ist er für Sie?«

Jenna ließ den Stein über die Handfläche rollen, schloss die Finger, öffnete sie wieder, aber ihr fiel keine Antwort ein. »Er sagt mir nichts«, gab sie zu.

Gwen wirkte für einen kurzen Moment enttäuscht, dann zuckte sie mit den Schultern. »Es war einen Versuch wert.«

»Warten Sie«, bat Jenna. »Beantworten Sie mir einfach eine Frage: Woher wissen Sie davon?«

»Ach, ein altes Märchen, das ich einmal gelesen habe. Sie wissen doch, wie wir Schotten sind. Immer auf der Suche nach einer guten Geschichte. Und Ihre Vorstellung gestern war wirklich gut. Ich würde zu gerne wissen, wie Sie das machen. Das wäre gut genug für einen Auftritt.« Gwen hob die Schultern und ließ sie wieder fallen. »Wie gesagt, es war einen Versuch wert. Bitte verzeihen Sie, dass ich Sie am Sonntag gestört habe.« Sie machte Anstalten zu gehen, da sagte Lagardère plötzlich: »Sie lügt.«

Vier Köpfe drehten sich überrascht zu ihm.

»Sie lügt«, wiederholte er. »Sie weiß viel mehr. Und mit einem Märchen hat es ganz gewiss nichts zu tun.«

Gwen wurde blass, als George plötzlich mit drohender Miene auf sie zutrat. Was auch immer der Anruf gestern Abend in ihm ausgelöst hatte, seine Aufgabe, Jenna zu beschützen, vernachlässigte er nicht. Kim stellte sich neben Jenna, die ihrer Tochter kurzerhand den Stein in die Hand drückte, um die Hände frei zu haben.

»Huch«, machte Kim nach einem Moment. »Der Stein wird ja heiß. Sag doch vorher was!«

»Quatsch«, gab Jenna zurück, behielt Gwen im Auge und überlegte fieberhaft, wie ihr nächster Schritt aussehen musste.

»Mam, schau …«, flüsterte Kim. In ihrer Handfläche erwachte der Stein zum Leben. Er begann sanft zu glühen, pulsierte, wechselte von weiß nach bläulich, wurde heller, wie eine Energiesparlampe, die langsam die volle Leuchtkraft gewinnt.

Die Schottin zeigte überrascht auf Kim. »Der Stein mag ihr nichts sagen, aber dir schon, Mädchen.«

Kim lächelte zaghaft. »Mein Stein … Wenn das stimmt, was ich gestern gelesen habe, dann heißt das, mein Element ist das Wasser …« Sie klang wie in Trance, konnte den Blick nicht von dem glühenden Stein lösen. »Dann hast du auch einen Stein, Mam. Wir müssen ihn nur finden!«

»Sie beide?« Gwen war der Schock deutlich anzusehen.

»Wir beide«, bestätigte Jenna. »Und jetzt sollten Sie mit dem herausrücken, was Sie wissen. Bitte«, setzte sie etwas freundlicher hinzu.

Gwen stand auf, sah sie alle der Reihe nach an und nickte. »Wir gehen hinein. Es ist zwar erst zehn Uhr morgens, aber ich brauche dringend etwas zu trinken. Es gibt zwei von euch! Linus fällt um, wenn er das hört.« Sie wies auf eines der Gebäude, aus dem, obwohl Sonntag war, eindeutig Geräusche drangen.

Kim zog während dem Gehen ihr Handy heraus. »Mein letztes Taschengeld ist für dieses Smartphone draufgegangen, jetzt lohnt es sich wenigstens.« Sie tippte konzentriert, fluchte leise, weil es dauerte, bis sich die gewünschte Seite zeigte, und stieß dann einen triumphierenden Schrei aus, der im Innenhof der Brennerei widerhallte. Die anderen fuhren zusammen. »Kim, reiß dich zusammen«, ermahnte Jenna.

»Aber Mam, da ist es. Hör zu, es gibt die weiteren drei Elemente Luft, Feuer und Erde. Zu denen gehören die Edelsteine Topas, Rubin – das hat ja Antoine gestern schon gesagt – und Amethyst. Einer davon gehört dann vielleicht zu dir?« Sie wandte sich an Gwen, die gerade die Tür zum Shop aufschloss: »Wenn man einen Stein hat, was bedeutet das? Was kann man damit machen?«

Gwen zögerte, bevor sie den Schlüssel drehte. »Versprechen Sie mir, dass Sie Blitz und Donner draußen lassen? Wenn hier der Alkohol in Flammen aufgeht, sind wir alle dran.«

Jenna lächelte. »Versprochen. Aber Sie müssen uns erzählen, was Sie wissen.«

Im hinteren Teil des Shops gab es eine kleine Ecke, in der die Kunden die Spirituosen probieren konnten. Gwen hatte das »Closed«-Schild an die Tür gehängt, obwohl zu dieser Jahreszeit am Wochenende kaum Besucher zu erwarten waren. Vitrinen und Regale mit Gläsern, Flaschen und weiteren Whisky-Devotionalien säumten die Wände des Ladens, über allem hing ganz leicht der Duft nach Torf, hin und wieder überlagert vom süßlichen Geruch des Malzes.

Kim schnupperte. »Mmh, riecht irgendwie nach Weihnachten«, meinte sie.

»Wenn dich der Geruch von Alkohol an Weihnachten erinnert, haben wir noch ein Thema, das wir besprechen müssen«, antwortete Jenna, aber sie zwinkerte Kim dabei zu.

Sie gruppierten sich um eine Bar, Gwen stellte ein paar Gläser Wasser und ein Schälchen mit Erdnüssen auf den Tisch und schenkte fünf kleine Gläser mit Whisky ein.

»Willkommen auf Islay«, sagte sie und kippte den Ersten hinunter.

Eine halbe Stunde später begann Jenna zu ahnen, dass Gwen solide Übung darin hatte, mit Gästen zu trinken. Sie erzählte und trank und erzählte und trank und wirkte auf den flüchtigen Betrachter vollkommen nüchtern. Nur das Glänzen in den Augen verriet sie.

Jenna ging nach dem ersten Whisky zu Wasser über und versuchte, den Überblick zu behalten. Was George und Lagardère ahnten, wurde von Gwen bestätigt: dass es seit Langem einen sogenannten Weißen Zirkel gegeben hatte, der auf die Ankunft der Hüterin wartete. Eine kleine Gemeinschaft, einem Ziel verschworen, so abstrus es auch klingen mochte. Doch die heutige Generation war skeptisch.

»Granny Harvey, also meine Großmutter, glaubte noch fest daran, dass die Hüterin zu ihren Lebzeiten erwachen würde«, erzählte Gwen. »Sie war furchtbar enttäuscht, als sie ahnte, dass sie sterben würde, ohne es uns beweisen zu können.« Die alte Frau hatte ihren Enkeln das nötige Wissen beigebracht, ohne dass diese es ahnten. »Mein Vetter Linus und ich spielten mit den Steinen, sie zeigte uns die wichtigsten Pflanzen, erzählte uns Geschichten, nannte Namen. Manchmal fragte sie uns regelrecht ab. Doch als sie eines Tages starb, da war ich vielleicht neun oder zehn, gerieten die Geschichten und das Wissen in Vergessenheit … Bis ich Ihren Namen gestern auf der Gästeliste des Hotels sah«, beendete Gwen ihren Bericht und sah George an. »Da kam alles, was ich vergessen hatte, wieder zurück. Linus glaubt mir nicht. Aber wir werden es ihm beweisen, oder? Sie beide sind die neuen Hüterinnen.« Den letzten Satz flüsterte sie und schaute sich dabei wachsam um, als rechnete sie damit, dass sie belauscht würden.

»Woher kennen Sie meinen Namen? Und was hat das mit Ihrer Großmutter zu tun?« George klang skeptisch.

»Meine Familie ist seit Langem mit den Harveys verbunden, den Gründern der Brennerei. Der Name Covington ist Teil ihrer Geschichte. Der alte Lord machte damals unseren Whisky in England salonfähig. Und noch viel mehr … Wussten Sie das?«

»Teilweise«, erklärte George. »Meine Schwester und ich wurden ähnlich wie Sie in dieses Geheimnis eingeweiht, nur viel später und sehr viel nebulöser. Ich hatte keine wirkliche Vorstellung von der Tragweite des Ganzen, bis Jenna bei mir auftauchte.« Er lächelte schief.

Jenna rang stillschweigend mit sich, wie viel sie Gwen preisgeben sollte. Noch hatte sie nicht erzählt, was ihr und Kim in München geschehen war. Sie hatte die Rückkehr des Jägers nicht erwähnt, und auch die Schattenwelt nur kurz gestreift. Sie sah Kim an, die immer wieder verliebt ihren Stein betrachtete und offensichtlich sofort damit beginnen würde, Zaubersprüche zu lernen und einigen Lehrern, insbesondere Dr. Berger, eines auszuwischen. Nicht zu vergessen, was sie mit Matthew anstellen würde, wenn sie ihm wieder gegenüberstehen sollte. Jenna erkannte, dass sie kein weiteres Risiko eingehen durfte. Eine von ihnen musste die Kontrolle behalten.

»Sagen Sie, Gwen«, begann sie, »so, wie Sie versucht haben, mich anhand dieses Steins zu erkennen – gibt es nicht irgendetwas, womit Sie uns beweisen können, dass Sie die Wahrheit sagen? Dass Sie Teil des Weißen Zirkels sind?«

Gwen verzog anerkennend den Mund. »Gratuliere, Mrs. Winters. Sie beginnen, in die richtige Richtung zu denken. Vertrauen Sie niemandem. Das hat Granny auch immer gesagt.« Sie schenkte sich und den anderen ein weiteres Glas ein – der Flascheninhalt ging schon bedrohlich zur Neige – und hob es Jenna entgegen. »Es gibt durchaus etwas, das Ihnen beweisen wird, dass ich auf Ihrer Seite stehe.« Gwen senkte erneut ihre Stimme. »Ich kann Ihnen sagen, wie Sie dem Jäger entkommen.« Damit kippte sie den Inhalt des Glases hinunter, stellte es hart auf dem Tresen ab und sah Jenna erwartungsvoll an.

Für ein paar Sekunden herrschte Totenstille. Man konnte sogar das Rauschen der Wellen vernehmen. Jenna sah Lagardère an und zog eine Augenbraue hoch, stellte eine unhörbare Frage: Können wir ihr trauen?

Der nickte fast unmerklich – Gwen sagte die Wahrheit. Woher er das wusste, war ihm nicht klar. Aber Lagardère stellte erfreut fest, dass man ihn in diesem Leben nicht belügen konnte. Er wusste es einfach.

»Der Jäger«, sagte Jenna gedehnt, versuchte, nach außen hin gelassen zu erscheinen, obwohl ihr Herz anfing zu rasen.

»Der Jäger«, wiederholte die Schottin. »Ich denke doch, dass Sie das interessiert?«

Jenna nickte bedächtig, presste die Handflächen auf den Tresen, um das Zittern zu unterdrücken. Keiner der anderen mischte sich ins Gespräch ein, nicht einmal Kim. Diese Verhandlung, so fühlte es sich zumindest an, führte sie allein. Stärker noch als auf dem Friedhof von Black Rock wurde es ihr bewusst: Sie war die Hüterin, sie musste sich in das Netz fallen lassen, das sie umgab. Das bedeutete auch, selbst zu entscheiden, wem sie vertrauen wollte. Sie war nicht so weit gekommen, um jetzt einen Rückzieher zu machen.

»Der Jäger«, wiederholte sie jetzt, »ist tatsächlich ein großes Problem. Was wissen Sie über ihn, Gwen?«

Die Schottin stieß langsam den Atem aus und wischte sich nervös eine graue Strähne aus der Stirn. »Ich weiß nicht viel über ihn, wer er genau ist«, gab sie zu. »Aber ich erinnere mich, was Granny erzählt hat. Es gibt Mittel und Wege für die Hüterin, ihm zu entgehen. Ich kann Ihnen helfen, es zu lernen. Das Basiswissen, das Sie beide brauchen. Den Rest müssen Sie selbst finden. Es gibt leider kein Handbuch für die Hüterin.«

»Das habe ich mir schon gedacht«, gab Jenna trocken zurück. »Das wäre zu schön gewesen.« Ein Blick zu Kim bestätigte ihr, ihre Tochter war einverstanden. »In Ordnung. Wir vertrauen Ihnen. Zeigen Sie uns, was Sie wissen. Allerdings sollte ich Sie warnen: Der Jäger ist bereits hinter uns her. Es ist wahrscheinlich nur eine Frage der Zeit, bis er uns hier findet – und Sie möglicherweise ebenfalls. Wollen Sie dieses Risiko eingehen?«

Gwen riss die Augen auf, doch sie nickte tapfer. »Ich habe es Granny damals versprochen. Ich führe ihre Aufgabe hier zu Ende. Wir müssen uns eben beeilen.«

»Eines noch«, unterbrach George.

Gwen sah ihn fragend an.

»Was ist dabei für Sie drin?« Er wollte weitersprechen, doch Gwen hatte ihn bereits verstanden. Von einem Moment auf den anderen schwand ihre Angst und machte etwas anderem Platz. Entschlossenheit.

»Das ist kein Spiel, Mr. Covington«, fauchte sie. »Wenn ich Ihre Freundin richtig verstanden habe, setze ich mein Leben aufs Spiel – und was tun Sie? Wenn Sie wissen, worum es hier geht, dann wissen Sie auch, dass Sie als Bodyguard versagen werden. Das hier ist eine Nummer zu groß für einen englischen Lord.«

George zuckte zusammen, dann beugte er sich über die Bar, sodass seine Nase fast ihr Gesicht berührte: »Drohen Sie mir nicht. Sie wissen rein gar nichts über mich. Und jetzt beantworten Sie mir meine Frage: Was springt für Sie dabei heraus?«

Gwen ließ sich nicht einschüchtern. »Familienehre? Das Gefühl, das Richtige zu tun? Suchen Sie es sich aus.«

George schüttelte den Kopf. Er dachte an das Versprechen, das er Nicholas gegeben hatte, und an die Drohung, die er gestern Abend erhalten hatte. »Sorry. Nicht gut genug.«

»Was wollen Sie hören?«

»Ich will sichergehen, dass Sie nicht zur Gegenseite wechseln, sobald Sie Jenna und Kim in der Hand haben. Glauben Sie mir, Sie wären nicht die Erste.«

Kim zuckte zusammen – diese bissige Bemerkung war an Matthew gerichtet gewesen.

»Wie soll ich Sie überzeugen, Mr. Covington, dass ich eine von den Guten bin?« Gwen wandte sich zur Seite, streckte die Arme aus und nahm jeweils eine Hand von Jenna und Kim in ihre. »Ich schwöre, dass ich Ihnen helfen werde. Bei meiner Großmutter, Gott hab sie selig.«

»Ich habe einmal gehört, dass die Schotten extrem sture, aber auch sehr vertrauenswürdige Menschen sind«, warf Lagardère ein und blinzelte Jenna unauffällig zu.

»Das ist vorerst gut genug«, erklärte diese und nickte Gwen zu. »Wo fangen wir an?«

Gwen runzelte die Stirn und überlegte. »Kim hat ihren Stein bereits. Nun brauchen Sie den Ihren. Geben Sie mir ein bisschen Zeit, um alles zusammenzusuchen. Alles, was wir für den Anfang brauchen, ist bei mir zu Hause. Ich sage Linus schnell Bescheid, dann können wir gehen.«

George hielt sie am Arm fest. »Was werden Sie ihm sagen?«

»Dass ich zurück nach Hause fahre.«

George nickte, ließ sie jedoch nicht allein gehen. Gwen tat das, was er an ihrer Stelle auch getan hätte: Sie versicherte sich, dass jemand wusste, wo sie war. Für den Fall, dass etwas schiefging …

Sonntagvormittag hatte der Unterricht begonnen.

Am Montagabend war Jenna so erschöpft wie schon lange nicht mehr. Sie lächelte, als sie daran dachte, wie sie ihren Stein erkannt hatte. Zu Hause hatte Gwen eine kleine, samtbezogene Schachtel geöffnet, einen Topas, einen Rubin und einen Amethyst auf ein schwarzes Tuch gelegt und Jenna gebeten, den Richtigen auszuwählen. Jenna hatte nach Gwens Anweisung eine Hand über den Steinen schweben lassen, und innerhalb von Sekunden hatte der violette Stein angefangen zu leuchten. Im Gegensatz zu Kim musste sie den Stein nicht berühren, damit er reagierte.

»Behalten Sie den Amethyst immer bei sich. Er wird Ihnen helfen, die Kraft zu kontrollieren«, hatte Gwen erklärt. »Später werden Sie es vielleicht auch ohne können. Aber zu Beginn brauchen Sie ihn.«

Sie hatte ihr Wollkleid gegen eine alte Jeans getauscht, ein Tuch um die Haare gebunden und war auf den Speicher gestiegen, um die Truhe mit den Aufzeichnungen ihrer Großmutter zu finden. Seit Stunden nun durchforsteten die drei Frauen Tagebücher und Briefe, Zeichnungen und Hinweise. Es war Wissen, das bereits Jahrhunderte zurückreichte. Granny Harvey hatte Pflanzen gesammelt und getrocknet, sie sorgfältig abgezeichnet und beschriftet, sie hatte eine Reihe von Steinen zusammengetragen und versucht, dem Wissen eine Ordnung abzuringen. Obwohl Kim und Jenna immer wieder ungeduldig auf ihrem Stuhl hin und her rutschten, mussten sie ein paar theoretische Grundlagen erwerben. Dafür würden sie morgen – endlich – mit den ersten praktischen Übungen beginnen, um die Kraft zu kanalisieren.

Kim hatte zu ihrem Entsetzen feststellen müssen, dass das Internet mit seinen unzähligen Quellen nur bedingt brauchbar war. Die zahlreichen Seiten über Magie halfen ihnen nicht weiter. Über die Hüterin war schlicht und einfach nichts bekannt. Nicholas wäre sicher stolz auf den Zirkel: Im Schützen dieses geheimen Wissens war der Kreis besser als jeder Geheimdienst, dachte Jenna zwischendurch und schwankte zwischen Dankbarkeit und Ungeduld.

Die Dämmerung brach über dem kleinen Steinhaus in Bowmore herein, und Jenna ließ sich mit einem Seufzer auf ein Sofa sinken. Kim und Lagardère machten einen Spaziergang, George hatte sich am Nachmittag schon entschuldigt. Er wollte ins Hotel zurück und einige Anrufe tätigen. Vor allem würde er Nicholas auf den neuesten Stand bringen. Gwen suchte im Haus alles Mögliche zusammen, das sie für den morgigen Tag benötigte. »Nicht, dass Sie mir mein Heim in die Luft jagen«, hatte sie scherzhaft gemeint. »Ich lasse Sie mit etwas Leichterem anfangen.«

Die Schottin hatte sich als umsichtige und tüchtige Lehrerin erwiesen, ganz im Sinne ihrer Großmutter. Auch wenn sie selbst, wie sie traurig bemerkte, keinen Funken Magie in sich trug.

Vor ein paar Tagen hätte ich noch gesagt, ich könnte auch ohne Magie leben, dachte Jenna und lehnte den Kopf zurück. Aber langsam beginne ich mich daran zu gewöhnen. Es hat durchaus etwas für sich … Und es gab ihr das Gefühl zurück, wieder die Kontrolle über ihr Leben zu erlangen.

Ihr letztes Telefonat mit Alex hatte sie mit einem flauen Gefühl im Magen zurückgelassen. Sie hinterging ihren Mann auf allen Ebenen, das machte ihr zu schaffen. Sie wusste, Alex hatte keinen Anspruch mehr auf sie, doch die Vorstellung, sich in der derzeitigen Situation – nicht wissend, ob sie oder Kim lebend zurückkommen würden – in die Arme eines anderen sinken zu lassen, nagte unablässig an Jennas Gewissen. Jenna hatte kein Problem damit, Alex im Unklaren über die Magie zu lassen, allein schon um ihn zu schützen, aber die Sache mit George … Jenna trommelte frustriert mit den Fäusten auf ihren Knien herum.

Und nun machte George sich rar. Jenna und Kim hatten das gemeinsame Abendessen am Sonntag zugunsten des Unterrichts ausfallen lassen, so war zwischen ihnen beiden so gut wie nichts geklärt. Jenna wusste immer noch nicht, was George aus der Fassung gebracht hatte.

Schwere Schritte ließen Jenna aus ihren Gedanken schrecken. Sie sprang auf und tastete in der Hosentasche nach ihrem Stein. Die Tür schwang auf, und es erschien ein großer, rothaariger Mann, der eine gewisse Ähnlichkeit mit Gwen aufwies.

»Wollte Sie nicht erschrecken, Ma'am«, sagte er, als er Jenna erblickte, die mit angespannter Miene neben dem Sofa stand. »Ich bin Linus Martin.«

»Jenna Winters«, sagte sie und ärgerte sich über das Zittern in ihrer Stimme.

Linus musterte sie neugierig. »Wo ist Gwennie?«

»Oben auf dem Speicher«, erklärte Jenna und umklammerte ihren Stein fester.

»Mhm.« Damit stapfte er in die Küche. »Gwen«, rief er dann laut, »alles okay da oben?«

»Linus!« Gwen erschien mit einem Buch unter dem Arm,

ihr Kopftuch war mit einer Staubschicht bedeckt, und als sie das Buch auf den Küchentisch fallen ließ, wirbelte eine Staubwolke hoch, die Linus niesen ließ.

»Gut, dass du da bist«, sagte sie. »Bleib zum Essen. Dann könnt ihr euch alle kennenlernen. Oder noch besser, kannst du Lord Covington vom Hotel abholen? Kim und der nette Franzose sind auch gleich wieder da.«

»Was gibt's denn zum Essen?«

»Eintopf«, beschied ihn Gwen knapp und wies auf einen großen Topf, aus dem es leise blubberte. »Also los, los, in zwanzig Minuten könnten wir essen.«

Linus drehte sich wortlos um und verließ die Küche. Er stieß fast mit Jenna zusammen, die ihm misstrauisch hinterherblickte. »Das ist Ihr Vetter?«

Gwen nickte und blätterte in dem Buch.

»Was weiß er von uns?«

»Noch nicht viel. Ich glaube, er hält nichts von der ganzen Sache.«

»Hm.« Jenna hatte in den wenigen Sekunden, in denen sie sich gegenübergestanden hatten, einen ganz anderen Eindruck gewonnen. Linus' Augen hatten ihn für einen Moment verraten – das war kein Desinteresse gewesen. Nein, eher … Unbehagen? Oder sogar Angst? Um das zu erkennen, brauchte sie nicht einmal Lagardère.

Im Charing Cross Hospital begann die Abendschicht. Während Ärzte und Schwestern sich umzogen und in kleinen Gruppen durch die Gänge zum Ausgang strömten, hatten die Kollegen bereits übernommen und arbeiteten sich in die neuesten Krankenakten ein. In den oberen Stockwerken wurden die letzten Reste des Abendessens eingesammelt und zurück in die Krankenhausküche gefahren. Die Medikamente für die Nachtstunden wurden verteilt, und die letzten Angehörigen verabschiedeten sich.

In dem ständigen Kommen und Gehen beachtete niemand den groß gewachsenen, hageren Mann im langen Mantel, der den vorgelagerten Eingangsbereich durchschritt und vor den Aufzügen stehen blieb. Während er wartete, sah er sich um. Ein leises Klingeln riss ihn aus seinen Betrachtungen, die Tür glitt auf, und er trat in die Kabine. »Die Besuchszeit ist für heute vorbei«, sprach ihn ein Arzt an, der mit ihm den Lift betrat. »Sie sollten besser morgen wiederkommen.«

Der hagere Mann sah ihn kalt an, dann lächelte er dünn, sagte aber nichts. Doch im gleichen Moment hielt mit einem Ruck der Lift zwischen zwei Etagen an, und der Arzt fluchte leise. Dann wollte er auf den »Hilfe«-Knopf drücken, doch der Hagere hob nur wortlos die Hand. Der Arzt in seinem weißen Kittel stöhnte auf und griff sich an die Kehle. Dünne Ströme von Blut rannen plötzlich aus seinen Mundwinkeln, dann aus seiner Nase, schließlich aus seinen Augen. Dann sank er lautlos zusammen.

Der hagere Mann setzte den Lift mit einer Handbewegung wieder in Bewegung.

Intensivstation, fünfter Stock.

Leise zischend glitten die Türen auf und gaben den Weg in die sensibelste Station von Charing Cross frei. Vor dem Mann lag eine Doppeltür mit Milchglasscheibe, daneben ein Kartenlesegerät und ein Nummernpad. Der Hagere legte wie selbstverständlich die Hand auf das Pad, und das elektronische Türschloss klickte. Dann stieß er die Tür auf. Wenn er seine Aufgabe beendet haben würde, dann würde hier niemand mehr intensive Betreuung benötigen, dachte er.

Gab es nicht ohnehin viel zu viele Menschen auf dieser Erde? Keine großen Weltkriege, keine Pest und keine tödlichen Seuchen. Dieses Jahrhundert war viel zu human. Die Menschen wurden immer älter, und es wurden immer mehr. Aber das konnte man ändern. Jonathan von Keysern schritt wie ein Racheengel durch den Hauptgang, mit wehendem Mantel und ausdruckslosen Augen. Wer immer auch starb, es war kein Verlust, und von Keysern letztendlich auch egal. »Nun, mein Freund, ist das nicht dein Paradies, deine Dunkelheit, dein Reich?«, murmelte er leise, als er den Tod an seiner Seite spürte. Es wurde kalt in dem Gang, und die Neonröhren flackerten und verloschen eine nach der anderen, als von Keysern unter ihnen hindurchging. Er hob seine rechte Hand, wie zu einem Segen. Mit einem Mal fielen sämtliche Apparate in der Intensivstation aus. Das beruhigende Piepsen der Geräte verstummte. Künstliche Beatmung stoppte, Herzschrittmacher stellten ihre Funktion ein. Menschen bäumten sich in Krankenbetten auf und starben.

Wer dem hageren Mann begegnete, erkannte zu spät, wen er vor sich hatte. Ärzte und Schwestern brachen zusammen, bevor sie auch nur ein Wort des Erstaunens herausbrachten. Nach den lebenserhaltenden Geräten fiel nun die gesamte Elektrik aus.

Es wurde stockdunkel.

Vor der Tür mit der Nummer 534 blieb Jonathan von Keysern stehen. Er hatte sein Ziel erreicht.

Er griff in seine Manteltasche und holte ein schmales, handgeschmiedetes französisches Messer heraus, fuhr mit dem Daumen langsam und prüfend über die glänzende Klinge, dann stieß er die Tür auf.

Sekunden später war alles vorbei.

In der Station herrschte Totenstille.

Die Panik würde später kommen …

Der Mann im Mantel war bereits wieder auf dem Weg zu der Treppe in die unteren Stockwerke. Nur der Tod blieb zurück.

Kim schlang das Abendessen hinunter und würdigte ihre Tischnachbarn kaum eines Blickes. »Können wir weitermachen, Gwen? Bitte, noch ein bisschen.«

»Geduld, Süße«, ermahnte Jenna. »Lass uns wenigstens fertig essen. Und vielleicht hat Gwen heute genug von uns.«

Diese schüttelte den Kopf. »Nein, nein, wir können gerne nachher noch weitermachen. Es ist nur …« Sie brach ab, suchte nach Worten, setzte erneut an, und es klang, als hätte sie diese Rede mehrfach geübt. »Sie haben beide erlebt, was passiert, wenn Sie Ihre Kraft unkontrolliert einsetzen. Wir haben über die Schattenwelt gesprochen, über das, was wir von ihr wissen. Sie beide sind mit dieser Welt verbunden, und wir sollten vermeiden, dass eine von Ihnen unkontrolliert weitere Schatten befreit.«

»Vorher wird mir ohnehin schlecht«, sagte Jenna düster und dachte an den süßlichen Geruch, der auf dem Friedhof in Cambridge alles überlagert hatte.

Kim, die gerade ein Glas Cola austrank, verschluckte sich und hustete. Dann sagte sie langsam: »Vielleicht ist es das? Die Typen, die hinter uns her sind, und Matthew, und der Jäger … Vielleicht geht es darum, dass wir andere Schatten holen? Was weiß ich … Kriminelle, tote Mafiapaten oder so? Ich weiß zwar nicht, wie wir bestimmen können, wen wir da rausholen, aber vielleicht gibt es da einen Trick?«

»Das ist durchaus möglich«, sagte George und schlug sich

mit der Hand auf das Knie. »Darauf hätten wir wirklich früher kommen können. Natürlich, das erklärt wirklich einiges: Warum sie euch – gibt es dafür ein vernünftiges Wort – aktivieren wollten. Warum sie euch lebend wollen.«

»Das fällt Ihnen erst jetzt auf?« Linus klang skeptisch. Er hatte den Abend über kaum drei Worte gesagt und mit gesenktem Blick seinen Eintopf in sich hineingeschaufelt, jetzt aber blickte er die Umsitzenden der Reihe nach an. »Das Konsortium führt seit Jahrhunderten eine Liste, die ständig erweitert wird. Wenn die Hüterin erscheint, hat sie richtig viel zu tun. Wir haben es hier mit zwei verschiedenen Dingen zu tun: Das eine ist die, sagen wir, ursprüngliche mythologische Aufgabe der Hüterin, die niemand wirklich kennt. Das andere ist das Konsortium, das dazu geschaffen wurde, dem Jäger zu dienen. Nur verfolgt das Konsortium mittlerweile seine eigenen Ziele. Die Männer dort sind machthungrig. Der Jäger ist für sie Mittel zum Zweck. Stellt euch vor, was man alles erreichen könnte, wenn man sich die richtigen Leute aus dem Jenseits zurückholt.« Linus lächelte schief. »Das Konsortium springt im Übrigen seit Tagen im Dreieck, seitdem sich herausgestellt hat, dass nicht nur die Hüterin wieder unter uns weilt, sondern dass es möglicherweise gleich zwei sind.« Er atmete tief durch. »Sie müssen die Kontrolle über das Tor wahren. Wenn das Konsortium Sie in die Finger bekommt, ist es zu spät.«

»Und woher wissen Sie das so genau? Ich dachte, Sie haben mit der Geschichte nur am Rande zu tun«, gab Jenna zurück.

»Weil ich bis vor drei Tagen im Hauptquartier des Konsortiums gearbeitet habe.«

Jenna fiel vor Schreck der Löffel aus der Hand. Reflexartig tastete sie wieder nach ihrem Stein und sah, dass Kim das Gleiche tat.

»Keine Sorge«, Linus hob die Hände, »ich verrate Sie nicht. Ganz im Gegenteil. Ich bin sozusagen selbst auf der Flucht.«

»Linus!« Das war Gwen. »Warum in Gottes Namen sagst du mir nichts davon?«

Ihr Vetter lächelte schuldbewusst. »Ich wollte nicht, dass du dir Sorgen machst. Und bis gestern konnte ich ja nicht ahnen, dass sich das nächste Kapitel hier auf unserer Insel, beziehungsweise in deinem Haus abspielen würde.« Er berichtete in knappen Worten, dass er sich vor einigen Jahren ins Konsortium eingeschlichen hatte. Das hatte er Granny auf dem Totenbett versprochen. Also hatte er den Drahtziehern ein oder zwei interessante, aber nicht entscheidende Informationshäppchen aus dem Zirkel hingeworfen, sodass sie ihn in den Kreis aufnahmen. Nicht in den inneren. Dem gehörten nur der derzeitige Anführer und zwei Gefolgsleute an. Es handelte sich schließlich nicht um einen Vollzeitjob. Ein bis zwei konspirative Treffen im Jahr, mehr Aufwand bedeutete es nicht. Bis vor zwei Wochen.

»Ich habe den Jäger gesehen«, sagte er rau. »Ich gebe es ungern zu, aber ich hatte in meinem Leben noch nie so große Angst wie in diesen Minuten. Er ist nicht nur ein Killer. Er ist der Tod höchstpersönlich. Dieser Jäger hat in seiner Zeit eine Menge Leute auf den Scheiterhaufen gebracht. Und eines weiß ich sicher: Er hat es genossen, jeden einzelnen Moment. Sie haben sich den schlimmsten Feind geholt, den man sich denken kann.«

Jenna schluckte, und Kim, die gerade eine spöttische Bemerkung hatte machen wollen, bekam plötzlich nicht mehr richtig Luft.

»Sie haben gesagt, Sie *waren* für die Gegenseite tätig. Was ist jetzt?«, fragte George kritisch.

»Gwen erzählte mir, dass Sie hier aufgetaucht sind. Da war mir klar, dass meine Zeit dort beendet ist. Jetzt werde ich hier auf Islay gebraucht.«

»Wenn der Anlass nicht so dramatisch wäre, würde ich sagen: nettes Familientreffen. Aber das ist mehr als zufällig.« George lehnte sich zurück und musterte Linus aus zusammengekniffenen Augen.

»Auch nicht zufälliger, als dich mithilfe eines Buches und einer Forscherin aus dem vorletzten Jahrhundert zu finden«, kommentierte Jenna. »Gwen, Antoine – ihr beide kennt euch am besten mit Magie aus –, würdet ihr hier von einem Zufall sprechen?«

»Ich weiß nicht, wie weit dieses Netz von Magie reicht«, meinte Lagardère. Er trank einen Schluck Wasser und hielt danach sein Glas hoch. Luftbläschen hatten sich am inneren Rand abgesetzt. »Nüchtern betrachtet, ist es schon ein ungeheurer Zufall, wie hier innerhalb weniger Tage bestimmte Personen aufeinandertreffen. Andererseits: Wer weiß schon, was vorherbestimmt ist? Was wir selbst entscheiden? Jenna, Kim, Sie beide und ich, George – wir gehören alle dazu. Wer weiß, was genau den Ausschlag gegeben hat? Warum gerade jetzt? Ich denke, es war der Jäger, der eine Lücke gefunden hat in der Mauer, die die beiden Welten voneinander trennt. Und zwar mit eurer Hilfe. War die Lawine, in diesem speziellen Fall mit Kim und dem Ritual, erst einmal ins Rollen gebracht, ergab sich der Rest quasi von allein.«

Nach dieser Rede war es eine Zeit lang still.

»Das klingt, als hätten wir keinerlei Entscheidungsfreiheit«, sagte Jenna endlich. »Als hätte jemand, oder etwas, nur darauf gewartet, dass wir in unsere Rollen schlüpfen. Aber das Drehbuch schreibt jemand anderer.«

»Nur, was die Erweckung betrifft«, warf Gwen ein. »Danach – und das ist genau das, was ich versuche, Ihnen beizubringen, liegt es an Ihnen. Sie können entscheiden, was Sie tun. Wie Sie Ihre Kraft einsetzen. Falls Sie überleben«, schränkte sie ein. »Also an die Arbeit.« Sie stand auf, sagte im Hinausgehen: »Könnt ihr Männer die Küche in Ordnung bringen?«, und marschierte ins Wohnzimmer. Jenna und Kim folgten ihr wortlos. Jenna war versucht, Alex anzurufen, nur um seine Stimme kurz zu hören, doch dann entschied sie sich dagegen. Solange der Jäger in England war – und dessen war sie sich sicher –, hatte Alex schließlich nichts zu befürchten. Aber sie und Kim mussten so schnell wie möglich alles verinnerlichen, was Gwen ihnen berichtete. Sollte der Jäger morgen vor der Tür stehen, würden sie jedes bisschen Wissen gebrauchen können.

Lagardère, George und Linus schauten sich an. Dann zuckte Linus die Schultern. »Wer sagt, dass ein Whiskybrenner keine Spülmaschine einräumen kann? Was können Sie, George?«

»Oh, ich bin ein Mann mit vielen Talenten.«

»Das habe ich in einem Film auch schon einmal gehört. Allerdings war der Held am Ende tot.« Linus lachte flüchtig auf. »Sie sind der Urenkel dieses alten Herrn vom British Museum, nicht wahr? Auch keine leichte Aufgabe, stelle ich mir vor …«

George nickte und balancierte ein paar Teller vom Tisch zur Spüle.

»Und Sie?«, wandte sich Linus an Lagardère. »Was sind Sie eigentlich? Ein französischer Tourist? Lancelot auf dem weißen Pferd?«

»Nicht ganz«, gab Lagardère zurück und sortierte konzentriert die Gabeln ins Besteckfach. »Ein Besucher aus der Schattenwelt.«

Linus riss die Augen auf. »Ernsthaft? Wer hat Sie geholt?«

»Jenna hat mich vor ein paar Tagen befreit.«

»Hm. Und wann sind Sie, verzeihen Sie die direkte Frage, also wann sind Sie gestorben?«

Lagardère lächelte geisterhaft. »Im Jahre des Herrn 1626.«

Das ließ den Schotten verstummen.

Die British Airways Maschine hob mit lautem Dröhnen von der Startbahn ab. Sekunden später lag Heathrow im Dunkeln, dann erreichte das Flugzeug die Wolkenschicht, und dichter Nebel legte sich auf die kleinen Fensterscheiben.

Jonathan von Keysern war es gleich. Er saß entspannt in einem der vorderen Sitze in der Business Class, ein schlanker, distinguierter Herr, dessen blonde Locken das Einzige waren, was ihn von den Managern in den anderen Sitzreihen unterschied. Die Stewardess bot ihm ein Glas Champagner an, das er dankend annahm. In der neuen Zeit lässt es sich wirklich angenehm leben, dachte er, vorausgesetzt, man verliert sein Ziel nicht aus den Augen. Sein Auftrag lautete weiterhin, die Hüterin lebend dem Konsortium zu übergeben. Das hatte er immer gewusst. Doch er hatte beschlossen, die Bedingungen zu ändern: Jenna Winters würde ihn in einigen Stunden ganz von selbst suchen, dessen war er sich sicher. Und das Konsortium? Nun, die Herren würden sich zu ihm bequemen müssen, wollten sie sie haben.

Wenn die Hüterin und ihre Tochter nicht völlig hilflos waren, machte das die Jagd umso reizvoller. Wer hatte schon Spaß daran, ein völlig wehrloses Opfer einzufangen? Von Keysern legte den Kopf schief. O ja, die nächste Begegnung mit der Hüterin würde interessant werden. Auch wenn er den Ausgang bereits kannte.

Was würde sie wohl zu der Überraschung sagen, die er ihr in London hinterlassen hatte?

Das Ticken der Uhr beschleunigte sich unmerklich.

»Ich … krieg … es … nicht … hin. Verdammte Scheiße!« Kim keuchte, Schweißperlen rannen ihr die Schläfen hinunter. Ihre Wangen waren fleckig und gerötet, und nach ihrem kurzen Ausbruch kniff sie den Mund grimmig zusammen. Krampfhaft umklammerte sie ihren Stein.

Gwen hatte die beiden in den Keller beordert. Dort standen, neben einigem Gerümpel, ein alter Tisch und eine Sitzbank. Auf dem Boden unter dem kleinen Lichtschacht befand sich eine Batterie leerer Blumentöpfe, an der Wand ein alter Bauernschrank. »Ich weiß nicht, wie viel Kraft Sie beide haben«, hatte sie verkündet, »also gehen wir in den Keller. Wenn hier etwas kaputtgeht, ist es nicht so tragisch.«

Jetzt saßen Kim und Jenna nebeneinander wie in der Schule auf der Sitzbank, vor sich den Tisch. Darauf lagen verschiedene Gegenstände: eine Papierserviette, eine CD, eine alte Ausgabe von *Richard III.* und ein etwa zwanzig Zentimeter hoher Blumentopf aus Terrakotta.

»Nehmen Sie Ihren Stein in die Hand und versuchen Sie, eines dieser Dinge zu bewegen.« So hatte Gwens Anweisung vor einer halben Stunde gelautet, und Kim war am Ende ihrer Kräfte.

»Erzwingen nützt nichts, Mädchen«, sagte Gwen nach Kims Fluch. »Schau, dein Element ist das Wasser. Das ist nicht nur so dahingesagt, es ist wirklich deines. Nimm es dir. Stell dir vor, wie die Welle an den Strand kommt, sich bricht und zurück ins Meer strömt. Es ist eine fließende Bewegung ohne Anfang und Ende. So entsteht Bewegung. Erst in deiner Vorstellung, und dann lass die Welle los.«

Jenna wollte ihr die Hand auf die Schulter legen, um sie zu trösten, doch Gwen bremste sie. »Nein, berühren Sie sie jetzt nicht. Sie machen das getrennt. Später können Sie Ihre Kraft zusammen ausprobieren.«

»Okay«, murmelte Kim jetzt. »Ich versuch's noch mal.«

Doch wie sehr sie auch versuchte, sich das Wasser vorzustellen, es einfach geschehen zu lassen – es tat sich nichts. Nicht einmal die Serviette bewegte sich. »Pause«, sagte sie erschöpft, »mach du weiter, Mam. Wenn du den Jäger umnieten kannst, solltest du doch zumindest einen Blumentopf fliegen lassen können.« Sie klang spöttisch, aber Jenna wusste, dass der Misserfolg an ihr nagte.

Jenna nahm den Amethyst in die Hand. Ihr Element war die Erde, hatte sie gelesen. Für sie würde die Übung noch schwerer, Erde war kein Element der Bewegung. »Finden Sie heraus, womit Sie Bewegung erzeugen können, wie Sie die Bewegung sehen können«, schlug Gwen vor.

Jenna nickte. »Die Erde dreht sich um sich selbst«, sagte sie dann zögernd. »Und soweit ich weiß, dreht sich auch der Erdkern – in die entgegengesetzte Richtung allerdings.« Sie sah Gwen zweifelnd an. »Das klingt total bescheuert.«

Gwen machte ein strenges Gesicht. »Nichts, was Ihnen hilft, ist dumm. Wenn es das Bild ist, das Ihnen in den Sinn kommt, dann versuchen Sie es damit. Wie gesagt, erst in Ihrer Vorstellung, dann lassen Sie die Energie los.«

Jenna konzentrierte sich auf die CD und versuchte das Bild der Erde in sich heraufzubeschwören. Wie ein silbernes kleines Frisbee schoss die CD kreiselnd vom Tisch, direkt an Gwens Kopf vorbei, knallte mit einem klackernden Geräusch an die Kellertür und hinterließ eine deutliche Schramme.

Die drei Frauen sahen sich sprachlos an.

»Wow«, meinte Kim. »Ich wusste gar nicht, dass man CDs als Waffe verwenden kann. Wie hast du das gemacht?«

Jenna zuckte leicht verlegen mit den Schultern. »Ich habe das getan, was Gwen gesagt hat. Vielleicht fällt es mir leichter, weil ich schon mal ausgerastet bin?«

Gwen forderte sie auf, es gleich noch einmal zu versuchen. Diesmal sollte sie das Buch anheben und wenn möglich schweben lassen. Jenna setzte sich gerade hin, legte ihren Stein auf die Tischplatte und hielt die Handfläche darüber. Einen Lidschlag später sauste das Buch hoch, traf die Zimmerdecke und landete mit einem lauten Knall wieder auf der Tischplatte. Jenna konnte gerade noch die Hand zurückziehen.

»Äh«, machte sie verblüfft. »Es ist wie in der Kapelle. Es passiert, aber beeinflussen kann ich es nicht.«

»Das müssen Sie aber! Sie müssen lernen, die Kontrolle zu behalten. Und du, Mädchen, musst lernen, die Magie überhaupt loszulassen. Also, das Ganze noch einmal.«

Kim blieb weiterhin am Tisch sitzen, um zu üben, Jenna kniete sich in einer Ecke auf den Boden, nachdem Gwen zwei Quadratmeter freigeräumt hatte. Aus dem Schrank zog sie mehrere Kissen und platzierte sie um Jenna herum. »Die sind nicht so gefährlich. Denken Sie daran: Kontrolle, Kontrolle, Kontrolle. Sie allein bestimmen über Ihre Kraft, sonst hat der Jäger leichtes Spiel mit Ihnen. Stellen Sie sich vor, Ihre Magie ist wie ein Gartenschlauch, aus dem Wasser spritzt. Je mehr Sie den Hahn aufdrehen, desto mehr wedelt er herum und spritzt alles nass. Geben Sie ihn nicht aus der Hand – sonst nimmt ihn jemand anders. Verstanden?« Die sonst so mütterlich wirkende Schottin klang besorgt. Sie hätte es gerne langsamer angehen lassen, doch Zeit war ein Luxus, den sie nicht besaßen.

Eine Stunde später, Gwen war nach oben gegangen, um noch ein paar Sandwiches zu richten, stieß Kim einen Schrei aus: »Es klappt, Mam, es klappt!« Tatsächlich: Die Papierserviette schwebte eine Handbreit über dem Tisch und entfaltete sich langsam, wie von Geisterhand.

Jenna ging zu ihrer Tochter hinüber und nahm sie in die Arme. »Du machst das super, Kim! Ich bin stolz auf dich.« Sie hatte in der Zwischenzeit die Kissen um sich herumschweben lassen, ihnen befohlen, zur Decke zu steigen und wieder zu sinken und freute sich wie ein Schneekönig, dass sie mit jeder Minute sicherer wurde und das magische Netz um sich herum fester knüpfen konnte.

Plötzlich war oben ein erregter Wortwechsel zu hören, und Schritte erklangen auf der Kellertreppe. Jemand riss die Tür auf, George erschien oben auf dem Absatz. »Jenna«, sagte er heiser, »komm kurz herauf zu uns.«

Jenna gab Kim einen Kuss auf die Stirn und ging zur Treppe. Kim wollte ihr folgen, doch George winkte ab. »Ich muss was mit deiner Mutter besprechen, Kim. Mach du ruhig hier weiter.«

Oben schloss er sorgfältig die Tür hinter ihnen und nahm Jenna am Arm. Linus und Lagardère erwarteten sie schon im Wohnzimmer. Beide wirkten verstört.

»Setz dich, Jenna«, begann George.

»Was ist denn los? Der Jäger ist nicht hier, da kann ich euch beruhigen.«

»Das wissen wir schon. Der Jäger ist – war – in London, Jenna. Nicholas hat gerade angerufen.«

Jetzt erst fielen Jenna die Tränen auf, die in Georges Augenwinkel glitzerten.

»Was …«

»Anne ist tot.«

»O Gott. Wie …« Sie wollte die Frage nicht beenden.

George sah aus, als müsse er sich gleich übergeben. »Er hat ihr die Kehle durchgeschnitten und das komplette Personal der Station ausgelöscht. Es sieht aus wie nach einem Gasangriff, sagt Nicholas.«

Jenna sprang auf und rannte nach draußen. Sie beugte sich über das weiße Holzgeländer der schmalen Veranda, die das Haus auf der Seite zum Meer hin säumte, und würgte. Dann stiegen die Tränen in ihr hoch, wild und unkontrolliert wurde sie von Schluchzern geschüttelt. »Nein. Nein«, stieß sie mehrfach hervor und sah doch immer wieder vor ihrem inneren Auge das letzte Bild auf dem Video, in dem Anne blutüberströmt am Boden gelegen hatte. Anne, wie sie friedlich in den weißen Bettlaken des Krankenhauses schlief. Und nun Anne, wie aus ihr das Leben heraussprudelte und das Blut alles um sie herum besudelte, bis von dem Weiß nichts mehr zu sehen war.

Kim trat in diesem Moment ins Wohnzimmer. »Was ist denn los hier? Warum kommt ihr nicht mehr runter?«

Gwen nahm sie an der Hand und zog sie in die Küche. »Deine Mutter hat eine schlimme Nachricht bekommen. Gib ihr ein bisschen Zeit.«

Doch Kim riss sich los und rannte nach draußen, wo George gerade neben Jenna kniete, die in sich zusammengesunken war und haltlos weinte. Sie streckte die Hand nach ihrer Tochter aus. »Kim …«, schluchzte sie. »Sie konnte doch nichts dafür. Sie war einfach meine beste Freundin. Wie kann er so etwas tun? Was ist das bloß für ein Mensch?« Sie zitterte, sowohl wegen der Kälte als auch durch den Schock, ihre Zähne schlugen aufeinander.

»Wer? Von wem redest du?«

Jenna sagte nichts mehr. Mit leerem Blick lehnte sie sich an George, der an ihrer Stelle antwortete: »Der Jäger – er hat eure Freundin Anne umgebracht. Wir haben gerade einen Anruf von Nick erhalten.«

Kim wurde sichtlich blasser, aber sie bewahrte mühsam die Fassung. Sanft strich sie Jenna übers Haar. »Er ist kein Mensch«, sagte sie leise. »Er ist nur ein Schatten. Und wir werden den Scheißkerl in seine verdammte Welt zurückschicken, Mam! Für immer!« Sie richtete sich wieder auf und ging zurück ins Haus, an Lagardère vorbei, der sie mit verwirrtem Gesichtsausdruck betrachtete. Zu Gwen sagte sie: »Ich mach unten weiter. Kannst du mir beibringen, wie ich diesem Jäger den Hals umdrehen kann?« Damit rannte sie in den Keller hinunter, den Mondstein fest in der Hand.

George zog Jenna zu sich hoch. »Lass uns hineingehen. Du holst dir hier draußen noch den Tod.« Zu spät bemerkte er seinen Fauxpas und sprach eilig weiter. »Ich würde dich gerne in Ruhe um Anne weinen lassen. Aber wir müssen besprechen, was wir tun. Fliegen wir zurück?«

Ohne Gegenwehr ließ sich Jenna ins Haus führen. Vereinzelt stieg noch das Schluchzen in ihr hoch, aber nachdem sie sich die Nase geputzt und das Glas Whisky, das Linus ihr hingestellt hatte, in einem Zug hinuntergekippt hatte, begann sie wieder den Boden unter ihren Füßen zu spüren. Die Verzweiflung wich und machte einem unbändigen Zorn Platz.

Jonathan von Keysern lief gemessenen Schrittes durch den stillen Flughafen. Das Reinigungspersonal zog seine Runden, nur noch einzelne Reisende waren zur S-Bahn oder in Richtung Parkplätze unterwegs. Er ging zum Taxistand, gab erst Großhadern, dann das Charles Hotel in der Münchner Innenstadt als Zieladresse an und ließ sich in die Polster sinken.

Jenna Winters' Ausbruch war bis zu ihm gedrungen.

Sehr schön. Seine Botschaft war angekommen.

Jenna schwankte zwischen Gleich-zum-Flughafen-rasen-und-zurück-nach-München-fliegen und Noch-zwei-Tage-hier-und-ich-weiß-wie-ich-den-Wahnsinnigen-erledige. »Danke, dass du Kim nicht alles erzählt hast«, sagte sie zu George.

Der nickte. »Der Schock ist ohnehin groß genug. Lassen wir sie erst mal das verdauen.«

Sie saßen in Gwens Wohnzimmer: Jenna, Lagardère, George, Linus und Gwen. Kim war immer noch im Keller und übte verbissen. Immer wieder hörte man von unten, wie etwas gegen die Decke oder die Wand krachte, was bedeutete, dass Kim es geschafft hatte, einen Gegenstand zu bewegen.

»Sie macht schnelle Fortschritte«, kommentierte Gwen. »Aber das allein wird nicht reichen.«

»Sie haben gesagt, Sie wüssten einen Weg, dem Jäger zu entkommen«, erinnerte Jenna sie. »Tut mir leid. Jetzt reicht das nicht mehr. Wir müssen ihn erledigen.« Sie dachte an den Moment am Samstagmorgen im Park, als der Jäger gefesselt und wehrlos vor ihr gelegen hatte. Sie hatte gewusst, dass er ihr gefährlich werden könnte, doch sie hatte seine Skrupellosigkeit unterschätzt. Und selbst wenn sie gewusst hätte, was er tun würde – hätte sie ihn umbringen können? Sie war Grafikerin, keine Berufskillerin – und das würde auch so bleiben. Aber sie hätte sich vielleicht früher Gedanken gemacht, wie man ihn wirklich unschädlich machen konnte. Nun hatte er in dieser Partie einen weiteren grausamen Zug getan, und Jenna fühlte, wie sich die Schuld auf ihre Schultern senkte.

Gwen räusperte sich niedergeschlagen. »Dafür reicht mein Wissen nicht. Ich kann Ihnen beibringen, wie Sie Ihre Kraft einsetzen, sie kanalisieren und dadurch stärker werden. Eine wirkliche Waffe gegen den Jäger kann ich nicht bieten.« Jetzt nahm ihre Stimme wieder Kraft an: »Aber ich werde Ihnen helfen, ihn zurückzuschicken. Er hat in unserer Welt nichts verloren.«

»Wir brauchen einen Schlachtplan. So wie ich das sehe, will mir der Jäger zwei Dinge sagen: Erstens, schau, was ich kann und wie egal mir Menschenleben sind, und zweitens, komm und kämpf mit mir. Flüchten nützt nichts. Das war eine ganz klare Kampfansage. Oder was meint ihr?« Jenna sah in die Runde.

Niemand widersprach.

»Wir müssen ihn erledigen. Ich lasse nicht zu, dass er ein weiteres Massaker begeht. Oder sich an Kim vergreift. Und wenn es das Letzte ist, was ich tue.« In Jennas Gesicht trat ein fast träumerischer Ausdruck. »Ich kann kaum glauben, was ich da sage.«

»Und ich kann kaum glauben, dass du so was ohne mich planst.« Kim lehnte im Türrahmen und fixierte ihre Mutter. »Was für ein Massaker?«

Jenna fuhr zusammen. »Wie lange stehst du schon hier?«

»Was, Mam? Was für ein Massaker?«

Jenna sah hilfesuchend zu George.

Der hob die Schultern. »Du wirst es ohnehin spätestens in den Nachrichten sehen, Kim. Er hat nicht nur Anne umgebracht. Sondern eine ganze Menge Leute in dem Krankenhaus. Und Annes Eltern.« George versuchte es so sachlich wie möglich zu sagen, aber der Schock war auch ihm deutlich anzuhören.

Kim, die eine solche Hiobsbotschaft nicht erwartet hatte,

begann zu zittern. »Oh …«, flüsterte sie. »Armer Nick. Arme Anne. Was tun wir denn jetzt?« Sie dachte an Carolin.

»Wir versuchen zu verhindern, dass noch mehr Menschen sterben. Wir müssen zurück. Beziehungsweise dahin, wo der Jäger ist. Die Verbindung zwischen uns ist immer noch da. Ich kann ihn bestimmt irgendwie finden.« Jennas Stimme klang rau.

George fuhr sich mit den Händen übers Gesicht. »Dir ist klar, dass du ihm damit eventuell genau in die Hände spielst, Jenna?«

»Ja, ich weiß. Deswegen müssen wir herausfinden, wie wir ihn in die Schattenwelt zurückbefördern können. Oder möglichst noch darüber hinaus. Diesmal ohne Rückfahrschein. Antoine – irgendwelche Ideen? Sie waren in der Schattenwelt, sagen Sie uns, was Sie wissen. Wer zum Henker ist dieser Jäger eigentlich? Wann hat er gelebt? Hat er einen Namen?«

Jenna wusste es nicht, aber sie spürte es: Was man benennen konnte, ließ sich vielleicht auch bannen. Wer einen Namen hatte, konnte verflucht werden. Der Name war oft das Erste, was man von einem fremden Menschen wusste – das galt im Alltag und insbesondere in der Magie.

Lagardère stand auf und ging in dem kleinen Wohnzimmer auf und ab. »Es ist nicht so einfach, sich zu erinnern«, erklärte er. »Wir waren alle Schatten, und jetzt, wo die Sonne für mich wieder scheint, bildlich gesprochen natürlich, verschwindet das alles wieder im Nebel der Zeit. Aber ich werde versuchen, mich zu erinnern.« Man verlor in dieser grauen Welt das Gefühl für sich selbst, für die Zeit, für alles, was einem lieb und teuer gewesen war. »Ich glaube, der Jäger war eine Ausnahme. Irgendetwas, vielleicht sein Auftrag, hat ihn daran gehindert, sich in den Nebel fallen zu lassen.« Und er selbst? Ihn hatte die

Welt der Lebenden nicht losgelassen, er war Teil des Nebels gewesen und doch nicht. »Ihn erneut zu töten wird nicht genügen. Wir müssten seine Verbindung zu dieser Welt kappen. Oder ihn untrennbar mit der Schattenwelt verbinden …« Seine Stimme verlor sich, und er blickte nachdenklich aus dem Fenster in die Dunkelheit.

»Wie fesselt man jemanden an einen Nebel?«, fragte Kim zweifelnd.

»Wir müssen ihn ja nicht körperlich fesseln. Es reicht ein Anker. Magie manifestiert sich nicht unbedingt in einem realen Gegenstand.« Gwen trommelte mit den Fingern auf der Lehne ihres Sessels herum. »Mein lieber Mr. Lagardère, woran erinnern Sie sich noch? Gab es noch weitere Schatten wie Sie, die eben nicht im Nebel versanken? Die dringend darauf warten zurückzukommen?«

Der Franzose zuckte mit den Achseln. »Ich weiß es nicht mehr«, sagte er bedauernd.

»Die Richtung ist gut, aber konkret kommen wir so nicht weiter. Was ist denn zum Beispiel mit den Hüterinnen vor uns? Es gab doch schon welche, oder?« Jenna sah Gwen fragend an.

Diese nickte zögernd. »Ich denke schon. Aber ich weiß nicht, wann die letzte erkannt oder erweckt wurde.«

»Steht das nicht in den Aufzeichnungen Ihrer Großmutter?«

Gwen schüttelte den Kopf. »Ich bin nicht sicher, ob das überhaupt heute noch jemand weiß. Vielleicht der alte Lord Covington«, sagte sie unsicher.

»Die letzte Hüterin hat vor über fünfhundert Jahren gelebt«, erklärte Linus unvermittelt. »Man sagt, sie sei bei den Hexenprozessen in Augsburg verbrannt worden. Seitdem wartet die Welt auf eine neue Hüterin, das Tor zur Schattenwelt ist seitdem verschlossen.«

Linus musste zum zweiten Mal an diesem Tag erleben, wie ihn die anderen ungläubig anstarrten. Er lächelte verlegen. »Jemand im Konsortium sagte das an dem Tag, an dem wir wussten, dass der Jäger wieder da war.«

»Vor fünfhundert Jahren«, echote Jenna zweifelnd. »So lange war er in der Schattenwelt? Wahnsinn …«

»Die Zeit vergeht dort anders als hier«, kommentierte Lagardère leise. »Eigentlich kommt ihr keine Bedeutung mehr zu. Die Ewigkeit verliert irgendwann ihren Schrecken, aber das ist der Moment, in dem man sich selbst verliert.«

Eine Weile wusste niemand etwas zu sagen. Der Wind heulte in Böen um das Haus, und Jenna bildete sich ein, das Meer an die Klippen schlagen zu hören.

»Die Bücher!«, rief sie plötzlich. »Wäre das Wissen über die früheren Hüterinnen nicht eine Information, die in den Büchern versteckt sein könnte?«

Lagardère riss sich mühsam aus seinen Gedanken und sah Jenna zweifelnd an. »Das glaube ich nicht. Wer die früheren Hüterinnen waren, ist nicht so wichtig, als dass man es verschlüsseln und verstecken würde. Ich bin sicher, die Bücher dienen einem anderen Zweck.«

»Was für Bücher?«, fragte Linus.

»Ein Reiseführer aus der Jahrhundertwende«, erklärte Jenna und zog eines der Exemplare aus ihrem Rucksack.

Gwen und Linus starrten den kleinen Band verblüfft an, dann sprang Gwen auf, rannte ins Wohnzimmer und kam nach einer Minute wieder zurück. Sie hielt ein Buch in der Hand.

»Das gibt's doch nicht«, sagte Jenna gedehnt. »Ihr habt auch eines?«

»Ein Erkennungszeichen«, sagte Lagardère leise. »Und vielleicht die Basis für einen Geheimcode.«

»Eines bei Gwen, eines bei George, eines bei Nicholas.« Jenna schwirrte der Kopf. Hatte Nicholas ihr doch etwas verschwiegen?

»Nicholas wusste nicht mehr, woher er es hatte«, kommentierte George ihre unausgesprochene Frage. »Und ich glaube, Antoine hat recht. Auch wenn noch mehr von diesen Büchern auftauchen, haben sie mehr mit dem Zirkel um den alten Lord als mit konkreter Magie zu tun. Aber vielleicht kann Nick zu Hause herausfinden, woher er sein Exemplar hat?«

»Was sagte Delaney noch?« Jenna sah George hoffnungsvoll an.

Dieser schüttelte jedoch den Kopf. »Sie hat nichts weiter gefunden.« Ein Schatten zog über sein Gesicht, aber es war nur ein winziger Moment, sodass Jenna sich nicht sicher war, ob sie es überhaupt gesehen hatte. George senkte den Blick und starrte auf den Boden, doch als er den Blick wieder hob, sah er Lagardère direkt ins Gesicht. Dieser zog in einer stummen Frage die Brauen hoch. George antwortete nicht, hob nur andeutungsweise die Schultern. Lagardère gab sich damit – fürs Erste – zufrieden. Er hatte das Gefühl, dass George etwas verbarg.

»Womit wir zur dringendsten Frage zurückkehren«, sagte dieser nun. »Hierbleiben? Nach Deutschland fliegen? Oder zurück zu mir, nach Cambridge?«

»Das entscheiden wir morgen früh«, schlug Jenna vor. »Wir fahren jetzt zurück ins Hotel. Ruf Nicholas an, vielleicht weiß er etwas Neues. Antoine, Sie denken nach, ob Ihnen noch irgendeine Kleinigkeit einfällt. Kim – du kannst entweder schlafen gehen oder bei uns im Zimmer üben. Ich werde dir heute Nacht nicht sagen, was du tun sollst.« Jenna schenkte sich den Rest Bruichladdich-Whisky ein, der den Boden der Flasche noch bedeckt hatte, und kippte ihn hinunter.

Gegen drei Uhr morgens ging Jenna langsam die Treppen des Hotels hinunter. Der weiße, zweigeschossige längliche Bau lag im Dunkeln, nur die Gänge wurden durch fahle Nachtlichter erhellt. Die Glastür, die das Restaurant vom Eingangsbereich trennte, war nicht verschlossen. Sie stieß sie auf, schaltete eine kleine Wandlampe ein, wandte sich zur Bar hinüber und ließ sich vor dem Kamin, in dem nur noch ein wenig Glut schwelte, in einen Sessel sinken. Jenna sah sich um. Auf dem Tresen lag ein Notizbuch, offensichtlich das persönliche Cocktailbuch des Barkeepers. Sie riss ein paar der hinteren leeren Seiten vorsichtig heraus, nahm sich den Bleistift, der danebenlag, und tat das, was sie immer tat, wenn sie über ein kompliziertes Problem nachdachte, sie zeichnete.

Ihr Handy zeigte bereits 03:55 an, doch sie wollte nicht ins Bett gehen. Denn dann würde sie Anne mit durchschnittener Kehle vor sich sehen. Oder sie würde davon träumen, wie der Jäger Kim oder Alex in den Händen hatte. Oder sie träumte von George …

Jenna schüttelte entnervt den Kopf. Da blieb sie doch lieber freiwillig wach und zeichnete. Ohne ihr bewusstes Dazutun wurde es ein Gesicht. Das Gesicht der Frau, die sie in ihren Träumen schon gesehen hatte, den Mund entschlossen zusammengepresst, mit einem geflochtenen Zopf, der über ihre Schulter nach vorn hing. Doch Jenna war noch nicht fertig: Es entstand ein weiteres Gesicht, eine zweite Frau, Anfang zwanzig vielleicht. Abgemagert, schmutzig, das lange Haar verfilzt und voller Knoten. Der Bleistift wurde ihr nicht ganz gerecht, in Jennas Vorstellung besaß sie leuchtend grüne Augen, die gleichzeitig herausfordernd und doch unglaublich traurig blickten.

Schritte ließen sie aufblicken.

Antoine Lagardère schwang sich auf einen der Barhocker.

»Was machen Sie denn noch hier, Antoine?«

»Nachdenken. Wie Sie«, gab er lakonisch zurück. »Über das, was man weiß. Was ich weiß … Irgendetwas in mir sieht die Wahrheit – oder die Lüge.« Er räusperte sich.

»Vielleicht ist es der Schatten in mir, der mehr weiß als ich selbst?« Jenna musterte den jungen Franzosen nachdenklich. »Ist es das, was Sie heute so verstört hat? Abgesehen von der schrecklichen Sache um Anne – liegt Ihnen sonst noch etwas auf der Seele?«

Lagardère schwieg einen Moment. Er malte mit dem Finger unsichtbare Muster auf die Bar, unsicher, wie er seine Sorgen ausdrücken sollte. »Sie hat gesagt, er ist nur ein Schatten. Vielleicht ist es egoistisch, das zu fragen. Aber was bin dann ich?«

Jenna brauchte einen Moment, um zu verstehen, wovon er sprach. Sie rollte die Zeichnung zusammen, erhob sich, durchquerte den Raum und legte ihm eine Hand auf die Schulter. »Aber Antoine, das war allein auf den Jäger gemünzt. Sie waren damit nicht gemeint.« Sie rüttelte ihn leicht. »Sie mögen von den Schatten zurückgekehrt sein, aber ein Schatten geblieben sind Sie sicher nicht. Sie, Antoine, sind hell und dunkel, Licht und Schatten. Das hat meine Tochter sehr wohl bemerkt. Der Jäger hingegen, der ist nur schwarz. Da ist kein Fünkchen Leben. Ich denke, wir alle hier kennen den Unterschied.«

»Sie wissen gar nichts über mich.« Lagardère klang bitter.

»Das liegt daran, dass wir seit Tagen nicht mehr dazu kommen, innezuhalten und zu reden. Ich meine ganz normale Unterhaltungen bei einem Glas Wein. Nach denen man ins Bett geht und am nächsten Morgen aufsteht und arbeiten geht und abends wieder nach Hause zu seiner Familie kommt.« Jenna sah ihm in die Augen. »Uns geht es ähnlich wie Ihnen. Wir befinden uns plötzlich in einer neuen Welt und haben keine Ahnung, was uns hinter der nächsten Ecke erwartet. Wir sollten uns gegenseitig Zeit geben. Ich bin sicher, Sie und Kim und ich werden noch oft und lange miteinander reden und uns gegenseitig unser Leben erzählen. Nur nicht heute Nacht. Und vermutlich morgen auch nicht. Lassen Sie uns das überleben, helfen Sie uns. Machen wir einen Schritt nach dem anderen.«

Lagardère sah plötzlich beschämt aus. Er legte eine Hand über die ihre und drückte sie leicht. »Sie haben recht, Jenna. Es tut mir leid. Ich sollte es wohl nicht so persönlich nehmen.«

»Hm … ich würde eher sagen, Sie sollten es persönlich nehmen, dass ich Sie geholt habe. Ihnen fällt in diesem Stück eine ganz wichtige Rolle zu. Die Frage ist, welche. Wenn Sie mich fragen, sind Sie hier, um mir mit dem Jäger zu helfen. Das wäre Gerechtigkeit, oder nicht? Ein Schatten, um mich zu töten, ein Schatten, der mir zur Seite steht.« Sie schüttelte den Kopf. »Wenn das nicht pathetisch klingt.«

»Das tut es«, gab Lagardère zu, und ein Grinsen huschte über sein Gesicht, »aber nichtsdestotrotz haben Sie vielleicht recht damit, *ma chère* Jenna.«

»Sie sind noch jung, Antoine. Und das meine ich auch so. Sie werden Zeit brauchen, um hier wirklich anzukommen. Sie werden kein Schatten bleiben.« Jenna nahm ihn an der Hand und zog ihn vom Barhocker. »Gehen wir schlafen. Wenigstens noch zwei Stunden. Dann sehen wir weiter.«

Matthew Johnson starrte fassungslos auf den Fernseher. Die albtraumhaften Bilder aus dem Londoner Krankenhaus verursachten ihm Übelkeit. Der Mann, der neben ihm in einem Sessel saß, die Beine übereinandergeschlagen, lächelte dünn. »Ich habe noch einen letzten Auftrag für dich.«

»Das waren Sie …«, krächzte Matthew und hätte sich am liebsten die Decke über den Kopf gezogen.

Der Mann machte eine nachlässige Handbewegung. »Natürlich. Und nun zu dir. Du wirst Folgendes tun …« Seine nächsten Worte ließen Matthew das Blut in den Adern gefrieren. Einen Moment lang wünschte er sich verzweifelt, er hätte den Anschlag auf der Autobahn nicht überlebt.

Teil IV

Die Flamme

10

DIENSTAG, 14. FEBRUAR

Es war noch dunkel, als George leise, aber nachdrücklich an Jennas Tür klopfte.

Jenna fuhr aus einem unruhigen Schlaf hoch und rieb sich die Augen. Halb sieben. Sie hatte zwei Stunden geschlafen, jetzt fühlte sie sich müder als vorher. Kim war schon wach, tapste in Socken zur Tür und öffnete.

George trug ein Tablett mit vier Tassen Kaffee in der Hand und hatte Lagardère im Schlepptau. »Tee am Morgen wird hemmungslos überbewertet. Ohne Kaffee bin ich unbrauchbar.«

»Ich auch«, gähnte Jenna und sah Lagardère, dem man außer einem leichten Bartschatten nichts von der vergangenen Nacht ansah, vorwurfsvoll an. »Warum sind Sie so wach, Antoine?«

»Ich bin jünger als Sie, schon vergessen?«

»Autsch. Danke, das habe ich gebraucht.« Jenna richtete sich im Bett auf, lehnte sich mit dem Rücken gegen die Wand und nahm einen großen Schluck. Das Koffein vertrieb langsam den Nebel aus ihrem Gehirn. Da fühlte sie die Präsenz des Jägers plötzlich so deutlich, dass sie zusammenfuhr und die halbe Tasse auf der Bettdecke verschüttete. »Oh, du lieber Gott. Das kann nicht wahr sein«, sagte sie und schaute Kim verzweifelt an.

George nahm ihr die Tasse aus der Hand. »Was ist los?«

»Der Jäger …«

»Was – ist er hier?« George tat zwei schnelle Schritte zum Fenster und sah suchend hinaus.

»Nein, nein. Er ist weit weg. Aber ich kann seine Genugtuung spüren über das, was er angerichtet hat.« Jenna legte ihre Hände an die Wangen. »Er ruft mich. Er will, dass wir zurückkommen …«

»Nimm mal deinen Stein in die Hand, Mam«, forderte Kim sie auf und drückte ihrer Mutter den Amethyst in die Hand. Fast augenblicklich spürte Jenna, wie das Band zwischen ihr und dem Jäger wieder dünner wurde und das Gefühl der Übelkeit verschwand. »Viel besser. Danke, Kim. Darauf hätte ich ja auch selbst kommen können.« Jenna schlug die nasse Bettdecke zurück und marschierte ins Bad. Ob der Jäger auch spürte, wann die Verbindung zwischen ihnen stärker oder schwächer wurde? »Bin gleich wieder da«, rief sie und schloss die Tür. Unter der Dusche würde sie nachdenken.

Keine zehn Minuten später erschien sie wieder und sah, wie Kim, Lagardère und George verblüfft auf Kims Handy starrten. »Was ist denn los?«

»Äh«, sagte Kim. »Es ist eine SMS von Matt. *Ruf mich an. Dringend. Es geht um Leben und Tod.* Super dramatisch, oder? Soll ich antworten?«

»Ich weiß nicht«, zögerte Jenna. Sie zog sich an, während sie weitersprach. »Ich habe eine Idee, was den Jäger betrifft. Dazu muss ich noch mal mit Gwen sprechen. Und selbst wenn es klappt, befürchte ich, dass ich dazu näher an ihm dran sein muss. Also – wo ist er?« Sie legte ihren Stein auf den Tisch und trat einen Schritt zurück, horchte in sich hinein und verzog das Gesicht. »Es fühlt sich nicht so an wie in Cambridge, nein, er ist viel weiter weg.«

»Er ist in München«, sagte Kim plötzlich. »Bei Matthew. Deswegen die Nachricht. Wetten?«

Jenna wurde blass. »Du könntest recht haben. Wir müssen

Alex warnen. Aber ich kann ihm das doch nicht alles erzählen …« Sie griff nach ihrem eigenen Handy und wählte, trat unruhig von einem Fuß auf den anderen. »Mailbox«, stöhnte sie dann und zog eine Grimasse. »Alex? Jenna hier. Hör mal, ich weiß, das klingt seltsam, aber ich glaube, jemand verfolgt dich. Ruf mich an, ja? Bitte! Uns geht es gut, Grüße von Kim.« Sie schlüpfte in ihre Jacke und band sich einen Schal um den Hals. Den Amethyst steckte sie in die Hosentasche. »Ich fahre kurz zu Gwen hinüber. George, kannst du in der Zwischenzeit dafür sorgen, dass wir von dieser Insel herunterkommen? Zurück nach München?« Fast erwartete sie, den kühlen, distanzierten George wieder zum Vorschein kommen zu sehen, doch er nickte lediglich.

»Ich kümmere mich darum, dass wir einen Flug bekommen«, sagte er. »Kim, kannst du packen? Meinetwegen nimm deinen Stein und lass die Klamotten in den Koffer schweben. Antoine, nehmen Sie sich doch in der Zwischenzeit noch einmal die Bücher vor. Zusammen mit dieser Zahlenkombination – vielleicht fällt Ihnen doch noch etwas auf? Sie sind unser Experte, was Verschlüsselungen betrifft.« Er drückte dem Franzosen die beiden kleinen Bände in die Hand und zog sein Handy hervor. »Schauen wir mal, was der Flugbetrieb auf Islay hergibt.«

»Er hat keinen Pass, George«, gab Kim zu bedenken.

»Wie?« George sah sie verwirrt an.

»Antoine – er hat keinen Ausweis. Wie kommt er durch die Kontrollen, wenn wir England verlassen?«, erklärte Kim ungeduldig.

George kniff die Augen zusammen. »Du hast recht, Kim. Das ist tatsächlich ein Problem. Pässe sind leider heute nicht mehr so einfach zu fälschen.«

»Kannst du das denn?« Kim klang neugierig.

»Ich war mal richtig gut darin.« Er dachte einen Moment nach. »Warte mal. Das ist zwar verrückt, aber es könnte funktionieren.« Mit diesen Worten zog er sein Handy hervor, trat auf den Gang hinaus, rief Nicholas an und erklärte ihm die Situation. »Ich habe sie nicht gekannt... aber es tut mir leid um deine Frau«, sagte er unvermittelt.

»Ich weiß«, gab Nicholas zurück. Er wusste es wirklich. Mehr Worte bedurfte es nicht.

»Erinnerst du dich an Peter Compton?«, fragte George dann.

»MI6? *Der* Compton?«

»Genau. Delaney und ich sind hin und wieder bei ihm zum Dinner eingeladen. Er war mit unserem Vater gut bekannt, und ganz am Anfang meiner Tätigkeit fürs Außenministerium habe ich ihm gelegentlich zugearbeitet. Er ist ein harter Knochen, aber ich könnte ihn bitten, uns zu helfen.«

»Ich weiß nicht«, drang es durch den Hörer. »Was willst du ihm erzählen? Der ist vom Geheimdienst, George, nicht von den X-Akten. Er wird dir nicht glauben.«

»Er muss mir nicht glauben. Aber er schuldet mir noch einen Gefallen.«

»Tatsächlich? Der ehemalige Chef des MI6 schuldet dir etwas? Entschuldige, das kann ich kaum glauben.«

George lächelte. »Eigentlich seine Frau. Und nicht mir, sondern meiner Schwester. Du kannst sie fragen, wenn wir das Ganze hier überstanden haben. Es ist ein kleiner Gefallen, und ich werde zudem an seine englische Seele appellieren.«

»Das könnte eher helfen«, sagte Nicholas trocken, der Peter Compton als den sprichwörtlichen steifen Engländer in Erinnerung hatte. Unbestechlich, unbeirrbar und von einer geradezu unheimlichen Gelassenheit. Dann wechselte er das Thema: »Du bringst mich auf eine Idee. Bisher hat niemand bei Scotland Yard irgendeinen Hinweis. Weder auf den Schützen am Café noch auf den Mörder im Krankenhaus. Ich werde also ebenfalls meine alten Kontakte nutzen, um mehr über das Konsortium herauszufinden. Ich will nicht, dass noch jemand umkommt. Die werden dafür bezahlen.« Dann änderte sich Nicholas' Tonlage. »Sobald die Obduktion abgeschlossen ist, lasse ich Anne und ihre Eltern nach München überführen.« Bei den letzten Worten begann seine Stimme zu zittern.

»Ich muss dir noch etwas sagen, Nicholas«, sagte George zögernd. »Das Konsortium hat mit mir Kontakt aufgenommen.«

»Ja, bitte?«, erklang eine sonore Stimme.

»Mr. Compton? Hier ist George Covington.«

»George, mein Lieber, guten Morgen. Wie geht es Ihnen?« Compton wusste sofort, wer am anderen Ende der Leitung war.

»Danke, gut, Sir. Meine Schwester und ich denken sehr gerne an Ihre letzte Einladung zurück. Das Lamm war überaus köstlich«, gab George zurück und räusperte sich. Dann sprang er ins kalte Wasser. »Aber deshalb rufe ich nicht an. Sir … ich bin in einer Notlage und könnte Ihre Hilfe gebrauchen.«

»Diese Nummer ist für Notfälle reserviert.«

»Ich weiß, Sir.«

»So?« Compton ließ sich seine Überraschung nicht anmerken. »Worum geht es denn? Ist Ihnen eine Heiratskandidatin auf den Fersen?« George wusste, dass sich Comptons Frau Margaret mit Laney darüber unterhalten hatte, dass George seit Jahren sämtlichen Frauen mit festen Absichten auswich.

»Schön wär's«, sagte George nervös. »Nein, ich stecke wirklich in einer prekären Lage, Sir. Ich brauche Papiere. Für eine Person. Möglichst heute noch.«

Einige Augenblicke lang, in denen George im Hotelzimmer nervös hin und her ging und Kim zusah, wie sie ihre Sachen wahllos in Jennas oder ihren Rucksack packte, herrschte Schweigen am anderen Ende der Leitung. »Mein lieber Junge – in was sind Sie denn hineingeraten?«, fragte Compton alarmiert. »Dabei ist es noch nicht einmal Mittag!«

George seufzte. »Das ist eine lange Geschichte, Sir. Aber ich würde Sie nicht behelligen, wenn ich nicht verzweifelt wäre.«

»Ich glaube, Sie kommen besser her, und Sie erklären mir in Ruhe, worum es geht und was Sie vorhaben«, schlug Compton nun vor.

»Das kann ich leider nicht. Ich bin auf Islay.«

»George …«

George unterbrach ihn. »Ich bitte um Verzeihung, Sir, dass ich das jetzt so ins Spiel bringe. Aber …« Er holte tief Luft. Er hatte noch nie versucht, einem Geheimdienstchef einen solchen Gefallen abzuringen, und seine Stimme zitterte leicht. »Erinnern Sie sich, dass Sie vor einem Jahr gesagt haben, Laney und ich hätten etwas gut bei Ihnen? Bitte – ich brauche diese Papiere wirklich dringend. Ich muss ein paar Leute aus dem Schussfeld bekommen, an denen mir sehr viel liegt.«

»Haben diese Leute ein Verbrechen begangen?«

»Ganz im Gegenteil, Sir. Erinnern Sie sich an Agent Wright?«

»Wright? Nicholas Wright? Guter Mann, hat leider vor ein paar Jahren aufgehört. Was macht er jetzt?«

»Er gehört zu uns. Seine Frau und seine Schwiegereltern sind gestern einem Anschlag zum Opfer gefallen. Haben Sie die Bilder aus der Londoner Klinik gesehen?«

»Was hat das denn damit zu tun?«

»Alles«, gab George zurück. »Und dafür müssen wir nach

Deutschland. Das wiederum gehört zur Schengen-Zone, also benötige ich gültige Papiere für meinen Begleiter.«

Compton schwieg so lange, dass George befürchtete, er hätte aufgelegt. Doch dann sagte der ehemalige Secret Service Chef: »Ich kannte Ihren Vater, George, und ich kenne Sie. Sie würden nichts tun, was die Sicherheit in unserem Land gefährden würde, nicht wahr?«

»Natürlich nicht, Sir.«

»Sagen Sie mir, was Sie benötigen.«

George spürte, wie ihm eine Last vom Herzen fiel. Er hatte nicht so ganz daran geglaubt, dass Compton, dieser unbestechliche alte Hund, ihm Glauben schenken würde. Mehr noch – er sagte ihm Hilfe zu, ohne die ganze Geschichte zu kennen.

»Aber ich warne Sie, George: Wenn mir zu Ohren kommt, dass Sie diese Hilfe missbrauchen, werde ich Sie persönlich zur Rechenschaft ziehen. Haben wir uns verstanden?«

»Ich verspreche es Ihnen, Sir.«

»Versprechen Sie nichts. Aber denken Sie daran, dass ich Sie im Auge behalte.«

Kurz darauf hatte George die Gewissheit, dass heute Nachmittag am Flugplatz in Cambridge ein Kurier auf ihn warten würde. Mit Papieren für Antoine Lagardère. Ein Foto von ihm hatte er Compton unmittelbar nach ihrem Telefonat geschickt. Dann dachte er darüber nach, was Nicholas ihm geraten hatte, und hoffte von Herzen, dass Jenna ihn verstehen würde.

Jenna fuhr die wenigen Kilometer äußerst vorsichtig, die linke Straßenseite schien ihr immer noch verkehrt. Wenigstens war es ein Wagen mit Automatikgetriebe, sonst hätte sie vermutlich versucht, im fünften Gang zu starten. Es wurde gerade hell, heute versprach es ein windiger, aber dafür sonniger Tag zu werden. Auf der Anhöhe in Bowmore parkte sie vor Gwens kleinem Steinhaus und klopfte.

»Wir fliegen zurück nach München«, erklärte sie einer müde aussehenden Gwen, die ihr mit einer Tasse Tee in der Hand die Tür öffnete. »Aber ich habe eine Idee.«

»Kommen Sie herein, Jenna. Sie sehen aus, als hätten Sie gar nicht geschlafen.«

»So ungefähr«, gab Jenna zu und trat hinter Gwen in die Küche. »Wir haben gestern von einem Anker gesprochen. Also: Kann ich den Jäger irgendwie mit jemandem in der Schattenwelt oder von mir aus auch im Jenseits verbinden? Sodass er da bleiben muss? Oder zumindest so, dass er hier keinen Schaden mehr anrichten kann? Ich glaube, die Polizei wird uns in diesem Fall nicht weiterhelfen. Die hält uns eher für durchgedreht und weist uns ein.«

»Darüber habe ich letzte Nacht auch gegrübelt«, sagte Gwen. »Das Problem ist nur, mit wem wollen wir ihn verankern? Wir können ja schlecht irgendjemanden in der Schattenwelt fragen, ob wir den Jäger an ihm festbinden können.«

»Mit der letzten Hüterin.«

Gwen starrte Jenna verblüfft an. »Das ist ja … also, ich weiß nicht …«

»Das ist die einzige Möglichkeit. Wir haben doch gestern darüber gesprochen, die letzte Hüterin ist vor über fünfhundert Jahren gestorben. Wenn ich die irgendwie erreichen kann …«

»Lieber Himmel, Jenna, fünfhundert Jahre! Wer weiß schon, wo sich die Hüterin, oder von mir aus auch ihre Seele, jetzt befindet. Wir wissen viel zu wenig über die andere Welt und auch über das, was mit den Hüterinnen geschieht, wenn sie sterben.«

»Haben Sie eine bessere Idee, Gwen? Außer dass ich mich und Kim dem Jäger ausliefere und wir tun, was auch immer er von uns will? Das kann nur die allerletzte Lösung sein, aber nicht die erste. Und außerdem hat Lagardère auch vor gut vierhundert Jahren das erste Mal gelebt. Ihn konnten wir auch erreichen.«

Gwen seufzte. »Er hat Sie erreicht, das ist nicht dasselbe.« Sie lehnte sich mit dem Rücken gegen die Küchenzeile und trank gedankenvoll ihren Tee aus. »Aber denken wir das mal durch. Sie haben zwei verschiedene Dinge vor: Erstens müssen Sie sich mit der Hüterin verbinden, dann müssen Sie das Seil zwischen ihr und dem Jäger knüpfen. Wenn sie es zulässt.« Sie kniff die Augen zusammen. »Bei alledem wäre es hilfreich, wenn wir den Namen dieses Jägers kennen würden … Und noch etwas: Was Sie hier vorhaben – damit betreten Sie das Feld der dunklen Magie.«

»Ich bin die Hüterin und nicht die Kräuterhexe vom Bauernhof nebenan«, gab Jenna zurück, und umklammerte fest ihren Stein.

»Sie haben also beschlossen, Ihre Bestimmung anzunehmen …«, sagte Gwen, und Bewunderung schwang in ihrer Stimme mit.

Jenna nickte. »Ich habe keine Wahl.«

»Sie haben immer eine Wahl«, wies Gwen sie zurecht. »Vergessen Sie das nicht. Der Jäger mag Ihr schlimmster Feind sein, aber er nimmt Ihnen nicht die Entscheidungsfreiheit. Das habe ich gestern schon einmal gesagt. Was Sie und Ihre Tochter mit der Kraft anfangen, die Sie in sich tragen – das ist Ihre Entscheidung.«

Das brachte Jenna kurz zum Schweigen. »Ich entscheide mich dafür, nicht wegzulaufen, nicht aufzugeben«, sagte sie dann.

Gwen lächelte. »Mal sehen, ob Granny dazu etwas wusste. Wie viel Zeit haben wir?«

Jenna warf einen Blick auf ihr Handy. »Abflug mit Nora um 13 Uhr«, las sie die letzte Nachricht von George vor.

»Linus!«, rief Gwen nach oben. »Komm runter. Wir haben zu tun. Du musst bitte Kim vom Hotel abholen und hierher bringen.«

Jenna wollte etwas einwenden, doch Gwen hob die Hand. »Ich weiß, dass Sie Ihre Tochter schützen wollen. Aber das schaffen Sie nicht allein! Wir brauchen Sie beide.«

»Genau das wollte ich vermeiden«, sagte Jenna leise. »Ich will nicht, dass ihr etwas passiert.«

»Sie stecken beide drin«, erklärte Gwen. »Diese Art von Magie gelingt Ihnen nur gemeinsam, glauben Sie mir. Und Kim muss ohnehin lernen, was sie kann. Genauso wie Sie auch. Sie ist fast erwachsen. Lassen Sie sie machen.«

»Klingt, als hätten Sie Erfahrung mit Teenagern«, sagte Jenna und wischte sich unauffällig eine Träne aus dem Augenwinkel.

»Das kann man so sagen«, erwiderte Gwen und beließ es bei dieser kryptischen Bemerkung.

Als Kommissar Sandberg um kurz nach acht das Klinikum Großhadern betrat und nach dem neuen Zimmer von Matthew Johnson fragte, erlebte er eine unangenehme Überraschung. Der Patient hatte sich im Laufe der Nacht gegen den ausdrücklichen ärztlichen Rat selbst entlassen. »Er stand aufrecht und war bei Sinnen – ich konnte ihn leider nicht hierbehalten, so gerne ich das auch getan hätte«, erklärte die Ärztin, die für die Nachtschicht verantwortlich gewesen war. »Er wäre heute auf die normale Station gekommen, und nach ein oder zwei Wochen wäre dann Reha angesagt gewesen. Aber er wollte partout nicht. Es war ein bisschen wie ›stehe auf und wandle‹. Ich kann es mir auch nicht erklären, wie er plötzlich so fit sein kann.« Sie unterzeichnete zwei Protokolle, die eine Schwester ihr unter die Nase hielt.

Der junge Mann hatte außer dem Kommissar keinen Besuch erhalten. Er hatte auch darauf bestanden, dass niemand informiert würde, weder seine Münchner Gastfamilie noch seine Familie in den USA. Da er volljährig war, hatte man dieser Bitte nachkommen müssen. Die Krankenhausrechnung war gestern Abend schon bar bezahlt worden. Ende der Geschichte.

Sandberg sah die Ärztin entnervt an. »Und Sie haben nicht daran gedacht, mich zu informieren? Sie wussten doch, dass ich heute mit ihm sprechen wollte.«

»Stand der Junge unter Arrest, Herr Kommissar? Nein. Eben. Und jetzt bitte ich Sie, mich zu entschuldigen. Ich habe eine lange Nacht hinter mir und möchte nach Hause.« Sie öffnete einen Spind, warf sich einen langen Mantel über, zog eine Mütze tief ins Gesicht und verschwand mit hallenden Schritten Richtung Ausgang.

»Verdammt«, fluchte Sandberg leise. Alex Winters hatte er auch nicht erreicht. Die Geschichte wurde immer verworrener.

»Ich habe alles fertig gepackt, Mam«, verkündete Kim, als sie gemeinsam mit Linus in Gwens Küche trat. »George hat mit dieser Pilotin ausgemacht, dass wir um kurz vor eins am Flugplatz sein sollen. Er holt uns später hier bei Gwen ab. Antoine brütet noch über den Büchern. Aber er sagte, er hätte vielleicht schon eine Idee, worauf sich die Zahlen beziehen. Außerdem hat er Cola entdeckt.« Sie sah sich neugierig um. Auf dem Küchentisch hatten Jenna und Gwen auf einem dunkelblauen Samttuch verschiedene getrocknete Kräuter ausgebreitet, eine kleine Wachskerze brannte, und Gwen füllte am Spülbecken eine silberne Schüssel mit Wasser. Die kleinen Fensterläden waren zugezogen, der Raum lag im Halbdunkel. »Was machen wir hier?«

»Einen Probelauf«, erklärte Jenna. »Wir wollen den Jäger mit der letzten Hüterin verankern. Wir werden jetzt versuchen, sie zu erreichen, damit wir das in München richtig durchführen können.«

Kim verzog den Mund. »Das klingt irgendwie …«

»Esoterisch?« Linus lehnte im Türrahmen und sah ihnen zu.

»Nein … Ich weiß nicht. Beim letzten Mal, als ich jemanden gerufen habe, bin ich umgekippt«, gab sie zu bedenken.

»Jetzt seid ihr zu zweit. Und schon um einiges stärker«, versuchte Gwen sie zu beruhigen. »Außerdem ist das erst mal ein Versuch. Linus, du kannst hierbleiben, aber misch dich nicht ein.«

»Ich bin froh um alles, was diesen Jäger und seine Handlanger in die Hölle schickt«, brummte Linus und sah den Vorbereitungen gespannt zu.

Kim und Jenna setzten sich übereck an den Tisch, legten ihre Steine vor sich und sahen Gwen fragend an. Diese stand neben ihnen, das Buch ihrer Großmutter vor sich auf dem Tisch, und schob sich die Brille vor auf die Nasenspitze, um darüber hinwegsehen zu können. »Wollen wir?«

»Ich habe Angst, dass wir das Tor öffnen«, gab Jenna zu bedenken.

Gwen sah sie mitfühlend an und stützte ihre Hände auf der Tischplatte auf. »Ja, das kann ich verstehen. Aber denkt daran, was ich euch über Kontrolle gesagt habe. Ihr bestimmt über das, was passiert, was ihr tut. Ihr seid zu zweit – stützt euch gegenseitig. Niemand zwingt euch zu etwas!«

Jenna klopfte das Herz bis zum Hals, aber sie legte eine Hand auf den Amethyst und fasste mit der anderen nach Kims freier Hand. Mutter und Tochter sahen sich in die Augen und nickten gleichzeitig. »Es kann losgehen«, sagte Kim mit dünner Stimme.

»Stellt euch einen großen dunklen Raum vor, eine Halle, deren Ausmaße ihr nicht erahnen könnt. Und wenn ich *jetzt* sage, dann beginnt ihr zu rufen.« Gwen ließ die Kräuter ins Wasser rieseln, hielt dann die Kerze schräg darüber und ließ Wachs dazutropfen. »Jetzt«, sagte sie leise, setzte die Kerze wieder ab und trat einen Schritt zurück.

Eine große dunkle Halle – das war noch vergleichsweise einfach. Doch wenn man nicht wusste, wen man rief … Jenna entschied sich für das Nächstliegende und hoffte, dass jemand antwortete, der ihr ähnlich war. Die neue Hüterin schickte ihre Angst, die Hochstimmung und die Erinnerung an den Kraftstrom, den sie verspürt hatte, in den Raum.

Der Stein unter ihrer Hand wurde warm. Wie bereits auf dem Friedhof von Black Rock begann sich die Luft um sie herum zu verändern, wurde milchig.

Und da veränderte sich Kims Gesicht. Jenna schnappte hörbar nach Luft. Es wurde schmaler und älter, jetzt blickten sie grüne Augen an, über die blassen Wangen liefen Schmutz- und Tränenspuren, die Schultern waren weiß und bloß, wiesen blutige Striemen auf. Jenna kniff die Augen zusammen, klammerte die Hand um den Stein und ließ ihn erschrocken wieder los – er war mit einem Mal brennend heiß.

Im nächsten Moment war alles vorbei, die Kerze auf dem Tisch flackerte einmal auf und erlosch.

»Oh«, machte Kim enttäuscht, »ich konnte nichts verstehen.«

»Wie? Hat jemand was zu dir gesagt?«, fragte Gwen gespannt.

»Mhm. Ich war in dieser Halle, und jemand war da. Ich konnte nicht sehen, wer, aber ich hatte den Eindruck, jemand würde mir etwas zuflüstern. Ich hab es aber leider nicht verstanden.« Sie machte große Augen, als ihr etwas auffiel. »Mam – es war so ein Wispern, weißt du noch, in der Wohnung von Anne und Nick, mit dem Buch?«

»Bedrohlich?«, fragte Gwen.

Kim schüttelte den Kopf. »Nein, eher ... wie soll ich's beschreiben ... auffordernd. Oder fast ... freudig.«

Jenna war inzwischen aufgestanden und zog jetzt aus ihrer Manteltasche ein zerknittertes Blatt Papier: ihre Zeichnung von gestern Nacht. Sie glättete es und wies auf das rechte Gesicht. »Ich habe diese Frau gesehen«, sagte sie verwundert.

»Wer ist sie?«, fragte Linus.

Jenna zuckte mit den Schultern. »Wenn ich das wüsste. Vielleicht tatsächlich die, die wir suchen? Leider gibt es von damals keine Aufzeichnungen, keine Bilder. Aber sie hatte die gleichen grünen Augen, die ich auch beim Zeichnen vor mir gesehen habe.«

»Für den Anfang war das großartig«, lobte Gwen, öffnete die Fensterläden und ließ frische Luft herein. »Ihr habt die ersten Schritte in diese Halle hineingetan. Beim zweiten Mal wird es sicher leichter. Wir machen eine Pause. Dann noch mal von vorn. Ich habe noch genügend Kräuter übrig.«

Kim sah sehnsüchtig zum Herd hinüber. »Ich hab so Hunger, George hat uns ja nur einen Kaffee gebracht«, beschwerte sie sich.

Gwen musste lachen. »Dann komm, mein hungriges Kind, ich mach dir ein paar Rühreier. Jenna, was ist mit Ihnen?«

Diese winkte ab. »Ich kriege nichts herunter.«

»Was ist denn eigentlich mit Matthew?««, fragte Kim, die

jetzt Eier in eine Schüssel schlug und mit dem Schneebesen durchrührte.

»Ich traue ihm seit dem Ritual nicht über den Weg. Und du auch nicht«, meinte Jenna gedehnt.

»Aber ich könnte doch versuchen, ihn auszuhorchen. Nur am Telefon«, schlug Kim vor.

»Ich traue ihm kein bisschen«, wiederholte Jenna. »Der Jäger hat dich in der Kapelle auch fast dazu gebracht rauszugehen. Gegen deinen Willen, weißt du noch? Wer weiß, was er oder Matthew vorhaben … Was er noch alles kann.« Sie nahm Kim den Schneebesen aus der Hand, drehte sie zu sich herum und legte ihr beide Hände auf die Schultern. »Wir müssen das heil überstehen. Du und ich und Alex und Antoine. Und Nick und George. Wenn dieser Jäger verschwunden ist und dein Matthew danach immer noch existiert, dann, meinetwegen, ruf ihn an. Aber keine Minute vorher.«

»Okay, okay, ich versprech's ja«, sagte Kim und schaute hoffnungsvoll in die Pfanne, in der das Rührei schon anfing zu duften.

Der zweite Versuch brachte sie nicht wirklich weiter. Jenna war zwar jetzt darauf gefasst, dass ihr Stein heiß wurde, und wölbte einfach die Hand darüber, doch der Kontakt zu dieser geheimnisvollen Frau mit den grünen Augen wollte sich nicht einstellen. Sie hatte fast das Gefühl, dass es schwieriger war als vorher. Also versuchte sie, in die sprichwörtliche Halle zu gehen, und gleichzeitig bemühte sich jemand, sie zurückzuhalten. Sie horchte in sich hinein. Der Jäger war zu spüren, aber immer noch weit weg.

»Irgendwas bremst mich aus«, beklagte sich Kim. »Ich höre immer nur dieses Wispern, aber sonst krieg ich nichts hin.«

»Mir geht's genauso.« Jenna nahm ein Blättchen getrockneten Salbei und zerbröselte es zwischen den Fingern. »Gwen, eine Frage: Kann uns dieser Jäger wohl von dort, wo er jetzt ist, torpedieren? Uns daran hindern, die Hüterin zu finden?«

Gwen sah Linus ratlos an.

Der nickte bedächtig. »Ich denke, das könnte er, wenn er Hilfe hat. Allein kann er das nicht, zumindest nicht auf diese Entfernung.« Er rieb sich nachdenklich die Nase. »In der Magie geht es immer auch um die Frage des Gleichgewichts, des Ausgleichs. Also muss es auch einen Weg geben, wie ihr ihn blockieren könnt.«

»Fließendes Wasser!«, rief Gwen, die hektisch im Buch ihrer Großmutter blätterte. »Sie schreibt das in einem anderen Zusammenhang, aber hört: *fließendes Wasser schreckt dunkle Magie.*«

»Was soll das heißen? Dass wir nebenher den Wasserhahn aufdrehen sollen?«, fragte Kim skeptisch.

»Nein. Ihr müsst euch in der Nähe eines Flusses aufhalten.«

»Wir sind doch am Meer«, sagte Kim.

»Meer zählt nicht. Ich sagte fließendes Wasser. Ihr braucht einen Fluss oder Bach. Dann könnt ihr ihn ausblenden.« Gwen sah die beiden forschend an. »Wenn ihr ihn allerdings in euer Ritual einbezieht – und das werdet ihr wohl tun müssen –, dann dürft ihr genau das nicht tun. Dann müsst ihr ihn hereinlassen und euch ihm stellen, sozusagen.«

In diesem Moment hupte es vor dem Haus. Durch das Fenster sah man Georges Wagen. »Oh, Mist, es ist schon kurz nach zwölf. Wir müssen los, Kim.« Jenna trat auf Gwen zu. »Ich danke Ihnen, Gwen. Sie haben uns sehr geholfen.«

»Ich habe Sie nur auf den Weg gebracht«, wehrte Gwen ab, doch ein bisschen Stolz war ihrer Stimme anzuhören. Sie umarmte Jenna spontan. »Sie haben eine schwere Aufgabe vor sich. Aber Sie können es schaffen. Sie sind zu zweit. Oh, übrigens: Wann auch immer Sie üben – tun Sie es nicht im Flugzeug.« Damit umarmte sie Kim ebenfalls. Sie wechselte einen Blick mit Linus, dann nahm sie das Buch ihrer Großmutter und drückte es Jenna in die Hand. »Es ist kein Handbuch, aber Sie werden es brauchen. Ich habe meine Aufgabe hiermit erfüllt, und ich hoffe, Granny ist zufrieden mit mir.«

Linus nickte zustimmend. »Gwen hat recht. Nehmen Sie es. Wir wünschen Ihnen viel Glück.«

Auf dem Flughafen erwartete sie erneut Nora Miller. »Schön, Sie alle wiederzusehen. Wir fliegen nach Augsburg, mit einem Zwischenstopp in Cambridge.«

»Wo ist denn der coole Hubschrauber?«, fragte Kim. »Und wieso Augsburg?«

Die Pilotin wies auf ein Flugzeug hinter sich, das vor einem Hangar stand. »Wir nehmen heute unsere Cessna Conquest. Sechs Sitze und eine Reichweite von knapp zweitausendfünfhundert Kilometern. Sie ist schon ein altes Mädchen, aber sehr zuverlässig. In München darf man als Privatflieger nicht landen. Oberschleißheim hat keinen internationalen Flugverkehr. Also Augsburg. Steigen Sie ein.«

Sie verteilten sich auf die Plätze, Nora konferierte mit dem Tower, und keine Viertelstunde später waren sie in der Luft. »Falls jemand Hunger hat: Hinter dem Vorhang am Heck befindet sich ein Schrank, darin findet ihr kleine Snacks und etwas zu trinken«, rief sie ihren Passagieren zu, als sie die Reiseflughöhe erreicht hatten. »Ankunft in Cambridge voraussichtlich 14:30 Uhr. Dort gehen Sie alle durch die Passkontrolle. Ich habe uns für den Weiterflug nach Deutschland schon angemeldet.«

Während Kim und Lagardère die Köpfe zusammensteckten – der Franzose hatte die beiden Bücher erneut durchforstet und versucht, damit einen Sinn in der Zahlenkombination auf dem Grab zu erkennen –, löste Jenna ihren Gurt und ging nach hinten. Sie schob den grauen, schweren Vorhang zur Seite und stützte sich mit beiden Händen auf den kleinen Schrank. Der Stoff schwang hinter ihr zurück. Was Linus gesagt hat, ergibt Sinn, dachte sie. Lieber Gott, das wird mir keiner glauben. Was erzähle ich Rainer? Und unsere Mädelsabende werden ohne Anne nie wieder dieselben sein. Und kann Kim wieder in die Schule? Sie spürte, wie hinter ihr der Vorhang geöffnet wurde und jemand hinter sie trat.

Langsam drehte sie sich um und war nicht überrascht. Ohne ein Wort nahm George ihr Gesicht in seine Hände, dann fühlte sie seine Lippen auf ihren. Jenna schlang die Arme um seinen Nacken, schloss die Augen und hörte für eine Weile auf zu denken. Es begann ganz sanft, doch als George merkte, dass Jenna den Kuss erwiderte, zog er sie heftig an sich.

»Kleiner Glücksbringer«, flüsterte George, als sich Jenna von ihm löste, und legte ihr kurz die Hand an die Wange. Anschließend trat er in die Kabine zurück, der Vorhang schwang noch kurz nach, dann war sie wieder allein.

Jenna versuchte ihren Herzschlag wieder unter Kontrolle zu bringen und war nur froh, dass die Motorengeräusche das verräterische Keuchen übertönt hatten. Sie nahm sich eine kleine Plastikflasche mit Wasser aus dem Kühlschrank und hielt sie sich abwechselnd links und rechts gegen die heißen Wangen. Mit zitternden Knien ging sie ein paar Minuten später wieder zurück an ihren Platz, lächelte Kim zu, ignorierte George, der sich auf die Lehne neben Antoine gesetzt hatte und ihm über die Schulter sah, und lehnte den Kopf gegen das Polster. Schließlich gab es eine Menge, worüber sie nachdenken musste. Wenn das mit George weiterging, was würde Alex sagen? Sie wusste, ihr Mann hatte sie nie ganz aufgegeben. Er glaubte tief in seinem Inneren daran, dass ihre Liebe letztendlich stark genug sei, dass Jenna wieder zu ihm zurückfinden würde. Er hatte das nie laut gesagt, es war auch nicht nötig gewesen. Jenna wusste es auch so.

Matthew Johnson lag im Badezimmer einer luxuriösen Suite im Charles Hotel auf dem Boden und erbrach sich über der Kloschüssel. Immer und immer wieder. Es wurde erst besser, als er nur noch Galle hochwürgte. Er ließ sich zurück auf den Boden sinken, bis er mit der Stirn auf den kalten Fliesen lag. Der Preis ist zu hoch, dachte er verzweifelt, bitte, lieber Gott, lass mich einfach sterben. Trockenes Schluchzen schüttelte ihn, als er an die vergangenen Stunden dachte.

Jonathan von Keysern hatte dafür gesorgt, dass er das Krankenhaus auf eigenen Füßen verlassen konnte. Er – oder die Männer in England, Matthew war sich nicht so sicher – hatte die Rechnung übernommen. Und nun saß Matthew hier in einem der teuersten Hotels von München und wusste vor Angst kaum mehr ein noch aus.

Es würgte ihn erneut, als er daran dachte, wie ihn der Jäger heute Morgen benutzt hatte. Allein könne er die Hüterin zwar orten, aber nicht beeinflussen, hatte er gesagt, und Matthew hatte gespürt, wie der Jäger von ihm Besitz ergriffen hatte, wie ein klebriges Insekt, das an seiner Stirn haftete. »Wir schicken der kleinen Hexe eine Kostprobe von dem, was sie erwartet«, hatte der Mann aus dem Schattenreich geflüstert. Und so hatte Matthew die Minuten in London aus der Sicht des Jägers erlebt und dessen tiefe innere Befriedigung angesichts des Todes erfahren.

Jetzt, auf dem kalten Steinboden liegend, empfand er grenzenlosen Ekel vor sich, vor dem, was dieser zurückgekehrte Bruder des Leibhaftigen war – und gab widerstrebend vor sich selbst zu, dass er dem Jäger gehorchen würde. Die Nachricht an Kim Winters war nur der erste Schritt gewesen.

»Warum ist es so schwer, die Hüterin einzufangen?«, hatte er gefragt. »Für zwei Frauen reicht doch ein kleines Überfallkommando. Warum Ihr, Sire?«

Der Jäger hatte ihn einen Moment lang gemustert. »Ganz einfach. Ich bin der Jäger. Die Hüterin, so neu sie auch sein mag, ist bei Weitem nicht so schwach, wie es scheint.« Seine Augen verengten sich eingedenk seiner unerwarteten Niederlage in Covingtons Park, wurden fast schwarz.

Matthew hatte seine weiteren Fragen heruntergeschluckt.

Jetzt betete er.

Nora Miller setzte die Cessna wie angekündigt um halb drei sanft auf einer der Landebahnen von Cambridge auf und ließ sie bis zum Hangar für die Privatflieger ausrollen. »Alles aussteigen«, rief sie fröhlich. Draußen wies sie auf das weiße Flughafengebäude. »Dort drüben ist der Zoll. Gepäck haben Sie ja kaum, aber Sie müssen durch die Passkontrolle. Wir treffen uns in einer Stunde wieder hier, ja? Ich bin drüben im Aero Club.«

Das Terminal in Cambridge war übersichtlich, ein paar Läden, einige Bistros und Cafés. Von hier flog man günstiger als von Heathrow aus nach Italien und Frankreich. An diesem Mittwoch war nicht viel los, an keinem der Counter sah man eine Warteschlange. Sie gingen gemeinsam durch die Halle, George vorneweg, er strebte Richtung Ausgang. Dort stand ein Mann im Trenchcoat, der immer wieder auf die Uhr sah. Seine

Miene blieb unbewegt, als er die kleine Gruppe auf sich zumarschieren sah.

»Lord George Covington?«

»Das bin ich.«

»Ihren Ausweis bitte.«

George zog seine Brieftasche hervor und reichte dem Mann das Dokument.

Dieser besah es sich sorgfältig, verglich das Foto mit dem Original. »In Ordnung.« Er gab ihm den Ausweis zurück und drückte ihm einen wattierten Briefumschlag in die Hand. »Die gewünschten Unterlagen. Mit besten Grüßen von Mr. Compton, Sir.«

»Danke«, sagte George. »Bitte richten Sie Mr. Compton meinen Dank aus.«

»Selbstverständlich, Sir.« Damit nickte der Bote allen kurz zu, verschwand durch die Tür und ging mit hastigen Schritten Richtung Parkplatz.

George öffnete den Umschlag und zog mit einem Lächeln einen dunkelroten Ausweis mit einem goldenen Wappen heraus. »Antoine Lagardère«, las er vor. »Geboren 1990 in St. Guilhem le Désert, britischer Staatsbürger. Von einem französischen Schatten zu einem Untertan der britischen Krone ist es nur ein kurzer Schritt, nicht wahr?«, fügte er hinzu und schlug Lagardère auf die Schulter.

Dieser nahm den Pass vorsichtig in die Hand und blätterte darin, betrachtete verwundert das Gesicht, das ihn ernst von dem Foto anblickte.

»Das ist jetzt aber ein echter Pass, keine Fälschung?«, fragte Kim neugierig.

»Nicht so laut«, rügte George und sah sich um, grinste aber. »Der Pass ist echt, sogar schon biometrisch. Damit kommen

Sie überallhin. Und wenn wir das alles überstanden haben, können Sie ja immer noch einen französischen Pass beantragen, wenn Sie wollen.«

»Danke«, sagte Lagardère schlicht.

In diesem Moment stieß Jenna einen überraschten Schrei aus. »Nicholas! Da ist Nicholas!«

Tatsächlich: Der hoch gewachsene Engländer betrat das Terminal und ging zielstrebig auf sie zu. Jenna lief ihm entgegen und sah, dass die letzten Tage ihn verändert hatten. Sein Gesicht war schmaler, der Zug um den Mund härter. Jenna fiel ihm um den Hals. »Nick«, flüsterte sie, »es tut mir so leid. So leid.« Das Schluchzen, das sie energisch verdrängt hatte, stieg in ihr hoch, und für einen langen Moment hielten sie sich beide aneinander fest.

»Es ist nicht deine Schuld«, sagte Nicholas mit rauer Stimme.

Jenna wischte sich über die Augen. »Irgendwie aber schon.«

»Nein. Lade dir das nicht auf, Jenna. Dieser Killer und seine Handlanger tragen die Verantwortung, niemand sonst.« Nicholas nahm jetzt Kim kurz in die Arme, schüttelte George und Lagardère die Hand. Angesichts des Passes in Lagardères Hand zog er die Brauen hoch. »Du hast Compton tatsächlich überredet, George? Ich bin beeindruckt, Kleiner.« Er wies hinüber zu einer Sitzgruppe am Rande des Terminals. »Wir gehen da hinüber. Dort können wir reden.« Er sah sich immer wieder forschend um, doch niemand schien sie zu beobachten.

»Wachablösung«, verkündete er, als alle saßen. »Ich fliege mit euch zurück. George allerdings bleibt hier.«

Keiner bemerkte, dass Jenna blass wurde.

»Das Konsortium ist auf den Namen Covington aufmerksam geworden. Und damit ist auch Delaney möglicherweise in

Gefahr. Außerdem kann ich hier momentan nichts tun, denn die Polizei gibt die Toten noch nicht frei. Da kann ich euch genauso gut helfen, die Schlacht zu schlagen.«

»Dafür kann ich mit meiner Schwester, nachdem sie sich vom Schock über den Zustand der Bäume im Park erholt hat, die Kisten im Keller durchsehen. Vielleicht finde ich noch weitere Rätsel des alten Lords«, erklärte George und sah Jenna dabei nicht an. »Antoine, wir beide waren vorhin noch nicht ganz fertig. Wir telefonieren wegen der letzten Ziffern heute Abend.«

Lagardère sah ihn mit gerunzelter Stirn an. George erschien ihm irgendwie nervös. Aber er ging nicht darauf ein, sagte lediglich: »Vielleicht habe ich den ersten Teil der Lösung. Ich erkläre es den anderen auf dem Weiterflug, non?«

»Gut, dann gehen wir jetzt durch die Kontrollen. George, ich danke dir. Du hast deinen Job hervorragend erledigt. Ich wusste, dass ich dir vertrauen kann«, lobte Nicholas, klopfte George leicht auf den Arm und stand auf.

Der Angesprochene winkte ab. »Islay war ja verglichen mit London ein Spaziergang. Passt auf euch auf, ihr alle.«

»Das war's?«, fragte Jenna mit belegter Stimme und sah George abschätzend an.

Dieser hob die Schultern.

Nicholas sah von Jenna zu George, nahm die Spannung wahr, die zwischen den beiden herrschte und ergriff die Initiative. »Kim, Antoine, wir gehen da vorne kurz eine Cola trinken.« Er nahm Kim am Arm und zog sie kurzerhand hinter sich her. Sie hatte kaum noch Zeit, George zu winken, da bogen sie schon um eine Ecke.

»Was ist das denn für eine Nummer?«, fragte Jenna im gleichen Augenblick irritiert und trat so nahe an George heran, dass er sie ansehen musste. »Warum hast du mir vorhin nicht gesagt, dass du nicht mitkommst?«

George schüttelte den Kopf. »Ich habe es doch erklärt.«

»Das wusstest du aber auch schon vorhin, oder? Als du mich geküsst hast! Findest du das irgendwie witzig? Ich kann darüber nicht lachen!«

George hatte nicht mit einem solchen Ausbruch gerechnet, das war ihm deutlich anzusehen. »Nicholas kommt doch mit euch, er ist der beste Bodyguard, den ich kenne«, gab er zurück und griff nach ihrer Hand.

Jenna zog sie ruckartig zurück und funkelte ihn an. »Ich habe kein Problem damit, dass du hierbleibst. Ich bin ja nicht taub. Wenn deine Familie unter Beschuss ist … Aber ich habe ein Problem damit, dass du es mir nicht gesagt hast! Ich vertraue dir mein Leben und das meiner Tochter an – und du verschweigst mir, dass diese Typen in London dir drohen?« Sie wandte sich wütend ab.

»Jenna …« George hob resigniert die Hände. »Du kennst mich kaum. Ich bin nicht der Weiße Ritter.«

»Das weiß ich …«, begann Jenna, drehte sich aber immer noch nicht um.

»Nein, verdammt, das weißt du nicht«, unterbrach George. »Du hast uns alle auf deinem Weg aufgegabelt, um dich und Kim zu retten. Erst Nick, dann mich, dann Antoine. Nick hat seine Familie verloren – und ich habe nicht die Absicht zuzusehen, wie Delaney oder ihre Familie draufgeht.« Bei den nächsten Worten wurde seine Stimme sanfter. »Du hast genug zu schultern. Um das hier kümmere ich mich.«

Jenna begann bei diesen Worten zu zittern. »Glaubst du, ich weiß nicht, dass ich schuld bin?« Es sollte trotzig klingen, aber heraus kam nur ein Krächzen.

George sah aus, als wollte er noch etwas sagen. Dann beugte er sich zu ihr und gab ihr einen flüchtigen Kuss, nur ganz leicht berührten seine Lippen die ihren. Einen Moment später ging er mit langen Schritten zum Ausgang, ohne sich noch einmal umzusehen.

Wie vom Donner gerührt blieb Jenna stehen und starrte ihm nach. Sie war gleichzeitig wütend, verletzt, beleidigt und, das war das Schlimmste, ihr Herz klopfte immer noch wegen seines letzten raschen Kusses.

»Dann eben nicht«, sagte sie laut, zog ein Zopfband aus der Manteltasche und band sich energisch die Haare zurück. Sie würde sich um das Nächstliegende kümmern. Eine weitere Aussprache zwischen ihr und George musste warten. Von noch mehr Küssen ganz abgesehen.

Jetzt mussten sie erst einmal nach München zurück.

Die Stimmung in dem Salon im Londoner Stadtteil Notting Hill war mehr als angespannt. Vier Männer saßen an dem großen Konferenztisch und starrten schweigend auf die Szene in 3D, die wie durch Zauberhand über dem Tisch schwebte. Blaulicht. Tote, die auf Bahren in wartende Autos geschoben wurden. Weinende Angehörige vor dem Klinikum. Blut und Chaos.

»Er hat den Verstand verloren«, sagte einer der Männer und klang gegen seinen Willen bewundernd.

»Das war so nicht abgesprochen«, erklärte der Vorsitzende grimmig und schaltete mit einer heftigen Handbewegung den Beamer aus. »Der Jäger folgt einer Prophezeiung. Seine Aufgabe ist es, uns die Frauen zu bringen und nicht unnötig die Aufmerksamkeit der Öffentlichkeit auf sich zu ziehen. Damit gefährdet er die gesamte Operation. Ich möchte, dass sein

Handy geortet wird. Sobald ich weiß, wo er ist, mache ich ihm die Hölle heiß.«

Die anderen sahen einander zweifelnd an. »Wir können ihm nicht drohen, Sir«, gab einer zu bedenken. »Wir haben nichts in der Hand. Gar nichts. Er wird tun, wofür er zurückgekommen ist, aber zu seinen eigenen Bedingungen, das hat er mit seiner Aktion in der Klinik sehr deutlich kundgetan.«

Der Anführer knirschte wütend mit den Zähnen, aber er gab seinem Gegenüber widerwillig recht.

Sie hatten den Tod sehenden Auges eingeladen.

Für einen Rückzieher war es längst zu spät.

Lagardère ging mit einem abwesenden Lächeln durch die Pass- und Personenkontrolle und bewies eine erstaunliche Selbstbeherrschung, auch wenn er angesichts des Bildschirms, auf dem der Inhalt der Taschen dargestellt wurde, am liebsten selbst auf das Laufband gehüpft wäre. Staunend und mit einem leisen »Mon Dieu« ließ er sich von einem Beamten mit dem Scanner abtasten und wartete mit Spannung, als der Zollbeamte den Pass durchblätterte, ihm einen prüfenden Blick zuwarf und ihn dann durchwinkte.

Nicholas und Jenna atmeten tief durch, als sie die Kontrolle hinter sich hatten.

»Hut ab vor Compton«, sagte Nicholas. »Wenn er etwas in die Wege leitet, dann richtig.«

»Was ist denn da drin?«, fragte Jenna und deutete auf den großen Rollkoffer, den Nicholas hinter sich herzog.

»Eure Sachen. Außerdem habe ich euch aus dem Hotel ausgecheckt.«

Jenna fasste nach seiner Hand. »Danke dir. Ich habe überhaupt nicht mehr daran gedacht.«

»Kein Wunder«, sagte Nicholas ernst, »wenn man bedenkt, was in den letzten Tagen passiert ist. Weißt du, ich habe das Gefühl, wir befinden uns alle im Auge des sprichwörtlichen Hurrikans. Ich schätze, sobald wir wieder zu Hause sind, werden wir den Sturm schon zu spüren bekommen.« Er ließ Kim und Lagardère vorausgehen – die Cessna stand schon startbereit auf dem kleinen Vorfeld –, dann meinte er leichthin: »Du erzählst mir im Flieger, was zwischen dir und George vorgefallen ist, nicht wahr?«

Jenna winkte ab und lief entschlossen weiter. »Nicht viel. Dein Freund George kann ein wahrer Gentleman sein, und jetzt spielt er den geheimnisvollen Agenten mit dunkler Vergangenheit. Aber ehrlich, Nick, ich will darüber jetzt nicht reden, okay? Belassen wir es einfach dabei.« Sich in einem Gefühlswirrwarr zu verstricken war das Letzte, was sie jetzt brauchen konnte. Ich will nach Hause, stellte sie fest. Auch wenn dort eine höllische Aufgabe auf uns wartet. Ich will wieder in meine Wohnung, in meinem Bett schlafen. Sie wollte es sich nicht eingestehen, aber sie hatte auch Sehnsucht nach Alex …

Sie stieg hinter Kim und dem Franzosen in die Cessna ein, ließ sich in ihren Sitz sinken, lauschte der abgehackten englischen Konversation zwischen Pilotin und Tower, kurz darauf waren sie in der Luft. »Zweieinhalb Stunden Flugzeit. Ankunft gegen siebzehn Uhr mitteleuropäische Zeit«, verkündete Nora Miller und ließ die Cessna auf Reiseflughöhe steigen. Jenna tastete in der Hosentasche nach ihrem Stein und fühlte eine vertraute Wärme zwischen ihren Fingern, aber nach Gwens Warnung versuchte sie hier oben, hoch in der Luft, nicht, gedanklich die Halle zu betreten, in der sie nach der letzten Hüterin gerufen hatte.

Sie sah, wie Nicholas' Kopf nach vorn sank, das gleichmäßige Brummen der Triebwerke hatte ihn müde gemacht. Doch keine zehn Minuten später schreckte er hoch und sah sich gehetzt um. Sein Blick fiel auf Jenna, und er seufzte erleichtert auf.

»In fast jedem Traum kehre ich in die Klinik zurück. Mal ist alles, wie es vorher war und Anne liegt friedlich im Bett, mal ist alles voller Blut …« Er schluckte. »Ich hoffe nur, sie hat es nicht mehr gespürt«, sagte er leise, »ich hoffe so sehr, dass sie schon gegangen war.«

Jenna dachte schaudernd an das Gefühl bestialischer Freude, das der Jäger ihr heute Morgen übermittelt hatte. »Ich hoffe es auch, Nick«, antwortete sie leise, obwohl sie nicht daran glaubte, und griff über den schmalen Gang nach seiner Hand.

Sie flogen nun deutlich höher, bald hatten sie den Kanal überquert, und Frankreich lag unter ihnen. Lagardère presste seine Stirn an eines der kleinen Fenster und sah mit einem unergründlichen Gesichtsausdruck nach unten, auf die Wolken, die große Schatten auf die Erde warfen. Was mochte in dem jungen Franzosen vorgehen? Jenna konnte es sich kaum vorstellen.

Sie reckte den Hals, um nach Kim zu sehen. Die saß neben Lagardère, hatte sich Kopfhörer aufgesetzt und die Augen geschlossen. Langsam sank ihr Kopf nach rechts, und sie lehnte sich gegen Lagardère, der den Kopf wandte und sie amüsiert ansah, aber von nun an darauf achtete, sich nicht zu heftig zu bewegen.

Jenna wechselte in die Reihe hinter den beiden. »Was haben Sie über diese Zahlen auf dem Stein herausbekommen, Antoine?«, fragte sie leise.

»Ich glaube, es ist ein Hinweis, worauf die Verschlüsselung

in dem Buch basiert«, antwortete er ebenso leise. »Wenn mich nicht alles täuscht, sind es Längen- und Breitenangaben, aber das lässt sich möglicherweise bei Ihnen zu Hause an dieser Wundermaschine feststellen. Vielleicht täusche ich mich aber auch ... Bitte entschuldigen Sie, *chère* Jenna, mehr weiß ich noch nicht.« Er hatte ein Exemplar von Davidsons Buch offen vor sich auf dem ausgeklappten Tischchen liegen. Jenna spähte ihm über die Schulter und zuckte zusammen, als sich die Seiten wie von Geisterhand von alleine umblätterten und beim Kapitel über Mary Kingsley öffneten. Das Wispern, das Jenna schon kannte, ertönte erneut, ganz leise. Jenna war es plötzlich, als lauschte sie einem Gespräch, das gar nicht für sie bestimmt war. Das Wispern klang freundlich, zustimmend. Als hätte Jenna eine Aufgabe gut gelöst. Sie zog die Augenbrauen hoch und dachte: Ich habe schon verstanden.

Das Wispern verklang. Lagardère drehte den Kopf nach hinten. »Das Buch ist magisch«, flüsterte er fasziniert und strich vorsichtig mit den Fingern über die Seiten. »Es hat euch nach England und uns gemeinsam nach Islay geleitet.«

Jenna nickte. »Dieses Buch hat uns – mir – den Blick geöffnet. In all dem Schrecken hat es mir nie Angst gemacht. Vielleicht, weil es auf unserer Seite ist? Kein mörderischer Bote aus der Schattenwelt, keine Waffe des Jägers? Sondern etwas, das für *mich* gemacht wurde, das *mir* hilft...« Sie lehnte sich mit dem Kinn an den Sitz vor ihr. »Wenn man es genau nimmt, ist eigentlich Mary Kingsley das Bindeglied zwischen dem Buch, unserer Magie und der Schattenwelt. Ich habe es immer gespürt. Ohne sie wären wir nie zu George gekommen, hätten wir Sie, Antoine, nicht befreit ... Hatte ich mir nicht einen magischen Leitfaden gewünscht? Vielleicht haben wir hier genau das.« Jenna lächelte schief und legte Lagardère eine Hand auf die Schulter. »Wir werden lernen müssen, Magie zu lesen.«

Lagardère nickte, und seine Augen glitzerten unternehmungslustig. »Es ist letztendlich wie eine Geheimschrift, n'est-ce pas? Ich bin sicher, dass wir noch eine ganze Menge mehr in diesem Buch finden werden.«

Jenna strich Kim von hinten sanft übers Haar. »Sie wissen mehr, als Sie glauben, Antoine. Sie sind uns eine unschätzbare Hilfe, ist Ihnen das klar?«

Später erhellten ein paar fahle Sonnenstrahlen die kleine Kabine, aber die Abenddämmerung zog am östlichen Horizont bereits auf. »Das Wetter über der Region Augsburg ist klar, aber kalt«, gab Nora Miller bekannt und begann mit dem Sinkflug.

Alex Winters richtete ab Mittag ein gebrochenes Bein, setzte eine neue Hüfte ein und dachte während der Operationen fast ununterbrochen darüber nach, was mit Jenna wohl los sein mochte. Er hatte das untrügliche Gefühl, dass ihm seine Frau ganz essenzielle Informationen vorenthielt, und das führte dazu, dass er sich nur schwer konzentrieren konnte. Dieser spontane Ausflug nach London, die kurzen, nichtssagenden SMS, die sie ihm schickte. Kim meldete sich überhaupt nicht. Der Unfall ihres Schulkameraden hatte weiter dazu beigetragen, dass sich in Alex Winters eine ganze Menge Fragen angesammelt hatten. Die letzte stellte er sich nach Jennas Nachricht auf seiner Mailbox. Verfolgen? Ihn? Er schnaubte ungeduldig. Es war Zeit, dass die beiden wieder nach Hause kamen. Jetzt warf er die blutige OP-Kleidung aufatmend in den dafür vorgesehenen Behälter, zog sich Jeans und Hemd über, griff nach seinem Handy und sah, dass Jenna ihm erneut eine Nachricht geschickt hatte. *Sind wieder gelandet. Sehen uns morgen, ja? Xoxo Jenna.*

Ein Seufzer der Erleichterung entfuhr ihm.

Er winkte ein paar Schwestern einen Gruß zu und trat durch den Hauptausgang der Klinik auf die Ismaninger Straße. Es war schon dunkel, die ersten Sterne glitzerten, und ein schneidender Wind pfiff durch die Straßen. Alex zog sich den Schal enger und vergrub die Hände in den Manteltaschen. Da stellte sich ihm jemand in den Weg.

»Guten Abend, Dr. Winters.«

Alex kniff die Augen zusammen. Der junge Mann vor ihm war groß und blond. Doch er hatte einen gehetzten Ausdruck im Gesicht und bewegte sich mit großer Vorsicht, als hätte er Schmerzen.

»Ja, bitte? Wer sind Sie?«

»Matthew Johnson.«

»Moment mal. Sie sind doch der mit dem Unfall …« Er wartete keine Bestätigung ab. »Was tun Sie denn hier? Sie sollten überhaupt noch nicht aus dem Krankenhaus sein. Ehrlich gesagt, Sie sehen schrecklich aus.« Die letzte Bemerkung kam aus vollem Herzen.

Matthew zuckte mit den Schultern. »Ich lebe, das reicht. Jetzt muss ich Sie bitten mitzukommen.« Er wies auf seinen grünen Ford Ka, der am Straßenrand geparkt war.

»Mit Ihnen gehe ich nirgendwohin, es sei denn, in die Notaufnahme«, widersprach Alex, obwohl er gespannt war, was der junge Mann wohl von ihm wollte.

»Oh, ich denke doch. Sie wollen doch nicht, dass Ihrer Tochter etwas geschieht?«

Alex' Herzschlag beschleunigte sich, und er kniff irritiert

die Augen zusammen. »Was soll das heißen? Was haben Sie mit meiner Tochter zu schaffen?«

»Schluss damit«, fuhr eine Stimme dazwischen, und Alex sah den großen, hageren Mann, der gestern noch als Polizist vor seiner Tür gestanden hatte. »Wir sind nicht hier, um zu reden. Diesmal nicht.«

Der Jäger deutete vor Alex eine Verbeugung an und hob die Hand. Die Straßenbeleuchtung erlosch und tauchte alles in ein diffuses Halbdunkel, nur das Licht, das aus den Fenstern drang, erhellte noch die Szenerie.

Alex' Überlebensinstinkt setzte nach einer Schrecksekunde wieder ein. Nur weg hier! Flucht war seine einzige Chance. Alex schubste Matthew grob beiseite und begann zu rennen, doch er kam nur fünf Schritte weit, da fühlte er einen brennenden Schmerz, das Blut schoss ihm aus der Nase, und er sank auf die Knie, unfähig zu schreien, unfähig zu denken.

»Er wird brennen, wie die anderen«, hörte er noch, bevor er das Bewusstsein verlor und auf dem Asphalt aufschlug.

Jenna wanderte langsam durch ihre Wohnung, schaltete im Vorbeigehen die Lichter ein und spähte in jede Ecke. »Ich will nur sehen, ob sich hier in unserer Abwesenheit Geister eingenistet haben«, sagte sie zu Nicholas und meinte es nur teilweise scherzhaft. Dieser hatte ihr zwar vehement davon abgeraten, nach Hause zu fahren, doch Jenna war stur geblieben. Sie spürte mit jedem Kilometer, den sie sich München näherte, wie sich die Verbindung zu dem Jäger wieder intensivierte, diesmal half auch der Stein, den sie gelegentlich in die Hand nahm, nicht mehr, sie abzuschirmen.

Sie hatten sich nach der Landung in Augsburg von Nora Miller verabschiedet, und waren in den nächsten Zug nach

München gestiegen. Nicholas hatte darauf bestanden, sie in die Wohnung zu begleiten. Er hatte es wahrlich nicht eilig, in seine eigenen vier Wände zurückzukehren, die ihm alle nur eines entgegenschreien würden: Anne, Anne, Anne …

»Ich habe in dem kleinen Zimmer hier eine Gästecouch. Antoine, Sie können bei uns schlafen. Und du ebenfalls, Nick, wenn du heute Nacht noch nicht in deine Wohnung möchtest«, verkündete Jenna jetzt und klopfte an Kims Tür. »Wenn du fertig bist da drin, komm bitte in die Küche. Wir müssen besprechen, wie wir weiter vorgehen.«

»Komme gleich«, drang es gedämpft zurück.

»Sie braucht ein paar Momente allein«, sagte Jenna zu niemand im Besonderen und ging voraus in die Küche. »Viel kann ich nicht bieten«, erklärte sie nach einem kritischen Blick in die Schränke. »Tiefkühlpizza? Rotwein?«

»Das klingt gut«, sagte Lagardère und erntete einen amüsierten Blick von Nicholas, der nicht vergessen hatte, wie der Franzose auf die erste Pizza in Georges Haus reagiert hatte.

»Man gewöhnt sich an alles, wenn man Hunger hat«, sagte dieser jetzt, er hatte den Blick wohl bemerkt.

»Ich habe ja gar nichts gesagt«, gab Nicholas zurück, musste aber dennoch grinsen. »Sie haben das bayerische Essen noch nicht kennengelernt. Da warten noch einige Experimente auf Sie, mein Lieber.«

»A propos Experimente«, schaltete sich jetzt Jenna ein, die froh war, dass ihr Freund seinen Humor zumindest zeitweise wiederfand. »Wie gehen wir vor?« Sie ließ sich auf die Küchenbank fallen und stemmte einen Fuß gegen den Tisch.

»Du bist die Chefin«, gab Nicholas zurück. »Es hängt an dir, was wir jetzt tun. Normalerweise würde ich Folgendes vorschlagen: Du findest den Jäger, Antoine und ich lenken ihn ab, du führst mit Kim euer Ritual durch, und dann beten wir alle darum, dass er auf Nimmerwiedersehen verschwindet. Aber solche Pläne sind müßig, wenn wir einen unberechenbaren übernatürlichen Killer am Hals haben.« Energisch verdrängte er den Gedanken an Anne, doch etwas anderes fiel ihm ein:

»Bevor ich es vergesse, Jenna – was ist eigentlich mit diesem Kommissar, von dem ihr erzählt habt? Wie viel weiß er?«

Jenna sah ihn überrascht an. »Komisch, dass du fragst. Er hat Alex erzählt, dass Matthew im Krankenhaus liegt, und mir heute eine Nachricht auf der Mailbox hinterlassen. Er hat wohl angerufen, als wir in der Luft waren.«

»Was will er denn?« Nicholas klang skeptisch.

»Das hat er nicht gesagt. Nur, dass es dringend ist.«

»Pech für ihn. Er muss warten«, entschied Nicholas, und Jenna gab ihm im Stillen recht. Sie wusste beim besten Willen nicht, wie sie ihre Verbindung zu Matthew – denn deshalb hatte der Beamte wohl angerufen – vernünftig erklären sollte.

Kim kam in diesem Moment herein und setzte sich neben Jenna. »Sollten wir nicht noch einmal probieren, in diese Halle hineinzukommen, bevor wir in echt loslegen?« Sie klang nervös. »Wir haben doch keine Ahnung, ob es funktioniert.«

»Ich lenke ihn ab.« Lagardère lehnte an der Balkontür und verschränkte entschlossen die Arme vor der Brust.

»Wie stellst du dir das vor, Antoine? Ein fröhliches *Hallo, ich war auch mal ein Schatten, wir müssen reden?*« Trotz der forschen Worte zitterte Kims Stimme verräterisch.

Lagardère ging auf den Scherz nicht ein. »Natürlich nicht. Nehmt mich mit bei eurem Probelauf. Zeigt mir die Halle, von der ihr erzählt habt. Dann kann ich euch vielleicht in den Nebel führen. Gemeinsam finden wir die Hüterin, die ihr sucht …«

»Wo ist der Jäger jetzt?«, fragte Nicholas besorgt dazwischen.

Jenna horchte in sich hinein. »In der Nähe«, erklärte sie und fühlte, wie sich Gänsehaut auf ihren Armen ausbreitete. »In München. Nicht direkt vor unserem Haus, nein, ein paar Kilometer weiter, denke ich.« Sie trank einen Schluck Wein, dann stand sie auf und holte aus dem Schlafzimmer ihren Rucksack. »Hier sind die Kräuter von Gwen«, sagte sie und legte einen Leinenbeutel auf den Tisch. »Im Wohnzimmer ist noch die alte Silberschale meiner Großmutter, und irgendwo habe ich sicher noch eine Wachskerze.« Alle vier Wände schienen auf sie zuzukommen, ihr die Luft zum Atmen zu nehmen. Jenna schüttelte sich. »Ich will keinen Tag länger auf der Flucht sein.«

Zehn Minuten später saßen Jenna und Kim am Küchentisch, Lagardère ihnen gegenüber. Die Schale mit Wasser stand auf dem Tisch, der Franzose hielt die Kerze, bereit, das flüssige Wachs ins Wasser zu tropfen. Nicholas blieb am Fenster stehen und sah hinaus. Unten auf dem Hof rührte sich nichts. Er dachte daran, dass Carolin genau an dieser Stelle in den Tod gesprungen war. Ohne dass er es verhindern konnte, sah er erneut, wie der Jäger durch die Klinik ging und alles Leben, Annes Leben, auslöschte. Dieser Jäger mag zurückgekommen sein in unsere Welt, aber er ist kein Mensch mehr, nur noch ein schwarzer lebendiger Schatten, der die Dunkelheit in alle Ewigkeit mit sich trägt, dachte Nicholas hasserfüllt und presste beide Hände gegen das Fensterglas, um das Zittern zu unterdrücken.

Nicht einmal Agent Wright wusste in dieser Situation weiter. Auf so etwas hatte ihn niemand vorbereitet.

Langsam, wie in Zeitlupe, fiel das Wachs von der Kerze …

Jenna fand sich in der großen Halle wieder. Ein paar Fackeln spendeten diffuses Licht, die Fackelhalter warfen flackernde Schatten an die weiß gekalkten Wände. Sie machte ein paar Schritte in die Halle hinein und sah sich forschend um. Neben ihr erschien Kim, die ihre Mutter verblüfft ansah. »Letztes Mal warst du aber nicht hier«, sagte sie und ihre Stimme hallte von den Wänden wider. »Wie geht das denn jetzt?«

»Ich denke, das ist es, was Gwen meinte. Je mehr wir üben, desto leichter wird es«, gab Jenna zurück und nahm Kim bei der Hand.

»Sind wir in der Schattenwelt? Wo ist denn der Nebel? Und wo ist Antoine?« Kaum hatte Kim die Fragen gestellt, stand der Franzose neben ihnen. Er sah sich um, erkannte jedoch zu seiner Erleichterung nichts wieder. Erneut in die Nebel einzutauchen, davor graute es ihm, obwohl er es angeboten hatte. »Sie beide werden stärker«, murmelte er. »Sie haben mich mühelos mitgezogen …«

Jenna ging noch ein paar Schritte weiter und blickte nach oben. Die Decke war nicht zu erkennen, es schien fast so, als wölbte sich der dunkle Nachthimmel über ihnen, und keine Konstruktion von Menschenhand. »Wir versuchen, sie zu rufen. Es sieht ja nicht so aus, als würde es von hier aus irgendwo hingehen – oder seht ihr eine Tür?«

Die beiden anderen schüttelten die Köpfe.

»Also los«, sagte Jenna.

Jenna und Kim streckten Hände aus und schickten ihre Rufe lautlos aus. Eine Zeit lang geschah nichts, dann vernahmen sie ein leises Wispern. Ein kühler Luftzug fuhr durch die Halle und ließ etliche der Fackeln erlöschen. Dennoch war es nicht komplett dunkel. Am Ende der Halle erkannten sie eine Gestalt, umgeben von einem fahlen Lichtschein.

»Sie ist hier«, flüsterte Lagardère staunend, »ich kann sie spüren.«

»Wir auch«, flüsterte Jenna zurück und trat ein paar Schritte auf die Erscheinung zu.

Die neue und die alte Hüterin standen voreinander, sahen sich schweigend an. Die grünen Augen der Hüterin glänzten, Jenna konnte nicht sagen, ob es Tränen waren. Sie flüsterte etwas, und Jenna musste sich anstrengen, um sie zu verstehen. Einen Lidschlag später verzerrte sich ihr Gesicht, sie wurde förmlich zurückgesogen, fort, ans Ende der Halle, und Jenna schmeckte erneut den süßlichen Geschmack der Schatten, von dem sie gehofft hatte, es nie wieder tun zu müssen. »Raus hier«, krächzte sie, doch nichts geschah. Nebel zog auf, flutete durch die Halle, hüllte alles ein, klebte widerlich an ihrer Haut, legte sich über Mund und Nase und ließ sie würgen.

Da spürte sie eine Hand auf ihrem Arm, ein Ruck ging durch sie hindurch, man hörte einen lauten französischen Fluch, und die drei fanden sich in Jennas Küche wieder.

Jenna atmete schwer. »Das war …«

»… gefährlich«, ergänzte Lagardère. »Es sieht so aus, als habe jemand etwas dagegen, dass wir diese Welt betreten.«

»Dass ich und Kim diese Welt betreten«, korrigierte Jenna. Sie ging unsicheren Schrittes zum Spülbecken und ließ sich Wasser in ein Glas laufen. Durstig stürzte sie es hinunter, versuchte, den klebrigen, widerlichen Geschmack von der Zunge zu bekommen

Da summte Kims Handy. Die tippte auf den Bildschirm und stieß einen Schrei aus. Mit drei Schritten war Nicholas bei ihr und riss ihr das Handy aus der Hand. »O verdammt«, sagte er dann und hielt es so, dass Jenna es ebenfalls sehen konnte. Alex. Gefesselt und geknebelt. Jenna hielt sich an der Küchenzeile fest. Das war nicht gut. Sich Alex in den Händen des Jägers vorzustellen, machte Jenna krank.

»Das ist Alex!« Kim rappelte sich von der Bank auf und stieß gegen den Tisch, die Schüssel kippte um, Wasser schwappte über den Tisch und tropfte in einem kleinen Rinnsal auf den Boden. Sie sah Jenna mit schreckgeweiteten Augen an. »Wenn dieser Irre ihn hat … O Scheiße. Mam, was machen wir jetzt?«

Jenna fühlte die wohlbekannte Panik in sich aufsteigen, die sie seit Tagen immer wieder daran hinderte zu denken, zu handeln. Sie klammerte ihre Finger um den Rand der Arbeitsplatte. Nein! Diesmal würde sie ihr nicht nachgeben. Den Mund zu einer grimmigen Linie zusammengepresst, dachte sie nach. »Wir müssen es ohne weiteren Probelauf schaffen, Kim. Wenn er Alex hat, will er uns damit erpressen. Wir müssen …« Sie brach ab, als ihr die Ungeheuerlichkeit ihres Vorhabens bewusst wurde.

Kim zog sich in fliegender Hast ihre Jacke an. Ihr Gesicht war verzerrt, und sie hielt nur mühsam die Tränen zurück. Eine Welt ohne Alex konnte sie sich nicht vorstellen. Die gab es einfach nicht. Die durfte es nicht geben.

Vor Jennas innerem Auge tauchte die hagere Gestalt im dunklen Mantel auf, die schmalen Lippen zu einem Lächeln verzogen. Er betrachtete die Flammen, die um ihn herum loderten, als wären sie ein Teil von ihm. Nichts außer gierigem Prasseln und Knacken war zu hören, dann hörte sie jemanden schreien. In Todesangst.

Jenna keuchte auf. »Wir nehmen mein Auto«, bestimmte sie. »Los, los!« Sie rannte aus der Küche, schnappte sich ihren

Mantel, griff im Eingang nach dem Schlüsselbund und war in Sekunden die Treppe hinuntergestürmt.

Sie hatte die Botschaft verstanden.

Alex Winters stand an einem Betonpfeiler und hatte die Augen geschlossen. Er war geknebelt, seine Arme waren nach hinten gezogen und die Handgelenke mit Kabelbindern fixiert. Um ihn herum schichtete Matthew Reisig auf.

Der Jäger lehnte ein paar Meter entfernt an einer Mauer. Er spürte, wie die Hüterin näher kam. Immer näher. So vorhersehbar … Jetzt stieg der Hass in ihm hoch, breitete sich in seinem Körper aus, schwarz und ölig pulsierte er durch seine Adern. Nur die Hüterin war schuld daran, dass er unter grausamen Schmerzen gestorben war und Jahrhunderte hatte warten müssen. Diesmal würde er seine Aufgabe erfüllen, und er würde sich mit einem Feuer belohnen. Ein kleines, aber für den Anfang würde es reichen. Er konnte sich an Nächte erinnern, an denen man die Verbrannten nicht mehr zählen konnte. Andererseits, wen interessierte es schon, wie viele es waren? Schuldig waren sie letztendlich alle gewesen, jeder auf seine Weise.

Er sah sich um. Der abnehmende Mond schien durch Wolkenfetzen auf seine neu gewählte Richtstätte, ein halb verfallener, verlassener Bahnhof an einem Gleis, das nicht mehr genutzt wurde, hatte ihm der Junge erklärt. Die Station befand sich auf einer kleinen Anhöhe, die ihn an die Richtplätze vergangener Zeiten erinnerte. Die noch stehenden Mauern, innen voller bunter Bilder und obszöner Sprüche, deren Sinn sich ihm nicht erschloss. Nachts käme hier kaum jemand vorbei. Aber die Menschen, die in den umstehenden Hochhäusern wohnten, würden die Flammen sehen. Das war dem Jäger nur recht. Denn die Feuerspur, die er zu hinterlassen gedachte, würde heute und hier beginnen.

Matthew legte die letzten Zweige auf den Haufen und begann, einen zweiten vorzubereiten. Der Arzt öffnete jetzt die Augen, drehte wild den Kopf hin und her und gab gurgelnde Laute von sich, doch der Jüngere schaute ihn nicht an. Er konnte getrost darauf verzichten, die Wut über seinen Verrat in Winters' Augen zu lesen. Diese Nacht bot für ihn die letzte Chance, und er würde sie wahrnehmen, koste es, was es wolle.

Sie parkten am Straßenrand, schlugen leise die Türen zu.

»Wir müssen noch ein paar Schritte laufen.« Jenna wies an einer Hochhausreihe vorbei auf einen Radweg und marschierte los.

»Hier?«, wunderte sich Nicholas und sah sich misstrauisch um. »Das ist doch die Borstei … Bist du sicher? Da vorne kommt doch nur noch der Mittlere Ring.«

»Ganz sicher, ich spüre es ganz deutlich«, bestätigte Jenna und klang zuversichtlicher, als sie sich fühlte. Sie wartete, bis Kim zu ihr aufschloss, und nahm sie an der Hand.

Kim hielt ihren Mondstein fest umklammert, ihre Zähne schlugen aufeinander. Die dunklen Locken fielen ihr in die Stirn, sie hatte sich einen schwarzen Wollschal um den Hals geschlungen, und ihr Gesicht schwebte weiß, fast geisterhaft darüber. Sie bemühte sich, nicht an Alex zu denken. Sich nicht vorzustellen, was mit ihm sein könnte. Gwen hatte sie ermahnt, sie brauche jedes bisschen Kraft. Aber es war verdammt schwer.

Nach kurzer Zeit sahen sie unterhalb ihres Weges die Gleise, zwischen denen im Sommer das Gras hoch wuchs, da kaum mehr ein Zug darüber fuhr. Immer wieder peitschten Windböen die noch kahlen Äste der Bäume hin und her, als wären es Hände, die nach ihnen griffen.

Plötzlich blieb Jenna stehen. »Hast du Angst?«, fragte sie leise.

Kim nickte. Sie zitterte vor Kälte. Der Horror, den sie erlebt hatte, als Carolin starb, hatte sie mit einem Mal wieder eingeholt. Als hätte die Woche in England nicht existiert. Als wäre sie nie vor dem Schrecken geflüchtet.

»Ich auch«, gab Jenna zu. »Aber wir müssen es versuchen. Für uns alle …« Sie zog ihre Tochter kurz an sich. »Wir zwei, so verrückt es klingt, haben eine Aufgabe erhalten, eine Bestimmung. Wir sind nicht mehr die Gleichen wie noch vor zwei Wochen, vergiss das nicht! Der Jäger ist unser schlimmster Feind, aber wir haben eine Chance. Vielleicht nur diese eine.«

»Und … Alex?« Kim brachte seinen Namen kaum über die Lippen.

Jenna schluckte leer. »Ich werde alles tun, um ihn da herauszuholen. Aber ich schaffe es nicht ohne dich, Kim!«

»Okay«, gab Kim mit zitternder Stimme zurück.

Nicholas konnte nicht umhin, Jenna zu bewundern. Die Frau, die da vor ihm stand, war wirklich eine andere als die, die sich auf dem Friedhof in Chelsea vor Angst übergeben hatte.

»Wir haben ein einziges Druckmittel«, fuhr Jenna flüsternd fort. »Er darf uns nicht umbringen. Er muss uns dem Konsortium übergeben.«

In diesem Augenblick wurde das Band zwischen ihr und dem Jäger lebendig, das Summen in ihrem Hinterkopf zu einem dumpfen Dröhnen. Sie kniff die Augen zusammen, zwang sich, ruhig zu atmen.

»Magie«, erklärte Lagardère leise, der sie beobachtete. »Wir sind am richtigen Ort, Jenna.« Er legte Kim kurz eine Hand auf die Schulter. »Möge der Herr mit euch sein.«

»Wenn das hier vorbei ist, gehen wir dann zusammen ins Kino?« Kims Stimme war dünn.

»Was immer du willst.« Lagardère lächelte flüchtig.

Jenna stiegen die Tränen in die Augen. Wütend wischte sie sich mit der Hand über das Gesicht. Weinen konnte sie später.

Langsam und vorsichtig schlichen sie vorwärts. Nicholas deutete nach unten. Vom Gleisbett her kommend würden sie mehr Deckung haben. Sie rannten geduckt über die Gleise, dann von dort aus die Stufen wieder hinauf, in Richtung der ehemaligen Station. Jenna kniete sich auf eine der obersten Stufen und versuchte etwas zu erkennen. Da! Aus dem überdachten Teil des Bahnhofs schimmerte ein heller Schein, leichter Rauchgeruch trieb zu ihnen hinüber. Niemand war zu sehen.

»Bis zur Mauer«, zischte Nicholas und rannte voraus.

Der Jäger stand neben seinem Gefangenen und hielt eine lodernde Fackel in der Hand. Endlich. Endlich! Das Warten hatte sich gelohnt. Nicht mehr lange, dann hätte er die erste Hürde in dieser Welt überwunden, die Hüterinnen gehörten ihm, und die nutzlosen Männer des Konsortiums müssten sich jemand Neues suchen, der ihnen das brachte, was sie wollten.

Er, der namenlose Bruder des Todes, war nie ihr Diener gewesen und würde es auch nie sein. Obwohl sie das naturgemäß etwas anders sahen. Sie hatten schließlich dafür gesorgt, dass er die Schattenwelt verlassen konnte … Nun, das war wirklich nicht sein Problem.

Sie schlichen um das Gebäude herum und spähten vorsichtig in die kleine, überdachte Halle. Alex! Jenna sah ihn sofort. Blut war ihm aus der Nase und über das Kinn gelaufen und zu einer dunkelroten Spur getrocknet. So wie er seinen Kopf bewegte, konnte Jenna erkennen, dass er Schmerzen hatte. Als sie die Holzbündel vor seinen Füßen sah, schrie sie vor Entsetzen beinahe auf.

Matthew Johnson war nirgends zu sehen. Dafür stand der Mann aus ihren Albträumen keine fünf Meter entfernt. Er trug schwarze Lederhandschuhe und betrachtete nachdenklich sein Opfer. Jenna erkannte die Narbe, das blonde Haar, das ihm in geradezu obszöner Anmut in Wellen auf die Schultern fiel, die eiskalten blauen Augen. Das letzte Mal hatte er bewusstlos vor ihr gelegen. Was gäbe sie darum, diesen Moment noch einmal erleben zu dürfen. Vielleicht würde sie jetzt den Mut finden, das zu tun, was sie hätte tun können?

Sie zog den Kopf zurück und tastete nach der Präsenz der anderen Hüterin. Für einen kurzen Moment befand sie sich in der dunklen Halle. Tatsächlich, die Frau mit den grünen Augen wartete dort. Jenna seufzte erleichtert auf und kam zurück ins Hier und Jetzt.

»Was jetzt?«, hauchte Kim. Da trat ein verwunderter Ausdruck in ihre Augen. Jenna erstarrte. Diesen Gesichtsausdruck hatte sie bei ihrer Tochter schon einmal gesehen. In der Kapelle. Warnend legte sie Kim die Hand auf den Arm. Versuchte der Jäger erneut, Kim zu sich zu locken? Diese kämpfte dagegen an, der Mondstein in ihrer Hand fing an zu glühen. »Mam, tu was«, keuchte Kim panisch. »Ich weiß nicht, wie lange ich dagegenhalten kann. Er ruft mich, schon wieder!«

Jenna, die in diesen Augenblicken zwischen Entsetzen und Furcht geschwankt hatte, fühlte Wut in sich hochsteigen. Wut darüber, was der Jäger ihr antat, dass er sie bedrohte, sich anmaßte, über das Leben anderer zu richten. Das ihrer Freunde und ihrer Familie.

»Genug!«, sagte sie laut und trat in die vom Fackelschein erleuchtete Station. Kim, die ihr gefolgt war, schob sie hinter sich.

Alex' Augen weiteten sich vor Entsetzen, als er seine Frau und seine Tochter erkannte. Er schüttelte verzweifelt den Kopf, seine Schultern sackten nach unten.

»Die kleine Hexe. Endlich«, sagte der Jäger jetzt. Er hatte eine dunkle, leicht heisere Stimme, klang gelassen und gleichzeitig erwartungsvoll.

»Es ist genug«, wiederholte Jenna und umfasste ihren Stein in der Manteltasche fester. Sie war so unglaublich wütend, ein Zorn loderte in ihr, von dem sie nicht gewusst hatte, dass sie ihn spüren konnte. Mochte dieser Jäger auch nur seiner Bestimmung folgen, das gab ihm noch lange nicht das Recht, in Jennas Leben einzudringen, sie und Kim zu terrorisieren und wahllos Menschen zu töten. Sie hatte erst gezittert, dann gelernt, und nun würden sie und Kim kämpfen.

»Und die Tochter. Willkommen.« Er deutete eine Verbeugung an. »Ich sehe, ihr konntet meiner Einladung nicht widerstehen.«

»Lassen Sie ihn gehen«, forderte Jenna und wies mit ausgestreckter Hand auf Alex.

»Weshalb sollte ich das tun? Nehmt teil an dem, was heute beginnt: Die Scheiterhaufen in dieser Welt werden wieder anfangen zu brennen. Die Feuer, viel zu lange erloschen, werden lodern, und es wird an mir sein, den Anfang zu machen!«

Kim trat hinter Jenna hervor. Sie sah dem Jäger ins Gesicht, es schien im Fackelschein immer wieder neue Züge anzunehmen. Seine Narbe leuchtete blutrot, und es kostete sie allen Mut, den sie hatte, ihm in die Augen zu sehen. »Warum haben Sie bloß all diese Menschen umgebracht, wenn Sie doch nur uns wollen?«

Der Jäger betrachtete sie amüsiert, ließ sich mit der Antwort Zeit, lauschte auf etwas, das nur er hören konnte.

»Welches Leben ist schon wichtig? Keines, nicht wahr? Leben bedeutet nichts, kleine Hexentochter. Das wirst du gleich erkennen.« Er wandte den Kopf zur Seite, als Matthew von der anderen Seite den Bahnhof betrat. »Sie sind allein, Sire.«

»Verräter!«, zischte Kim.

Matthew reagierte nicht. Nur die Röte, die sich in seinem Gesicht ausbreitete, ließ erkennen, dass er den Vorwurf vernommen hatte.

Der Jäger betrachtete seinen widerwilligen Gehilfen einige Sekunden lang. Dann lächelte er und hob die Hand. Matthew strömte das Blut aus Augen und Ohren, und er sank am Fuß eines Betonpfeilers in sich zusammen. Der Jäger senkte die Fackel, eine Flamme schoss hoch. Im nächsten Moment war Matthew in einen Ring aus Flammen eingehüllt, und er begann zu schreien.

Alex riss verzweifelt an seinen Fesseln, doch die Kabelbinder gaben keinen Millimeter nach.

Kims Schrei ging im Prasseln der Flammen unter, sie klammerte sich an Jenna und verbarg ihr Gesicht an deren Mantel.

Der Rauch ließ Jenna erneut würgen, doch sie richtete sich auf und schüttelte den Kopf. »*Nein!*«, flüsterte sie, fühlte das schon vertraute Kribbeln in den Händen, die Woge wuchs und breitete sich in der Station aus, und der Jäger wurde an die nächste Wand geschleudert. Lagardère und Nicholas erkannten den Moment, rannten durch die kleine Halle und traten die Flammen aus. Matthew lag kraftlos wimmernd auf dem Boden, dann verlor er das Bewusstsein. Lagardère nutzte das Durcheinander, um mit dem Jagdmesser, das er immer noch bei sich trug, Alex' Fesseln zu lösen.

»Jenna, Kim«, schrie Alex verzweifelt und machte ein paar unsichere Schritte auf die beiden zu. Doch Lagardère hielt ihn zurück. »Sie muss es vollenden«, wisperte er Alex ins Ohr.

Alex sah ihn verständnislos an. »Sie kennt ihn? Sie kennt diesen Irren?«, keuchte er auf und starrte durch die kleine Halle auf seine Frau, die in diesem Moment mit einem violett glühenden, pulsierenden Stein in der Hand auf den Jäger zutrat.

»Sie können ihr nicht helfen, es sei denn, Sie wollen sich opfern«, zischte Lagardère und wartete auf den Augenblick, in dem er endlich eingreifen konnte. Der Jäger mochte seine Bestimmung haben, er, Lagardère, hatte sie ebenfalls.

Doch jetzt stand von Keysern vor Jenna und lachte ihr höhnisch ins Gesicht. »O nein, kleine Hexe, nicht noch einmal. Wusstest du nicht, dass mich jeder Tod, jede Seele, die ich in die Hölle schicke, nur noch stärker macht?« Er hielt die Fackel nahe an die Reisigbündel, und die nächste Stichflamme schoss empor, so heiß, dass Jenna um ein paar Meter zurücktaumelte und Kim schmerzhaft mit den Knien auf dem Steinboden landete. Der Jäger blieb stehen, er genoss die Hitze des Feuers auf seinem Gesicht. Seine Erinnerung an die Nebel begann bereits zu verblassen …

Rauch zog in dicken Schwaden durch den ehemaligen Bahnhof, Alex und Lagardère krochen nach draußen, wo ein paar kugelförmige Straßenlampen ein wenig Licht verbreiteten. Jenna sah erleichtert, wie Lagardère sich um Alex kümmerte, holte tief Luft und atmete den Rauch ein. »Sie müssen ihn hereinlassen«, hatte Gwen gesagt. Sie rief nach der früheren Hüterin, knüpfte mit ihr die erste Schlinge.

»Kim – jetzt!«, brüllte Jenna und streckte ihr die Hand hin, doch der Jäger war schneller. Mit einem mächtigen Satz stand er hinter Kim, presste ihr beide Arme an den Leib und erhob die Fackel. »Wer sagt, dass ich beide Hüterinnen am Leben lassen muss?«, zischte er und flüsterte Kim, die sich heftig, aber erfolglos wehrte, ins Ohr: »Meine Hölle wartet auf dich, Hexentochter!« Ein Flammenring schoss um sie beide herum hoch. Nicholas ließ Matthew liegen, wo er war, versuchte, die Flammen zu durchdringen, doch die schiere Hitze ließ ihn keuchend zurückweichen. Blind vor Rauch stolperte er zurück.

Kim kreischte und trat um sich, der Rauchgeruch, der sie einhüllte, machte sie fast ohnmächtig. Der Mondstein war ihr aus der Hand geglitten, und sie spürte, dass ihre Kräfte nachließen. Das Lachen des Jägers hallte irr von den Wänden wider. »Ihr unseligen kleinen Hexen, ihr wisst nicht, was ihr da tut! Was glaubt ihr, wo ich herkomme? Wer ich *bin?*«

»Jonathan von Keysern, ich verfluche dich ab jetzt und über die Stunde deines Todes hinaus! Erinnerst du dich?«, schrie Jenna, um das Prasseln zu übertönen. Ein Windstoß fuhr durch die kahlen Bäume und das Mondlicht, das den Bahnhof von oben geisterhaft beleuchtet hatte, färbte sich bläulich, tauchte alles in einen eisigen Schimmer.

Der Jäger erblasste. Diese Worte hatten ihn schon einmal getötet.

Jenna stand hoch aufgerichtet, hatte die Hände ausgestreckt, das schwarze lange Haar wehte ihr vors Gesicht und bildete einen dunklen Schleier um sie herum.

Die Flammen, eben noch gleißende, tödliche Krallen, sanken herab.

»Nein! Ihr habt die Macht nicht, mich zu bannen, niemals wieder! Nein … nein!« Der Jäger schrie seine Wut heraus, es konnte nicht sein, es durfte nicht sein! Hatte er nicht alles gemäß seiner Bestimmung getan? Er würde seinen Teil der Abmachung einhalten, dafür würde er leben dürfen! Leben! »Ihr werdet alle brennen – durch meine Hand!« Doch seine Worte verloren bereits an Kraft.

Lagardère riss Kim zur Seite, mit der anderen Hand griff er nach Jenna, hielt die Verbindung zwischen Mutter und Tochter. Kim tastete nach ihrem Mondstein, der zu glühen begann.

Jenna schlang das unsichtbare Band um den Jäger und verknüpfte es mit der Hüterin in der Halle. Die Frauen sahen sich an und nickten. Das Band wird halten, las Jenna in den Augen der anderen.

Die Augen des Jägers hingegen flackerten schwarz vor Entsetzen auf, als er erkannte, wer auf der anderen Seite auf ihn wartete, wer ihn zurück zu den Schatten zog. Sie? Das konnte nicht sein! Er wehrte sich mit aller Kraft. Wo war der Ausweg, die Lücke? Triumph wischte über sein Gesicht, als Kims und seine Blicke sich kreuzten und er erkannte, dass die kleine Hexentochter nicht stark genug war, ihm zu widerstehen.

Doch keiner von ihnen hatte mit Alex gerechnet. Er sah das grausame Lächeln im Gesicht des Jägers, stürzte sich mit dem Mut der Verzweiflung auf ihn und unterbrach die Verbindung. Jetzt hörte Jenna die Hüterin rufen: »Ein weiteres Leben, freiwillig gegeben, verstärkt den Bann!«

Die Flammen schossen ein letztes Mal hoch, hüllten die zwei Gestalten ein, bis sie lebenden Fackeln glichen.

Jonathan von Keysern erlosch. Stille.

Der Rauch verflog. Nur noch Asche.

Jonathan von Keysern war fort.

Alex Winters ebenfalls.

Viele Tausend Kilometer weiter südlich, in der felsigen Wüste Gabuns, wachten drei Frauen an einem unscheinbaren Steinhügel. Die Nacht war bereits mehrere Stunden alt. Der blutrote Mond, der am Himmel hing, änderte seine Farbe, warf jetzt einen eisigen Schimmer auf die Welt unter ihm. Das Zeichen des Feuers war erloschen, zum ersten Mal seit Wochen.

Sie nahmen sich bei den Händen. Der erste Angriff war abgewendet, der erste tastende Schritt in eine neue Zeit getan.

Es hatte in Wirklichkeit nur ein paar Sekunden gedauert. Jenna beugte sich vornüber, stemmte die Hände auf die Oberschenkel und wartete darauf, dass sie wieder Luft bekam. Ihr war schwindlig, alles drehte sich um sie herum. Die Flammen waren erloschen, als hätte es sie nie gegeben. Nur die schwarzen Rußspuren auf dem Steinboden zeugten von dem, was gerade geschehen war.

Ein Schrei zerriss die Stille. »Alex! Wo bist du?« Kim sah sich um, tastete mit den Händen fieberhaft den Boden ab, rief wieder und wieder seinen Namen.

»Ist dir wieder schlecht?«, fragte Nicholas besorgt und zog Jenna vorsichtig zu sich hoch.

»Nein, es geht schon.« Jenna stolperte hinüber zu Kim, die auf dem Boden kniete und immer noch fassungslos um sich blickte. »Kim, es tut mir leid. So leid.«

»Wo ist Alex?« Tränen strömten ihr über das rußverschmierte Gesicht.

»Ich …« Jenna brach ab. Erst langsam drang das, was passiert war, in ihr Bewusstsein. Wie erzählte man seiner Tochter, dass man den Vater gerade in einer Flammensäule hatte verschwinden sehen? Sie konnte es selbst nicht glauben, erwartete jeden Moment, dass Alex von draußen hereinkam und sich alles als Irrtum erwies. »Ich weiß es nicht genau«, krächzte sie. »Ich fürchte, der Jäger hat ihn mitgenommen.«

»O bitte, bitte nicht. Das kann doch nicht wahr sein. Wir haben doch alles richtig gemacht. Wir haben alles *richtig* gemacht.« Kim kroch auf allen vieren zu Matthew, der immer noch am Boden lag. Sein Haar war an der einen Seite des Kopfes verkohlt, Stirn und Wangen übersät mit Brandblasen. »Du verdammter Scheißkerl!«, kreischte sie plötzlich und schüttelte die reglose Gestalt. »Wie konntest du nur! Ich bring dich um!« Sie schlug ihm mit der flachen Hand ins Gesicht. »Wach auf!«

Matthew rührte sich nicht.

»Lass ihn, Kim«, sagte Jenna sanft und versuchte sie von ihm wegzuziehen.

»Nein! Er muss uns sagen, wie wir Alex zurückbekommen!«

»Lass ihn!«, wiederholte Jenna nun schärfer. »Er wird uns nichts sagen. Selbst wenn er wieder aufwacht. Woran ich zweifle. Schau ihn dir doch an!«

Jenna lehnte sich an eine Metallstange, die vielleicht einmal als Absperrung gedient hatte. Sie versuchte, das Summen wahrzunehmen. Nichts. Das Band zwischen ihr und dem Jäger war zerrissen. Sie nahm ihren Stein aus der Tasche, schloss die Finger darum, versuchte es erneut. Sie fand nur Schwärze. Tief aufatmend sah sie die anderen an. »Er ist weg. Ich glaube, wir haben den Jäger wirklich verbannt. Ob für immer, das weiß ich nicht.«

Heulendes Martinshorn und blau flackernder Widerschein rissen sie zurück in die Gegenwart. »Jemand aus den Hochhäusern wird das Feuer gesehen haben. Wir müssen hier weg«, drängte Nicholas. »Die Feuerwehr wird Matthew hier schon finden.« Der Agent in ihm übernahm erneut die Führung, und Matthew zu retten stand eindeutig nicht auf seiner Liste.

Jenna stand auf und zog Kim mit sich, die mit versteinertem Gesichtsausdruck vor sich hin starrte. Das Adrenalin, das die letzte Stunde durch ihren Körper gerast war, löste sich langsam auf. Durch einen Tränenschleier sah sie Lagardère, der ein paar Meter entfernt kniete. Ascheflocken wirbelten hoch und trieben um ihn herum. »Antoine?«, rief sie leise.

»Ich war dabei, ich konnte es sehen«, antwortete dieser verwundert und hob die Hand vor sein Gesicht, als wolle er sich vergewissern, dass sie tatsächlich da war. »Wir haben ihn überrascht. Er hat nicht damit gerechnet, dass wir uns verbünden, hat einen Moment gezögert, das hat tatsächlich gereicht.«

»Und Alex? Konnten Sie ihn auch sehen?«

»Nein«, gab der Franzose widerstrebend zu. »Vielleicht ist er einfach weitergegangen?«

»Weitergegangen?«, echote Kim ungläubig. »Weitergegangen? Das soll wohl ein Witz sein, Antoine. Alex ist tot, oder? Los, sag es. Sag, dass er tot ist!« Den letzten Satz schrie sie ihm ins Gesicht.

»Nicht hier, Kim.« Nicholas hielt ihr mit einer Hand den Mund zu, umfasste sie mit dem anderen Arm und schob sie unsanft vor sich her, hinüber zum Weg. Die anderen folgten langsam. »Steig ein«, forderte er sie auf, als sie das Auto erreicht hatten.

»Lass mich los, Nicholas«, schnappte Kim, und ehe Nicholas einen weiteren Ton sagen konnte, wurde er in den Zaun geschleudert, der den Weg von der Häuserreihe trennte. Jenna und Lagardère kamen gleichzeitig bei ihm an. Nicholas rappelte sich mit einem unmissverständlichen englischen Fluch auf, dann sagte er scharf: »Tu das nie wieder, verstanden?«

Lagardère hielt Kim an den Schultern fest, schüttelte leicht den Kopf.

»Ich habe es noch nicht so ganz unter Kontrolle«, sagte Kim betroffen. Lagardère konnte förmlich sehen, wie sie sich zusammenriss. Für ein paar Sekunden blickte sie zurück, sah weiße Rauchfetzen in der Luft schweben und dachte plötzlich an ihr letztes Abendessen mit Alex. Was waren ihre letzten Worte an ihn gewesen? Seine Worte? Sie wusste es nicht mehr. Die Tränen schossen Kim in die Augen, als sie erkannte, dass dieser Moment für immer verloren war. Sie wischte sich mit der Handfläche übers Gesicht und schauderte, als sie merkte, dass immer noch Matthews Blut daranklebte.

Mit hölzernen Bewegungen stieg sie ins Auto, lehnte ihre Stirn an die kühle Scheibe. Carolin hatte gesagt: »Wenn ich gehe, bleibt dir nur noch die Angst.« Doch Carolin hatte unrecht gehabt. Die Angst war irgendwann gewichen, aber das Gefühl der Trauer blieb. Kims Augen füllten sich erneut mit Tränen, und diesmal ließ sie sie über die Wangen rinnen. Sie weinte lautlos, als hätte sie nach dem Inferno keinen einzigen Ton mehr in sich.

Diesmal war es kein Nebel, keine graue Welt der Stille. Diesmal waren es rotgoldene glühende Flammen und die Qualen von Tausenden gemarterten Seelen.

Sie ließ ihn fühlen, was sie empfunden hatte, als er sie den Flammen überantwortet hatte. Die Hitze auf der Haut, die Blasen warf und aufplatzte, der Rauch, der das Atmen zur Qual machte, die Gewissheit, endgültig verloren zu sein. Jonathan von Keysern schrie die Schmerzen laut hinaus. Doch in diesem Fegefeuer hörte ihn niemand.

Viele, viele Tage später ließ sie die Flammen erlöschen. Sie würde dafür sorgen, dass er nie wieder in die Welt der Lebenden zurückkehrte.

Es schien, als hätte die rechte Hand des Todes ein zweites Mal versagt.

Epilog

MITTWOCH, 15. FEBRUAR

Die Morgendämmerung stahl sich mit vorsichtigen Fingern in den Raum. Es war noch still draußen, dünne Schneeflocken wirbelten vom Himmel und erinnerten die Menschen daran, dass der Winter noch nicht vorbei war. Jenna öffnete die Augen und verzog das Gesicht, als sie das feuchte Kissen unter ihrer Wange spürte. Irgendwann in der Nacht waren die Tränen gekommen und hatten nicht mehr aufgehört zu fließen. Sie war erschöpft und fror trotz der dicken Bettdecke bis auf die Knochen. Seit Tagen klagte sie eine Stimme in ihrem Hinterkopf an, dass sie ganz allein schuld war an all dem Tod, der über sie hereingebrochen war. Alex … Anne … Carolin Gruber … Annes Eltern … die Menschen in der Londoner Klinik … wie viele noch, von denen sie nichts wusste?

Innerhalb von zwei Wochen waren ihr zwei der wichtigsten Menschen in ihrem Leben genommen worden, und sie marterte sich, weil sie allein die Zeichen zu spät erkannt hatte, sie im entscheidenden Moment nicht gehandelt hatte, ihr jedes Mal schlecht geworden war, anstatt dass sie sich in Lara Croft verwandelt hatte. Jenna schluckte. Ihr Blick fiel auf das Foto auf ihrem Nachttisch. Alex und Kim lachten sie an. Das war noch vor einem halben Jahr gewesen. Jetzt konnte sie das Bild nicht betrachten, ohne die lodernde Fackel vor sich zu sehen, in der Alex verschwunden war.

»Wir haben doch alles richtig gemacht«, hatte Kim geschrien.

Vielleicht hatten sie das, gemessen an den Umständen. Aber es war nicht genug gewesen. Und damit musste sie jetzt leben. Jenna schniefte und wischte sich mit dem Zipfel der Bettdecke über die Augen. Dass sie den Jäger gebannt hatten, ließ sie freier atmen, aber der Preis war so hoch gewesen. Viel zu hoch. Vielleicht hätten sie gemeinsam fliehen sollen, vielleicht …

Vielleicht, vielleicht. Es war zu spät. Sie musste den Tatsachen ins Auge blicken. Sie musste Alex' Klinik Bescheid geben. Was um Himmels willen sollte sie sagen? Und Kommissar Sandberg … Jenna würde ihm nicht ewig aus dem Weg gehen können. Aus seiner Sicht waren sie und Kim der gemeinsame Nenner bei seinen diversen Ermittlungen. Mit einem Stöhnen setzte sie sich auf und fuhr zusammen, als es vorsichtig an der Tür klopfte.

»Jenna?« Nicholas streckte den Kopf ins Zimmer und lächelte erleichtert, als er erkannte, dass sie wach war. Er setzte sich zu ihr und nahm sie in die Arme. »Es ist vorbei«, sagte er leise. »Fürs Erste.«

Jenna ließ den Kopf auf seine Schulter sinken. Wie würde sie Nicholas je wieder in die Augen sehen können?

Als hätte er ihre Gedanken gelesen, murmelte er in ihr Haar: »Wage es ja nicht, dir die Schuld daran zu geben. Der Einzige, der dafür verantwortlich ist, ist der Jäger. Und seine verdammten Handlanger.« Er schob sie auf Armeslänge von sich weg und sah ihr forschend ins Gesicht. Dann nickte er, als hätte sie ihm bestätigt, was er vermutete. »Wir werden weiterleben. Irgendwie. Du und ich und Kim – und Antoine. Was mag das alles für ihn bedeuten? Wir werden ihm helfen müssen, sein neues Leben zu leben.«

»Ich weiß gerade wirklich nicht, wie ich überhaupt einen weiteren Tag damit leben soll«, flüsterte Jenna erstickt.

»Einen Tag nach dem anderen«, sagte Nicholas ernst. »Jeden Morgen aufstehen, atmen, essen, arbeiten, bis eines Tages der Schmerz weniger wird. Und dann wieder von vorn. Du hast Alex verloren. Ich habe Anne verloren. Aber Kim und du – ihr habt euch. Vergiss das nicht.«

Jenna holte ein paarmal zittrig Luft und war dankbar für Nicholas' Nähe. Der Mann ihrer Freundin war schon immer pragmatisch und zielstrebig gewesen, jemand, der die Träumerin Anne wunderbar ergänzt hatte. Nach einer Weile nickte sie. »Fangen wir den Tag an. Mit Kaffee und Croissants. Schläft Antoine noch?«

»Mhm. Der hat – wie wir alle, schätze ich – länger gebraucht, um einzuschlafen. Er und Kim saßen noch eine Weile im Wohnzimmer, aber so gegen zwei warf er sich auf die Matratze neben meiner Couch«, berichtete Nicholas. »Übrigens habe ich gestern Nacht noch mit George telefoniert und ihm erzählt, was passiert ist.«

Jenna löste sich von ihm und angelte nach ihrem Bademantel, den sie letzte Woche achtlos auf einen Sessel geworfen hatte. »Was hat er gesagt?«

»Er und seine Schwester sind mit den Leuten auf Islay in Kontakt. Dem Konsortium wird es ja nicht lange verborgen bleiben, dass der Jäger verschwunden ist. Das heißt aber nicht, dass ihr aus der Schusslinie seid. Wenn ich das richtig verstanden habe, suchen sie weiterhin nach dir und Kim. Sie werden nicht aufhören. Wir werden nachher wieder Pläne schmieden müssen, das ist dir doch klar? Delaney lässt dir übrigens ausrichten, dass sie die Gelegenheit nutzen wird, den Park neu zu gestalten. Sie sagte etwas von Zen-Garten. Ich befürchte nur, George wird das nicht zulassen. Er ist konservativer, als man glaubt.«

In diesem Moment läutete Jennas Handy. Sie angelte es sich vom Nachttisch, warf einen Blick auf die Anzeige und lächelte schief. »Wenn man vom Teufel spricht – es ist George.«

»Geh dran. Ich besorge uns Frühstück.« Nicholas stemmte sich von Jennas Bett hoch.

Jenna wartete, bis er die Tür hinter sich zugezogen hatte. »Hallo, George.«

»Jenna!« George klang angespannt und erleichtert zugleich. »Nick sagte, ihr habt es geschafft. Aber ich wollte es direkt von dir hören. Wenn du noch mit mir redest …«

Jenna rutschte im Bett nach hinten, lehnte sich gegen das Kopfteil und zog die Decke bis zum Kinn hoch. »Wir haben den Jäger tatsächlich verbannt«, bestätigte sie, ohne auf Georges letzten Satz einzugehen, »aber …«. Für einen Moment roch sie den beißenden Rauch und sah die Ascheflocken in der Luft tanzen, dort, wo Alex gestanden hatte, als wollten sie sie verhöhnen. Sie kniff die Augen ganz fest zusammen, um nicht schon wieder zu weinen. Doch ihre Stimme klang erstickt. »Kims Vater hat … Er ist…« Sie brachte es nicht fertig, Alex' Namen zu nennen. Tief in sich fürchtete sie, wenn sie seinen Namen laut aussprach, würde er endgültig, für immer verschwinden. Dass der Tod ihn dann wirklich mitnehmen würde.

»Es tut mir so leid, Jenna«, klang Georges dunkle Stimme durch den Hörer, »ich weiß, dass du und dein Mann, dass ihr beide … dass ihr noch …« Er brach ab. Jenna hörte, wie er tief durchatmete und dann hastig weitersprach, als fürchtete er, sie würde ihm ins Wort fallen. »Kim und du – ihr wart unglaublich. Du … bist unglaublich. Und es ist mir klar, dass es …« Er räusperte sich. »Dass es für uns der falsche Moment ist. Ich muss hier auch noch einiges klären. Aber dann … vielleicht, wenn du so weit bist …«

Jenna wischte sich mit dem Ärmel Tränen aus den Augen. Nach allem, was passiert war, wie empört sie über sein Verhalten gewesen war –, es tat ihr gut, Georges Stimme zu hören. »George«, begann sie zögernd.

»Ich meine es ernst, Jenna, rede mit mir. Irgendwann. Nächste Woche?«

Jenna musste durch die Tränen lächeln. »Ich höre dir immer noch zu.«

Ein paar Minuten später öffnete sie leise die Tür und schlich durch den Flur. Sie duschte kurz, vermied einen genaueren Blick in den Spiegel, putzte sich die Zähne und versuchte mithilfe ihrer getönten Tagescreme und einem Hauch Goldpuder, die Tränenspuren halbwegs zu überdecken.

Kims Tür war geschlossen, nichts rührte sich dahinter. Jenna stand davor, die Hand schon auf der Klinke. Dann drehte sie sich um und ging in die Küche. Eins nach dem anderen.

Kaffee. Croissants. Kim. Pläneschmieden. Alles andere musste warten, selbst George – auch wenn er in den letzten Tagen zu einem wichtigen Teil ihres Lebens geworden war.

»Ich hätte große Lust, mir etwas in den Kaffee zu kippen«, murmelte Jenna ein paar Minuten später. »So einen Tag sollte man auf keinen Fall nüchtern verbringen.«

Nicholas lächelte. Er war in der Zwischenzeit beim Bäcker gewesen und hatte eine große Tüte mitgebracht, aus der es verheißungsvoll duftete. »Eine Auszeit? Wenn nicht heute, wann dann? Die Frage ist, was du zu bieten hast. Grappa? Bourbon?«

Jenna biss in ein Croissant und lächelte zurück. Obwohl ihr erneut die Tränen übers Gesicht liefen, hatte sie zum ersten Mal das Gefühl, dass sie eine Schlacht geschlagen hatte und daraus nicht schwächer, sondern stärker hervorgehen würde.

»Cointreau«, schlug Lagardère vor, der jetzt die Küche betrat und genauso übernächtigt aussah wie seine Mitstreiter. Die dunkelbraunen Locken standen ihm wirr vom Kopf ab, und er hatte bläuliche Ringe unter den Augen. »Marie de Bourbon trank immer Cointreau …«

Jenna reichte Lagardère eine Tasse Kaffee. »Wir sollten vielleicht vorher etwas essen. Ohne Grundlage trinkt es sich so schlecht. Bei dieser Gelegenheit, Antoine: Wir können aufhören, uns zu siezen. Nach dem, was wir gemeinsam durchgemacht haben, ist das einigermaßen lächerlich.«

Der Franzose lächelte. »Avec plaisir. Aber nur, wenn ich weiterhin *ma chère* Jenna zu dir sagen darf.« Er erhob amüsiert seine Tasse, und sie stießen miteinander an. »Wo ist Kim? Ist sie noch nicht wach?«

»Sie soll schlafen, wenn sie kann. Die Realität wird sie früh genug einholen«, erklärte Jenna, schluckte den Rest ihres Croissants hinunter und griff nach dem nächsten. »Noch eines. Diesmal mit Nutella.«

Sie aßen schweigend, in Gedanken vertieft, hin und wieder ein kurzer Blickkontakt, ein schiefes Lächeln. Tränen, die weniger wurden, allmählich versiegten. Langsam breitete sich in ihnen ein Hauch von Frieden aus.

Als die Uhr der Paul-Gerhard-Kirche zehn schlug, erhob sich Nicholas seufzend. »Ich muss gehen, ihr zwei. Nach unserer … meiner … Wohnung sehen.«

»Wir kommen mit dir«, bot Jenna an und sprang auf.

Der Engländer winkte ab. »Bleibt hier, du hast heute eine Auszeit, schon vergessen? Tu das, worauf du Lust hast. Und wenn dir danach ist, zieh dir die Bettdecke über den Kopf und weine um Alex. Ich meine es ernst, Jenna, lass den Schmerz herein, umso schneller wird er wieder verschwinden.« Er nahm sie kurz in die Arme. »Ich schätze, ich werde das Gleiche tun. Aber ich rufe euch später an, versprochen. Grüß Kim von mir.« Er kippte den Rest seines Kaffees hinunter und ging ins Gästezimmer, um seine Habseligkeiten zusammenzupacken.

In diesem Moment erschien Kim im Flur und ging in Richtung Bad. Sie gähnte, nahm offensichtlich noch niemanden wahr und war beim besten Willen nicht als anständig bekleidet zu bezeichnen. Halb offenes Männerhemd, Shorts und Sneakersocken. Lagardère starrte ihr wie einer Erscheinung hinterher, bis Nicholas ihn anstieß. »Antoine!«

Der Franzose grinste verlegen. »Das ... war zu meiner Zeit nicht üblich«, sagte er und schüttelte den Kopf. »Ich mache einen Spaziergang«, verkündete er dann. »Ich brauche frische Luft. Keine Sorge, Jenna, ich verlaufe mich nicht.«

»Ist schon in Ordnung, Antoine. Hier, ich habe eine alte Armbanduhr gefunden. Und einen Stadtplan.« Jenna kritzelte auf dem bunten Faltblatt herum und reichte es Antoine mit einem Lächeln. »Ich habe unser Haus eingezeichnet. Wir sehen uns später, in Ordnung?«

Lagardère nickte und folgte Nicholas die Treppe hinunter. Die Tür fiel hinter ihnen zu, und einen Moment später verhallten die Schritte aus dem Treppenhaus.

Jenna räumte den Küchentisch ab, ließ auf Kims Teller zwei Croissants liegen und goss ihr Kaffee und ein Glas Orangensaft ein. Dann stellte sie sich an die Balkontür und blickte hinaus. Carolin, Anne ... War das erst ein paar Tage her? Sie tastete nach ihrem Amethyst und schloss in der Hosentasche ihre Finger darum. Der Stein wurde warm, schmiegte sich in ihre Handfläche, seine Energie vibrierte leicht durch sie hindurch.

Auf der Linde vor dem Balkon hüpften zwei Meisen wagemutig von Ast zu Ast und piepsten vorwurfsvoll. Der Meisenknödel war leer. »Wie gesagt, das war der Letzte«, murmelte Jenna und lehnte ihre Stirn gegen das Fensterglas. »Wegen euch hänge ich mich da nicht mehr raus.« Sie hörte ein Rascheln, dann spürte sie, wie Kim hinter sie trat. »Mam.« Mehr sagte Kim nicht.

Jenna drehte sich um und nahm ihre Tochter in die Arme. Einige Atemzüge lang standen sie so da, fanden Trost in der Gegenwart der anderen, dann löste sich Jenna, wischte sich die letzte Träne aus den Augen und schob Kim die Locken aus dem Gesicht. »Komm frühstücken, Kleine.«

Kim schob sich ein halbes Croissant auf einmal in den Mund, kaute schweigend. Die zweite Hälfte tunkte sie in den Kaffee. »Mam?«, fragte sie unvermittelt.

Jenna stand an die Küchenzeile gelehnt. »Mhm?«

»Was soll ich zuerst tun? Mich darüber freuen, dass wir so etwas Besonderes sind – oder weinen, weil wir schuld daran sind, dass Anne tot ist … und ihre Eltern.« Sie machte eine Pause, dann fügte sie fast unhörbar hinzu: »Und Alex.«

Jenna hob die Schultern. »Ich weiß es nicht, Kim. Ich glaube, die Reihenfolge ist egal. Wir werden trauern und trotzdem lachen, weinen und trotzdem weiterleben. Mit all dem, was wir jetzt wissen. Nur heute noch nicht. Heute nehmen wir uns eine Auszeit. Keine Magie, keine Steine, kein Feuer. Nur wir und eine Familienpackung Taschentücher, okay?«

Kim schniefte und nickte. »Klingt gut.« Plötzlich legte sie ihren Kopf auf die verschränkten Arme und begann zu weinen. Am ganzen Körper schüttelte es sie, sie weinte und weinte, als wollte sie nie wieder aufhören. Jenna setzte sich neben sie und legte ihr leicht eine Hand auf die Schulter, wartete, bis das

Schlimmste vorbei war. »Weißt du, was die andere Hüterin gesagt hat? Letztendlich hat es Alex uns möglich gemacht, dass wir den Jäger gebannt haben.«

Kim schniefte. »Ich habe die Hüterin auch gehört, Mam. Aber warum Alex? Warum nicht … warum nicht der verdammte Matthew?« Ihre Stimme klang gedämpft, sie hatte den Kopf nicht von den Armen gehoben.

»*Freiwillig*«, rief sich Jenna den genauen Wortlaut ins Gedächtnis. »Alex hat uns gerettet, Kim. Dich und mich. Das werden wir nicht vergessen.« Dann nahm sie die Flasche Grappa, schenkte einen Fingerhut hoch in die Kaffeetasse und schob sie vor Kim. »Der ist nicht mehr heiß. Los, kipp ihn runter. Anweisung von oben«, forderte sie ihre Tochter auf.

»Echt?«, fragte Kim zwischen zwei Schluchzern und musste gegen ihren Willen lächeln.

Ihre Mutter nickte. »Mach schon. Und komm ins Wohnzimmer, wenn du fertig bist mit frühstücken.«

Jenna ging an die alte Anrichte, die schon seit ewigen Zeiten an der Wand stand, holte vier Kerzen hervor und stellte sie auf eine Platte. »Für Alex und Anne«, flüsterte sie und zündete die ersten beiden an.

»Für Carolin … und Matthew«, ergänzte Kim und nahm ihr die Streichholzpackung ab.

Es dauerte ein paar Sekunden, dann brannten die vier Kerzen hell und gleichmäßig. Die Flammen doppelten sich im Spiegel über der Anrichte, und Jenna dachte, sie brennen einmal für uns hier, und dort im Glas einmal für euch, wo immer ihr jetzt seid. Sie nahm Kim an der Hand und schickte ein lautloses Dankgebet aus. Kim ist bei mir. Wir sind zusammen.

Ein Windstoß fuhr durch den Raum und blies die Kerzen unvermittelt aus.

»Schon wieder?« Jenna und Kim drehten sich hastig einmal um sich selbst, doch niemand war zu sehen, die Fenster waren geschlossen.

Jenna blickte in den Spiegel, sah ihre eigenen und Kims verschreckte Augen. Dahinter erkannte sie Alex. Dann sanken Nebelschwaden herab, hüllten ihn ein.

Einen Moment später war alles wie vorher. Nur die Kerzen blieben aus.

Ein leises Wispern ertönte im Raum, wurde zurückgeworfen von den Wänden, ein Chor von flüsternden Stimmen, der zu einem Crescendo anschwoll und Jenna bestätigte, was sie schon immer vermutet hatte: Es gibt hin und wieder eine zweite Chance.

Jenna lächelte verhalten und zündete ein weiteres Streichholz an.

Die neuen Hüterinnen nahmen ihre Aufgabe an.

Dank

An die Sonja-Geiger-Runde für Motivationstraining vor Sonnenaufgang; Heidi Helmbrecht für magische Auszeiten; Ian S. für zusätzliche Inspiration und ein aufrichtiges »Congrats, Sweetheart!«; Isabella Sprinke-Kramm für durchgelachte Vapiano-Abende; die S4-Truppe für die … hm … besten Witze aller Zeiten; die Literaturagentur Landwehr & Cie und insbesondere Katrin Kroll für ihr Engagement; und an das gesamte Diana-Team, das meine Träume mit diesem Buch Wirklichkeit werden lässt.

Ein ganz großes Dankeschön geht an meine Lektorin Hanna Bauer, die mit so viel Freude in die Schattenwelt eingetaucht ist.

Dass ich dieses Buch geschrieben habe, liegt nicht zuletzt an der großartigen Unterstützung von Gerd Schilddorfer: Ich danke ihm für unermüdliches Gegenlesen, Sprengstoff-Vorschläge und seine Forderung, ich müsse mich gefälligst an meine eigenen Regeln halten. Und ich durfte mir seine Charaktere Peter Compton und John Finch ausleihen, die übrigens in ganz eigene Fälle verwickelt sind: in Schilddorfers Romanen »Falsch«, »Heiss« und »Still«.

Last but not least danke ich meiner Familie. Ihr seid die Besten!

Tanja Frei, im Herbst 2013

PS: Und wer gerne Musik hört beim Lesen …
Eine kleine Playlist für *Das Wispern der Angst:*

Teil I	Simple Plan, *How could this happen to me*
Teil II	Ross Copperman, *Holding on and letting go*
Teil III	Alex Max Band, *Only one*
Teil IV	The Strange Familiar, *Redemption*

Übrigens: Wer noch mehr über Schauplätze, historische Hintergründe, Antoine Lagardère und die anderen Charaktere erfahren möchte, sich für das nächste Abenteuer von Jenna Winters interessiert – oder wissen möchte, wo er sich in Wirklichkeit über die besten Windbeutel der Welt hermachen kann, findet Antworten auf *www.tanjafrei.com.*